CB069668

A perda da imagem

Peter Handke

A perda da imagem

ou

Através da Sierra de Gredos

Tradução
Simone Homem de Mello

Estação Liberdade

Título original: *Der Bildverlust oder Durch die Sierra de Gredos*
© 2002 Suhrkamp Verlag / Frankfurt am Main
© 2009 Editora Estação Liberdade, para esta tradução

Preparação	Renata Dias Mundt
Revisão	Huendel Viana
Assistência editorial	Leandro Rodrigues e Tomoe Moroizumi
Composição	B.D. Miranda
Imagem de capa	Dennis Stock/Magnum Photos/Latinstock.
	O cânion "ocre", Roussillon, 1980
Editores	Angel Bojadsen e Edilberto Fernando Verza

A PUBLICAÇÃO DESTA OBRA CONTOU COM SUBSÍDIO DO GOETHE-INSTITUT

A tradutora recebeu uma bolsa da Kunststiftung Nordrhein-Westfalen para finalizar a tradução da presente obra em residência no Europäisches Übersetzerkollegium, em Straelen (Renânia do Norte-Vestfália, Alemanha), na primavera de 2004.

CIP-BRASIL. CATALOGAÇÃO-NA-FONTE
Sindicato Nacional dos Editores de Livros, RJ

H212p
Handke, Peter, 1942-
    A perda da imagem ou Através da Sierra de Gredos / Peter Handke ; tradução Simone Homem de Mello. – São Paulo : Estação Liberdade, 2009.

    Tradução de : Der Bildverlust (oder Durch die Sierra de Gredos)
    ISBN 978-85-7448-165-4

    1. Ficção alemã. I. Mello, Simone Homem de, 1969-. II. Título. III. Título: Através da Serra de Gredos.

09-3346	CDD: 833
	CDU: 821.112.2-3

EDITORA ESTAÇÃO LIBERDADE LTDA.
Rua Dona Elisa, 116 | Barra Funda
01155-030 São Paulo – SP | Tel.: (11) 3660 3180
www.estacaoliberdade.com.br

Irás
revirás   não
morrerás
na guerra
   (oráculo latino)

Tenha piedade dela
que viaja num dia como este
   (Ibn 'Arabi)

Mas talvez a cavalaria e os encantamentos desses nossos
tempos sigam um caminho diferente do que seguiram os antigos.
   (Miguel de Cervantes, *O engenhoso fidalgo Dom Quixote de la Mancha*)

1

Ela desejava que esta fosse sua última viagem. Ali onde morava e tinha um emprego há tanto tempo, não lhe faltavam novidade nem aventura. A região e o país não eram os seus, de nascença; desde criança já vivera por toda parte, nos mais diversos países.

Criada por avós viajantes, ou melhor, errantes, que pareciam mudar de nacionalidade a cada fronteira, durante algumas fases da juventude, fora apegada ao ausente país de nascença, o Leste alemão, do qual não tinha lembrança alguma, mas conhecia de histórias e, depois, pelos sonhos.

Após algumas visitas àquele país, ela fez uma parte da faculdade lá mesmo, digamos, em Dresden ou Leipzig, a uma hora e tanto de bicicleta de sua vila natal, e no futuro, alguns países e dois ou três continentes depois, estabeleceu-se ali durante alguns anos, a duas horas de carro da casa onde supostamente nascera, que — pelo que constava — já fora demolida e substituída por uma construção moderna neste meio tempo, e ali também chegou a trabalhar, embora ainda não fosse uma alta executiva de banco na época.

Posteriormente, um ou outro país ou continente depois, entre trabalhos e algumas peregrinações quase sempre solitárias e, portanto, diversas das de seus avós, a região onde nascera foi se dissipando aos poucos de sua memória, imperceptivelmente, até que um dia a Alemanha expandida e potente desapareceu de vez do seu íntimo, sem deixar rastros, muito embora durante um bom tempo tivessem restado alguns resquícios de sua pequena Alemanha particular, um riacho com a sombra dos maçaricos no leito de cascalho, um milharal após a colheita, com as folhas partidas balançando em redemoinho de dentro dos sulcos, um arbusto de amoras perdido numa fria região de estepes.

Esses resquícios mínimos também acabaram desaparecendo. As imagens já não surgiam por si próprias. Tinham que ser evocadas intencionalmente. E, deste jeito, perdiam o sentido. No máximo ainda interfeririam em certos sonhos. E neles também acabaram se dissipando. O país não a perseguia mais. Ela não tinha mais país, nenhum outro, este aqui também não. Por ela, tudo bem. Tudo bem mesmo, e como! É como se a sua pessoa, e não apenas sua face, tivesse sido modelada e ainda mais realçada pela eternidade passada no estrangeiro.

Uma noite clara e gélida, no início de janeiro, na periferia de uma cidade portuária do noroeste. Como se chamava mesmo a cidade? O nome do país? O autor que ela encarregara de escrever o livro sobre seus feitos e aventuras também fora proibido de usar nomes. Se não houvesse outro jeito, ele até poderia recorrer a designações de lugares. Mas devia ficar claro de saída que seriam nomes falsos, geralmente alterados ou inventados. O autor, com o qual ela tinha fechado um contrato clássico de fornecedor, também fora autorizado a deixar passar algum nome verídico de vez em quando; de qualquer maneira, bastaria que o círculo de leitores conseguisse acompanhar a grande história, devendo se sentir livre — por força da história e da narrativa — para desistir de qualquer impulso inicial de bisbilhotar ou buscar pistas, já ao folhear as primeiras páginas. Se possível, a primeira frase do seu livro deveria limpar o terreno de tais intenções e segundas intenções para a pura leitura e mais nada.

De acordo com as cláusulas do contrato, isso também se aplicava aos nomes de pessoas e indicações temporais. Nomes de pessoas, só se fossem uma clara expressão da fantasia. "Que fantasia?" (o autor). — "A fantasia desta aventura e do amor" (ela). "De que amor?" — "Do meu. E indicações temporais, só mais ou menos assim: numa manhã de inverno. Numa noite de verão. No outono seguinte. Naquela Páscoa, em plena guerra."

Fazia tempo que ela praticamente já não tinha mais parente nenhum. E mesmo que tivesse, os últimos haviam sumido da memória aos poucos.

Em algum lugar (— "onde?" — "sei lá.") ainda devia morar um meio-irmão que supostamente alugava *trailers*, ou construía *microchips*? Ou ambos?

Durante muitos anos, ela cultuara os antepassados — a começar pelos pais, dos quais não tinha mais nenhum registro consciente —, um culto sereno, secreto e por isso mesmo tão abrasante. Por "dois punhados de verões e mais invernos ainda", os antepassados — com exceção, no máximo, de seus avós, presentes demais durante um longo tempo — eram evocados em sonhos e histórias, até nas mais fragmentárias, sobretudo nas fragmentárias!, constituindo o amor que ela chorava todos os dias.

Será que tinha saudade dos antepassados? Tinha, mas não saudade de estar com eles e sim vê-los por um instante e consolá-los, agradecer-lhes então, recuar um passo e poder adorá-los a distância certa.

O vulto dos antepassados tinha perdido o vigor com o tempo. Isso também ocorrera gradativamente. Seus mortos adorados — segundo ela notara numa certa manhã de verão ou inverno — faziam parte daqueles zilhões de soterrados no reino terrestre desde o início dos tempos, pulverizados, esmigalhados e espalhados em todas as direções do vento, os não-mais-existentes, nunca-mais-evocáveis, os jamais-reanimáveis, nem por amor, incobiçáveis por toda a eternidade. De vez em quando, eles ainda atuavam nos sonhos, como antes, mas só em meio a um certo tumulto, como meros coadjuvantes: ao contrário de antigamente, esse de-vez-em-quando não tinha mais o significado de "por todos os tempos sagrados".

Como já lhe acontecera antes com sua pequena e grande terra natal, já esvaída de dentro dela, esta segunda morte dos antepassados não lhe importou. Começou a lhe parecer mero engodo toda a força extraída durante tanto tempo não do país como um todo, mas sim de pequenos fragmentos, não de toda a vida bem-sucedida de algum antepassado (e havia mais de um desta espécie), mas sim de sua infelicidade e morte solitária (isso valia para todos eles). Será que tal força — ela se perguntou — não a tornava tirânica e negligente? Não era exercida em detrimento das pessoas com quem estava, convivia, trabalhava e tratava agora, no presente? Será que esta força não era acompanhada de uma espécie de expectativa, capaz de obstruir, talvez estragar e até destruir os dias e as noites de quem estivesse vivo agora e que, de algum jeito, se aproximasse mais da gente? Ao se livrar da adoração aos antepassados, será que ela se abrira para outras forças? Impulsos? Não, mesmo assim a repentina insignificância e irrelevância dos antepassados não deixou de lhe importar. Ela simplesmente deixou estar, um gosto amargo não só na boca.

Há semanas fazia um frio rigoroso na região onde ela em breve já teria passado alguns anos. A princípio, queria persuadir o autor a omitir esta informação, dificilmente conciliável com o lugar previsto como residência, "cidade portuária do noroeste", de clima mais ameno por causa da corrente do Golfo. Mas depois deixou-se convencer de que o "porto" poderia ser um "porto fluvial", no interior, numa região fria, meio continental, longe do litoral, o que torna o clima mais ameno. Basileia. Colônia. Rouen. Newcastle upon Tyne. Passau. O que importava: que nessa cidade se situasse a sede de seu banco. Mas o nome do banco também não podia aparecer na história.

Na manhã da partida, ela se levantou mais cedo que de costume. Como em toda véspera de viagem, fora uma noite leve e excitante, inclusive porque dormira de novo na cama da filha, que não morava mais em casa. Suas coisas já estavam arrumadas, ou melhor, abarrotadas naquela mochila comprada nos tempos de solteira, que hoje já tinha a metade de sua idade. Só que parecia incomparavelmente mais velha: gasta, rasgada, puída; como uma relíquia da Idade Média, época em que se viajava de um jeito bem diferente de agora; uma mochila escolar de pele de armelino? Antes de toda viagem a sós, não só pela Sierra, ela sempre tivera vontade de jogá-la fora ou pelo menos deixá-la encostada em algum canto. E toda vez a mochila acabava sendo usada mais uma vez, "uma última vez". Quando criança, a filha — ida e desaparecida há tanto tempo — costumava pedir à mãe, toda vez que uma brincadeira acabava de ser brincada, para "brincar uma última vez" e depois, depois daquela "última vez": "Por favor, vá, mais uma última vez!" Isso já não era mais um pedido, então, era uma súplica. O autor: se era para incluir isso no livro? Ela: se não for para incluir isso, vai incluir o quê? A mochila sempre ficava entreaberta durante a viagem. Mas nunca caía nada dali de dentro. E os sapatos? Estavam velhos e gastos de todos os lados — bons para escalar rochedos.

Ainda era alta noite e a geada lá fora estalava na vidraça. Ela deixou a luz apagada; a quase-meia-lua, embora decrescente, iluminava toda a casa, repleta de janelas sem cortina. Aqui na periferia, a cidade portuária ribeirinha se estendia até o pé de uma colina, em parte coberta de florestas, em parte só de rochas nuas. A colina, negra à contraluz do luar e um tanto próxima, parecia fazer parte da ampla casa, aparentemente vazia no momento. Em cada cômodo — e não eram poucos — o quase-vazio esboçava uma imagem diferente: este aqui a moradora já abandonara de vez; este quarto esvaziado, onde restaram apenas duas ou três coisas e aparelhos, estava pronto para o início do trabalho; agora o corredor deserto revelava rastros de uma fuga; esta mesa aqui do salão lustrava para a conferência que começaria em breve; ali na única panela da cozinha, do tamanho de um caldeirão, havia comida para toda uma comitiva ou para a semana inteira.

No primeiro dos três cômodos seguidos — quarto de criança, de escolar e de universitária —, uma espécie de saturação, ou melhor, abarrotamento, parecido com o da mochila: até o último vão amontoavam-se jogos, bonecas e brinquedos. Só que na mochila cada coisa tinha seu lugar, sua devida finalidade e função, complementando e remetendo às demais. Aqui no quarto de criança, em contrapartida, não dava para reconhecer nenhum jogo entre as centenas de brinquedos espalhados. Não se revelava nenhum esquema de jogo familiar ou compreensível, nem de longe — e não era só por causa da luz do luar. No entanto, haviam brincado no quarto com todas as coisas, ali no chão, com todas ao mesmo tempo, e como! Com todo entusiasmo, com suor nas axilas e na testa, sob salvas, entoando músicas inauditas, jogo, jogo e nada mais que jogo. Aparentemente, a brincadeira nem bem tinha acabado. E já seria retomada no próximo instante.

O café (ou chá) de viagem numa janela da face sul. Esta era a direção a ser tomada. Fazia tempo que não havia mais o que fazer com o sul, não servia para nada, assim como o mar ou qualquer outra direção — tanto melhor —, inclusive o Himalaia ou uma viagem à lua. O luar se espelhou na xícara de repente, desaparecendo logo em seguida. Ela tentou apreendê-lo. Mas toda vez ele lhe escapava. Estava sentada na chamada cadeira de viagem, desarmável, e queria ficar sentada assim, assim mesmo.

Logo, um sobressalto: alguém a espiava de fora, do escuro, a ela ou à sua silhueta: o autor, o fornecedor. A primeira e única batida do sino da igreja de subúrbio e, quase concomitante, a voz do muezim do minarete vizinho, replicada pelo grito repetido da coruja, vindo da colina da floresta. O primeiro avião da manhã como rastro de luz intermitente ao lado do brilho imóvel das estrelas de inverno e, em terceiro lugar, um fósforo riscado contra o céu inteiro e logo extinto: uma estrela cadente de janeiro.

Autor, coisa nenhuma. Mas ele existia. Era até uma razão e uma das metas de sua iminente viagem. A ideia era que ela eventualmente lhe contasse sua vida ou qualquer outra coisa. Era principalmente pelo dinheiro. Já tendo fechado um acordo de entrega do livro, os dois estavam para fazer um outro trato, segundo o qual ela ou o seu banco — o banco ou ela, pelo menos no nome, designavam a mesma coisa há muito tempo — receberiam carta branca para administrar e multiplicar o dinheiro do autor.

Normalmente ela não lidava mais com essas coisas. O banco tinha um departamento só para isso e ela só atuava de fora, independente de departamentos. Neste caso, no entanto, tinha que fazer uma exceção. Fora ela mesma que se metera nesta situação, desejando um livro de verdade sobre si própria, sobre o banco e sua história, em vez de intermináveis artigos de jornal e reportagens em revistas coloridas. A quantia de dinheiro que o autor queria (ou podia) aplicar era uma ninharia, não só em comparação com as transações habituais do banco. E após o único encontro dos dois até então, parecia que o autor não pretendia criar nenhum empecilho neste sentido.

Como ela chegara até ele? Por que não entrara em acordo com algum jornalista, algum historiador ou, melhor ainda, um jornalista historiador? Desde o início, ela insistiu que fosse um escritor mais ou menos de ofício; um narrador; até um inventor, o que não significava necessariamente que ele fosse ocultar ou falsificar os fatos — talvez aproveitasse aqui alguns imprevistos a mais e omitisse ali, em compensação, fatos evidentes que não precisavam ser mencionados, simplesmente esquecendo-os no embalo, por que não? "Fatos em vez de mitos", este era o subtítulo sugerido por um jornalista historiador que se oferecera para o projeto do livro. Fora ele, justamente ele, que lhe dera — com tais ditos — uma outra pista, talvez falsa, a pista do autor, em cuja armadilha ela muitas vezes sentia ter caído.

De qualquer forma, ela esperava que ele fosse incorporar muitas outras coisas à sequência de fatos, o máximo possível; e tudo que viesse a ser incorporado seria decisivo para a história. História? Em outras palavras: assim como outras pessoas queriam entrar para a história, ela pretendia entrar para a "narrativa". Uma que fosse impossível de ser filmada, ou então escrita para um filme como nunca antes.

Ela já tinha sido leitora. (Ainda lia, mas para ela, aquilo não era leitura. Já não lia direito. Ao mesmo tempo, sentia-se órfã sem ler.) Naquela época, o autor amaldiçoado — não só por causa do encargo da viagem — lhe servira, servira?, sim, servira menos de herói do que de piloto?, não, ela não precisava de piloto nenhum. Embora os últimos livros dele já tivessem sido lançados fazia tempo e ela não os tivesse lido mais, de repente lhe ocorrera a ideia de torná-lo autor de seu livro. Ou ele, ou ninguém. Ele começaria a trabalhar para ela imediatamente. Ninguém, nem ele poderia recusar sua oferta. Pedir um tempo para pensar já seria incompreensível.

Uma vez, num outro continente, convidada à residência de um chefe de governo quase indispensável para o banco, normalmente cerimonioso, "o presidente de Cingapura", digamos, ela exigiu, em meio às negociações, que ele fosse buscar um documento esquecido por ela no hotel — não mandar buscar e sim ir buscar pessoalmente. "E ele foi, na hora!"

O autor, embora há dez anos sem livro novo, absolutamente não tinha caído em esquecimento, quase para seu próprio desgosto, "quase". Longe de ser rico, também não sofria por falta de dinheiro. Até receber a proposta expedida por um mensageiro autorizado, no portão de casa, ele nunca tinha ouvido falar dela, nem de sua história legendária como alta executiva de banco e especialista em finanças, conhecida nos quatro cantos do mundo — e isso não por levar uma vida razoavelmente isolada numa vila da Mancha (quem é que ainda vivia isolado por opção?).

Ele, pesquisador de formas e homem de ritmos, geralmente meio antissocial ou talvez apenas desanimado, além do mais, quase velho como era, também obedeceu imediatamente. Foi comprar um cartão telefônico na única *tienda* da vila e, da única cabine existente, anunciou-lhe a chegada em sua cidade portuária para a manhã seguinte (sendo que o aeroporto mais próximo ficava a meio dia de viagem dali). O encontro aqui no escritório dela, no último andar: "Vou escrever seu livro. Para mim, o dinheiro sempre foi um dos maiores mistérios. Finalmente quero desvendá-lo. Além disso, sempre quis receber uma proposta dessas: não uma obra e sim uma encomenda. Um fornecimento." Homem de ritmos? Que tipo de ritmo? "Sobretudo o ritmo da compreensão, o mais abrangente dos sentimentos, de braços dados com o ritmo do que se silencia e dissimula."

Ela só conhecia fotografias bem mais antigas do autor. Mas seu rosto não mudara praticamente nada. Só o porte lhe parecia menor que o esperado, além de enrugado, meio ressequido, espinhoso, como se tivesse sido trazido pelo vento de uma estepe da meseta. Ele lhe pareceu familiar à primeira vista, algo que só costuma acontecer entre interioranos de vilarejo que se encontram sobretudo em lugares estranhos, numa cidade vizinha ou num país estrangeiro, o que vinha se tornando cada vez mais comum: parecia que os habitantes de vilarejos ou cidades pequenas, justamente eles, tinham se espalhado pelo mundo inteiro, nem tanto como turistas, mas estabelecidos mesmo, trabalhando, casados nos lugares mais remotos, transportando os filhos feitos com japoneses ou negros nativos por alguma travessa de Osaka ou Djibuti.

Este estado de familiaridade não durou muito, no entanto. Não demorou para o autor — assim, em pé na frente dela, pois não queria se sentar — tornar-se um estranho. Só era possível estranhar tanto assim uma pessoa que se quisera abraçar imediatamente, mas diante de quem, dado o primeiro passo, se esbarrara logo num vidro invisível.

A coisa a que ela mais atentava em seu domínio — e onde quer que estivesse no momento, estava em seu domínio — era a distância. Entretanto, a distância mantida por esta pessoa (não só em relação a ela, segundo veio a perceber depois) era uma espécie de acinte. Havia quem chegasse tão perto como num *close*, em qualquer conversa que fosse, tão perto que quase esbarrava no nariz da gente. Ele, por sua vez, manteve-se afastado durante todo o diálogo, sempre um passo além da distância que costuma separar interlocutores e parceiros de negociação; se ela dava um passo na direção dele, sem querer, no meio de uma frase, ele se esquivava o mais rápido possível, ainda fingindo que nada tinha acontecido. Também pessoas deste tipo, como quem vinha se encostando nela desse jeito, não passavam de grosseirões. Mas ao mesmo tempo: uma vez que ele se aquietou, ficou plantado no escritório dela como se estivesse em seu próprio terreno (nem camponeses faziam mais esta pose), de pernas separadas, punhos nos quadris — como certos militares costumam fazer para vigiar seu território. Ele ficou olhando da janela e fitando o céu o tempo todo, tangenciando-a ou atravessando-a com o olhar; ora a encarava, ora começava a rir de súbito, ora suspirava fundo, ora deixava escapar o trecho de uma música desconhecida, ou então ficava um bom tempo absolutamente inacessível, de modo que ela, achando que ele não estivesse entendendo sua língua (não era a língua dos dois?), começava a falar inglês, francês, espanhol, russo — e só quando ele não estava entendendo mais nada mesmo, só então!, começava a prestar atenção de novo, despertando; só então se retomavam as negociações. Ele lhe passava a impressão de ser tranquilo, mas ao mesmo tempo suscetível, ou vice-versa. Tranquilo demais? Suscetível demais?

Mesmo assim, ela o encarregara do projeto. O contrato que ela formulou com rapidez foi assinado e começou a vigorar na mesma manhã, apesar de ele ter feito algumas alterações na versão final, após tê-la lido concentradamente, frase por frase. Ela só readquiriu mais confiança no autor, mesmo que diversa daquela à primeira vista, ao perceber que a constante extensão daquela distância básica provinha de um sentimento de culpa. Percebeu isso de repente, por instinto — todos os artigos afirmavam que ela era "puro instinto" —, assim que reconheceu e farejou naquele homem sua própria culpa; uma culpa imensa e ao mesmo tempo irrelevante, desde que os outros mantivessem a devida distância. E com ela, como era? Defendia-se de outra forma. Enquanto estivesse protegida assim, não era questão de culpa; era apenas um segredo seu. Tinha orgulho deste segredo. Estava disposta a defendê-lo com sua própria vida.

O autor era a pessoa certa. Agora que ela se deixara convencer pela história, era como se o livro requeresse alguém que não fosse especializado em textos de finanças, um terceiro. Qual tinha sido mesmo a pergunta do autor?: O livro deveria se guiar mais pelo oral ou pelo escrito? Ele considerava a oralidade um fator básico ou ultrabásico, mas também uma contraprova. Contudo, a escritura era o aditivo essencial da narração, seu incremento — *o* incremento.

Rodear a casa pelo jardim, antes do amanhecer, à persistente luz do luar. Um entre os aviões cada vez mais assíduos cruzando a lua, sua sombra enluarada cortando o jardim de viés, diferente da sombra diurna de aviões ou aves; feito coruja. Milhares de montinhos de terra amontoados pelas minhocas antes da geada, congelados agora, estalando sob a sola do sapato, a cada passo. Ela, recém-chegada em Yucatán, subindo os degraus de um templo maia ao nascer do sol.

Entre os ramos de hera entrelaçados, engrenados e vergados pela geada, lá no muro ao fundo do jardim, apressavam-se em brotar, em arcos, pequenos frutos marrons escuros com nuances azuis, amadurecidos há pouco, no início do inverno — e de dentro da cerca viva, ela ouviu algo ciscar, bicar e petiscar. O rio Isonzo, no trecho onde ainda não estava turvado pelas fábricas de cimento, escoava sobre cascalhos brancos, os mesmos que formavam a margem, esquecido do milhão de mortos (não, esquecido não). O melro, primeira ave diurna?, lançou-se de dentro de um arbusto, como sempre em voo rasante, como sempre roçando a curva com asas estiradas e pairando no ar com seus trilos, através do vão previsto para o escape.

Ela se deteve. A rua dos caldeireiros do Cairo ecoava; fumaça e limalha exalavam de dentro das oficinas abertas para a rua; e agora ela via e respirava longamente a fumaceira, muito mais penetrante que no dia em que a atravessara, toda olhos e ouvidos.

Essas imagens vinham à tona diariamente, sobretudo de manhã. Ela vivia delas, extraía daí o mais intenso sentimento de existência. Não eram lembranças, voluntárias ou involuntárias: para isso eram rápidas demais, imagens meteóricas, impossíveis de serem retardadas, retidas ou agarradas. A qualquer tentativa de detê-las ou observá-las com calma, elas se dispersavam imediatamente; uma interferência dessas também destruía, *a posteriori*, o efeito da imagem-átimo, que surgia e sumia mais que de repente.

Qual o efeito das imagens? Elas exaltavam seu dia. Reforçavam-lhe o presente. Ela vivia das imagens: isto é, utilizava-se e servia-se delas. Usava-as até no trabalho; nos empreendimentos; nos negócios. Quando conseguia se concentrar em alguma coisa de forma heroica ("legendária", segundo um artigo), com uma "presença de espírito mágica no momento decisivo", com todos os números e dados não só na cabeça, mas como comparsas ou adversários, "consultando a verdadeira tabuada das bruxas", tudo isso se devia à interferência das imagens num dia de trabalho — ela nunca tinha confessado isso a nenhum entrevistador, com que palavras também?

Era possível, portanto, evocá-las voluntariamente, quando se quisesse ou precisasse? Não. Elas se mantinham imprevisíveis. Com o passar do tempo, no entanto, ela descobrira um ou outro método para ativar seu "exército" de reserva. Não era questão de método, truque muito menos: eram certas posturas básicas e todo um modo de viver.

É, ela tinha voltado toda sua vida, não só a profissão e a existência de "rainha das finanças", para essa espécie de tiroteio de imagens. Quais posturas e formas de comportamento eram especialmente profícuas, por exemplo? Ela, que — por natureza ou pela profissão? — não se deixava intimidar por nada, temia falar disso, embora conseguisse apontar algumas coisas: dedicar-se aos afazeres cotidianos com um certo zelo; dispor-se a tomar o caminho mais longo; não combater momentos de ausência em presença de terceiros, mas sim entregar-se a eles; realizar esforço físico — não esportivo, mas sobretudo manual — durante um bom tempo e em ritmo constante, até a beira do esgotamento, onde as imagens eventualmente começam a incandescer... (em casa, ela tinha uma oficina em vez de sala de ginástica.)

Ela vivia disso, deste tornar-se-imagem, em todos os sentidos, mas também vivia em função disso. E sua tropa da reserva — "nunca mais use esta expressão!", advertiu ao autor —, ela jamais a mobilizava para fazer guerra. Uma única imagem a se ativar e ativá-la, logo se tornava um modelo de paz para o dia. Embora não contivessem absolutamente nada de humano e factual, essas imagens tratavam daquela uma, uma espécie de amor. Já a tinham transpassado desde criança, em certos dias nem tanto, em outros, como miríades de estrelas cadentes, sempre como algo ocasional vivenciado anteriormente, ausentes em certos dias: desdias. Estava convencida de que isso acontecia com todo mundo de uma forma ou de outra. O objeto da imagem certamente fazia parte do mundo de cada um. Mas a imagem, como imagem, era universal. Ia além dele, dela, de qualquer um. Por força da imagem que se abria ou já se abrira, as pessoas se uniam. Eram imagens desprendidas, diferentes de qualquer religião e evangelho. Será que até agora ninguém soubera narrar direito estas imagens? Por não considerá-las tão essenciais como ela? Por não querer ousar? (E ela, muito menos?)

Tão tímida e tão modesta assim ela também não era, por mais íntimo que fosse este assunto, um assunto seu. Com o passar dos anos, muitas vezes ela se sentira compelida a difundir esta experiência no mínimo estranha e memorável com as faíscas de imagem ou imagens-faísca. Será que as mulheres de Agora, não apenas as da Idade Média, ainda tinham algo assim: uma espécie de senso de missão? O pensamento se tornou cada vez mais forte: ela tinha que colocar isso para fora. Por fim, saltara-lhe aos olhos, literalmente: agora ou nunca. Era hora de comunicar esse fenômeno ao mundo! Muito estranho — como se isso fizesse parte de sua missão —: logo seria tarde demais, não só para ela, mas para o mundo inteiro. As imagens estavam em extinção, por toda parte sob o céu. Ela tinha que confessar isso a este ou aquele autor, a ele: não, não era para contar tudo tintim por tintim, era só para insinuar uma coisa ou outra; e ele teria liberdade de contar sobre este problema como quisesse. Afinal, na sua visão, tratava-se de um problema de época decisivo para o futuro, a se tornar profícuo ainda e sobretudo belo. E um problema belo não era ideal para uma expedição, ainda mais se fosse uma narrativa?

Este ímpeto missionário era novo nela. Havia quem o atribuísse ao seu sucesso, constante durante tanto tempo, insuperável e sobretudo garantido: senso de missão decorrente de um sucesso irrestrito em combinação com garantia absoluta. Outros, por sua vez, viam a causa disso em sua voluntária e orgulhosa solidão. Outros ainda, como por exemplo o autor finalmente encarregado de escrever a história, supunham ou "tinham a intuição" de que sua "missão cavalheiresca" circunscrevia uma "terrível culpa" — fora assim que ele invertera o jogo, sem hesitar, durante a primeira conversa que tiveram. "E ao circunscrevê-la, você espera uma espécie de absolvição?" Sem resposta.

De fato, mesmo não sendo uma culpa especificamente sua, ela já iludira muita gente com o seu deixar-se-influenciar-pelas-imagens, fosse no cotidiano ou no trabalho. Raramente era de propósito. As imagens nunca surgiam sob comando; se apareciam, era de maneira involuntária. Mas sempre que uma delas a acertava, ela passava a irradiar algo a mais em companhia da imagem, algo que preenchia o espaço instantaneamente. O outro, ele ou ela, quem quer que estivesse em sua companhia naquele momento, só podia remeter essa irradiação a si mesmo. Em se tratando de negócios, as pessoas se sentiam devassadas, esqueciam qualquer segunda intenção e entravam no jogo de sua parceira ou contratante; seguiam-na, justamente no sentido de: obedeciam-na.

Raramente era em detrimento dos outros — quase sempre os dois lados saíam ganhando. A influência das imagens não era ilusão, coisa nenhuma! Caso desse tudo errado, geralmente era para ambos. Às vezes, acontecia de alguém pretensamente iludido tentar encostá-la na parede, literalmente (no trabalho, ela nunca era abordada como "mulher"): aí é que aquelas imagens interferiam no acontecimento de uma forma ainda mais estranha. Diante da ameaça, a mão armada mais de uma vez, surgia imediatamente uma imagem, apenas uma a cada vez, mas, em compensação, forte a ponto de projetar um escudo de radiação entre ela e o agressor. Ali, ao lado de um canal de Gent, um tanque de areia vazio, e o inimigo deixava de ser inimigo. Mais adiante, a casinha da biblioteca lá na muralha de Ávila, a janela com vista para os contrafortes da Sierra de Gredos, e a agredida já se tornava intocável para o agressor.

Segundo os boatos, não eram poucos os danos, devastações e até destruições que as imagens provocavam na vida privada. Era sobretudo aí que elas se alvoroçavam tremendamente, segundo diziam. Aos olhos de quem estivesse em sua presença, mesmo por acaso, a irradiação ou brilho que ela, a mulher, emitia em companhia das imagens só podia representar uma graça — ou melhor, promessa, prontidão, entrega. Nada mais claro, mais aberto, mais despojado que o rosto desta estranha que me abordou de súbito, com um brilho que superava qualquer sorriso feminino. Desejo, amor, compaixão: tudo isso junto. E logo vinha o recuo. Mas o brilho permanecia. Era justamente isso que nos deixava furiosos, aflitos ou ambos, nós, amantes iludidos. Como para ela, a mulher!, qualquer violência estava fora de questão, a única saída era ofender ou molestar. "Você não cumpriu sua promessa." — "Você me enganou!" — "Você consegue enrolar qualquer um." — "Ela é o vazio e a frieza em pessoa." — "Esfinge que nos assiste cair no abismo, com olhos ardentes."

Quem sabe ela realmente não amasse nada nem ninguém? Só estivesse apaixonada ou alucinada pelo enigma daquela imagem surgida do nada, que a tornava inteiramente presente — não era isso o que ela mais queria? — e a coroava rainha do Agora? Daria para levar a mal quem a acusasse de deslealdade ou coisas piores, por ela ter tocado a mão dele ou dela bem no momento de uma imagem dessas, acariciado a testa, agarrado a cabeleira, dado um empurrão com o quadril e até insuflado o outro (não só soprado), para depois, ainda tão amável, a promissão em pessoa, deixá-lo falando sozinho? Amor: disso ela não queria nem ouvir falar. De amizade também não. Sempre fora assim?

Por outro lado, ela agora desejava e queria que sua história, a nossa, se passasse num Entretempo — num Entretempo em que sempre houvesse uma surpresa. "Nos períodos e momentos históricos, nos quais esta história *não* deveria se passar" — explicou ela — "sabidamente não acontece mais nenhuma bela surpresa."

2

Algo ressoa agora, no início do tempo do livro, através do jardim clarilunar, ainda obscuro aqui e ali, nesta antemanhã, em meio às colinas verdes da periferia de uma cidade portuária do noroeste. (Havia noites, sobretudo no inverno, que pareciam não acabar mais; a Terra não amanheceria nunca.) Fora o som de um suspiro que quase se confundira com o que um velho autor soltara no escritório dela.

Como assim, suspiro e "ressonância"? Um suspiro que ressoava? Isso mesmo. E partira dela. E mais parecia um fonema árabe, vindo pelo ar, reproduzindo-o e amplificando-o, feito de nada mais do que *a, w, u, h*. E só agora lhe ocorria por que o som a remetia ao mesmo pensamento: na antologia árabe que sua filha desaparecida ou fugida deixara em casa e que ela passara a ler todos os dias, havia uma introdução que mencionava justamente este fonema como um dos exemplos de como, na língua árabe, muitas vezes uma mera aspiração ou uma exclamação mínima, uma vibração da laringe ou um simples falar-mais-alto podia se tornar, na transcrição da palavra, o termo para a razão ou causa deste fonema. E *awuh* era uma dessas designações. De acordo com o comentário, era o som mais íntimo do ser humano.

Será que o som partira dela mesmo, daquela pessoa ali? Jamais se arrancara dela um suspiro assim. E da escuridão acabava de suceder algo como uma resposta. Vinha de uma das árvores sobre a qual já haviam baixado os primeiros corvos. Até então, o máximo que se ouvira deles eram brados e bramidos. Mas agora silenciavam a princípio. E de dentro deste silêncio, um deles fez soar um estranho murmúrio. Ou foram todos os corvos juntos? Esse murmúrio rompia de tal forma com a usual gritaria dos corvos, que ela quase caíra na gargalhada. Era um murmúrio tão terno que ela — a que não se deixava assustar por nada — quase levou um susto. E pronunciou um nome. Ou melhor, gritou-o. Nem sequer sabia se existia tal nome ou termo, nem o que ou quem ele designava. Mas designava! Veio um eco da colina e dentro da casa uma sombra se moveu. No jardim, uma outra ave da alba, sempre silente, tornou-se parte do ornamento do portal.

Não era de hoje que ela notava — mas agora, antes da partida, ficava mais evidente — o quanto este amplo jardim, mais parecido com uma plantação, se modificara desde que morava ali. Sobretudo o solo — a forma e a aparência do terreno — se remodelara nesses anos todos, que nem eram muitos. (As árvores, por sua vez, estavam praticamente iguais.) O terreno do jardim era levemente acidentado. Mas na época em que ela mudara para lá, ainda era uma superfície plana, devidamente terraplanada. Agora, no entanto, aquela planície se revelava transformada numa pequena paisagem montanhosa com vales. A densa geada branca sobre a grama tornava ainda mais nítido o padrão rítmico de pequenas saliências e baixadas. Uma nova paisagem terrestre, jovem, formada ao longo de alguns anos, sobretudo pela chuva e pelos ventos do oeste. No topo de alguns montes que se esboçavam, já haviam crescido coníferas de até uma polegada, assim penteadas pelo vento. As baixadas afundavam de uma hora para outra e, no fundo de algumas, tinham se formado pequenos charcos com vegetação típica. Havia até trechos pantanosos, minilagos naturais (com sapos e libélulas nas épocas quentes). A água podia bater até acima do tornozelo. É que agora estava congelada até o fundo. Salto de sapato nenhum podia quebrar este gelo. Cobrindo tanto o gelo como as folhas das árvores, a geada se revelava em forma de pequenos anéis eriçados e espinhosos.

As únicas árvores que haviam se juntado às outras desde que ela estava lá: uma amoreira e um marmeleiro. Era uma amoreira cultivada; um tronco sem galhos — os ramos cresciam direto dele, todos envergados regularmente para baixo e para dentro, rentes ao caule, camada por camada, de forma que agora — época sem folhas — a planta mais parecia uma imensa colmeia. Tinha um tronco esburacado, com cavidades profundas e ramificadas que serviam de esconderijo aos morcegos. Eles estavam hibernando no momento.

De repente, alguma coisa escapuliu dali de dentro e cruzou o céu, voejando em ziguezague. Será que algum dos bichos já tinha dormido o suficiente? Isso queria dizer que o frio já estava para acabar? Por ela, poderia continuar assim mais alguns dias — aquele ar clarigélido era uma dos motivos de ela não querer abandonar a região. Ou será que este morcego, ruflando cada vez mais perto de seu ouvido, queria dizer: pode ir, que a gente toma conta de tudo!?

Estranho como ela costumava farejar sinais antes de qualquer partida. Mas nunca tinha atentado tanto neles como desta vez. Recuando alguns passos, conseguiu avistar a trajetória de voo do morcego, em detalhe algo confusa, bem inconstante, mas no todo uniforme, repetindo-se continuamente. Então ficou claro que este voo perfazia uma figura que lhe tocava pessoalmente. Em seu vai-e-vem-rampante-rasante, o morcego delineava com toda precisão a silhueta dela, dona do casarão, exatamente no lugar onde tinha ficado parada alguns minutos atrás.

Ela tinha passado a vida toda assim, cercada de animais. Sobretudo os bichos considerados arredios chegavam perto dela, usando-a como uma espécie de zona de asilo ou de repouso. Diziam que uma vez, quando era pequena, tinha voltado da África com uma cobra escondida debaixo da blusa, atravessando diversas fronteiras e fazendo todos os trajetos, inclusive de navio e de ônibus. Mas ela preferia descrever encontros e contatos menos peçonhentos — como aquele com a ratazana-da-beira-do-lago que a seguira no meio de uma ampla floresta, num ritmo de avanços rápidos e recuos igualmente repentinos, aproximando-se tanto dela, farejante e olhi-negra, que chegara a lhe tocar os dedos do pé com o focinho e os pelos: até agora ficava arrepiada só de lembrar. Ou a libélula do último verão, sobrevoando aquele minicharco: ela, ser humano de porte, ali em pé há algum tempo, sem se mexer, e eis a pequena criatura alada, a libélula, bem na sua frente, parada no ar, numa altura incomum para libélulas, que costumam se manter perto da superfície aquática, batendo dois pares de asas num redemoinho tão violento que as tornava invisíveis e fazia parecer que o corpo delgado estava suspenso no ar sozinho, com a incomensurável cabeça na dianteira, preta-azulada, e um círculo amarelo no meio, preenchendo o rosto da libélula que parecia mirá-la, mirar aquele ser humano, apesar de esse amarelo não coincidir com os olhos: um olhar profundamente amarelo, aproximando-se cada vez mais, de instante em instante, para arrebatá-la consigo, por fim, com seu estranho planeta de libélula. Algo de meter medo, portanto? Não.

Depois ela daria a entender ao autor, em seu vilarejo na Mancha, que as histórias entre ela e certos animais tinham a ver com o seu senso de imagem. Sobretudo os animais mais arredios reconheciam (sim, "reconheciam") se alguém estava "dentro da imagem", inteiramente dentro da imagem, dentro de si na imagem. Diante de uma pessoa assim, perdiam não apenas o acanho. Incluíam-na — nem que fosse por um único momento, mas que momento! — em sua própria existência. Eles não somente perdiam o medo: queriam o bem dela, cada um à sua maneira.

Ao contrário da amoreira cultivada, o marmeleiro de agora, na antiga plantação de frutas na periferia da cidade portuária, era uma planta como todos os marmeleiros (ou *kwite*, como se dizia em seu vilarejo lusácio). Naquela época e ainda hoje, tanto lá como aqui, aquela árvore, considerada planta nacional em seu vilarejo, tinha um caule fino e reto, soltando galhos numa altura a ser alcançada só com uma escadinha, sendo que — na copa definitivamente baixa — os ramos se emaranhavam num labirinto sem caule nem galho; tanto lá como aqui, no inverno a árvore estava sempre carregada com frutos pretos e murchos do ano anterior ou dos anos anteriores ao ano anterior. E a silhueta do melro, ali ao lado, também sempre fizera parte do conjunto, assim como o terceiro componente de sempre, bem ao lado: o ninho vazio, destroçado. E agora o chiado estridente do casal de pássaros em volta do ninho, lamentando seus filhotes roubados, enquanto o gato forasteiro passeava pela grama, ali embaixo, com uma asa tremelicando dentro da boca. Não, isso foi no verão passado ou muitos verões atrás. E voltará a acontecer no próximo.

E — isso era agora? — o ouriço saindo da mata talhadiça (o jardim era todo cercado de mato) e correndo em sua direção; *qunfuth*!, ela chamou-o involuntariamente de "ouriço" em árabe. Não era o filhote do último outono? Era sim. Não só tinha conseguido sobreviver todos esses meses sozinho, órfão, como também crescera bastante, dormindo sob o monte quente de adubo em fermentação, um ouriço quase gigante. Ao ouvir o chamado, ele se deteve e depois foi avançando na direção dela com suas pequenas patas, cada vez mais rápido, absolutamente consciente de seu alvo, esbarrando nela o focinho preto, friíssimo e duro feito borracha, só para dizer: "Não vá embora. O jardim fica tão deserto sem você. Quero continuar ouvindo seus passos, enquanto durmo." Ele tinha acordado só para lhe comunicar isso, voltando a se enfiar logo em seguida sob seu monte de folhas.

No verão passado, sua mãe — ou será que tinha sido seu pai? — havia circundado toda a propriedade em pleno meio-dia, sem acanho nenhum, durante uma semana inteira, algo incomum para um ouriço, emitindo primeiro um chiado baixinho e, no último dia, um assobio cada vez mais estridente. Por fim, o ouriço encerrara sua ronda num caminho calçado de pedras. O bicho se alojou num ponto aquecido pelo sol de julho, mas não se calou, continuou estrilando com maior insistência, a cabeça esticada para fora da couraça de espinhos. Um chiado que virou assobio, mais estridente que qualquer alarme ou sirene de polícia. Um assobio que virou estrondo. Seu focinho de ouriço, pontiagudo, escancarado até as últimas e, mesmo com a mão dela, da mulher, sobre seu rosto, nenhum sinal de retrocesso. Um estrondo que culminou no rumor de um alarme de bomba — apesar do corpo tão pequeno, do focinho mínimo! Por fim, o salto aéreo do gritador, com as quatro patas a mais de um palmo acima do chão, e agora uma frase, cortando o espaço na mesma altura. O ouriço estirado sobre a pedra aquecida pelo sol. As patas esticadas para trás e o focinho para frente, sobre a pedra. Menos de um instante depois, sua oval de espinhos coberta de moscas azuis cintilantes, que pouco antes já rodeavam seu focinho trêmulo. Com a morte súbita, espinhos desordenados, a esmo. Quase simultaneamente, o filhote, menor que uma maçã, saindo de dentro do mato, tateando, farejando a mãe ou o pai que acabara de morrer e desaparecendo logo em seguida em meio ao capim alto. E o grito do pai ou da mãe lhe dizia agora: "Não vá embora. Proteja minha cria."

Em suas viagens à Ásia, ela sempre se deparara com imagens da morte de Buda. E, em geral ele aparecia rodeado de animais. E cada um desses animais representava uma determinada espécie; no bando, ao redor do defunto, havia um único representante de cada espécie, 1 cavalo, 1 galo, 1 búfalo. Inúmeros desses animais solitários choravam o Buda morto, o morto de cada um deles ao mesmo tempo, seu parente, seu amado. E lamentavam sua morte aos prantos, segundo mostrava a imagem, cada um à sua maneira, escancarando a boca, o focinho ou o bico. Todos os bichos — o elefante, o tigre, a hiena, a cabra, o touro, o corvo, o lobo — choravam lágrimas de verdade. Seu lamento não era apenas perceptível, era audível, chegando não só ao chamado ouvido interior. Os que mais se faziam ouvir eram justo os que em geral passavam por mudos. A minhoca chorava aos cântaros. O peixe levantava a cabeça de um silêncio cercano e/ou do Oceano Índico, e bramia. O urgente soluço do pombo selvagem, incapaz de soltar mais do que um piado, parecia vir da mais profunda fenda terrestre. E ela, a observadora, estava ali junto, dentro da imagem. Decifrava.

Quanto aos vizinhos, não havia nada a decifrar? Será que ela tinha vizinhos mesmo? Tinha, mas suas casas ficavam tão distantes da dela — originalmente uma paragem de coches com hospedaria e depois sede de uma das fazendas de fruticultura típicas da região, na encosta do rio —, que no máximo dava para entrever a silhueta dos moradores por trás das árvores, de vez em quando, para lá da estrada de acesso à cidade. Com o tempo, ela passara a trabalhar mais em casa. Só que agora parecia notar os vizinhos ainda menos do que antes.

Não era culpa sua. Ela habitava não só a própria casa e seu respectivo jardim, como também a vizinhança mais cercana. Sobretudo à noite, costumava sair caminhando, errante, pela periferia densamente povoada, examinando os morros cobertos de florestas. Sentia-se cada vez mais atraída por lugares onde havia gente. Mas praticamente não encontrava viva alma — e isso não só durante a escuridão noturna. Embora ela conseguisse disfarçar-se até a absoluta discrição ou invisibilidade, mesmo sem vestir nenhum disfarce especial, seria possível que sua povoação a estivesse evitando? Não, as pessoas é que se isolavam por princípio, inclusive entre si. Cada casa era uma área multiplamente cercada e resguardada. Os recém-chegados (e eram cada vez mais os que chegavam), descontraidamente barulhentos no começo, de janelas abertas (finalmente longe dos apartamentos de aluguel, agora sob o próprio teto), logo estavam abafando as vozes e seus aparelhos acústicos, até não se ouvir mais nem um pio em canto algum. Só o idiota do subúrbio, ao contrário do antigo doido da vila, atrevido e direto, gritava, cantava e assobiava por aquelas ruas quase sempre desertas, não só à noite.

Só nos últimos anos é que a região tinha ficado quieta assim (tirando uma hora durante a manhã dos dias de semana e uma no final do expediente). Às vezes grassava algo como um silêncio pré ou pós-guerra. Mas geralmente a paisagem da periferia, sossegada e bem iluminada, emanava uma paz pulsante. Isso se devia sobretudo a um ou outro morador antigo. Na maioria das vezes, eram homens que continuavam exercendo seu ofício, apesar de já terem direito à aposentadoria há muito tempo, um sapateiro de setenta anos, um pedreiro de setenta e cinco, um jardineiro de oitenta. É claro que os mais jovens e modernos já se anunciavam para todos os serviços. Mas como a sede de suas firmas eram quase sempre em outro lugar, os velhos continuavam ali, de mangas arregaçadas, ocupando-se principalmente de coisas menores. Também faziam tudo melhor, eram bem mais confiáveis — não por serem mais velhos e experientes, mas por trabalharem e morarem no mesmo lugar, uma rua adiante, a um quarteirão de distância do trabalho e do freguês —; ou seja, sem poder se dar ao luxo de deixar coisas pela metade ou fazer serviço porco.

Independentemente de exercerem tais ofícios ou outras profissões, os velhos — mesmo sem abrir a boca — eram histórias de aventura ambulantes, impregnadas no musgo das árvores frutíferas, nos pedaços de couro do sapato e nas pás amareladas de barro. Bastava começarem a falar e o mundo inteiro era o caso. Tudo bem que se coletassem contos oníricos e histórias de espíritos do Tibete ou cantigas dos habitantes do deserto de Tuareg, mas por que ninguém tinha interesse em ouvir os cantos falados e as epopeias desses suburbanos, estabelecidos ali há tanto tempo, imigrados ou fugidos de outros países na companhia dos pais? Câmera, filme, vídeo e microfone para eles também. Pois rareavam a olhos vistos: a mão que fechou aquela loja ali, na semana passada, fechou-a de vez; saga perdida, lamento perdido, cantiga de amor perdida; mesmo uma insinuação mínima que se perca, que imensa perda!

Quanto aos recém-chegados, embora preferissem ficar trancados em casa, com o tempo ela conseguia descobrir alguma coisa sobre eles. Quando muito, isso acontecia por acaso, de passagem. Justamente a fachada de uma existência sombria criava o pano de fundo. Não queriam revelar nada de si, por nada deste mundo. As pessoas não deveriam ter sequer a mínima noção de quem eram, do que faziam, como se chamavam, de onde vinham. Com eles, iniciou-se uma nova era. Caso um piano atrás de janelas cerradas soasse mais alto de repente, o som era interrompido imediatamente. Nunca se viam roupas penduradas fora de casa, quando muito indistinguíveis, atrás de cercas vivas cerradas. Até os automóveis desapareciam fundo debaixo da terra, em garagens abaixo do porão.

Mesmo assim, suas histórias nunca se mantinham totalmente recônditas. De tempos em tempos, quando menos se esperava, alguns fragmentos e partículas atravessavam os muros de dissimulação. Bastava um único átomo se projetar, a uma distância quase sempre indeterminável, para se deflagrar uma situação. Uma situação? Uma história inteira, mais clara e elucidativa do que se tivesse sido contada de cabo a rabo.

Isso costumava acontecer à noite, geralmente na mais profunda noite, a altas horas, depois da meia-noite. Uma vez, todo mundo acordou com uma imensa lamúria. Ou então: o que tinha soado inicialmente como grito colérico, um bate-boca no meio da rua, foi virando um lamento. Era uma voz feminina, brevemente pontuada, aqui e ali, pela voz de um homem, acalentando ou querendo acalentar. Era algo mais sério que uma mera briga. Era o fim, eram sons, ou aos poucos tornavam-se sons de quem estava morrendo. Por fim, o lamento quase incompreensível foi ficando francamente terno. Ela jamais ouvira um lamento tão íntimo em lugar nenhum, em ópera alguma. A voz do homem, ainda calma, controlada, não respondia mais, apenas acompanhava a cantiga com algumas frases, desaparecendo por fim da imagem sonora. Pausa. Porta do carro batendo. Barulho de arranque. Silêncio. E o lamento recomeçando, já esmorecido, como se alguém estivesse recuando bem devagar. Então o ímpeto do silêncio noturno, correspondendo ao ímpeto do lamento emudecido. Ela não era a única da vizinhança à escuta, escutando, escutando. Mas depois não passou nenhuma sirene de ambulância. Nem o carro da funerária, na manhã seguinte. Apenas o vazio em carne viva, da rua, daquela casa, ou tinha sido aquela outra ali atrás? E nenhum vizinho para comentar.

E depois o que veio após a meia-noite. Passada em claro. Às vezes ela gostava de ficar acordada, sobretudo quando tinha algum problema de trabalho a resolver. E uma voz, de novo. Desta vez, bem de perto. E ela reconheceu a voz, apesar de ter soado tão diversa. E além do mais, entendeu tudo o que fora dito, palavra por palavra. Era a voz de um adolescente, do filho daquela gente para quem ela alugara a antiga casinha do caseiro, um galpão reformado, na entrada de seu terreno. Embora o contrato previsse que os inquilinos prestassem uma espécie de serviço de caseiro, ela mal conhecia essa família. Não sabia a profissão do pai nem da mãe, que escola o jovem frequentava e nem sequer se ele ia à escola. Ele não a cumprimentava; virava a cara quando a via. Ao contrário dos pais, desrespeitava os limiares do terreno, tanto os visíveis como os invisíveis. O segundo portão, por exemplo, passagem para o âmbito estritamente particular, contudo sempre destrancado: ele costumava passar por ali, como se fosse muito natural, cortando caminho através da propriedade, tomando atalho por um vão da cerca viva até uma rua lateral aparentemente importante para seu trajeto. Uma vez, ela chegara a dar de cara com ele em sua própria cozinha (nem sequer a casa ela deixava trancada), sentado na mesa, lendo jornal; diante da aparição dela, um mero retirar-se do recinto pela antiga porta do mensageiro, com toda tranquilidade, sem nenhuma explicação.

A casa do caseiro não era ali perto, muito pelo contrário. Mesmo assim, ela ouvira a voz do filho naquela noite, vinda de lá, tão clara, assoprada ao ouvido, como num sonho. Com certeza não era sonho. E o filho do vizinho disse o seguinte: "Vocês querem mesmo é que eu morra. Obrigado pelos ossos jogados na jaula. Vocês nunca mais vão me ver. Minha cama vai ficar vazia. Obrigado pelas flores no túmulo. Deixem-me apenas tocar uma última fita. Por que vocês não me querem? Por que você não me abortou? Por que não me enfiou no forno? Ou numa caixa com fundo falso? Areia quente do deserto, queimando. De quem os ama, todo seu —" O silêncio chegou até aqui. E o vazio na manhã seguinte. Na segunda manhã, o mesmo adolescente de sempre, só que — em vez de bicicleta — de moto.

Mais uma noite daquelas, desta vez mais cedo. Ela chegando da sede do banco, lá embaixo no rio, antes da meia-noite, em seu Land Rover espanhol, uma espécie de veículo camuflado (com certeza lhe cairia bem dirigi-lo disfarçada). Na estrada de acesso à cidade, já vazia, perto da bifurcação que dava em sua propriedade, um vulto solitário acenando logo adiante. Ela parou. Uma moça bem jovem, ou melhor, uma menina, mais ou menos da idade de sua filha, com o rosto aparentemente dissociado do corpo, sob a iluminação suburbana: "A senhora não sabe de alguma casa para mim no exterior, de preferência no norte da África? Ouvi falar tanto da luz de lá. Tenho que ir embora daqui. Sou mais velha do que pareço. Conheço a senhora. A senhora é pintora, não é? Como é possível pintar nesta região aqui, neste país? Uma casa pitoresca para mim, em Tipasa ou Casablanca, já, já!" E sem esperar resposta, desapareceu no escuro lateral. Depois voltou a ser vista: sentada numa claraboia distante, lendo, como se nada tivesse acontecido.

Dos recém-chegados — cada vez mais numerosos nos últimos anos, identificáveis apenas pelas iniciais coladas no portão, iniciais que bem poderiam pertencer a um alfabeto grego, cirílico ou até árabe e armênio — até os filhos se mantinham na sombra. Dissimulados e emudecidos, desciam de carros incomensuráveis, ao lado de pais ou tutores igualmente mudos e dissimulados, facilmente confundíveis com os enormes pacotes de compras arrastados dos enormes supermercados depois do expediente (os únicos que ainda compravam nas feiras e nos diversos estabelecimentos menores da região eram os idosos e os moradores mais antigos, quase nunca uma cara desconhecida, de criança muito menos).

No caminho da escola para casa, quase sempre cada um por si, andando sozinho e olhando para o chão, como que para se manter anônimo. Mesmo assim, mais cedo ou mais tarde, eles também ficaram gravados na memória dela, mais do que as crianças de antigamente na vizinhança do vilarejo — será que naquela época ela também era uma dessas que andavam olhando para o chão? Isso sempre acontecia quando ela ouvia um choro. Podia vir da distância que fosse, um choro desses sempre lhe chamava atenção na vizinhança. Ela o ouvia de dia, apesar do barulho da estrada, tão nítido como na mais alta e silenciosa noite. Não era todo choro que chegava tão perto assim e persistia: o dos recém-nascidos, por mais lastimável que fosse, praticamente nunca, nem o de quem acaba de cair ou dar um mau jeito. Era aquele choro geralmente sem lágrimas, da primeira grande e definitiva decepção; não o que ameaça escapar do peito, mas um tom encerrado dentro, sereno, um estágio intermediário entre soluçar, cair no choro, choramingar, ofegar e arfar, suspenso sobre um tom básico, profundo e inominável, contínuo em seu círculo vicioso, no ato, atrás dos trincos de uma janela, atrás de uma árvore no jardim, até mesmo no meio da rua, num atalho, arrastando-se, caravana de uma única pessoa.

Ela, ouvinte, ficou hipnotizada, imóvel, enquanto acompanhava a caravana lá fora. O que ouvia das crianças da vizinhança era a voz do abandono. Uma voz que poderia, exatamente na mesma tonalidade, ganhar volume dentro de um adulto, dentro de qualquer um?, sim, qualquer um. (Mas sendo de gente grande, talvez soasse tão cortante que a pessoa poderia ser degolada e esquartejada pelo próprio pranto?) Quem já não teria vagado por aí, alguma vez, há muito, com essa mesma voz de abandono? E com o tempo, essa voz minava. Penetrava no ponto mais cego do labirinto-corpo. Mais cedo ou mais tarde, contudo, reocuparia o centro, de uma hora para outra, com a violência de uma explosão. Certa vez, ela vira um filme que terminava com uma mulher chorando, durante uns quinze minutos. Sentada no vazio de um estádio ou de um parque ou de uma construção, caía no choro, de repente, sem lágrimas, como estas crianças daqui, e ficava chorando e chorando. De vez em quando parava. Daí continuava chorando, calava-se de novo, para logo depois irromper no mesmo choro, e assim por diante, um choro de milhares de pessoas, por fim, o choro dos choros, até o final. (O autor, com o qual ela comentou isso, contou que — quando era jovem — tinha escrito uma peça de teatro que consistia de uma única frase ou indicação de cena: "Uma pessoa sentada no palco vazio chora uma hora seguida.") Ela mesma já não chorava há muito. Mas de vez em quando ainda ouvia seu choro de muito antigamente.

Nos últimos tempos, chegava cada vez mais aos seus ouvidos esse som penetrante das crianças invisíveis da vizinhança, som de definitivo abandono ou rejeição. Ela chegou a ver pelo menos uma das crianças. Foi numa noite de primavera, o céu estrelado clareando a floresta e o subúrbio. A criança passou pela quadra de esportes, indo para casa sozinha. As luzes acabavam de se apagar. Ao longo da rua, uma fileira de cerejeiras em flor. A criança passando por baixo, vista de costas, grande quase, há muito em idade escolar. Sacudindo os ombros ao andar, em intervalos constantes, aqui e mais adiante, debaixo daquelas flores de cor especialmente viva, assim sob o reflexo das luzes da rua junto à escuridão. Esse movimento regular dos ombros era um choro de som quase imperceptível, apesar do silêncio noturno, mas — uma vez sintonizado o ouvido — difícil de ser encoberto por qualquer zunido de avião ou guincho de rodas de trem. E assim caminhava a criança-vista-de-costas, sacudindo o ombro e chorando, para além das árvores enfileiradas e das quadras. Quem viria a narrar a voz do abandono?

Sabia-se estar na vizinhança dessas pessoas desconhecidas, praticamente invisíveis. À distância, muitas vezes nem dava para perceber direito seus contornos e silhuetas, apenas pequenas manchas brancas, ou melhor, descoradas, em meio ao breu total: suas cabeças, seus rostos, suas mãos. As atividades profissionais também formavam manchas pardas, desbotadas; os recém-chegados as mantinham em segredo, escondiam mesmo, será que de propósito?; o que a pessoa fazia não vinha ao caso; e a maneira de se vestirem também não dava qualquer pista; e tudo isso reforçava ainda mais seu senso comunitário. A única certeza era de que nenhuma daquelas pessoas estava entre os clientes dela. Ou estava? Surpreender não era a especialidade deles?

O fato de ninguém ter noção de quem ela era a aproximava ainda mais desta gente nova. Mesmo que sua propriedade, uma antiga posta, ficasse num lugar especial, lá onde começava o aclive da estrada (antigamente, ali se atrelava pelo menos um par de cavalos a mais ao coche). Mesmo que chamasse a atenção por ser a única mais antiga, pelo tamanho, pelo modo de construção, pela forma, pela distância das outras casas, ninguém, nem sequer o pessoal da casinha do caseiro, sabia mais da sua moradora. E ninguém queria saber nada.

Só uma vez, no restaurante indiano da esquina, um morador lhe perguntou se ela era atriz de cinema. E uma outra vez, na quitanda do chinês, ali perto, o ancião que alugava aquele ponto não fazia muito tempo: "A senhora não esteve em Macau quando criança?" — "Quando?" — "Há cinquenta anos." Há cinquenta anos! Em Macau! Era como se o chinês tivesse transferido parte de sua idade para ela, rejuvenescendo por um momento, de fato. Ou era apenas a proverbial curiosidade asiática? Que geralmente só era encenada? Os demais, no entanto, nem sequer se davam ao trabalho de encenar curiosidade, pelo menos aqui. Isso significava que — recorrendo a uma expressão usada com frequência pela moradora da posta e especialista em finanças (em vez de falar "não quero" ou "você não pode", ela costumava dizer "isso está fora de questão") — ficar sabendo de coisas mais específicas e íntimas sobre os outros estava fora de questão.

Ao que lhe parecia, aquela região era modelo de uma nova forma de vida. O fato de as pessoas manterem distância entre si (apesar de não ser uma área de vilas nobres) não queria dizer que faltasse uma política de boa vizinhança. Sem demonstrar explicitamente, as pessoas se estimavam e respeitavam. Na hora H, mas só então, elas estariam lá, para o que desse e viesse, voltando a se distanciar logo depois, anônimas, cumprimentando-se algumas vezes, para depois passar reto de novo, sem dizer oi.

Em comparação com os vizinhos novos, ela até se sentia meio antiquada (ela, uma alta executiva de banco, antiquada? Isso estava fora de questão): a maioria deles não morava em casa própria, mas ocupava um contingente de moradia reservado para gente como eles, que se mudaria para outro lugar dentro de alguns anos (e no tempo desta história praticamente só existia gente como eles), reservado pelos empreendimentos, sociedades, firmas, institutos, corporações e laboratórios que os empregavam (um contingente que podia consistir de propriedades antigas compradas pela central). Ao contrário dela, um número crescente de vizinhos não tinha casa própria. Até os carros eram da empresa ou de aluguel. Isso também se aplicava aos aparelhos, inclusive televisão e serra elétrica. Nada lhes pertencia, pelo menos nada que tivesse um certo peso e tamanho, nada que exigisse qualquer responsabilidade.

De uns tempos para cá, ela quase os invejava por isso, ou melhor, tinha um certo ciúme — uma vez que não estivesse fora de questão, para uma espectadora participante, ter ciúme de uma peça na qual gostaria de estar atuando. Afinal, o prazer que ela sempre sentira em se saber proprietária já não se desgastara? Possuir terrenos, sobretudo, era algo que sempre lhe dera uma sensação de espaço muito especial, como se seus ombros se alargassem. Ampliar o patrimônio com mais um terreno, e mais um: pura alegria. (Ela realmente usou a palavra "alegria" na frente do autor.) De cabeça erguida, fazer a vistoria de seu patrimônio (para não dizer "cavalgar em torno"). De uns tempos para cá, as vistorias eram feitas de cabeça baixa, com um simples olhar de inspeção: o que tem que ser feito? o que ficou faltando? o que falta consertar? limpar? trocar?

Livre por causa da propriedade? Pelo menos para ela, isso passara a ameaçar sua liberdade. Impedia uma percepção livre. Apenas partes e partículas, nada inteiro. Nem a própria pessoa, como proprietária, se mantinha inteira. Por mais estranho que parecesse, uma maneira de escapar ou de se libertar disso era movimentar dinheiro, o dos outros e o seu — como se dinheiro, patrimônio móvel, não tivesse nada a ver com "propriedade", permitindo-lhe um jogo livre como o dos outros nas imediações. Será que, de uns tempos para cá, este jogo não vinha se tornando perigoso, especialmente incontrolável, alheio a qualquer regra — uma ameaça não só para ela?

Entre essas novas formas de vida, algumas tinham a ver com a situação da sua cidade. Após uma fase de decadência, os portos fluviais estavam renascendo. Antes disso, houvera um período absolutamente sem transporte náutico; todos os rios e canais do continente vazios. Mas agora, estes eram considerados a mais moderna via de transporte e abastecimento; as cidades situadas às suas margens se tornaram centros importantes, sem precedente histórico, nem mesmo o Império Romano. E a cidade dela, na confluência de dois rios, constituía algo como o centro dos centros. Como Augsburg antigamente, com a dinastia dos Fugger, sobretudo sob o patriarca Jacob: um centro financeiro, embora menos de riquezas que de transações. Uma vida assim, entre dois rios mundialmente conhecidos e cobiçados, despertava nos moradores — mais nos recém-chegados que nos antigos — um senso especial de lugar: caracterizado pela segurança ou pelo orgulho até, bem diferente daquele de quem mora — digamos — em Nova York ou em alguma metrópole litorânea, ou seja, um orgulho tipicamente continental.

Isso também significava que os rios e suas redondezas determinavam cada vez mais o cotidiano, infiltravam-se pouco a pouco, até dominá-lo inteiramente. Mesmo que ainda se encontrassem diversos tipos de peixe de água salgada nas feiras. Eles apenas se "encontravam" ali, mortos ou semimortos, enquanto os peixes de água doce "se agitavam, ariscos" nas bacias ao lado. Mesmo que não fossem muitas espécies diferentes, cada exemplar era uma espécie própria, saltando aos olhos, vivaz, em meio ao aperto geral. Fora de moda durante décadas, eles vinham se tornando cada vez mais cobiçados, eram vendidos por toda parte, preparados segundo receitas novas, e antigas também, e já faziam parte dos pratos do dia da cozinha regional (e de uns tempos para cá "regional" significava nada mais e nada menos que "nacional").

Da mesma forma, os pomares e hortas, os campos de fruti e horticultura às margens dos dois rios, em pousio há muito tempo, estavam revivendo sua primavera — verão — outono, preenchendo as áreas ainda não construídas. Além do que se cultivava antigamente, a oferta foi ampliada e enriquecida com novos tipos, trazidos ou chegados naturalmente até ali, em consequência do clima que se aquecia em todo o continente. É claro que frutos exóticos, além de azeitonas, uvas, pistache e coisas semelhantes, continuavam sendo importados até aqui no noroeste. No entanto, tinha surgido um novo costume (mais um novo modo de vida): quando a colheita dos produtos locais ou aclimatizados tivesse sido inteiramente vendida ou consumida, não se costumava mais mandar importá-los do outro hemisfério. Não havia mais cerejas ou mirtilos do Chile no inverno. Nem primeiras maçãs de outono da Nova Zelândia na primavera. Nem cogumelos da África do Sul para o cordeiro assado da Páscoa. Em vez de se acelerar, o sazonamento das frutas nativas era até prolongado na cidade dos dois rios.

Quase ninguém sentia mais falta desse luxo. Justamente a falta de um legume ou de uma fruta local conferia um ritmo ao ano; a ausência de algo durante algum tempo podia até ser um tempero. Novos modos de vida? Retorno ou resgate dos antigos? (Com exceção de trajes e costumes típicos, músicas e danças folclóricas.) Ou seria aquilo que um historiador havia denominado fenômeno da "longa duração", o movimento mais seguro da história, em ondas, indestrutível (ou quem sabe destrutível, à medida que o tempo passa)? Seja como for, as espécies de maçã antigas ou redescobertas se realçavam — e como! — em meio às importadas, nas árvores, nas plantações, inclusive sob as luzes artificiais dos mercadões. Que brilho e que aroma! E não era nenhum falso encanto. Ou será que ela era a única a sentir isso, com os olhos e o olfato de antigamente, do vilarejo lusácio.

Por outro lado, não era ela que determinava a demanda nem o consequente retorno do fenômeno da duração, mas sim sua estranha e incompreensível vizinhança. Por mais estranho que fosse, era isso que a fazia se sentir em casa. Ela sabia (vivenciara) que bastava um toque mínimo, uma única palavra pescada de passagem, para se escorregar da tal longa duração e cair num momento isolado, absolutamente não histórico, desvinculado de qualquer decorrer do tempo, o instante do isolamento.

3

Ela tinha vários inimigos. E fizera quase todos no trabalho. Viviam longe dali. Mas um deles atuava em seu território, nas proximidades. Tudo começara com o amor. Pelo menos esta era a palavra que o homem usara de início, ou num segundo momento. Encontraram-se na floresta, numa clareira lá no fundo. Ela chegara ali por uma trilha de tábuas enegrecidas com o tempo, a madeira já se desfazendo. De repente, veio-lhe a imagem de um jardim deserto sob castanheiras, o jardim de um restaurante naquela região montanhosa acima de Trieste, numa manhã de alto verão, e isso a fez abrir os braços. No mesmo momento, o homem apareceu bem do seu lado, saindo do meio do mato cerrado em torno da clareira. Ela nem chegou a se assustar. Normalmente teria se sobressaltado, quem sabe, mas em companhia da imagem nada podia lhe acontecer. Ser atingida pelo que quer que fosse estava fora de questão. Continuou assim de braços abertos e até sorriu para o estranho. Era uma noite de primavera, bem antes de escurecer.

Foi então que o homem pronunciou a palavra. Será que era estrangeiro? Pois a pronunciou com sotaque. Aliás, aquela região era habitada em grande parte por estrangeiros. Ou será que o sotaque vinha da excitação que o fez enrolar a língua? Seus trajes eram os de quem tinha acabado de escapar da prisão, não por causa do tecido e do corte, mas pelo desalinho (e cabelos desgrenhados), por ter corrido de viés pela floresta até ali. Ele também não disse "eu te amo", etc. e tal, mas sim "a senhora tem que me amar, ainda há de me amar." E continuou balbuciando: "A senhora precisa de mim. Já esperou tanto tempo por mim. Sem mim, a senhora está perdida. Hei de salvá-la. A senhora não haverá de ter me amado em vão."

Ela ficou calada. Só os olhos é que brilhavam, por causa da imagem que perdurava, aprofundando-se cada vez mais. No meio do jardim de castanheiras, ergueu-se uma coluna de estalactites calcárias, gotejando chuva noturna. Jorrava água de um cano de ferro. Uma máquina de café expresso sibilava. E na clareira pré-noturna, acabava de soprar uma leve brisa. E o homem retomou: "Escute aqui. Está ouvindo? Até Deus, pelo qual o profeta Elias (ou qual profeta mesmo?) esperou tanto tempo no deserto, apareceu finalmente, não em meio a relâmpagos e trovões, ou no meio de uma tempestade, mas em uma brisa tão serena, que mal dava para ouvir." Ele deu um passo na direção dela; em vez de avançar, contudo, voltou a afundar no meio do mato. Seu nariz começou a sangrar, e no lenço branco que caíra na grama da clareira havia um desenho vermelho, formando um padrão de dado multiocular.

À margem daquele restaurante na montanha — sem fregueses — estava parado o trem Paris-Moscou; era um posto de fronteira. As janelas do vagão-leito estavam abertas; as camas, vazias; pelas janelas ali atrás, o branco nu das montanhas calcárias. Pois então, será que este estranho não sabia que o deus que tinha se manifestado através da brisa era o do Antigo Testamento? Que sua voz, soprando suave, não era nenhum sussurro de amor, era marcada pela ira mesmo? Que aquele deus só queria vingança, vingança, nada mais que vingança?

Para fazer jus ao começo da história, o homem conseguiu descobrir onde ela morava e, por volta da meia-noite, sua voz soou pelo interfone: "Durante todos esses anos, nem passei perto daquela clareira — e bastou eu resolver passar, pronto, lá estava a senhora! É um sinal de que me ama. Embora eu nunca a tivesse visto em carne e osso, reconheci-a no ato. Se isso não for um sinal, o que haverá de ser? E o terceiro prenúncio: toda vez que chego num lugar desconhecido, olho exclusivamente para a frente, atravesso direto sem virar para a esquerda nem para a direita — desta vez, entretanto, já olhei para o lado de imediato, justamente onde a senhora estava me esperando. Abra a porta. A senhora tem que me deixar entrar."

Ela não abriu. Afinal, todas as portas de casa já estavam abertas mesmo. Mas ele não virou trinco nenhum, nenhuma maçaneta; ficou no portão, apertando a campainha a noite inteira. Por fim, ela apagou todas as luzes e se deitou no canapé do salão, no escuro, ao lado de sua espada, uma relíquia do passado. A campainha não parava de tocar. Todavia, isso a foi acalmando com o tempo e a fez adormecer. Na manhã seguinte, depois de um sono quase restaurador no canapé: o mesmo lenço manchado de sangue caído na entrada, como uma carta de baralho.

E em seguida, uma carta: "Como foi fácil penetrá-la. Seu sexo me abocanhou de tanta volúpia. Seus instrumentos sexuais cravando-se em mim, roçando, beliscando, bailando à minha volta. As membranas de seu ventre vibravam e trepidavam, inflavam e inchavam numa grande viagem sobre um mar cor de nanquim, sob a tempestade que vinha do continente. Fui feito sob medida para você, sem a menor dúvida. E prometo jamais abandoná-la!"

Já estava na hora de se encontrar com o homem, em plena luz do dia, numa hora sóbria da manhã que se adiantava. Mas onde? A escolha do lugar também era decisiva. Marcar um encontro num dos diversos pequenos restaurantes da redondeza estava fora de questão: ela nunca fora vista com homem nenhum ali e nem era para ser. Mas os bares suburbanos também estavam fora de questão. As pessoas que os frequentavam ficavam ali, em pé ou sentadas, quase sempre sozinhas (às vezes ela dava uma passada por lá, mas tão rápida que dava a impressão de ser uma miragem). E quem aparecia por lá a dois só podia estar comprometido, e de forma levemente comprometedora, ainda por cima; em geral, esses pares falavam em voz baixa, metendo-se no último canto do estabelecimento, longe dos demais, se possível até atrás dos biombos, onde dava para supor um agarrando a mão do outro de vez em quando. E ela? É claro que não tinha amante nenhum. Mesmo assim, sempre passava a impressão de ser bem-amada, constante e impetuosamente, resplandecente de tanto amor, por ter sido tão amada, como ainda há pouco.

Ela marcou com ele num parquinho perto da grande ferrovia. Os bancos públicos daquela área, como os de todo o distrito ribeirinho, se dispunham de um jeito esquisito: dois bancos como que para dois pares de joelhos, um de frente para o outro. Mais louco ainda era o jeito como as cadeiras públicas estavam dispostas nas imediações dos bancos: ficavam ali, como que casualmente jogadas, como se fizessem parte de um mostruário de móveis ao ar livre, viradas de frente ou de costas umas para as outras, em ângulos diferentes. Ao se tentar movê-las para arrumar a desordem, não se moviam um milímetro: as cadeiras estavam presas, parafusadas, cimentadas no chão.

Antes do meio-dia, eles se viram postados em duas cadeiras dessas, prestes a se tocar, mas a uma distância inatingível por causa da inclinação dos dois eixos, enquanto os brinquedos à esquerda e à direita rangiam sob a horda de crianças e os trens expressos passavam estrilando, acossados por papéis claros e gaivotas brancas que — em meio à rajada dos trens — voavam de um jeito diferente das que seguem a quilha dos navios.

Imitando-o, sem querer, ela começou a conversa com um "escute aqui!", prosseguindo mais ou menos assim: "Não que eu tenha alguma coisa contra o senhor. Mas já sou amada, companheira e mãe de família há muito tempo. E o homem que amo é mil vezes mais bonito que o senhor. O senhor não é nada perto do meu marido. Não vou largar dele nunca. Só nos braços dele sinto o que é um abraço. Outros quadris estão fora de questão. O meu sexo só reage ao sexo dele. Qualquer outro cheiro está fora de questão! E ele não é só meu amado, mas também meu cúmplice e parceiro de jogo. É meu companheiro de montanhas e vales, de escaladas, estepes e desertos. Ele é meu guarda-costas e eu sou a guarda-costas dele. É meu escravo, assim como sou sua escrava. É meu juiz — pena não ser muito rigoroso. É o advogado que ganha todas as minhas causas. Acima de tudo, é meu cozinheiro, um cozinheiro como não existe igual em todo o planeta. Não desses charlatões que existem por aí, desses trapaceiros que fingem inventar seus pratos na hora, servir empadas saídas diretamente do forno, peixes que acabaram de ser pescados, criar novas cores e formas com seu truques, fingindo ter feito na hora o que geralmente é de ontem, da noite anterior ou até da semana passada, e — a bem da verdade — tem todos os gostos possíveis e impossíveis, menos o gosto deste momento agora, o gosto do presente. Meu amor é, antes de mais nada, um cozinheiro de restos. Não joga nada fora, nem tenta mascarar o que me serve. É um verdadeiro mestre na combinação de restos com ingredientes frescos, sendo que o principal são sempre os restos. Só eles é que criam em nossos pratos a plenitude do presente. A coexistência do antes e do agora é seu segredo, nosso segredo. O senhor é o homem errado para mim. E o homem errado não é apenas o senhor."

"Como se chamava seu marido?" — perguntou o vizinho forasteiro depois de um tempo. — "Labbayka" — respondeu ela, após uma pausa. — "É um nome árabe que quer dizer algo como 'estou aí para você'. Mas por que o senhor perguntou como ele se chamava e não como se chama?" — O vizinho forasteiro: "Perguntei como ele se chamava, pois acho que seu amante já sumiu ou morreu há muito tempo, se é que não é inventado. Do contrário, deve ter um nome completamente diferente. Além do mais, acredito que o nome da senhora seja outro. A senhora deve viver sob nome falso. Deve ter trocado de nome várias vezes na vida. Conheço todos os seus nomes falsificados. Estou no seu encalço. Algo me diz que a senhora tem culpa no cartório. Quando isso vier à tona, terá sido o seu fim. Olhe ali o vestido vermelho daquela menina na balança!" — Ela: "A menina de vestido vermelho já foi para casa há muito tempo. Além do mais, o vestido não era vermelho." — O vizinho forasteiro: "Quer saber o meu nome?" — Ela, já se retirando: "Não."

Seu pretendente manteve-se a distância durante um bom tempo. Mesmo assim, ela continuava sentindo sua estranha presença. Sentia-se não só observada e espionada, mas também registrada e protocolada. Com sua percepção capaz de apreender tudo num único instante, desde a ponta dos pés até o fim do horizonte, ela examinava os arredores, sem registrar o perseguidor — no máximo, como se fosse uma charada, partes do corpo do procurado aparentemente inscritas na folhagem de uma árvore, digamos, ou no reboque quebradiço da parede de uma casa.

Ao mesmo tempo, era como se o fato de ela percebê-lo o pusesse em cheque. Ele ainda não arriscava se aproximar. Todavia, ela passara a vê-lo com uma frequência cada vez maior, sempre de costas: ora parado no semáforo, no carro da frente, ora atravessando o túnel do acesso, visível da cabeça aos pés, mas só de costas.

Certa manhã, ele finalmente reapareceu ("Finalmente!", pensou ela, a sério), em carne e osso, bem na sua frente, tão próximo que a pessoa inteira parecia recortada de um papelão ou madeira compensada, uma figura de trem-fantasma. O que mais a inquietou depois não foi tanto o fato de ele ter tomado impulso para investir contra ela, mas sim as flores que tinha em punho, arrancadas com raiz e tudo do jardim da praça, e o traje de gala deste vizinho forasteiro, que a remetera — segundo disse depois ao autor — a um baile no convés de um navio de luxo, com uma orquestra de metais e o Cruzeiro do Sul. "Ele veio para cima de você?" (o autor). — "Sem perguntas! Só consigo narrar sem que me perguntem nada." (Ela) — Além do mais, o autor já devia saber que ninguém poderia atingi-la, enquanto ela estivesse sob proteção de uma de suas imagens.

Uma trilha através das Montanhas Rochosas, em Montana, se interpôs entre ela e o agressor, de forma que este ficou lá longe, gesticulando atrás dos pinheiros, e machucou o tornozelo na casca de uma das árvores. Airelas na beira da trilha formavam pequenas ovais amarelo-esverdeadas, com outras já maduras pelo meio, mais vermelhas. Será que aquilo ali era excremento de urso? E isso que ela acabara de dizer não fora numa língua indígena a se traduzir como: "Fora daqui, forasteiro. Este território é meu."? E, de fato, ele foi se afastando de costas, devagar, assim como ela também se distanciou de costas, ele, um passo para trás, ela outro, até desaparecerem de vista. Nunca mais o vizinho anônimo tentaria colocar as mãos nela. Por fim, antes de desaparecerem de vez, ambos até riram. Diz-se que ela já tinha dado uma risada antes, lá de dentro da imagem.

Em compensação, ele continuou tentando com palavras, oralmente e por escrito. Ela consentiu. E como a oralidade combinasse mais com eles, também permitiu que se encontrassem de vez em quando. Não sendo em sua casa, ela nem se importava mais com o lugar; podia até ser para jantar fora ou em seu escritório.

Era ela que o servia e arcava com os prejuízos (ele aceitava, como se ela não fizesse mais do que a obrigação). E não só isso era para dar a entender aos outros que a relação deles só podia ser de trabalho, sendo que ela determinava tudo e ele só recebia ordens. Alguns achavam que era só uma consulta médica ou então — quando eles eram vistos assim, sentados um de frente para o outro — que o homem não passava de um objeto de investigação dela, da mulher. No mais, o idiota do subúrbio vivia por perto, como sempre (na época desta história, a periferia era seu lugar cativo), como guardião dela ou de qualquer outra pessoa, prestando atenção, de olhos arregalados, e confortando-a desta maneira.

Seu pretendente era o único a falar. E quem estivesse de fora jamais poderia imaginar que toda vez ele falasse exclusivamente dela. Visto da rua ou do postigo da cozinha, ele parecia estar expondo todo o seu íntimo para alguém que estivesse ali por acaso. E como não lhe restasse mais nada numa situação dessas, ela parecia ser toda ouvidos e ficava quieta. Os múltiplos gestos que ele não parava de fazer só poderiam se referir a ele mesmo. Confirmavam o que ele estava expondo. Do contrário, será que a ouvinte os teria seguido com tanta atenção, até o menor deles, com a atenção concentrada no canto dos olhos, enquanto lia as palavras nos lábios dele?

Uma vez, passando lá fora, deu para notar como ele gesticulava para cima dela, com insistência e exagero, apontando para fora, lá longe. Gesticulava tanto, que as mangas foram se arregaçando. E ela foi seguindo seu dedo, com o olhar de sempre, apenas prolongando os olhos e a visão. De fato, dava para ver alguma coisa na direção apontada: naquele início de verão, pouco antes do temporal, começou a cair uma tempestade, de uma hora para a outra, quando de repente o velho e enorme cedro em frente ao restaurante, do outro lado da praça, se envergou, faltando pouco para romper, então por um triz, até ser arrancado do solo com raiz e tudo e tombar sobre a praça com um estrondo, quase acertando uma família que fugia do temporal, as duas crianças gargalhando de ver a árvore cair, enquanto os pais...

Mas do lado de dentro, ali na janela, o orador nem sequer notou o estrondo, continuou falando sem parar; a mão que casualmente apontara para fora foi agarrando os próprios cabelos e começou a arrancá-los, enquanto a mulher registrava a queda da árvore, sem se distrair da conversa, como se este fosse o jeito de conter aquele estranho? de apaziguá-lo?

A gesticulação contradizia inteiramente o que ele falava. Em todo encontro, seu único assunto era ela. Mas nunca apontava para a sua pretendida, evitava até olhar para ela durante sua ladainha. Apertava a garganta com as duas mãos e dizia: "Tudo é feio na senhora. Sua casa é feia. Seu carro é feio. Seus dedos do pé são feios." Enfiava os dedos nos olhos e dizia: "Quem vai sair perdendo é a senhora. Já perdeu. Assim como seus pais eram perdedores e sua filha também, a senhora há de se tornar uma perdedora."

Qualquer audiência com ela era só para ofendê-la, para lhe dizer ou prever as piores coisas possíveis. Às vezes, ele também começava com elogios e gentilezas: "Esta manhã, o vento me soprou o seu nome..." — "Hoje, eu gostaria de entoar um salmo..." — "Só você sabe do seu segredo, minha acompanhante evasiva..." — "Foi numa manhã de abril, mulher dos olhos guerreiros..." Só que, depois de umas frases assim, normalmente começava a xingá-la, para depois (estapeando-se, batendo no peito ou mordendo a ponta dos dedos) geralmente amaldiçoá-la e rogar-lhe pragas. Os xingos e maldições nunca eram inteiramente infundados. Entre as trivialidades que ele matraqueava cegamente, sempre havia uma combinação que a atingia, desmascarando, antes de mais nada, omissões e atos inimagináveis cometidos por ela no máximo em sonho — conforme pensara até então. A crueldade, o esquecimento e a maldosa negligência — tudo isso havia acontecido.

Nos últimos tempos, antes de ela sair de viagem, as injúrias do vizinho e pretendente se referiam exclusivamente ao futuro. Não que ele a ameaçasse — ameaçar estava fora de questão —: ele simplesmente rogava pragas. O que começava como uma poética bênção de viagem ("Caminhos semeados de flores é o que você há de encontrar...", "Certa noite, você se extasiará com o céu negro, tão próximo...") sempre acabava em maldição crua. Ela perderia tudo o que mais amava. Jamais retornaria. Ia se arruinar. E que as raposas da montanha a devorassem, sua carne ainda palpitante! — Quando o autor lhe perguntou por que ela gostaria de ver toda essa confusão narrada em livro, ela disse apenas: "Quanto mais confusa a história, mais claro o tormento."

Onde estava seu pretendente desiludido agora, na manhã da partida? Onde se encontrava registrando as últimas rondas dela? E se esta realmente fosse sua última viagem — isso seria menos desejável que temível? Em que momento as corujas tinham parado de piar manhã adentro, em meio aos crescentes ruídos do dia? E em que momento a lua tinha parado de brilhar, deixado de lançar luz e sombra, afundando no céu, disco pálido e irreflexo? E a partir de qual momento a última das estrelas tinha se tornado invisível, sem que tivesse restado o menor brilho daquele ponto, nítido ainda há pouco no horizonte que amanhecia? E em que momento o tempo tinha virado, o claro silêncio gélido que definia a região há semanas — de um segundo para o outro — vertido em sopro morno?

Que fascinante assistir a todas as transições ocorridas num átimo, sem máquina nem aparelho nenhum, com os sentidos desarmados; mas mesmo assim, mesmo que aparentemente se conseguisse — "ali, é Vênus ainda!, agora, não, agora, não, agora, já, pronto! já passou!" — não viria depois a consciência de ter perdido de novo justamente aquele momento, de tudo sempre ter sido assim, de que tudo continuaria sendo assim mesmo, até o fim? Perder — toda santa vez — até aquele simples momento de pisar numa floresta, sabendo-se inteiro, inteiramente cercado por ela?

De repente, segundo consta, a "campeã mundial de finanças" (como já tinha sido chamada num artigo) sentiu-se transportada para os morros rochosos cobertos de florestas na periferia da cidade portuária, levada pelo ar da manhã, assim como pelo elã do que foi narrado até agora e sobretudo do que ainda falta ser narrado. Era como se isso já fizesse parte de sua viagem, como se ela se movesse em espirais cada vez maiores, assim como já percorrera os pomares em torno de sua propriedade, como quem quer tomar impulso. Tão cedo assim, ninguém na floresta, só ela, poderosamente só. E por que estava sozinha? Onde estava seu pretendente? Será que estava dormindo? Seria possível que ele fosse perder a hora, perdê-la de vista, perder esta manhã?

Sempre que subia o morro, tomava impulso para lançar uma das castanhas que tinha encontrado no caminho e colocado no bolso. (Castanha! Não seria uma pista muito evidente do lugar? Não, esses frutos já cresciam por toda parte, já eram praticamente de domínio público no continente.) Ela tomou impulso, sem lançar. "Com o mero tomar-impulso e mirar-o-ponto" — explicou ela ao autor — "o alvo — seja um buraco na árvore, seja uma fenda na rocha — aparece junto com os arredores como uma imagem. Tomar impulso, sem lançar: mais uma possibilidade de gerar imagens a partir do que há de mais próprio. Para que uma imagem dessas? Com minhas imagens-alvo me defendo, sem me defender — ataco, sem atacar — guerreiro, sem ter que guerrear."

Fantástico jeito de caminhar: sob os pés a sola de gelo que ringia e rangia como nenhuma neve jamais podia ringir e ranger (não só um som muito mais discreto, mas bem mais distante, ou mais onírico), o envergar-se das copas no alto e o branco do gelo turvando-se em água corrente ao vento-degelo, de manso. E na castanheira desfolhada, as cápsulas espinhosas, abertas faz tempo, de dentro das quais volta e meia ainda caía uma castanha que ficara lá em cima durante meses, até agora, mais clara do que as espalhadas pelo chão da floresta, ainda sem ter amolecido ou começado a apodrecer como essas, mas dura e sadia, com a carne branco-amarelada ainda fresca. O quê? Castanhas caindo em pleno janeiro? Isso mesmo. Ela para o autor: "O que é o tempo? Até hoje isso me deixa perplexa, como antigamente, no vilarejo." O vazio mágico das segundas-feiras, o vazio do início da semana nas florestas.

Este caminhar também era fantástico porque as florestas tinham sido destruídas por um vendaval de dezembro algumas semanas antes, algo que esta região noroeste nunca tinha vivido em toda sua história, por mais habituada que fosse a tempestades. O vendaval viera à noite e, embora tenha durado horas, ela continuara dormindo, dormindo e dormindo, mais profundo do que nunca. Perdera o acontecimento de novo, como em muitas outras ocasiões de sua vida. Então as florestas foram interditadas. "Mas é claro que entrei." Da primeira vez, os danos lhe pareceram bem menores do que mostravam as imagens na televisão e nos jornais; e isso não só porque podia ver o resto da floresta em torno do pequeno recorte. No entanto, toda vez que entrava, a destruição lhe parecia mais violenta. Será que algumas árvores tinham caído depois? A longa geada que sucedera o vendaval não ajudara, por outro lado, a segurar as raízes já soltas no solo? E mesmo assim, a cada vez mais uma árvore tombada, como agora, copas e galhos rompidos durante a noite. Ou será que o olhar tinha apenas se resguardado de apreender tudo de uma só vez?

Não havia caminho que não estivesse obstruído por uma árvore ou por seus destroços. Era preciso transpô-los, embrenhar-se pelo meio ou achar um jeito de contorná-los — sendo que não demorava muito até a pessoa ter que desviar do próximo obstáculo e de mais um, até talvez se ver fora da floresta de repente. Foi por isso que ela decidiu seguir trepando e se agachando. Decidiu? Não: era evidente que ela só buscaria obstáculos e perigo, como sempre. Perigo? Muitas das árvores pelo meio das quais ela se embrenhava não estavam inteiramente encostadas no chão, ainda se sustentavam em galhos partidos, fincados no solo como uma escora, pouco estável, contudo.

O que havia para se contemplar nessa destruição, afinal? A destruição não tem segredos, concluíra ela em sua primeira caminhada pela floresta, após a pior tempestade do milênio. Só nas próximas vezes é que ela atinara. Ao se desenraizarem, as árvores tinham arrancado lá do fundo do solo enormes torrões de terra. Eram cortes transversais virados na vertical, meias-luas ou pirâmides de areia, barro e pedregulho, de onde se radiavam raízes laterais, capadas nas pontas e eriçadas no ar, desmanteladas, enquanto o centro era formado por um fragmento de raiz bem mais grosso, a raiz-mãe, por assim dizer, protuberando-se na direção de quem olhava. As árvores arrancadas do solo pelo vendaval tinham arrastado consigo zilhares desses rizo-hemisférios, antiquissímos, revolvidos e expostos à tona.

Os trabalhos de remoção ainda não tinham começado; requereriam um decênio, todo um exército: mesmo se dentro de dez ou vinte anos todos os cadáveres de árvores fossem serrados e devidamente dispostos em pilhas de lenha, estava fora de questão aplanar esses cones, meias-luas e pirâmides de terra aglomerados a esmo, erigindo-se com seu porte titânico por toda a floresta, como se fossem iurtas antiquíssimas; todos os estratos de terra removidos do fundo, trazidos à tona com as raízes e virados na vertical provavelmente ficariam assim para sempre.

Isso resultaria numa nova paisagem, numa região jamais vista, com horizontes definitivamente novos, deslocados. Como a madeira da raiz era especialmente resistente, continuaria marcando a coroa e o meão da roda por muito tempo, deixando-se esculpir pela erosão, de forma mais nítida que agora. Até então, ela praticamente não soubera o que era curiosidade, um traço da maioria dos habitantes da região: mas a paisagem remodelada acabava de despertar sua curiosidade.

E depois as crateras onde as árvores, sobretudo os velhos e pesados carvalhos, tinham se desenraizado durante o vendaval: vindos à luz, camada por camada, os estratos de milênios. As casas de caracol não tinham acabado de cair nas crateras, pareciam de um tempo remoto. As conchas também não tinham ido parar ali por causa de um piquenique na floresta ou coisa parecida, não eram resíduos jogados dentro do fosso das raízes após uma inspeção dos danos causados pela tempestade, mas estavam sedimentadas, removíveis somente com martelo e talhadeira, como se tivessem endurecido ao fogo havia decamilênios, emergindo agora — por força da catástrofe — de seu antigo mar, de seu remoto banco de ostras. E o negro-basalto, ali na camada de baixo, provinha de um veio vulcânico. Onde estou? Quando foi isso? Isso foi agora? Agora é quando?

Nenhuma outra árvore tinha uma copa tão esparramada e, ao mesmo tempo, emaranhada e compacta, como o gigante-carvalho ou carvalho-gigante. E nada que desse uma impressão mais forte de devastação do que todas as copas de carvalho destroçadas no solo da floresta. Mas até entre esses incontáveis montes de galhos quebrados havia algo a se observar. Ao tombar, uma dessas árvores gigantes caíra em cima de sua vizinha, igualmente gigantesca, e esta — por sua vez — em cima do carvalho anterior, sendo que acabavam formando um único caule, numa linha transcontinental, todas voltadas para um único ponto de fuga no fim do continente.

Esta linha era ritmada pelos destroços das copas ou pelas copas em destroços que, assim tombadas, aparentavam incomensuráveis jaulas, jaulas de brincadeira, pois se abriam — com seus restos de emaranhado — em todas as direções do vento. E de fato, enquanto o carvalho ainda era vivo, jamais houvera tantas aves volteando lá em cima em sua copa, como agora ali embaixo, na madeira morta. Espiavam e sibilavam ali atrás, em meio às varas das falsas jaulas, principalmente passarinhos menores, como os chapins, os pardais, os piscos-de-peito-ruivo, regalando-se com uma comida que nunca estivera ao alcance de seu voo raso. Ciscavam e comiam, mas vistos de fora pareciam estar brincando de prisão.

Aqui e ali havia verticais em paralelo, árvores tombadas lado a lado e, dentro das zonas paralelas, trechos de mata quase inacessíveis que passaram a servir de *habitat* (e não só de asilo) a muitos animais aparentemente extintos, expulsos ou desaparecidos das florestas nos últimos anos: embora não mostrassem a cara agora, logo de manhã, as raposas com certeza tinham acabado de cavar suas tocas nesses enclaves, inclusive foram elas que arrancaram todos os tufos de musgo espalhados pelo chão; sem receio algum, as lebres selvagens disparavam de um esconderijo para o outro, voltando à luz do dia após terem se ocultado por um tempo, onde?; todo esse tempo os esquilos não estavam extintos, portanto, só escondidos, andando agora em ziguezague dentro da área protegida, não mais na vertical, como antes, mas na horizontal, enquanto os faisões ali no meio pavoneavam-se em azul e púrpura.

Os únicos apátridas daquela floresta devastada eram os pombos selvagens: até agora, semanas após o vendaval daquela noite, saíam voejando da copa de uma das poucas árvores que haviam restado (uma trovoada única de centenas de pares de asas), percorrendo sua rota de costume em meia-lua ou em quarto-de-lua até a próxima copa habitual — que não existia mais, o que as obrigava a ficar se debatendo no mesmo lugar, suspensas no ar esvaziado como personagens de desenho animado, para depois continuarem rodando até a próxima árvore de refúgio — que também não existia mais, e assim por diante, e assim por diante, dias a fio.

Em compensação, seres vivos alheios à floresta, aqui e ali, nos laguinhos que o lençol de água formara dentro dos inúmeros fossos de raízes: pererecas e peixes mínimos, começando a se mexer debaixo do gelo que já se derretia — como é que tinham conseguido se meter ali? Talvez despencados do bico da águia-pesqueira, por exemplo, que perdera ao lado de uma das crateras um pedaço da asa partida, ao ser arremessada pelo vendaval desde a paisagem fluvial até o morro, como tantas outras aves de rapina e de grande porte, e — mais capotando que voando — se espatifara numa das árvores? (Ela enfiou o pedaço de asa no cinto.) E as toupeiras, também quase alheias ao lugar, há muito tempo uma verdadeira atração nos jardins, de tão raras — agora, aqui nos entremeios, populações inteiras recém-chegadas, emigradas de todos os bairros da cidade via subterrânea, por alerta da tempestade e das decorrentes emendas de segurança, mas sobretudo por causa da terra afofada, fácil de se cavar mais uma e outra galeria: vide os morros de toupeira, feito acampamento dentro do cercado das árvores tombadas, e elas, bem como as lebres, sem acanhamento nenhum, uma ou outra prestes a vir cavando até a superfície. Maldito ter-que-viajar.

Além das muitas árvores que, ao cair, tinham sido escoradas por vizinhas mais robustas e jovens, em vez de arrastá-las consigo. A copa desses colossos desenraizados muitas vezes ficara encostada entre a ramagem da próxima ou entre duas árvores, em geral, uma à direita e outra à esquerda — irrefutável, então, a imagem do guerreiro prostrado de joelhos numa batalha homérica, ou qualquer outra batalha que não fosse contemporânea.

Junto a isso, o barulho dos galhos vivos e mortos roçando no alto, em meio a mais uma rajada deste vento morno: um cicio e chilro. Cada vez mais e mais abafado, no entanto, pelos estilhaços e estalos floresta adentro: no subsolo que degelava rápido, diversas árvores apenas levemente envergadas pelo vendaval iam perdendo sustentação, uma após a outra. Apesar do vento ameno, nos arredores eram só tombos, assim do nada, ora suaves, ora bruscos. Aquele gigante ali foi se inclinando, pouco a pouco, cada vez mais devagar, deixando para trás apenas o vazio, sem qualquer estrondo, e a imagem dos galhos gravada na retina; uma pesada copa se rompeu de repente; um outro gigante perdeu o chão de uma hora para outra; em meio aos estalos e estrondos que pareciam responder de todos os cantos da floresta, reinava por vezes um silêncio absoluto; ruído, nem sequer de vento. Ela não saía do lugar. Será que estava mesmo fora de perigo? Ou um único passo seu poderia desencadear tombos em série?

Então, apesar do crescente vento, o repentino cessar das quedas; nem mais uma sequer. Olhar para o céu: a maioria das árvores não tombadas, em inclinação acentuada e quase uniforme, de modo que as únicas ainda mais ou menos direitas é que pareciam tortas. Ou será que quem olhava é que estava numa rampa, ameaçando cair da imagem? E mais uma vez: era agora? E agora não era algo diferente, algo mais do que a data de hoje?

De olho no solo: no lodo da floresta, em degelo, mais marcantes ainda os rastros de patas, cascos, pegadas de aves e solas de sapato, um rente ao outro, feito trilha, como se gravados ali há muito; alguém também seguira esta rota descalço; está seguindo; terá seguido. Agora ao nascer do sol, à altura da testa, em meio à vegetação cada vez mais rala, o reflexo dos arbustos selvagens de rododendro, típicos do noroeste, em escala humana, raramente isolados, acinturando o morro em colônias, espremidos; no instante de uma lufada de vento e do primeiro sol, este único reflexo da floresta mutilada, em meio ao escuro e ao desfolhado, realçado no brilho móvel das populações mais rasteiras; da cabeça aos pés, de cabo a rabo, o forte piscar, intermitente e miúdo da folhagem verdejante dos rododendros, cintilando e luzindo neste mesmo instante de sol, formando uma espécie de procissão, caravana, ou, de forma ainda mais duradoura, companhia ou tropa, marcando compasso e se movendo ao mesmo tempo, avante, empacando e ao mesmo tempo deslanchando, e agora o reflexo vindo da fivela dos cintos, das faixas na cabeça, do ornato das mangas, mas sobretudo das ferramentas transportadas, das calculadoras de bolso e inclusive das sondas, dos telefones portáteis com televisor bem como de outras coisas aparentemente obsoletas, como serras manuais, colheres de pedreiro (em formatos esquisitos, aerodinâmicos), lamparinas a óleo. Sem querer, ela — desacostumada a correr, já desde a época do vilarejo — disparou numa corrida: uma corrida de obstáculos, a que mais lhe convinha.

Era agora sim: era o presente, assim com o vento pela ramagem, só que com o acréscimo de outros tempos; o presente, como sempre fora. Acompanhando os solavancos dos trens sobre os dormentes, ouviam-se salvas de canhão de cem anos atrás e a zanguizarra das rodas de coche no trecho mais íngreme da trilha, deslizando para trás, lenta e regularmente, apesar do par extra de cavalos atrelados ao coche, lá embaixo, na posta do sopé do monte. E faltava pouco para os rombos das raízes arrancadas pelo vendaval formarem uma unidade com as crateras das bombas lançadas no século passado, lado a lado, nesta mesma floresta aqui.

Este Agora-mor, este tempo-mor: "Em meio ao pandemônio da tempestade, atrás do emaranhado de troncos e galhos entretombados a esmo" — ela contava ao autor — "aquele presente, aquele todo-Agora parecia um parque? um jardim? uma reserva? uma coutada? O que ainda há pouco era floresta devastada, ruína de vendaval, virara reserva, fazendo a gente pensar literalmente numa 'reserva do tempo-mor', fazendo a gente se perguntar: quando é que este tempo finalmente vai vigorar? quando vai ser decisivo, enfim?"

E o autor, em resposta: será que este pensamento fazia parte da missão dela, assim como sua crença nas imagens? Ela continuou a falar, por sua vez — "Sem perguntas!" —, como se nem tivesse ouvido: "Que preciosidade pode ser o tempo! Ou melhor: que delícia! Dá vontade de dar uma mordida, de comê-lo, de se alimentar dele. De certa forma, ele é realmente nutritivo. Quando minha filha era pequena, expressava sua noção de tempo mais ou menos assim: 'Faz tempo que eu não como maçã!' E agora, ao sair de novo da floresta, eu, famosa por ter tempo — 'como é possível que tenha tanto tempo, ainda mais na sua posição?' —, lembrei que deveria partir imediatamente."

Ficar aqui. Ficar aqui? Ouviu claramente o cuco chamando, em pleno janeiro, eco de um sonho. Ou será que eram as moedas chacoalhando no bolso? Ela praticamente não tinha dinheiro nenhum consigo, moedas muito menos. Pouco antes da partida, tinha a liberdade de ser supersticiosa o quanto quisesse. O espinho grudado em seu sapato era de um cardo de regiões altas, inexistente nas florestas dali. Encontrou um vizinho cujo anúncio de morte estava pendurado há dias em todas as lojas do subúrbio. Estava vivo?! Quem teria morrido no lugar dele, então? Antigamente, no vilarejo lusácio, não tinham perguntado a seu avô, uma vez, na praça, após um longo período de ausência dele: "O quê?! Então você não está morto? Está todo mundo dizendo que você morreu anteontem!"

A reserva do tempo-mor: que sopro! E que sopro após o sopro agora. Finalmente estava convicta de sua viagem. De uma forma ou de outra, vivenciaria alguma coisa. E encontraria um tesouro, embora nenhum a se possuir. Isso mesmo, será que era uma caçadora de tesouros? Sempre os tinha buscado, sempre para os outros.

4

Na hora da partida, ela acabou encontrando seu amante desprezado. Embora ainda fosse de manhã bem cedo, ele estava sentado num banco à margem da estrada de ferro. Ela desviou na direção dele, como se esperasse receber até de sua parte um prenúncio, como a revoada no céu há pouco. Contudo, seu olhar passou reto por ela. E nem foi de propósito: ele não a reconheceu. Será que os dois já tinham se falado alguma vez? Além do mais, ele não estava sozinho: num segundo momento, já tinha uma criança no colo — a criança e ele, um par —, o par no banco acima da curva alongada dos trilhos, ambos movendo a cabeça de forma absolutamente coordenada e simultânea, acompanhando os trens que entravam na imagem a cada instante, a toda velocidade ou acelerando só ali, na altura do subúrbio.

Ela esperava algum presságio até do idiota do subúrbio, que rondava por ali desde manhã cedo, com seus passos largos, como de costume, daqui para lá e para lugar nenhum, o dia inteiro e dias a fio; ao passar por ele, puxou-o de leve pela manga da jaqueta, pensando em lhe dar um casaco de presente, se algum dia voltasse à região (um pensamento estranho, pois a viagem deveria durar apenas alguns dias e, além disso, não haveria mar algum a atravessar).

O idiota — marchando pelo meio da rua, como sempre, com passos militares e braços balançando, como se fosse cidadão honorífico, andando e andando — prosseguiu seu trajeto com toda soberania, apesar do puxão que levara dela, mostrando ao mundo seu perfil de César, como numa moeda. Só que, nesta investida, voltou-se para ela, virando-lhe a cabeça esférica e calva (o rosto redondo afundado entre os ombros) e soltando-lhe aos berros um de seus oráculos, geralmente ignorados por todos, inclusive por ela, com os lábios lambuzados de preto, como se fosse de carvão:

"Ablaha! Isso significa: idiota! Às outras mulheres, a nata do sexo; a você, a mancha do polvo! Polvo na serra! A loucura é meu dinheiro. E a sua, qual é?" (O autor, comentando: "Ablaha — um bom nome para você. Eu poderia chamá-la assim uma vez ou outra, na sua, na minha história.") Então o idiota ficou parado e — todo cabeça e pescoço — começou a bombear ar para dentro da garganta, dizendo: "Eu também tenho uma longa história a contar a seu respeito. Mulher, uma história, contada por um idiota, com todo barulho, sem loucura alguma!"

Mais e mais limiares de partida, antes de ela se pôr definitivamente a caminho. Muito tempo já se passara desde aquela manhã, mas pelo menos dois limiares ficaram vivos na lembrança, exatamente naquele lugar ali; e quem conhecer bem a região poderá guiar um ou outro leitor até ali de bom grado. Um dos limiares é a sequência de estalactites e estalagmites no patamar da escada que dá para a pequena estação ferroviária suburbana: a água, gotejando da plataforma desde todo sempre, promete continuar pingando através do teto rachado: de cima, dezenas de estalactites esbranquiçadas, em forma de prego, umas rentes às outras, e do chão, corcovas e cumes formados pelo gotejar constante, encaixando-se direitinho nas curvas da sola do sapato, dependendo do jeito de pisar, impulsionando ou amortecendo os passos — passos de quem parte e de quem retorna: um limiar, portanto.

E o segundo dos limiares: na região mais densamente construída, o fragmento de um caminho não asfaltado, nem asfaltável, porque as raízes de duas castanheiras gigantes arqueiam-se de dentro da terra, interpenetrando-se e entrecruzando-se num feixe único, mais largo que um riacho, cruzando o caminho, protuberante, sublime, as raízes parecendo uma cadeia de montanhas e os sulcos, desfiladeiros, uma delas voltada para o céu, sobrepondo-se às outras, com todos os nós, como uma cumeada: como se antecipasse o molde da serra que ela pretendia subir em sua caminhada de três dias até a casa do autor, na Mancha — a Sierra de Gredos: o nó mais alto daqui, o pico mais alto de lá, o Almanzor.

Agora, naquela ocasião, de raiz em raiz, equilibrando-se de cume em cume, gravando distâncias e sequências de passos. Por sorte, o vendaval poupara as duas castanheiras e, desde então nenhum temporal tão violento voltou a varrer aquela região de cidade portuária fluvial.

Outros limiares de viagem, sem forma nem substância exterior, existentes apenas na narrativa?: antes do temporal, a vista de um jardim, velho conhecido por causa daquele cedro: agora sem cedro, era outra casa. Outras casas ali, que sempre pareciam abandonadas, mas agora, depois do temporal, via-se que haviam sido secretamente habitadas e continuariam sendo devassadas no futuro para quem quisesse olhar. E ali mesmo, na área residencial, certas camadas do passado expostas pelo vendaval: num jardim, como se entrevista por uma cortina rasgada, a roda de madeira de um arado antediluviano que havia girado até o meio do mato; na sequência, o poço de bombear se projetava do chão; numa outra casa suburbana, o alpendre sustentado por colunas redondas de granito, ocultas durante todos esses anos com capitéis cinzelados mais antigos que a maior parte dos monumentos de toda a cidade: uma águia de olhos arregalados e asas estendidas — cuja dança ela imitou internamente, sem que desse para notar nada.

Usar o menor pretexto para protelar. Será que haveria algo assim: uma hesitação enérgica? Juntar energia enquanto se protela o êxito? Uma hesitação épica?

Em sua residência, girar todos os interruptores até se desligarem (de uns tempos para cá, até os interruptores de girar estavam de novo em voga), com exceção de uma luz — que deveria ficar acesa até seu retorno, em breve. Na porta, dar meia-volta e afofar o edredom, os edredons, como se fosse para aquela noite mesmo. O mesmo com as janelas fechadas: entreabri-las. Tirar do *freezer* aquele resto de comida. Diante da minuciosa ordem deixada pela equipe de limpeza (ela contratara a mesma do seu banco, lá embaixo na confluência dos rios, a equipe inteira, para limpar uma única hora por mês), bagunçar dois ou três lugares, até ficar parecendo que alguém tinha batido em retirada. Cortar uma maçã (a superfície cortada ficaria marrom antes do anoitecer). Desligar o alarme. Empilhar lenha em todas as lareiras, prestes a serem acesas. Ligar o rádio na mesa da cozinha (o mais baixo possível). Colocar leite para o ouriço perto da moita (diversas tigelas de uma vez). Pegar algumas bolas perdidas no meio do mato e jogá-las a esmo entre as árvores do pomar. Cheirar o marmelo murcho. Destrancar de novo um dos portões laterais do jardim (após a fase das trancas eletrônicas, as chaves tinham entrado novamente em voga na cidade do porto fluvial: não havia quem não carregasse um molho no cinto ou em outro lugar, e quem carregava o maior de todos era o idiota do subúrbio). Deter-se no portão da frente, diante do menino da casinha do caseiro, que estava com soluço, estendendo os dois punhos para ela escolher: direita ou esquerda? Bater num deles (uma mão parecia tão esquerda quanto a outra): será que era ela, representada naquele desenho amassado? Ela ainda criança? Enfiar o desenho no bolso, colocar sua chave na mão aberta, aquela chave única, a mesma para quase todas as portas do casarão.

Nas travessas (só havia travessas "lá perto de casa", com exceção da estrada de acesso, que brilhava no ponto de fuga onde virava rodovia, após a divisa da cidade), um caminhão de mudança aqui e ali, naquela manhã; insólito as pessoas se mudando daqui e, ao que tudo indicava, para bem longe. O que deu neles para abandonarem "minha região"? Não, não deve ter sido de livre e espontânea vontade: devem ter sido obrigados a mudar, coitados, desterrados, sobretudo as crianças! Aquele piano arriado pela janela, o quadriciclo ao lado do triciclo ao lado da bicicleta: o que querem fazer fora do "meu território"? E aquele clã, a caminho das estações com malas pesadíssimas (nem puxadas sobre rodinhas ficariam mais leves): por que sair daqui, seus desgraçados, e por tanto tempo, para tão longe? Mas ela também não era um desses vultos curvos se arrastando pelas fronteiras? "Não, ando quase sem bagagem, com as mãos livres. Quem está caminhando ali é apenas o meu duplo."

A viajante de inverno, viajante de janeiro, foi vista pela última vez ao se virar e continuar caminhando de costas, até desaparecer: pela estrada de acesso, reta e íngreme, um bom trecho. Vindo dos dois rios lá debaixo, o barulho das placas de gelo derretendo, meio encavaladas, galopando em direção ao mar. Lá em cima, a pista da estrada intermunicipal com o reflexo de um desfiladeiro.

Ainda é de manhã bem cedo. Tanto tempo! (Saudação típica daquele lugar.) Antes do fim da noite, ainda há pouco, quase apenas a companhia das coisas e suas silhuetas, as árvores, as casas, as ruas vazias, só com o grito da coruja, o contorno de uma letra árabe infinitamente repetida; ainda há pouco, a grande maioria dos animais, as aves matinais, corvos, melros, falcões; em seguida, ainda há pouco, a massa de passantes se avolumando de uma hora para outra, entre eles, não eram poucas as crianças indo para a escola, todos no escuro; ainda há pouco, a hora dominada pelas máquinas, veículos, aviões, contêineres, helicópteros, passantes virando personagens de fundo, os animais (sobretudo pássaros), infrassons esporádicos; e agora, o desaparecimento dela, da mulher, "Ablaha", no desfiladeiro, naquele intervalo, meio madrugada, meio manhã, ali, com ou sem sol, a região toda em movimento e o silêncio todavia retornado, um segundo silêncio, no qual se abafava até a máquina mais ruidosa, o eventual barulho de um helicóptero ou de uma moto, bem como as antenas de TV, parabólicas ou não, logo parecendo meras lembranças, e apenas as colunas de fumaça das chaminés representando o presente, criando um primeiro plano anterior ao horizonte ("fogo" já não fora sinônimo de "casa"?) toda manhã, nesta inclusive, a região da cidade do porto fluvial se recriava de ponta a ponta ou se remontava, fresca, corporificando um ser de carne e osso, terra e fogo, ruído e silêncio, um ser potente, um planeta ressuscitado mesmo assim, com o nascer de cada dia, expandindo-se até o limite máximo, com uma energia mais virtual do que vital.

Um planeta próprio (ontem de manhã não fora a última vez, portanto) forçara-se à luz do mundo, sim, espremendo-se e compelindo-se, lutando e relutando. A ideia era reforçada pelo fato de a região servir justamente de travessia ou passagem, de confluência ou ponto de contato e intercâmbio (vide alta funcionária de banco na foz dos rios) para todas as transações possíveis, continentais e intercontinentais. O que seria da região sem ela? Como o planeta sobreviveria sem ela?

Talvez ela ainda tenha caminhado de costas por um bom tempo. Mas ali, na altura do desfiladeiro, já fazia tempo que estava avançando com passo apertado. Nem sequer olhou para trás. Pelo que consta, a tal *lady* das finanças não teria dado sequer uma última olhada para a tal cidade portuária lá embaixo, para a tal região, para o planeta dela! Não desperdiçou sequer um pensamento com a gente aqui, nem uma única imagem de mim no apertamento destas galés, voto nenhum enviado lá de cima, após o soluço do filho do caseiro ter passado há muito tempo e o desenho já estar amassado no lixo, com o rosto dela todo distorcido, como a careta numa cédula de dinheiro grosseiramente falsificada!

Enquanto isso, ao atravessar a primeira pista da rodovia, foi por um triz que ela não foi parar debaixo de um caminhão. Antes, o portão do jardim quase tinha fechado em cima do seu dedo. E já aqui em casa, com as malas na mão, ela não percebeu que havia uma escada, entre tantas, e por um momento esteve prestes a levar um grande tombo (uma moça da vizinhança — que ela naturalmente não conhecia — morreu deste jeito há pouco tempo, um acidente que guardo em segredo, uma desolação que não compartilho com quase ninguém).

E não é que ela ficou indignada, em vez de sentir alívio por ter escapado ilesa! Indignada? Sim, indignada só de imaginar que sua viagem poderia não ter dado em nada, que ela poderia ter deixado de viajar pela Sierra de Gredos, de conhecer o vilarejo do tal autor na Mancha, de ter narrado ao auto-intitulado autor sua outra vida, não oficial e por isso mesmo — a seu ver — ainda mais exemplar! Na realidade, esta pessoa desleal ficou até feliz de se livrar por um tempo "daquele país que já vinha se saturando com o tempo", "da vida suburbana ameaçada de insipidez — suburbanizar-se corresponde a embrutecer-se", "de uma vida que daqui a pouco só se resumiria em fazer compras e contas, pulsando em segundos, minutos e horas, em vez de momentos, devaneios, ímpetos, inspirações e expirações. Desejar, deixar-estar, desejar-cada-vez-mais." Que desejo? Qual desejo? Ela já está longe demais, nem está mais me ouvindo. Será que vai me ouvir alguma hora? (Caro leitor, o narrador não deverá se intrometer de novo tão cedo.)

Na travessia do pequeno passo, lá em cima, no pico mais alto da rodovia retilínea, ela começou a cantar. Canto insólito aquele, mesmo em se tratando de Agora, uma época em que sons tão inauditos como os dos pigmeus e de outros autóctones já pareciam ser de domínio público. Canto sem palavras; quem sabe até com palavras, mas num idioma que ninguém entendia, nem mesmo a cantora — mas também, entender o quê? Um cantar análogo ao cavalgar; montar, upa! mas sem cavalo.

Ela tinha se transformado de novo na aventureira que sempre fora. E desta vez, ao atravessar a fronteira de sua terra, já tinha vivido a primeira aventura, por mínima que fosse: alguém de carro, um tanto excitado por ter conseguido reconhecê-la apesar da camuflagem (uma personalidade dessas, desprotegida, no meio do mato), parou ao lado dela e não só apontou com o polegar para o banco de trás, mas já foi puxando-a com a outra mão; como sua mochila ainda não estava presa nos ombros, ela a pegou e deu-lhe uma na cara, um golpe tão grande pela janela aberta, que ele foi arremessado para a frente, escorregando do pedal do freio e apertando o acelerador, sem querer; então o carro deu uma arrancada e disparou, sem deixar ao motorista alternativa alguma a não ser sumir de vista — mas, o olhar que ele lançou para trás deixava claro: ela acabara de fazer mais um inimigo, implacável, disposto a se vingar, agora não, ainda não era hora, mas o momento certo haveria de chegar. E, mais uma vez, ela pouco se importou: para além das fronteiras de sua região, ela se sabia mesmo em pleno território inimigo.

Esquisito: em casa, as pessoas mal sabiam quem ela era, o que justamente a ajudava a se sentir em casa — em contrapartida, muita gente a reconhecia em outros lugares, e tal reconhecimento geralmente era acompanhado de hostilidade. Ameaça, perigo, desamparo: havia fases em que ela só se sentia na realidade assim, mais ou menos obrigada a dar uma de aventureira? E de repente viu-se de novo numa fase dessas (caída em esquecimento há muito tempo, perdida num passado legendário) — finalmente. Vida heroica? A partir de agora somente a vida heroica! (Vamos ver.) Ela ajeitou a mochila nos ombros, liberando as duas mãos. E enfiou no chapéu uma das penas presas no cinto.

Era um chapéu de homem. Na época em que ela empreendeu sua legendária viagem, mal havia coisas masculinas que não pudessem ser femininas também (raramente acontecia o inverso). Da cabeça aos pés, ela não vestia nada com que um homem também não pudesse andar. Mas seu jeito de usá-las, o jeito de andar com aquilo: lá, a céu aberto, no acostamento da rodovia, quem se movia era uma mulher como nunca houve, e não uma mulher vestida de homem, mas sim uma — apesar dos ombros largos, das mãos de um tamanho fora do comum e dos pés grandes, de fato — reconhecida de imediato como mulher, e que mulher, como jamais existira igual: minha nossa!: para onde olhar, se não para ela? Será que jamais serei digno de um olhar seu?

Sim, ao passar, deu uma olhada para mim, de verdade, e, pelo que me pareceu, até amável, com um sorriso amigável, ou será que só estava caçoando de mim? Ou ela nem sequer me viu e aquele riso mágico veio apenas da sua imaginação — uma imagem lembrada ou antecipada? Ao me voltar para ela, na expectativa de que fosse fazer o mesmo, só a vi de longe requebrando os ombros e puxando um lenço do fundo do bolso, desdobrando-o cerimoniosamente no ritmo em que avançava e assoando o nariz com a mesma cerimônia (e com toda força), um lenço provavelmente antiquíssimo, xadrez azul e vermelho, com um monograma bordado, não com as suas iniciais, mas com as do avô do vilarejo, ao qual também devia ter pertencido o colete a prova de bala que estava justo nela, com aquele debrum trançado de pequenos fios de bronze, todo puído, realçando como uma joia, talvez a única que usasse? Não, ela também estava usando brincos, colar e pulseiras que chacoalhavam ao andar, além de parecer maquiada, sem nenhuma cor adicional, mas com certeza pintada, com linhas nítidas, olhos bem delineados, o que intensificava seu brilho. Estava indo ao encontro de quem? A que festa? Por que seguia sozinha, sem me convidar para acompanhá-la?

E o que carregava consigo nas costas, na mochila aparentemente imune à gravidade, a mochila de uma paraquedista? Um paraquedas? Que ela puxaria a qualquer momento, se necessário? O que sua mochila com certeza não continha: secador de cabelos, foguete sinalizador, porta-retratos com foto, caneta-lanterna folheada a ouro, maiô, saco de dormir, bússola, bronzeador, jornal do dia, camisola, binóculo, lupa, microscópio, isqueiro, lâmina de barbear, romance, livro de poemas, guia de viagem (pelo menos nenhum comum), suvenir, sapato de andar em casa, *kit* de sobrevivência, um segundo chapéu, um segundo colete, uma segunda calça, um segundo par de botas, um segundo perfume.

Então ela estava perfumada? Não. Mas naquela ocasião, quando passou por mim na rodovia, parecia vir envolta numa nuvem invisível, numa gélida nuvem daquela brisa de quem caminha, no perfume mais fresco que existe, este perfume frio emanado diretamente dela, o maior frescor vindo dos lábios. Eu quis retornar na hora e seguir aquele perfume, segui-la, alcançá-la. Mas ela andava rápido demais para mim, e não só para mim. (Este tipo de narração, este cortejo, meu caro leitor, também deverá se tornar uma raridade no decorrer dos acontecimentos, se é que ainda haverá mais alguma intromissão do gênero.)

5

O dia em que ela partiu era um dia de semana. De qualquer forma, o domingo ainda estava longe; ela até sabia onde queria estar então e já esperava aquele momento com grande expectativa. Com a brusca virada do tempo, com o cessar do frio, também desaparecera do mapa o último obstáculo a sua iniciativa, ao início de sua caminhada: a geada, o puro inverno contínuo que ela tanto desejara, pelo maior tempo possível. Em compensação, talvez ela fosse pegar um inverno ainda mais persistente durante a caminhada, apesar de sua rota estar mais ao sul, no Pico de Almanzor, de onde a vista parecia chegar quase até a África (*al-manzar* não significava "a vista" em árabe? ou será que a palavra vinha de *al-mansur*, "o vencedor"? não existira um rei árabe com esse nome, comandante vitorioso na Idade Média?).

Ao longo da cumeada de quase duzentos quilômetros da Sierra de Gredos, do maciço leste até o oeste, passando pelo central, especialmente alto, com certeza (ou "sem dúvida alguma", como dizia uma das expressões correntes na época de nossa história) toda a cordilheira estaria coberta de neve até os altos vales e sem dúvida alguma ficaria assim até a primavera. O sol de janeiro, tão constante nas semanas anteriores, se ocultava e desaparecia por trás da escura frente de nuvens vinda do oeste com toda rapidez, reforçando ainda mais aquele impulso indomável dela, seu impulso de antes, de agora, de novo. O brilho tinto do asfalto, horizontes claro-escuros longe-longínquos e o azul das olivas forrando o chão ao redor das oliveiras na encosta sul da Sierra, onde agora já seria época de chacoalhá-las e colhê-las! Agora, a seu noroeste, a mil milhas de distância, ela dava uns passos na direção daquelas esferas azuis.

Ela sempre fora pioneira das novas formas de vida (que podiam representar o retorno de modos de viver esquecidos ou definitivamente deixados de lado). Forma de vida não significava nada de sensacional, contudo, nem vocábulos inauditos, festas ensurdecedoras, acasalamentos fantásticos, sociedades do futuro; nada indicativo do futuro, só indicador ou intensificador do presente. Também não queria dizer nada de público ou propagado: era algo que surgia dela e para ela, sem relação nenhuma com a sociedade ou qualquer comunidade, tornando-se forma de vida somente por meio de exemplo ou contágio, e talvez porque já estivesse no ar mesmo. Era algo que não levava a nada, a não ser a algum ponto em comum com uma ou outra pessoa, sem qualquer consciência de elite, vanguarda ou grupelho. Naquela época, essas ligações esporádicas e descompromissadas com desconhecidos, com pessoas que podiam muito bem se manter desconhecidas após um alegre olhar de saudação, por vezes tímido-respeitoso, despertavam nela — se não o mais supremo — pelo menos o mais verdadeiro dos sentimentos; pessoas como ela — pelo menos neste entretempo — pareciam prescindir de qualquer senso comunitário ou social. O que ela almejava era uma sensação de vida independente da sociedade e dos sistemas (isso não se aplicava a sua profissão, é claro, que deveria aparecer no início da história como lacuna não preenchida, tingindo e realçando ainda mais o entorno — sendo que não havia o que não girasse em torno dela!). Em geral, era a partir dessa sensação que se constituíam automaticamente as formas de vida, antigas ou novas, que por sua vez conservavam e continuavam dando impulso a essa tal sensação de vida.

Quais formas? Subir-em-árvores, não, nem nadar-em-buracos-de-gelo. Tampouco participar de corridas de resistência ou percorrer antigos caminhos de peregrinação. Excursões para colher cogumelos e pernoites em cavernas também não. Nem exercícios espirituais no Monte Athos, nem viagens com o trem transiberiano. Nem congressos sobre o amor, nem corporações de paz. Um exemplo (que não dizia nada, na verdade): quando criança, no vilarejo lusácio, quase sempre que chovia, ela atravessava o pátio da casa dos avós correndo até a casinha de madeira, pois era lá — atrás das ripas que deixavam passar as rajadas de vento, ali com a cabeça bem perto do fino teto de zinco — que ela estava bem mais próxima do acontecimento "chuva"; e como se admirava por estar sempre ali sozinha, entre achas de lenha, de olho e ouvido colado na chuva: forma de vida! — mas ninguém para acompanhá-la ou compartilhar isso com ela. Não, com o tempo ficava não só admirada, mas também indignada por isso não gerar nada em comum com os outros: já de criança, portanto, aquela mesma consciência missionária pregada agora de artigo em artigo.

Outro exemplo (que também não dizia nada): em todo evento oficial ou discurso público que presenciara na escola e depois na faculdade, ela se afastava imediatamente, sem contudo abandonar o local: ficava lá, mas se tornava invisível, enfiando-se atrás de alguma cortina. Em tais ocasiões sempre havia uma cortina adequada para tal — ela tinha um faro para isso e, mesmo que não houvesse cortinas, ela se servia de alguma lousa, de algum biombo, um mostruário de cartões, um cabideiro. Mas o melhor de tudo, o jeito mais vivo mesmo, era atrás de uma cortina de verdade, se possível a do palco onde estivesse ocorrendo alguma festividade ou coisa do gênero, um púlpito ou algo semelhante. No decorrer daqueles anos, a colegial e depois estudante de economia sempre ficava lá no escuro, atrás da cortina do palco, durante qualquer "evento" que fosse (na época, isso tinha um outro nome), sentindo-se envolvida por um espaço completamente diferente do ambiente social lá fora, sentindo vigorar um tempo bem diverso — mas por que ninguém nunca adentrara este seu espaço, nem mesmo agora? mesmo que fossem inimigos — desde criança, ela tivera uma numerosa horda de inimigos — a se juntarem a ela atrás da cortina, será que não esqueceriam a inimizade de imediato ou a suspenderiam por alguns instantes — decisivos?! Onde foi que vocês se meteram? Por que não vêm até aqui me dizer: ah, é assim, é? O que vocês estão fazendo aí fora, nessa luz imprópria, seus perdidos no mundo? Cassandra? Não, ela não lhes teria pintado desgraças. Sem missão de advertir contra catástrofes. Nem altas traições. Nem camarilhas apocalípticas. Mas mesmo assim, criança, menina, mulher missionária?

Só muito depois ela descobriu algo em comum com algumas pessoas, aqui e ali, com suas formas de vida assim introvertidas. Mas isso foi num período em que ela já tinha parado há muito de se admirar e de se irritar com o fato de ninguém imitá-la. Por exemplo, ao manter anônimo o pai de sua filha: não eram poucas as mulheres que faziam o mesmo naquela época, mulheres que viviam como ela, sem marido, de um jeito ou de outro. Um outro exemplo mínimo, que dizia mais respeito ao cotidiano do que a uma fase de vida: entre uma minoria (uma que não importava, minoria não apenas em sua região, mas no mundo todo), tornara-se comum não ouvir mais música, nem em casa, nem em um concerto; algo habitual ou forma intencional? Forma. Um outro exemplo, mais ínfimo ainda: dentro de uma outra minoria em extinção, as pessoas tinham se habituado a apagar a luz de casa à noite e simplesmente ficarem quietas no escuro, sentadas na janela ou diante de uma parede de sombras: mero hábito ou forma? Forma!

Uma forma de vida, tão nova ou velha assim, acabava de se constituir agora, enquanto ela se movia até o aeroporto: seguia a pé até a pista de voo, localizada a quase meio dia de caminhada da cidade do noroeste, ou seja, peregrinava até o aeroporto. Fazia tempo que começara a fazer essas caminhadas e as empreendia sempre que tinha tempo e, em princípio, ela sabidamente tinha muito tempo.

Da primeira vez, andara a pé por Berlim, de uma travessa da Kurfürstendamm até a entrada do aeroporto de Tegel. Embora fosse um dia de semana, na lembrança ficou gravado como um domingo. Ela pegou a Schlossstrasse circundou o Palácio de Charlottenburg, dando uma passada rápida pelo Museu Egípcio, contornou os jardins, prosseguiu pelo Tegeler Weg e logo se viu caminhando às margens do rio Spree: desde a infância no vilarejo lusácio, a água ficara retida na memória como regato, ínfimo mas profundo, quase ao alcance da mão de tão próximo, mas ao mesmo tempo meandro veramente serpenteante, ora caudal largo, ora ribeiro estreito, com uma ilha de verdade antes da bifurcação do Westhafenkanal, torrente rítmica, avançando em vastos laços, rumo ao oeste, no escoadouro do vale fluvial originário, insinuando eras remotas nos padrões eólios e no reflexo das sinuosidades, o que não afetava em nada o imediato de quem estivesse a caminho. Naquela ocasião e agora, desviando do Spree mais adiante, em sentido norte, seguindo à beira da rodovia urbana, à esquerda a Jungfernheide, à direita o lago Plötzen, ainda era Berlim?, meio clandestina através de colônias de jardins particulares, pulando cercas, afanando frutas das árvores, encolhendo-se através de arames farpados, safando-se de cães selvagens (que, após a primeira aparente ameaça de avanço, já se safavam com toda rapidez para o canto mais longínquo), detendo coelhos em fuga diante do espinheiro com um mero chamado, ele à espreita por um instante, e alguns momentos depois já se abriam as portas automáticas do saguão com guichês, placas e chamadas de alto-falante, como "Moscou", "Tenerife", "Faro", "Antália", "Bagdá" (ao se desembrenhar dos espinheiros até a rampa da esplanada, já dera para ouvir as chamadas dos locais de destino, como se viessem dos aviões que acabavam de decolar sobre sua cabeça).

Com o tempo, ela preferia até percorrer o trecho inverso, voltando a pé após a aterrissagem desde a pista de decolagem até sua região, muitas vezes através de morros e vales até a porta de casa. E nem nisso ela era a única. De uns tempos para cá, não eram poucos os que voltavam para casa desse jeito, sobretudo após viagens longas; percorriam o último trecho a pé, o que muitas vezes durava mais que o próprio voo. Além disso, nessa direção ninguém precisava ter medo de se deparar com uma multidão no final, como ocorria em frente ao aeroporto no sentido inverso: no início, talvez se andasse um certo tempo ainda mais ou menos em conjunto, em grupos maiores ou quase sempre menores, um se desgarrando após o outro, tomando seu rumo, até se chegar sozinho ao destino.

Agora também dava para reconhecer de longe e de relance aquela espécie de regressante, fosse pela bagagem leve (só na aparência) e ainda reconhecível como tal de tanto ter rodado por aí (sem etiquetas), fosse pelo andar um tanto seguro ou por uma certa superioridade ao caminhar pelo acostamento da rodovia, sem desperdiçar nem sequer uma olhada de soslaio com os veículos que passavam voando e buzinando sem mais nem menos. Mesmo entre si, notavam-se uma única vez, no máximo assim de canto de olho, de viés: ser reconhecido assim era sem dúvida uma espécie de viático.

Mesmo assim, ela queria convencer o autor a começar sua história num outro ponto de partida: será que não era revelar muito? — não necessariamente sobre ela, que talvez tivesse coisas bem diferentes a revelar, mas sim sobre as circunstâncias, que, como já dissera, deveriam ser descritas *ex negativo*, através de tudo aquilo que não estivesse em primeiro plano. O autor: "Mas não é justamente isso?" — Ela: "Por que não me deixar andar de barco pelo rio? Ou então assim: 'Ela foi até a grande rodoviária nova do subúrbio, de onde partem diversos ônibus por semana para todos os outros portos fluviais do continente, Belgrado, Viena, Düsseldorf, Budapeste, Zaragoza, Sevilha, com travessia de *ferry* até Tânger, nestes ônibus de hoje, um mais fantástico e extraordinário do que o outro, quase irreconhecíveis, mais veículos interplanetários do que ônibus — só o relógio da estação ainda era velho, o mesmo de quando ela mudara, ou seja, o mesmo de quando mudei para lá, há uma década e meia, sempre indicando o horário errado, cinco horas mais cedo ou sete mais tarde.'"

O autor: "O que será então da mensagem de seu livro?" — Ela: "Qual mensagem?" — O autor: "A das formas de vida, novas ou resgatadas, por exemplo." — Ela: "Você já teve alguma mensagem?" — O autor: "Tive, mensagens e mensagens. Mas só as que meu livro dirigiu inesperadamente a mim mesmo." — Ela: "Mensagens felizes?" — O autor: "Até agora, quase só felizes."

Sua chegada, nossa chegada ao saguão do aeroporto, com a testa arranhada e as botas sujas de barro. Até então, tanto ar lá fora, e agora, de uma hora para outra, em outro elemento. Elemento? Quase só portas giratórias, vedando o mundo exterior. Mas mesmo que alguém deixasse aberta alguma porta antiquada, não entrava brisa nenhuma no saguão. O chão brilhante, sem nenhuma marca de sapato a não ser o dela. Nada além dos rastros das malas com rodinhas e dos carrinhos de bagagem. Sem espaço para nenhuma sola de sapato, cada palmo do chão do aeroporto ocupado por passantes, gente em pé, na fila, correndo — cada um seguindo a linha reta que se propusera a percorrer. Muitos falando sozinhos, aos brados — não, gritando com outras pessoas, ausentes. Mas nem todos seguravam um celular: havia quem simplesmente estivesse com a mão na orelha, em meio ao tumulto, sem falar nada.

Num dado momento, novamente aquelas gotas — como que de nariz sangrando — formando o desenho de um dado: seria um dos passageiros (e não teria sido o único) que tinha dado de cara numa parede de vidro, acreditando-se ao ar livre por causa do reflexo de fora? Por toda parte mapas-múndi luminosos e globos quadridimensionais girando — será que ainda era o Atlas das Distâncias de sua infância? O Atlas das Distâncias agora mesmo, à vista daqui da janela do meu quarto? Aonde vocês pretendem chegar com esses destinos de viagem, horários, datas e trajetos pré-determinados e impostos por terceiros, nada que esteja em suas mãos, destinos, horários de partida e de retorno, estadias que os outros enfiaram na cabeça de vocês, tudo alheio àquele antigo e talvez eterno desejo de viajar ou àquele ímpeto espontâneo de partir, já inviabilizado pela ditadura do dinheiro e do computador? Será que as coações contemporâneas de viagem não contrariam o direito de ir e vir, um direito básico de toda Constituição? A sede de espontaneidade, a vontade de surpreender a si mesmo e aos outros? ("Fim da mensagem")

Uma pena de pombo selvagem sobre a esteira rolante, um ou outro chegou a captá-la. Algumas pessoas em trajes pretos, de partida para um enterro no interior. Uma família à parte, dormindo num banco, todos descalços, inclusive os pais. Uma legião de imagens com brilho penetrante, perfurando olhos e dilacerando cabeças, mas em nenhuma parte uma imagem viva? Uma criança, olhando para frente, ignorando toda a balbúrdia, ignorando-a inclusive por mim.

Gotas de chuva esparsas na poeira do caminho. Da terra firme até o navio, subir por uma tábua ebanizada, da largura e espessura de um portão. Onde foi que ela vira esta tábua antes? No Museu Naval de Madri, como peça do aparato com que os navegantes do império hispano-austríaco velejavam pelos mares, sobretudo os do oeste, até as "Índias Ocidentais", a Venezuela, o México. De tão espessa e bem fixada de ambos os lados, a tábua não envergou e nem balançou uma única vez debaixo de suas solas durante a subida até a murada do navio. Quando foi isso? No século XVI, mais especificamente por volta de 1556, logo após a abdicação do imperador, na época em que Carlos V atravessou a Sierra de Gredos sentado numa liteira, por sofrer de gota, a caminho de seu mosteiro de repouso, (San) Yuste, nas faldas sul da serra. E onde foi isso mesmo? No maior porto marítimo espanhol daquela época, San Lucar de Barrameda, porto fluvial em parte, no rio Guadalquivir, abaixo de Sevilha, posto de descarga do ouro indígena usurpado no além-mar. A tábua de travessia ainda não estava aprumada, apenas fixada numa parede com a estiva, como no museu, não ebanizada, esbranquiçada de sal (das famosas salinas de San Lucar, com seu "incomparável sal de salgar bacalhau"). Ela pisou ali, descalça como a família do além-mar que vira dormindo hoje, ou quando quer que fosse, numa manhã de partida como esta aqui, ou onde quer que fosse, no saguão do aeroporto.

Sua fama era de um tipo que lhe permitia determinar se queria ser reconhecida ou não. Em geral, mantinha-se incógnita, embora sempre houvesse alguém a se deter diante dela e desenhar involuntariamente seu rosto e sua silhueta no ar, sem a mínima ideia do que fazer com ela: e o desenho já sumiu.

Este tornar-se-indistinguível ou tornar-se-qualquer-um era bastante difícil de ser mantido nos aeroportos. Era ali que ela costumava ser reconhecida, fosse para o seu bem ou não. Geralmente não. Se bem que quem a reconhecia nunca desejava seu mal imediatamente. À primeira vista, havia até uma ponta de surpresa satisfeita em muitos olhos. Uns e outros quase ficavam felizes por encontrá-la. Até quem antipatizasse com ela reagia de início com um sobressalto, faltando-lhe um triz para cumprimentá-la calorosamente. Ela não parecia em nada com aquela mulher que vivia mexendo os pauzinhos e fazendo os outros de marionete, uma imagem propagada por certas reportagens, por mais um artigo, uma foto, outra notícia.

Para começo de conversa, ela era incomparavelmente mais bonita ao vivo. Ao contrário de suas aparições na televisão, executadas com uma cara meio amarrada e sombria, ao vivo ela se mostrava aberta e acessível. Só pelo jeito de se mover, já dava para perceber que ela sempre assimilava e levava consigo um detalhe de quem passava, debaixo dos braços oscilantes, na têmpora, atrás da orelha, na sinuosidade do quadril, no joelho largo, ou seja, qualquer detalhe mínimo que representasse o todo — e esse detalhe, descoberto de relance e evocado à memória, remetia as pessoas a si mesmas, a alguém absolutamente diverso do tipo ou papel que desempenhavam naquela situação.

Um esbarro, e então já era. A atenção e o amável acompanhamento da pessoa eram apenas encenados. Então não era todo mundo que sabia que ela fora estrela de cinema na juventude, antes de mudar de profissão algumas vezes, até a atual (a propósito, seu filme ainda continuava passando em alguns cinemas, não só na Europa, e algumas cenas até na televisão, quando ela aparecia em algum programa: era uma história medieval em que ela — atriz de elenco amador — fizera o papel de Guinevere, mulher do rei Artur e ao mesmo tempo amante — enigma: amante ou não? — do cavaleiro Lancelote).

A época, o período em que se passava a história de agora, era de uma desconfiança insuperável. Ninguém mais acreditava em ninguém. Pelo menos não se acreditava mais na afeição e na cordialidade, na compaixão e no desejo, muito menos em qualquer amor que fosse. Quando alguém aparecia radiante ou exultante, ninguém levava fé na sua felicidade — nem que fosse uma criança. A pessoa podia gritar de dor, que o outro

— após deter-se brevemente, irresoluto — só fazia olhar torto: não só por desconfiança, por desprezo mesmo.

Com o tempo, perdera-se a fé nos sentimentos autênticos, e quem sabe atávicos, a não ser o ódio, náusea e o desprezo. Sentimentos atávicos estes? Sentimentos atávicos desde o princípio dos tempos? De qualquer forma, era uma época de espectadores desdenhosos, malignos até. Desejavam somente o mal a quem quer que passasse por eles, talvez não à primeira ou à segunda vista, mas num momento posterior e, em compensação, definitivo. A beleza daquela mulher ali: demais! Contudo, num piscar de olhos, aquela ponta de felicidade, aquele cair-em-si se transformava em fantasia violenta: machucá-la, rebaixá-la, puni-la por sua beleza. Será que existia algo assim: ódio, fúria, náusea atávicos, a princípio não canalizados, mas depois redimidos, encontrando seu rumo, contra a beleza mais rara? Eu, espectador, como juiz e algoz? Assim redimido por odiar tanto?

Outrora-agora, os aeroportos pareciam ter se tornado locais ideais para o desdém de milhões de espectadores maldosos. Pelo menos esse ambiente não atenuava em nada suas animosidades (algo que deixava a desejar? afinal, será que eu também não sofria da mesma raiva cega?). Será que o que nos irritava mais ainda era o abafamento e a luz artificial — mesmo nos lugares onde entrava bastante luz do dia, luz de fora? Ou aquela impaciência fatídica, instigando o mal? Os aeroportos incitavam à animosidade, sobretudo os grandes — sendo que quase só havia grandes, até gigantes. Quem já tivesse sido um inimigo nosso, mesmo por alto, transformava-se imediatamente ao nos encontrarmos ali por acaso num inimigo decidido e decisivo (sem palavras — justamente por não trocarmos palavra alguma).

Agora ela acabava de cruzar um de seus inimigos de profissão, que — mesmo com um destino completamente diferente — já cruzara diversas vezes seu caminho naquele complexo labiríntico, passando à frente, atrás ou ao lado dela. Primeiro ele ficou branco como cera. Deu até para ouvir seus dentes rangendo de ódio, enquanto acendia o cigarro com um brusco clique de isqueiro e uma chama exagerada, como se atiçasse alguma fogueira, enquanto levantava sua maleta de metal no ar desventoso. O mesmo se aplicava aos inúmeros desconhecidos, dispostos à mais rude afronta, sobretudo ao se defrontarem com aquele rosto conhecido. Isso poderia ocorrer inesperadamente, de um corredor lateral, na hora de ultrapassar alguém na esteira rolante ou até à traição, partindo de alguém invisível — que se mantinha invisível por desaparecer logo após a agressão ou porque ela nunca olhava mesmo para trás para saber quem tinha sido.

Naquela hora, antes de o avião partir, uma voz se fez ouvir bem perto de seu ouvido, a voz de uma mulher, num tom nada baixo, apenas trêmula, de raiva? ou por causa da idade?: "Você devia se envergonhar. Um verdadeiro vexame para seu pai e sua mãe, para o seu país. Sua descarada!" O belo como provocação? Era como se ela tivesse se tornado uma provocação maligna de uns tempos para cá — seu tipo de beleza incitava à exacerbação? E como ela, a ultrajada, reagia a isso? Por um lado, nem se sentia atingida, de tão órfã e apátrida que era. Por outro lado, entretanto, o mero insulto despertava e arraigava sua consciência de culpa — não havia nenhum momento, entre um passo e outro, em que isso não interferisse diretamente em sua vida. E por outro lado ainda: uma carreira de formigas ali ao lado da esteira rolante! A pomba morta há anos, esquelética, lá em cima da cúpula de vidro. O murmúrio das palmeiras de Jericó. Ou tinham sido e eram as palmeiras de Nablus, tão gigantescas quanto? Ela se sentara ao sol, a sós, sentou-se no terraço vazio, está sentada com vista para o deserto, terá se sentado ali. O cachorro meio encolhido na areia, assim como os gatos, bem menores, encostados em sua barriga.

Através das imagens ela conseguia não só manter os agressores a distância. Ela os rechaçava. A imagem em questão servia-lhe de armadura e também de arma, caso se tratasse de mais que um desarmamento pacífico. Com as imagens, ela tinha tudo em mãos para exterminar o outro ou então literalmente "apagá-lo". Sem que ele percebesse como isso acontecera e sem que captasse nada, a imagem o atingia, lançada dos arcos da sobrancelhas ou das omoplatas dela, acertando-o com a força de um choque elétrico e atravessando-o da sola dos pés até o último fio de cabelo.

Foi assim que seu inimigo de profissão saiu cambaleando atrás da mala de metal arremessada pelo saguão. Aquela voz de velha, ainda murmurante, soltou um grito sufocado às suas costas; um instante depois, a aparição de um dos leques de palmeira pontiagudos de Nablus ou Jericó foi varrida de cena. De todo jeito, ela queria que o autor infundisse estes episódios na sua história. O autor: "Eles são inventados?" — Ela: "Não, aconteceram mesmo. Pode passar adiante."

Durante a decolagem, era como se não fosse mais começo de janeiro, como ainda havia sido pela manhã; como se o início do inverno já tivesse passado haveria muito, como se — sob estas nuvens de chuva, escuras e baixas agora — já fosse algum dia no meio do ano, como se o enredo estivesse sendo retomado pelo menos um mês depois. Um arbusto de cardo brotava da pista de concreto. Lá embaixo, na beira da pista, os tufos de clematite murchos, sem qualquer reflexo prateado em meio a tanto cinza; sua forma invernal de guirlanda, seca, caída. Na hora do arranque, uma dessas guirlandas desmanteladas, voando em redemoinho até a janela dela, batendo contra o vidro com um barulho fora do comum, como a porta de um coche. Alguns minutos antes, o solavanco das rodas, como o de um ônibus em alguma estrada esburacada dos Pirineus. E lá fora, nas pistas de rolamento, ramos de espinheiro soltos, volteando-se e atropelando-se em meio a uma nuvem de poeira desértica; uma imagem correspondente, antecipando em uma hora ou quantas? a sequência do filme que viria a passar sobre a cabeça dos passageiros, certamente rodado no marrom nu da meseta ibérica, definitivo e imutável, o marrom no qual o verde do noroeste já terá se convertido então.

"Viagem de amor!", pensara ela, com um dos olhos no filme sobre a cabeça de todos e o outro na paisagem lá embaixo sob a aeronave, sentindo-se observada tanto do ar como do filme, tranquila, imóvel, inacessível àquela distância, tão perto como nada e ninguém. O desejo se instaurou, tornou-se agudo, central. Pois o dela sempre estava lá, era contínuo. "Não há um momento em que eu não deseje", contou ela ao autor, com objetividade, como se fosse óbvio. "Desejo ou anseio?" (o autor). — "Desejo e anseio."

Só que o desejo dela era de um tipo que dificilmente se revelava como tal para a outra pessoa (será que nem era dirigido aos outros?). Quem conseguia notá-lo geralmente tomava um susto. Não importa se é para mim ou não: o melhor é cair fora daqui! Ela enlouqueceu de vez. Que rouca a sua voz! E que caretas são essas! É bem capaz que me arranque a cabeça. Atravesse meu coração com sua espada. Ou simplesmente cuspa na minha cara e mostre suas nove línguas. Ou torça o pescoço da criança sentada no assento ao lado. Ou então agarre a criança e se lance junto com ela no abismo pela saída de emergência, sobre o rio Ebro, mais adiante sobre o rio Duero, sobre a catedral que se aproxima lá embaixo, tão pequena como se fosse de brinquedo, consagrada à "Nossa Senhora da Coluna" de Zaragoza, cidade portuária, não do noroeste, mas do sudoeste: vocês aí, da fileira toda, homens e mulheres, até crianças e bichos, vamos bater em retirada agora mesmo, fugir do desejo, da avidez, da plenitude, do desamparo desta mulher selvagem — de tudo isso junto. No seu casarão vazio, sobre a mesa, o maracujá, ou uma romã? ou um limão?, e a faca colocada ao lado, ainda úmida do corte que atravessou a casca da fruta, sua carne.

Viagem de amor? Amor? Naquela época, a palavra "amor" vinha se propagando zás-trás. (Ela tinha sugerido que o autor "sujasse" ou manchasse um pouco sua história com expressões triviais ou banais, como "zás-trás".) Não era só que as pessoas tivessem perdido o receio de pronunciar a palavra "amor" e, por que não até diversas vezes por dia? A palavra soava o tempo todo em microfones e alto-falantes, em igrejas e estações ferroviárias, salas de concerto, estádios esportivos e tribunais, até em coletivas de imprensa; estava escrita em vermelho, em letras garrafais, na metade dos cartazes de propaganda ou de campanha eleitoral, brilhando em um a cada três luminosos.

"Amável pontualidade" dizia um anúncio do tráfego ferroviário: isso significava que os trens, em vez de se atrasarem, só faziam se adiantar, e volta e meia as pessoas perdiam um. Nas execuções diárias no Texas ou onde quer que fosse, os delinquentes, com a injeção letal já em contato com a veia, tinham que ouvir regularmente a Epístola aos Coríntios: "Mas o maior de todos é o amor." Canções de amor, transmitidas dia e noite pela estação Saudade ou pelo canal Sétimo Céu, não paravam de tocar nas estações de metrô e dos trens de subúrbio, onde havia não só policiais armados até os dentes, patrulhando dia e noite, mas também gigantescas barreiras metálicas, intransponíveis para crianças e velhos (cuja permanência ali já era proibida); mas isso não era tudo, as enormes portas de metal viviam fechando no calcanhar dos "caros passageiros", ou seja, dos felizardos que por sorte tivessem uma passagem válida e conseguissem passar rapidinho, portas que fechavam com um estrondo de aço repetido, amplificado milhares de vezes, ecoado por todos os túneis do metrô e do subúrbio, acompanhado por músicas da Rádio Paradiso ou Nostalgia, como "Love me Tender" e "Die Liebe ist ein seltsames Spiel".

Após um período de paz sadia, sólida e confiável, nada decrépita, durante o qual muitos de nós nos dávamos por satisfeitos com esta época, com "nossa época", com o Agora, voltava a grassar uma escuridão pré-guerra. Mas era um pré-guerra como talvez nunca tivesse existido antes. A paz continuava determinando a imagem, onipresente: a palavra "paz", escrita no céu por aviões, gravada a fogo noite adentro por carregadores de tocha, assim como o "amor".

Entretanto, a guerra já estava em andamento, tanto a antiga, entre os povos, como a nova, de pessoa para pessoa, mais brutal e destrutiva que a primeira. Não só ela, alta-funcionária de banco ou o que quer que fosse, tinha inimigos, estava sitiada por eles: ela própria era inimiga mortal de todos, não importava quem fosse, o convidado de um jantar entre amigos ou o participante de um concílio sobre o amor, o delegado nº 248 da Conferência Internacional de Paz, o Número Dois da Junta dos Doze Conselheiros do Mundo ou o moribundo nº três no saguão da casa de assistência para doentes terminais, e até nós mesmos, insanos passeando na floresta em companhia de nossos coidiotas (quem está dizendo isso, quem está narrando agora? — o Conselho dos Idiotas).

Esta guerra de um contra o outro — muitas vezes mais cruel contra um igual, contra o próximo — nunca foi declarada oficialmente. Se alguém dissesse "A partir de hoje estamos em pé de guerra!" ou "Vou acabar com você!" ou "Seu caixão está encomendado!" ou simplesmente "Quero que você morra!", seria apenas ridículo, ou pelo menos nos poderia entrar por um ouvido e sair pelo outro. A guerra de agora tinha sido deliberada sem qualquer declaração prévia. Acontecera sem aviso, por trás da fachada de uma "paz" propagada em imagem, som e pictograma, não só na forma de uma pomba com ramo de oliveira no bico. De uns tempos para cá, em vez de "guerra!", a verdadeira ameaça era "eu te amo e vou te amar para sempre!"; em vez de "a partir de hoje somos inimigos e você ainda há de conhecer minha fúria!", a verdadeira ameaça era ouvir "cá entre amigos, eu..."; e uma ameaça quase fatal era "jamais deixaremos vocês sozinhos de novo!"

Fim do protocolo da assembleia do Conselho dos Insanos? Não, ainda não acabou, ainda falta dizer mais ou menos o seguinte: na época de agora, reacendera-se entre os povos aquela hostilidade existente há séculos ou quem sabe há milênios. Após um período em que acreditávamos ter-nos redimido finalmente e de uma vez por todas, pelo menos dentro do nosso continente (o que seria uma redenção local se não isso?), voltaram a eclodir na Europa todas as hostilidades herdadas, nuas e cruas. Antes, bem antes, certos preconceitos existentes entre os povos sempre haviam sido bem-intencionados ou pelo menos ambíguos: apesar de preguiçosos, alegres; embora brutais, ao menos confiáveis; por mais que cozinhem mal, são pelo menos bons músicos; mesmo bandidos, não chegam a ser marginais; apesar de federem a alho, são os melhores apicultores. Agora, no entanto, o que restara entre os povos, praticamente como presente exclusivo, eram as piores e mais malignas lembranças. De onde vinham tais lembranças, sobretudo entre as pessoas de hoje, crescidas numa época em que todas as informações hostis contra outros países, por mais sutis que fossem, tinham sido eliminadas dos livros de história?

Lembranças grotescas neste nosso continente, unificado há tanto tempo numa zona econômica e jurídica quase equivalente a um Estado único; mesmo após todas as fronteiras intercontinentais terem sido abolidas, de trenó da Lapônia até Salonica, de esqui aquático do Lago Wörther até São Petersburgo: "Vocês, espanhóis, empalaram meu irmão publicamente em Cambrai, em julho de 1532"; "os liechtensteinenses nos denunciaram aos turcos na Idade Média"; "os ingleses estão para minar o Canal da Mancha, como na época de Henrique VIII"; "como sempre, os suíços depositam sua confiança num país onde o sol nunca nascerá"; "todo francês que se recusar a assumir a culpa coletiva e expiar a decapitação da nossa Maria Antonieta..."; "o goleiro de vocês matou o nosso zagueiro daquela vez". Fim do sumário do Conselho dos Insanos?

Os povos passaram a pensar o pior dos outros, apenas o pior, como jamais aconteceu em toda a História. A amizade entre eles e as solenidades de eterna reconciliação vigoravam oficialmente só por um breve intervalo, nada de longa duração: logo os maus pensamentos se manifestavam entre as autoridades, sobretudo entre elas (o povo em questão nunca deixava transparecer o que pensava, como sempre? só mesmo um deus poderia adivinhar?).

"Representantes do povo" aqui, "mentores do povo" ali: estes eram os primeiros a se deixar levar contra um outro país, lançando-se como líderes de uma guerra verbal. Nada que fosse desconhecido na História. Naquele entretempo (ou já teria sido o fim dos tempos?), o novo ou inusitado era que a liderança dos "estadistas" e "formadores de opinião" dizia e por fim fazia justamente aquilo que, em outras épocas históricas, partia somente da plebe ou pelo menos se lhe atribuía.

Não existiam mais limites? Nunca houvera tantas limitações e eliminações. Assim que um líder de agora, destes ou daqueles, se deparasse em sua limitação com o que vinha sendo discriminado, catalisava-se em sua pessoa aquilo que pensávamos já pertencer a um passado longínquo e presumíamos imerso há muito no legendário: todas as maldades existentes apenas em certos filmes de época, todas as sedes de sangue e sonhos de linchamento desvanecidos na memória, todas as bestialidades da plebe desvirtuada no crepúsculo dos séculos encontravam nele seu porta-voz e sua via de execução. Nos atuais líderes via-se ressuscitada a plebe dos países de outrora, possivelmente superestimada pela tradição e reduzida a pó e migalhas de ossos; e cada um desses ressurretos era páreo para seus antecessores no que dizia respeito ao menosprezo das leis, à cólera cega e à ira facínora.

Estranho, não?: a velha plebe ressuscitada só se tornava visível na pessoa dele, exclusivamente na sua pessoa — a nova plebe não se manifestava em multidões, só naqueles que se chamavam entre si de "líderes". O que nos restou da tradicional plebe de outros tempos foi uma imagem na lembrança: após o discurso daquele seu líder temporário, num auditório ou estádio, a massa submissa, até então subterrânea, vindo à luz, saindo dos bueiros aos poucos, às ruas ainda desertas e tranquilas e às praças das imediações, de repente majoritária, a princípio apenas levemente provocadora, com um sorriso fantasmagórico, até se tornar opressiva e agressora — mas aguardem, vocês não perdem por esperar.

De certa forma, essa mesma imagem também se aplica à plebe moderna: na forma de pretensa liderança, começa a rumorejar de dentro dos bueiros, um aqui, outro ali, prontos para dar o bote e o golpe — só que se mantêm entre si, sem qualquer sinal de séquito ou de povo por trás — e por que não fazem como certos líderes medievais ou legendários, por que não travam uma guerra individual, de homem para homem, de mulher para mulher, etc., e não se destroem mutuamente, com espadas, balas e bombas, em vez de destruírem seus respectivos povos, quem sabe depois de posarem para uma foto de grupo histórica?

Sombrio pré-guerra: até então ainda não haviam eclodido guerras entre os países do continente, que continuavam dando mostras de uma união sem fronteiras; talvez nunca viessem a eclodir; não seriam mais declaradas, nem chamariam mais "guerra", somente "operação de paz" ou "ditame do amor" (vide acima). Algo bastante sintomático fora o deslize de um dos novos líderes do antigo Movimento-Flor-no-Cano-da-Espingarda: ao citar seu velho *slogan* "faça amor, não faça guerra", inverteu-o sem querer, dizendo "guerra *e* amor!"; e, de fato, durante a última "Operação Mão Estendida" (contra um outro país), sua esposa, até então sem filhos, finalmente engravidou (e ele, alisando a barriga dela em público).

De qualquer maneira, multiplicavam-se as operações pré-guerra: igualmente sintomático era o fato de as ações plebeias partirem de cada um dos líderes, dizerem respeito a uma lei fundamental das sociedades de antigamente e anteriores aos Estados, o fato de cada vez mais líderes, quando convidados por um outro país, desrespeitarem a lei primeira da hospitalidade, como nenhuma massa plebeia jamais o fizera.

Um desses líderes fez seu *cooper* matinal, a caráter, em zigue-zague pelo vale de um necrotério de reis locais (a foto virou capa de um manual de *cooper*). Um outro tinha sido fotografado dentro de um avião de bombardeio, sobrevoando um país praticamente dizimado por seus pais durante a última guerra mundial, dando a maior risada, com os pés e o tênis sobre a mesa de estrategista improvisada a cinco mil metros de altitude. Uma terceira liderança (não era sempre a mesma?) foi vista num congresso de paz realizado sob coação, cravando as duas mãos no peito do anfitrião, com o dedo em riste. Ao visitar uma cidade estrangeira destruída numa querela de irmãos, uma quarta não quis andar a pé, nem ser levada de carro, mas sim ser puxada por alguns nativos sobre um carrinho, de modo a se sobrelevar à multidão, com um olhar que se assemelhava à própria câmera com que mandara televisionar toda a cidade e seus habitantes em luto.

E o caça-bombardeiro agora, bem abaixo do avião de transporte, em voo rasante sobre a meseta: não seria a tão esperada guerra aberta contra aquele povo legendário — reduzido a uma mera tribo, a uma mera seita —, supostamente refugiado nos confins da Sierra de Gredos?

6

Ela sempre ocultara que ainda tinha um irmão. Todos os artigos e brochuras a seu respeito mencionavam, quando muito, o suposto meio-irmão de *microchip* ou o outro irmão, morto ainda pequeno num acidente de carro junto com os pais. Ela era a mais velha dos três; o irmão não mencionado, o mais novo, nascido pouco antes da morte do pai e da mãe, salvo dos destroços ileso.

No mesmo dia de janeiro em que ela iniciou sua memorável viagem, seu irmão foi libertado da prisão ou "colônia correcional". Durante vários anos, ele ficara preso como "terrorista" num outro país, para lá de trás dos montes. Ela para o autor: é claro que não havia lugar para seu irmão nas reportagens a respeito dela e de sua empresa. Era por isso mesmo que ele deveria aparecer em seu livro. Ela não se calara por se envergonhar dele. (Muito pelo contrário? Pelo contrário também não.) Agora desejava, queria que seu irmão não apenas fosse mencionado no livro, "neste livro definitivo", mas que se tornasse um dos personagens principais, "junto comigo, naturalmente, e mais uma ou outra pessoa".

O que era para se contar a respeito dele? Os antecedentes, da infância ao delito, do julgamento até o cumprimento da pena? Prioritariamente sua história desta manhã em diante, do momento em que ele saiu de mãos livres, como ela, detrás dos montes e mais montes e mais dunas, através do estreitíssimo portão por onde os presos eram libertados da "colônia correcional", que — ao contrário da entrada de visitantes, larga como um celeiro — não dava na rodovia tangencial, mas sim num cemitério em que cabiam dez estádios, com uma fumaça clara saindo do crematório local, a fuligem se misturando aos flocos de neve, a fumaça revolvendo-se com o voo de um pombo selvagem em tonalidade absolutamente idêntica, como se a ave tivesse acabado de nascer ou escapar dessa fumaça.

"Junto com a minha viagem de aventura você também deve narrar a do meu irmão", ordenou ela ao autor: "Como ele, passando pela soleira da prisão, terá atravessado os mais diferentes países antes e durante a guerra, até chegar ao país em que optara viver na juventude — mas ele ainda é tão jovem!" — O autor: "Como assim? É para eu inventar?" — Ela: "Não se faça de bobo! E não venha querer passar por menos do que você é! Se o escolhi como autor, eu devia saber o que estava fazendo." — "Mesmo?" — "Por mais que você possa ter inventado uma coisa ou outra em seus livros, ou até tudo quem sabe (isso não me interessa patavina): de um modo geral, suas longas histórias sempre foram condizentes e se mantêm bastante conformes até segunda ordem, infinitamente mais conformes ou mais reais do que qualquer outro relato factual, ou seja, foram e continuam sendo histórias incomparavelmente mais reais do que qualquer prosápia que queira passar por realidade tocável ou cheirável."

O autor: "Eu também estou mais interessado naquilo que dê para pegar com as mãos e cheirar." — Ela: "Você e seus sofismas... Ainda bem que isso só fica na conversa, não nos escritos! Mas agora basta! Há um jeito de tocar e cheirar diferente de agarrar e farejar. Além disso, você é famoso por precisar apenas de um gesto, de uma voz, de um movimento mínimo — vindo de longe, por um breve instante, muitas vezes só de ouvir falar, sobretudo o gesto, o movimento e a voz de um desconhecido — para se transformar imediatamente no outro. Alguém arrasta o pé de leve no fim da rua, e você o corporifica aqui, até ele virar a esquina ou mesmo mais adiante. Foi assim que meu irmão, desencarcerado naquela manhã, pôs os pés para fora do cemitério —" — O autor: "— situado atrás das dunas do Báltico e, sob uma densa nevasca, digitou o código do celular que o vigia lhe dera de presente de despedida." — Ela: "Você não tem jeito mesmo!" — O autor: "Mas é verdade, não é?" — Ela: "É, é verdade."

Durante os anos em que seu irmão estivera preso, ela sempre o visitara. Toda vez era uma longa e memorável viagem. A partir de agora, eram só viagens assim que ela queria fazer, se é que queria mesmo fazer alguma: não necessariamente até um legendário presídio no exterior, mas viagens motivadas pela incerteza, medo, luto, dor e ameaça de nunca mais voltar.

Para visitar o irmão, ela tinha que dar uma escapada de sua permanente atribulação no grande negócio bancário. Pegar o avião até a cidade do presídio de manhã e voltar o mais tardar com o voo noturno. Certa vez, após duas horas de voo e mais duas de taxi, chegou à entrada de visitantes e não encontrou a longa fila de costume. Ficou exultante por ser a primeira naquele dia. No entanto, aquele era o único dia da semana sem horário de visita. E ela teria que voltar na mesma noite. Sem visita, sem exceção, nem sequer para ela. Circundar toda aquela área altamente vigiada, do tamanho de uma cidade; comer uma maçã num dos bancos do cemitério e dar uma dormida; mesmo sem ouvir qualquer som atrás dos muros, aquele sentimento de estar próxima como nunca de seu irmão encarcerado; num sonho de poucos átimos, sobre o banco do cemitério, ele debruçado sobre ela, respirando próximo.

Uma outra vez, ao participar da conferência anual do Banco Mundial ou Universal, ela até pôde passar a noite na cidade do presídio, sede da conferência, alugando a cobertura de um hotel no meio das dunas, com vista para o mar e para a área com cercas eletrificadas, holofotes e guaritas. O mar do Norte e o Báltico rolando ao longe, ao nascer do sol, e então — nos quebra-luzes oblíquos ao muro de recuo variado, com vidro fumê em vez de concreto em certos trechos — o reflexo momentâneo dos presos fazendo o seu pouco de ginástica matinal, e ela, por sua vez, sem ser vista. Admitida após horas de controle e filas de espera, como de costume — com um congestionamento atrás do outro, os visitantes aglomerados formando uma espécie de corja, por fim não só junto com os prisioneiros a serem visitados, mas também entre si, admitidos e mandados em bandos de cinco ou seis para a tal da sala de visita; que na verdade não passava de um quartinho sem janelas, dividido por uma fileira de cadeiras e mesas cortadas por uma divisória, mais alta que os presos e visitantes de menor estatura, sem nenhum orifício para falar; e aquele quartinho subitamente abarrotado com cinco ou seis visitantes do lado de cá e cinco ou seis presos do lado de lá da divisória (sem contar as duas sentinelas nas laterais esquerda e direita); esse bando de gente desembestando a falar de imediato, em pares, quase impossível dar um abraço com divisórias tão altas assim, no máximo um deslizar-a-mão-pelos-cabelos ou um tatear-a-testa com a ponta dos dedos; não exatamente uma conversa, mas sim uma barulheira aumentando durante o breve tempo de visita, em geral encurtado justamente por causa do barulho, pois um tinha que falar mais alto que o outro para poder ser minimamente ouvido por seu parente preso e vice-versa; justamente em meio a essa gritaria generalizada, a esse ter-que-berrar, mais e mais palavras se tornando incompreensíveis, inclusive o movimento dos lábios, indecifrável por causa das bocas escancaradas; toda aquela corja num quartinho retumbante de vozes, acenando e balançando a cabeça, sorrindo e anotando, ao mesmo tempo fingindo compreensão ou coerência; mesmo assim, mesmo em pé e por cima da divisória, na ponta da ponta dos pés, com o ouvido já ao alcance da saliva do falante-gritante, sem compreender mais palavra nenhuma; e ao tentar responder a esmo, não entender nem as próprias palavras, nem sequer uma única — bom, então "Acabou o tempo!"; no instante seguinte, sem conseguir trocar sequer um último olhar, os detentos a abandonarem o recinto, a caminho de suas celas, restando apenas o silêncio ensurdecedor em que cada um dos visitantes, sem pertencer mais a nenhuma família ou parentela, virá a se afastar cambaleante, até lá fora, ao ar livre; livre.

Mesmo sem esse tumulto, ela entendia pouca coisa do que seu irmão dizia, e a cada visita, menos. Certa vez, ele começou a se expressar predominantemente na língua de seu país de opção (assim como as cartas que escrevia e ela tinha que mandar traduzir — um caso sério: afinal, quase ninguém sabia aquele idioma fora do país e, mesmo que soubesse, escondia seu conhecimento, se possível, como se sentisse culpa ou vergonha). Com o passar dos anos, o irmão — ainda no presídio distante — começara a se expressar quase só em enigmas e imagens incompreensíveis, oralmente ou por escrito — todavia, continuava falando e escrevendo no mesmo ritmo tranquilo de sempre (sem ficar mudo ou agitado).

Ainda há pouco, naquele quartinho exalando suor e saliva, ele e seus olhos reluzentes, a camisa branca sem colarinho, quase elegante, nada parecida com a de um presidiário, e logo após algumas batidas de coração, ela, no acostamento em frente à entrada de visitantes, diante de bandeiras de todos os países no hotel de luxo ali defronte (de fora, mal dava para ver o discreto presídio, situado bem abaixo do nível da rua); ela, sendo aguardada pelo motorista de uma limusine extra, que — alguns respiros depois — já estava abrindo a porta em frente ao local da conferência à beira mar, onde ela falaria sobre enigmas bem diferentes dos do seu irmão, sobre "o enigma do dinheiro"; o aperto de mão entre irmão e irmã por cima da divisória, o macio couro da limusine ao som de música clássica (desligada imediatamente por ordem sua), o *flash* das câmeras sobre ela, a estrela do congresso — como se tudo se passasse no mesmo instante.

Nesse meio-tempo, o motorista deixara escapar que conhecia bem a penitenciária, como ex-vigia, inclusive o nicho dos visitantes, mais conhecido como "porto da alegria".

Na manhã da libertação, seu irmão saiu por um portão especial que dava diretamente no cemitério à beira-mar. Mas não estava sozinho. Dois policiais à paisana e um funcionário do Ministério Público do país onde fora preso o acompanhavam. Ele não saiu pelo cemitério diretamente na estrada mestra; mal atravessou o portão, já foi conduzido até um carro estacionado na primeira alameda de túmulos. Não era nenhum carro funerário. Dali, ele foi levado até o aeroporto central pelo caminho mais curto. (A ave que saíra voando da fumaça do crematório, como se tivesse surgido dali, não era uma pomba.)

No guichê da companhia aérea, o irmão recebeu o passaporte de seu país de opção, que não existia mais como Estado. Enquanto estivera preso, o país fora adjudicado a um Estado recém-fundado. Seu passaporte não valia mais. O país para o qual seria mandado de avião agora, fronteiriço ao lugar onde nascera, era o único do continente a tolerar o passaporte temporariamente, por um prazo breve (reconhecido mesmo ele só era numa república insular perto do Polo Sul e em dois países minúsculos, um no Himalaia e o outro, uma antiga reserva indígena que tinha se declarado independente dos EUA).

Os funcionários do Ministério Público leram em voz alta a ordem de expulsão para o irmão dela. Ele fora proibido para sempre de pisar no território do país onde estivera preso. Caso viesse a se encontrar de novo na situação que lhe custara anos de cárcere, não era de se excluir, ou melhor, era bastante provável e quase certo que ele poderia ser imediatamente incriminado como da última vez. Já para casa! — onde quer que isso fosse agora; de volta para a sua gente, onde quer que houvesse sobrado alguém: depois de aterrissar lá, ia ter que se virar de algum jeito. Foi assim que seu irmão foi expulso do país naquela manhã, de avião, como um príncipe, com passagem aérea gratuita, principescamente solitário, sem possibilidade de retorno? sem obrigação de voltar: livre, livre como nunca.

E no presídio ninguém lhe dera nenhum celular de presente de despedida, o vigia muito menos. Senão, ele poderia ter ligado para sua amante de anos, lá na cidade do presídio, naquele mar do norte báltico, cujas casas já faziam parte da espuma do mar, vistas do avião que mal acabava de decolar e já voava bem alto no céu claro (não, não estava nevando naquele dia).

Mas era proibido telefonar do avião, e não daria mesmo para ligar de outro país com o celular. A irmã não sabia, a propósito, quem era a amante dele, se é que havia alguma. Enquanto ela se deslocava nas alturas, sobrevoando a meseta ibérica — com seus vales e respectivas ramificações laterais mescladas de branco, para quem via de cima, tão áridos e bem desenhados que se tinha a impressão de estar perto do solo, com o padrão geológico tão palpável, na forma daquela floresta nativa que originariamente cobrira a região de cabo a rabo e da qual só restara o esqueleto, de onde o vento aparente revolvia nuvens de fuligem —, seu irmão estava sentado na janela, como ela, talvez sobrevoando algo semelhante, o dorso nu de alguma paisagem montanhosa, quem sabe a mesma?, como sempre levemente bronzeado, apesar do inverno e da vida no cativeiro, inclusive por ter trabalhado ao ar livre durante as semanas anteriores, vestido com sua eterna camisa branca de fustão grosso, sem colarinho, nem sequer levemente suja, no máximo um pouco desfiada (e mais elegante ainda, portanto), hoje com uma jaqueta bordô por cima e um casaco preto comprido e forrado de pele, em homenagem a esta viagem ao desconhecido, ou seja, a elegância em pessoa, não só em comparação com ela, que — como ele — sempre sobressai — hoje também — por usar algo até mais chamativo que o lenço xadrez do avô, por um desajeito talvez consciente e proposital, por um toque clownesco e até ridículo, como aquele pedaço de asa de ave de rapina encontrado na floresta esta manhã, enfiado no cinto e depois no peito.

"Escreva", disse ela ao autor, "que eu, ela, esta mulher de repente sentiu e depois viu uma mão tocando a pena e seu peito." Era uma mão de criança. A criança estava sentada no assento ao lado dela. Essa mão, pequena como era, passava um calor incomum. "Então percebi que as minhas próprias mãos, cujo calor sempre chama atenção de qualquer um de imediato, estavam estranhamente frias em comparação. Tinham esfriado tanto durante a viagem que doíam até os ossos. Sem hesitar, a criança desconhecida pegou então os meus dedos e os aqueceu entre os dela."

Ela mal se sentiu tocada, assim como o toque no peito também fora mais leve que um véu. Fechou os olhos e os arregalou logo em seguida, voltando o olhar para a criança no assento vizinho. Certamente estava viajando sozinha, sem o cartãozinho pendurado no pescoço (será que já fazia tempo que isso tinha caído em desuso?). O que ela trazia pendurado no pescoço, em compensação, era algo como uma carteira, que parecia excepcionalmente pesada para aquele pescoço delicado.

De repente, ela teve a sensação de que logo mais seria filmada junto com o menino; a câmera de viés, por cima deles, bem perto, e o sinal que acabara de ser dado, "Ação!" ou "Rodando!", ou um mero "Por favor!", lido de algum lábio, quase inaudível. Desde que atuara naquele filme passado na Idade Média, esse tipo de fantasia sempre voltava a se misturar ao seu cotidiano e ao decurso de seus dias (embora em seu caso, olhando de fora ou de dentro, mal desse para falar de cotidiano). Mesmo sendo um papel de destaque, tinha sido o seu único. Só que até agora, quase vinte anos depois, uma câmera incomparavelmente maior do que a de verdade se fazia sentir em certas situações, sempre variadas, sem qualquer regra, geralmente direcionada para mais uma ou duas pessoas (nunca quando eram mais de três — uma regra, portanto?).

Ela geralmente aparecia sozinha nesses filmes. Nunca de dia, em geral. Estava sentada com um livro, à noite, na poltrona ao lado da janela e — a partir de uma certa linha — sentia a câmera às suas costas. Ela dentro da imagem, o perfil fora de foco; as únicas coisas nítidas eram as letras do livro e seu dedo seguindo o curso das frases; por fim, a cerimônia de folhear, antes da qual ela se detinha um bom tempo, até virar a página sem o menor ruído, se possível (se fizesse algum barulho, a cena era repetida e, se provocasse inadvertidamente o mesmo estrépito de quem folheia um jornal, as filmagens eram interrompidas por aquela noite — fim da leitura).

Ou então à noite, deitada na cama, em meio-sono ou sono profundo, de repente vinha-lhe a consciência da câmera no teto do quarto, bem em cima dela. Nesse caso, a única coisa a se fazer era simplesmente continuar dormindo — não fingir que estava dormindo, como nos filmes, mas — ao dormir mesmo, profunda e tranquilamente — representar ao mesmo tempo um sono profundo e tranquilo para todo mundo, para o "grande público". O fato de a câmera estar rodando até a ajudava: ao representar uma mulher dormindo, ela dormia "de-verdade-mesmo" (como costumavam dizer as crianças no vilarejo lusácio), profunda e tranquilamente, como nunca.

De fato ela nunca tinha tido que rodar nenhuma cena com uma criança. Levantou os olhos para a câmera invisível, para ver se havia algum diálogo a ser lido: nada além do céu vazio, de um azul quase negro (era a época em que os aviões, assim como os ônibus, os barcos de alta velocidade e os coches que tinham voltado a circular aqui e ali eram equipados com tetos envidraçados). Em compensação, ela ouviu o menino ao seu lado. Ele disse, numa voz baixa porém clara, audível como o primeiro som de um pássaro no fim da noite — apesar do barulho ensurdecedor do veículo —: "Preciso ver o que tem dentro da sua mochila." Ela não disse nada. Não precisava dizer nada. "Por sorte", pensou, ela não tinha texto nenhum.

O menino já estava desatando a mochila, sem dificuldade nenhuma com os diversos nós: um puxão e pronto, já tinha desfeito um após outro. Metendo não só o nariz onde não era chamado, mas também o pescoço e a cabeça, ele disse: "Nossa, que cheiro!", e não dava para saber se ele queria dizer que fedia, era perfumado ou se tinha apenas um cheiro qualquer. Não demorou muito até os cacarecos dela estarem todos espalhados na mesinha dobrável à frente dele. "Castanhas frescas, saídas da casca!", disse ele, deixando-as rolar de ambas as mãos. "Do tamanho de ovos de melro. Cor e forma de um traseiro de galinha depenado e escaldado em água quente. Em outras palavras: cor de isabel. Cheiro de batatas que acabaram de ser desenterradas, as primeiras do ano, as melhores, as famosas batatas daquela ilha do Atlântico. Gosto (mordendo uma delas) de noz? de amêndoa? de semente de pêssego? Não, incomparável: puro gosto de castanha crua. Quantidade (contou todas de relance): quarenta e oito!"

Passando então para a próxima coisa, sem pressa, cuidadosamente, como se fosse uma preciosidade: um guia de viagem, incomum de fato, intitulado *Manual dos Perigos da Sierra de Gredos*. A criança folheando com todo cuidado, capítulo por capítulo, lendo em voz alta alguns títulos: Torrentes e enchentes; Tempestades; Gado às soltas nas montanhas; Cobras; Animais selvagens; Plantas perigosas; Incêndios florestais; Riscos de se perder (o capítulo mais longo); Tempestades de neve e gelo; Avalanches; Alcantis; Cachoeiras envenenadas — "Autora: Aruba del Río — é você mesma, com outro nome, viajando com seu próprio guia!"

Uma terceira coisa entre as duas mãos da criança: outro livro, a antologia árabe de sua filha desaparecida. O menino era pequeno, mas já devia estar em idade escolar, pois sabia ler fluentemente: "*Bab*, o portão. *Djabal*, a serra. *Sahra*, o deserto. *Firaula*, o morango. *Tariq hamm*, a estrada. *Bank*, o banco. *Harb*, a guerra. *Maut*, a morte. *Bint*, a filha." E então tropeçou numa palavra: "*Huduh*, o silêncio. Silêncio, não conheço esta palavra. Não sei o que significa. E nem preciso saber. Nem quero saber. *Huduh*, o silêncio." E continuou lendo: "*Haduw*, o inimigo. *Chatar*, o perigo. *Djikra*, a lembrança. *Zeit*, o azeite. *Hubb*, o amor. (Esta palavra também não conheço.) *Qalb*, o coração. *Rih*, o vento. *Hanin*, a saudade. *Batata*, a batata. *Nuqud*, o dinheiro. *Asad*, o leão. *Fassulja*, o feijão. *Hassan*, o belo e bom. *Thaltz*, a neve. *Bir*, a fonte. *Chajat*, o alfaiate. *Banna*, o pedreiro. *Ja*, ah e oh."

Ele enfiou cuidadosamente o livro na mochila e de repente bateu no peito dela com um punho mínimo, um único soco, mas bastante doído. Ela não se sentiu apenas agredida, mas machucada — ferida. Poderia até morrer desse ferimento, agora, durante o voo ainda, durante a viagem. Enquanto isso, a criança continuou remexendo nas suas coisas. "Uma pele de cobra. Um cardo da montanha. Um leque. Um véu — estranho, molhado como se tivesse acabado de sair da água — esquisito, uma coisa molhada no meio das secas. Um boné de cozinheiro. Um lenço de cozinheiro. Um paletó de cozinheiro. Luvas de cozinheiro. Cinto de cozinheiro. Avental de cozinheiro. Joelheira de cozinheiro. Tamancos de cozinheiro, feitos de madeira de tília. Com exceção dos tamancos, tudo branco líneo."

Por fim, o menino foi enterrando a mão devagar até o fundo da mochila, reaparecendo com um marcador de livro: um presente que a filha fizera para ela antigamente, nos primeiros anos da escola, uma foto de criança colada sobre papelão, com ornamentos coloridos pintados nas bordas:

dado por perdido anos atrás, durante um passeio que fizera com um livro pela floresta da cidade do porto fluvial: extraviado, procurado durante tanto tempo em vão, em desfiladeiros, no fundo das folhas sobre o chão, no ano seguinte e até depois: lá estava ele agora, presente como poucas coisas. Ela fechou os olhos; abriu os olhos.

A criança no assento ao lado desabotoou a camisa. Trazia no peito nu um arganaz cinzento enrolado, parecido com um esquilo, só que menor, com o rabo mais curto e portanto mais peludo. O bicho respirava, estava vivo, dormindo; as garras afiadas inofensivamente encostadas naquela pele de criança; o pelo macio balançando com a ventilação de cima.

A criança levantou os olhos para a mulher ao lado e disse, sem piscar: "Você nunca mais vai voltar. Está perdida. Ou talvez ainda não esteja completamente perdida. Por que você é tão sozinha? Nunca vi ninguém tão só, nem em sonho. Talvez você morra e fique mais sozinha ao morrer. Sem ninguém. *La-Ahad. Ahada*, mais um de seus nomes. Que mãos bonitas e carinhosas as suas. Que olhos ternos — olhos de quem duvida de que vai voltar."

E enquanto a criança desconhecida continuava a falar, num tom de voz baixo e claro, ela percebeu que — pela primeira vez em quanto tempo? quanto tempo fazia mesmo? — faltava um triz para começar a chorar. Foi tomada por um profundo espanto; e desta vez gostaria de se mostrar assim no filme, em primeiríssimo plano. O autor: "É para incluir isso no livro?" — Ela: "É."

Enquanto a criança falava, uma faixa de luz se deslocava, frase a frase, sobre a meseta, sob o avião que já voava bem mais baixo, fazendo uma pista de asfalto brilhar, uma represa luzir e um canal de irrigação refletir. Mundo novo às avessas, já no primeiro dia de viagem (mas já não tinham se passado vários dias?): sobre o teto envidraçado, o céu de um negro quase noturno e as primeiras estrelas se esboçando; lá embaixo, a terra luzente de sol.

A caminho do aeroporto, uma mulher velhíssima, desdentada, tinha passado por ela deste jeito, meteoricamente, como um carro de corrida recém-saído da fábrica à caça de um recorde, exibindo o número de largada da dianteira até a traseira. Nessa mesma manhã, o bando de pinguços do subúrbio também tinha se arrastado assim, do supermercado até seu esconderijo na floresta, com caixas de bebida, só garrafas de água mineral, sem exceção. Mas será possível?: uma revoada de patos selvagens passando pela janela, da direita para a esquerda, na forma de um V esticado, irregular: "Escrita árabe", acrescentou o menino. Será mesmo?: uma nuvem de folhas passando pela janela deste mesmo jeito, folhas de azinheiro típicas da meseta? E onde já se viu?: na sequência, uma nevasca de flores cor-de-rosa clara, como se já fosse época de amendoeiras em flor, ou quase fim de época, fim de fevereiro, início de março.

A criança já tinha mudado de assunto fazia tempo. Estava contando e falando de dinheiro. — O autor: "Você não faz questão de que esse tema seja excluído do seu livro, que seja apreensível no máximo via silêncio?" Ela: "Em alguns raros momentos, isso faz parte da história. E esta foi uma das exceções." — A história narrada no assento ao lado começou com a criança pegando um maço de cédulas da bolsa pendurada em seu pescoço e folheando as notas, até exclamar: "Oh, meu dinheiro!" O autor, interrompendo-a: "De que jeito você exclamaria?" — Ela: "Pois é, o dinheiro. *Ja, an-nuqud.* E você?" — O autor: "Uau, dinheiro!"

A criança disse mais ou menos o seguinte: "Que belo o meu dinheiro! Tão amável comigo, meu dinheiro. E me faz tão bem, meu dinheiro, meu dinheiro vivo. É meu primeiro dinheiro. O primeiro dinheiro que ganhei com meu próprio suor. Não encontrei este dinheiro por acaso. Não roubei este dinheiro. Não ganhei meu dinheiro de presente. Queriam abrir uma conta para o meu primeiro dinheiro, uma conta para depositar meu dinheiro. Se tivesse sido um presente em dinheiro, eu teria dito sim na hora. Mas como ganhei meu dinheiro com o próprio suor, com aulas de matemática, russo e espanhol, removendo neve do caminho, ajudando na colheita de batatas, conduzindo vacas pela pastagem, limpando estábulos, eu queria mesmo é ver meu dinheiro, cada nota e cada moeda, por menor que fosse. E insisti para que o dinheiro me fosse pago pessoalmente, na hora, logo após a execução do trabalho, sem passar pela mão de mais ninguém. Sempre que eu via as pessoas chegando com maços e malas de dinheiro no guichê do banco, para se livrarem de suas cédulas em troca de qualquer nota de crédito, a meu ver isso significava que aquele dinheiro não fora ganho honestamente, que era dinheiro sujo. Eu achava que você e todos os outros só levavam para o banco dinheiro encontrado, roubado ou extorquido, nunca dinheiro próprio, dinheiro que eles convertiam em meros números para poder lavá-lo numericamente. Meu dinheiro, no entanto, por mais que pareça meio sujo por fora, é dinheiro mesmo. E nem que alguma nota tenha ficado suja de verdade, mesmo na mão de algum proprietário anterior, ao se tornar minha, a cédula foi lavada e passada a limpo num piscar de olhos, de forma justa, ao contrário do que acontece nos bancos. Se for para trocar meu dinheiro, só mesmo de moeda em cédula. Sei que você é uma das poucas pessoas que não encostam mais a mão em dinheiro, seja em forma de moeda ou de cédula, pessoas que não têm sequer cartão de crédito, pois sua impressão digital já é suficiente como pagamento no mundo inteiro. Que belo o meu dinheiro! E me faz tão bem, meu dinheiro, meu dinheiro vivo."

Ela fechou os olhos e os reabriu em seguida. Uma gaivota branca feito espuma passou pela janela — e isso, nos confins da meseta. Por mais que ainda houvesse algumas represas por aqui e nem todos os rios tivessem secado. Os passageiros não estavam mais em voo, se é que tinham chegado a voar mesmo. Após um pouso imperceptível, o avião já deslizava sobre uma pista de concreto razoavelmente estreita, longe da cidade, primeiro veloz como um carro de corrida, depois contornando a área sobre um chão acidentado e finalizando o trajeto em solavancos regulares, como se fosse um coche ou um ônibus velho com o molejo nas últimas; até as pás da hélice (os veículos movidos a hélice estavam novamente em voga) já se tornavam visíveis e pareciam girar para trás, como as rodas de um coche de bangue-bangue.

Era um aeródromo pequeno para esta época de Agora, em que até cidades médias já tinham pistas de pouso que sumiam no horizonte, um aeródromo portanto extraordinariamente pequeno, circundado de estepes desertas, no máximo com alguns barracões de zinco enferrujados e esqueletos de carro, com um mato tão alto que quase batia nas janelas do avião. Mesmo assim baixo, este avião a hélice era o maior de todos naquele campo de aviação que só tinha uns teco-tecos de um ou dois lugares.

Era este, portanto, o aeródromo de Valladolid, antiga capital da meseta, cidade de príncipes e reis, com meio milhão de habitantes hoje?! Nas suas travessias da Sierra de Gredos, ela quase sempre aterrissara aqui, não em Madri. Só que a última vez já tinha sido alguns anos atrás. E talvez isso também fizesse parte deste mundo novo às avessas: o aeródromo de Valladolid não fora ampliado, mas certamente reduzido — bem como o time de futebol local (ao qual ela era apegada, sem nenhum motivo específico, e cujo destino ela acompanhava pela internet), desclassificado da primeira para a terceira divisão, e os príncipes e reis locais, que — se alguém se aproximasse e lhes desse um beijo — certamente teriam se transformado em sapos.

Cerimônia de pouso, com uma volta de saudação em torno da estepe. A criança ao lado dela estava lendo gibi. Já tinha lido a história em quadrinhos no início da viagem e a relia agora. Virava as páginas com rapidez, mas dava para ver que absorvia inteiramente cada estação. Bebia com os olhos imagem por imagem; no fim de cada ação narrada, piscava. Só diminuía o ritmo no fim da história. Quando acabava uma, não passava direto para a próxima, mas ficava parada um tempo, imóvel, com os olhos saltados como se fossem de vidro, a respiração suspensa, fazendo-se ouvir nitidamente depois, apesar do barulho do avião deslizando, num longo suspiro. (Ela notou que tinha suspirado junto, quase inaudível, sem querer.) Antes de a criança leitora terminar sua última história, o avião parou e deu o sinal de desembarque. No capim alto que crescia nos campos do aeródromo, viam-se lebres e raposas, bichos que tinham desaparecido de todos os campos de aviação de uns tempos para cá.

Após ter fechado o gibi de imediato, a criança se levantou do assento junto com os poucos passageiros. No momento anterior, movera os olhos da página que tinha acabado de ler até a próxima, lendo-a, registrando-a por inteiro, como se quisesse gravar na memória um mapa com a direção a se tomar.

"Vladimir!" — ela chamou. Este provara ser de fato um de seus muitos nomes, correspondentes aos dela, "Ablaha", "Aruba" ou "Ahada". Então cruzou-lhe a mente o sonho da última noite, no qual ela tinha ateado fogo a uma criança, de início hesitante, mas depois mecanicamente, cumprindo ordens — "é a lei" —, até a criança e seu bichinho estarem em chamas. Que violentos tinham se tornado seus sonhos de uns tempos para cá, não só os seus? No caso de outras pessoas, não seriam apenas os sonhos? Mas pelo menos lá estava a criança agora, ilesa e sadia como nunca, como só uma criança poderia ser. Esta foi a última vez em que eles se viram. Mas eu os vi para sempre.

7

Já era quase noite na ampla planície de Valladolid. A esteira rolante do aeroporto matraqueava feito roda de moinho. Ao lado do aeródromo, havia uma fogueira acesa. Era uma fogueira de raízes de árvores da estepe. As brasas eram curtas, branco-azuladas e um tanto quentes. A fogueira já queimava há vários dias. Soldados se aqueciam em pé ao seu redor. Na meseta também era inverno. Valladolid: setecentos metros acima do nível do mar. Havia outros soldados no fundo do pequeno saguão de chegada, que também funcionava como saguão de partida — todos na penumbra e sem armas. Ela foi a primeira a pôr os pés para fora; os demais viajantes ficaram todos esperando suas bagagens. Não havia vento algum. Um único arbusto, *schudjaira* em árabe, balançava violentamente ao lado de outros arbustos que não se mexiam de jeito nenhum. Uma ave bem grande e pesada acabara de bater voo alguns instantes atrás. E o arbusto ainda continuava sacudindo e sacolejando.

A forasteira não seguiu em direção a Valladolid. Saiu andando pela estrada, *tariq hamm*, que se bifurcava após o aeródromo no meio do deserto, *sahra*, não, na estepe, na pradaria. Alguém a seguira até ali, um homem de mala, um dos que estavam no avião. Ela virou e sorriu, mas não para ele. No meio do capim alto, destrancou um carro entre cento e doze carcaças de automóveis, um que pelo jeito ainda funcionava, um Land Rover sabe-se-lá-que-ano, das fábricas da Santana em Linares, da mesma cor de barro dos veículos militares, só que sem inscrição.

Ela deixou o homem de mala se sentar no banco ao lado e deu partida rumo ao sudoeste, precisamente na direção de Salamanca, Piedrahita, Milesevo, Sopochana, Nuevo Bazar, Sierra de Gredos. As primeiras estrelas já estavam brilhando no alto. Na lateral corria o rio Pisuerga, que logo depois desaguaria no grande rio Duero. E a estrada foi ficando cada vez mais vazia, por causa da guerra? *harb* em árabe, sei-lá, nem sei o que isso quer dizer, "guerra". E o livro árabe na mochila também não tinha o cheiro dela, desta forasteira, de jeito nenhum.

Durante todo o voo, a heroína tivera a esperança de ver seu irmão desembarcando atrás dela. Na sua imaginação, ele tinha partido inicialmente na mesma direção que ela, embarcando no mesmo avião após uma escala. A ilusão fora tão forte, que ela achou que o chamado às suas costas fizesse parte e só se voltou para trás após ele ter se repetido algumas vezes. Não, não partira do seu irmão.

Mas o homem que a chamara também não era nenhum desconhecido. Era um ex-cliente seu, um grande empresário que fora à falência. (De uns tempos para cá, praticamente não havia mais empresários, no máximo fabricantes e comerciantes de brinquedos de todo tipo — em cada coisa, cada produto, o principal não era mais o valor de consumo, o teor nutritivo ou qualquer outro valor de uso, mas sim o valor de jogo, marca ou entretenimento —, e os sectários dos líderes do mercado de brinquedos eram as massas de jogadores e especuladores.)

Ela se negara a lhe conceder crédito a partir de um dado momento. E além do mais, ele estava tão endividado que o banco acabou incorporando todo o patrimônio da firma e praticamente todos seus bens privados. E ele responsabilizava a chefe do banco por seu fracasso. Em meio a todos os concorrentes falidos, medíocres e em geral mais miseráveis que ele, num mercado nada personificável, numa situação econômica alheia a qualquer questão de culpa ou maldade, essa mulher — representante de poderes inapreensíveis, mas ao mesmo tempo um ser humano ou desumano em carne e osso — era para ele a única pessoa, o único indivíduo capaz de corporificar um adversário, o destruidor de sua vida, seu algoz. Ele a perseguira durante anos, não apenas com cartas. Tinha que se vingar dela, só não sabia como. Vingança: durante todo aquele tempo, esse fora praticamente seu único pensamento.

Mas nunca lhe ocorrera nenhuma ação que fizesse jus a esse pensamento. Em se tratando dessa mulher, estava fora de questão matar, espancar, estuprar, incendiar a casa ou sequestrar a filha, a única coisa que ele chegara a cogitar por um instante. Só lhe restava esperar que a punição viesse de terceiros, de alguém igualmente arruinado, dos céus, que fosse, ou — na melhor das hipóteses — que partisse dela mesma. Afinal, o sentimento de culpa que ela devia ter para com ele deveria se tornar insuportável com o tempo; só de pensar na injustiça cometida contra ele, era bem capaz que — um dia desses, de preferência sem demora — ela se jogasse do último andar do prédio do banco na confluência dos dois rios, ou então ensandecesse, uma ideia ainda mais encantadora.

Para ele já era um desagravo, entretanto, vê-la de vez em quando, mesmo que fosse só de longe ou apenas na televisão, vê-la — espantosamente desajeitada como era — tropeçando, perdendo um sapato enquanto andava, topando no caixilho da porta, querendo puxar uma porta de empurrar, ou vice-versa, empurrando uma porta de puxar: uma provinciana estabanada! Uma provinciana estabanada com peso na consciência por minha causa! Diante da notícia de que sua filha (quase adulta) estava sendo procurada e de que depois fora dada por desaparecida, nada mais lhe passou pela cabeça, pelo menos nenhuma palavra. A partir deste momento, tudo o que tinha a ver com esta "mulher maldosa" silenciara completa e definitivamente dentro dele. Nem mais uma carta sequer. Uma vez, ao ouvir um antigo concorrente, igualmente prejudicado por ela, incriminá-la numa cantilena de ódio e ameaça, ele fez um silêncio tal, que o outro só pôde interromper e dizer: "Vamos falar de coisas mais agradáveis!" Mas neste entretempo, ele finalmente já fundara outra empresa para brinquedos de todo tipo, para pessoas da mais tenra idade até os mais anciões.

Em frente ao aeródromo de Valladolid, o antigo novo líder econômico não saiu gritando atrás dela por tê-la reconhecido, mas por não saber direito se era mesmo ela. Assim como ela cismara há pouco com o irmão libertado da cadeia, talvez ele cismasse com ela de uma maneira tal, não só ainda há pouco, a ponto de tomá-la por uma sósia ou por uma simples miragem, caso ela em pessoa aparecesse à sua frente de súbito. Sempre que era vista, passava de fato uma impressão tão diferente que inicialmente as pessoas achavam estar diante de uma completa desconhecida; além do mais, sua aparição sempre era tão marcante que não dava para conciliá-la com as anteriores (e posteriores).

Ela, por sua vez, o reconhecera imediatamente. E ele se certificou de que era realmente ela pela naturalidade com que foi tratado após aquele olhar de reconhecimento: como se ele ainda fosse cliente dela, um cliente bom e importante. A gentileza com que ela lhe cedeu o lugar ao seu lado no Land Rover não era a de uma mulher poderosa, de uma superiora, mas sim de uma serviçal; como se ainda administrasse o dinheiro dele e, como sua administradora, independentemente de ser a grande cabeça do banco, ainda estivesse a serviço dele, como de nenhuma outra pessoa; como se essa subserviência já tivesse se tornado ou sempre feito parte de sua índole.

É claro que ela se mostrou como sempre bem informada sobre ele e seus negócios; sabia que ele tinha coisas a tratar na manhã seguinte em Tordesilhas, situada mais ou menos no seu caminho. Se tivessem se encontrado em outro lugar, na cidade do porto fluvial, num aeroporto internacional ou numa das metrópoles de sempre, ele teria se mantido a distância ou até mesmo se escondido e, caso fosse obrigado a chegar perto, teria se calado, resoluto. Mas agora, neste ambiente, longe de tudo, parecia estranhamente fácil tratar bem o outro. Ele começou a falar com toda espontaneidade. Pode ser que os boatos de uma guerra iminente, não longe daqui, também tenham contribuído para isso. (Mas como, de uns tempos para cá, chegava todo dia tanta notícia contraditória do mundo inteiro, mal dava para acreditar em alguma.)

Ele não parava de falar e ela passou quase o tempo todo prestando atenção, como uma motorista muda a chofrerar seu antigo e talvez futuro cliente pela meseta vazia e noturna. Delineados com nitidez neste vasto horizonte, os montes-montanhas-restantes, todos sem árvore, sem exceção, os restos de rochedo emergindo da terra aluída e arrastada durante milhões de anos tornavam visível como nunca, sobretudo àquela hora, o quão antiga era esta terra. E justo a essa terra antiquíssima fora dada a força de rejuvenescer. E isso os fazia rejuvenescer, pelo menos a estes dois recém-chegados. Pelo menos a ele.

Sua conversa já descontraída se descontraía cada vez mais ao longo da viagem quase noturna. Era uma época em que o espaço aéreo, o "éter", ciciava, sibilava e ressoava diálogos. A palavra "diálogo" também bradava continuamente de todos os canais. De acordo com as últimas pesquisas dos Estudos Dialógicos, uma disciplina científica recém-estabelecida, rápida e maciçamente propagada, "diálogo" era um termo mais recorrente do que "sou", "hoje", "vida" (ou "morte"), "olhos" (ou "ouvido"), "montanha" (ou "vale"), "pão" (ou "vinho") — e isso não só nos meios de comunicação, mas também nos sínodos interconfessionais e nas sínteses filosóficas. Até no percurso diário dos prisioneiros pelo pátio do presídio, "diálogo" era mais frequente do que, por exemplo, "merda", "foda-se" ou "a boceta da tua mãe"; do mesmo modo, estava provado que os idiotas ou internos de hospício, durante seus passeios vigiados pela cidade ou pela floresta, falavam no mínimo dez vezes mais "diálogo" do que, por exemplo, "homem na lua", "maçã" (ou "pera"), "deus" (ou "diabo"), "medo" (ou "comprimidos"). Até os poucos camponeses restantes, a um dia de viagem uns dos outros, estavam em constante diálogo ou pelo menos eram mostrados em vias de dialogar, assim como as crianças, que apareciam dialogando até a última imagem dos livros infantis de adequação escolar comprovada.

Mas à parte disso havia uma ou outra voz que, mesmo sem se levantar ou se manifestar em público, achava que as conversas de-verdade-mesmo eram mantidas de outro jeito de uns tempos para cá, por exemplo, como um monólogo em que o interlocutor — uma maioria ou um público razoável — era todo olhos e ouvidos, uma conversa que se resumia a contar e escutar, escutar e continuar contando, continuar escutando e continuar continuando a contar. Sendo que hoje, sobretudo hoje!, a conversa mais urgente (sem serventia nenhuma, nenhuma mesmo, para público algum) ocorre sem palavras, não no jogo mudo de olhares, mas sim na troca do seu e do meu sexo, nessa troca que prescinde não só de palavras, mas de qualquer som, sendo por isso mesmo mais eloquente e enfática, sendo que transmito a você cada fragmento da minha conversa não só através de todos os meus sentidos e incorporo cada fragmento da sua conversa, em contrapartida, através de todos os meus sentidos e mais, incorporo-a sim, inscrevendo-a em mim, com todas as letras: uma conversa ou um diálogo duradouro como nunca, pelo menos atualmente ou na época em que se passa esta aventura; uma narrativa dialógica em que os episódios reciprocamente narrados jamais serão esquecidos, por menores que sejam, assumindo mais para o fim da história a forma de pergunta-resposta-resposta-pergunta-resposta-resposta, a conversa mais inesquecível das nossas vidas; inextinguível da sua e da minha memória, mesmo que depois viermos a nos distanciar e nos tornar inimigos.

"Quando jovem, eu era um entusiasta", contava-lhe o empresário durante o percurso por aquela estrada onde enfim só haviam restado os dois. Nos terrenos baldios, havia fogueiras noturnas acesas aqui e ali, com a silhueta fugidia de cães selvagens passando, sem vultos humanos. Ela corria como se estivesse atravessando território inimigo. (Se bem que sempre dirigisse desse jeito.)

"Em todas as fotos de menino, apareço com olhos radiantes. Esse meu entusiasmo era incompreensível para as crianças da mesma idade. Chegava até a enojar os outros; fez de mim um *outsider*, um personagem ridículo. E cada vez mais passei a fazer boa figura entre os mais velhos, os adultos — entre alguns, não todos. Quando bebê, eu já parecia extasiado, com aquele olhar radiante nas fotos de recém-nascido, sempre voltado para um sol, sem me deixar ofuscar por ele. Ao que me parece, aquele meu entusiasmo original era completamente indefinido. Ao mesmo tempo, eu

— ou como denominar aquele ser de então? — estava inteiramente tomado pelo entusiasmo, possuído por aquele demônio, mas um demônio bem-intencionado e afável; todo o corpo recém-nascido, um feixe de entusiasmo não direcionado."

"E ele permaneceu assim, quase desnorteado, ainda durante um bom tempo na adolescência. Aos poucos, no entanto, deixou de partir do centro do corpo, espalhando-se por todos os membros, como se eu tivesse nove vezes nove braços, passou a se concentrar na cabeça, nos olhos, nas orelhas e sobretudo na língua. Eu desembestava a falar de uma hora para outra, tanto que os ouvidos zuniam, os olhos saltavam e a cabeça ameaçava rebentar (como agora, por exemplo)."

"Desde que meu entusiasmo passou a ter um alvo, este era sempre um ser humano, sempre um adulto. Eu me entusiasmava por este ou aquele adulto. Nossa, quanto eu podia adorá-lo, projetar-me nele, resgatá-lo em sonhos, como eu acreditava, sim, acreditava naquela pessoa! O adulto que atraía esse meu entusiasmo inicial nunca foi meu pai ou minha mãe — ou foi? pense bem —, é mais provável que tenha sido até algum parente bem longínquo, por exemplo, ou um professor (em geral de alguma matéria optativa, com uma única aula por semana, quem sabe), podendo ser algum negociante também, um jogador de futebol (mesmo que fosse apenas um sucesso local, o que era bem provável) e, por incrível que pareça, a vítima de alguma desgraça da qual eu só ouvira falar, talvez em histórias contadas por meus pais. Você, quem diria, um entusiasta dos infelizes — não dos infelizes da mesma idade, mas de adultos infelizes! E depois você mesmo passou a fazer parte dos adultos, nem infeliz nem feliz, apenas ávido de sucesso e bem-sucedido desde cedo, e como."

"Ah, se eu soubesse quando foi que perdi de vista aquele entusiasmo, e por quê. Bem que restou uma energia, uma espécie de empuxo em contínua atividade ou prestes a se mobilizar. Todavia, você deixou de irradiar toda e qualquer luz. Em vez de sua cabeça se abrasar e a língua chispar fogo, sua maneira de agir, toda sua existência foi se tornando premeditada com o tempo, até atrofiar-se em mero calculismo. Em vez de inspiração, só presença de espírito, até a própria presença de espírito ser reprimida pela mera espreita. Em vez de entusiasmo infantil, só impulso e impulsividade."

"E com sua queda, selada pela bela chefe do banco, veio o ódio, sua fase de ódio entusiástico. Será que existe algo assim, meu amigo, um ódio entusiástico? Não, não existe. O ódio não é uma forma de entusiasmo. De qualquer maneira, esse ódio já tinha se imiscuído em meus dias antes da queda. Mesmo na fase da espreita, sempre acontecia de acordar de manhã sob um céu vasto e límpido, animado, animado?, sim, animado, com aquele entusiasmo indefinido. Mas com o primeiro impulso mental, ele geralmente se degenerava num feixe de pelo menos uma dúzia de flexas de ódio, prestes a serem lançadas contra um e outro, contra esta e aquela. Você queria matar? Pior ainda: ver morto. Você queria aniquilar? Ver aniquilado. Arruinar? Ver arruinado."

"E de uma hora para outra quem estava arruinado era você, sobretudo graças a ela. Graças? Isso mesmo. Pois após o período de um ódio sem disfarces, veio o da minha gratidão; e com ele, a fase do entusiasmo retornado — já adulto, não mais infantil — que ainda perdura e vai durar até o fim da minha vida. Gratidão e ideia: só estas ideias merecem tal nome. A mulher que o derrubou acabou o lembrando. Lembrando-o de quê? Lembrou sem quê ou quem. Lembrou de maneira indefinida e, por isso mesmo, mais penetrante. Após uma fase intermediária de ódio impotente e inativo (cada vez mais dirigido contra si mesmo), você ficou sabendo pela primeira vez, graças a ela, o que é o trabalho."

"Só então percebi que nunca tinha trabalhado até a minha queda, só tinha feito dinheiro. Graças a ela, aprendi a trabalhar, primeiro obrigado, depois voluntariamente. E por fim estava trabalhando com todo entusiasmo, como padeiro, pedreiro, motorista de caminhão nas estradas de terra mais estreitas e sinuosas das montanhas. E não houve sequer uma vez em que você estivesse louco por lucro, meu caro. Tudo o que eu queria era fazer meu trabalho, com minhas próprias mãos, da melhor forma possível, e isso sim passou a ser sucesso para mim."

"E foi assim que você virou empresário de novo? Foi, mas sem qualquer intenção ou segundas intenções de minha parte. Mesmo como empresário, não me vejo mais fazendo dinheiro, mas sim trabalhando, com as próprias mãos, gesto por gesto, palavra por palavra, com o maior cuidado possível. É assim que vivo, como se meu prejuízo fosse lucro, sabendo que saio ganhando ao perder: à medida que sou capaz de doar com entusiasmo e alegria, recebo riqueza e amor. Como a divisa no brasão de uma antiga cidade aqui na meseta, *sueño y trabajo*, o lema da minha nova empresa é 'entusiasmo e trabalho'."

"Todavia: ai de nós, entusiastas de hoje... Ao contrário de quem se entusiasmava antigamente, o entusiasta de hoje prefere ficar sozinho, não se alia aos demais. — Será que isso basta por ora, neste Entretempo?"

Pelo que consta, neste ponto de sua fala, ele se inclinou de súbito sobre a mão da motorista, que agarrava o volante como se fossem rédeas, aproximou seus lábios dela, tocando-a? se tocou-a, mais leve que um véu, e acrescentou: "Sua filha não ficará desaparecida para sempre; seu amado não continuará ausente por muitos anos; seu irmão não terá sido detido por muito tempo na fronteira."

Durante esta viagem, não era a primeira vez que ela fantasiava algo inexplicável (nada dissimilar da impressão de estar sendo filmada no avião): o que acontecia no presente, como presença, estava sendo simultaneamente narrado, como se tivesse se passado há muito tempo, ou talvez nem há tanto tempo, mas de qualquer forma numa época diferente da de agora. Além do mais, não era ela que fantasiava que ambos estavam a caminho — não, não simultaneamente, mas sim exclusivamente numa narrativa: era a fantasia que se fantasiava assim, sem que ela fizesse nenhum esforço para tal.

E o fato de ela estar ávida por receber sinais desde o início da viagem também lhe parecia um sinal. Ver-se, sentir-se narrada era um bom sinal. Dava-lhe segurança. Ao fantasiar que estava sendo narrada, sentia-se aconchegada, inclusive com seu acompanhante.

Um certo aconchego já se fazia sentir simplesmente ao prestar atenção. O outro continuava seu monólogo sem se dirigir a ela, falando sozinho. Para ela, era mais fácil aguçar os ouvidos enquanto alguém falava sozinho do que no papel de interlocutora direta. Antigamente, na escola do vilarejo, ela conseguia apreender a lição sem qualquer esforço quando o professor ficava em pé ao lado da janela, por exemplo, murmurando no vazio, ou quando parecia estar confessando aquilo à copa de uma árvore. Por outro lado, ser abordada frontalmente muitas vezes a deixava surda, mesmo em meio a uma massa de espectadores, anônima e fora da vista do orador.

A estrada, de um escuro noturno. Ela já devia ter passado há muito tempo por Simancas, vila ribeirinha onde se encontrava o arquivo do antigo reinado que chegara a ser império durante um certo tempo; um arquivo mais substancial que o de Nápoles ou Palermo, um arquivo que continha até dados sobre a colheita de cereais do vilarejo lusácio em 1532, a taxa de mortalidade infantil de 1550 a 1570. Para quem passava de carro por Simancas, a única coisa que dava para ver era um acampamento antes de o rio Pisuerga desembocar no rio Duero, com tendas cupuladas, todas do mesmo tamanho, vermelhas à luz da lua que despontava sobre o dorso da paisagem, "tendas vermelhas, tendas de amor", conforme dizia um trecho do livro de árabe da sua filha. O homem que estava pedindo carona na *carretera* não era o seu irmão.

Nesse meio-tempo, pouco antes de Tordesilhas, com a rainha Joana, a Louca, lá em sua torre, ocorrera até um diálogo entre os dois viajantes. O acompanhante apontou para um medalhão colado no parabrisa e perguntou: "Quem é esse branco aí na figura?" — Ela: "O anjo branco." — O acompanhante: "Que anjo branco?" — Ela: "O anjo branco de

Milesevo." — O acompanhante: "Onde fica Milesevo?" — Ela: "Milesevo é um vilarejo na Sierra de Gredos. E o anjo branco é tudo o que restou de um afresco medieval de lá." — Ele: "Para onde o anjo está apontando?" — Ela: "Ele está apontando para um sepulcro vazio." — Ele: "E com que convicção ele aponta! Nunca vi um dedo em riste assim, tão enérgico."

Ele ainda não estava sendo aguardado em Tordesilhas esta noite. Também não tinha mandado reservar nenhum hotel. Desde o seu primeiro fracasso, desacostumara-se a fazer preparativos especiais para o futuro. Para suas viagens, inclusive a negócio, só planejava o essencial. Mais de um encontro marcado estava fora de questão. Nem esse único compromisso ele deixava os outros marcarem. Era ele que decidia o horário, só naquela hora; antes e depois, continuava sendo senhor do tempo.

Caso ele planejasse alguma coisa a mais em suas viagens, eram meras indefinições, mais e mais: perder a conexão, desencontrar-se de um outro parceiro, não reconhecê-lo, quem sabe, ou melhor ainda: não se deixar reconhecer, observar às ocultas como o outro sairia em busca do grande desconhecido por todo o estabelecimento, pelo saguão do hotel, pela plataforma da estação; não fora só uma vez que ele deixara um encontro passar em branco, não por aversão ou falta de vontade, sem nem saber por quê — era uma espécie de estado magnético que o bania para seu esconderijo, por puro prazer, como numa aventura —, para depois passar um ótimo dia ou uma noite a sós.

Agora já estava na hora de procurar hospedagem. Além disso, ele estava com fome. Ela também? Estava sim. Ela conhecia a região; saiu da estrada escura e pegou um caminho mais escuro ainda. Ramos batendo contra a janela lateral. Os dois não tinham visto nada de Valladolid, nem da pequena Simancas; agora, em Tordesilhas, uma cidade nem grande nem pequena, não dava para ver nada além de um clarão sob uma nuvem baixa e avulsa, ou será que já era a luz de uma outra cidade mais a oeste, Toro ou Zamora, ou de um incêndio?

De repente, em meio ao ermo da meseta, eles se viram diante de um edifício parecido com um castelo, não, um castelo de-verdade-mesmo; afinal, não era o brasão da antiga dinastia sobre o portal de entrada? O edifício e o anexo eram tão grandes que só poderia ser um castelo real, não apenas imitação ou sonho.

De "hotel", nem sombra: nenhum sinal luminoso ou placa, nenhum carro na entrada, nem sequer um ou dois, modestos que fossem, com a placa da região, indicando que — mesmo em caso de não haver hóspedes — pelo menos um ou outro funcionário estaria à sua espera. Apesar de as janelas estarem apagadas, pelo menos o portal principal estava iluminado com tochas de ambos os lados — e aparentemente já há um bom tempo.

Eles desceram do carro. Um leve vento noturno soprava "do sudeste, da Sierra até aqui", disse ela. Um zunido e um estalo vindos da alameda de acácias que dava no portal: era o barulho das vagens negras foiciformes que carregavam as árvores sem folhas (o estalo viera da semente seca dentro da casca). No chão da alameda, a cada passo, das foices caídas o ruído. A motorista enfiou o dedo indicador e o intermediário na boca e deu um assobio que circundou todo o castelo real. (Em seu vilarejo lusácio, antigamente costumava-se dar um assobio assim no meio da mais terna cantiga.) Todos os ramos de acácia apareciam, da base até a ponta, cobertos de espinhos pontudos como punhal, e se salientavam, espinho por espinho, em meio ao céu ibérico de inverno, todo iluminado de estrelas após se desligarem os faróis do carro. Será que aquele enorme ruído vinha das profundezas do rio Duero, que não estava longe de sua foz no Atlântico, será que o castelo se situava num terraço sobre um amplo vale? "Não", disse ela, como se ele tivesse perguntado alguma coisa: "Não é um rio, apenas um pequeno riacho lá embaixo na garganta."

Uma resposta dessas estava de acordo com o fato de ela ver o majestoso edifício como uma hospedaria de beira de estrada a serviço dos viajantes. Sem receber nenhuma resposta ao assobio, ela bateu com as duas mãos na rotunda de entrada, coberta de cascalho e rodeada de buxos. E colocou a mala no chão. Qual? Qual mala seria, se não a de seu acompanhante; ela própria a tirara do carro e carregara lá de longe até ali.

Sem receber resposta, agachou-se e pegou um cascalho, um único, e jogou-o contra uma certa janela, uma das vinte e quatro ao rés-do-chão, apagada como as demais, acertando-a bem no meio: não era barulho de vidro, pelo menos não de vidro novo, talvez bem antigo; nem soava como vidro, parecia feito de pedra mole ou de alguma madeira bem dura.

Segundo avisou nosso novo entusiasta, o castelão abrira a porta. Castelão? Como nunca houve igual. E estava sozinho, como só mesmo os castelães de hoje. Ela deu um grito lá para cima, como se ele fosse um serviçal prestes a obedecer: "Dois quartos!" E não é que o castelão já vinha descendo enquanto os dois passavam pela soleira quase da altura do joelho e chegavam no saguão chamejante de luzes, onde ele já lhes segurava de longe duas chaves, com o palhete tão luzente como se fosse cristal. E sorriu brevemente, em cumprimento, como se já aguardasse os dois, ou pelo menos ela, a mulher; mas não disse nada, inclusive durante todas as horas seguintes, bem como o empresário viajante, que também se calou a partir deste momento, como se não tivesse nada a acrescentar ao longo discurso que fizera durante a viagem noturna.

O castelão estava vestido de terno preto, camisa branca e gravata preta, como se fosse um gerente de hotel e ao mesmo tempo *maître d'hôtel*, responsável pelo restaurante. A escadaria arqueada, como se fosse de mármore, tinha degraus tão baixos e largos que quem subia ficava com a impressão de estar sendo carregado. Os quartos, voltados para duas direções opostas, vastos como salões, com a cama escondida num canto, tinham um piso de tijolos vermelhos, com desníveis, rebaixos, pequenos vales e cadeias de colinas, tanto que ela tivera a impressão de estar andando no jardim de casa, conforme contou ao autor: "Só faltavam mesmo os trechos empoçados."

Ao abrir as janelas e se debruçar para fora, para o sul, na direção da Sierra sobre o parque do castelo já iluminado pela lua, "a meu ver, um pasto", teve a impressão de avistar um ouriço como o lá de casa cambaleando lá embaixo; com olhinhos cintilantes, como se quisesse dizer: "Já cheguei." E no lago do castelo, "no charco do vilarejo", o reflexo ofuscante da lua sendo cruzada pela sombra do morcego matinal lá de casa. Quando fora mesmo, na última manhã? O morcego refletido na água parada, com contornos de uma nitidez jamais vista na realidade.

8

Jantar dos dois viajantes ao rés-do-chão: não em algum dos cômodos principais, mas numa das salas do canto, ao final de longos percursos de cá para lá e de lá para cá, por passagens que acabavam em paredes sem porta ou em portas falsas, apenas pintadas. A salinha do canto: do tamanho de um nicho, com teto abobadado e abóbadas revestidas de milhares de plaquetas envernizadas, cores e formas repetindo um único ornamento, de modo que — olhando-se para cima — a cúpula parecia cada vez mais funda e — olhando-a de novo — parecia nem haver mais cúpula, apenas o teto plano e baixo, ao alcance da ponta dos dedos de quem estivesse sentado ali.

A salinha lembrava aqueles lugares de difícil acesso, onde as pessoas costumavam se recolher antigamente, não para guardar segredo, mas quando queriam ficar a sós com seus iguais, amigos, pessoas da mesma classe ou linhagem. Antigamente, essa fora de fato a sala de fumar, local exclusivo para homens. Agora era a mulher que, sem hesitação nenhuma, conduzia o homem até ali, através de diversas quebradas, indicando-lhe seu lugar àquela mesa que mal dava para dois, como se fosse a anfitriã, fingindo limpar com o dedo a fuligem secular da parede igualmente esmaltada. E de fato sujara as mãos de fuligem no fogo da lareira adaptada ao tamanho do nicho, uma lareira cujo buraco não era maior do que a abertura para o tubo da chaminé na parte inferior da parede esmaltada. O esmalte já frio a alguns palmos de distância do "buraco de fogo" (sua expressão para "lareira").

Fria noite de inverno, como só mesmo as noites de inverno da meseta. Trovões distantes. Explosões. Das achas de lenha ainda úmidas? O antigo e talvez futuro cliente tinha se trocado para o jantar; estava vestido como o castelão ou quem quer que fosse (que agora estava em pé na cozinha invisível, inaudível e inodora ou onde fosse). A banqueira ou quem quer que fosse mantivera os mesmos trajes. Quando muito, levantava de vez em quando o leque que deixara ao lado do prato, só de brincadeira, alisando uma das cinco, ou seis? seções clássicas de um leque, sempre a mesma, aquela com a estampa da paisagem, neste caso representando a *sierra*, a Sierra de Gredos? — aqui neste país era tudo *sierra*, do golfo de Biscaia até o estreito de Gibraltar, e aquela *sierra* ali, ou o que quer que mostrasse o leque, podia muito bem ser a Sierra Cantabria, bem como a Sierra Guadarrama, a Sierra de Capaonica, a Sierra Morena e a Sierra Nevada. Da mesma forma a designação clássica da paisagem obrigatoriamente estampada em todos os leques: pura e simplesmente "país".

Como se o empresário tivesse perguntado em silêncio à mulher do banco o que ela vinha fazer justo na Sierra de Gredos, em pleno inverno, justamente na atual situação mundial, ela — ainda sentada ou em pé — veio com um daqueles discursos que a tornaram conhecida para além do continente. (Mesmo antes de sua chegada ao castelo ou à hospedaria, as designações "mulher do banco" e "empresário" não se aplicavam mais aos dois; após a aterrissagem no pequeno e remoto aeródromo de Valladolid, eles já tinham se tornado algo mais; e então, durante o percurso noturno pela estrada, viraram somente aquela outra coisa a mais; algo distintamente real; um ar extra de não-ser-mais-ninguém-em-especial.)

Durante aquele jantar nas imediações da rainha ensandecida, ela passara a falar com uma voz tão grave que nem parecia de mulher, dizendo mais o menos o seguinte: "Para mim, a Sierra de Gredos significa perigo — não apenas perigo corporal — perigo mesmo. Conheci a Sierra há quase duas décadas. Naquela época, estava grávida da minha filha Lubna, no penúltimo mês. O pai da criança também estava junto. Era verão. Passávamos pela lomba sul da cordilheira, vindos do oeste, de Portugal, do Atlântico, onde tínhamos chegado, rumo ao leste, em direção a Madri. Na planície ou depressão por onde transitávamos, entre o maciço de Gredos e os montes de Toledo, fazia e ainda faz um calor de rachar. Lá no vale do rio Tajo, parecia que não avançávamos, parecia que mal saíamos do lugar, apesar de estarmos correndo com o carro. Era por causa da Sierra ao longe: um único rochedo nu, estendendo-se até o infinito, sempre à mesma distância, inalterado a cada olhar, apesar de já termos avançado, quem sabe, dez quilômetros e vinte milhas."

"Por fim, ficou claro que viraríamos naquela direção. Isso foi na altura de Talavera de la Reina, rumo ao norte, em direção ao pé da Sierra. Mesmo com a proximidade, a serra se manteve azul-clara por igual, quase branca (apesar de não haver mais neve, nem no Pico de Almanzor), em todo caso, mais clara que o céu. A gente passou a noite no *konak*, na hospedaria (que ainda existia nas imediações) do mosteiro San Pedro de Alcántara, da única cidadezinha num raio de quilômetros, Arenas de San Pedro."

"Durante dias a fio, a gente costeou a montanha por trilhas agrestes, ermo adentro. A criança ficou quietinha na minha barriga, mais calma que o normal. Eu só conseguia andar bem devagar e acabei ficando para trás. A gente se reencontraria lá em cima, em El Arenal ou *Mahabba*, em árabe antigo, a vila montanhesa mais alta da vertente sul."

"No meio do caminho, parei para descansar à sombra de um rochedo saliente e acabei dormindo, talvez só um pouco, talvez longamente. Quem sabe eu nem tenha pegado no sono, só tenha fechado os olhos. Quando os abri de novo, me encontrava numa imagem alheia-ao-mundo. Tudo o que ainda era familiar até há pouco acabava de despencar da imagem, inclusive eu. Não dava para reconhecer nada, nem os arbustos, os blocos de granito, a trilha, nem a mão aqui, a barriga, o umbigo, o dedão do pé. O mundo inteiro, comigo dentro, virado às avessas e fora dos eixos, tudo de cabeça para baixo, sem qualquer possibilidade de correção no cérebro, sem lado direito, só avesso e ponta-cabeça, até o céu de ponta-cabeça."

"Mesmo com uma barriga daquelas, saí correndo morro acima, o que na realidade significava morro abaixo, e acabei despencando logo adiante, por sorte numa das piscinas naturais típicas do sul da Sierra, aquelas cavidades em forma de selha no leito de granito lisíssimo das inúmeras corredeiras de lá. E então, nadar maravilhosamente, e, na sequência, anos e anos, logo mais com a criança."

"Maldita Sierra de Gredos, não só na lomba sul, quase intransponível, não apenas por causa dos mosquitos infernais que não somem nem no inverno, multiplicando-se em enxames a cada passo, sem desgrudar do corpo da gente, voando dentro da orelha e dos olhos, mesmo sem picar, dentro das narinas e — como quem está escalando não consegue ficar com boca fechada o tempo todo — dentro da garganta, por fim, no esôfago e na traqueia, o que remete à história do rei Carlos V, o posterior e único imperador Carlos (Primeiro e Último): conta-se que, durante a infância, ele costumava ficar de boca aberta, tanto que até no exterior, em Flandres ou em qualquer outro lugar, era farejado e atormentado pelos famosos mosquitos da Sierra de Gredos, onde acabou morrendo, quase velho, na encosta sul. Maldita Sierra de Gredos!"

De repente, ela interrompeu de novo a história que mal começara a contar: era famosa por isso. Foi até a cozinha, que ficava não apenas a alguns cantos e quebradas de distância, mas a uma e outra escada, para cima e para baixo, e começou a servir. E em cada um dos pratos dava para ver que ela mesma dera o toque final.

Eles empurraram a mesinha para perto da única janela, para "o exaustor" (ela) da antiga sala de fumar, a fim de terem alguma vista durante a refeição, mesmo que fosse só o breu da noite. Depois o cozinheiro e castelão se juntou a eles para jantar; a três, tinham até mais espaço que a dois.

Ela nomeou cada um dos pratos: "toicinho defumado" — na realidade fatias do incomparável presunto daquele "porco da pata preta"; "salada da cave" — na realidade agrião da estepe, que até no inverno cresce em pés esteliformes, sobre correntes subterrâneas, com gosto levemente ácido sobretudo nesta época do ano; "caldeirada de arenque, bacalhau e coxa de galinha" — na realidade, ela chegando com uma baixela de latão, onde se dispunham — em forma de meandro, em mechas e carreiras bem ordenadas, reproduzindo os rios e riachos da meseta — caranguejos-d'água-doce ou caranguejos-do-rio tirados da fervura, trutas e cubinhos de carne de cordeiro da mesma cor; "ameixas secas e maçãs murchas" — na realidade, laranjas, laranjas e mais laranjas que tinham acabado de amadurecer agora, no meio do inverno, superando qualquer outra fruta em frescor e suculência; "para completar, os últimos restos de casca de um queijo ressequido" — realmente seco, quase só restos da casca, mas que sabor; "o último resto de mosto do antepenúltimo ano, o último resto virado do último barril" — realmente um resto e, mesmo sendo de vinho, que resto!

Neste ínterim, ela apareceu com um quadro do século XVI emoldurado em quartzo, representando a rainha Joana, pretensa ou supostamente ensandecida, uma obra do pintor sacro Zurbarán, pintado quase um século após a morte da suposta ou pretensa ensandecida; colocou-o na janela — que era menor que o tamanho típico das representações de santos, não só as de Zurbarán — e proferiu: "Desenho a carvão feito pelo idiota da vila, retrato da moça da estrebaria local, ou seja, a própria mãe do idiota, pai desconhecido."

Naquela pintura à óleo, Joana, a louca, olhava pela janela da torre de Tordesilhas, pintada em tons bem escuros; lá embaixo, bem longe, o rio Duero à última ou primeira luz do dia, com bancos de areia granítica cintilante, quase na mesma posição dos que ainda existiam hoje. E esta rainha nem parecia louca, quando muito, quem sabe, por causa da luminescência de suas longas vestes, na ausência de outra fonte de luz na câmara; clara contra as paredes escuras, luminosa até, a mão dela, com que apontava por inteiro — não para fora, mas sim para algum interior, para a câmara ao lado?: tinha acabado de se levantar da poltrona — muito embora não houvesse poltrona nenhuma, pois a câmara estava vazia — não, ela mais parecia ter saltado da poltrona, não, devia estar passando casualmente por ali, correndo de outro lugar, e agora apontava para a escuridão impenetrável, com olhos arregalados e virados para o alto, de boca aberta, um livro aberto na outra mão, com uma página na vertical, empinada na correria. E como luziam a palma da mão que apontava e o dedo indicador, longo demais, mais parecendo uma lanterna contra o fundo escuro.

"Quão diferente do anjo branco apontando para o sepulcro o jeito com que a pretensa louca aponta para a imagem lá fora; que jeito, como se estivesse mostrando algo para si mesma, nada dominadora ou impositiva, apenas inominavelmente admirada, admirada de uma vez por todas. Nunca mais sairá deste instante de espanto e pasmo. Antigamente, quando as crianças quebravam o ritmo do jogo ou qualquer outro ritmo e ficavam fitando o vazio, como se estivessem 'no mundo da lua', costumava-se dizer: 'Ei, pare de fitar o armário de doidos!' Mas a pretensa louca ali não está fitando nenhum armário de doidos. Quem foi que disse isso? Nenhum dos três à mesa saberia responder." Talvez ninguém mesmo tenha chegado a pronunciá-lo.

Se eles estivessem irritados antes, o jantar os acalmara. Se já estivessem calmos antes, ficaram mais calmos ainda. Se tivessem lutado contra o cansaço antes, agora o permitiam, ficando de certa forma mais que despertos. E ao mesmo tempo, algo cada vez mais raro durante uma refeição?, tornavam-se permeáveis, tanto em face do dia como da noite, tão permeáveis como às vezes no limite entre a clara vigília e o sonho distintamente claro.

Ela espiou o anfitrião e cozinheiro através do palhete da chave. O palhete forjado era tão largo que ali cabiam seus dois olhos. Transpareciam através do ornamento trançado de sinais orientais, como por trás de uma grade. E ela disse que ele ainda não aprendera a ficar de corpo inteiro diante do fogão. Do jeito que ele cozinhava, uma parte do corpo ficava excluída. Era preciso se movimentar de corpo inteiro em qualquer caso e atividade — "a pessoa inteira tem que fazer" —, algo que se aplicava prioritariamente ao preparo das refeições. Os dedos do pé, os joelhos, as coxas, os quadris, os ombros, tinham que participar igualitariamente. No caso dele, só as mãos e os olhos estavam em atividade. E o resultado? Apesar de todos os temperos que ele rastreava na cozinha, será que não ficava faltando algum tempero, isso mesmo, ou talvez um ritmo, tanto em cada um dos pratos, como na sequência deles?; será que o ritmo não deveria ser o principal tempero de um cozinheiro?

O cozinheiro respondeu, abrindo a boca, portanto, pelo menos uma vez nesta noite, nesta história ("pode até deixar passar uma contradição aqui e outra ali!"), e dizendo: "A pessoa inteira tem que fazer", algo que se aplicaria tanto a um padeiro, eremita, amante, como a um cozinheiro. E ele teria acabado de cozinhar "de corpo inteiro", sim, ele próprio teria provado o gosto. Acontece que talvez tivesse ocorrido uma ou outra interrupção em seu ritmo, por causa da presença dela, desta cara visitante. Ele não estaria se referindo à pessoa dela em especial, mas a uma presença estranha, não, nem precisaria ser estranha, à mera presença de qualquer outra pessoa. Bastaria que alguém o observasse cozinhando para ele sair do ritmo, mesmo que o espectador tivesse boas intenções e até entusiasmo pelo seu fazer — neste caso mais ainda. Ele dizia que não tolerava espectadores em sua profissão. Isso também valia para ações que não tinham nada a ver com o preparo de refeições. Se alguém ficasse do lado enquanto ele estivesse martelando um prego, "pode ter certeza" que o prego entortaria. Bastava alguém ficar assistindo-o amarrar o sapato — a pessoa nem precisava estar olhando diretamente para ele, bastava ficar lá —: pode ter certeza que o laço daria errado.

Ele contava que desde criança sentia medo de qualquer tipo de espectador. Tinha aprendido a cavalgar cedo, escondido. Mas assim que alguém o observara pela primeira vez, caiu do cavalo no ato. Ao trepar num azinheiro, competindo com os outros, foi o único da turma a empacar no meio do grosso tronco (até agora ele se via empacado na única árvore em meio ao pasto, escorregando devagar tronco abaixo) — mas quando tentou sozinho, chegou lá em cima mais rápido que o vencedor da turma. Até seu medo de espectadores acabar se tornando uma espécie de ódio. Isso mesmo, ele dizia odiar espectadores — não importava quem. Até o amor — caso a pessoa amada ficasse assistindo àquilo que ele só conseguia executar sozinho — ameaçava se transformar em ódio ou num desdém igualmente maligno. E (então ele deu uma risada) praticamente tudo o que lhe importava, sobretudo cozinhar, ele só conseguia executar inteiramente sozinho, sem ser observado.

Neste ponto, seu segundo hóspede se intrometeu na conversa. O empresário — ou o que quer que fosse naquela noite — disse que justo o ritmo interrompido aqui e ali, as rupturas esporádicas, o completo sair-fora-do-compasso enquanto a comida estava cozinhando, a perceptível intimidação e hesitação do cozinheiro em certas transições do complicado processo culinário, tudo isso teria realçado ainda mais a fase anterior e posterior — em que ele administrara a cozinha sozinho, sem ser importunado por ela, a outra —, proporcionando o efeito duradouro, o "fabuloso" gosto prolongado, tão "real" quanto a primeira impressão direta do palato neste jantar, "que eu — e olha que isso não é força de expressão — nunca hei de esquecer. Oh, infinito alfabeto do paladar." Será que o paladar de todos eles não era uma forma de soletrar e também de memorizar ou rememorar?

Quem acabou tendo a última palavra na conversa à mesa foi a mulher do banco (ou o que quer que ela fosse, não apenas naquela noite). Não pretendia em absoluto questionar a comida. E quanto à pessoa do "meu senhor cozinheiro", quisera dizer uma outra coisa completamente diferente. Ao confrontar o jeito dele com "a pessoa inteira tem que fazer", só quisera rever um problema, "algo que faz parte da minha profissão". Agora, a três, eles tinham acabado de rever esse problema.

Quanto à sua pessoa, ao rever o problema ela teria reconhecido que seu caso era justamente o contrário. Ela só conseguia fazer uma coisa "de corpo inteiro" na presença de outra pessoa, de um terceiro, mesmo que este terceiro só existisse na imaginação dela. Para fazer qualquer coisa de corpo inteiro, "andar", "ou simplesmente dar um passo", "fazer contas", "ou simplesmente digitar números", "esboçar um plano", "ou simplesmente tramar possíveis combinações", ela precisava imaginar espectadores ou até inspetores e "estimadores", como se estivesse "num concurso, não, numa competição!", "num palco, não, numa arena!" Ao contemplar uma colher ou um mero barbante, por exemplo, se sentia na obrigação de contemplá-los "de corpo inteiro", "ou então o inverso, ao ser contemplada por outra pessoa ou por algum bicho, eu tinha que me deixar contemplar de corpo inteiro!"

Mas do jeito que ela estava sentada agora, não podia ser atingida pelo olhar de nenhuma outra pessoa, não apenas pelo fato de ainda manter os olhos atrás da gigantesca chave. Nada ali me contemplava — a mim, ao outro —, de corpo inteiro muito menos. E nada ali se deixava contemplar por nós, os outros, muito menos... "O jeito de ela não se deixar contemplar em certos momentos não era exatamente o de uma atriz na tela de cinema, era mais o de um policial na rua. Ele me encara, mesmo que não seja de corpo inteiro, mas não se deixa encarar de jeito nenhum, nem que esteja bem na minha frente, ao alcance do punho." Então não fora ela que tivera a última palavra naquela noite?

Quem foi que disse isso? — O autor, bem depois, em seu vilarejo na Mancha. E ele ainda teria acrescentado: "A pessoa inteira tem que narrar!" E ela lhe teria respondido, escoriada e desgrenhada como estava, ainda trêmula do tempo passado na Sierra de Gredos: "Na realidade, o que você chama de olhar de policial é minha couraça e armadura. Caso eu tenha chegado perto de alguém por vezes, foi só para impedir que ele ou ela tivesse espaço suficiente para matar, ou espaço suficiente para abraçar. Se cheguei tão perto, a ponto de tocar alguém, era só para me tornar intocável. Durante uma longa época da minha vida, eu costumava chegar tão perto, corpo a corpo, que meus inimigos ou adversários não conseguiam encostar sequer um dedo em mim. Até que finalmente compreendi: eu agia assim — era uma ação contínua, ininterrupta, e ai de mim se recuasse — porque morria de medo." — O autor: "Medo de amar?" — Ela: "Num longo entretempo, eu também morria de medo disso, um medo especialmente grave, agudo."

Correm boatos de que a minha heroína tenha passado aquela noite em Tordesilhas com um amante. Uns dizem que foi com o cozinheiro e castelão, outros, com o empresário fracassado e até com um terceiro, anônimo. Mas quem quer que tenha dito isso: fique sabendo que é um falso narrador. Esse sujeito é um falso narrador não só por estar espalhando boatos falsos, não só por mentir — por mentir a mais deslavada mentira das gretas da terra —, esse falso narrador também é um impostor apócrifo, um especulador lúbrico, por contar coisas que, a meu ver, não se contam, coisas que, a meu ver, não dizem respeito à narrativa, e a esta aqui muito menos.

Mesmo na noite mais escura, mesmo na noite mais quente — por que não? nada contra —, é para esta nossa história se passar sob o céu, o mais vasto dos céus. Mas os boatos aqui mencionados não se passaram sob céu nenhum. De mais a mais, nem chegaram a se passar, coisa nenhuma, pois não passam de passa-moleques. E são exatamente o oposto de céu, o oposto do céu que se arqueia sobre as nossas cabeças e daquele céu da narrativa — o anticorpo de tudo que é celeste, inclusive do corpo celeste dela. Esses velhacos que estão tentando se infiltrar no meu livro só fazem fingir que estão narrando. Só simulam estar narrando, no sentido de um combate simulado. Mal abrem a boca, já estão mentindo, ou melhor, mal arreganham a fuça, mentem pelas gorjas e ficam na poetagem — um termo que ilustra bem a particularidade dos poetastros embusteiros de hoje. Mas o problema não é o fato de esses vagabundos e concorrentes de araque estarem mentindo. Quem me dera isso fosse um problema; afinal, um problema é algo profícuo por definição.

Eu também minto; na hora H, faço chover as mais deslavadas mentiras entre o céu e a terra. No entanto, para acabar com essa história, as mentiras espalhadas por vocês, seus contadores de prosa, não são exatamente diabólicas, longe disso (vocês só fazem vento e tempestade em copo-d'água e já caíram em desgraça com a legião de todos os espíritos, até os mais malignos). Como é possível a minha heroína ter passado a noite com um comerciante de brinquedos? E qual leitor sério não haveria de balançar a cabeça diante da insinuação de que ela teria passado aquela noite nos braços de um cozinheiro (tudo bem, admito que, excepcionalmente, ele possa ter se mostrado um cozinheiro de mão cheia naquela noite específica, talvez até um verdadeiro mestre em seu *métier*, que — a propósito — considero terrivelmente superestimado hoje).

O que até consigo imaginar, no caso da nossa mulher, é uma noite de amor com um terceiro, desconhecido e invisível. Não uma noite de amor, mas sim de luta. Uma luta custe-o-que-custar. Da qual ela saiu vitoriosa no final das contas. Sairá vitoriosa. Para a minha sorte. Pois assim podemos continuar a nossa história.

Mas um terceiro também seria uma deturpação. Não pode ser. Não há espaço para ele aqui. Nem me passa pela cabeça uma coisa dessas. Nem pretende me passar pela cabeça. Afinal, nossa história se passa numa época em que a união corporal voltara a se tornar algo extraordinário e, por conseguinte, até uma raridade — e não eram poucas as pessoas nessa situação. E além do mais, ainda não tinha chegado o momento e, sobretudo, o lugar certo nesta história. Uma noite de amor num castelo estava fora de questão, mesmo que fosse nas imediações da Sierra de Gredos.

O único toque que se deu: antes de ir para a cama, ela colocou a mão no ombro de alguém. Não contou de quem fora. E com seu próximo toque, já estava sozinha de novo: entrou no quarto, fechou a porta atrás de si e se encostou no umbral. Quanto ao cozinheiro, bem, ele já estava quase dormindo na mesa; toda sua força e pressa confluídas no preparo da refeição. Quanto ao empresário viajante, ele mesmo admitiu ter se recolhido sorrateiro em sua cama solitária, francamente aliviado: desde o conflito que tivera com a mulher do banco, mas não só por isso, ele considerava um perigo encontrar qualquer mulher que fosse e logo se afastava, pensando: consegui me safar mais uma vez! mais uma vez escapei com vida!

O irmão dela só viajava à noite, fazia-o desde sempre, não só desde que se tornara ilegal ou fora expulso do país, como agora. Diziam que era porque o acidente dos pais com o outro irmão, naquela época, tinha ocorrido em plena luz do dia. Mas o que é que não "diziam"... Após ter sido mandado para o internato ainda criança — pelos avós, mas por vontade própria, pois queria se tornar padre —, acabou fugindo (na época, os alunos do internato eram realmente internos) depois de algumas semanas, ao romper da noite, e peregrinou, sim, peregrinou a noite toda, com apenas dez anos de idade, por estradas e campos adentro, mais de trinta milhas de volta ao vilarejo lusácio; ao amanhecer, estava diante de sua irmã, que acabava de acordar com um peso incomum sobre a cama: uma braçada de maçãs que o irmão tinha colhido no pomar atrás da casa, as primeiras maçãs (era fim de setembro). E a criança retornada enumerava as diversas espécies: "Maçã pastoril, achada na floresta por um pastor francês. — Alexander Lukas, encontrada na floresta por um tal de Alexander Lukas por volta de 1870. — Princesa de Angoulême: antiga espécie francesa, conhecida pelo nome da filha de Luís XVI, o Decapitado. — Louise Bonne d'Avranches. — Cox Orange: cultivada em 1830 por um inglês chamado Cox. — Ontário: cultivada em 1887 no lago de Ontário, no Canadá."

Seu irmão também estava viajando agora, durante toda a longa noite de inverno, quase sem interrupção. Até mesmo seu silêncio esporádico tornava-se parte da viagem: esperando uma conexão de trem, esperando que algum carro finalmente parasse, esperando escondido num canto, os controladores e as patrulhas passarem.

Frio, e quase nada para comer: mesmo assim ele não se importava em viajar à noite. Bastava ser noite: ele não precisava de mais nada. Ao contrário dela, ao viajar à noite ele estava em seu elemento. O mais tardar à meia-noite, se ainda não estivesse dormindo, ela tinha que estar no lugar previsto, numa casa, perto de alguma cama. Ele, por sua vez, mesmo que não estivesse viajando de fato, continuava a sua viagem, pelo escuro, do anoitecer até o amanhecer. Durante os anos de prisão, quando não ficava rodeando a cela de madrugada, andando ou dançando, costumava desenhar espirais no ar, deitado no catre, e caso adormecesse por um instante, sentia, durante aquele sono noturno, estar encarcerado de uma forma totalmente diferente. Para ele, as noites eram feitas para farejar, rastrear e vasculhar. Aos quinze anos, escrevera poemas: todos eles tratavam da noite. Ela sabia de cor até hoje dois versos de um de seus poemas sobre a noite: "Cobras à caça vasculham a calada,/ Noite — viva o bel-prazer, e mais nada!" Desde então, ela o apelidara de "o vasculhador". Em todos aqueles anos, ele não pudera vasculhar noite nenhuma. E a espera pela libertação não era a mesma espera de suas viagens noturnas.

Às vezes ela achava o irmão meio sinistro. E logo temia por ele. Em geral, isso estava ligado a um medo pelos outros, não só por este e aquele, mas por uma maioria, muitos, inúmeros. Ele nunca matara ninguém, na verdade, só fora condenado por "crime contra o patrimônio" — mas eram crimes reiterados e destrutivos. Mesmo assim, ela tinha medo — um medo cada vez mais forte durante os anos de prisão — de que ele fosse capaz de atacar e até matar, em massa.

Se bem que, desde criança e ainda bem depois, ele não fosse capaz da menor agressão, incapaz de se defender ou de dar o troco; ao se envolver em brigas na penitenciária, deixara-se espancar mais de uma vez sem opor resistência, apesar de ser mais forte que a maioria — o máximo que fazia era gritar de impotência e fúria, fúria contra ele mesmo por ter tão pouco talento para agredir as pessoas, seus iguais — sem conseguir, sem conseguir de jeito nenhum penetrar a zona de tabu entre a barriga, o peito e o rosto do outro; não ter peito nem para passar uma rasteira, dar um puxão de orelha, beliscar o nariz ou dar uma gravata.

Temor pelo irmão: pois no final ele passara a assinar as cartas endereçadas a ela com uma expressão há muito apreciada, um termo corrente para estigmatizar os crápulas da história do mundo: "um inimigo da espécie humana". Como o conteúdo das cartas se ajustasse cada vez mais a esta expressão — embora de maneira cifrada, pois desde criança os dois tinham uma espécie de código secreto —, nada restava à irmã, a não ser acreditar por fim, não de todo, mas quase: que seu irmão, aquele da litania das maçãs, seu companheiro de anos no escuro da noite, tinha se tornado de-verdade-mesmo um inimigo da humanidade. E ele não se contentaria apenas com o epíteto decorativo. Pois é, será que seu irmão não tinha consciência de que no tempo-do-livro já não era mais possível lutar por nada e contra coisa nenhuma? E que, caso viesse a morrer numa luta dessas, ninguém — além dela — se importaria com sua morte: assim, sem pai nem mãe, ele não era vítima nenhuma, sempre fora um *desperado* mesmo; a morte de um órfão não valia, não contava.

Por enquanto, contudo, ele viajava pela noite com o atrevimento de um recém-libertado. Era como se não houvesse diferença ou transição entre pegar o avião e ser choferado a seguir e depois andar a pé para então prosseguir de carro. Ele parecia se mover num movimento único, espaçoso e alheio à gravidade. Enquanto viajava sentado à janela de um ônibus noturno, por exemplo, onde os passageiros se tornavam seus iguais, não importava o que representassem, ele estava prestes a caminhar em passos aéreos de cem léguas, que surgiam como uma espécie de canção enumerativa, de um a mil e mais. E ao andar desse jeito pelas estradas noturnas, seguia sem cessar, deslizando assim com a sola dos pés. Podia até ser que, prosseguindo pelo acostamento de alguma rodovia noturna, ele começasse a saltar numa perna só de súbito, como se houvesse no asfalto algum jogo de amarelinha desenhado a giz.

Mesmo quando percorria um trajeto andando de costas — um hábito que tinha em comum com a irmã —, não era para tentar parar um carro, mas por pura descontração. Em suas frequentes caminhadas, ele até corria de costas, muitas vezes toda uma milha noturna, de costas para a próxima fronteira nacional a ser atravessada. Assim como a noite, as fronteiras eram seu elemento. Quanto pior a fama da fronteira, mais ela o atraía. Enquanto a maioria das outras pessoas costumava se disfarçar, fantasiar ou se esconder (debaixo da lona de um caminhão, por exemplo, como o autor uma vez na infância, ou de qualquer outro modo), ele aparecia ainda mais elegante que de costume, se possível, e se movimentava com um desprendimento que só mesmo quem se sente em casa nas fronteiras teria, e nesta primeira noite de viagem — ainda por cima — com uma petulância desafiadora: "Nada vai me acontecer. Ninguém pode me deter. Não tenho nada a perder."

Enquanto um dos piores pesadelos do autor era aquele em que ele tinha que atravessar de novo a fronteira proibida e perigosa da infância, mas desta vez a altas horas da noite, a pé, e sozinho, de terno, camisa e gravata (mas onde tinham ido parar os sapatos e as meias, gente do céu?! — um pesadelo duplo), o outro, por sua vez, liberto no dia anterior, se aproximava de uma fronteira dessas como se estivesse realizando o maior dos sonhos, onde atravessava a ponte sobre o rio fronteiriço, à noite, como só uma pessoa despreocupada o faria, descalço, com os sapatos na mão, sem que ninguém o detivesse — era noite, afinal, e todas as fronteiras noturnas só podiam ser suas cúmplices; além do mais, ele estava com um passaporte válido, e de mais a mais, tinha acabado de cumprir sua pena, e ainda por cima, fora condenado num país completamente diferente daquele.

Ninguém e carro nenhum durante as sete primeiras milhas noturnas após a travessia da fronteira. A lua se pôs. Na calada da mais alta noite. Esporádico, o asfalto ao redor faiscacintilataliscando, acompanhando o caminhante. Nenhum ruído a não ser o de seus próprios pés; nem sequer o de um avião noturno a céu aberto — avião nenhum sobrevoava este país, já fazia tempo que não, nem sequer de dia.

De repente, um grito, de susto? de alegria?: alguém caminhava na estrada noturna, dez passos à frente dele e, ao alcançar o vulto, este se voltou para ele, o rosto luzindo de dentro do breu, e ele reconheceu, não, foi atingido: uma menina, não mais criança, mas tão jovem como só um ser humano podia ser — a filha de sua irmã. O grito — caso aquilo realmente tivesse sido um grito — não partira dela, e nem dele.

"A história do mundo é um tanto dúbia", escrevera ele uma vez à sua irmã, da cadeia, excepcionalmente sem fazer mistérios. "A escória humana é um espectro a ser dizimado." Mas neste instante noturno, ele viu este dito perder a validade, e como. Aquele rosto à sua frente queria dizer: ele não mataria, ainda não. O grande ato de violência não cabia a ele, ainda não. E pela primeira vez ele se sentaria junto com a filha de sua irmã, ali em frente ao "albergue dos viajantes noturnos".

9

Ela acordou após algumas horas de sono profundo, como quase toda noite. Procurou o interruptor de luz e só então percebeu que não estava na cama de sempre, que não estava em casa. A estranheza inicial se transformou em espanto, e o espanto a reanimou.

Ela se sentou e pescou o livro de árabe do chão irregular do quarto do castelo — pescou: de tão alta que era a cama e de tão longe que estava o livro lá embaixo. A criança no avião a Valladolid tinha dito a verdade: o livro não tinha o cheiro dela. Cheirava à sua filha desaparecida. Antigamente, a menina o tinha lido, lição por lição, exemplo por exemplo, trecho por trecho (fragmentos de poesia árabe clássica que encerravam toda lição). O livro fora devidamente estudado e investigado por ela, palavra por palavra; alisado; copiado; glosado; trançado de anotações, notas que com o tempo chegaram ao volume da página impressa e por fim o superaram, além de só terem vagamente a ver com o texto do livro, ou nada a ver, pelo menos nada de evidente. O livro — na verdade, uma mera brochura — já parecia amassado por fora, sovado, esticado no comprimento e na largura e de certa forma lambido; chovido, nevado.

Mas por dentro, sim, é que era um caso sério: página por página, a sensação de uma mixórdia só, um duelo de unhas e dentes, que ao mesmo tempo — não só por causa das múltiplas cores, das diversas canetas e da letra variada, passando da escrita latina para a árabe, da grega para a taquigrafia — tinha algo de alegre.

Por fora, na lateral, dava para ver onde a leitura tinha cessado, antes da metade do livro: a parte lida ou percorrida, cinza — não "cinza-sujeira" —, as folhas curvadas, envergadas, engrossadas, entrecruzadas e sarapintadas de pequenos riscos ou pontos — resquícios das glosas do interior do livro que muitas vezes ameaçavam sair para fora das bordas; após uma linha limítrofe, nada além de camadas brancas não lidas; o cinza sobreposto a esse branco como um outro estrato geológico; outro? não, era a mesma matéria em ambas as camadas da brochura, uma apenas modificada e ondulada pela química e pelo calor, a química do suor do dedo leitor que persistira durante horas num único par de páginas, o calor da mão de quem escreve.

E a mãe prosseguiu a leitura interrompida pela filha outrora. Mas sem acrescentar nada ao que lia. Sem grifar. Abrir o livro com cuidado, cheia de dedos, como se usasse luvas. Ler o livro a distância, espiá-lo como quem olha para um nicho distante. Não, não era para deixar rastro nenhum. E mesmo assim, ler como nunca: soletrando, mexendo os lábios sem emitir som, pronunciando aqui e ali o teor sonoro da palavra, de novo, de novo, detendo-se, levantando os olhos do livro e perseguindo o que acabara de ler no ambiente mais próximo e mais distante.

As altas horas da noite pareciam-lhe as mais propícias para ler. Talvez agora a leitura não afastasse tanto o leitor do mundo; muito pelo contrário. Lá estava a cadeira, com seus furos de cupim. Lá se envergava a maçaneta da porta. Lá estava a escada, encostada, encostava-se como nunca, que invenção essa!, uma escada. Na estrada, o caminhão de leite com latões cheios, empilhados rentes, batendo uns nos outros, e entre esses bidões, uma família de fugitivos, e ali no meio, o autor ainda criança (que já está se intrometendo de novo na história — e que esta seja a última vez!). No mais longínquo horizonte, o trem trepidando — já fazia tempo que estava passando, mas só se tornara audível agora, com a leitura; seu amado, seu companheiro ausente, naquela cabine ali, viajando sem passagem, sem documento, com febre alta, numa direção que não pretendia, no sentido oposto ao dela — pelo menos não estava morto, estava vivo, ainda existia. E aquilo lá fora na alameda de acácias, em frente à janela, espetado num espinho preto e espesso, um pássaro mínimo? uma cigarra? uma libélula? — A porta da cabine onde ela estava deitada lendo se abriu e o calor de um corpo chegou até ela.

Nenhum consolo neste seu inserir-se-no-mundo-lendo? Por sorte? Será que ler para encontrar consolo não era ler? Ater-se de novo a uma palavra árabe e emitir um som involuntário: como se justamente o teor dessa palavra estivesse querendo ser sonorizado. E esse sonorizar-se explosivo iluminava o campo de vista com uma luz adicional: cada palavra estrangeira emitida deste jeito, uma espécie de *flash* conferindo contornos ao que quer que estivesse dentro do campo visual (e além), contornos vivíssimos, como se — emitida a palavra — se recriasse instantaneamente a cadeira, a escada, a maçaneta, o espinho.

Como se tivesse acabado de despender uma imensa energia, a leitora noturna caiu num sono profundo, profundo. Após a leitura, ela retivera uma imagem da cama onde estava deitada, como se fosse um mapa-múndi. E agora estes espinhos, mais longos e espessos que espadas? Eram os espinhos de uma antiga escultura de madeira da igreja do vilarejo lusácio, penetrando de todos os lados os corpos — coxas, barrigas, peitos, pescoços — dos mártires. Podia até ser: que ler em árabe não passasse de um cenário. Mas às vezes, esse cenário representava tudo.

Na manhã seguinte, enquanto ela tomava um banho (demorado, demorado), se vestia (bem devagar, uma peça atrás da outra), olhava pela janela ao sul (da ponta dos dedos por sobre toda a meseta, que se arqueava até sumir de vista), as imagens continuavam a transpassá-la, mais e mais, ou apenas a passar de raspão, mas nada de imagens de martírio ou ameaça. Eram imagens que lhe bastavam, uma única bastaria para armá-la dia adentro — não só a ela, mas a qualquer pessoa (vide sua consciência missionária) —, muni-la para atravessar o dia mais apertado que fosse.

Mais uma vez ela refletia sobre as regras ou condições que propiciavam a companhia de uma imagem dessas. Alguém finalmente tinha que investigar a aparição, a origem, a fonte de tais imagens; um dever que libertava; assim como, toda vez que ela dizia "tenho que", "a gente tem que", soltava um sorriso ao mesmo tempo tão leve, que parecia pairar ao redor. Em todo caso, a fim de receber as imagens, ela, a gente tinha que se manter concentrada na coisa que estivesse fazendo, não importava o que fosse (vide tomar banho, vide olhar pela janela). Para isso, não era preciso desacelerar nem acelerar a atividade momentânea: fosse devagar ou rápido, o principal era estar envolvido.

A distância e a proximidade também não tinham a menor relevância; só que a distância certa dava, ou oscilava, a imagem, a distância certa podia ser a da linha até o buraco da agulha, a menos de um palmo do olho: e assim aparecia uma sinuosidade do Bidassoa, por exemplo, o rio de fronteira do País Basco — imagem, um empurrão mundo adentro, o tão necessário empurrão para dentro da realidade.

Mais uma espécie de regra do tornar-se-imagem: isso acontecia principalmente de manhã — e mais uma vez ela tinha certeza de que era com todo mundo —, na hora que sucedia o despertar. No caso de sua própria pessoa, isso das imagens tinha se modificado um pouco nos últimos tempos, nos últimos anos. Elas continuavam surgindo sem qualquer razão, sem serem evocadas; principalmente com o início do dia; e assimpordiante. Só que agora as imagens provinham mais e mais de uma determinada, de uma única região do mundo, e as que antes costumavam vir faiscando de todo o globo terrestre — agora uma raiz de árvore no norte do Japão, agora uma poça d'água num enclave espanhol na África do Norte, agora um buraco num lago congelado na Finlândia — vinham se tornando uma verdadeira raridade.

Ela lamentava. Isso era inquietante. Afinal, as imagens que recebera do mundo até então, a vida inteira, eram — em regra — de lugares que lhe tinham propiciado uma certa unidade ou harmonia durante sua real permanência ali, algo de que ela não se conscientizara no momento, mais uma regra? O fato de aquelas regiões serem "belas", "aprazíveis" ou até "pitorescas" (ou seja, necessariamente a imagem de uma região) não era o que viria a torná-las imagéticas; o importante era elas terem deixado um rastro dentro de você, sem o seu conhecimento, um rastro a partir do qual viria a se delinear um mundo de paz, inesperada e repentinamente, o mundo inteiro numa paz ainda possível, ou seja, justamente aquela "reserva do tempo-mor".

De uns tempos para cá, as imagens — as matinais, ainda frescas — se limitavam cada vez mais a uma região que só em raros momentos de sua estadia lhe tinha mostrado uma face pacífica; pelo contrário, geralmente uma face inimiga, ameaçadora, mais de uma vez uma cara de canibal, o rosto da morte.

E essa região era a Sierra de Gredos. Em certos dias, ela se recordava de que era uma sobrevivente; de que, se fosse pertencer a um povo ou a uma linhagem, pertenceria à linhagem dos sobreviventes; e de que a consciência de ter sobrevivido e continuar sobrevivendo com este e aquele outro sobrevivente desconhecido, distante ou vizinho, deveria ser o pensamento mais profundamente agregador. E fora através de suas travessias da Sierra de Gredos que ela se tornara uma tal sobrevivente.

Quando ela evocava intencionalmente a Sierra, na maioria das vezes só via as intempéries do maciço, maiores ou menores, como a escassez de ar entre os pinheirais fechados, impermeáveis à luz, ou os caminhos agrestes, animadores ainda há pouco, mas a cada passo se estreitando em lodaçais impassáveis. Nas imagens, na imagem não evocada, por sua vez: a Sierra de Gredos e a paz, ou a pacificidade, eram uma coisa só, como não podia deixar de ser em se tratando destas imagens, de imagens desta espécie — estatuto da imagem: pacificar, mãos à obra! agir. Tornar-se ativo. Mas como? Conforme a imagem.

"Não valeria a pena investigar?" — insinuou ela ao autor — "Descobrir como é que nos últimos tempos as imagens, não só as minhas, mas as de todo mundo, provêm maciçamente de regiões onde nunca aconteceu nada de bom para a pessoa, na realidade só o que há de pior; e, fazendo-me de cobaia, investigar, além do mais, por que a todo instante as imagens da Sierra de Gredos esbarram na gente como algo premente, mas suave, como a cabeça lanosa de mil vezes mil ovelhas? e tudo isso desde que se fala de uma guerra iminente na região?

A sombra dos maçaricos no leito de um rio: onde foi mesmo? — Numa ponte de pedra, a tal ponte "romana" sobre o rio Tormes, nascido na Sierra e mantido torrente até o fim do maciço central, em Barco de Ávila, da largura de um rio em certos trechos, transbordando em incontáveis charcos parados. — Um corço afugentado, com o pelo encharcado em pleno aguaceiro, a um palmo dela, igualmente encharcada, o bicho fraco demais para fugir, ou apenas curioso: onde foi isso? — Num caminho de pedra; caminho de pedra em plena montanha? é, logo abaixo de Puerto de Pico, o principal passo da Sierra de Gredos; placas de pedra rachadas em vários pontos, algumas faltando, na verdade o único resquício da época de colonização romana na Sierra, uma via romana desviando em serpentinas, em laços pela face sul, a *calzada romana*, que — ao contrário da estrada moderna até o passo — não fora construída por cima, mas apenas delineava as encostas, parecendo fazer parte da serra há dois mil anos, como algo pré-existente, esboçado pela própria natureza. — O espelho quebrado sobre uma pia, numa parede ao ar livre, espelhando as pontas das coníferas ao sol, e no fundo, multiplicado pelos cacos, o Pico de Almanzor, piramidal, onde foi mesmo? — Novamente no principal rio da Sierra de Gredos, no rio Tormes, perto de um lugar onde ela tinha passado uma vez, um *camping* de verão para crianças, abandonado há muito tempo, ou então desativado, não só por ser outono (não, não é "outono", nas imagens nunca aparece uma estação específica): as torneiras desatarraxadas ou apenas sem água, o pedaço de espelho à sua frente, na altura do quadril, obrigando-a a se ajoelhar ("tive que ajoelhar" — ela sorriu) para poder se enxergar; e sobre a sua cabeça o Almanzor, como um chapéu tricorne.

Mãos à obra! Fazer. Acudir. Dar uma mão. Servir. Servir? É, servir. Fazer o bem? Não, fazer bem. Dar uma mão. Intermediar? Não, a gente conhece muito bem vocês, mediadores e intermediadores, vocês que só fazem mediar às cegas, provocando as maiores e mais irremediáveis desgraças.

Por tudo o que é sagrado, deixem de mediar! Apenas participem e fiquem juntos — e mesmo assim mediando, ou melhor, transmitindo algo, mesmo que seja apenas com os olhos, o quê? A imagem? Não, é impossível: a imagem não, só uma noção; já basta.

E assim, bem de manhãzinha, naquele castelo ou espelunca nas imediações de Tordesilhas ou onde quer que seja, a maioral das finanças, a aventureira, a ex-atriz de cinema ou quem quer que seja, se propõe a pregar um botão, por exemplo, para o empresário de brinquedos ou quem quer que seja. E o homem, sentado de novo ao lado dela, na mesinha junto à janela, menor que uma portilha, acha isso natural e aceita o favor de bom grado. E ela ainda lhe remenda uma luva: pois está fazendo um frio de matar no sul da meseta, mais frio que na cidade portuária do noroeste, segundo o rádio. E de despedida, ela vai buscar a mala dele no quarto. E a carrega ela mesma, mulher discretamente robusta, de mãos grandes, até lá embaixo: então este é o peso dos brinquedos de hoje. Mercado de brinquedos na vizinhança de uma guerra iminente?

E com isso a mulher cumpriu sua parte. A partir de agora, ele terá que prosseguir sozinho; se não sozinho, com certeza sem ela. Com ajuda de suas imagens, ela lhe deu o impulso, e isso deve bastar. Mas por que ele está olhando assim para ela, aqui no átrio diante do albergue, como se ainda lhe faltasse alguma coisa?

E assim transcorreu mais um diálogo entre os dois, como na véspera, durante a viagem noturna de carro. Ela: "O senhor achou o interruptor de luz no quarto?" — Ele: "Achei." — Ela: "A cama era larga o suficiente?" — Ele: "Era." — Ela: "O senhor viu os relâmpagos depois da meia-noite?" — Ele: "Vi." — Ela: "O senhor vai passar mais tempo em Tordesilhas?" — Ele: "Não. Sigo ainda hoje para o oeste, ao longo do rio Duero. E sem mala." — Ela: "Pela antiga rota de peregrinação, até Santiago de Compostela?" — Ele: "De jeito nenhum. Jamais uma rota de peregrinação, antiga muito menos."

E mesmo que ainda esteja sentindo falta de alguma coisa, o homem parece conformado; até mesmo fortalecido por causa disso? Suas vozes soam amplificadas pelos muros dos diversos galpões que circundam o edifício principal. E enquanto se despedira na véspera colocando a mão no ombro dele, nesta manhã ela bate em seu pescoço, em gesto de despedida, fazendo-o recuar cambaleante. E assim ele se vai, lançando-lhe um olhar sobre o ombro, como se tivesse direito a uma terceira despedida, agora não, mas quem sabe de uma outra vez — o coroamento de ambas despedidas suas. Então, já na *carretera*, na estrada, na *cesta*, no *tariq hamm*, ele se detém por um instante, coloca a mala no chão e joga um punhado de cascalhos da meseta na direção dela, com uma fúria tal que alguns ricocheteiam até seus pés. Desde criança, ela sabia olhar desse jeito, quase sem piscar. Mas esse olhar não tinha nada de infantil. Talvez nunca tivesse tido, nem naquela época.

Um em direção ao Atlântico. A outra na direção do Mediterrâneo? O céu sobre a meseta estava azul naquela manhã. Os planaltos de capim, pedra e areia, estendendo-se por todos lados do albergue, estavam verdes, marrons, vermelhos e cinza-prateados (o prateado vinha dos pedacinhos de mica em meio à areia de granito erodido). O albergue — com sua chaminé fendida, o telhado infestado de cardos, o reboque desfolhando e aquelas janelas sem vidraça por onde as gralhas negras de bico amarelo entravam e saíam soltando grasnos guturais — já não tinha mais nada de *castillo* agora, em plena luz do dia, a não ser a silhueta; o albergue estava tão negro quanto as gralhas, um negror sem o brilho das penas. Assim como os rastros de fumaça dos aviões — era uma época de rastros negros: um tom de preto mais preto ao cruzarem o sol, provocando um frio perceptível por um instante, como no momento de um eclipse total do sol.

Todas as cores apareciam juntas, e os objetos refletiam algo a mais, uma cor que era nova — que até esta manhã jamais existira em nenhum lugar do mundo — jamais fora vista por nenhum olho humano — e para a qual não existia e nunca existiria nome algum — e era bom mesmo que não existisse. Será que essa nova cor desconhecida era apenas um desejo?

Um desejo que despertava, enquanto o limite entre sol e sombra vagava lento, o limite entre a área de geada, de um branco paralisante, e o terreno em degelo, cintilando claro, como que movido a vento, no pátio do albergue, coberto de capim da estepe? A vista do mato em degelo, com as pontas balançando, não pelo vento, mas pelas camadas de geada que derretiam e escorriam em gotículas d'água, fazendo oscilar um talo após o outro?

Isso, desejo — desejo que despertava diante daquela gota ali sob o sol, que — ao contrário das miríades de gotas vítreas translúcidas alvifúlgidas — se destacava em meio ao degelo como uma bola de bronze, não cintilando ou relampejando, mas luzindo, resplandecendo, irradiando; não um mero pontinho tremeluzente, mas uma esfera, uma abóbada, desafiando quem a visse a descobrir; não um planeta desconhecido, mas a velha conhecida Terra, desafiando a um descobrir contínuo, diário, que não levava a nada, a nada que pudesse ser computado, a não ser um manter-se-aberto — descobrir, o mesmo que manter-se aberto?

Desejo de uma cor nova sobre, dentro, junto da Terra, despertando diante da descoberta de que a bola cor-de-bronze, não, cor-sem-nome — que aparição monumental aquela, em meio às meras gotas cintilantes — podia ser gerada somente na contemplação, e até multiplicada, sem que a pessoa precisasse sair do lugar, sem que movesse um dedo sequer: apenas com um leve movimento da cabeça, de cá para lá, de cima para baixo, com os olhos o mais abertos possível: de repente, em meio ao degelo, toda uma rota ou um enredado de novidades se passando entre bronze, rubi, cristal, turquesa, âmbar, terra-de-siena, lápis-lazúli e, sobretudo, cor-sem-nome.

Em correspondência àquela saga acerca de algum ser primitivo que perdia sua força titânica à medida que se afastava do solo e a readquiria ao entrar em contato com a terra, por que não havia uma outra saga sobre alguém que encontrasse sua força — uma força titânica, de outro gênero, diga-se de passagem — à medida que simplesmente olhasse para o chão? Cor do desejo, força do desejo. Mas o que constava de uma carta de seu irmão, o inimigo da humanidade, não era o desejo inverso?: "Se não houvesse crianças — eu desejaria que estourasse a última guerra mundial e que todos nós, todos de Agora, fôssemos exterminados."

Ninguém podia saber que ela queria atravessar a Sierra de Gredos, nem o pessoal do banco, dos seus bancos, nem o autor ou qualquer outra pessoa, nem mesmo este seu velho conhecido aqui, o dono do albergue e cozinheiro. (Só à sua filha, naturalmente, ela teria contado o que tinha em mente, sem pensar duas vezes.) Se alguém ficasse sabendo de seu plano — pensava ela — era como se "meu segredo viesse às claras, e isso significaria um ultraje, enquanto que, irrevelado, continuaria sendo a minha riqueza".

Onde é que ele estava, o cozinheiro? O cozinheiro estava num canto do pátio aqui fora, em meio a seus preparativos matinais para a cozinha. Sem dizer uma palavra, ela deixou a batelada de castanhas colhidas na floresta da cidade portuária, já desencapsuladas, rolarem para junto dos outros ingredientes sobre a banca. Nesta manhã-entre-geada-e-degelo, as castanhas pareciam não só de um "amarelo-marmelo-claro", mas sugeriam algo daquela nova cor.

Os convidados de um casamento estavam sendo aguardados lá pela tarde. Ela já estaria longe dali então, mas, ao mesmo tempo, presente. Se na véspera o albergue dera a impressão de estar para fechar definitivamente, hoje ele se mostrava em pleno funcionamento, como se esta fosse a regra, e o vazio de ontem uma ilusão de ótica. Chegava um fornecedor atrás do outro, não só de Tordesilhas, a cidade cercana que se mantinha invisível, mas também de Madri e dos portos de pesca galícios. De vez em quando até um frigomóvel, vindo de algum país estrangeiro distante, com caranguejos de água doce, sandres e lúcios — de onde será que vinham? — e então um carrinho puxado a mão, com batatas e maçãs montesas, totalmente enrugadas após uma longa viagem desde a Sierra de Gredos. E chegando de todos os pontos cardeais ao mesmo tempo, tropas de pedreiros, carpinteiros e telhadores, pondo-se a trabalhar imediatamente.

Ela não veria mais nada, mas veria sim: até a chegada dos noivos, a espelunca de certa forma viraria novamente um castelo. No meio disso tudo, apareceu um carteiro com uma pilha de correspondência para o hospedeiro, para os hóspedes, com uma carta para ela também, de seu irmão, escrita ainda no presídio. Quase na mesma hora, surgiu um amolador ambulante e, em seu rebolo movido a pedal, afiou as facas do hospedeiro e para ela, de graça, a tesoura. Uma hora passou um soldado, de uniforme e arma, mas sem quepe — cabelo esvoaçando e cara avermelhada — e, depois de pedir um cigarro, saiu apressado, à procura de sua companhia perdida?

Com aquela reviravolta em sua residência, o hospedeiro também virara outra pessoa. Tinha se levantado com as galinhas, para se pôr a cozinhar, enquanto todos os outros ainda estavam dormindo. Para ele, era como se tivesse se tornado ativo em prol de seus muitos filhos. Seu ficar-numa-perna-só, mudar de uma perna para a outra enquanto cozinhava. Cozinheiros, povo de uma perna só. Lavar louça também de corpo inteiro. Seu prazer pelo calor subindo do fogão. Dar uma limpada de leve, não só nas coisas comestíveis. Seu fazer-voar-os-temperos — sua elegância como tempero adicional. Cozinheiro, o-que-tem-o-outro-no-corpo. Sua demonstração culinária, uma demonstração para o mundo.

Agora o fato de as pessoas estarem assistindo ao que ele fazia até lhe dava um certo elã. Enquanto descascava, ralava, cortava, fatiava, virava, ele não parava quieto, ativo incessante, daqui para lá, no canto do pátio onde estava trabalhando, menos cozinheiro que atleta, concentrando-se para uma disputa. Ela começou a ajudá-lo, ou melhor, teve a permissão de ajudá-lo, mesmo que só em coisas menores, a carregar um balde d'água, por exemplo, ou juntar o lixo. Em meio a tudo isso, chegou enfim o momento em que ela pôde lhe dar o presente; ele o recebeu sem qualquer surpresa, alisando-o de leve com uma mão só, enquanto prosseguia os preparativos para o jantar de casamento com a outra, a esquerda — um cozinheiro canhoto. Nesta época eram as mulheres que davam presentes aos homens, e que presentes!, e — pelo menos no que tocava a esta mulher — sem nenhuma segunda intenção. Enquanto isso, ele também fez rapidinho uma sopa para um vizinho da meseta, doente terminal. E o filho foi carregando até em casa a pesada panela de barro para o pai.

Digno de narração também era o inusitado canto do pátio, onde o *ventero* (= hospedeiro) estava ocupado pela manhã. Até se viam restos de um antigo parque, como uma cerca viva de buxo e uma pequena amendoeira. Todavia, o que mais se via no chão não era tanto o cascalho ali despejado há tempos, mas sim o solo da estepe, já à mostra de tão pisoteado, arenoso-rochoso-herboso, sim, solo desértico, com suas rachaduras angulosas por causa da aridez dali. De fato, *bel et bien*, o canto ou ângulo não era formado pelo *castillo*, mas por dois galpões enviesados num ângulo nada reto, um deles aparentemente deixado pela metade há séculos e o outro já meio em ruína.

Nesse canto, nem um pouco escondido, claramente visível desde a entrada de carros, se enleava ao lado da banca do cozinheiro mais ou menos o seguinte: uma antiga esquadria de janela, encostada no vão de uma porta; uma pilha de telhas meio quebradas; um carrinho de mão enferrujado; algumas bolas, grandes e pequenas, há muito tempo murchas; uma gaiola de coelho sem coelho (só uns pelos presos na grade); uma betoneira sem fio, o tambor cheio de concreto endurecido; um poço guarnecido de pedra, com sarilho, sem corda; uma geladeira, vazia, sem porta; uma gangorra apoiada numa das vigas da ruína, com uma única haste de sentar, espetada no ar; uma banheira (a única coisa meio oculta entre o buxo); uma pirâmide de ossos de animais, como que purgada. Dentro de uma cova havia uma fogueira de tubérculos de genista, com um cordeiro assando no espeto, cuja manivela ela tinha permissão de virar de quando em quando.

O ar cortante daquela manhã de inverno virou de uma hora para outra e um calor ameno, independente de estações, emergiu, fazendo-se perceber no corpo e na alma, algo comum no sul da meseta, para lá da cordilheira. Sentado em seu banquinho, o cozinheiro espiou a mulher através de um cabo de faca quebrado, assim como ela o espiara através do palhete da chave na véspera, e disse: "Deixei este canto assim e até o dispus deste jeito de propósito. Dei-lhe o nome de 'Corte Balcânica', e — se não fosse prejudicar tanto os negócios — é assim que eu denominaria publicamente todo o complexo, com um letreiro luminoso bem no topo do telhado: *El corte balcánico*. Isso até pode assustar meus hóspedes, mas só o nome, não a coisa em si, este lugar, este ponto. Muito pelo contrário: você vai ver — mesmo que não chegue a ver — que, além da minha cozinha e do nome da minha *venta*, *El merendero en el desierto*, o que garante o movimento é sobretudo este pátio. Graças a ele consegui quitar antes do prazo o empréstimo que você me deu. Nos três refeitórios, todas as mesas têm vista para o meu pátio balcânico, lituano ou lapônio, com suas escadas quebradas, suas bobinas de fio vazias e carrinhos de bebê sem as laterais. Ao contrário da costumeira vista para o mar ou para um parque, o canto proporciona uma sensação de realidade e, por mais que seja uma sensação triste e quem sabe aflitiva, ajuda as pessoas a se manter alertas, aguçadas na hora de comer, contribuindo para que apreciem a refeição como algo pouco trivial e ao mesmo tempo possam saboreá-la com todo gosto e sossego. As pessoas que me visitam precisam desta vista para o pátio, por mais que não tenham consciência disso."

"E — (essa transição era uma especialidade do hospedeiro?) — pelo que ouço, você encarregou alguém de escrever um livro sobre você. Não quis escrevê-lo você mesma, e isso não só para evitar a primeira pessoa. E o autor tinha que ser um homem, não poderia ser uma mulher, de qualquer jeito um homem, mas por que exatamente esse aí? E agora você quer, não, tem que seguir para o sul, e ainda por cima até aquela região da Mancha quase sem árvores, e não vê a hora — inclusive esta hora aqui — de estar de novo em casa, ou pelo menos atravessar de volta a fronteira de telhas, das telhas curvas do sul de volta para as suas telhas planas do norte! E a expressão 'tem que' ainda faz você sorrir."

"Afinal você tem que seguir para o sul, pelo seu livro e por sabe-se lá o quê. E nunca retornou a meio caminho. Ah, e não permite que ninguém encoste a mão em você. Pois pretende fazer algo. Quase sempre pretendeu fazer alguma coisa. E às vezes tem os olhos de uma demente. Nos dias de hoje, são quase sempre de mulheres esses olhos ensandecidos."

"E por que você também não me deixa escrever um capítulo do seu livro? Ou pelo menos um parágrafo? *Albañil* significa 'pedreiro', um termo da época dos árabes aqui. Olhe ali, as bitucas de cigarro dos *albañiles* na corte balcânica: só pedreiro mesmo para fumar assim, até a ponta da ponta do cigarro! E ouça essas vozes, os telhadores falando alto; parece até que têm que gritar o tempo todo, do telhado para o chão e vice-versa. E ouça os carpinteiros: tão quietos, quase mudos. E ao encaixar vigas ou martelar ripas, até falam de vez em quando, mas de um assunto completamente diferente — daquilo que está lhes passando pela cabeça, quase um monólogo mesmo. Será que ainda existem *carpinteros*? Estes aqui pelo menos vêm do exterior, assim como os pedreiros, como os telhadores, cada um de um exterior diferente, e nenhuma trupe de trabalhadores entende a outra. Durante a última guerra aqui, o poço servia de central de radiotelegrafia para as pessoas da resistência. Hoje os radiotelegrafistas seriam detectados na hora."

Na pequena amendoeira, algumas flores estavam para se abrir: de dentro do broto fechado, como uma pena, saliente, uma única pétala. Sem querer ela começou a contar: três, quatro, cinco... Fechou os olhos. Abriu os olhos. À sua frente, no vazio do espaço, uma imagem retida na retina: as árvores tombadas pela ventania na cidade portuária do noroeste, com as escoras das raízes para o alto, imagem de um descomunal naufrágio préhistórico, de toda uma frota viquingue. Será que existia algo assim, uma imagem retida na retina a olhos abertos, um dia e uma noite depois? Ela fechou os olhos, ela os abriu. Para lá do altiplano ibérico, ainda sem morros, as puas, os pináculos, as pontas cortantes, as falhas da Sierra de Gredos, com os campos de sol da cumeada e os charcos sombrios das cento e doze gargantas. Seria possível uma coisas dessas, uma imagem prévia de algo que ainda estava para além dos sete horizontes?

Seu princípio, seu ideal, seu projeto: ter tempo. Sim, até então, durante a vida inteira, ela quase sempre tivera tempo. Estava com tempo e foi se levantando para se despedir. Agora ela estava com vontade de sair por aí, sabendo que daria tempo — como se fosse a corporificação de uma antiga expressão, já em desuso, segundo a qual se dava tempo ao tempo; daria tempo, como se fosse um outro tempo, jamais apreensível e contável, que não contava nem valia, dava tempo (ao tempo), deu tempo (ao tempo), terá dado tempo ao tempo.

E entre o hospedeiro e a aventureira, um diante do outro na corte balcânica em meio à meseta, se estabeleceu uma espécie de diálogo, inusitado para a época que devia ser justamente eludida por sua história, a história que extraía justo dela a energia de eludi-la e ao eludi-la, delineava-a, delineava a época com maior nitidez e assim a caracterizava, deixando-a se configurar como uma zona limítrofe, intocada (como os mistérios bancários da nossa heroína): zona limítrofe a um presente "que não merece este nome!" (quem foi que disse isso agora?); não este limitado Agora da minha, sua, nossa história, tudo preto no branco, mas sim aquele cinza limítrofe, quem sabe apenas a imagem em negativo onde o cinza ainda poderá vir a clarear ou tremer e vibrar por um momento. E a fala fragmentada dos pedreiros, telhadores e carpinteiros, eslava, berbere e às vezes nativa, castelhana, condizia com a conversa anacrônica dos dois.

Foi ela que começou com uma pergunta: "Qual a sua culpa?" (Não ficou claro: ênfase em "sua"? ênfase em "culpa"?) — Ele, após um silêncio: ri. — Ela: ri também. — Ele: "Explique-me o sistema monetário." — Ela: "Eu mesma acho tudo isso muito sinistro, cada vez mais sinistro. — Vai haver mesmo uma guerra?" — Ele: "Não acredito em guerra. Na nossa história, uma guerra seria impraticável. — Quando é que vamos sentir de novo o gosto da manhã juntos?" — Ela: "Quando a roseira-brava formar um portal no nascente." — Ele: "Pare de me olhar desse jeito insano! Não pretendo cortar de novo a ponta do dedo." — Ela: "Quem sabe eu encontre meu grande inimigo e minha maior inimiga ainda hoje. Quem me dera..." — Ele: "Na fronteira da Mancha com a Andalusia, até hoje ainda se explora mercúrio, com o qual se separa a rocha estéril do ouro e da prata a serem cunhados em moeda." — Ela: "Foi-se o tempo. Além do mais, nem existe mais moeda. Olhe só, um ninho de passarinho dentro da betoneira." — Ele: "Você ainda se lembra que barulho é este vindo do riacho lá de baixo, do desfiladeiro?" — Ela: "Esse estampido? Como se fosse um imenso martelo batendo sobre uma base compacta, com alguma coisa macia entre o martelo e a base? Uns estalos em intervalos constantes, quatro, cinco vezes por minuto, a noite toda, o dia inteirinho?" — Ele: "A tamborilada, a batida, o tropel de gigantescos malhos de madeira movidos a água sobre uma roda volante, resquícios intactos de uma fábrica de curtume desaparecida há muito tempo no fundo do desfiladeiro, abandonada há séculos e martelando no vazio até terem passado por aqui aqueles seus precursores, viajando a negócio e por dinheiro, ao encontro de reis e do único e exclusivo imperador, cujos reinos teriam se esfacelado se não fossem os empréstimos de vocês, teriam se despedaçado como um brinquedo de adulto, que era exatamente o que eram mesmo, por trás do escudo de metal e moeda, um brinquedo pueril e mortal, herdado até você agora, uma descendente desse mundo financeiro, detentora desse mesmo poder ou de outros, mantendo os martelos da alcaçaria, as rodas motrizes e as superfícies de pisoagem — com a diferença de que, pelo barulho, agora parecem rodar sem peles — a fábrica em funcionamento, sem matéria-prima e sem produto, e enquanto essas pancadas e batidas prosseguirem nesse ritmo, eu também pretendo continuar cortando, trinchando, virando, batendo e polvilhando, do nascer ao pôr do sol."

E ela então, já a caminho do carro, lançando um olhar para trás, ao longo da linha do ombro (ninguém sabia olhar como ela ao longo do ombro, perto e longe ao mesmo tempo): "Ouça só os passos no cascalho da meseta. Como é peculiar o barulho do solo de cada região por onde se anda — como este aqui do velho dorso da serra, erodindo-se tranquila e silenciosamente, com camadas cada vez mais espessas de areia de granito e mica, grossa e macia, misturada a pauzinhos podres e restos de planta: um rangido tão diferente do cascalho de qualquer jardim ou cemitério, um rangido?

um barulho sem nome, novo, como uma cor nova." — E foi então que um dos telhadores se intrometeu aos gritos, de lá de cima do telhado já quase consertado, fazendo-se entender apesar da língua estrangeira: "Isso mesmo! As areias da Cabília fazem um barulho diferente. Nem se compara com o daqui. Que barulho nada — um som mesmo!" — E um pedreiro, já desmontando o andaime: "É verdade. Ao caminhar sobre o solo alpino, ali para baixo de Gran Sasso d'Italia: cada capim é uma corda de violão esticada, e cada passo — ah!"

E no final das contas, os carpinteiros, sempre tão silenciosos, também tomaram a palavra. Como sua profissão era de pouca serventia naquela época, eles tinham se tornado especialistas em todos biscates possíveis e, após terem executado habilmente seu principal serviço aqui no albergue, podaram as acácias para o hospedeiro, consertaram o triciclo de ir fazer compras, parecido com um jinriquixá, passaram toalhas de mesa e guarda-napos, além de instalarem uma antena parabólica, a fim de que seu patrão pudesse pegar todas as estações locais do Alasca, terra que continuava sendo sua paixão. E já sentados na carroceria da caminhonete dela, com as pernas balançando lá atrás, prontos para partir, eles disseram: "Antigamente, nos Bálcãs, a gente só andava em solo de calcário. E o calcário era poroso, quase não fazia barulho. Som, muito menos. Quase não se ouvia andar sobre o calcário. Nossos passos eram engolidos pelo solo. Em compensação, dava para ouvir quando se caminhava na lama das regiões planas, da Voivodina até a planície de Salonica. A metade dos nossos Bálcãs era dessa lama, a outra metade de calcário. E naquela época, quando ainda havia trabalho nos Bálcãs, a gente ia do calcário para a lama e vice-versa, e vice-versa de novo."

Por fim — enquanto os trabalhadores iam embora e uma brigada de garçons e auxiliares de cozinha acabava de chegar e a mulher estava para virar a chave da caminhonete — o cozinheiro veio correndo atrás dela, com uma faca em punho, com a ponta virada para o chão, e lhe estendeu pela janela uma trouxa de lanches para a viagem, embrulhados em linho branco, e disse (isso ainda fazia parte do diálogo): "Não é para comer daqui a pouco. A primeira fome ainda não é fome. — Antigamente, nos livros, ninguém partia para uma aventura sem camisa limpa, dinheiro e bálsamo para curar ferimentos em caso de emergência. Uma vez, há muito tempo, você me convidou para dar uma andada por aí, não uma caminhada, apenas uma volta. Mas você andava tão rápido, que logo desisti de acompanhar o passo." — E ela: "Olhe ali —" O que foi que ela disse: "uma pomba"? "um relâmpago"? "um furão?" — não dava para ouvir mais nada, ela já tinha dado a partida.

10

Havia uma outra expressão recorrente nos livros antigos: "Ele" (o herói — por que os heróis eram quase exclusivamente homens e a uma mulher se dedicava no máximo um capítulo intermediário? por que não havia nenhuma história detalhada sobre alguma mulher, digamos, do século XVI ou XVII para ler?) "viajou diversas milhas, sem que lhe acontecesse nada digno de ser narrado". Durante sua viagem ao sul, até a Sierra de Gredos, por um bom tempo não aconteceu praticamente nada que condissesse mais ou menos com as regras e a noção que se fazia desta história, que ela esperava ser uma aventura só.

Fazia sol. Sobre a meseta nua e esmigalhada, a uniformizar-se constantemente, acumulava-se uma névoa serena. Os álamos, nas raras veigas ou *vegas* ou *lukas*, erguiam-se em riste, sem folhas. A zona das oliveiras, agora bem no meio da colheita, só começava no sopé sul da Sierra. Ela rodava em sua pista praticamente só. E da outra direção vinham, em intervalos próximos, quase só caminhões, sempre o mesmo modelo e a mesma cor, com o letreiro de uma única empresa, que parecia consistir em uma frota gigantesca, com os mesmos homens de bigode ao volante, todos idênticos, sem acompanhante; em compensação, todos em companhia de um rosário à imagem e semelhança do antecessor, com a cruz foiciforme meneando e balançando no parabrisa; um após o outro, esses motoristas, cumprimentando-a da boleia com um gesto semelhante, de mão erguida; e cada um deles, por sua vez, sorrindo-lhe com um olhar de cumplicidade e de preocupação amigável, desejando-lhe tudo de bom ao passar: como se ela fosse precisar disso.

E no parabrisa dela, da mulher, ainda meneava sem cessar o medalhão com o anjo branco apontando estático de dentro da imagem para o sepulcro vazio do ressuscitado. E na beira da estrada não havia ninguém caminhando. E no céu havia uma única nuvem, que não se alterou durante todo o tempo. E cidade nenhuma cruzara seu campo de vista. E nenhuma fogueira estava queimando nos mil prados da meseta que formavam um único com o tempo. E embora não se sucedesse nada digno de ser narrado àquelas horas, para a minha heroína era como se um ocorrido se encadeasse no outro, como se os acontecimentos estivessem se acossando e sobrepondo uns aos outros, harmônicos, como numa história convencional, porém bem diversa; como se seu livro continuasse sendo narrado com mais ênfase agora, neste entretempo.

"Senti distender-se uma vacilação que me era até então desconhecida", disse ela depois ao autor. "Esse vacilar — que palavra essa — me impelia a virar para trás e voltar para casa. Uma hora até parei e dei meia-volta. Mas no mesmo instante percebi: minha história cessou. E você sabe muito bem: sentir-me narrada, esta é a única coisa — minha única medida. E para isso tenho que, tenho que me expor. Não que eu seja viciada em perigo: simplesmente faz parte; sem perigo não há história; e sem minha história: não vivi; não terei vivido. Então só me restava uma coisa: avante. E então chegou o momento em que concordei em nunca mais voltar. Tanto melhor. Transpassei um limite, no íntimo, e me senti pronta." — O autor: "Pronta para quê?" — Ela: "Pronta." E por ora queria seguir a viagem a sós.

A única coisa que ocorreu neste trecho: ela parou uma vez para pôr gasolina. Enquanto um herói masculino em busca de aventura talvez fosse ficar aborrecido e impaciente, ela — apesar de também estar a caminho — usava esta ausência de qualquer ocorrência especial para extrair paciência e despreocupação; coisas das quais ela tinha certeza de que ainda poderia precisar mais à frente.

Ela, quase uma pilota de corrida em geral, estava guiando lenta e uniformemente e, ao chegar àquele posto distante de qualquer cidade, no ermo à beira da estrada, colocou ela mesma gasolina, fazendo uma pausa entre cada um dos manejos. Então aconteceu de o frentista, na verdade o dono do posto, chegar de trás do edifício, do campo que estivera arando com o trator para arrancar as hastes de milho do ano anterior, e a envolver num colóquio arrastado sobre nada e coisa nenhuma. E ela ainda prolongou a conversa, na medida do possível, com observações ainda mais insignificantes: "É, faltam quase três meses para a Páscoa" ou: "Tem razão: os galões de óleo são pesados mesmo", ou: "Pois é, logo, logo o verão já está aí."

E a conversa terminou mais ou menos assim: o frentista: "O marido chegou bem da África?" — Ela: "Sem nenhum arranhão." O frentista: "A mãe já recebeu alta do hospital?" — Ela: "Há uma semana, ainda bastante pálida." — O frentista: "A filharada continua indo bem na escola?" — Ela: "Um deles relaxou um pouco nos últimos tempos." — O frentista: "Como eu gostava de ver você dançar antigamente, Mahabba. E a voz, então, nem se fala. Ninguém em toda a região cantava tão bem como você. Não devia ter abandonado o canto, nunca. Por que foi parar com tudo depois do casamento? já não dança mais? não canta mais? Sua voz, conforme a música ia abaixando, me emocionava tanto." — Ela: "Vou retomar, sim, não a dança, mas quem sabe o canto. O que ainda me falta é uma música nova. Já a pressinto. Mas até agora só existem alguns sons, algumas palavras. Falta o resto. Talvez para lá da Sierra?"

Ela queria que o frentista continuasse abordando-a, como se fosse a mulher que não era, mas com quem ele certamente a confundia. Ou só estava fingindo confundi-la? — Tanto melhor: ela prosseguiria sua viagem mais despreocupada. Deixá-lo contar coisas e mais coisas, como se ela fosse aquela estranha; e se fosse o caso de interrompê-lo, de preferência sem mais perguntas e sem porquê, sem qualquer intenção, só mesmo para levá-lo a fazer mais uma e outra digressão, e no centro da conversa, somente as digressões dele sobre aquela desconhecida que ela já se tornara neste ínterim. Na despedida do posto de gasolina, o frentista ou lavrador pegou sua mão e beijou-a. Lucro do entretempo, no qual as pessoas pretensamente só perdiam seu tempo ou tempo mesmo:

e que margem de lucro essa. Plenitude do entretempo. Límpido toque de trombetas sobre toda a meseta nua.

De novo a sós com a estrada e a meseta, e durante um bom tempo continuou não lhe acontecendo absolutamente nada. Quem diria que nos dias de hoje ainda seria possível não acontecer nada de vez em quando: que acontecimento — que ocorrência especial. Nada além de um contínuo tremeluzir. A luz não vinha do céu ainda azul, sempre claro: luzia de dentro dela. Sobreluziam tantas imagens interiores, como ela jamais vira nada irromper de dentro de si, ainda mais nesta variedade e sequência; imagens comparáveis a estrelas cadentes, uma rente à outra, dos mais remotos pontos de um firmamento que parecia inapreensível, à medida que o olho não conseguia mais acompanhá-las com o olhar, mesmo que não quisesse deixar passar despercebida nem uma única estrela cadente. E outra coisa esquisita: que essas imagens-relâmpago haviam sido desencadeadas pela paciência e por uma alegria até — todavia, cada uma delas apontava para algo um tanto penoso e demais de triste.

Na *carretera*, adiante do carro, erguia-se um monte de folhas de milho ressecadas há muito, feito palhiço, voluteadas por um redemoinho que varria a meseta em espiral, formando uma espécie de coluna de folhas a rodopiar pelo ar alguns pés acima do asfalto; enquanto ela, a motorista, sentia-se tomada pelo riacho chamado Satkula, o riacho que circunfluía o vilarejo lusácio num grande arco, há mais de mil milhas dali.

Ela colocou o dedo na testa, o que significava: recordar. A imagem do riacho, o cintilar das águas, como assim algo penoso? Primeiro, porque ela já tinha dado por encerrada qualquer lembrança da infância e seus respectivos lugares. Depois, porque aquele vilarejo significava degradação mortal para ela. Em sua memória, os moradores eram dominados pela morte dia a dia, inclusive as crianças, ou sobretudo elas, as crianças? Sim, pelo menos naquela época, a mente infantil fora esburacada pelas histórias de morte do vilarejo, quase sempre pavorosas, jamais serenas, jamais? isso mesmo, jamais. Um vizinho, acorrentado, fora enfiado de cabeça num formigueiro e devorado pelas formigas (embora isso tivesse acontecido durante a guerra, muito antes de sua época, ela revivera isso quando criança, como se fosse presente). Um outro quebrou o pescoço, ao cair no gramado enquanto colhia maçã, e nem fora de uma escada, mas de uma simples cadeira (algo que podia muito bem acontecer com elas, crianças). Uma vizinha morreu asfixiada só por ter passado perto de um cavalo cujo cheiro ela não tolerava. Uma outra, por sua vez, jovem e saudável, pelo menos era o que contavam, certa manhã não acordou mais e, segundo dissera o padre diante de seu túmulo ainda aberto, morrera em pecado, solteira e com um fruto inato no ventre. Certo dia, o moleiro — durante alguns anos chegou a existir algo do gênero no lugar — afogou o terceiro e último de seus filhos pequenos na correnteza (especialmente forte depois da barragem, por causa da escoadura do canal do moinho) daquele riacho...

Talvez não fossem tanto as frequentes mortes, mas mais as histórias que corriam dia e noite, que lhe povoassem de fantasmas todo o vilarejo, até em plena luz do dia; pois de seus próprios pais, sobre cuja morte em acidente os moradores se calavam, pelo menos na frente dela, da criança, restaram-lhe apenas rastros de luz, sobretudo graças aos avós, sempre obstinados em transmitir a ela as estações de vida de ambos, algo que talvez condissesse com eles próprios, os velhos? Qualquer caso de morte que ela visse com seus próprios olhos no vilarejo tinha um efeito completamente diferente do que um caso contado por terceiros ou, pior ainda, ouvisse por acaso, de passagem: a pessoa, o vizinho, a cuja morte, por mais lastimável que fosse, ela, a criança provinciana de então, tivesse assistido, sentido na própria pele e presenciado até o último suspiro, jamais lhe daria um aperto no peito ou lhe cortaria o coração tarde da noite, de manhã no caminho da escola ou à tarde, ao tanger-vacas-para-o-pasto — durante um certo tempo, ainda existia algo assim no vilarejo, com uma ou outra menina de chicote e galochas —, jamais ressurgiria à sua frente de trás de um celeiro, das pedras escorregadias do baixio do riacho ou de dentro de um porão vazio fedendo a beterrabas podres.

É, de tempos em tempos o vilarejo lhe parecia empesteado dessas infindáveis histórias — ou melhor, anedotas — de morte e mortos. Vilarejo, nunca mais, pelo menos não aquele ali. E, olhando para trás, era como se fosse principalmente essa fixação provinciana em cadáveres que a tivesse levado, ainda criança, ao dinheiro. No dinheiro, ou na mera noção, ela reconhecia a direção oposta ao circuito sinistro de horror cadavérico, além-mundo e almas penadas. O dinheiro era o outro circuito, corporificava o aquém-mundo e significava: Agora! (e agora, e agora...) E no começo fora apenas uma distração saudável. Com o pensamento no dinheiro, todas as histórias de além-túmulo acabaram se esvaindo com o tempo.

E desde aquela época, ela já tinha um ímpeto muito mais forte de mexer e lidar com dinheiro em benefício de outras pessoas, mais do que em causa própria, pela sua propriedade e posse; desde então, ela já cogitava (sim) deixar o dinheiro dar frutos, em vez de multiplicá-lo; administrar com ele — o que acabou sendo seu curso superior —; abrir novos e novos caminhos com o dinheiro, conforme um dos lemas que adotaria depois: "Para os que entram no mesmo rio, outras e outras são as águas que correm por eles." Pôr em andamento por meio do dinheiro: foi assim que ela se tornou a primeira pessoa do vilarejo das eternas sagas fúnebres a ingressar na economia financeira. (O fato de fazê-lo como mulher já não era nada de especial naquela época.)

Enquanto falava sozinha a meia-voz, como de costume, dizia para si mesma agora: "'Administrar!', um mandamento como 'Não roubar!'; ou, numa variante afirmativa, 'Deixar frutificar!' Sabe-se lá, quem sabe eu tenha chegado lá, sobretudo por ter conseguido — com o pensamento no dinheiro — dar um basta às estórias de morte interioranas? Será que isso me deu energia para me dedicar inteiramente a este aquém-mundo, ao mundo da vida, em benefício próprio e dos outros? Mas por que é que as imagens do vilarejo estão voltando? Corra sem mim, riacho da vila!"

Uma outra imagem-relâmpago dizia respeito ao adolescente da casinha do caseiro na entrada de sua propriedade. Como todas as imagens que voavam até ela inesperadamente, essa também era um tanto pacífica; ocorria em plena paz; tratava de paz; gerava paz — a imagem era a própria paz. Assim como a do riacho do vilarejo, a imagem-faísca que lhe aclarava o menino Vladimir aparecia ao mesmo tempo acompanhada, ou entremeada, ou impregnada de uma falta — de algo que, caso não estivesse faltando à imagem, faltava de forma ainda mais perceptível ao objeto da imagem, à pessoa da imagem, e que falta fazia!

O menino estava sentado ali, como de fato já estivera uma vez, na mesa da cozinha de sua casa, não como intruso, mas com toda naturalidade, como pessoa afim. Ele estava lendo. A cozinha estava limpa, ensolarada e quente. A mesa grande de madeira, sem nada, a não ser uma fruteira com marmelo, tão amarelo como só marmelo podia ser amarelo. Paz? Satisfação tranquila. Mas, mesmo assim, no mesmo momento em que estava sendo atravessada pela imagem, sentiu uma compaixão, não, uma misericórdia daquele vulto distante, corpóreo, ali naquele porto fluvial do noroeste, na cidade dele e dela, de ambos. Algo — algo? uma ebulição — a impelia até ele; ou era ele que devia estar de imediato aqui com ela. O fato de ele estar tão distante — dela? do quê, então? — simplesmente distante-separado-isolado —, era responsabilidade dela, tocava-lhe como sua própria negligência, sua (difusa) culpa.

A imagem, junto com seu intenso sossego, queria dizer: ela deveria estar perto do menino, do outro. Ao contrário do que parecia, o corpulento Vladimir, que passava por ela dentro de suas próprias paredes como se ela nem existisse, estava ameaçado de se perder como jamais estivera outro ser humano; a carência em pessoa. Ele estava perigando cair fora da imagem, e ela tinha que acudi-lo. ("Tenho que", e o sorriso.) Os pais não dariam conta, jamais, fosse a quem fosse. ("Sua consciência missionária.")

Após alguns instantes de reflexão, esse relampejo de imagens também foi sucedido por um monólogo em voz alta: "Caso eu retorne desta viagem,

Vladimir, vou abrir uma conta para você no meu banco. Para um menino, isso pode ser como a primeira bicicleta ou moto. Mas para você, será uma coisa a mais. Lamento muito, inclusive por sua causa, não poder voltar: se esta não for a minha última viagem, pelo menos será decisiva. E eu gostaria de trazer algo para você. Ainda não sei o quê. Mas vai ser a coisa certa. E vai continuar sendo como se eu nem existisse para você, mas talvez de um outro modo." Prosseguindo para o sul e acelerando mais agora, ela virou a cabeça e deu aquela olhada de costume, ao longo da linha do ombro, soltando no vazio um sopro que teria apagado uma vela a distância ou feito balançar qualquer galho, por mais espesso que fosse.

Uma outra imagem — uma imagem-ínterim, cruzando as demais — iluminou como um relâmpago sua filha foragida e desaparecida. Essa também narrava paz. E o que tornava insólita esta perseguição selvagem por parte das imagens é que esta agora aparecia carregada de um aparato sombrio. Ela via a filha, hoje já adulta, quando criança. (Sempre via algo que já tinha vivenciado; em geral há muito tempo; as imagens representavam uma espécie de retorno inesperado e, somado às demais lembranças, espantoso.) A criança estava sentada num sofá no canto do quarto, tocando violão. Não dava para ouvir qual música tocava; era uma imagem muda, como as demais; mas ela viu, num átimo de segundo: sua filha não estava tocando exatamente uma melodia, apenas acordes isolados: o que dava para reconhecer nos olhos da criança, mais virados para a mão que segurava o braço do violão do que baixados para os dedos que puxavam as cordas. Ela estava aprendendo a tocar; era no começo. E mesmo assim, aquela mera sequência de sons dava a impressão de ser uma peça pronta. Era isso o que estava dizendo o olhar da menina agora, no momento entre o último acorde, o fim da vibração e o silêncio: ainda imersa na peça, e logo o entusiasmo em pessoa pelo que acabara de tocar, e logo a felicidade em pessoa ao ouvir o elogio esperado, e logo aquela vontade de continuar tocando, se não violão, qualquer outro instrumento, ou então de jogar um outro jogo — vontade de tocar, jogar e brincar, continuamente. (A propósito, não era um violão, mas uma *ud*, um alaúde árabe.)

E ela foi novamente atingida por uma consciência de culpa que, no entanto, era menos vaga nesse caso. Pois ela viu-e-ponderou (nesse tipo de imagem dava para reconhecer seguramente alguma coisa) que ela, a mãe, talvez não tivesse traído, mas também nunca tinha levado sua filha a sério no que dizia respeito ao seu eterno querer brincar. Ela nunca estivera realmente envolvida na brincadeira, nem de leve. Mesmo que às vezes até brincasse junto, raramente estava presente. Ao contrário de sua filha, sempre e inteiramente presente, ao jogar bola, ao lançar dados ou ao brincar com ela — vide os olhos de criança fixados nela, presentes como só mesmo durante uma brincadeira —, a parceira adulta geralmente só fingia estar jogando. Quase nunca conseguia, por mais que tentasse, entrar de verdade no jogo.

Ela queria contar isso ao autor depois, na Mancha, mas já começava agora, em sua viagem a sós; contava da forma que queria que todo o seu livro fosse narrado, impreterivelmente, para o ar, para os ares, fazendo-os soar: "Assim como se fala de uma seriedade fingida, daria para dizer que o jeito de eu tratar a minha filha era um jogo fingido. E isso não fez bem a ela. Eu a cercava de cuidados. Protegia-a. Mimava-a, sim, eu a mimava. Acariciava-a. Amava-a. Adorava-a, sim, eu a adorava. Mas como espectadora e parceira de jogo, eu deixava minha filha imperdoavelmente só com suas brincadeiras. Se você me perguntar se esta é a minha culpa secreta, vou responder que não. Mas é bem capaz que haja uma ponta disso. Quem sabe."

"Ouça: minha filha era o jogo em pessoa. Ao falar, ao estudar, ao comer, ao andar, em todas as atividades, ela só sabia brincar e nada mais. Tanto para ela, como para quem se tornasse seu público e/ou parceiro de jogo, isso era uma alegria e uma fonte — sim, fonte — de diversão. Saber brincar assim significava — eu vim a descobrir isso tarde demais — um dom mágico. Cada situação de vida, mesmo o mero respirar, expor-o-rosto-ao-vento, pestanejar, tremer de frio, podia se transformar em jogo, o que reforçava a existência e a presença do jogador e com isso a de seu parceiro de jogo e/ou espectador. Brincar com a minha filha e entrar-no-jogo era o que fazia de nós uma família; o que nos teria tornado uma família. As brincadeiras da minha filha arejavam tanto a casa, todos os cômodos, que nem era preciso ventilar de novo. O casarão todo, a todo vapor. O que o cantar era para o meu avô, para a minha filha era o brincar. Mesmo ao falar de uma dor, falava entusiástica, brincando."

"E assim, o seu querer-se-afastar-de-mim — isso eu também fui descobrir tarde demais — fazia parte do seu jogo, do seu só-saber-brincar-e-nada-mais. Se quando criança brincava de balançar a cabeça, em sinal de perplexidade, já adolescente fingia tristeza, tédio, desprezo pelo dinheiro (e, portanto, pela minha profissão) e, justamente, querer-ir-embora. Quando criança, ela percebia o meu insatisfatório entrar-no-jogo, por um lado, e o ignorava compassivamente, por outro, de tão independente e incondicional que era o seu jogo; todavia, ao se tornar adolescente, passou a precisar cada vez mais da minha companhia não mais simplesmente fingida, justamente da minha, como seu Primeiro Parceiro e/ou Primeiro Espectador! Se eu tivesse rolado de rir do seu jogo de querer-ir-embora, ela teria mudado de brincadeira, e assim por diante, como antes. Mas assim, como jogadora solitária, tornou-se prisioneira deste jogo específico, cada vez mais perigoso, até ter que levá-lo a sério algum dia —"

Quantas vezes ela não interrompeu sua história no meio e disse, como se falasse sozinha: "Se eu desistisse da minha filha, se desistisse da minha desaparecida, também estaria desistindo do mundo. — Quando foi que desaprendi a brincar? Ou será que nunca soube? Talvez pelo fato de a gente ter nascido num vilarejo?" (Ela, justo ela, deixava passar poucas oportunidades de se referir a si mesma como "a gente". Na sua história, só bem mais tarde, bem tarde, chegaria o momento de se tornar "ela", a mulher, e que mulher era aquela, que "ela".) "Ou pelo fato de a gente ter sido a irmã mais velha? E não era de se esperar que uma pessoa de banco soubesse jogar? Não, não e não. Mesmo assim, há cada vez mais jogadores entre aqueles que trabalham com coisas de banco? Um jogo mais e mais perigoso?"

E dirigindo-se de novo ao ar, ao capô, no sentido em que guiava, direção sul, rumo à Sierra, à Mancha: "Que confusão. Que coisa mais sem nexo. Sem duração, sem duração. E mesmo assim, a vida. A grande vida. Que grande é a vida. Pode ir me passando esse livro aí. Você tem que anotar a minha história, a nossa história. Senão, que perdida que a gente fica. O auge, a vitória e os triunfos — tudo a pior das perdições! Há que se munir de duração." E por fim, nada além de uma única palavra proferida, uma que não existia em língua nenhuma, soando como uma deturpação ou como a fala de um idiota.

Ainda estava longe da canção. Talvez ela, que costumava emudecer após alguma nota, independentemente do que estivesse cantando, sozinha ou com os outros, talvez nunca fosse conseguir cantá-la. Mas a música, uma, uma única, estava entalada na garganta, ou já estava esperando desde sempre dentro da gente, e queria — já por um dia de vida, em breve — ser posta para fora, pelos ares. E evidentemente era uma canção de amor, uma indefinida, que tivesse apenas isso e aquilo de definido, ou apenas tocasse de leve? Apenas?

"O nosso livro", disse ela ao autor (usando involuntariamente "nosso" em vez de "meu"), "deverá omitir o preâmbulo da minha história, se possível, inclusive o vilarejo, os antepassados e os negócios bancários, que contam como preâmbulo para mim. A não ser uns poucos fragmentos. E um desses fragmentos é o fato de o meu avô ter sido cantor, um cancionista conhecido fora da região, que mesmo depois de velho dava concertos em meia Europa. Um cancionista clássico, todavia residente a vida toda em seu vilarejo de nascença: ali, a casa do ferreiro e do segeiro, ali, a serraria, ali, a fazenda, ali, a casa do professor, ali, a casa do gendarme, ali, a casa do alfaiate, ali, a casa do cancionista, uma casa de madeira num pomar, um pouco menor que a casa dos outros (só a do gendarme era tão pequena quanto). Deixe isso se infiltrar no nosso livro, casualmente, de passagem."

Na sequência, a imagem-meteoro de seu irmão prosseguindo a viagem, paralela ou não à dela, a caminho de seu povo eleito, onde mesmo? Transitando só durante a noite, dormindo agora de dia, não no feno de um celeiro ou num estábulo, mas numa cama, no quente, bem servido. A correspondência que ele exercitara diariamente na prisão resultara numa longa lista de endereços que agora lhe proporcionavam um possível abrigo. Não só no seu país de destino, mas no mundo todo, o prisioneiro libertado seria imediatamente recebido aqui e ali, sem precisar de nem um dia de viagem entre um lugar e o próximo. Em qualquer cidade, mesmo pequena, pelo menos uma casa de portas abertas para ele: uma espécie de rede de contatos parecida com a dos adeptos de certas seitas ou a dos povos dispersos pelo planeta. E se encontrasse qualquer porta fechada, a irmã tinha certeza de que outra ao lado se abriria imediatamente para ele. O irmão, aquele misantropo, era ao mesmo tempo o exemplo de uma pessoa bem contactada. Embora tivesse consciência dos limiares, não se deixava inibir por eles; muito pelo contrário, usava-os como estímulo, extraía deles a força para se abrir e fazer os outros se abrirem.

Sobretudo ao se encontrar com estranhos, lá estava ele de imediato, com toda naturalidade, sem tomar liberdades, contagiando qualquer desconhecido com seu jeito sempre libertador e refrescante. Sobretudo as mulheres vinham direto ao seu encontro e já o tratavam informalmente por "você" depois da segunda frase. Sendo assim, se é que o irmão não estivesse num dos seus mil endereços agora, devia estar cochilando debaixo do cobertor (ou no quarto ao lado) de alguma mulher "maternal", jovem ou mais velha, que o conheceu na rodoviária nem bem faz uma hora e que, depois da terceira frase, já lhe passou a chave de seu apartamento e a uma hora dessas já deve estar no trabalho, em algum lugar.

Mas a imagem não era daquele que estava dormindo agora. Seguindo a regra ou a regularidade de tais imagens, esta também vinha, voava e lampejava de uma profundeza de anos, neste caso até mesmo de um passado para lá de remoto: seu irmão lhe era mostrado, ainda pequeno, nem desmamado era (mas mamar em quem? A mãe acidentada ainda ontem.) E essa criança — em correspondência com o adulto de agora — dormia, só que não numa cama ou em algum quarto fechado, mas sobre um cobertor de lã, ao ar livre, debaixo de uma macieira no pomar de casa, lá no vilarejo. É, uma vez ela o vira assim e se agachara ao lado, como se tivesse que tomar conta dele, guardiã de seu sono. O irmão minúsculo deitado de costas, aí-ali, sob a sombra de uma árvore, na luz de verão, dormia o sono profundo e tranquilo dos justos, ou quase injustos, como só um recém-nascido sabe dormir, com as bochechas infladas e os lábios fazendo bico.

Essa imagem, como todas as outras da miríade de meteoros, contava (tratava) de uma paz. E esse fragmento de uma época completamente diferente também continha algo de melancólico, pior do que isso, um perigo, uma ameaça. E ainda perplexa, ela se lembrava de que seu irmão não podia acordar de jeito nenhum naquela ocasião. Ele estava muito doente e esse era possivelmente seu sono de reconvalescença. Tinha que dormir, muito, muito. Se fosse acordado antes da hora ou de súbito, isso poderia significar a morte. E logo mais, o rosto dele estaria em pleno sol. Levantá-lo e mudá-lo de lugar? Sentar-se na frente? E o crescente barulho de trator. E o sonido agudo da lâmina da serra tocando o tronco de madeira. E agora, enquanto ela — com a imagem do irmão sob ameaça passando pela cabeça — dirigia na *carretera* quase vazia, sempre no sentido sul da meseta, um pequeno ramo voou contra o parabrisa, com um estrondo (na realidade, um estalido) que a fez sobressaltar. Ao contrário do que acontecera com as imagens anteriores, ela ficou muda; evitou qualquer barulho brusco no carro. Nem pensar em se acomodar no assento, uma mola danificada poderia estalar de repente. Nem ligar o limpador de parabrisa (para remover o ramo que está atrapalhando a visão), perigo de rangido. Manter a mesma marcha, nem tocar na embreagem. Ter que brecar agora, de repente, significaria o fim, para sempre!

Abrir a carta do irmão com uma mão só: sem rasgar, fazendo o menor ruído possível. Sem emitir qualquer som, ler a única frase da carta: "E não é que o mundo ainda existe — maravilhoso." (Não levar ao pé da letra, vide "cifração"!) O ramo trazido pelo vento até a janela: de uma acácia, desfolhado, em forma de seta; crivado de espinhos pontiagudos, afiados; em pares, em forma de chifre de touro.

Então, todas as imagens-meteoro — "meteoro" não queria dizer "entre o céu e a terra"? — superadas em brilho e tenacidade por uma outra, cujo conteúdo ela não quis revelar ao autor. A única coisa que ela lhe explicou: "Era uma mera palavra." E então o instruiu: "Palavras soltas também podem vir de tempos e espaços remotos e chegar como imagem. E talvez não haja nenhuma mais íntima e penetrante que uma pura imagem-palavra."

Até agora, tanto tempo depois, quando ela voltava a esse assunto, a palavra se lhe tornava tão presente como quase nenhuma outra presença. Embora não a tivesse pronunciado, a mulher se revelou ao autor de uma forma assustadora. Ele se assustou apenas no sentido de: passou a contemplá-la com outros olhos de uma hora para outra; não reconheceu mais o que pensava conhecer dela; viu diante de si alguém absolutamente desconhecido e ao mesmo tempo familiar; quis se afastar dela e ir ao seu encontro; o susto dele: não muito distante daquilo que antigamente se denominava "sagrado", ou pelo menos algo que desse a entender isso. Era assim que ela se mantinha inacessível? Ou muito pelo contrário? Ou será que ele, ou a gente, ou quem quer que fosse simplesmente não encontrava o acesso a ela?

Após a chegada daquela imagem-palavra — "chegou até mim arremessada, chegou navegando" —, ela continuou dirigindo na mesma velocidade. Continuou dirigindo. Está dirigindo. A estrada através do planalto é corcovada e o carro tem o molejo e o balanço de um coche. Ela abriu a capota do Santana, ainda dirigindo. Enfiou entre os lábios uma coisa que combinava menos com ela do que um cigarro: um palito de dente, nem sequer de marfim, digamos, mas de madeira mesmo. Tirou o chapéu e soltou os cabelos — o que também não combinava com ela? ou agora combinava?

Céu azul, vazio, sem aviões, sem os milhanos e busardos tão comuns na meseta, com aquela nuvem escura, ainda imóvel, já afundando, baixa no horizonte, como uma montanha. Em seu jipe aberto, a heroína se mostra por um instante ao autor, vista de cima (muito embora ele nunca tivesse escrito um roteiro de filme antes). Depois, vista de perto, em *close* ou em plano americano. Apesar de ele já estar ocupado há tanto tempo com sua história, esta é a primeira vez que vê os olhos dela, como se tivessem se ocultado até agora, inclusive a cor, que não combinava em nada com ela; ou combinava? e como!; só que não com sua origem e país; mas o que isso tinha a ver com a história?: de um preto indescritível.

"Indescritível?" Como é que uma palavra dessas poderia ter lhe escapado, a um autor veterano como ele? Então tentou pelo menos parafrasear aquela cor preta, como sempre primeiro e principalmente para si mesmo. Era um preto para nenhuma luz botar defeito, por mais viva que fosse, nem a do sol de inverno, incidindo agora oblíquo neste descampado. Os olhos da aventureira não só resistiam ao sol, como literalmente o incorporavam — quem sabe por não secarem nunca, nunca, por mais abertos que estivessem —, e irradiavam os raios de volta, transformados, e como! Um preto como o preto dos olhos do anjo trajado de branco, no medalhão, estirando o dedo de lado para o sepulcro vazio? Não! Agora esses olhos já pareciam mais que apagados, quase milagrosamente apagados; pois, senão, como haveriam de se inflamar quando —. Nos livros antigos, o preto de seus olhos constava como: "gagata" ou "azeviche", algo como preto retinto. Mas não: isso não era filme, não. O cinema tinha tornado impossível encontrar uma cor e um rosto? Eles eram simplesmente veiculados, em *close*? Além disso, nossa heroína não tinha semelhança com anjo nenhum, nem com anjos caídos, muito menos nesses momentos! Esse preto aí sugava a luz; sorvia-a; tinha o gosto dela; deixava um sabor. Todo o rosto, inclusive o pescoço e os ombros, estavam contidos nesse sereno sabor, sem se mover, sem morder, mastigar ou engolir. E com a luz do dia, era esse o sabor do ar, do vento aparente, das cores do céu e do solo. E, além dos olhos, o que também chamou a atenção do autor — que bastava notar algo para ir percebendo mais e mais coisas a seguir — foi a forma com que todos os pontos descobertos e desnudos dessa mulher, por menores que fossem, se apresentavam em harmonia com a luz em volta; distendiam-se como luminescências, afundavam-se e abaulavam-se, embora a viajante a caminho não estivesse com o rosto erguido, mas sim pendente. Também visível agora a eterna lesão na testa, desde sempre naquele mesmo lugar. Igualmente visíveis, suas mãos de operária e aldeã: ela era forte. Mas a força física não era a dela. E além disso, as diversas cicatrizes em seu corpo.

E com que olhos o autor não haverá de contemplar este vulto de mulher, algumas pedras depois da aproximação da já mencionada imagem-palavra, logo que uma outra luminescência, decididamente mais dilatada, aparecer repentina, logo que um de seus ombros, novamente visto de cima, através da capota aberta, se desnudar de súbito e a blusa escorregar sozinha até o cotovelo? E embora o tecido a estivesse atrapalhando ao volante, ela não voltou a ajeitá-lo. Continuou guiando com um ombro desnudo durante um bom trecho. A pele refletiu. Sobre os olhos negros, seus cílios estavam em pé, tesos e mais tesos, mesmo sem rímel, como os espinhos da acácia no parabrisa. E por fim ela partiu o palito com os dentes.

"Contudo, até mesmo essa imagem ou palavra", insinuou ela depois ao autor, "tinha uma margem de luto. Chegou como pura energia, acompanhada de impossibilidade. Quanto mais vigoroso o apelo por unidade, mais forte o eco, querendo dizer: separação, para sempre. Não apenas luto: dor, à beira do grito; dor de não-poder-ficar-junto-para-sempre. E foi assim que joguei fora, pelo teto do carro, a asa de falcão apanhada na floresta aluída pelo vendaval.

Em sua história, chega agora o momento de mencionar que, segundo a tradição, sua estirpe não pertencia apenas à minoria lusácia, ou seja, eslava, no extremo leste da Alemanha. Ela provinha de uma minoria dentro desta minoria: descendente de um comerciante árabe que viera para a região antes da primeira virada de milênio e ali montara seu negócio. Daí o livro de árabe de sua filha desaparecida? Daí o negror nos olhos?

Miríades de imagens roçando-a sem parar, abatendo-se sobre ela, brotando dentro dela, atravessando-a reluzentes, despertando-a com cócegas durante aquela viagem a sós. Tanto dentro como fora, lá em cima ou bem no fundo, fosse na horizontal ou na vertical. E cada uma das imagens, mesmo se esvanecendo depois de um microssegundo, deixando no máximo um vislumbre, apreensível e acessível tanto aos sentidos quanto à razão, deixava-se saborear por um tempo, para se inserir então numa clara linha de raciocínio; embora envolta e revestida pela aura da duração perdida, como agora, cada uma delas era um tesouro que jamais se perderia, nem que se deixasse desaparecer a respectiva imagem, sem qualquer sabor especial, sem pensar duas vezes, era algo que superava qualquer coisa de valor — e ela era entendida de "valores" —, era tudo o que se podia "ter" na vida ou chamar de "seu próprio"; o valor básico, ele sim, capaz de gerar um ou outro "bem"?: o "amor" (o amor, um bem?), a "fidelidade", também a si mesmo (a fidelidade, um bem?), a "beleza" e a "bondade" (a bondade, um bem?), a "renúncia" (a renúncia, um bem?), e além disso a "paz"?

De qualquer forma, cada uma dessas milhares de imagens, mesmo se dissipando num piscar de olhos, estava sob o poder do receptor, como se este também fosse o emissor. O que restava da imagem era a sua impressão, que — antes de empalidecer mais cedo ou mais tarde, ou não (como aqueles raros sonhos), dependendo do caso — podia "dar frutos", sem exceção (no caso dos sonhos, eram exceções). E dava até para determinar qual dessas imagens daria frutos — assim como a seleção e o aproveitamento das imagens pré-narradas se baseiam na decisão altamente pessoal deste "sujeito da imagem" aqui.

"Aquelas imagens" — ditou ela ao autor, em certos momentos mais *banquière* que *aventurière* — "são um capital". Um capital sem valor comercial, mas em compensação com um valor de uso muito maior. Um capital do qual a gente se mantém proprietária, uma vez que opta pelo usufruto mais abrangente possível. Se a gente deixar esse capital parado, pode dar em colapso e — o peculiar das imagens-móveis e/ou imóveis, meu bem mais dinâmico e ao mesmo tempo meu chão —: a gente mesma, mesmo passando a impressão contrária, também entra em colapso. Ter e possuir como transação permanente, mesmo que não seja para especular ou encher-os-bolsos, mas somente para usufruir, tanto em seu próprio interesse, como em interesse dos outros. Com o capital de imagens em mãos, por que não?, fixar-se no lucro e no enriquecimento, no lucro partilhado e no enriquecimento comum, sem passar por proprietário; sem o título de proprietário: um tratamento que nunca se deu à propriedade, em nenhum sistema econômico e bancário —" Ela parou; fim do ditado. Mas será que o autor chegou a anotar? Sua indecifrável taquigrafia; sua estenografia particular.

Com o tempo, o luciluzir de imagens-relâmpago se tornara mais escasso. A terra vazia mostrava, até o horizonte apenas a terra vazia. A nuvem às costas, inflada como certas nuvens sobre o mar às vezes. *Oh* ("sim" em árabe), que profícuo tinha sido o entretempo: nada mal as imagens começando a rarear e finalmente cessando. Embora nada tivesse acontecido no exterior — o que, junto com a aridez pedregosa da meseta, talvez contribuísse para a trovoada de imagens? —, a motorista solitária se sentia como se tivesse atravessado um continente familiar-estranho, recém-desbravado e ao mesmo tempo pacato. Esse tinha sido o tempo das imagens, e agora viria um tempo sem. Se bem que ela ainda pudesse passar um dia todo assim, sim, um mês inteiro no séquito das imagens. E já não tinha acabado de se completar um mês, um ano todo?

Por fim, ela ainda passou uma última imagem, uma que lhe causou um espanto especial. A imagem mostrava o idiota lá de casa, da cidade do porto fluvial, o "idiota do subúrbio". Ele estava agachado, ali perto da praça do mercado de peixe. Como era de se esperar de uma imagem dessa, ela já o tinha visto sentado lá daquele jeito. Quando ela passou, ele a encarou.

Estava careca e descalço. Era um dia frio e ventava — embora o vento e o frio pouco importassem nessa imagem. Ou quem sabe importassem: pelo menos o vento. Afinal, entre o idiota e ela, a passante, levantava-se um redemoinho de papéis e sacos plásticos, misturados ao cintilar das escamas de peixe. A feira estava acabando. As barracas sendo desmontadas; a praça vazia, ainda em desordem. Cabeças de peixe e fatias de limão em caixotes de madeira, deslizando pelo chão. Normalmente agachado na guia ou no meio-fio, agora o idiota estava sentado sobre um hidrante, com o qual seria lavada a sujeira da praça do mercado. Aí entronado, ele: à altura dos olhos dela, da passante que o conhecia, bem como ele a conhecia há muito tempo.

Certo dia, o idiota estava em pé bem ao seu lado, na estreita igreja armênia da periferia, ambos igualmente estranhos nesse lugar, ou nem? os demais presentes à missa não menos estranhos, apenas mais discretos? Eles se cruzaram mais de uma vez na floresta. Uma vez ou outra, ele estava dirigindo uma moto sem escapamento, às vezes com uma mulher na garupa, sempre uma mulher diferente, todas elas parecendo absolutamente normais, por assim dizer, pelo menos em comparação com ele, aquele que vivia sacudindo os braços no ar, tagarelando aos tropeços, ora em voz grave ora em falsete, todas elas normais e de muito bom humor ao lado do idiota, irreconhecíveis se tivessem sido vistas sozinhas antes, essa mulher ou aquela menina. E certa vez, sentado num de seus lugares cativos, uma pedra de brecar coches gravada com a coroa real, já há séculos na estrada de acesso à cidade, ele gritou enquanto ela passava de carro: "Sei tudo sobre você! Já li tudo sobre você, tudo!"

Agora, ali-aí, sobre o hidrante do mercado, o idiota estava tremendo. Estava com frio. Batendo os dentes. Logo mais seria enxotado de seu assento e passaria mais frio ainda, todo molhado. Nenhuma comparsa à vista, nem de longe. E os pais idosos, que haviam tomado conta dele durante décadas, acabaram de morrer, anteontem ela, ontem ele, ou foram levados para algum lugar, moribundos, e agora o idiota habitava a casa sozinho, sem pai nem mãe, sem viva alma, uma construção antiga, um tanto espaçosa, com pomar de latada na frente e um jardim com múltiplos caminhos, no qual às vezes ele podia ser visto transitando com um livrinho, como os padres de antigamente rezando o breviário — se bem que apenas estivesse fingindo ler, ou será que não?

A praça cheirava a peixe, os de água doce, em geral, gordurosos. O céu, cinza-noroeste. O idiota, com fome. E além do mais, sem dinheiro, só com duas moedas que chacoalhava no bolso desde sempre; que colocava sobre o balcão dos bares suburbanos; e que não dariam para pagar nem o açúcar do café — alguém sempre acabava pagando e ele adoçava com tantos cubos de açúcar que a xícara quase transbordava. Estranho como ela, fora dos negócios, quase sempre só encontrava gente que não tinha dinheiro e, mais estranho ainda, nada pretendia com isso, e como isso, estranho ou não?, combinava com ela.

Aquela imagem-meteoro, com o idiota como protagonista, não se passava em tempos de paz, ao contrário das outras. O vulto lá no hidrante estava na miséria. Não só passando frio e assim por diante; mas definitivamente sem perspectivas; prestes a ser deportado logo mais da casa e da região onde tinha passado a vida toda; a ser tirado dali, talvez dentro de uma hora, do único âmbito de existência razoavelmente possível para o idiota.

E ao contrário das atuais sequências de imagem, nem sinal de desgosto à vista; sem dor de separação; nem sombra de medo da morte, do medo de perecer. O louco: em meio ao torvelinho de apuros e no meio dos refugos do mercado, intocado, e intocável. Em seu assento momentâneo, a intangibilidade em pessoa, para além de guerra e paz, de céu e inferno. Ele está agachado — não, não "entronado" — bem ali, desdenhando da morte — da vida também? não, superior a todos os nossos parvos pensamentos sobre a escassa duração, a efemeridade e a irreparabilidade; mais do que o presente em pessoa, para além das minhas aflições e alegrias; o instante corporificado; nada além de estar aí, e sobretudo, como só um idiota mesmo, aí-junto.

E assim a gente se sentia incomparavelmente notada por esse vulto ali de cima da coluna de água; uma percepção que acompanhava a gente passo a passo, e registrava tudo, palavra por palavra, frase a frase — vide o movimento dos lábios do idiota; quando não narrava, contava, enumerava, impassível, desalmado, desumano até; uma conta especificamente idiota, mas capaz de confirmar e às vezes reconhecer a gente, como num conto; um registro que — alívio — não classificava. Que reconfortante a gente ser contada assim pelo idiota, ser desafiada a fazer melhor o que está fazendo dentro de seu campo de vista, ou pelo menos de modo mais nítido, ou seja, rítmico! E então, naquela ocasião, ao passar por perto, ela pisou de um jeito mais nítido e jogou os ombros um pouco mais para trás. E agora, na estrada, ela só fazia guiar, por enquanto.

Ela está guiando. A poeira levanta. O sol está batendo direto no seu rosto. Ela nem pisca. Pode ser que logo esteja morta. Ela está usando um anel. Seu cinto é mais largo. Mais larga ainda é sua boca. Faço carinho nela. Ela nem percebe. Será que ela é um homem? Um lírio branco se abre em seu coração. Suas costelas são pontudas feito faca. Você fede. Ela gira o volante. A estrada é reta. Há uma caveira na beira da estrada. E ali, mais uma. Os campos são amarelos e cor-de-cinza. Ali está uma árvore, cheia de folhas secas. As folhas tintilam. Ali na árvore, um porco preto pendurado. Estripado. Os intestinos saindo para fora. Quem vai lavá-los? Uma coruja está sentada no poleiro, em pleno sol. Minha namorada tem uma manchinha de nascença na baixada da clavícula. Ela está dirigindo mais rápido. Minha mãe fumava um cigarro atrás do outro. Uma vez cheguei a bater nela por causa disso, em sonho. Outra vez, ela estava sendo operada, mas treze enfermeiras me bloqueavam o caminho. Onde será que ela vai dormir esta noite? Uma cama vazia está esperando por ela em algum lugar, ou talvez não. Ela está com fome. Em volta de sua narina há uma borda de poeira. Ela está sozinha. Sempre a vi sozinha, a não ser em fotos. Quando está junto de outras pessoas, não dá nem para reconhecê-la. Ela finge fazer companhia. E não finge muito bem. E finge pior ainda nas fotos em que aparece na companhia de uma mulher. Acho que ela sempre sai deformada e feia nessas fotos. Não, feia não, pior, com uma careta linda. E os gestos e poses dela na frente da outra mulher, nem se fala. Aquele jeito de gesticular com cinco mãos e sacolejar com duas cabeças e passar de um pé para o outro, se debatendo como centopeia, requebrando o quadril sem parar, como um manequim automático. Meu pai era alfaiate, lá embaixo em Nova Orleans; e lá na loja que ele deixou aberta, até agora ainda há roupas a serem reformadas que ninguém veio buscar, além de uns ternos pendurados. Mas, porém, todavia, contudo, entretanto, eu finalmente queria vê-la acompanhada de alguém nesta história. Talvez seja só porque ela não tolere ser fotografada? Apesar de ter sido estrela de cinema na juventude? Apesar ou justo por isso? (Herdei essa expressão da época em que meus pais ouviam a Rádio Nova Europa.) Vê-la junto com alguém, o que a tornaria duas vezes, cem vezes mais do que agora, só consigo.

Ela está guiando. Levanta mais e mais poeira. O sol está batendo na sua nuca. Ela prende os cabelos bem alto. Puxa a blusa para encobrir o ombro. Seus joelhos são pontudos como duas foices. Ela me envolve com as pernas e me acolhe dentro dela. Lá eu me encolho feliz. Está cheirando a lírio. E talvez ela ainda vá morrer esta noite mesmo.

11

À noitinha o trânsito na *carretera* se avolumou. Não era só das duas direções que se multiplicavam os carros. Os veículos despontavam na curva, vindos dos campos, estepes e semidesertos até então vazios, mais caminhões que tratores, muitos cobertos com uma lona parecida, tremulando amarelo-cinza como a terra, feito camuflagem, de quando em quando, uma série de tanques e carros blindados, como que retornando de alguma manobra, mas também carros comuns, não só os apropriados para estrada de terra, mas também vários automóveis pequenos para o tráfego urbano, sacolejando estranhamente pelas savanas sem caminhos.

E todos esses veículos iam se enfiando na estrada que se estendia quase em linha reta, a maioria deles — como o seu Santana — na direção sul. E até agora, nenhum povoado à vista, cidade nem pensar. Da bela e antiga Segóvia, só uma vaga ideia, uma névoa sobre a meseta quase infinita, no leste, ao sopé da Sierra de Guadarrama (que não era seu destino), branca até lá embaixo — o que significava que a Sierra de Gredos, numa altitude ainda maior, estaria até mais branca? Ou será que esse branco vinha em parte dos maciços rochosos ao longe e da radiação solar?

Bruscos também os aviões lá no céu, um tanto baixos, não aviões esportivos ou particulares, mas bombardeiros de quatro hélices, escuros, maciços e bojudos, despontando do sul em disparada, como se tivessem surgido do solo, baixando o voo conforme se aproximavam, cada vez mais devagar, a coluna de aviões fazendo uma espécie de curva de pouso ainda mais lenta, com os planos de sustentação quase na vertical, uma larga elipse, até qual aeroporto mesmo? até o de "Nuova Segóvia"? que aparecia na placa, mas ainda estava fora do alcance da vista, apesar do constante zunido de decolagem na meseta praticamente despovoada; e no retorno, um bombardeiro atrás do outro, com o nariz na traseira do próximo, todos fazendo o mesmo barulho entre atroo e estrondo, ronco e rosnado, uma manobra que, ao contrário da dos tanques, não dava para dissociar da guerra.

E agora o barulho do parabrisa rebentando, aparentemente por causa do ruído de fora; os estilhaços dentro do carro, por cima dela; nem um único resto de vidro preso ao encaixe da frente. E então a placa *deviación*, desvio. Será possível? Em meio ao incomensurável planalto, quase todo uniforme, a não ser por alguns espinhaços esporádicos, um "estreito", assim do nada? uma estrada parecendo uma passagem secreta por um espinhaço rochoso dificilmente distinguível a distância, mas bem de perto mais alto que os outros, bem mais longo, cortando a paisagem como uma barreira natural, transponível apenas através daquela fenda ali, rebaixada por causa da *carretera*, através daquele "estreito", como o estreito entre o Mediterrâneo e o Atlântico, o *Estrecho de Gibraltar*.

E a estrada realmente ficou mais estreita dentro do emparedado. Tanto que mal dava para passar dois veículos ao mesmo tempo. Se fosse um caminhão, o motorista de lá tinha que ficar esperando na outra pista. Um pedestre teria que passar se espremendo rente ao rochedo (se é que conseguiria) — e não só agora, no tráfego do fim da tarde. "Estrecho del Nuevo Bazar" chamava-se a passagem, segundo a placa. E situava-se, também conforme a placa, mais de mil metros acima do nível do mar. A meseta, aparentando uma perfeita horizontal, já tinha se elevado, portanto, quatrocentos metros desde o início da viagem, imperceptivelmente.

Logo após a travessia do estreito, após a cordilheira: o desvio; a *carretera*, interditada com aqueles suportes de aço espanhóis de secar feno, conhecidos só de filmes de guerra e antigos telejornais; e ali no meio, enroladas, espirais de arame farpado. A placa "Ávila – Sierra de Gredos", toda riscada, quase ilegível, além de desfigurada por vestígios de piche e furos de bala. Nenhuma outra indicação de lugar após a seta de desvio, apenas: "Nuevo Bazar", fluorescendo, inclusive por causa do sol poente, de um amarelo denso.

Ela conhecia esse estreito de outras viagens. O povoado chamado El Nuevo Bazar também já existia há anos. Ela já passara a noite ali, num dos diversos hotéis novos. E mesmo assim, na bifurcação que ainda lhe era familiar, em meio à coluna de carros que só avançava em ritmo de marcha, ela já não sabia mais onde estava. Será que da última vez já existia na paisagem esta imensa baixada ou rebaixo após o estreito? Ela estaria porventura na estrada certa? Será que era uma estrada mesmo? Deste jeito, com o carro colado no parachoque do da frente e grudado no retrovisor ao lado, com os constantes solavancos, pedras batendo embaixo, só comendo poeira, tudo voando na cara, cardos, capins da estepe, abelhas bravas e, num dado momento, até uma vespa — o quê? em pleno inverno? — dentro em breve, nem disso se teria mais certeza.

Então o momento em que ela não só se perguntou: "Onde eu vim parar?", mas foi além: "Onde é isso aqui?" Uma região como nunca se vira antes. Como se esta terra com que ela se familiarizara ao longo do tempo tivesse se transformado em algo essencialmente outro. Como se tivesse de ponta-cabeça; às avessas; de pernas para o alto. Como se isso, inclusive o céu azulando e alguns pontos verdejantes (lavouras de inverno em terra de pousio), não fosse mais "aqui" no final das contas, mas sim? entre os antípodas? num outro planeta? Como se esse território aí, apesar da água brilhando bronze e das roseiras-bravas oscilando avulsas — pequenas cápsulas de fruto irradiando um vermelho-púrpura entre ramos, umbrais arqueados contra o céu noturno —, nem pudesse mais se chamar "terra"; "província"?: ilusório; "região"?: mais ilusório ainda; "área"?: inofensivo demais; "desplaneta"?: afetado demais.

Mas sim, como não?: como se, respirando livre, apesar de poeira para lá poeira para cá, se adentrasse cada vez mais fundo numa atmosfera adversa à vida, que tirava o chão de qualquer agora-agora; que expelia a pessoa ou a engolia, fazendo-a cair num subterrâneo chamado "Nenhures", seu não-nome.

Volta e meia, ela caía numa espécie de terra incógnita, geralmente após alguma quebrada. E, após ter entrado de cabeça (literalmente), isso até lhe fazia bem. E agora? "Sei lá", disse a si mesma. "Sabe-se lá." E até agora, nem sinal do tal "Nuevo Bazar", anunciado a cada metro rodado, ao lado e acima da rota, inclusive no céu, em letreiros a reboque; nenhuma residência ou fazenda à vista, nem sequer uma cocheira. Em compensação, superfícies para reclame lado a lado, rentes, uma tapando a outra, e depois calçadas largas e recém-pavimentadas no meio do ermo, por onde não passava ninguém, acompanhando um certo trecho da estrada que já tinha melhorado nesse meio-tempo, com indicações eletrônicas de temperatura em diversos mastros luminosos, os graus grosseiramente discrepantes por causa da alternância de sol e sombra, assim como as indicações de horário intercaladas. Luzes de holofote então, em frente a um estádio? Sóis tão mais ofuscantes que o nosso sol de sempre, agora poente.

Por fim, em meio aos cartazes de propaganda — e neles, muitas vezes não só a imagem do que estava à venda, mas a própria coisa, uma casa, um iate, um carro, um jardim completo, o portal original de um castelo, suspensos sobre estacas, sobre rodas, para pronta-entrega (inclusive portal e jardim) — uma plaquinha esquecida ali: mais uma bifurcação, portanto, "Ávila — Sierra de Gredos", a última de todas. E a plaquinha nem estava riscada ou enegrecida, estava incólume; e a estrada, embora estreita, seguia em arco, reluzindo de vazio, na direção que ela queria. Um dos contrafortes da Sierra já culminava atrás do cimo do horizonte. Mas ela continuou no comboio com os outros, no acesso a Nuevo Bazar.

Ela sacudiu os estilhaços de vidro que a cobriam. Será que tinha sido um tiro? Fechou a capota do carro; com o pôr do sol, começara a esfriar no rebaixo das terras altas. Conseguiu se maquiar enquanto guiava, pois só estava avançando mesmo em ritmo de marcha, detendo-se nos semáforos cada vez mais numerosos, mesmo que ali, ainda no pousio, não houvesse nenhum cruzamento ou sinal de povoação à vista. Puxou todo o cabelo para cima e fez um coque. Pegou o ramo de acácia que caíra dentro do Santana quando o vidro se partira, arrancou os espinhos, um por um, e enfiou o ramo de atravessado no coque. Enrolou um lenço branco transparente na cabeça, cuja borda encobria seus olhos em parte. Ligou o rádio do carro e ajustou a frequência indicada pelas colunas na beira da estrada, luminosas agora à noitinha, uma a cada metro rodado; ao contrário dos algarismos de temperatura e tempo, a cifra da emissora era sempre a mesma.

Ela tinha sido advertida sobre Nuevo Bazar. Ficara sabendo por diversas fontes (advertências que não tinham nada a ver com os atuais boatos de guerra) que o lugar tinha mudado nos últimos tempos; não era mais solo para se pisar. Assim escrevera o autor do mais recente guia de viagem — que, no entanto, não era de se confiar, como a maioria desses manuais cada vez mais frequentes sobre qualquer região do mundo, até as mais afastadas, com instruções, dicas e classificação em pontos positivos e negativos —: "Nuevo Bazar, uma mistura de Andorra, Palermo e Tirana. Toda manhã, doze caminhões de fuligem embebida em sangue a ser recolhida. Uma verdadeira montanha que cresce a cada dia junto com o monte de cal extinta diante da cidade — se bem que nem mereça o nome de *ciudad*, após ter se tornado uma zona assassina, na boca do povo mais conhecida como 'La Zona' do que como Nuevo Bazar."

No rádio não se mencionava nada disso, entretanto. Durante um bom tempo, só chegavam breves notícias locais, e essas só tratavam do tempo, do nível da água, dos preços no mercadão, dos horários de cinema e missa. Só no fim apareceu a palavra "guerra", ou melhor, um desmentido: "guerra nenhuma": supostamente só estariam ocorrendo combates isolados, bem longe dali, nas montanhas do sul. E por último, mas durante um tempão, passada a extensão de alguns carros, reiterava-se mais uma vez: "guerra!" — mas num lugar completamente diferente, não apenas em outro país — na África; nada das alfétenas esporádicas com a linhagem de montesinos da Sierra, ou dentro da própria linhagem? não, "a" guerra, uma notícia mundial: e os dois locutores da Rádio Nuevo Bazar, homem e mulher, ambos bastante jovens, como dava para ouvir pela voz, estavam um tanto envolvidos na coisa, ao que indicava seu acelerado jogo de pergunta e resposta, envolvidos nesse jogo de narrar sobre uma guerra real, reconhecida por toda parte. A guerra na África — a propósito, não muito mais distante do que a Sierra —: isso é que era; isso sim; lá é que as coisas estavam acontecendo de fato; e o que vocês estão fazendo aqui, o que nós — jovens — estamos fazendo aqui nestes confins?

Na verdade, os locutores só passavam adiante o que se contava na região africana em crise. "Narrar", uma palavra repetida a cada frase nas notícias de guerra; e assim que um acontecimento — sempre extermínio de massa e genocídio — começava a ser exposto, já era considerado um fato consumado; "narrado" significava, no tocante à guerra: assim e pronto; sem dúvida alguma; "sem qualquer sombra de dúvida" — era esse em regra seu sumário narrativo; "pretensamente" ou "supostamente", assim como segundo "boatos não confirmados" vindos da Sierra: fora de questão.

E o cúmulo da incontestabilidade era quando aquele que narrava adquiria um status adicional de testemunha ("a pessoa"? o repórter? a própria guerra?): "a testemunha narra..." — verdade maior não era sabível. E uma narrativa dessas, o auge de todas as provas, vinha acompanhada de horror? narrar e horrorizar lado a lado, inseparáveis, não só na esfera das notícias? nos livros também? e isso, desde sempre? uma narrativa sem horror não era narrativa? não encontrou ouvidos? não era, não era mais? ouvida? não mais? não era o caso? Narração-e-guerra-e-pavor: só isso vinha ao caso?

Sem desligar o rádio, folhear a esmo o livro de árabe de sua filha desaparecida e até ler alguns trechos (o tráfego gaguejante no acesso a Nuevo Bazar o permitia): "Al-Halba era um lugar em Bagdá"... "na sociedade deste xeique, as pessoas se sentiam como num jardim..." Independentemente do quanto esse Novo-Bazar tivesse mudado desde sua última viagem: de uma hora para outra, ela tinha tempo para o lugar, pelo menos por esta noite — tempo? sim, e não só para o lugar.

E se Nuevo Bazar significasse de fato uma ameaça ou um obstáculo, conforme dizia o guia? Melhor ainda: o perigo (não confundir com "guerra") era seu elemento, era o-que-há. E aquelas famigeradas massas humanas na "zona"? Até ali ela conseguia farejar um valor, nem tanto por magnanimidade (algo que não combinava com "farejar"), mas por puro faro mesmo; faro que não provinha da sua profissão, do ato de administrar, mas que — muito pelo contrário — justamente a tinha levado a tal ofício? Sem seu faro-de-valores, nenhuma aventura capaz de ir além do esquema bancário de praxe ou de levar adiante quaisquer negócios, e não apenas esses? Uma das poucas frases das centenas de artigos sobre ela que o autor sublinhou nos preparatórios para o livro: "O segredo desta fera da economia: em quase tudo, até mesmo na adversidade, ela fareja um valor. Não como jogadora, mas como aventureira."

A história — tanto quanto a própria aventureira — não queria que ela fosse vista por ninguém na noite de chegada a Nuevo Bazar. Apesar do parabrisa estilhaçado, as milhares de pessoas que passaram por ela não lhe lançaram um único olhar. E não foi nem por ela estar meio camuflada, o lenço cobrindo os olhos. Ela simplesmente não queria ser notada por ninguém, e assim se fez.

Essa habilidade também tinha chamado a atenção de um articulista que tivera a permissão de acompanhá-la uma vez, durante um dia de trabalho no banco e pela cidade portuária à noite. Ele remetera isso a uma particularidade de seu escritório: ela sentava sozinha, inacessível, trancada, fora do alcance da vista dos demais, podendo somente ela abrir a porta por um botão; e ao mesmo tempo sentava em frente a uma janela do tamanho de uma vitrine, na mesma parede da porta, que não dava para fora, ao ar livre, mas sim para o escritório coletivo ao lado, onde os executivos ficavam sentados, atendendo clientes ou quem quer que fosse; através do vidro, ela tinha visão de tudo o que se passava lá fora, enquanto as pessoas no escritório só se viam a si mesmas espelhadas na fosca superfície prateada.

O autor de uma outra reportagem sobre ela, que escrevera um romance sobre futebol, atribuiu o fenômeno (ou o não fenômeno) de ela não ser vista ao seu jeito de mirar alguma coisa distante, um alvo ou ponto de fuga, e de esboçar com o olhar uma possível passagem no intervalo que havia entre os corpos dos outros, comparando-a àquele "talentoso líbero" que, com a bola no pé, espiava por entre dois adversários, distraía a atenção deles e se enfiava pelo intervalo desenhado anteriormente com o olhar, para depois — ele, líbero, tornando-se invisível para os outros, já hipnotizados e cegos — passar como bem quisesse por seus adversários ou chutar por cima deles, acertando pelo menos na trave, em geral, fazendo o gol.

Seja como for: ela não queria ser vista naquela noite e ninguém a viu. Todos desviaram os olhos; talvez um ou outro, no máximo, tenha seguido seu olhar: afinal, do jeito que ela mirava, horizonte adentro, devia estar acontecendo algo de muito espantoso. Mas nada havia ali, nem horizonte sequer.

Sem transição — de uma brecada, então avanço, mais uma brecada, até a outra — chegava-se a Nuevo Bazar, já direto no meio das casas, altas, como que imediatamente centrais. Não havia centro extra: toda esquina, central, qualquer travessa, passagem, escada de pedra com quatro, cinco degraus. Situado num rebaixo que mais adiante dava uma afundada brusca e ao mesmo tempo fazia um arco, margeando um dos abundantes rios antigos e seus meandros nas terras altas, o povoado manteve-se oculto até a última curva, até a virada abrupta, após a qual já não se estava mais diante da estepe ampla e deserta, mas sim subitamente rodeado por fachadas próximas, ao alcance das mãos, e pelas estreitas trilhas de ar — no lugar do céu aberto do planalto — delimitadas pelas ruas até lá embaixo.

E após um longo dia a caminho, muitas vezes na incerteza, isso até podia ser um alívio. Podia ser um tanto excitante; excitar e acalmar ao mesmo tempo; boas vindas sem placas de bem-vindo. Já desde a primeira casa, as calçadas — antes despovoadas, todas elas — estavam pretas, brancas, multicolores de passantes se empurrando e impelindo (como o corso noturno numa cidade do sul), ou só parados e encostados por aí, seguindo a lei tácita de não dar nem um passo além do limite do passeio noturno, da divisa do povoado, e se alguém viesse a cometer tal deslize, teria que dar meia-volta.

Em decorrência das boas vindas, o apetite: querer saborear este lugar durante uma noite toda. E o que será que o autor daquele guia turístico queria dizer com as toneladas diárias de fuligem ensopada de sangue em Nuevo Bazar? Com certeza não era para levar ao pé da letra, mas mesmo em sentido figurado, não havia o mínimo indício. Tanto pedestres como motoristas guiando bem devagar não tinham nada de mau em mente e só queriam fruir o momento. Assim, juntos, passavam uma rara impressão de descontração; e o que dava essa impressão eram as mangas arregaçadas, as blusas sem manga e os carros de capota abaixada, apesar de ser uma noite de janeiro numa altitude dessas, bem acima do nível do mar: e a novidade eram as lanternas que não só iluminavam, mas também aqueciam o ar. As ruas, mesmo as laterais, estavam claras como o dia, mais uma diferença brutal em relação ao trecho anterior ao acesso para o lugarejo, onde já anoitecera: luz vinda de vários holofotes sobre a cidade, lá do alto, luz que permanecia branda, sem ofuscar quem olhasse para cima —; como um sol velado, evocando uma manhã de início de primavera.

E ouça agora: até algumas cigarras trilando alto como se fosse verão, um chiado e uma chirriada, se bem que não de bichos de verdade, mas de brincadeira, de mentira — maquininhas em forma de cigarra, tocantemente pequenas, presas às lanternas, aqui e ali, com engenhosos intervalos de silêncio para evitar um coro estridente; nada além de um ressoo esporádico, prosseguindo em uniformidade casual. E veja só: oliveiras em vasos do tamanho de um barril, e sinta: folhas-lanceta a se quebrarem, verde-oliva, verdadeiras, genuínas, e frutos amargos-mesmo, maduros até.

Rumo à filial de seu banco em Nuevo Bazar, que — como todas as filiais pelo mundo afora — dispunha de um "apartamento de trabalho" no andar de cima, a ser acessado com uma série de códigos que ela tinha registrado no celular, para quatro ou cinco portas? Desta vez, isso estava fora de questão. Afinal, ela não estava fazendo esta viagem para um artigo ou uma reportagem: era para um livro, o livro, o nosso livro. Passar a noite num apartamento confortável e familiar: não havia espaço para tal no livro; de mais a mais, ela não estava viajando a negócios. A história o proibia e, consequentemente, ela também se proibiu.

Nem precisava ser uma proibição expressa. Era óbvio que ela teria que procurar um lugar para passar a noite de qualquer jeito. (Sorriso.) Os aposentos de serviço "não valiam". E além do mais, por um certo tempo, "ou para sempre?", pensou, ela não estaria a serviço; mais do que isso, em função do livro, tinha que incorporar uma pessoa diferente de seu papel cotidiano — não necessariamente uma outra: alguém a mais, que — se necessário — poderia se colocar a serviço. O livro, a aventura possibilitava-lhe se tornar uma estranha, uma ninguém aqui e agora. E ao pensar nisso, sentiu uma mão pousando sobre seu ombro. *Katib* era ombro em árabe, e *kitab* era livro.

Procurar um abrigo noturno já antecipava um pouco o gosto de aventura. Os vários hotéis, no mínimo três vezes mais numerosos que em sua última estadia, estavam todos lotados ou — pelo contrário — vazios: "à espera de refugiados", conforme indicava a placa estereotípica. Mas ela nem chegou a se informar se havia quartos vagos ou não. No que fez muito bem. Estacionar o carro num terreno baldio, aparentemente o único do povoado que ainda não estava construído, e prosseguir a pé. Uma espécie de alegria prévia, só de pensar na noite sem cama, a ser passada no carro, entre cacos de vidro, ou onde quer que fosse. Mas calma: não haverá de faltar algo do gênero no decorrer dos acontecimentos.

Por fim, ela foi parar num lugar que não era nem pousada, nem casa de ninguém e — apesar de dar essa impressão à primeira vista — nenhum asilo também. O lugar, colado a dezenas de outros edifícios com esse mesmo aspecto, era uma *venta*; embora estivesse no centro do lugarejo (pois em Nuevo Bazar tudo indicava o centro), tinha o mesmo nome de um dos albergues solitários em meio àquela vastidão lá fora, numa encruzilhada que talvez tivesse sido importante há séculos, mas agora não só deixara de ser importante, como talvez nem fosse mais encruzilhada.

Venta sem quarto: os andares superiores do albergue (no térreo: taverna e refeitório) consistiam apenas de quatro corredores que se cruzavam em ângulo reto e davam para o pátio interno, um fosso que descia até o quadrado vazio de concreto denominado *patio*, menor que uma mesa de pingue-pongue. Nada além desses corredores, sem portas para quarto algum — dormir onde, portanto? Nesses leitos aí, nas paredes dos corredores ou galerias: um rente ao outro, armários ou caixas ou relicários de dormir (de tão baixo o teto), tudo de madeira; parecendo apertados de fora, contudo espaçosos por dentro, apesar de a cabeça ou o pé bater na cama-armário ao lado; leitos fechados apenas com uma cortina escura pesada; e esses baús de dormir, só mesmo para dormentes solitários, enfileirados pelos quatro cantos dos corredores, como numa garagem de liteiras, estavam quase todos reservados por esta noite.

A ela (será que o *ventero* notou que era uma mulher?) coube um dos últimos beliches, um com lustre de parede, onde ela poderia ficar lendo de cortinas fechadas até meia-noite-e-tanto, como sempre. E outro costume de viagem: apesar de as liteiras não serem trancadas, uma chave para o caso de ela voltar tarde. E que chave pequena em comparação com a da véspera, tão leve e discreta, parecida com a de uma caixa de correio ou trava de bicicleta.

Após o jantar na *venta*, eu a vi se misturar lá fora entre os passantes, que no mínimo tinham se duplicado neste ínterim. Os motoristas de caminhão de antes também estavam por ali; quase ninguém de carro. E ela não chamou a atenção de ninguém; como se continuasse invisível ou — mais um traço esporádico dela — não tivesse cara de nada.

Normalmente, ao caminhar assim com tanto esforço em meio à multidão, sempre acontecia aquele fenômeno ou efeito natural de que um rosto, uma voz ou um simples gesto remetiam a alguém conhecido; uma pessoa de antigamente, em geral, alguém que se perdera de vista há muito, muitas vezes um morto. Mas agora, sem chances de esbarrar em algo do gênero. Em compensação, provavelmente por causa da luz artificial incidindo lá de cima, todos os passantes se assemelhavam entre si, como se estivessem indo assistir a um jogo no estádio, enquanto outros, no contrafluxo, estivessem tentando se mover em meio à multidão até uma arena de tourada ou um concerto ao ar livre.

Como sempre, inúmeras crianças entre eles, semelhantes entre si, não só uma criança parecida com a outra, mas também criança com gente grande, não crianças aparentando os pais, mas como adultos semelhantes entre si; crianças com cara de adulto. Não falavam alto demais; era uma fala uniforme, um tom de voz moderado, como quem está a caminho ou de volta de algum evento comunitário, por assim dizer.

Aos poucos dava para reconhecer que, em vez de compor um desfile uniforme, essa massa humana se movia para cá e para lá numa infinidade de grupinhos, turmas, bandos e batalhões, sendo que uns se distanciavam dos outros em intervalos inicialmente imperceptíveis e depois cada vez maiores, passando deste time para o próximo (e para um "time" bastavam dois). Ao mesmo tempo, idiomas que variavam bastante de grupo para grupo, todos falados em tom abafado; não línguas totalmente distintas, como dava para ouvir, mas quase sempre provindas da mesma origem, da mesma família, pronunciadas por cada uma das unidades em desfile de modo bastante diverso, como que de propósito, com ênfase, insufladas ou aspiradas; nos dialetos e variantes, isso ainda era mais marcado e acentuado, cada um desses mil grupelhos ostentando uma variante exclusivamente sua (da língua escrita comum a todos), com a maior quantidade possível de particularidades; distinguindo-se do bando ao lado, como se este estivesse falando algum vasconço chinês ou siberiano e só entre si mesmo é que se entoasse o puro castelhano ou bazarês; e desse jeito, cada entidade a plantar no espaço uma nova língua proclamada, assim de passagem, desafiando o resto, como quem marcha com um estandarte; algo bastante condizente com aquela imagem anterior da coluna de carros no acesso noturno a Nuevo Bazar: flâmulas, bandeiras e bandeirolas agitando-se freneticamente para fora de cada carro, das janelas e capotas abertas, cada lenço com brasões e cores diferentes.

E entre esses batalhões isolados — quase sem mais nenhum aspecto de corso ou passeio — não havia quem desperdiçasse um olhar com os demais, o de trás, o da frente, quem viesse em sua direção, nem mesmo com uma pessoa específica. Eles viravam a cara de propósito, não por desprezo ou ódio, mas por uma nova espécie de timidez (nisso Nuevo Bazar também mudara desde a última vez); as pessoas haviam se tornado ressabiadas e ariscas, em primeiro lugar consigo mesmas. Não havia quem não estranhasse o outro, e isso em seu próprio país (será que seria diferente num outro país?). E amanhã, se a pessoa encontrasse alguém do grande ou pequeno clã de hoje, sozinho, também estranharia e viraria a cara abruptamente.

E como eram semelhantes entre si essas nove mil novecentas e noventa e nove caras, mas não só — o penteado era quase sempre o mesmo, vide os homens, velhos e jovens, com aquela mecha loira tingida, longuíssima, enfiada no cinto atrás. E todos esses tímidos-de-morrer, órfãos, abandonados e/ou viúvos, vestiam-se no mesmo estilo, e seus sapatos ou saltos altos tinham a mesma plaquinha de metal, estalando em uníssono agora, noite adentro. Noite? E quantos não se chocavam e não topavam com os outros, sem querer, em meio àquela multidão homogênea e ressabiada, na qual ninguém mais dominava a arte de desviar com elegância; e em resposta, o outro amaldiçoava ou sacava uma arma de surpresa; a princípio, palavras e gestos sem qualquer intenção de inimizade, talvez apenas expressão do jeito exasperado, ou melhor, assustadiço, de todo mundo aqui em Nuevo Bazar — a batida até melódica do sino das igrejas ou templos também acometia as pessoas como um estampido frio e seco, entre som de ameaça e advertência, ao mesmo tempo como uma espécie de cão de guarda, fazendo qualquer um, um? muita gente levar um susto.

12

A uma certa distância temporal das ocorrências esboçadas até agora, um historiógrafo veio a descrever com toda minúcia a Nuevo Bazar daquele período. Suas considerações (e desconsiderações, afinal esta é a questão) — devem ser divulgadas aqui em excertos, por sugestão da própria protagonista, que, primeiro, se dispõe a desaparecer por um certo tempo das páginas do livro dedicado a si (embora continue marcando presença como leitora) e, segundo, considera pertinente que dele constem trechos (não muito frequentes, problema de ritmo!) que beirem o absurdo e o abstruso, apenas beirem, sem cair no imundo, somente no impuro, e façam malabarismos com o real — em vez de buscar o real e investigá-lo como se fosse numa expedição, essa regra básica de sua história.

Antes de divulgar os fragmentos do historiador, há que se mencionar: ele se autonomeou representante da matéria, além de "especialista de renome europeu para assuntos de Nuevo Bazar"; e por mais historicamente-distanciadas que sejam suas frases, elas são marcadas por fanatismo e malquerença (o autor daquele guia de viagem tendencioso bem podia ter sido um de seus antepassados); por fim, é mais do que evidente que ele deve ter passado a vida inteira ou sua meia-vida de historiador autônomo numa zona bem parecida, talvez idêntica à de Nuevo Bazar.

Para começar, entre todas as "características e peculiaridades" desenvolvidas por cada um dos diversos povos da Zona no decorrer da história, o historiador só quer mesmo ver propagadas as piores, as mais feias e malignas. O lado bom, o que há de melhor, mais bonito e amável, já se extinguiu há muito na Zona, justamente por causa da abolição das fronteiras e barreiras entre os povos: das históricas, algo a ser encarado como progresso e libertação, "com toda razão e sem dúvida nenhuma", mas também das "naturais", o que eliminou entre um e outro povo não só o medo de limiares, mas qualquer consciência de limite, e tudo como "princípio educativo popular", como "instrumento de enobrecimento dos povos": sem mais capacidade nenhuma de distinção entre aqui e lá.

"Em território alheio, um dado povo se comporta mais como se estivesse em seu próprio solo, 'mais' no sentido de 'pior', única e incomparavelmente mal, pois lá, para lá da antiga fronteira, mesmo não sendo mais o nosso povo, passou a ser território nosso após a extinção das fronteiras. Território nosso? nosso quintal, nosso lugar de pintar e bordar, nosso cenário de guerra alternativo. Se cada povo da Zona realmente a respeitasse como território seu, pelo menos uma ou outra de suas boas qualidades viria à tona."

"Em se tratando da Zona, a reconfortante palavra de um dos historiógrafos que me precederam, aquela Longa Duração, aquilo que os povos tinham de mais indestrutível durante séculos, aquela longa, duradoura e legendária afirmação de seu próprio espaço e caminho, resistindo à quase-destruição, ao desterro, à extinção de tradições, de sistemas econômicos, de estruturas sociais, de compilações jurídicas — aplicada à Zona, essa reconfortante palavra (uma daquelas frases típicas do historiador autônomo, tão complicadas que o começo tem que ser repetido no fim!) chega a ter um certo sabor de escárnio."

"Não restara nada de longa duração entre aquele povo, a não ser a crueza e a rudez transmitidas de geração em geração desde a Guerra dos Trinta Anos (nem sinal de que já tinham sido hospitaleiros e festivos); do outro povo, nada além de vavavá, chega-para-lá, hábitos registrados desde o início da Idade Média — seus jornais eram tão grandes que, ao serem folheados, obrigavam a pessoa ao lado a sair de perto — e ao mesmo tempo pisa-mansinho (sem o famoso saber-recuar de antigamente, seguido de um súbito e elegante abrir-alas); e a Longa Duração de um terceiro ou sabe-se-lá que povo da Zona, elogiado por historiógrafos estrangeiros durante a Antiguidade, e até antes, por causa de seu afeto às crianças e saber astronômico, seu conhecimento das frutas e competência de navegador, agora se manifestava apenas naquilo que anteriormente os historiadores, mesmo os mais hostis, só mencionavam de passagem: em sua gula, sua fúria maldizente e opiniosa (não havia frase que não tivesse uma opinião anexada, sempre maldosa, ou então uma maldição, nunca por brincadeira — para amaldiçoar mesmo). A Longa Duração entre os povos da Zona, perpetuada apenas nas más qualidades? Só mesmo para quem era bom de pancada?"

E não para por aí. A má-fé do tal do historiador vai além. Ele se supera mesmo em suas descrições da população de Nuevo Bazar, que não têm nada a ver com a realidade visível, sendo mais lucubrações que descrições.

Ele menciona, como sendo comum às diversas etnias, o hábito de não carregar o telefone celular consigo, no bolso ou em qualquer outro lugar, mas sim puxá-lo numa cordinha ou num fio comprido, como se fosse um cachorro na trela, "sobre trilhos instalados pela própria prefeitura da Zona" em toda a circunscrição. Todos os habitantes, sem exceção, inclusive as crianças que já sabiam contar, seriam obrigados a conduzir deste jeito um celular permanentemente ligado.

"Por outro lado, havia um decreto que obrigava as pessoas a colocar um capacete especial, em caso de receberem algum telefonema, um capacete que escondia do olhar dos passantes o rosto e a mímica do falante ou ouvinte e abafava sua voz, distorcendo-a até a incompreensibilidade. Antigamente lá na Zona, volta e meia acontecia de algum passante estar telecomunicando na rua sem um daqueles acessórios de rosto obrigatórios e acabar sendo espancado por um guardião da ordem contratado especialmente para isso, munido de um cassetete apropriado para golpear a mão na orelha (e não eram poucos os civis que davam uma de polícia, com os próprios punhos). Volta e meia havia equívocos, pois o suposto perturbador da ordem só tinha colocado a mão na orelha enquanto andava — equívocos que nem todos costumavam resolver convenientemente, desculpando-se e aceitando as desculpas."

"Na verdade, a Zona inteira era uma fonte de equívocos e enganos; isso é o que a caracterizava. Na maioria dos casos, os habitantes nem tinham consciência disso e, quando tinham, eram coisas que felizmente passavam impunes. Para trazer à baila, pela última vez! aqueles teledispositivos obrigatórios: sobretudo na primavera, que continuava existindo na Zona, mesmo que de forma discreta, sempre havia nas ruas, dia e noite, entre os diferentes povos, alguém que confundia o voo repentino das aves, logo ao lado ou lá nas alturas, com o toque do telefone, apertava a tecla de imediato e se afobava em vestir o capacete em obediência. Em Nuevo Bazar, não se via ninguém trabalhando: muito embora houvesse quem arregaçasse as mangas, eram pessoas que se furtavam aos olhares ou se mantinham a distância, a ponto de não significarem mais nada. E apesar de haver aparentemente todas as mercadorias do mundo à disposição, se alguém precisasse mesmo de alguma coisa, não conseguia achá-la em lugar nenhum. E embora não faltasse luz aos supostos monumentos, sempre luzindo e reluzindo, logo ao lado as hordas de passageiros ficavam esperando em vão os parcos faróis de ônibus e de outros meios de transporte."

"E como cada um dos novecentos e noventa e nove grupos étnicos da Zona tinha seu próprio toque de telefone, quando se ouvia um chilro de chapim, eram só os galegos que atendiam; quando um flauteio de melro, eram os valencianos; um grito de falcão, os andaluzes; o trilo da cotovia, os caríntios; a batida de pica-pau, os nova-espartacistas; o grasno da gralha, os chumadianos. Ninguém na multidão reagia, contudo, ao estrépito ou estardalhaço das cegonhas, que encobriam quaisquer outros sons e ruídos e tinham seus ninhos de palha no topo das torres de igreja, como, aliás, em toda a meseta, da qual a Zona ainda fazia parte, apesar dos pesares: não só pelo fato de o estrépito não corresponder a nenhum dos chamados emblemáticos, mas porque as pessoas da Zona nem sequer o notavam e, mesmo que notassem, talvez o confundissem com os estalidos de um pau esbarrando numa roda em movimento. Nem sequer sabiam que existia vida naquela brenha seca em cima das torres;

nem mesmo as crianças levantavam a cabeça para ver os bicos-punhal saindo dos ninhos, e nem sequer para ver os aviões de caça."

"Bem menos inofensivos eram inúmeros outros equívocos diários ocorridos no território da Zona naquela época: o mero ruído do vento tornara-se tão pouco familiar que quem ouvisse uma lufada às suas costas achava que era um caminhão e desviava involuntariamente, e justo por ter desviado... Um outro, ouvindo o rumor de passos se aproximando de todos os lados, mais e mais altos, achava-se cercado de inimigos invisíveis e já saía atirando — na Zona não eram somente inúmeros adultos que andavam armados — às cegas para todos os lados: na verdade, os tais passos rumorosos não passavam do coaxo daqueles sapos que continuavam habitando as áreas úmidas, mesmo às escondidas."

Outro exemplo do desrespeito àquele lema pronunciado muito antes dele por um narrador de outro gênero — "apresentar isso e aquilo ao leitor, sem tirar conclusões de nenhuma espécie!" —, ou seja, o cúmulo do devaneio do autonomeado historiador-da-Zona eram suas conclusões, sempre precedidas de ofensas contra pessoas e até animais, plantas e coisas.

"Na Zona ainda havia alguns habitantes nativos que se denominavam 'A Velha Guarda'. Mas já estavam em extinção. Todos os outros eram imigrados, em geral já na segunda ou terceira geração, sem qualquer resquício das regiões e países de onde tinham vindo, sem qualquer noção de seus antepassados. Cada um se gabava de ser seu próprio herói. Arrogância até nos olhos dos recém-nascidos: 'O que vocês são eu já sou há muito tempo. Se eu quisesse, cantava melhor que Orfeu e Bob Dylan. Se fosse escrever um livro, Cervantes e Tolstói perderiam de longe. Se tivesse que dirigir um filme, ele ofuscaria tudo desde *Nascimento de uma Nação* até *Viridiana*. Se exigissem que eu pintasse um quadro...', e assim por diante. Admiração e entusiasmo pelo fazer de outra pessoa eram considerados antiquados e constrangedores, ou eram fingidos, mal fingidos para os outros perceberem. Isso, apesar de uma das palavras mais usadas na Zona, fosse na rua, na tevê ou na internet (esta, restrita à Zona!), era 'amar'. 'Amo' este galheteiro, amo este lilás, nós (os casais só falavam na primeira pessoa do plural) amamos vinho da Nova Zelândia, amamos a nova obra de... (os livreiros, mesmo quando sozinhos, também só falavam 'nós')..."

"Na verdade, o que fora o amor já tinha desaparecido da Zona há muito. E isso se manifestava sobretudo no fato de cada um ter sua própria contagem de tempo — e de fato, os relógios digitais de pulso variavam ao apitar as horas. E as pessoas deixavam reinar esse seu tempo pessoal; com seu tempo próprio, tiranizavam umas às outras. Tanto os cartões de crédito como as cédulas de dinheiro, mal chegavam às mãos do proprietário, já tinham o retrato dele estampado. Enquanto hordas inteiras de juízes desfilavam em trajes de gala por uma avenida não muito distante dali, na rua paralela já estava passando a parada diária dos criminosos hediondos. Até os maiores malfeitores (em geral ex-estadistas ou gente da sua laia) circulavam livre e abertamente pela Zona, como se nada tivesse acontecido, cientes de que jamais seriam punidos."

"Pode até ser que, em meio a tudo isso, houvesse ressuscitado aqui e ali uma ponta daquele amor extinto. Mas a pessoa, ele ou ela, ficava desesperadamente sozinha com isso. Só os odientos se uniam. Até as crianças da Zona já eram deficientes por causa dessas milhares de coisas desnaturadas — primeiro assimiladas, depois imaginárias e logo inatas. Se um dos últimos dois ou três velhos nativos dissesse a uma criança dessas, do fundo do coração: 'Seja você!' (algo que podia partir, por exemplo, de um velho fotógrafo, tirando uma foto para a escola), a criança, repentinamente acometida por uma profunda perplexidade, começava a fazer centenas de caretas diferentes, mas nenhuma 'certa', nem de longe."

"Se alguém perguntasse pelos pontos cardeais, nenhuma criança da Zona era capaz de mostrar onde era sul, norte, oeste e leste (a propósito, a maioria dos adultos também não). Abelhas eram chamadas de vespas, e vice-versa. Embora as castanhas fossem apreciadas, assim quentes no prato, não eram reconhecidas como tal quando vistas espalhadas pelo chão, debaixo das árvores (apesar de tudo, ainda havia uma ou outra castanheira na divisa da Zona). Uma maçã que não estivesse enfileirada na cesta em frente à quitanda, mas pendurada numa árvore ou na folhagem (apesar de tudo, ainda havia...), não era considerada fruta e apodrecia no pé."

"De quando em quando, a Zona — que, no mais, não tinha desaparecido do mapa — ficava mosqueada de lenços coloridos, amarrados no pescoço de escoteiros dos mais diversos grupos. Mas, em vez de investigar a natureza, eles se exibiam feito milícias, com punhais prestes a serem sacados (cada forma correspondia a um dos diversos povos imigrados), propagando o lema 'a cada dia, uma má ação', mesmo que essa má ação se resumisse a enxotar-do-caminho alguém de outro povo. Lá na Zona, até os jardineiros, bem vistos por toda parte, já 'não eram mais aqueles': até os velhos jardineiros avançados em anos não deixavam de fazer o seu servicinho, fosse acionando todo seu arsenal de máquinas, digno de dez corpos de bombeiros, para carpir cada talo de erva daninha, e tudo isso com as respectivas sirenes, de preferência aos domingos; fosse juntando-se em companhias de jardineiros, os mais assíduos frequentadores de bares depois do serviço, unidos numa espécie de comando de evacuação, para espancar um garçom solitário ou de preferência um ou outro velho caçador da estepe, sobra da população nativa, que estivesse se embriagando quieto no seu canto."

"Não dava para saber se as diversas mutações botânicas na Zona podiam ser atribuídas aos jardineiros e suas constantes pulverizações com veneno, etc.: fato era que as urtigas, que apesar de tudo ainda brotavam aos montes aqui e ali, não queimavam mais — ou então muito mais: esse era um dos truques mais pérfidos dos jardineiros igualmente mutantes da Zona — bem como os pardais daquela época, transformados em abutres por mutação, e as formigas pretas miúdas, mutadas em cupins (uma vez, o Parlamento da Zona se reduziu a pó de um dia para o outro, só restou a fachada. Mas até antes de ser devorado, ele não passava mesmo de um simulacro.)"

Segue a conclusão da nossa tentativa de arquivista: "Depois disso tudo, seria o caso de perguntar se este estado em que a Zona se encontra não deveria justamente fecundar o desejo de um outro mundo, de uma alternativa completamente diferente, uma alternativa qualquer. Mas era justamente isso que não havia em parte alguma, nenhum outro mundo e nenhuma alternativa." (Então, esse desejo não valia sequer um ponto de interrogação para o nosso concluinte?) "Um dos livros decisivos daquela época, intitulado *O novo Cândido*, considerava o melhor mundo possível justamente o que era o caso na Zona!" Mas será que a aglomeração, o Grande Número de habitantes de Nuevo Bazar já não provava o contrário? Um número tão grande assim, não dá nem para imaginar! Imagem? Imaginar? Que absurdo!

13

De volta para a minha mulher da cidade portuária do noroeste. Ao contrário do autor recrutado por ela naquela vila da Mancha, ela não tinha nada contra as propensões do sujeito que dera uma de historiógrafo e detivera a palavra nesse meio-tempo. Naquela noite em Nuevo Bazar, clara como dia, ela pôde confirmar vários aspectos básicos das declarações dele, aparentemente infundadas.

É verdade que quase todo mundo transitava pelas ruas como se fosse rei e esperava que os outros caíssem de joelhos à sua frente. À medida que tiranizavam os demais com seu senso temporal particularíssimo e soberano, volta e meia ocorria um lapso de som e imagem em meio ao tumulto aparentemente pacífico: de uma hora para outra, um berreiro, uma gritaria, um pega, alguma violência (também apaziguados de súbito); entre rostos tão uniformes e similares, a cada passo, um, dois, muitos transformando-se em carrancas num piscar de olhos, arreganhando os dentes, mostrando ou estirando a língua; em vez das vozes de sempre, temperadas e quase civilizadas demais — a serem confundidas em intonação e velocidade, até no caso das crianças mais crescidas, com os órgãos fônicos de locutores de rádio ou de televisão — o que se ouvia, na sequência, era um engasgo, um guincho, um rosnado e uma baforada de macaco? de hiena? de algum animal de rapina? não, de seres humanos asselvajados, de uma selvageria profundamente diversa daquela talvez atávica.

E logo a seguir — após as caretas e os uivos terem se acalmado e se abafado, com uma ligeireza tal que os gritos e arreganhos pareciam fingidos — novamente a uniformidade da massa e a sonoridade das vozes de rádio; só que agora crescia a suspeita de disfarce, mascarada e fantasia; como se já fosse carnaval aqui em Nuevo Bazar e cada um, com sua autoproclamada medida de tempo, estivesse a caminho de uma festa exclusivamente sua; disposto a representar o personagem histórico e assumir o papel que estava escrito na sua testa desde que nascera.

Ela mesma começou a se sentir quase contaminada pelo contínuo vaivém de mágica sonora, desmascaramento estrídulo, novo disfarce e suspeita mais e mais intensa. Nesse Nuevo Bazar, notou que com o tempo ela própria passara, mesmo de longe, a encarar as pessoas, até as mínimas aparições, com toda suspeita e com a arma igualmente, não, não só igualmente, engatilhada. E reconheceu: a suspeita e os equívocos cada vez mais constantes na "Zona" estavam relacionados — por mais que, no caso dela, isso não tivesse maiores consequências.

"Equívocos?" — "É." — ela contou ao autor depois — "Confundi as batidas de coração que eu estava sentindo no ouvido — o que não era de se admirar, após ter dirigido um dia inteiro — com marteladas num portão de aço ou com o estrondo de uma bola de demolição. Mas ficou por aí. Ou então eu começava a confundir os livros que as pessoas tinham na mão (e não eram poucas!) com trelas de cães. Ou, quando alguém erguia a bengala, eu via uma arma apoiada no ombro — sem chegar a atirar de volta no ato, como deve ter acontecido mais de uma vez em Nuevo Bazar."

"O que me perseguia mais ainda: a suspeita, a desconfiança de que todo fenômeno daquele lugar era simulado — e uma sensação de irrealidade. Para mim, que costumo derivar os contornos e as cores da realidade de uma espécie de sabor, isso ficou ainda mais claro naquela época, naquela época? sim, quando tentei me lembrar do jantar de pouco antes no albergue: não me ocorreu de jeito nenhum o que eu tinha tomado havia menos de uma ou duas horas, não restara o mínimo sabor em especial."

"Mas" — prosseguiu ela — "ao contrário do historiador da Zona, meu olhar não se fixava em nada. Ou então eu aproveitava da fixação justamente para me afastar dela. O que eu queria era isso, inclusive para a minha história." —

O autor: "Dá para querer algo assim?" — Ela: "Sim, dá para querer e decidir. Eu queria e decidi me afastar das fixações por meio delas, e assim se fez. Foi lá na chamada Zona que eu reencontrei o fio da minha história e do nosso livro."

"Aquele historiador e os que se consideravam seus sucessores e discípulos, ou seja, toda a liga dos 'amigos da história', com sua Longa Duração: era justamente isso. Só que nosso livro aqui tem que tratar de uma duração ainda mais longa, o que não exclui — muito pelo contrário — a possibilidade de se narrarem momentos breves e brevíssimos e de se abrir espaço para uma coisa ou outra que beire o sonho — mesmo que só beire —, de modo que o tempo salte ou cesse ou estanque ou condense ou se espesse a ponto de ser tocado, como às vezes acontece nos faroestes: basta lembrar de *Falcão Negro*, quando a família solitária está na estepe, toda em silêncio, à espera do ataque dos índios e da morte; e do tempo denso de *Rio Bravo*, onde a trombeta dos mortos é tocada uma noite inteira para os sitiados e, no final, é como se tivesse se passado não apenas esta noite, mas um ano épico, uma densa eternidade épica."

"O que você tem que narrar aqui não é tanto a Longa Duração, mas sim o Tempo-Mor, e isso inviabiliza, simplesmente não permite que o futuro pareça algo impossível, como é o caso do arquivista-da-Zona." — O autor: "Aceite a minha gratidão pelo ensinamento. Mas em toda esta vida que passei escrevendo, será que nunca fiz nada ou pelo menos não tentei fazer alguma coisa para elaborar esse tempo maior e diverso, para torná-lo viável nesta e naquela, numa e noutra, em mais alguma longa história?" — A mulher da cidade do porto fluvial: "Por que você acha que eu encarreguei justamente você deste livro? Idiota." — O autor: "Mas por que um homem então? Não seria mais adequado e condizente com a época ter uma mulher como narradora desta sua aventura?" — Ela: "Narrar é narrar é narrar, não importa se quem esteja narrando é homem ou mulher. Ao começar a narrar, você deixa de ser homem ou mulher, tornando-se apenas narrador, ou melhor, corporificando meramente a narrativa. E a propósito: seja mais econômico com os seus 'digamos' ou 'por assim dizer'." — O autor: "E também não faz diferença se a pessoa sobre a qual se estiver narrando seja homem ou mulher?"

A mulher do porto fluvial: "Não, não, não é nada disso. Nosso livro tem que contar a minha história, a história de uma mulher, de uma mulher como nunca." — O autor: "Até que ponto, por exemplo?" — Ela, olhando ao longo da linha do ombro, para o horizonte lateral ao longe: "É para você contar uma história longa, muito longa, talvez a mais longa de todas as suas até agora. Tem que ser sobre mim, sobre uma mulher e, já que é assim, que também seja uma história longa longa longa — diferente de um romance feminino ou de uma crônica da corte. Se for para condizer com a época, então que seja assim. E como seria de se esperar de um livro, ou não?, a minha, a nossa história terá que contrariar a época, entretanto, contorná-la, ultrapassá-la, miná-la, ou não? E, além disso, seja mais econômico com seu 'por exemplo': é óbvio que cada detalhe no nosso livro soa como exemplo, ou não é?" — O autor: "Uma história tão extensa quanto ...*E o vento levou*? Uma história a respeito de uma mulher de finanças, na qual a imagem do dinheiro se sobrepõe à imagem da mulher de maneira incômoda e até destrutiva?" — A da cidade do porto fluvial: "Por mim, tão extensa quanto ou quase tanto ou a metade de ...*E o vento levou* — isso já seria alguma coisa —, no mais, porém, sem qualquer comparação. Ou será que sim?"

E ela continuou a olhar sobre o ombro e, após se deter por um bom tempo, disse: "E além do mais, não tenho mais nada a ver com qualquer negócio financeiro. Já deixei de ser, por assim dizer, rainha de banco. Mudei de profissão." — O autor: "Desde quando?"— Ela: "Desde ontem à noite. Há uma eternidade. Desde que atravessei a Sierra de Gredos. Desde a noite, a madrugada e a manhã que passei em Nuevo Bazar." E ao longo da linha do ombro, que começava a girar devagar, ela olhou para o horizonte em recuo ao longe, e caiu num silêncio prolongado e aprofundado a cada respiro, emendando, por fim, em um pulsar que acabou envolvendo o autor.

Naquela ocasião, ela se moveu por Nuevo Bazar como que em diagonal, numa via transversal. E as imagens com que se deparou, mesmo ao desviar dos "trilhos" prescritos (termo usado pelo arquivista da Zona), eram as imagens já onipresentes de consumo, eventos, acontecimentos e outras atrações à vista (e em N. B. quase que só havia esse tipo de vista), impedindo o advento ou o impulso das outras imagens, aquelas que representavam e refrescavam o mundo — tanto para ela como para todos os seres humanos, disso ela estava convencida — e que deveriam ser o principal em seu livro.

Mas não faz mal. Em primeiro lugar, sua própria experiência dizia que aquelas imagens-mundo, fosse aqui em Nuevo Bazar ou lá em casa, na cidade do porto fluvial, se ausentavam à noite. Pertenciam à manhã; faziam parte da manhã; suscitavam e incitavam um amanhecer extra durante a manhã.

E além do mais, ela continuava confiando no sono e no reconforto que o sono prometia. E não se deixava incomodar pelo fato de que a vista do povoado ao fundo, através dos poucos intervalos, na verdade meras frestas, beirasse uma imagem do desespero, da perdição ou do mais puro absurdo; isso a mantinha ainda mais desperta. Do início ao fim da Diagonal, tanto à direita como à esquerda, nenhum edifício que não tivesse uma vitrine no térreo. Em geral, vitrines que ocupavam toda a rés-do-chão, muitas vezes, a fachada inteira, desde o nível da rua até o último andar, quarto, quinto, sexto. Muitas das fachadas sem porta de entrada; aqueles espaços, portanto, meras vitrines de cima a baixo? Ao lado, lojas quase idênticas, igualmente bem iluminadas, mercadorias dispostas do mesmo jeito, só que com portas automáticas para entrar e comprar, abertas até esta hora da noite, com vendedores assim plásticos sob a luz, tão imóveis quanto os solitários manequins das lojas vizinhas. A cada vitrine, do chão até a cobertura, um único artigo exposto, em série, em massa, uma vitrine com mil casacos de pele seguida de outra com a mesma quantidade de malas e da seguinte com dez mil relógios de parede e assim por diante.

Impressão de estar se movendo entre dois trens cujos compartimentos parecem ser de vidro e ter vários andares, ou será que não são os trens que estão se movendo?; uma impressão reforçada ainda mais pela música que — desde aquele vagão com seiscentas e treze cadeiras de jardim penduradas rentes, passando pelo outro com três mil e quatrocentas bicicletas encavaladas simetricamente até o teto, até o próximo com trinta mil garrafas de vinho — permanecia sempre a mesma, de vagão para vagão.

E os intervalos e os panos de fundo neste corte transversal: o que terá sido feito deles? Continuam existindo, mesmo que não seja exatamente no sentido estrito da palavra. Apesar da iluminação tão ofuscante como a dos demais depósitos, prédios de vitrines, anexos, um dos estabelecimentos está totalmente vazio, com as paredes brancas, sem prateleiras; em parte alguma um cabide ou caixote, nem sequer uma tachinha, não porque o espaço tenha acabado de ser evacuado ou esteja à espera de uma nova remessa de mercadorias, não porque tenha sido construído recentemente e ainda vá ficar vazio até o dia seguinte ou a próxima semana: está vazio faz tempo e ficará assim a longo prazo, esse vazio todo funcionando ou pelo menos prestes a funcionar, como as demais lojas da Diagonal, sem placa, sem inscrição de firma, sem número de casa.

Afinal, lá está a porta de vidro automática de sempre, abrindo-se por si só e convidando quem quer que seja a entrar, até quem estiver passando a distância; e ali no fundo (sim, fundo) há alguém sentado sozinho numa cadeira, o gerente, é claro, vestido de terno, colete e gravata, numa mesa pequena, baixa e estreita demais, mas toda lustrada, sobre a qual repousam suas duas mãos, os dedos estendidos e esticados, manicurados com unhas redondas como só mesmo as de um negociante ou comerciante, em postura ereta, de olho na porta, ao contrário dos vendedores dos compartimentos vizinhos (sempre em grupo, conversando entre si, alguns aparentemente ausentes), ele, a presença de espírito em pessoa, mesmo sem a sombra de um único artigo à venda, sem catálogo, sem computador, sem telefone, sem lápis nem papel, sem palito de dente, sem berimbau-de-boca, sem cinturão de balas.

Um outro tipo de intervalo ou pano de fundo surge quando os magazines da Diagonal de Nuevo Bazar, normalmente construídos um ao lado do outro, são entremeados por uma brecha — não por uma passagem, pois para tal não há espaço suficiente. Num destes nichos, bastante raros, os olhos batem em carrinhos de compras de aço largados ali, como em outros lugares, empurrados para fora, derrubados em desordem, e carrinhos de bebê também tombados, como que desorbitados, um monte de armações e suportes enferrujados, há muito tempo sem forro, tudo empilhado com as rodas para cima, como se esses veículos, assim como aqueles baús de empurrar mercadorias, só tivessem sido emprestados (e abandonados ou largados naquela área após o uso).

E uma outra imagem de fundo vinha dos recorrentes cartazes colados em toda vitrine, com fotos ou retratos falados de crianças e adolescentes desaparecidos na Zona — havia dezenas —, além de dezenas e mais dezenas de terroristas procurados: e como as fotos das crianças, em geral desaparecidas há muito tempo, tinham sido retocadas para elas parecerem mais velhas, facilitando assim um possível reconhecimento, e como dos facínoras procurados há muito tempo só existiam, por sua vez, retratos de juventude, os cartazes, do mesmo formato e estrutura, assemelhavam-se a ponto de se confundirem.

Um outro pano de fundo se forma em conjunto com outras imagens dominantes e destacadas, imagens que causam repulsa ou afugentam o olhar de imediato, como se fosse um singular arco de corda lançando uma flecha: por exemplo (mais um "exemplo"), lá no alto, no sexto e último piso, na cobertura de um magazine de livros, cujos andares, todos eles, até lá em cima, ostentam pilhas do mesmo título, em forma de templo, de pirâmide, de palafita, do primeiro ao sexto piso, milhões de exemplares da mesma grossura, com capas da mesma cor, encadernações idênticas: no entanto, sob o teto, pendurado numa rede de pescador usada como decoração ou malha de proteção, com as páginas para baixo, destoava um livro de grossura diferente de todos os outros, visivelmente usado, sem capa, de modo que — tendo-se um bom binóculo em mãos, e não é que se tinha mesmo — dava para focar de perto o livro e cada uma de suas linhas, assim como certas figuras lá longe, na cornija de uma torre medieval, impossíveis de serem vistas a olho nu por um observador de lá do chão, e também dava para decifrar: "Num lugar da Mancha, cujo nome não quero lembrar, não faz muito tempo que vivia..."

Apesar da noite de inverno e do frio de gelar, apesar de esta esfera do povoado, aquecida por bateladas de radiadores, estar sendo varrida por um vento ainda mais cortante no momento, ninguém na multidão expirava nuvens de vapor: até aparecer de súbito, literalmente, uma e outra bruma diante do rosto das pessoas e, por fim, um dos passantes noturnos inteiramente envolvido por um denso nevoeiro branco, como se tivesse acabado de sair de um frigorífico? ou vindo de lá de fora, da gélida e sombria estepe da meseta?

E o único carro de camponeses na via diagonal agora, uma caminhonete com sacos de batatas e frutas, veículo e carga igualmente cobertos por uma fina camada de neve, — que radiador, coisa nenhuma — a neve ainda congelada, reproduzindo o vento pela savana afora, sulcada, canelada, acumulada em montículos, como se fossem dunas.

E o único pedestre surpreendentemente semelhante e ao mesmo tempo destoante dos outros, tão uniformes, mais cambaleava que caminhava, não por estar bêbado, mas pelo desespero definitivo que cruzava seus olhos, entrecortados por riscos e rasgos de lâminas, sacando duas facas agora, uma em cada mão, não, sem tê-las sacado ainda, sem desembainhá-las, e por que não? por que ainda não? quando viria a sacá-las? o que será que o detinha? e como conseguia colocar um pé na frente do outro, dava um jeito de ficar em pé e evitar encontrões?: que ocorrência insólita ele ter conseguido chegar daqui até ali com vida, passar de uma sarjeta para a outra, sem que lamúrias e queixas miseráveis escorressem de seus lábios feito saliva viscosa e do nariz feito ranho, sem que soassem de dentro do tórax como um brado (confundido por outros passantes com o bramido de um distante motor de Fórmula 1 em disparada, acelerando na reta final), sem que se dilacerasse no meio do caminho? Quando e onde será que esse desespero despedaçaria, enfim, esse cidadão de Nuevo Bazar? com uma violência tal, tão terrível, que deveria dilacerar todos os outros cidadãos e vizinhos?

E o fato de aquela massa humana da Diagonal, cada vez mais parca e escassa, estar andando em fila, numa linha invisível predefinida, mesmo longe de formar um desfile, provinha da insegurança e do medo: manter-se, na medida do possível, ao resguardo do vento e sob a sombra de quem estivesse adiante! encoberto o quanto desse pelo da frente ou pelo de trás; com os olhos cravados no chão, para depois poder alegar, com a consciência tranquila, não ter visto nada das explosões, das chamas, das aglomerações sangrentas; e também fechar os ouvidos ao barulho dos bombardeiros lá em cima, acima daquela cúpula de luz artificial quase diurna, irradiando calor em plena meia-noite; além disso, todos falando alto, no volume máximo, sozinhos? por telefone via satélite?; cada um na fila, um-atrás-do-outro, emitindo sons com a boca arreganhada, nem catalão, nem asturiano, nem navarro: uma nova língua, sem adjetivos e muito menos verbos, apenas mais e mais substantivos; e estes, exclusivamente em abreviaturas, MZ para *manzana*, maçã, SDD para *soledad*, solidão, DS para *dolores*, dores, MC para *merced*, mercê, GRR para *guerra*, CBL para *caballo*, cavalo, SRR para *Sierra*, CHN para *chesnia*, anseio, e assim por diante; quase exclusivamente consoantes; vogal, uma verdadeira exceção, um alívio; e toda abreviatura ou mutilação, uma atrás da outra, em velocidade alucinante, saída da goela de um jeito arrastado, desenfreado e ao mesmo tempo polido, como se aquela língua não fosse falada por nativos, espanhóis ou românicos de pronúncia claramente escandida; como se não fosse língua nenhuma, apenas uma intonação; derivada, além do mais, de um idioma totalmente distinto, de um povo de outra língua; cujos excessos e atrevimentos de peito inchado se excediam ainda mais na fala e no falar-em-abreviaturas-e-consoantes, como se essa fanfarronice fosse para afugentar o medo noturno, um atrás do outro em fuga esparsa, para assegurar maior cobertura e proteção.

E nem todo edifício da Diagonal era armazém ou depósito; volta e meia havia pelo menos alguns andares habitados, sobretudo no subsolo, com claraboia no alto da parede dando para a rua; e num intervalo de algumas dezenas de passos, soava de cada um desses semiporões um tipo de música diferente, num moto-contínuo de faixas que se repetia ao longo de toda a Diagonal, sempre um tamborilado solitário; esse também, o mesmo de porão para porão, o mesmo ritmo, o mesmo volume; a pele do tambor sempre afinada no mesmo tom, como se fosse tocada pelo mesmo jovem órfão — os pais passeando, em férias ou desaparecidos para todo o sempre; todos os jovens, inclusive não poucas meninas, socando seus instrumentos de um jeito uniforme e monótono, com o punho ou com baquetas, até o diabo ou sabe-se-lá-quem dizer basta.

E de uma feita, por um instante, sem sequer um compasso de duração, um terceiro tipo de música: interferindo de súbito, e logo a seguir inaudível; pairando de uma direção indefinível, o instrumento também incerto, violão? alaúde, talvez? gusla? berimbau-de-boca? ou quem sabe uma mera voz? ou, isso mesmo! voz de canto e de instrumento se juntando, entremeando e amalgamando no ar durante este compasso, antes de emudecer: instante único, portanto, naquela noite na Diagonal, pois, em vez da falta de perspectiva e da indignação cega, o que se esboçava contra esses parcos fundos era a reserva do tempo-mor, mesmo que só para os ouvidos? justo para ouvir! urgente em seu tornar-se audível; dois, três tons vindos de longe, e ao mesmo tempo logo ali, de cortar o coração, como se fosse estilete ou escalpelo, um corte bem fundo; o mais fundo possível, sem ser mortal, contudo.

Finalmente ela virou a esquina, de lado, à parte. O quê?!, em Nuevo Bazar, onde qualquer lugar representava o centro, algo à parte? Sim, ao longo de toda sua vida, toda vez que não achava saída do centro dos lugares e ficava presa ali dentro, cercada de primeiros planos, planos de imagem e outros estímulos, costumava se jogar direto contra o centro; em vez de despistar para escapar, lançava-se frontalmente contra o centro dos centros; como na rua de um bazar (não apenas oriental), com gente de todos os lados (não apenas o cochicho de vozes orientais), era possível encontrar sossego e refúgio, dirigindo-se de surpresa até os perturbadores da ordem (não apenas orientais) e se sentando bem no meio deles, como um igual — e será que não era mesmo?

E foi assim que a minha, a nossa aventureira deu uma guinada repentina, ou seja, marchou direto para uma construção em forma de tenda da mesma altura das outras, um local que, segundo o letreiro luminoso, devia se chamar LSC ou Lone Star Café, e se sentou numa mesinha que parecia estar à sua espera bem no meio da tenda. Mas por que não voltou para a *venta*, onde havia um beliche à sua espera, bem assim ou de um jeito bem diferente? — Primeiro, ela tinha esquecido o caminho até o albergue e, depois, estava fora de questão se render a esse tipo de centralidade onipresente, adversa a qualquer outro senso de tempo e espaço. Havia uma aventura a ser enfrentada. Até aqui, na esfera adversa, deveria haver algo a se narrar. Mas será que o que aconteceu a seguir no Lone Star Café faz sentido no nosso livro? "Faz sim." (Ela para o autor.)

À meia-noite, naquele acampamento no centro do centro de Nuevo Bazar, ela se deparou com um rosto conhecido, enfim, o primeiro depois de muito tempo (apesar de ter estado com o negociante arruinado e com o cozinheiro naquele mesmo dia?).

Era como se todo mundo que ainda não tivesse encontrado o caminho de casa, habitantes e visitantes, estivesse reunido no café da estrela solitária. Um verdadeiro aperto nas mil mesas de vidro; até para quem estava sentado era um aperto. Por não se estar em casa, seja lá onde isso fosse, havia que se marcar presença e guardar lugar nessa tenda de vidro, assim como os balcões, as mesas e cadeiras.

E nesse empurra-empurra (assim que vagava um banquinho, era como a hora de acotovelamento no metrô), viu-se de súbito, numa mesa distante, o rosto de uma mulher que era quase sua amiga — "quase"; pois ela não tinha amigas mulheres; e a história com a sua filha desaparecida tratava de uma outra coisa.

A outra era do mesmo ramo que ela, mas menos visada, apesar de ambas terem posições semelhantes. Sempre se cruzavam em encontros mundiais de finanças, inicialmente ainda sem e agora sem mais nenhuma proteção policial, e foi assim que acabaram se aproximando. Por quê? Porque as duas tinham estudado economia (à medida que ainda dava para ensinar a aprender uma coisa dessas)? — Não. Mais rivais do que eram, impossível, e como economistas, sobretudo economistas mulheres, tinham que fazer das tripas coração. A única coisa que dava para esperar dos outros, e sobretudo das outras, era uma rasteira. E por que isso? Porque as duas tinham ido parar meio por acaso no mundo financeiro e bancário, porque as coisas simplesmente tinham "acontecido" e porque ambas, fora do escritório e do horário de trabalho, esqueciam suas atividades de imediato, num piscar de olhos, num virar de chave: não apenas silenciavam instantaneamente sobre o mercado financeiro e o poder do dinheiro, de fato nem se lembravam mais de que isso existia, abrindo-se para uma vida completamente diferente?

Quase todos os nossos feras em finanças — isso foi o que constatou uma pesquisa de opinião mais ou menos minuciosa feita pelo autor — chegaram a essa profissão sem qualquer plano ou propósito; durante sua formação, se tinham algo em mente, com certeza não era "isso aí"; e, já no exercício da profissão, mal saíam de seus templos, transformavam-se numa fração de segundo em alpinistas, remadores de caiaque, jardineiros, amantes, atividades que exerciam sem qualquer segunda intenção (pesquisa do autor).

Porque os antepassados de ambas não tinham nada a ver com o atual negócio de suas descendentes, porque as duas eram de famílias do interior, muito embora de países diferentes, por terem nascido e crescido numa época de transição em que pelo menos nos vilarejos as matérias-primas e a troca marcavam a vida de modo mais decisivo que o prezado dinheiro, porque lá nas vilas "dinheiro" não se afinava nem rimava automaticamente com "banco"? Porque ambas tinham perdido os pais cedo? Porque as duas, apesar de não terem nenhuma outra semelhança, fosse no porte ou nos traços, quando chegava o momento certo, irradiavam uma beleza de uma graça semelhante?: uma beleza gêmea, de uma espécie rara de gêmeos, que só se deixam confundir por um instante, mas em compensação: e como!; uma beleza interiorana que tinha uma consciência serena de si mesma, sem querer contudo aparecer ou se exibir, capaz de passar despercebida no momento seguinte, ou de se transformar em insignificância, sim, em feiura simplória, até mesmo tosca, não, parva mesmo — porque ambas, cada uma à sua moda, eram de uma beleza ímpar, "antiquada", não, "atemporal", não, uma beleza de outros tempos — o que não significava que essas duas mulheres estivessem fora da atualidade; não a influenciassem; não tivessem poder?

Porque aquela outra, antes de ter ido parar nesse setor por acaso, tinha sido uma espécie de estrela no início da juventude, assim como esta aqui, durante um ano ou coisa que o valha, esta aqui no papel principal de seu único filme e aquela lá por causa de uma música, uma balada lenta, interrompida bem no meio por gritos repentinos de socorro e fúria, e retomada só no final: uma música que ainda era bastante tocada hoje, pelo menos no país dela (alguns trechos usados como propaganda turística), e, ao contrário do papel desempenhado por sua atual "colega", fora sucedida por outras canções provocantes, cantadas do mesmo jeito, no mesmo ritmo e com uma linha melódica quase igual?

Ou será que o que tinha contribuído para esta indefinida atração mútua não fora, muito pelo contrário, o fato de esta aqui, nossa heroína, ter visto tantas vezes as pessoas se tornando inimigas dela de uma hora para outra, bloqueando seu caminho sem qualquer razão aparente: conhecidos que até então tinham sido a atenção em pessoa ou pelo menos haviam revelado um respeito nada fingido, mostrando as garras quando menos se esperava, ou desconhecidos, difamando-a sem mais nem menos, uma vez e outra e mais outra, tanto homens como mulheres, como se ela fosse a única culpada de sua desgraça pessoal e da desgraça geral — enquanto aquela ali, sua gêmea temporária, era precedida pela fama de nunca ter tido inimigo nenhum: sendo inclusive incapaz de fazer caretas ou pronunciar qualquer palavra rude; incapaz de elevar o tom de voz, muito menos de sair gritando como o fizera naquela música de sucesso (de fato — esta sua quase-amiga aqui confessou depois ao autor — "nunca ouvi ninguém com uma voz tão suave: parecia vir do coração e permanecia assim, sem nenhuma variação, no trabalho e fora, sem qualquer discrepância entre os negócios e a voz")?

E agora, à meia-noite no Lone Star Café, ela viu sua quase-amiga fazer uma careta e logo a seguir mais uma. A outra, a ex-cantora, não estava sozinha na mesa. À sua frente estava sentado aquele que — segundo constava — tinha sido seu amor de juventude e, após ter se tornado seu marido, continuara sendo seu amor de juventude e algo a mais, pelo menos até aquele momento. Se ela, a testemunha, tivesse que nomear um dos casais contemporâneos em que realmente acreditava, só lhe teriam ocorrido esses dois. E mais do que isso: uma vez que se podia, não, devia-se acreditar nesse casal, bem que se podia começar a crer numa terceira coisa, para além desses dois em particular e de seu caso específico.

Até aquela hora da madrugada em Nuevo Bazar, ela tinha imaginado que a história de amor dos dois devia ser pré-narrada pelo autor em seu livro, mesmo que só de passagem, como prelúdio e sobretudo em contraste com sua própria história, "de perder a cabeça e arrepiar os cabelos" (ela): mesmo na ausência, um continuava tão presente para o outro que, ao se reencontrarem depois, em carne e osso, depois do tempo que fosse, até mesmo após um mês, um ano, retomavam sem problema a conversa interrompida sabe-se-lá-quando, com o mesmo tom de antes, mais amável impossível, e regularmente com um "E..." ("... e como gritam os corvos...", "... e o prato ainda está quente...", "... e então dá para você limpar os meus óculos...", "... e no dia de Pentecostes, enquanto você comia os primeiros morangos da palma da minha mão..."); sentados um de frente para o outro, começavam a falar após um longo silêncio, sem qualquer transição, novamente no mais amável dos tons, retomando na metade o diálogo mantido em silêncio até então ("justamente como você estava dizendo...", "também acho...", "e onde você esteve depois?", "eu também!", "eu também, desde o dia em que você embarcou naquele ônibus a caminho do internato e eu fiquei para trás ali na parada, à beira da estrada!").

Aliás, a vida inteira de ambos não passara de um colóquio ininterrupto, travado até durante as tréguas-de-abrir-a-boca, muitas vezes dias a fio, bem como em ausências mais duradouras forçadas pela profissão; lucubrado até durante o sono, com sonho ou sem, e por assim dizer — não, não "por assim dizer" — genuinamente selado pela união de seus sexos, intensificado ao máximo na mais absoluta ausência de sons, tão carnal como refletido, gravando-se na memória, por assim dizer, com ímpeto atávico — não, sem "por assim dizer", com "ímpeto atávico mesmo" — e absolutamente independente do tempo, como sua conversa, digamos, eterna — não, sem "digamos". (Como é que a testemunha ficou sabendo disso? Será que quem deixou escapar uma coisa dessas não foi o autor — não o autêntico, legítimo, reconhecido, mas um desses autores falsários que raramente perdem a chance de se meter na nossa história?)

É verdade: a conversa do casal se passava acima do tempo, alheia à sequência temporal de presente, passado e futuro: com seus diálogos no passado e no futuro, ambos se faziam reciprocamente presentes, de cabo a rabo; o tempo não passava para os dois e, portanto, não havia começo nem fim, não havia "era uma vez" nem "vai chegar a hora", apenas "você é" e "eu tenho" ou vice-versa; como crianças que, ao ouvirem dizer que vão tomar banho de mar no verão, apontam para a janela e dizem: "Mas está nevando!", ou então, quando um adulto diz já ter sido criança alguma vez, nem conseguem rir direito de um disparate tão notório.

E agora, à meia-noite, a testemunha viu sua quase-amiga fazer umas caretas para seu marido, abrir a boca e dizer — ela leu seus lábios a distância: "E eu odeio você. Sempre o odiei. E o odiarei até depois de sua morte." E dito isso, virou-lhe a cara e levantou os olhos para uma das televisões que estavam ligadas em todo o café, cada uma num canal diferente. Na tela que ela estava olhando, uma tropa de soldados acabava de atacar uma posição inimiga, metralhando tudo o que passava diante de suas armas, inclusive cães, galinhas e, com prazer especial, porcos. E assim a ex-cantora de baladas se levantou, puxou uma faca, não muito longa, e transpassou seu marido e amante de anos bem no coração. Ele nem chegou a fechar os olhos, nem tombou para o lado, ficou assim sentado como estava, primeiro de olhos bem abertos e depois semicerrados.

E por que esse assassinato? Afinal, nos livros de hoje nada se passa sem motivo? não se deixa passar nada sem explicação? — Uma causa possível é mencionada nas descrições do historiador da Zona. Ele comenta que a Zona geraria certos estados e os levaria a se manifestar, tornar-se-ação, estados em que as pessoas jamais teriam se encontrado antes, nem secreta nem inconscientemente. Os recém-chegados, sobretudo, seriam os mais sensíveis a isso, fazendo os outros, por sua vez, senti-lo de forma ainda mais extrema; e entre os novos, sobretudo aqueles que seriam a mansidão em pessoa e nunca na vida tinham feito mal a uma mosca.

Ele achava que devia ilustrar com o exemplo dos touros — como se isso fizesse jus à palavra "manso" —, que, mal chegavam da ampla estepe da meseta ao domínio da Zona, disparavam contra qualquer coisa que se mexesse, como se fosse uma tourada. Até as ovelhas — mais ou menos "mansas", de fato — atropelavam crianças e até adultos na Zona, e os pardais, em voo rasante, escoriavam a testa dos passantes, tirando-lhes sangue. Em Nuevo Bazar, reacendia um tipo de ódio, asco, furor hereditário contra tudo e todos, mais violento contra coisas conhecidas que desconhecidas, sem nenhuma transmissão hereditária, sem mais nem menos, do íntimo, a ponto de ter que extravasar em violência; e tudo contra o próximo, de forma ainda mais nua e crua contra quem se amasse intimamente: a Zona, pelo menos na fase de início ou de transição, ameaçava matar o amor e a convivência em casal. Em Nuevo Bazar estava-se a dois mil anos-luz de distância de casa e do amor.

Após fazer essas colocações e insinuações, sem dar esclarecimento algum, o historiador acabou fornecendo uma justificativa, uma única, propositalmente nada convincente: um motivo pelo qual a ausência de violência muitas vezes se transformava em violência mortal na Zona era a luz artificial, de uma claridade diurna. "A razão de tanto assassinato e homicídio é a luz." No entanto, ele não se pronunciara sobre detalhes dessa luz e sobre o que haveria de tão especial nela a ponto de ter esse efeito. Só acrescentou: "Lá pela meia-noite, a luz da Zona costuma se tornar excessiva de repente, sobretudo para quem não está habituado."

O que fazia sentido nisso tudo, segundo a minha heroína: a luz artificial em torno da tenda de vidro do Lone Star Café parecia ser realmente alguns tons mais ofuscante, e também mais corpórea que no resto de Nuevo Bazar. Além disso, tinha uma cor diferente da normal, daquele amarelo-cinza enevoado; era de um violeta pálido, parecido com a luz de uma geleira reluzindo após o pôr do sol, uma luz na qual os corpos das coisas, dos carros estacionados lá fora (não havia outra coisa além disso) e das pessoas (só quem ainda estava sentado lá dentro, passante mesmo, nenhum) adquiriam contornos ainda mais nítidos, sim, arestas nítidas, parecendo planos de corte.

A meia-noite nos arredores do café, aclarada por uma luz de ambulância ou de viatura policial? Talvez: se esses sinais tivessem parado de piscar e passassem a iluminar o espaço com uma luz fixa. Mas esse também não era o caso, pois a impressão de que era dia não passava de ilusão: era um dia que deveria ser noite faz tempo e que não queria porque não queria virar noite, "nem que matasse".

E foi nessa luz que a testemunha viu sua quase-amiga sair apunhalando, não mais seu marido e bem-querer, morto há muito, mas sim os demais presentes sentados nas mesas vizinhas, às cegas, com gritos semelhantes àqueles soltados no meio de sua balada de sucesso (ou será que eu só fantasiei isso? Ela não saíra apunhalando muda?): tentativa de homicídio coletivo de uma mulher; como se ela estivesse substituindo em cena o homem cambaleante visto há pouco na rua diagonal — imediatamente dominada por alguns policiais, ou membros de uma patrulha militar?, à paisana, dos quais a tenda de vidro estava apinhada, como se podia perceber agora.

Hora de a mulher que está em pé ali, algemada, ser deportada (em transmissão ao vivo para quase todos os telemonitores): uma beleza mansa, como que transfigurada. Junto a ela — no lugar de seu marido, igualmente deportado (muito embora de outra forma, mais rápido) —, a fuligem sendo polvilhada. E só agora dá para ver: ela está vestida como viajante de um século passado há muito, numa carruagem, em direção a um dos reis da época, Carlos V, Felipe II, com um comboio de dinheiro; ela, a doadora, da mesma estirpe dos reis. E os outros presentes também não estão fantasiados? Uma festa à fantasia em plena meia-noite no Lone Star Café no centro de Nuevo Bazar na meseta? Uma ocorrência ou encenação, a ser contada previamente, a ser narrada de antemão, como ela o queria para seu livro?

Televisores desligados. Música desligada. Luz apagada, não só no estabelecimento, mas em todo o povoado. Fim do dia artificial: breu à pós-meia-noite; depois, a luz noturna penetrando aos poucos, o céu noturno se arqueando. Todos se foram, inclusive ela. E assim de madrugada, fácil de encontrar o caminho de volta para o albergue. Com os radiadores que saturavam o ar de Nuevo Bazar agora desligados, o frio do inverno da estepe afluindo de todos os pontos cardeais. Um murmúrio no ouvido, como se as copas das árvores estivessem se movendo lá no alto, no breu, em plena aridez. Retorno do paladar, gosto de aragem e de vento gelado.

De um minuto para o outro, passante nenhum, quase uma regra neste sul europeu (embora a região não tivesse nada de sul). Só um idiota, de idade espantosa, a propósito, beirando a ancianidade, com lábio leporino, fazendo sua costumeira patrulha noturna de lanterna, iluminando primeiro ela e depois a si próprio e tirando o gorro ao passar: "*Buenas noches, señora andante! Buenas noches, señora de mi alma!*"

14

Já no albergue, ela com uma lanterninha mínima, presa à chave do portão, iluminando o caminho até o beliche lá em cima, na galeria do pátio interno. As cortinas de todos os compartimentos fechadas e enganchadas por dentro. Se ainda houvesse luz em algum deles, não vazava para fora.

Em intervalos maiores, vindos dos mais distantes cantos do pátio, múltiplos sons e ruídos; mas quase nunca os habituais, mais ou menos uniformes, de pessoas dormindo; ora vozes quase inaudíveis, ora mais nítidas, geralmente emudecidas brusca e abruptamente, como se reagissem entre si, como se uma fosse involuntariamente conduzida pela outra, em meio ao intenso silêncio que se estendia por todo o albergue de cima a baixo; um silêncio tão corpóreo, que só podia mesmo ser irradiado pelo sono profundo de uma massa heterogênea de pessoas; pessoas não pertencentes a este lugar, chegadas aqui através de caminhos penosos e perigosos, mas em segurança agora, no beliche, pelo menos por esta noite, virando de um lado para o outro durante horas, até pegar no sono; e depois, de compartimento em compartimento; entre cem, digamos, sempre um precursor a adormecer, um logo após o outro, arrastando os demais para o sono profundo já generalizado; como se esse aí tivesse sido arrastado ainda há pouco, com a chegada dela, a última hóspede que ainda estava faltando no hotel.

Sim, só em número completo é que esse punhado de pessoas perdidas e dispersas em busca de asilo, unidas somente pela inquietude, podia se dar ao luxo de se entregar a esse sossego (perceptível, embora episódico). Grande expiração de um lado para o outro em toda a *venta*, ora um lamento tranquilo, ora aquele suspiro soltado apenas no instante de adormecer; aqui uma risada, gargalhada até, libertada da opressão de dias a fio, uma risada que nem ele nem ela jamais dariam com tanto gosto se estivessem acordados; mais adiante um grito repentino, tão breve que dava para desconfiar dos próprios ouvidos e tomá-lo por ilusão, mas, por outro lado, tão marcante que ficaria na memória mesmo depois de dez anos e levaria a pessoa a se perguntar se não havia sido um grito de morte — estridente, interrompido no meio, de súbito: não é possível que tenha sido um grito de prazer ou, pelo menos, não apenas? Ou: grito de prazer contido por muito tempo, do fundo do poço, e ao mesmo tempo grito de morte? E assim ela foi chegando ao seu compartimento — balançando a chave de quando em quando, da escada até a galeria, como se quisesse proporcionar com esse ruído um descanso extra aos que haviam se apaziguado com tanto esforço.

O compartimento, com a cortina cerrada. Mas não estava vazio. À luz do lustre de parede havia uma menina sentada de camisola, bela e um tanto séria, jogando xadrez consigo mesma. Ergueu o olhar brevemente e disse: "Cedo demais —", e fechou a cortina à sua frente. As peças de xadrez eram transparentes, de puro cristal de rocha, suas formas ao mesmo tempo imponentes, quase toscas, como as que os califas e sobretudo o rei Almanzor, na Andaluzia, costumavam levar como passatempo para suas campanhas contra a cristandade.

O compartimento dela era o do lado (equívoco dela). Foi aqui que ela se sentou, então, como a menina ao lado, de costas para a parede de nogueira tão delgada quanto sólida. "O destino de quem pertence à nossa corporação é velar e não dormir." Recordar-se de quem teria que constar da sua história. Mas para isso teria que ler algo antes. Mergulhar na brochura árabe de sua filha distante. "Hora de ler!" Ao abrir o livro, um som de lábios se abrindo, baixinho e bem suave.

Ela repetia palavras soltas e frases à meia-voz. A escrita árabe lhe remetia aos rastros de animais selvagens num campo de cereais: laços, saltos, pegadas-em-círculo, e por fim, em meio ao trigal, o grande círculo de repouso. De quando em quando, ela ligava o celular e deixava recados na secretária eletrônica do escritório de seu substituto interino, lá em casa, na fortaleza do banco, na cidade do porto fluvial; fazia sugestões, dava instruções; analisava e prognosticava. De um só fôlego, recitava uma antiga sentença árabe do século V ou VI, XI ou XII da era cristã, na tradução manuscrita que sua filha tinha anotado à margem. "Distanciei-me da área pavimentada e da multidão que se aglomerava ali e me desfiz na areia." E logo a seguir tomava fôlego para murmurar, ditando para o aparelho de falar, que cabia dentro da palma da mão, expressões como "estratégia clara", "implementar novas tecnologias com agressividade", "alerta de lucro", "impulsos suplementares de rendimento", "mercados de trabalho incrustados", "manter-se na trilha de crescimento", "mercados de esperança". E num piscar de olhos, de volta para o livro, decifrando e soletrando: "Abandonei minha face ao pó e não senti nada além de afeto." E voltava a ligar o telefone escondido no pulso: "a frente de inflação certamente vai se aclarar logo mais", "dinâmica de câmbio satisfatória", "investimento bastante atraente — o que não falta é fantasia!", "na guerra 'valor *versus* crescimento', as taxas de crescimento poderão explodir durante os meses seguintes e determinados valores já poderão ser amortalhados". E prosseguindo o outro texto: "O amor me tomava de forma tal, que acabei descuidando de mim e do meu amado... no fundo do coração, eu ardia por saber qual caminho ele teria tomado nas montanhas... quando eu estava na duna do interior, diante de Fez, no ano de 532... o pássaro à beira do deserto disse que os amantes falavam uma língua da qual, no mais, só os loucos se serviam... o termo para 'lágrima' tinha a mesma raiz do verbo 'atravessar'... e o alento da misericórdia vinha do Iêmen (ou da 'direita' — Iêmen era como a palavra para 'direita')..."

E assim por diante, entre estas e outras expressões, de cá para lá e de lá para cá. Como podia uma coisa dessas? Funcionava? Funcionava sim. E com o tempo, o que ela ditava foi se aproximando do que lia à meia-voz, como se todas as fórmulas bancárias e os clichês da bolsa fossem se tornando parte daqueles remotos contos do deserto de areia. "O potencial de crescimento dos antigos valores-padrão, quando desapareci no balanço do ramo de tamarisco, junto à tenda principal, antes da subida para o maciço montanhoso, onde — à sombra dos *deficits* e dos mercados mundiais — puxávamos os camelos pela argola das ventas, com toda força, noite adentro." Seu jargão, por fim, entremeado à outra linguagem, escandido em voz baixa, na mesma intonação de súplica e ao mesmo tempo com estranha ênfase, como se no dia de hoje ela o estivesse empregando provisória ou definitivamente pela última vez.

E no livro, então, uma palavra escrita em árabe, que — mesmo sem que ela pretendesse — se pronunciou, decifrou, alumiou — leu-se por si só, deu-se a ler: era a primeira palavra que ela reconhecia de relance, sem precisar observar e seguir com os olhos da direita para a esquerda. Não foi "ela" que leu, essa escrita estrangeira leu-"se" e esse "leu-se" superou, durante aquele instante-palavra, todos os "ela leu" e "eu li" anteriores. Esse ler-reconhecer vinha acompanhado de algo diferente daquela profecia do meu declínio, do declínio do déspota, pintada na parede por uma mão invisível, numa escrita indecifrável para mim, a ser interpretada por um conhecedor, por um terceiro.

E mesmo que aquela palavra tornada legível de súbito — e agora mais uma e logo outras mais — só significasse, por exemplo, "madeira", *chasch(a)b*, ou "marimbondo", *zunbur*, "mostarda", *chardal*: assim se abria uma janela, um panorama. Para a leitora agachada em seu apertado beliche, com o livro sobre os joelhos encolhidos, essa escrita adquiria uma semelhança com sinais formados de pedra ou pintados lá fora, numa paisagem monumental, na encosta de uma montanha. Só que deles não emanava nada de monumental, nada que remetesse a propaganda ou reclame. Os signos mais pareciam passar como uma pequena caravana, extremamente delicada, no mais distante horizonte, sob um céu tornado corpóreo e tangível; ao som da música inaudível que ela começava a cantar agora, em meio compasso, repetindo aquela palavra que saía dela de cor, *murranim*, cantor.

E ela puxou a cortina do compartimento, espessa feito pele, e deixou uma única fresta aberta; que bastou para deixar penetrar a brisa da pós-meia-noite e um grito vindo de uma das muitas-dezenas de compartimentos do albergue dos dispersos, um gargarejo oco do fundo de um poço profundo. No compartimento ao lado, o estalo de peças de xadrez em combate.

Não era a primeira vez que sua filha, sua menina, desaparecia. Há alguns anos, a adolescente já tinha fugido de casa uma vez; da cidade do porto fluvial; do país também. E naquela ocasião, ela já ficara sem notícias da filha. Agora, após ter colocado o livro de lado, começou a falar sozinha. (Observação do autor: que na época desta história, um número cada vez maior de pessoas, sobretudo mulheres, especialmente as mulheres mais bonitas, costumavam falar sozinhas.) Quem estivesse de fora e espreitasse essa voz não teria acreditado que a falante estivesse sozinha: devia estar sentada ou deitada com alguém; ele ou ela, alguém que estivesse de boca calada e fosse todo ouvidos, alguém a quem se dirigia essa voz feminina, apreensível em tom tão baixo quanto claro, essa voz lenta, calma, um tanto pausada, sustentada pelo silêncio noturno.

Ela falava de si, aí-ali, na terceira pessoa; quase em tom de crônica. Só de vez em quando voltava a abordar um "você", dando a ilusão de que estava acompanhada. E assim, a aventureira se fez ouvir: "Sabe, o amor dela pela filha se manifestava desde o princípio no fato de que a mãe vivia querendo salvá-la. Apenas estar presente e protegê-la não bastava. A mãe tinha que estar preparada a todo momento para prestar primeiros socorros ou bancar o serviço de resgate. E assim, na falta de um pai, a convivência das duas sempre beirava o drama. E, escute só, toda vez ela salvava a filha, mesmo que nem houvesse motivo de salvamento. Saltava para cima dela, salvando-a de um carro que já tinha virado em outra direção faz tempo. Agarrava-a na beira de um abismo que ainda estava a milhas de distância ou mal tinha dois pés de profundidade." Se isto aqui fosse um filme, sua filha seria drogada, e ela, a mãe, teria inveja da juventude. Mas isto não é um roteiro de cinema.

"E deixe-me contar: uma vez, no portão da escola, essa mãe se pegou aos socos com um homem que, na realidade, não passava do pai de uma outra menina, sequestrador coisa nenhuma. E vivia salvando a filha das más amizades, fossem meninas ou meninos. E numa outra ocasião, libertou-a com violência dos braços de um garoto ilustremente desconhecido. E por fim, num belo dia, a adolescente desapareceu, sem dizer uma palavra."

"E a mãe partiu imediatamente para buscar a filha e salvá-la, trazê-la de volta para casa, do inferno ou do país no fundo do espelho ou do fundo da lagoa encantada. Durante meses, ela saiu em busca dela, de país em país, de continente em continente, da lua nova à lua cheia à lua nova. E quando encontrou a filha, por fim, não foi em nenhum inferno, mas atrás de um espelho invisível ou de um segundo-mundo no fundo da lagoa. Para você ter uma ideia, ela se deparou com a filha desaparecida mais ou menos depois de quatro ou cinco luas, numa ilha no sul do Atlântico, você não precisa saber do nome, digamos, para além de Lanzarote. A menina estava morando numa casinha de pastor, no litoral oeste — entre aquela costa e o Brasil, apenas o mar — a diversas milhas de uma cidadezinha cujo nome eu gostaria de revelar para você desta vez: *Los Llanos, de Aridane*, não Ariadne."

"Desta vez, a mãe procedeu de maneira diferente para salvá-la. Não saiu em disparada de imediato e não interveio na situação, mas foi se aproximando de manso, engatinhando pela vegetação do rochedo em direção à casinha nos arrecifes, foi se arrastando de arbusto em arbusto. Então viu a menina de longe, de costas para ela, em pé, espichada — já não era mais adolescente — no jardim que ela mesma tinha plantado em frente à casa. A mulher contornou de manso sua filha; não queria chamá-la, não pelas costas. Desse modo, ao chegar às escarpas, teve que descer um trecho pelos penhascos, para depois subir de novo em ziguezague. E veja só: a alguns passos de sua desaparecida, atrás do último arbusto antes do Oceano Atlântico, erguia-se um daqueles espinheiros que costumam rolar ao vento, aos montes, em rodilhões soltos pelos planaltos."

"Dá para alguém me explicar por que acho que isso aconteceu num dia de Páscoa? Por causa dos panos brancos pendurados para secar ao sol em frente à casinha de pedra? Por causa do jardinzinho de um verde tão luzente em meio à paisagem pedregosa, verdecendo tudo em volta? Porque já dava para ficar descalço, por aqueles pés tão brancos diante dela (que também pareciam crescidos nesse meio-tempo)? E que isso seja dito e escrito: apesar de sua filha realmente não precisar ser salva de novo — mãe e filha ficaram contentes de se ver; e desta vez, uma exceção no relacionamento das duas, ficaram felizes ao mesmo tempo. E por terem festejado, sem nenhum ingrediente especial, daria realmente para falar de um dia de festa. E em seguida, a mulher ficou um tempo na ilha, na casa de pedra perto da cidadezinha. (Na primeira noite, foi a filha que levou a mãe para dormir, colocou-a na cama, e esta, esgotada como estava de toda a busca, levantou curada depois.) E no final, mãe e filha não abandonaram a ilha juntas; a menina retornou à cidade portuária do noroeste só um mês depois da mulher."

"Nos anos seguintes, elas novamente juntas em casa, a relação das duas se inverteu, imagine só. Agora era a filha já adulta que queria ser salva pela mãe, só por ela. E se não fosse para ser salva, pelo menos mimada o tempo todo, paparicada, interpelada, interrogada, aconselhada; não apenas sob cuidados maternos, mas posta à prova mesmo; a propósito, com o maior rigor possível; submetida ao parecer e à avaliação da mãe e, se possível, sem qualquer consideração maternal."

"A mãe, por sua vez, já não via mais naquela adulta ali uma criança, nem sequer sua própria filha, carne da sua carne e sangue do seu sangue, mas — e isso até em sonho — uma pessoa apenas aparentada; uma parente cada vez mais distante, apesar da vida a duas. Aquela fundamental falta de sincronia que sempre tinha imperado entre mãe e filha, com exceção daquele momento de reencontro na ilha do Atlântico, prosseguiu entre a mulher e a filha adulta sob um signo inverso."

"Imagine só, ela jamais teria pensado que a mulher que dividia a casa com ela, alta e bonita daquele jeito, forte e independente em tudo, pudesse estar seriamente esperando, querendo ou requerendo alguma coisa dela. E, imagine uma coisa dessas: o que quer que a outra tivesse feito ou deixado de fazer nos últimos anos, fora tudo em função da mãe, sério mesmo: O que será que minha mãe vai dizer disso? vai pensar disso? E o que será que está acontecendo com ela? Por que não está mais ao meu lado? Por que não me ajuda mais? Por que não já me salva mais? Por que não me ama mais? Por que será que a única coisa que passa pela cabeça dela é ficar me chamando para algum jogo (apesar de ela continuar não sabendo jogar)?"

"E saiba que, um certo dia, no meio de uma conversa entre as duas adultas, a filha, a menina, a mulher deixou escapar uma lamúria; como a lamúria de todas as crianças perdidas do universo: o salto entre a conversa ainda objetiva há pouco e o romper do lamento, uma espécie de inversão do que costumava acontecer quando ela era pequena, quando — tendo levado pancadas ou uma surra de outra criança — soluçava até não poder mais e então ficava calada, sem pronunciar uma sílaba sequer, nem diante da própria mãe, para logo depois, após respirar fundo, começar a falar com a voz mais tranquila do mundo, tomando a palavra e retomando o fio da meada. E dá para acreditar que essa menina abandonou a casa da mãe alguns dias depois, sumiu pela segunda vez e continua desaparecida até a noite de hoje?"

Enfim, a dor; dor, enfim! E enquanto estava agachada no compartimento noturno, levemente encolhida sob o teto baixo, ela foi carregada a céu aberto por aquela dor tão finita como infinita. E finalmente pôde se calar, abrir mão de seu monólogo: não precisava mais abrir a boca se fosse pela sua história: essa continuaria a ser contada sem o esforço dela: a história avançava com auxílio da dor, sob um céu não só aberto, mas amplo. Antes disso, apenas uma pequena pergunta à parte: "Será que o que havia acontecido entre ela e a filha tinha a ver com sua 'culpa secreta' ou, como ela mesma dizia, com seu 'delicioso segredo', culpa apenas se viesse às claras?" E a resposta era?: "Não."

E como se algo fosse tirando o peso de todos os que estavam dormindo em seus beliches até o teto do albergue e dos poucos ou muitos que estavam tendo pesadelos, aos poucos foram se calando um após o outro, aqui e ali, de cima a baixo, os suspiros oprimidos e quase-gritos de morte, inclusive tossidelas e espirros, até se instaurar, não só na *venta*, mas para além dela, o mais completo silêncio, incorpóreo, ilimitável, afluindo em cada abertura e em cada poro — transformando todos os corpos em abertura e poro —, avançando até o mais remoto refúgio dos animais noturnos, até o último buraco de traça e preenchendo-o também de silêncio; toda a região terrestre, uma terrina repleta de silêncio, um silêncio sucedido, acompanhado, impregnado de expectativa. Precedido por dois ou três ruídos finais: a luz sendo desligada no compartimento dela; no beliche ao lado, uma peça de xadrez de grande peso, o rei, caindo ou sendo tombada; e vindo de fora, por fim, um único arrulho de coruja, que, ao contrário das expectativas, não se repetiu — como assim? em meio ao povoado de Nuevo Bazar? sim —, e exatamente como se fosse soprado no oco das mãos, como — quando fora isso mesmo? — lá em casa, na cidade do porto fluvial.

Ela empurrou o cobertor. Apesar da fresta da cortina aberta para o céu de inverno, chegava a fazer calor em seu nicho. A armação de madeira da cama estreita e curta, onde seu corpo encostava em todos os lados, parecia aquecida pelo sol. E a pele se adaptava a esse acumulador solar e se distendia. Ao contrário da parca decoração do albergue, a roupa de cama era de um luxo ostensivo. Os lençóis de linho eram de uma época não só antiga, mas também rica e esplendorosa, e só ao envelhecer tinham atingido tal esplendor. "Ostensivo" não queria dizer, todavia, múltiplo, multicolor e estratiforme, mas sim, pesado. Os dois lençóis de cima, de um branco tão límpido como o de baixo, pesavam sobre ela, pesavam mais que a coberta de antes, de algodão comum, sem incomodá-la como esta, no entanto. E embora ela os tivesse esticado até o pescoço e mal restasse um palmo entre eles e seu corpo, a mulher deitada não se sentia nada oprimida sob os lençóis. Ali embaixo ela teria um sono tão leve como raramente o tivera.

E ao mesmo tempo, ela ou parte dela, não, algo que ultrapassava o que ela tinha de corriqueiro, diário, que superava aquela "ela" diurna, ficou acordado. Sob esses lençóis, tinha-se a sensação de que peso e suspensão, calor e frescor, estavam em equilíbrio; e era como se ela pudesse sentir o sabor disso. Sob lençóis assim, ela já não teria estendido a mão, certa vez, para alcançar alguém? Ou o inverso, alguém estendido a mão até ela? Dor e desejo, desejo e dor?

Fora ela mesma, de fato? Ou quem sabe uma moça da Idade Média, representada por ela antigamente, em seu primeiro e único filme? Segundo consta, naquela cena do filme, desaparecido, a propósito (será que não restara mesmo nenhuma cópia?), ela aparecia coberta até o ombro por um lençol de linho branco igual a este, primeiro de frente, de corpo inteiro, num plano médio, a câmera suspensa no alto da cama; depois num plano americano, de meio-corpo, ainda de frente, a câmera mais próxima; e por fim, novamente em plano médio, com expressão facial inalterada, mas o perfil nitidamente em foco, e uma virada-de-cara adicional no fim, até chegar àquilo que na linguagem técnica (pesquisa do autor) supostamente se denominaria "perfil perdido".

Segundo consta, naquele plano médio no final do filme, seu rosto já um tanto branco e seus ombros igualmente brancos iam se tornando mais e mais brancos, até se diluírem no branco do lençol de linho, assim do nada. E além disso, consta que essa transição para o branco-do-lençol se repetiu agora de madrugada, no compartimento do albergue, sem acompanhamento de câmera, sem abertura de diafragma, outros truques cinematográficos ou o diabo ou deus a quatro. No deserto australiano, a lufada de um vento tórrido passou por aquele arbusto ali, solitário, e chegou ao próximo, várias dunas adiante. Em Marte, desmoronou uma avalanche daquela montanha no sumo do céu, Olympus Rex? Em Nuevo Bazar, em meio à Diagonal pavimentada e plana, imergiu um espinhaço. Da barriga de uma mulher, a de uma outra? saltitavam avelãs e castanhas. (Qual dos pretendentes dela disse isso? Ou queria isso? Ou queria imaginar isso?)

Na mesma noite, seu irmão recém-libertado da prisão atravessou a última de muitas fronteiras desde a partida do país onde estivera preso, chegando assim ao seu país de opção. Estava nevando, como sempre no inverno, ou quase sempre. Nesse meio-tempo, ele já estava dirigindo um carro emprestado de alguma mulher com que tinha passado o dia, até a hora que sucedeu o anoitecer. Ela esperaria um sinal dele para vir encontrá-lo depois, num lugar a ser marcado. Não havia mulher que — o mais tardar após uma hora de convivência com seu irmão, aquele homem quase mudo, sempre oscilando entre um cansaço monumental e breves momentos de despertez — não tivesse feito tudo por ele.

Diziam até que ela, a irmã ou mulher um pouco mais velha, estimara o irmão mais que qualquer outro homem, pretendente ou aspirante, sobretudo na primeira juventude. Isso não se devia, contudo, ao fato de os dois terem ficado órfãos cedo, mas sim a uma tradição do povo eslavo-sorábio ou meio-árabe, o pequeno povo que vinha se tornando menor a cada dia, suas últimas aldeias sendo absorvidas pelas cidades alemãs circundantes, das quais ele já fazia parte faz tempo —: conforme demonstraram as investigações do autor, o amor entre irmão e irmã se manteve um traço essencial daquele povo ao longo dos séculos (vide também: Longa Duração); "a mentalidade altamente peculiar das mulheres consiste na amizade extremamente viva que nutrem para com seus irmãos; em alguns casos, os últimos parecem vir a ter um valor até maior que o marido. Seu mais sagrado juramento é em nome do irmão. E uma das fórmulas mais comuns entre elas é 'juro pela vida do meu irmão!'" (historiógrafo de um século passado). E, de fato, a cada estranho reencontro com o irmão, terrorista e inimigo da humanidade, após dois beijos no rosto, isso também fazia parte da tradição, ela o beijava de novo na testa e no ombro — ou será que sua lembrança a iludia?

Mas o irmão desprezava seu povo eslavo. (E se recusava a acreditar em quaisquer antepassados árabes.) Desprezava-o por achar que ele tinha se adaptado ao Estado maior e todo-poderoso em troca de dinheiro e posições, só para poder opinar e viver-sob-a-bandeira-de-uma-potência-mundial, e que tinha, além disso, se vendido por uma pechincha, com pele e pelos, de corpo e alma, com língua e "costumes" (?, sim!). O irmão odiava seu povo de origem por este ter se anulado, reduzindo-se a um povo sem guerra, sim, sem a mínima defesa.

E odiava-o mais ainda pelo fato de continuar se denominando "povo" assim mesmo ou permitir que o chamassem de "minoria étnica"; embora há muito tempo, na verdade, só fizesse se apresentar como grupo de folclore, sendo meramente tolerado com seus vinte ou trinta números de canto ou dança para a programação de algum evento social ou para algum vídeo ou sabe-se-lá-o-quê produzido pelo Ministério do Turismo, e por trás disso? — nada, absolutamente nada. Então ele era do tipo que, ao contrário dela, da irmã, ainda acreditava num povo ou coisa parecida? Era. E até precisava de um.

"Sem povo, estou perdido", ele lhe dissera uma vez, com lágrimas nos olhos quase (fincando uma faca na mesa). E por achar que seu povo paterno ou materno não passava de uma "falácia da propaganda política", "fora de questão para o que quer que fosse", escolheu um outro povo, "o último a merecer esse nome", segundo estava convencido; enquanto sua irmã tentava evitar tomar partido de uma coisa contra outra ou ainda torcer por um time contra outro — e isso não era de hoje, inclusive porque as poucas vezes em que tinha se mostrado adepta de uma tendência, movimento ou grupo social, esse grupo, movimento ou tendência acabara se dissolvendo ou rachando logo depois; e isso acontecera tantas vezes que, com o tempo, ela começou a remeter esses fracassos e derrocadas justamente ao fato de ela ser filiada e adepta, da mesma forma que aquele time de futebol para o qual torcera quando menina, a distância, mais por causa de um jogador ou de seu nome sonoro, acabara se afundando mais e mais.

Agora, nesta noite de neve, o irmão já atravessava seu país eleito, de janela aberta, a caminho de seu povo eleito, em guerra contra quase todos os

Estados fronteiriços, numa guerra nua (não apenas escamoteada, como a da Sierra cercana, da qual só se ouviam boatos). E entre outras coisas, seria graças a ele que seu país eleito e seu povo eleito se salvariam; sairiam vencedores; mostrariam ao mundo a quê vieram. Graças a cavaleiros itinerantes como ele, estava para despontar uma nova era, ou uma antiga, já esquecida, uma era legendária que já caíra no ridículo, mas agora passaria a vigorar como nunca. Então seu país de opção não estava perdido de vez? Derrotado, um povo definitivamente derrotado, que já renunciara a si há muito tempo e só fazia fingir que a vida continuava — justo este o sinal da derrota? E será que heróis como ele não ajudariam a lhe dar apenas o golpe mortal?

E agora, na mais alta noite, sob a neve densa, ele pegou a trilha sinuosa através das montanhas, com a qual já era familiarizado fazia tempo. Todas as passagens pelo vale estavam interditadas. Tudo apagado. Ele continuou dirigindo com faróis desligados, em ritmo de marcha, a não ser quando dava um arranque na subida. Havia uma mulher sentada ao seu lado; uma outra, não a do dia anterior. Vinha um pouco de luz das árvores carregadas de neve, o suficiente para que a sombra ou os esboços difusos dos flocos lá fora caíssem corredios sobre seus rostos e corpos. O cavaleiro Feirefiz, meio-irmão de Parsifal, tinha um corpo assim, sarapintado de pontos escuros. "Feirefiz", um bom nome para o irmão dela.

A moça tinha aparecido de surpresa na beira da estrada, em algum ponto no meio da montanha, com uma cesta na mão. O irmão tivera um sobressalto: era assustadiço de nascença, o que, a propósito, não era medo, mas uma mistura de não-se-deixar-impressionar-por-nada, coragem cega e um jeito exageradamente assustadiço, engraçado, risível, coisas que ele parecia incorporar desde sempre; uma sensibilidade a qualquer coisa, fosse ruído ou aparição, que acontecesse inesperadamente — apesar de ele mesmo ser inesperado, inesperado na ira, inesperadamente amigável, a inesperada bondade em pessoa, inesperado na violência (mesmo que até agora só tivesse sido contra o patrimônio).

Subindo a montanha assim, em ritmo de marcha, o novo casal ainda tomará sua refeição noturna. Não trocaram nenhuma palavra até agora, e a cada metro rodado vão assentindo cada vez mais em continuarem assim mudos — até o primeiro toque mútuo mais tarde ou para todo o sempre; deixar os corpos se esticarem, se estenderem e se inclinarem um para o outro; livres para fazê-lo; só a neve entrando esporádica e os ramos de abeto roçando a lateral do carro.

Eles terão se servido de broa e pedaços de cordeiro frio, tirados de dentro da cesta entre eles. Mas enquanto a moça bebe vinho diluído em água, a bebida do irmão será leite — como sempre, não, desde a época em que ele começou a acreditar que tudo o que havia de sombrio, negro e furioso dentro dele poderia ser enxaguado, se ele bebesse exclusivamente esse líquido branco. E ao vê-lo beber leite o tempo todo, não eram poucos os que cheiravam o copo, suspeitando que fosse vodca ou uísque disfarçados.

E os dois, ainda no caminho secreto, em velocidade de marcha, à mais serena hora da madrugada, aquela antes de antes da alvorada, terão se aproximado da passagem reconhecível somente a seu irmão, afeiçoado às mínimas localidades de seu país de opção, e com isso, ao abrigo de sua nova amante, feito uma cabana em meio ao prado. Naquele meio-tempo, o momento em que o irmão vai se aperceber de que acabou de se livrar do último cheiro e odor de seus anos de prisão, esse fedor sendo arremessado-para-fora-do-mundo, justamente no momento de o pneu de inverno passar sobre um pedregulho: um tranco do âmago do âmago, evidentemente seguido pelo agarro — com a mão livre — dos quadris da desconhecida.

15

A viajante protagonista acordou como se alguém tivesse se locomovido através de seu corpo a noite toda; se enfiado por suas axilas; caminhado por suas costelas; se equilibrado sobre suas pernas. Abriu os olhos: apesar da espessa cortina do compartimento, luz vermelha da manhã. Um corpo ao seu lado; não, seu próprio corpo, peito e barriga e joelho, aconchegado às costas, ao traseiro e ao jarrete de uma outra pessoa, formando quase um corpo único com o segundo, alheio.

Ela se viu acordar junto à menina do beliche ao lado. Esta tinha penetrado em seu compartimento de madrugada? Não, pelo contrário: ela é que tinha procurado, dormindo, sua vizinha de beliche. Tinha começado a sonambular de novo, como antigamente, no vilarejo, quando criança, e desde então, nunca mais. E como tinha se aconchegado às costas da outra! Esta, a menina, estava cochilando fundo, com lábios dilatados de sono; as peças de xadrez de cristal alinhadas para um novo jogo, ao alcance da mão.

Como que levitando, voltou do beliche alheio para o seu. Silêncio geral, complacente, não apenas na *venta*. "Sã e salva!" Adormecer de novo na própria cama, desta vez sem sonho nenhum. Acordar refeita, após alguns respiros fundos. Abrir a cortina do nicho de dormir, cuidadosamente: para que ninguém acordasse.

Ela queria ser a primeira a acordar, passar o maior tempo possível assim, desperta, sozinha, cercada de milhares de pessoas dormindo em paz, por fim, mesmo que só episodicamente. Em meio ao frescor da manhã da meseta, passou, feito nevoeiro, uma corrente de ar frio ainda mais gélida, congelante, cortante, vinda de cima pelo pátio interno: cheiro do ar no alto da Sierra de Gredos, ainda invisível dali do rebaixo do novo povoado.

Ela arrumou a cama do albergue, sacudiu o cobertor sobre o pátio, alisou e esticou os lençóis, como se aquela fosse sua própria cama e ela estivesse começando o dia com afazeres meramente domésticos em seu casarão. Procedeu com um cuidado até maior do que em casa, na cidade do porto fluvial; não era para deixar nenhuma prega, nem a mínima irregularidade no leito — mesmo que as arrumadeiras fossem arrancar os lençóis logo mais. Após a toalete matinal solitária e cerimoniosa no banheiro coletivo da *venta*, do tamanho de um salão e ainda não utilizado naquela manhã, ela também engraxou e lustrou suas botas de cadarço com um zelo ainda mais decidido que em casa; e se penteou mais que de costume, mais que se estivesse para sair para uma festa (sem falar em como se penteava antes de um dia de trabalho).

Ao contrário das outras manhãs, nenhuma, nem uma única imagem de um ou outro lugar onde já estivera em sua vida chegou a relampejar ou se pôs a dançar à sua frente, embora ela estivesse executando as atividades cotidianas com cuidado e lentidão ainda maiores que de costume — algo que lhe chamou a atenção, mas não a inquietou: atribuiu isso à peculiaridade da Zona de Nuevo Bazar, e também ao fato de ela se situar numa baixada.

O que deu o que pensar foi o fato de o cadarço de uma bota ter arrebentado e, enquanto ela se penteava, a escova de cabelo ter se partido ao meio. Desde sempre, muitas vezes justo após um despertar assim efusivo, ela costumava cometer tais deslizes que, quanto menores, mais ameaçavam estreitar se não o dia, pelo menos a sua primeira hora, aquela hora que anima exemplarmente qualquer um a se abrir para o mundo. Apesar de o autor ter lhe dado a entender que, segundo suas investigações, "todas as mulheres bonitas-de-verdade" ("bonita-de-verdade" no sentido de que instiga qualquer testemunha ocular a sair em busca de sua própria beleza perdida) eram desastradas e era justamente isso que tornava sua beleza ainda mais viva, era isso que apaziguava: ela, por sua vez, relutava contra sua falta de jeito, não a considerava inofensiva, mas uma expressão daquela culpa mantida em segredo — o que levou o autor a comentar, conforme o esperado, que "todas as mulheres bonitas-de-verdade" seriam afetadas por um sentimento de culpa mais ou menos indefinido e era justamente por isso que... e assim por diante.

Após o café da manhã com os históricos (já pré-históricos) restos de comida da mochila, e que restos, embrulhados por seu amigo cozinheiro, — levantar da única mesinha da galeria (fazendo barulhos mínimos, mas constantes, que fariam os outros dormir mais à vontade, um sono melhor e mais leve do que na completa ausência de ruídos) e descer ao andar térreo. Lá embaixo, para sua surpresa, a numerosa equipe do albergue, toda ocupada com os preparativos do dia: preencher pedidos de fornecimento, escrever cardápios, carregar caixas de vinho para a adega. E tudo isso, sem levantar a voz. Vozes baixas, em volume constante, sem sussurros ou murmúrios.

E da noite para o dia parecia ter ocorrido uma espécie de troca de papéis entre uma e outra pessoa na *venta*. Aquele que estivera no fundo da cozinha lavando louça na véspera agora estava sentado atrás do balcão de entrada e parecia ser o gerente. A menina mal saída da escola que servira bebidas ontem era mulher dele, com cabelos lisos presos, uniforme cinza e uma criança no colo. O outro freguês solitário de uma das mesas ao lado era eletricista e encanador, ocupando-se hoje das instalações de calefação. A camareira ou arrumadeira de ontem, tão tímida que recuava diante de qualquer estranho, era irmã do gerente e professora de profissão, sentada esta manhã num canto, corrigindo os últimos cadernos com cara amarrada e gestos enfáticos.

Na rua vazia, um dos bêbados da véspera tornara-se guarda de trânsito pela manhã, parecendo bem mais alinhado assim em pé no meio do vazio, passivo-ativo. E no vulto seguinte, o único à vista, ela reconheceu aquele atormentado noturno com olhar de facas, transformado à luz do novo dia num veterano de *cooper*, com olhos reluzentes, devidamente trajado e leve como uma pena, saltando todos os obstáculos possíveis e correndo até de propósito ao encontro dos carrinhos de mão, obstáculos de trânsito e tonéis de lixo, dando sua décima-sexta ou vigésima-quarta volta pela Zona.

De volta às únicas ruínas que haviam restado, onde ela estacionara o carro na véspera: aquele lugar só podia ter sido construído durante a noite, a obra quase pronta, só faltava o teto. Será que fora naquele lugar mesmo? Ali; o medalhão com o anjo branco, estilhaçado junto a outros cacos no meio do entulho. Na rua lateral: seu Land Rover-Santana, depredado e incendiado. Espanto nenhum: ela já tinha sonhado com isso. Nem pensar em dar queixa, muito pelo contrário: "Tanto melhor. Avante. Agora, sim, a coisa vai começar a esquentar." (O autor riscou aqui o ponto de exclamação, seguindo seu costume de apenas insinuá-lo, ao contrário dos pontos de interrogação, sempre expressamente marcados.)

Avante, rumo à rodoviária, portanto, a única construção um pouco mais antiga de Nuevo Bazar, ao lado da *venta*; fazia tempo que não havia mais placas indicando-a, mas ela a conhecia de antes, com um pátio interno redondo, diferente do pátio quadrado do albergue. Neste redondo agora, dezenas de ônibus com motores ligados, imenso retumbo prestes a partir, a rotunda tinindo azul em meio a nuvens de escapamento. Embarcar num deles, no ônibus certo, sem hesitar, sentar-se no último lugar vago — quantas pessoas reunidas ali de repente, após uma hora inteira de vazio matinal —, porta fechada e pronto, foi dada a partida. No espelho acima do motorista, seu rosto, um entre muitos outros: ela quase não se achou, não se reconheceu no espelho que vibrava com força. Mas a bifurcação da véspera era a mesma — só a placa é que parecia ter diminuído de tamanho e caído em desuso, como que revogada, prescrita: "Ávila – Sierra de Gredos".

Não eram poucos os passageiros com caras aparentemente conhecidas. Ao embarcar, ela lhes fizera um aceno com a cabeça, sem querer, e seu cumprimento foi respondido de imediato e com toda naturalidade. E o motorista também lhe pareceu igualmente familiar. Mas, ao contrário dos demais, ela sabia de onde. Era aquele que ela havia encontrado na noite passada e tomado pelo idiota do novo povoado, meio ancião, com lábio leporino, iluminando seu rosto com uma lanterna. O mesmo lábio leporino agora, à luz do dia, no espelho do ônibus, só que menos nítido, sob um largo nariz arrebitado. No entanto, mais nada de idiota ou de ancião.

Como era de se esperar, o motorista estava conversando com alguém no assento lateral atrás dele, no entanto sem jamais se voltar para esse passageiro. Ao contrário do esperado, o interlocutor não era, contudo, aquela menina que costumava ficar em pé ao lado do motorista, mostrando-se para toda a coletividade como a estrela da viagem, mas sim uma criança, o filho do motorista, ainda longe da puberdade. E havia outras crianças viajando junto, todas apertadas lá no fundo; o veículo, também um ônibus escolar. E as janelas da parte central, obstruídas até o teto por estantes repletas de livros, sem vão nenhum, uma espécie de corredor obscurecido; o ônibus, ao mesmo tempo uma biblioteca ambulante percorrendo a zona rural.

De onde será que ela conhecia um e outro passageiro? Não era nenhum equívoco. Eles já tinham se encontrado antes, mais de uma vez, não só desse jeito e nessa situação, tão nova para ela como para eles, mas no dia-a-dia, em algum lugar onde ela, a aventureira, já convivera com uma ou outra dessas caras conhecidas, ao contrário daqui. Naquele lugar — onde mesmo? na cidade do porto fluvial? ou antigamente no vilarejo lusácio? ou numa das demais estações da vida dela, dele, deles? —, eles mantiveram uma relação que talvez não tenha sido diária, mas pelo menos fora bastante assídua, regular; muito embora essa relação com certeza só tivesse sido impessoal e momentânea-efêmera, naquele lugar distante, como entre vendedor e comprador, carteiro e destinatário, zelador de cemitério e visitante, farmacêutico e portador de receita médica, ou simplesmente passantes, na rua dela, dele, deles, cada um numa calçada, apesar disso tudo, aqui e agora, nesta região estranha e afastada, de manhã bem cedo, todos juntos dentro deste veículo levemente extravagante, viajando por uma região que não era das mais visitadas, eles pareciam próximos e íntimos como nunca, íntimos há uma eternidade, íntimos como se fossem cúmplices ou até canalhas que já tivessem feito o diabo juntos e agora estivessem partindo para uma aventura especialmente insólita.

E cada um deles ficou cismando, pelo menos durante um trecho da viagem, onde é que tivera alguma coisa com ela, onde e quando ela tivera algo com ele? em que espécie de enredo? e que faltas teriam cometidos juntos naquele lugar? ou ele para com ela? ou ela para com ele? Ou isso foi só em pensamento? e aqui e agora procederiam então as ações? Mas se aquelas poucas pessoas se conhecessem de antes mesmo, não era para menos (menos?): nenhuma se lembrava de onde e como. Mas depois pararam de cismar. Apenas seguiam; e se deixavam levar.

A viagem prosseguia rumo ao sul com constantes bifurcações, à esquerda e à direita, passando por dentro de vilarejos afastados da estrada e invisíveis para quem a percorria — vilarejos, só vistos de fora muitas vezes, pois ao virar a curva e passar pelas primeiras casas, dava para ver que eram cidades pequenas, com uma rede de ruelas emaranhadas e uma ampla praça no meio, mesmo não pavimentada, coberta de areia.

A região se elevava, baixava, elevava-se em extensas ondas, baixadas e elevações quase imperceptíveis, coisa usual na Sierra. Com o tempo, no entanto, deu para sentir a subida por um bom trecho. Cristais de neve começaram a se delinear na borda das janelas do ônibus e derreteram na primeira hora após o nascer do sol. Apesar da subida, quase nenhuma curva. Em compensação, desvios constantes agora, assim como as bifurcações até então, em arcos repetidos, largos, afastando-se e retornando à *carretera*, por caminhos de terra, ainda no vazio, ou melhor, no descampado, através de uma zona intermediária totalmente despovoada. Até agora ninguém embarcara ou desembarcara.

O único lugar que dera para ver da estrada, de longe, fora a cidade de Ávila, em sua colina bem ao leste; suas antigas residências urbanas quase encobertas pelas muralhas que se abaulavam centenas de vezes ao redor; no planalto em torno, a Nova Ávila, La Nueva Ávila, maior que a antiga, aferrolhando metade da colina com edifícios, como um segundo cinturão. As nuvens negras sobre a torre da catedral eram gralhas, como sempre.

O ônibus tinha contornado a Ávila antiga e a nova a uma distância constante. Os desvios pelo vazio seguiam no mesmo ritmo das bifurcações anteriores até os vilarejos e cidadezinhas. Ao narrar aquela viagem de ônibus para o autor depois, ela volta e meia recaía na primeira pessoa do plural. "Já tínhamos tirado o fone de ouvido faz tempo." (Mesmo que no começo só uma ou duas meninas estivessem ouvindo música assim.) "E, em vez de assistir ao filme que passava no televisor acima do parabrisa, olhávamos pela janela e estávamos com todas as cortinas abertas, apesar do sol oblíquo." (Mesmo que, além dela, as únicas que não estivessem assistindo ao filme fossem as crianças lá atrás, porque a estante da biblioteca tapava a sua visão.) "Estávamos espigados nos assentos, com as mãos sobre o encosto da frente. Embora já conhecêssemos o trecho há muito tempo, nos perguntávamos a cada bifurcação e desvio onde poderíamos estar; será que era mesmo a rota pela Sierra? seria possível que esta vila tão familiar tivesse mudado tanto desde nossa última passagem por aqui? só o nome o mesmo? e aquele lá ainda era o rochedo dos anos anteriores, em forma de um coelho deitado? e será que é por causa do desvio que hoje estamos enxergando um camelo ajoelhado?"

"E por mais que a região anterior à Sierra de Gredos nos parecesse desconhecida, ela tinha algo de familiar; quanto mais nova, mais familiar. Quanto mais insólito aquele chafariz ali, já congelado, mais evidente: sempre o tivéramos diante dos olhos, só o tínhamos ignorado. Quanto mais surpreendente a ponte de pedra medieval, distanciando-se em curva, com todo embalo, enquanto nosso ônibus percorria a ponte de concreto, mais evidente ainda: desde o início tínhamos nos locomovido por aquele trecho da ponte, conhecíamos cada uma de suas pedras, podíamos nos equilibrar de olhos fechados sobre os restos do parapeito lá no alto, acima da correnteza. Durante aquela viagem de ônibus matinal, a região anterior à Sierra nos causava uma estranheza que só podíamos sentir numa localidade onde já tivéssemos passado com frequência, morado e vivido de corpo inteiro, mesmo que muito tempo atrás. Morado há muito tempo? Talvez desde sempre."

E ela continuou contando: "Talvez não fosse tanto nesta paisagem que tivéssemos vivido desde sempre, mas sim neste ônibus aqui, mais ou menos juntos. Quando me lembro da nossa viagem pelos contrafortes da Sierra — me lembro, nos lembramos, lembra-se —, a partir de um certo momento da jornada coletiva, não sei mais dizer quem de nós, passageiros, ou melhor, viajantes, quem de nós fazia o quê ou a quem de nós se fazia qualquer coisa. Quem deu uma mordida na maçã foi o velho com chapéu montês, mas ao mesmo tempo também foi o motorista debruçado sobre o volante, a moça da cidade com a pasta de estudante ao meu lado e eu mesma. Aquele ou aquela ali com o braço na tipoia era eu mesma, entre outras pessoas."

"Muita gente no ônibus, inclusive eu, tinha tirado o sapato ou as botas. Uma hora suspirou alguém e mais alguém, não, nós todos suspiramos, no mesmo momento, fundo, como breve acompanhamento sonoro para o ruído praticamente inalterado da viagem. Eu e você, tanto ele como ela, viramos a página. Uma mulher estava grávida, e eu com ela. Durante um certo tempo, ficamos com os ouvidos tapados por causa da crescente altitude nas montanhas, sem poder mais acompanhar a conversa entre nosso motorista e seu filho, que durou quase toda a viagem, sem interrupção. Uma hora vomitei, não, foi uma das crianças sacolejando na traseira do ônibus, ou será que, além deste e daquele, não fui eu mesma de fato?"

"Chorávamos de dor de dente, segurávamos a cabeça por causa da pressão na testa, soltávamos nuvens de vapor pela boca durante uma parada ao ar livre. Em certo momento, rimos juntos durante um cochilo de segundos. Sobressaltamos juntos, quando um pássaro escuro e pesado bateu contra o vidro. Então começou a sair sangue do nariz dela, dele ali, do meu aqui, gotas tão quentes que, ao caírem, quase me queimaram um buraco na roupa, os narizes de todos sangravam, mesmo que só sangrasse um único. A partir de um certo limiar (*chataba* em árabe), um limite da região ou simplesmente da viagem de ônibus, tínhamos nos tornado vasos comunicantes, e o que quer que acometesse uma pessoa se distribuía uniforme e simultaneamente entre os demais viajantes."

"E o que tínhamos de mais nítido em comum eram as sensações. Ofuscados, todos fechavam os olhos ao mesmo tempo diante do primeiro reflexo do sol na neve. Durante aquela primeira parada nas montanhas, saboreamos, sim, saboreamos juntos o vento contínuo da manhã. E o vínculo mais forte naquela ocasião, tanto para o bem como para o mal, na paciência ou na tranquilidade, no medo ou na preocupação, era ficar ouvindo e espreitando juntos, o tempo todo: o motor resistindo e pedindo arrego; um avião rompendo de novo a barreira de som; as crianças lá atrás, e nós com elas, fazendo suas brincadeiras, propagando calma e paciência, falando alto com todo desprendimento, como se nada tivesse acontecido; na parte central do ônibus, flexível e abaulada de ambos os lados, os livros da biblioteca raspando e batendo uns contra os outros ou então os videocassetes matraqueando e tilintando logo ao lado, eles também, como se nada tivesse acontecido."

"Ao que parece, o ônibus significava uma espécie de aconchego e refúgio para todos vocês, não é mesmo?" indagou o autor. Ela continuou contando: "Se tínhamos sensações em comum durante a viagem à Sierra, era em função de uma constante ameaça e de uma desproteção adicional, decorrente do fato de estarmos sentados de braços cruzados naquele ônibus largo e longo demais, se bem que fosse mesmo a viagem dentro deste veículo nada discreto que realmente desse o sentimento ou a ilusão — e o que importa é *¡sentimiento y ilusión!* — de proteção."

"À medida que nos sentíamos assim, entre inquietude e mansidão, abertos e permeáveis uns aos outros, formávamos uma comunidade bonita e viva durante todo o episódio-viagem. Cabe a você, o-que-escreve, torná-la uma comunidade duradoura." — O autor: "Continue contando, por favor." — A contratante: "Subindo ou voltando a descer de vez em quando, andávamos numa marcha uniformemente lenta, como se isso desse uma espécie de segurança. Apesar de não ter aparecido nenhuma indicação de desvio por um bom tempo, às vezes o motorista tomava atalhos, trechos das estradas antigas, velhas, estreitas, sinuosas, ao longo de córregos, entre lombas rochosas."

"A estrada velha estava em desuso fazia tantos anos que os estolhos de amoras-pretas tinham coberto os restos de pavimentação. Aqui e ali também cresciam arbustos no meio da trilha, e o nosso ônibus passava por entre ou por cima deles, quase sem diminuir a marcha, e como não apenas o teto, mas em parte o piso também fosse envidraçado, feito claraboia, à prova de choque, como em certos veículos ultramodernos, dava para ver como os ramos do arvoredo se abriam e se batiam à nossa volta, de todos os lados vez por outra, tanto sobre nossas cabeças, quanto à direita, como à esquerda, quanto sob nossos pés."

"Fazia quase uma eternidade que não passava mais nenhum carro por esses atalhamentos, pelo menos nenhum a motor, ônibus muito menos — provavelmente era a primeira vez que um veículo desses tomava esse caminho aqui — em dois ou três lugares, interditando a trilha, uma árvore, franzina que fosse, uma bétula, um pinheiro, um freixo, crescendo bem no meio; sendo que toda vez o motorista, que também tinha uma serra, entre inúmeras outras ferramentas, descia do ônibus com seu filho e a serrava sem pensar duas vezes. Após uma parada dessas, a liana de uma videira de inverno cambaleou para cima do parabrisa, chumaços prateados com pistilos pretos no centro."

"Ao contrário da nova estrada de travessia, a velha não passava por uma região completamente despovoada, pelo menos não nos segmentos onde virávamos. Parecia habitada ao menos em alguns trechos — casas mesmo, só avulsas, de resto, nada de nada, de perto tudo ruína, e pelo visto não era de hoje, mas há pelo menos alguns decênios, séculos até. Em regra eram ruínas de moinhos e cercados de gado; mas uma hora também restos de uma escola (ou seja, atrás desta e daquela colina granítica, antigamente deviam ter existido fazendas cheias de crianças), e outra hora também de um albergue, onde seis ou oito caminhos serranos abandonados há muito, meio soterrados, provavelmente antigas rotas de gado, cruzavam-se em forma de estrela, fazendo literalmente jus ao nome de *venta* naquela época."

"Nossa estrada velha era um desses caminhos cruzados, o único ainda percorrível em caso de emergência, e ali atingia seu primeiro desfiladeiro, alinhado à cumeada da Sierra de Panamera, a cordilheira anterior à Sierra de Gredos, de altitude bem menor. E lá onde a estrada nova — já visível lá embaixo, despencando daquele passo principal aberto para todos os lados, o Puerto de Menga — voltava a encontrar a *carretera antiqua*, algo reconfortante ou talvez nem tanto, fizemos pela primeira vez uma breve parada."

"Até as poucas árvores em torno daquela hospedaria derruída tinham algo de ruína, estavam rachadas, em parte descortiçadas, chamuscadas por coriscos. A única árvore saudável em meio aos escombros, que desde o sul até a cordilheira central costumava ser uma figueira, com as raízes rebentando o que restara dos muros, neste caso era um carvalho, forte, quase alpestre, com galhos nodosos e inchados se estiraçando feito cotovelos, boxeando e gravateando o que havia restado da casa à sua volta; o telhado do albergue já fora lançado ao vento há muito tempo pela copa dura feito pedra. Entre esses restos de muro, sob a árvore que ainda estava com toda sua folhagem, mesmo seca, tilintando ao vento da montanha, nos acomodamos durante a nossa parada, sentados e em pé."

"Ninguém falava nada, a não ser o motorista e seu filho pequeno, conversando ininterruptamente já desde o início da viagem, com vozes sonhadoras, cada vez mais parecidas, a do pequeno no mesmo tom da do pai.

A turma de crianças também estava prestando atenção em silêncio, uma delas revelando-se adulta apenas aqui fora, ao ar livre; seu rosto, no entanto, ainda confundível com os das outras. Motorista e filho tinham arrastado uma caixa cheia de lanches — não só maçãs e nozes — do ônibus até a ruína da hospedaria do passo; cada viajante podia se servir e assim o fez."

"Só nos sobressaltamos uma única vez: quando motorista e filho, interrompendo o diálogo, gritaram em uníssono para advertir uma das crianças que se afastara um passo do âmbito ruína/ônibus. Minas? Abismo? Buracos de antigos porões cobertos pelo mato? Ou aquilo queria dizer simplesmente: fiquem todos juntos!!?"

Ela continuou narrando com uma voz cada vez menos feminina, voz de mulher, homem, criança e anciã(o), jovem e velha, se bem que ainda lhe escapassem algumas oscilações femininas, tônicas e harmônicas: "Passamos um bom tempo na hospedaria em ruína, sem teto nem janela, naquele antigo passo da Sierra tropeado durante décadas ou séculos. O que caracteriza as poucas passagens lá da cordilheira é o fato de o tempo mudar continuamente nos rebaixos, por influência das correntes mais quentes vindas das lombas sul, incomparavelmente mais íngremes. Até naquele passo dos contrafortes, o vento bufava incessante contra as correntes do norte, mesclando-se por um momento numa nuvem de chuva, depois numa nuvem de neve e logo depois num nevoeiro que enleou as encostas menos escarpadas do norte. Ao redor só fazia azular, enquanto nós, lá na baixada da ruína, éramos insuflados por este azul do alto em breves entretempos."

"E nos períodos de azul e sol, sem nenhuma nuvem ou nevoeiro, também caíam sobre nós — de um celeste absolutamente límpido, como se caíssem de algum além-céu — gotas pesadas, encorpadas, quase mornas, estalando esporádicas, e após a respectiva nuvem chegar, uns instantes depois, continuaram caindo apenas uns poucos pingos, apesar da neblina e quase-escuridão, — ou então eram flocos de neve, relampejando de dentro daquele azul, como que já próximos do espaço sideral, caindo sem cessar, embora ainda esparsos, e soprados de volta para o alto, para o azul da atmosfera, sempre que batiam contra uma corrente do sul."

"Quem não estivesse — como as crianças, aglomeradas em pares ou em grupos — sentado no oco das janelas, quase todas vazias, estava agachado sobre o calcanhar ao redor do motorista, do filho e da caixa de farnel; outros estavam acampados pelos cantos, pelo chão, sobre papéis, os adultos como que dando cobertura, as crianças formando uma espécie de tropa de paz, espalhadas por todas as janelas da ruína. Num canto havia um fogão de ferro que tinha restado da *venta*, sem forno, enferrujado, mas nem tanto, e ao lado, mais velho que o fogão, um monte de lenha empilhada há muito tempo, sendo que as últimas achas, nada podres ou deterioradas, ao contrário das demais, faziam um fogo quase sem fumaça — que mal aquecia, diga-se de passagem — se bem que nenhum de nós quisesse mesmo se aquecer, por mais que pudesse estar precisando."

"O chão do albergue nunca fora de tábuas de madeira, apenas de terra batida nos três ou quatro cômodos — já devassados em um único —; num canto havia restado uma banheira revestida de pedras, cheia de água (da chuva que era conduzida de fora por uma calha? não), uma bica de verdade dentro do edifício, seu pulsar e jorrar-círculos quase invisíveis, lá do fundo; e ao enfiar a mão ali, um de nós soltou um som de surpresa e logo fez uma careta, todos nós fizemos: a água da fonte ali naquele nicho — ou melhor, para usar uma expressão em voga — na 'área molhada' da *venta* medieval, estava quente, pelando até, sobretudo para nós, que mergulhávamos ali a mão exposta até agora ao frio do inverno; e a água exalava, ou melhor, expelia aquele cheiro de 'ovos podres', ou seja, de enxofre — como você, autor versado em ciências, dever saber, espero — empesteando tudo, perfurando até as narinas da pessoa com o olfato menos sensível: tão forte o fedor por um momento, tão avassaladora a nuvem de enxofre, que nós — com exceção das crianças, que para qualquer coisa sempre tinham uma risada sobrando — reagimos com o ímpeto de amaldiçoar, primeiro quase imperceptível e depois manifestado na respiração presa ou nas sobrancelhas contraídas: atentado a gás? cadáver soltando gases? Mas de súbito: motorista e filho se esticando no chão de terra e deitando-se à fonte sulfúrica, já com a metade do rosto debaixo d'água, bebendo-a, 'bom contra dor de garganta, problemas de estômago e estados de medo', enquanto continuavam conversando pensativamente, como já o vinham fazendo o tempo todo, sua fala mutilada em gargarejo, mas ainda compreensível."

"E então seguimos o exemplo dos dois, independente de aquela fonte ser ou não de-verdade-mesmo, existente ou não desde os romanos, isso mesmo, desde os primeiros habitantes da região, os chamados numantinos; até as crianças, deitadas de bruços, sorviam a água, e como. E ao mesmo tempo um avião voando raso sobre a velha baixada do passo, devagar demais, ao que parecia, mais lento até que os falcões da montanha sobre as nossas cabeças; bojudo, o verde sombrio de camuflagem (que por outro lado destoava de todas as cores da natureza, fosse no céu ou na terra), o corpo curto e largo, e para completar, um estardalhaço ameaçador. Assim como as crianças haviam saudado de imediato cada sinal de vida durante a viagem, faziam o mesmo agora, acenando das janelas da ruína para o alto, um rebuliço e um alarido só. E uma mão acenou do *cockpit* lá em cima, como se não lhe restasse mais nada a fazer, do mesmo modo que os caminhões, as carroças — mais e mais numerosas — e as viaturas de polícia também haviam respondido às saudações atrevidas e entusiásticas das crianças durante o percurso anterior. Nós, adultos, ficamos debaixo da copa do carvalho, invisíveis para a aeronave, bem como o nosso ônibus, ou será que ele foi confundido com uma carcaça ou estufa?"

"Para lá do *puerto* — que você, caso seja mesmo versado em línguas, deve saber que significa tanto 'porto' como 'passo' —, onde a estrada velha cruzava a nova lá embaixo, um caminhante estava seguindo pelo acostamento em direção sul, rumo à Sierra, com uma mochila no ombro, e embora a sombra do avião o tenha engolido por um momento, o homem continuou avançando com toda paz de espírito ou pelo menos com regularidade; sem olhar para frente nem para o lado; o olhar baixo continuamente fixado nos cascalhos de granito, como se estivesse pisando em pegadas já existentes."

"Antes de o bombardeiro aparecer, enquanto somente seu rumor se fizera ouvir, tudo que estava em movimento, fosse no céu ou na terra, parecia ter desaparecido diante dele. Tudo evaporou; ou parecia ter se evaporado. Um coelho fugiu em ziguezague, sucedido, em linha reta, por uma malhada de javalis. Os falcões se dispersaram, ou melhor, se desbarataram — uma fuga tão evidente assim entre essa espécie, algo inédito? Até nuvens e névoa em fuga."

Ela continuou a narrar: "Isso foi apenas um episódio, pálido, como se desbotado, entre milhares de outros, coloridos, ocorridos durante nossa viagem de ônibus. O fato de termos mordido o lábio tantas vezes durante a refeição era mais por causa do frio. Já na infância, em dias especialmente gelados, quando comíamos pão ou maçã, por exemplo, sempre mordíamos sem querer o lábio de baixo, inchado de frio, mordíamos mesmo, de doer e sair sangue. Na ruína da hospedaria, lá no alto do passo desativado há muito, saboreávamos tudo. Mesmo se naquela mesma manhã tivéssemos comido um naco de presunto com zimbro parecido com o da cesta de lanches ou então uma maçã, pensávamos: Como fazia tempo que a gente não comia maçã! Nunca tinha sentido tanto a diferença entre nozes da montanha e do vale."

"E não só quem construiu a primeira roda, mas quem combinou pela primeira vez presunto e bagas de zimbro também merece o nome de inventor. Naquela ocasião, mastigávamos com gosto até coisas que tínhamos detestado até então, como cogumelo em conserva, no meu caso." — "Talvez porque vocês tivessem em mente que aquela poderia ser sua última refeição?" (O autor.) — Ela: "Não. Mesmo que nos sentíssemos por um momento sob ameaça, como naquele dia, a sensação passava logo; para voltar depois, por mais um instante, e assim por diante."

— O autor: "Por que você sempre diz 'nós'? 'Nós, nós e nós'? Mesmo quando é apenas 'eu'?" — Sua contratante: "Para nos manter unidos. Para manter-nos, a nós! Manter-me sozinha não vale, pelo menos não neste nosso livro!"

Então ela emudeceu. Fechou os olhos. Ficou um tempo de olhos fechados. Silenciava, apenas respirando, fundo. Quando finalmente abriu os olhos de novo: um preto mais preto que o normal, sem piscar, apenas o pulsar regular das pupilas. Então ela disse: "Em épocas passadas, certas pessoas eram capazes de evocar a imagem de um lugar atrás das pálpebras, mesmo semanas ou meses depois. O que acabei de captar não foi a imagem de nós, passageiros do ônibus, fazendo uma pausa numa ruína, mas sim uma escrita, com linhas correndo tanto da esquerda para a direita, quando da direita para a esquerda." E ao virar a cabeça e olhar de lado ao longo de seu ombro, ela fez um apelo a seu encarregado: "Assuma isso! Assuma isso por mim, autor, com maior liberdade! Deixe que se delineie. Deixe que se forme."

16

Logo ao norte apareceu um grupo de passantes carregando uma liteira com o imperador abdicado Carlos V, doente de gota, ao longo da *venta*, através do passo. Seria essa a tradicional reconstituição anual da última viagem de Carlos V através da Sierra de Gredos, pelas encostas sul, rumo a Jarandilla de la Vera, ao mosteiro Yuste, onde ele passou a última estação de sua vida, há quase meio milênio? Quatro rapazes familiarizados com a região e vestidos em trajes de verão, descalços em parte, carregavam o velho com varas no ombro. Embora o *emperador* Carlos nem fosse tão velho na época — "da mesma idade que eu tinha quando fui incumbido pela rainha do banco de escrever o livro" (o autor) —, passava espiando de lá de sua anda, com uns olhos infantis ou como quem morreria em breve, como que a caminho da sepultura.

Todos os anos em que se encontrava com ele, a mulher lhe trazia uma caixa de dinheiro, transportada por uma carroça e carregada por seu séquito (bem mais numeroso que o dele, seu parceiro de negócio), mas desta vez era só de presente, não era para financiar uma de suas doze ou vinte e quatro batalhas, nem para pagar seus exércitos mercenários em toda a Europa em guerra, no norte da África ou na América do Sul. Mas o abdicado, já moribundo, rejeitou com um aceno; não quis o dinheiro; não queria nem vê-lo.

Tudo o que ele queria ou desejava: que ela se deixasse carregar ao seu lado na liteira, só alguns metros, só até depois do passo; e foi o que aconteceu. Havia lugar suficiente para os dois e o peso duplo, do imperador de inverno e da rainha de inverno, parecia até mais leve aos carregadores, muito mais leve — e isso, não só pelo fato de a longa subida já ter passado e eles estarem seguindo reto agora e, em seguida, morro abaixo. Percorriam a estrada quase correndo, meio dançando, saltitando, e o consagrado à morte, face a face com sua inimiga-amiga familiar-estranha, mordeu os lábios; mas de propósito, ao contrário do que acontecera antes entre a comitiva do ônibus.

No antebraço do imperador, sobre a manga do casaco de armelino, estava pousado um falcão de caça: bem menor que seus parentes da montanha a voltearem pelos ares, nada rapinante, desprovido de qualquer instinto febril de caça, apenas carente e puerilmente suplicante, assim como seu senhor transportado de liteira. Um bando de corvos, pretos como só, ultrapassou o grupo, não grasnando e gritando, mas sim bramindo de uma só garganta e de um único corpo, com fúria sanguinária e sede assassina; e em meio à nuvem de corvos com penas uniformes, eriçadas em todas as direções, faiscaram flores de amendoeira de um branco rosado: diante do negror de corvo que eclipsava o espaço, nuances de claridades jamais vistas.

E onde foi mesmo, entre incontáveis gotas de água incolores na ponta dos talos de capim, aquela mesma cor de bronze de ontem ou quando, perto de Tordesilhas ou onde? Lá estava a gota de novo, aos pés da minha aventureira ainda agachada entre a roda de viajantes naquele albergue em ruína, não geada degelando como daquela vez, mas gota de neve derretendo, pingando, não de um talo de capim, mas sim da capa de um fólio que se sobressaía em meio ao entulho: luzinha de bronze mínima, mas luminescente, beirando a terra, do tamanho de uma cabeça de alfinete, só que ainda mais ofuscante, pelo menos por um momento, como à noite, também só por uns instantes, um vaga-lume único.

Num canto do muro, despercebida até então, a roda de caleça, ela também — com seus raios, doze em número, comprovado e contado de relance — a teria seguido de algum outro lugar até aqui? — mas de onde? do jardim almofaçado pela ventania lá em casa na cidade do porto fluvial ou vinda de algum outro lugar. E nas paredes internas da ruína, inscrições em hebraico, cirílico, armênio ou árabe, velhas conhecidas, uma ou outra já decifrada por ela, mesmo sem qualquer intenção ou esforço de leitura: "Aqui começa a terra dos porcos — Morte aos comedores de porcos" (*al chinzir*, o porco), e: "Aqui termina a área dos elefantes e começa a dos burros."

Um dos viajantes encontrou entre os pedregulhos um antigo (ou talvez nem tão antigo) cartaz de busca policial, do tamanho de um pôster de filme: quem estava sendo procurado era um bando de assaltantes de banco ou carros-fortes; e a mulher da foto era tão parecida com ela que algumas pessoas ficaram olhando por um tempo do retrato para ela e vice-versa; as crianças até chegaram a apontar abertamente em sua direção, acenando e batendo palmas, como costumavam fazer para declarar que estava acontecendo alguma coisa, seja lá o que fosse.

Eles prenderam o ar durante um certo tempo, para em seguida respirar ainda mais fundo, insuflando, soprando e bufando do fundo do pulmão, como de brincadeira; nuvens de vapor densas e brancas como nunca saindo da boca de cada um dos viajantes, da garganta para fora, delineavam — ao contrário do fogo cuspido pelos dragões — os contornos do ambiente nos mínimos detalhes, as folhas de carvalho com orlas redondas, as páginas meio soterradas do fólio, os flocos de neve pairando rente ao rosto — suas formas de cristal aparentemente exaladas, os raios de sol episódicos — sua forma tão palpável de feixe de luz, as letras se salientando em plena ausência de signos. E com este soprar-de-pulmões-cheios, em pleno ar da montanha, os traços de uma ou outra pessoa também se tornavam plásticos, além de estranhos-familiares: sem engano, sem equívoco — eu o conheço muito bem. O fogo bufando e crepitando no fogão ao ar livre fazia correspondência com o sopro geral e com o farfalhar da expiração. Um e outro já estavam abrindo os lábios para falar; mas vacilavam.

Após um certo tempo, o motorista terá dado sinal para prosseguir a viagem, tocando um sininho enferrujado encontrado ileso nos entulhos da ruína, parte do inventário do antigo albergue. Os viajantes agachados terão se levantado. Logo mais as crianças já estarão sentadas no fundo do ônibus. O filho do motorista, que mal batia na cintura dos maiores, boxeou a barriga de cada um deles, dando assim um sinal adicional de partida. Em alguns casos, teve que pular alto e tomar impulso antes; tanto diante das mulheres como dos homens. Por fim, dando um salto acrobático, um golpe especialmente violento, com uma força surpreendente, abaixo da cintura — contra ela.

Ela fingiu que nada acontecera; que nem sequer tinha notado. Como tantas outras vezes, continuou comendo enquanto todos os outros já tinham terminado a refeição há muito tempo; como de costume, demorava para começar; experimentava primeiro com os olhos; e depois comia com uma lentidão provocadora; não deixava nenhuma fibra e nenhuma migalha sobrando; saboreava cada partícula até o fim, como estava a fazer agora com os farelos e os grãozinhos, até com os pedacinhos de pele da noz quebrada, até não restar absolutamente nada; e ficou sentindo o gosto de cada molécula, sem se deixar perturbar ou apressar.

Fazia um certo tempo que os outros já estavam sentados no ônibus para a Sierra, em parte dormindo, ou pelo menos de olhos fechados, quando ela finalmente embarcou. É que para ela o que valia era seu próprio tempo e, se calhasse, ele também tinha que valer para as pessoas à sua volta e essas, a propósito, sempre concordavam tacitamente em se submeter ao domínio de seu senso temporal tão moroso; entregavam-se de bom grado até, muitas vezes com curiosidade e expectativa. Agora os passageiros estavam sentados no ônibus, como se estivessem para receber uma ordem; como se estivessem prestes a assistir a um espetáculo especial. Até motorista e filho, interrompido o diálogo, ficaram esperando pacientes-apreensivos.

Com o embarque dela no veículo completamente quieto, ligou-se o motor; e por um instante era como se fossem inúmeros motores. Ao som de uma buzina que tinha algo de sirene de navio, de barco a vapor com rodas de pás, a meio caminho do alto da serra, eles deslizaram pelo antigo passo da estrada velha, em desuso desde que a região fora apaziguada, ou seja, desde a guerra civil, e desceram até onde a estrada velha voltava a afluir na tal da estrada "nova", que já não era nada nova; até esta confluência, envoltos numa nuvem de poeira que fazia jus ao nome daquela freguesia no meio do percurso do ônibus, "Polvereda".

Prosseguiram por um tempo sem que nada de especial acontecesse. Quando muito, meio invisível atrás das cordilheiras intermediárias que se aproximavam aos poucos acompanhando a estrada, um lugarejo em meio à região de Polvereda, sem nenhuma placa de indicação. Este trecho da estrada não tinha bifurcações, a não ser as poucas que davam direto numa pastagem alpestre, onde não havia vacas nem ovelhas, nem sequer um único bicho, só algum corvo aqui e ali, esparso, disperso do bando. O nome "Polvereda", embora não fosse de hoje, ainda era pertinente fora da estrada de asfalto firme; afinal, até a mais leve brisa levantava aqui e ali uma contínua bruma de poeira, fazendo retorcer estreitos redemoinhos.

Prosseguiam episodicamente sob um céu onde — entre uma vista e outra — não aparecera nenhum avião e nem o homem voador de Leonardo da Vinci. Nenhum rastro de fumaça nas alturas; e se alguma nuvem tivesse essa forma, jamais remeteria os passageiros a nada do gênero; ninguém que enxergasse algo além de uma nuvem. E nenhum caminhão veio ao seu encontro. Nenhum poste de eletricidade. Nenhum pasto cercado de arame farpado; em vez disso, trançados de pedras amontoadas, vime e genista. Os retalhos coloridos nos arbustos não eram papel nem plástico, mas sim tecido, pele ou couro.

O único veículo vindo da direção contrária: um ônibus sem ninguém, a não ser o motorista, que, ao contrário do usual, não fez nenhuma saudação ao colega; além disso, ruído nenhum, como se esse outro ônibus viesse descendo o declive com motor desligado, em ponto morto. E ninguém lá fora, ao ar livre, a não ser o caminhante, aquele de antes, de antigamente, ainda no acostamento, com a mochila, não, com a merendeira em que estavam pendurados, não um binóculo ou uma máquina fotográfica, mas martelo e cinzel, esquadro e compasso, ambos de madeira, de tamanho monumental: o ônibus parando por ordem dela, da aventureira. O canteiro ambulante não embarcou: sem cerimônia, sem se deter nem erguer a cabeça, fez um sinal para que os passageiros prosseguissem. Sua marcha de passos largos e braços ritmicamente espaçados, seus cabelos desgrenhados no crânio, mangas e pernas tremulando e crepitando como velas ao vento, e as ferramentas — se bem que ela não tivesse pensado "ferramenta" e sim *hadatt* — reboleavam, volteavam e curvejavam em torno dele como gôndolas de um carrossel: e tudo acontecendo justamente no segundo — novamente ela não pensou "segundo" e sim *thania* — de parar e abrir a porta. E agora o *close* do caminhante, mastigando pelo caminho uma uva-passa, *zabiba* em árabe.

Vontade de desembarcar e de andar a pé também; de caminhar assim como esse canteiro aí, ou quem quer que fosse; de encaixar os pés nas pegadas dos antecessores, gravadas a fundo no cascalho à beira da estrada, não pegadas de gente — isso também ficara evidente naquela parada de segundos do ônibus —, mas rastros de algum bicho, algum animal de casco, não de cavalo, mas de um bicho com cascos menores e mais delicados, um de pernas perceptivelmente longas; vontade de avançar com a leveza daquele vulto que já desaparecia através dos intervalos quase oceânicos das cordilheiras; sempre com novos horizontes ou molduras para se ver; horizontes bem diferentes dos que se viam de dentro do veículo, mesmo que fossem os mesmos, abrindo o apetite, gerando desejos, tocando lábios, peito e barriga, mesmo e principalmente se estivessem a um dia de viagem dali; mesmo que os horizontes não passassem de ilusão.

O ônibus andou um bom tempo através da Polvereda, desde sempre uma região de areia e poeira, localizada antes da Sierra. Até os caules das árvores velhíssimas, cada vez mais raras, soltavam véus e nuvens de serragem de tempos em tempos. Quase todas as árvores tinham copas partidas. Será possível que a ventania da cidade do porto fluvial, lá em casa, no noroeste, também tivesse varrido esta cordilheira aqui no sul? Não, essas devastações já vinham de antes, muito antes. Além do mais, esses tocos de árvores degoladas tinham marcas de fuligem, não em todo o tronco (o que seria indício de incêndio florestal), mas apenas nos lugares partidos e decapitados; diferente do que um relâmpago teria provocado, a destruição não viera do zênite e sim da lateral, da horizontal, esmigalhando o pescoço das árvores sem deixar qualquer vestígio de fogo, o tisne ou a fuligem formando em cada uma delas um colarinho preto, ajustado ao pescoço sem cabeça que apontava para o vazio.

Não fora nem relâmpago nem tempestade, nem incêndio. Não, essas árvores, mutiladas a ponto de já não se deixarem mais reconhecer como carvalhos, bétulas ou acácias da montanha, muitas vezes nem sequer como plantas (bem que poderiam ser restos de palafitas ou postes de telefonia), foram partidas com armas, e se não tivesse sido com mísseis altamente desenvolvidos, também não fora com meras balas de revólver ou fuzil (que haviam esburacado feito peneira cada placa de trânsito e cartaz de propaganda, sendo que os buracos permitiam — a quem tivesse tempo de observar — reconhecer signos, palavras e silhuetas de imagens).

Aqui na Polvereda ocorrera uma batalha; ao longo dos séculos, diversas batalhas até; e a última poderia muito bem ter sido combatida há uma semana ou mais de uma década atrás — à primeira vista, as destruições pareciam ter passado e expirado há muito tempo, mas olhando bem — a madeira lascada tão branca, as fibras ainda frescas e molhadas de seiva — era como se tivessem acabado de assolar a paisagem, com um único e violento golpe de canto de mão.

A Polvereda, esta região de poeira, já aparecia em história e livros antigos como um eterno palco de guerras. No entanto, uma daquelas histórias antigas contava, pelo contrário, que a região, a *comarca*, só dava a ilusão de guerra e de batalhas aos viajantes que a atravessassem, vide "nuvens de poeira". Naquele livro, a Polvereda desempenhava o papel de uma geradora de alucinações, em todo e qualquer forasteiro; e como era praticamente desabitada desde sempre, quem transitava por ela, quando muito, eram quase sempre forasteiros. A Polvereda, "feiticeira nascida do pó" e "farsante": ela também fazia do tempo uma farsa; diante das enigmáticas nuvens de poeira, o forasteiro perdido na região vivenciava como presente imediato coisas meramente legendárias, passadas há muito tempo, o que tornava este presente ainda mais brusco e assustador.

E por outro lado, o forasteiro se torna incapaz, segundo o livro, de participar de todos os pequenos e grandes acontecimentos ocorridos de passagem agora, no dia de hoje, na hora em que esteja atravessando a região, e também incapaz de apreendê-los como presente factual, inofensivo, pacífico e ativo: os pássaros minúsculos que passam esvoaçando — na Polvereda também há chapins, pardais e piscos-de-peito-ruivo, por exemplo —, o líquen amarelo-ferrugem sobre os rochedos achatados que surgem de todos os lados das savanas montanhosas, os riachos ou meros córregos cortando a estrada em certos pontos, tudo isso os recém-chegados só enxergam e escutam em função das batalhas, dos exércitos em combate ou da mobilização de campanhas desde os mais remotos séculos e décadas, farsanteados durante um momento pela paisagem poeirosa à sua frente. Os pardais são arautos das balas de canhão. O líquen amarelo é artificial, camuflagem para os tanques escondidos atrás das lonas, não rochas. O brilho vermelho que corre nos riachos serranos não vem da areia de granito e quartzo que sempre os vela com suas nuvens de erosão — não é, não, por mais apaziguante que o gorgolejo soe.

De lá de cima do ônibus, a uma hora dessas, o olhar como que aguçado pelas janelas levemente abauladas: cadáveres de cães selvagens na estrada, multiplicando-se através da Polvereda; uma cabeça de touro fincada numa silveira, com os olhos se abrindo e fechando conforme a rajada de pó; numa valeta recém-cavada ao longo de toda a pista, um crânio de carneiro, não abatido, não decepado do dorso — que estava faltando — com uma faca, mas ao que parecia, arrancado no braço mesmo, assim como as patas e ancas ao lado, e atrás da lufada de areia, rebentando das narinas casquejadas, o vapor do último suspiro.

E nesse meio-tempo, o falcão longamente perseguido em voo pelo bando de corvos acabou pousando no galho de baixo, o único que restara de uma das árvores baleadas, e no instante seguinte, os corvos já estavam caindo de novo, todos juntos, em cima do pássaro doente ou velho ou talvez até novo — para isso não era preciso nenhum feitiço de redemoinhos de areia, esta era a mais crua realidade do dia —, uma máquina assassina gigantesca, de um negror saturado, deixando atrás de si um reboo que superava qualquer clamor de um coro de corvos, absorvendo todos os sons dos seres de maior poder exterminador, feito máquina mesmo: um reboo, um arranho, um estalo, um pipoco, um estampido e por fim um retumbo.

E enquanto essa máquina de execução, de um preto-carvão retinto, funcionava de forma cada vez mais regular com o tempo, os pistões subindo e descendo, as dobradiças de aço se dobrando e esticando, assim como as rodas deslizando com ímpeto para cá e para lá, por um momento se entrevia nessa engrenagem o cinza claro, quieto, das penas do falcão, o amarelo do bico ou das garras, o que restava do que restara, até não restar mais nada.

No ônibus, o motorista e o filho pequeno prosseguiam seu diálogo, mesmo que não fosse mais com vozes tranquilas-sonhadoras. A criança tremia inteirinha, o corpo todo, — e segundo um símile daquela história secular da Polvereda — "como mercúrio" (na época em que esse ainda era um metal importante na separação de ouro e prata de outros minérios menos valiosos) e essa tremedeira contagiou sua fala.

E ficara tão evidente que a conversa de ambos tinha surgido do medo e do susto das últimas horas. Se pai e filho conversavam num tom calmo e uniforme, quase em cantilena, incessantemente — pausa nem pensar —, era para fazer o monstro continuar e continuar dormindo. — O pai: "Lembra quando a gente foi visitar aquela mostra de cobras?" — Filho: "Lembro, foi antes de a gente ir ao cinema. Foi a primeira vez que eu sentei ao seu lado no carro." — Pai: "Você nunca gostou de usar *shorts*." — Filho: "Uma vez, na floresta, a mamãe me deixou o dia inteiro sozinho numa clareira." —

Pai: "E quando ela foi buscar você, já tinha anoitecido." — Filho: "Mas eu não senti medo nem por um minuto, no máximo por ela." — Pai: "Você continuou colhendo frutas, apesar de os dois baldes já estarem cheios." — Filho: "Um de amoras e o outro de *firaulas*, morangos. E a mamãe começou a chorar, não porque tivesse acontecido alguma coisa, mas de felicidade e espanto por eu ainda estar lá." — Pai: "E exatamente no lugar onde ela tinha deixado você sozinho de manhã."

Filho: "E uma vez você desapareceu; diz-que nos Estados Unidos." — Pai: "Isso foi outra pessoa, um irmão do meu avô, de mais a mais, no século passado." — Filho: "É, ele emigrou e a gente nunca mais ouviu falar dele." — Pai: "Quem sabe ele tenha ficado rico e algum dia você seja dono de uma fábrica de cerveja em Milwaukee ou Cincinnati." — Filho: "Mas daquela vez no barco, passando pelos juncos, foi você-e-eu, não foi?" — Pai: "Sim, foi no verão, muito antes do nascer do sol, e estava entrando água por uma tábua." — Filho: "É. Começou a entrar uma água preta, ou o preto era do sanguessuga e, clique, deu uma mordida?" — "Antigamente, nossos antepassados ganhavam um dinheiro a mais com sanguessugas. Os vermes eram exportados para os países nórdicos, onde eram remédio altamente cobiçado." — "E mais cobiçados ainda eram os porcos daqui. Lembra que todo ano o avô do seu avô levava uma centena inteira deles, através de morros e vales, até para lá da fronteira, em marchas noturnas, dormindo de dia na carvalheira, e depois vendia os *chinzires* nos famosos mercados de gado de Toloso, Hajat e San Antonio."

"Nossa, faz tempo mesmo que a gente já mora na Sierra de Gredos!" — "Você me viu nascer?" — "Vi." — "Eu dei risada?" — "Deu." — "Você ficou contente de me ver?" — "Fiquei." — "Estava nevando no dia?" — "Estava sim." — "Lembra aquela vez em que a gente andou pelo caminho do campo, enquanto caíam os primeiros pingos?" — "A gente sentou na beira do caminho, um do lado do outro, numa pedra com um brasão gravado, o brasão de um rei." — "Tinha lugar suficiente?" — "Se tinha." — "E como os primeiros pingos fizeram umas crateras fundas na poeira grossa, de tão pesados que eram?" — "É mesmo, filho." — "E que a partir daquele dia eu não precisei mais usar óculos?" — "É, meu filho."

"Onde a gente está, pai?" — "Na Polvereda ainda, quase para entrar na vila que leva esse mesmo nome." — "A gente vai passar a vida inteira na Sierra, pai?" — "Eu sim, mas você com certeza não, filho." — "Posso começar aprender a cavalgar logo?" — "Amanhã ou na semana que vem." — "Que dia é hoje?" — "Sexta-feira. *Viernes. Jaum-al-dzumha.*" — "De novo sexta! Você me deixa dirigir de novo?" — "Depois da parada, filho." — "Os corvos acabaram machucando o falcão?" — "Que corvos? Que falcão? Faz séculos que não existem mais corvos aqui, filho querido!..."

17

Com essas e outras conversas entre o motorista de ônibus e seu filho, os viajantes alcançaram a vila que ficava escondida numa baixada rochosa, como quase todos os pequenos povoados da serra — em toda a extensão não havia nem uma única cidade, por menor que fosse.

Da estrada, como sempre distante, mal dava para ver o celeiro de pedra em ruína; mas depois, o que já não causava mais nenhuma surpresa, a vila se segmentava em áreas nitidamente distintas: toda vez que se virava a esquina de um edifício, desdobrava-se diante dos vidros do veículo um espaço inigualavelmente maior e mais amplo do que o fascinante distrito que se acabara de atravessar, até o ônibus entrar numa praça que nem parecia ser de vilarejo, de cidade pequena também não, uma praça que não admitia comparações, com arcadas, chafariz (meio fonte, meio bebedouro) e um mercado coberto, não pavimentado, com chão de areia, também concebido como arena de tourada: aqui também, um redemoinho de poeira, se bem que diferente daqueles lá fora no alto-planalto vazio, *en miniature*.

Como a maioria dos povoados, ou seja, *pueblos*, ou seja, *sela*, ou seja, *qurjas*, situados no norte da cumeada da serra, Polvereda — a vila — se situava logo abaixo do limite onde cessam as árvores. A Plaza Mayor ou Arena — "arena" não queria dizer "areia"? — estava deserta, embora a essas horas, no fim da tarde, fosse de se esperar que houvesse um ou outro *flâneur*, nem que fossem só velhos, por mais que fosse nesta vila, mesmo aqui nas montanhas. Só atrás dos vidros do bar da Plaza, no interior do local praticamente vazio, bem no fundo, sob a réstia de sol de inverno oblíqua cortando a penumbra, naquela mesa ocupada ali, ali sim se viam as mãos (em geral velhas) dos jogadores de baralho, e na outra, as dos jogadores de dado.

O ônibus parou em frente à fonte congelada nas bordas, uma barba de gelo saindo da canaleta de madeira; parou bem no meio da praça circundada por imponentes construções de pedra (uma delas a casa paroquial, a outra o paço municipal, a terceira um estábulo e depois novamente uma ruína), que deixavam entrever o céu e formavam a vila dentro da vila dentro da vila de Polvereda.

Todos desceram do ônibus, a não ser as crianças lá na traseira, que primeiro tinham se levantado também, como os demais passageiros, mas depois se sentaram numa tábua armada em frente à biblioteca, na parte central do ônibus. Ao se levantarem, deu para ver que as tais crianças já eram em parte adolescentes. Hoje era seu dia de biblioteca; a escola as tinha mandado em excursão para a região anterior à Sierra, ao norte, sobretudo para elas se familiarizarem com o empréstimo de livros, com as pessoas que vinham emprestá-los e com os próprios livros, para aprenderem a encontrar títulos e autores e a estimar livros como coisas e objetos de valor.

Quase na mesma hora, uma caminhonete também virara na praça junto com o ônibus, anunciando-se de longe, de lá das primeiras casas da vila, agora aparentemente distantes, continuando a se anunciar com buzinadas contínuas até a Plaza, como se fosse o carro dos noivos após o casamento. Ao contrário do ônibus todo transparente, a caminhonete era um verdadeiro caixote de metal, inteirinho pintado de branco, com exceção de uma fresta para se enxergar à frente — pelo menos até o motorista abrir o contêiner de trás e transformar o veículo numa barraca de feira levemente suspensa sobre a praça; nas prateleiras e caixas se encontravam os produtos que não podiam ser encontrados naquela vila da montanha, nem nos diversos outros vilarejos há muito tempo desprovidos de armazéns com mercadorias sortidas: bananas e laranjas ao lado de produtos de limpeza, mas também pão, presunto e queijo (embora perto da vila, na região do rebaixo, se estendessem resteva de trigo e, antes disso, após um longo descampado, também houvesse cabras e depois gado bovino, além de porcos de patas pretas, arrancando a pouca grama que havia).

Com as buzinadas, a praça se encheu de gente; nem tanto de donas de casa campesinas, "de avental e lenço preto", mas de tipos mais urbanos, sim, metropolitanos; mesmo os mais velhos entre eles sem nada cobrindo a cabeça, de casaco longo, cachecol e sapato social lustroso; sobretudo na ala feminina, as mulheres, inicialmente em maioria, como se tivessem acabado de sair do cabeleireiro, requebrando, até as que não eram das mais jovens; sapatos de salto, altíssimos, não eram raros.

O motorista da caminhonete, transformado em negociante dentro do veículo transformado em barraca, tinha desdobrado um tablado com degraus para os fregueses pisarem. Mas nem todos foram até lá, pelo menos não de imediato. Na porta do ônibus de livros, um sininho soara na mão de uma das crianças ou adolescentes, em sincronia com a buzina do supermercado ambulante, como uma espécie de resposta intencional, mas em outro ritmo. Algumas pessoas de Polvereda, não só mulheres, vinham em disparada, de todos os pontos cardeais, direto para a carreira de livros. Muitas outras, entretanto, primeiro foram fazer compras e só depois se aproximaram da biblioteca, se bem que nem todas.

Como as pessoas que queriam tirar livros precisavam de muito mais tempo do que quem fazia compras lá embaixo, formou-se no corredor do ônibus uma fila que chegava quase até a Arena; por outro lado, só um ou outro freguês atrasado ainda se dirigia ao empório de quatro-rodas — que todavia (estranha ilusão de ótica, essa) era incomparavelmente mais concorrido do que o ônibus de livros; e no final das contas, o vendedor ambulante fechou sua loja e, antes de dar um pulo no bar, entrou na fila do empréstimo, que já tinha menos gente agora.

Mas o empréstimo funcionava com toda agilidade: as crianças bibliotecárias localizavam, carimbavam, registravam tudo num piscar de olhos, e os usuários — ora da mesma idade, ora maiores, ora velhos mesmo — quase sempre sabiam o que queriam. Apenas demoravam para dar meia-volta e ir embora, ficavam ali em pé, folheando os livros sem pressa nenhuma, ao lado de quem estava esperando ser atendido — sem deixar ninguém ver o que tinham escolhido, cobrindo o título com a mão ou com um videocassete também emprestado; primeiro naquela fila de retorno que se movia tão devagar como a paralela, e depois ao saltarem do ônibus e apertarem o passo, até parecia que se envergonhavam dos livros emprestados — ou será que não era tanto vergonha e mais um certo acanhamento? —; e um ou outro seguia encolhido entre as casas, com um sorriso encabulado e olhos voltados para o chão, como se tivesse acabado de se ridicularizar diante da comunidade reunida; "ao mesmo tempo", prosseguia ela, "dava até para ouvir que, ao se distanciarem, alguns, não só os jovens, ficavam com água na boca! Já afastados da biblioteca, até começavam a atirar os livros uns para os outros, daqui para lá e de lá para cá, como malabaristas ou jogadores de handebol durante o treino".

"Agachei-me de novo sobre o calcanhar, assim como os outros passageiros ao redor da fonte ou bebedouro congelado, e avistei pela primeira vez — para além do ônibus envidraçado e das silhuetas dos bibliotecários, dos livros e de quem viera emprestá-los, acima dos telhados das casas térreas de Polvereda (não eram as telhas ocas do sul, aqui já não se via absolutamente mais nada do sul) — a cumeada central da Sierra de Gredos por inteiro, reduzida em tamanho e por isso mesmo ainda mais nítida, como se vista através de um binóculo ao contrário: o pico de Mira, da Galana, os Três Irmãozinhos, pontiagudos e, mais ou menos no meio, uma ponta tão escarpada que parecia ser o único pico não coberto pela neve, como sempre aquela neve que reluzia ininterrupta, o Almanzor, 'A Vista'."

O autor: "Tudo bem eu acrescentar que as pessoas também escondiam os livros entre as compras, entre os pés de alface, os pãezinhos e o sabão em pó?" — Ela: "Tudo bem, contanto que você também mencione que eles não tiravam as mãos, ou a mão livre, dos livros escondidos e que, ao irem embora, debruçavam-se de súbito e enfiavam a cabeça no fundo da sacola de plástico, reaparecendo logo após com o nariz todo empoeirado."

O autor: "Durante uma fase da minha vida, eu também não queria ser visto com livro nenhum e, se não desse para evitar, pelo menos não deixava ninguém ler o título. De uns tempos para cá, no entanto, só saio de casa ou do armazém, *almacén*, com um livro, por princípio, e o carrego abertamente em tudo quanto é lugar e, quando alguém olha, coloco-o imediatamente na luz — caso ele já não esteja brilhando! —, para ele ser visto por qualquer um que tenha olhos para ver. O que também costumo fazer de uns tempos para cá, após a fase dos meios de comunicação mais rápidos possíveis, é mandar cartas para as pessoas com que não posso encontrar e falar em particular, por correio mesmo, esse caminho clássico que talvez venha a desaparecer em breve, e pela via menos expressa possível — a não ser que seja algo urgente, como no seu caso e de sua história, um assunto de extremo interesse. Para mim, uma carta via aérea, por mais que demore dois ou três dias, chega rápido demais ao destinatário, e é por isso — e não para 'economizar', como costuma dizer a funcionária do meu correio aqui na Mancha — que eu prefiro enviá-la por terra" — *barran* — (ela, sem querer) — "ou, em caso de correspondência intercontinental, por navio."

"Isso não é para ser um elogio à lentidão ou coisa que o valha. Não: é que as linhas que dirijo a estes e aqueles — são poucos, e poucas cartas, e poucas linhas — simplesmente precisam de tempo até chegar aos outros. Na minha imaginação —" — "E assim voltamos à imaginação —" (ela, interrompendo-o sem querer) — "— nada contra imaginação, contanto que ela amplie e não limite, e como eu ia dizendo, na minha imaginação, é como se a longa e demorada viagem da carta, uma viagem 'espaçada', adicionasse algo às palavras que escrevi, algo que lhes teria faltado se eu as tivesse botado para correr, via eletrônica ou qualquer outra via. É claro que a carta já tem que ser pensada e escrita para ser transportada desse jeito quase extravagante hoje. Uma carta com xingamentos está fora de questão, por exemplo. Uma carta comercial também, claro que não —" — "Claro que não?" (ela, involuntariamente) — "ou será que sim, quem sabe justamente certas cartas comerciais."

"A mim parece que as cartas mais adequadas para percursos morosos e tortuosos até o destinatário, por terra ou pela superfície terrestre, são as de amizade e de amor —:" "Amizade? Amor? Você?" (ela, sem querer) — "— pois tudo o que elas ressoam de amizade ou amor (nem que não tratem literalmente disso) acaba sendo reforçado, na minha imaginação, por seu trajeto específico via terrestre ou aquática; não apenas reforçado, mais do que isso, validado, com uma validade diferente da de um fotograma —" — "fax" (ela, ou um terceiro?) — "— ou um u-mail —" — "— *e* —" (ela, ou quem?).

O autor: "Basta a ideia de que meu envelope permaneça primeiro aqui, junto com todas as pequenas palavras das caixas de correio da vila, quem sabe até por uma noite ou durante o fim de semana. Quando jogo a carta, a caixa até dá um estalo de tão vazia! E depois sendo transportada até a estação ferroviária, para além das sete planícies da Mancha. Dentro do saco do correio, nas zilhares de paradas, dia e noite, nas estações de trem ou a meio caminho nos diversos países de travessia. Sendo separada das outras na bifurcação dos trilhos. Sendo transferida para um ônibus do correio e assimpordiante."

"E a cada percurso adicional, imagino que a minha carta adquira cada vez mais credibilidade e que cada uma de suas frases se torne mais eficaz e autêntica, mais legítima mesmo, de uma legitimidade diferente do que se eu tivesse transmitido o conteúdo por telefone ou até se lhe tivesse dito pessoalmente. Só assim você vai poder confiar na autenticidade das minhas poucas palavras dirigidas a distância e sentir que elas vieram do coração ou pelo menos dessa mesma região."

"Quais (certas) cartas, tais (certos) livros — e com isso retornamos aos livros. Uma coisa que eu e você temos em comum, pelo que imagino, é a infância passada no vilarejo, muito embora tenham sido vilarejos diferentes. E assim me permito mencionar de passagem a antiga biblioteca da minha vila, já reduzida a pó há muito tempo. É que já é noite e, durante as noites em que não estou sozinho, às vezes acontece de me soltar a língua e então sinto necessidade de contar, mais e mais, quase sempre coisas passadas há muito tempo, coisas irrelevantes, digamos, sim, digamos."

"Aquela biblioteca ficava na escola, mas não tinha um espaço próprio, apenas um armário envidraçado, encostado na parede lateral da sala de aula comum a todas as crianças. Na época, eu tinha uma espécie de horror aos armários da vila; inclusive aos lá de casa. Eram roupeiros — até hoje não consigo me acostumar a usar a palavra 'guarda-roupa', como convém — quase sempre abarrotados de coisas que ninguém mais vestia, velhas e comidas de traça, coisas dos antepassados, em parte, e dos antepassados dos antepassados, inclusive o traje de gala de algum filho que não tinha mais voltado desta ou daquela guerra; com certeza toda casa devia guardar uma ou duas relíquias dessas."

"E o meu horror se tornava agudo quando um armário desses era destrancado e entreaberto para ventilar, algo que sempre voltava a acontecer, e eu lá — sozinho em casa e no quarto. As portas iam se abrindo devagar, pouco a pouco, quase sem fazer barulho, e atrás das carreiras de roupas penduradas lá dentro sem o mínimo espaço entre si, algo ia se aglutinando, preparando o salto e logo os retalhos ameaçavam sair voando, não só os de pano. Por outro lado, toda vez que o armário de livros se abria diante dos meus olhos na sala de aula, uma vez por semana —"

Não era raro o autor interromper o que estava contando, assim como sua heroína ou parceira de negócio, e partir para uma pergunta: "E sua imagem das bibliotecas? Suas imagens? Com certeza nunca deve aparecer livro nenhum nas imagens, assim como você as entende e quer vê-las transmitidas no nosso livro? Nada além de lugares e paisagens, o tempo todo — uma folha até passaria, mas jamais de papel, não é mesmo? Não vá me dizer que você já se sentiu tocada por alguma imagem onde tenha relampejado uma biblioteca?" Também não era raro acontecer de o autor tentar instigar os outros a contar alguma coisa. Mas em vez de dizer:

"Conte aí!" ou "O que você tem para me contar?", ele dizia "*Nem* me conte, vire essa boca para lá!"

Sua hóspede, a contratante, ficou olhando um tempo ao longo da linha do ombro para um ponto de fuga ao longe e então elevou? não, baixou a voz: "De fato, imagem nenhuma, nenhuma imagem desta e daquela biblioteca nacional onde chegamos a passar muito ou pouco tempo, e mesmo em se tratando de uma biblioteca incendiada, não a de Alexandria, mas a do vilarejo: após o incêndio de uma casa, restos de livros aos montes, misturados com cacos de vidro e maçãs assadas ao fogo, bem longe do local do incêndio, debaixo de uma macieira."

"E mais uma imagem: a de uma biblioteca suburbana numa metrópole litorânea, abrigada numa antiga casinha da alfândega, entre a trilha da aduana, desativada, e um penedo escarpado logo adiante, a trilha alargada e transformada em passeio à beira-mar e a casinha de um único cômodo bem iluminada após a ampliação das janelas, o olhar atravessando quem passeava pela trilha da aduana até bem longe, lá longe na superfície das águas, mas leitor nenhum na imagem, nada além da silhueta dos livros entre o mar, ao fundo, e os pedestres, ciclistas e patinadores, em primeiro plano, dias e anos a fio, sempre a mesma imagem diante dos meus olhos, e uma vez, quem sabe, também uma imagem dessa biblioteca tarde da noite; as silhuetas dos livros e a maré de sal lá fora, captadas em conjunto através da vidraça larga como uma vitrine, no quase-breu, no vazio desabitado." — "E na realidade-fora-da-imagem, essa filial de livros já deve ter virado há muito tempo uma filial de banco, não é mesmo?" (o autor) — Ela: "Provavelmente reformada e transformada no museu da trilha da aduana." — Os dois juntos, sem querer: "Tanto melhor." — A mulher, a hóspede: "E com isso retornamos ao ônibus a caminho da Sierra de Gredos."

Quase toda vez que atravessara a Sierra de Gredos, ela tinha passado pela Polvereda, a região da poeira, e pela localidade com esse mesmo nome. E toda vez encontrara mais ou menos as mesmas pessoas, moradores aparentemente estabelecidos há muito tempo na região, com trajes semelhantes, sotaque semelhante, trejeitos semelhantes e sobretudo tez semelhante.

No dia aqui narrado, porém, tudo lhe parecia absolutamente diferente. Como era de se esperar, os nativos de sempre continuavam andando por lá, ou melhor, sentados em seus lugares cativos — os jogadores de baralho e de dado, de meia-idade, dentro do único bar; e quem já estava velho demais para jogar, lá fora, no sol já baixo. Só que estes já não eram os únicos a determinar o cenário. Ao fazerem compras e tirarem livros no ônibus-biblioteca, eram tantos quanto os que estavam vestidos em trajes metropolitanos, também provindos de Polvereda ou pelo menos longe de ser forasteiros. No entanto, ocupando-se com as mesmas coisas que esses dois grupos, havia um terceiro no meio, aparentemente em minoria, e era ele que formava o que havia de novo e estranho naquela localidade serrana. Grupos? Não, nenhuma das três variantes formava nada equivalente a um grupo, nem os que tinham voltado da cidade grande para a vila ou vindo apenas passar férias, nem os nativos, quanto menos os últimos; eles simplesmente faziam o que queriam, cada um por si.

Cada um por si, sobretudo os do terceiro e último grupo, ao que parecia. Será porque cada um deles tinha uma cor de pele diferente, mesmo que fosse apenas em nuances mínimas, mas ainda perceptíveis, do preto retinto passando pelo bronze até o marrom avermelhado, do oliva passando pelo pêssego e pelo limão até o amarelo-escuro, do amarelo-marmelo até o cinza-amarelado passando pelo verde-azulado e pelo branco-neve? — este, especialmente incomum naquela região serrana. Antigamente se diria que cada uma dessas pessoas esparsas, uma após a outra, corporificava uma "raça" com "seções" e "subdivisões". E agora? Na época desta história, a palavra "raça" já não existia há muito e, caso fosse empregada, referia-se exclusivamente a características exteriores, superficiais, como a cor da pele, por exemplo, mas o melhor mesmo era evitá-la de uma vez por todas.

Ou será que os de outra cor ou ultrabrancos chamavam tanta atenção pelo fato de andarem por aí, um e outro, com chapéus e trajes completamente incomuns na serra, ainda conhecidos apenas por imagens de arquivo: em trajes étnicos ou folclóricos, por assim dizer (fazia tempo que palavras como "etnia" e *folk*, isto é, "povo", tinham caído em desuso, se não em descrédito ou desgraça), em "cafetãs" (?), "sáris" (?), "burnus" (?), com um "fez" (?), um "turbante" (?), um "xaicaque" (?), e sabe-Deus-o-quê?

Mas aqueles terceiros esparsos também não pareciam ser tão estranhos assim ao lugarejo; ou então já tinham deixado de ser, o que já devia fazer um tempo razoável. Transitavam pela Plaza Mayor com toda naturalidade; embora cada um tivesse seu próprio sotaque, às vezes até transcontinental, imediatamente reconhecível, falavam a língua do país com uma certa fluência, sobretudo os mais jovens; com exceção daquele velho chinês protoarcaico (no mais, era para se evitar o radical *proto-*, de preferência) que ainda andava de boné, terno inteiro azul abotoado até o pescoço, com uma timidez tão terna que saltava à vista — dependendo de quem visse — e jamais vista em todo o país, saindo de uma das ruelas com passos como que calçados de algodão, silentes, fazendo um monumental desvio de cordialidade ou "abrindo alas" diante de quem quer que fosse, até de cachorros e gatos, e depois, no ônibus, apontando — mudo, mas determinado — para um certo livro, o motivo pelo qual ele se pusera a caminho da biblioteca. Era um livro em sua língua, com ideogramas chineses e seu traçado de escadinhas.

E assim como o velho chinês, outras pessoas de raças, povos ou etnias alheias àquele lugar emprestavam um livro em algum dos idiomas ali correntes, digamos, espanhol ou outras línguas românicas, latinas ou europeias, e o outro na língua de seu país de origem: é claro que a biblioteca itinerante tinha tudo o que eles pediam, tendo-se encomendado ou não. Se de início ela ainda se admirara dessa cena, depois de um tempo, assim agachada no bebedouro, a observar, nada mais lhe causava espanto; ou será que o espanto se tornou tão forte e exclusivo a ponto de não se fazer mais sentir?

18

E novamente o sinal para prosseguir a viagem. Partida de Polvereda: deixar as nuvens de pó para trás. Mas desta vez sem que soasse o sininho: apenas uma buzinada corriqueira, só que bem mais estridente, de furar os tímpanos. E não viera do ônibus envidraçado, do ônibus-biblioteca, mas de um outro veículo que neste exato momento saía em marcha a ré de uma garagem tomada até então por um depósito abandonado.

O segundo ônibus era normal, não exatamente novo, mas em compensação mais adequado às curvas da serra que o primeiro. Todos os viajantes embarcaram, com exceção das crianças, que voltariam para casa com sua biblioteca, conduzidas pelo chofer emudecido em companhia de seu filho emudecido — o diálogo dos dois já desnecessário nesse meio-tempo? Eles acabavam de partir. E o novo motorista também tinha um acompanhante, um gigantesco cão pastor, um tanto quieto, o tempo todo mostrando o perfil para o dono.

Fazia frio naquele ônibus transitório, não só na partida, mas por muito tempo depois, e ali dentro tudo cheirava a cinza de cigarro e outras coisas mais. E entre as fileiras de passageiros, clareadas, havia se infiltrado uma certa angústia; como se, sem a companhia das crianças, eles não se vissem protegidos por mais nada.

Ninguém abria a boca. Nem se voltava para os demais, muito menos para fora, para a paisagem montanhosa cada vez mais íngreme, onde logo após a primeira curva acentuada — um sistema uniforme de curvas serpenteantes espraiando-se por toda a lomba e pelas barreiras rochosas anteriores à Sierra —, voltava a submergir a cumeada ainda visível há pouco da praça da vila.

Ninguém, nem o novo motorista, respondeu ao cumprimento do lavrador que acenara com um feixe de espigas de trigo reunidas entre os restolhos, bem do meio de um campo de cereais cingido por muros de granito, do tamanho de um jardim, planejado fora da área pedregosa acima do limite onde cessam as árvores; ninguém teve tempo de perceber o aceno daquele velho como um voto de boa sorte ou talvez uma bênção de viagem: ninguém teve tempo de se admirar de um trigal a uma altitude dessas, quase dois mil metros acima do nível do mar, por mais que esse fosse o único.

Só ela, nossa aventureira, em seu assento logo atrás do motorista e do cachorro, parecia ter tempo, tempo que não acabava mais, como sempre, como desde o início desta viagem que deveria ser "sua última". "E ter tempo", explicou ela ao autor, "naquela ocasião significava para mim: estar sem medo, sem preocupação, sem aperto; nenhuma ameaça mais, nem o inverno, nem a neve escorregadia, nem o perigo de atolar em algum trecho impassável há muito tempo, nem noites de geada no alto da serra, nem breu, nem nada, nem coisa nenhuma."

"No entanto, era natural — natural? — que eu tivesse um senso de perigo mais lúcido que os demais viajantes; sobretudo quanto àquele, ao grande perigo. Mas naquele trecho, a sensação de ter tempo se tornava muito mais forte que a minha consciência. Era como naquele jogo em que o papel embrulha a pedra e o jogador "do papel" vence portanto o "da pedra": naquele lugar, o sentimento vencera a consciência, enquanto numa outra situação, em outro momento, a consciência poderia muito bem ser a tesoura dessa sensação de ter tempo — o sentimento poderia muito bem ser retalhado pela consciência..."

Consciência de estar em perigo e sensação de ter tempo: se isso fosse um jogo de verdade, seria um sem vencedores nem vencidos. Além de uma coisa complementar a outra, ambas geravam uma terceira. Dentro da lataria daquele veículo apertado, a cada rajada de vento que entrava pelas frestas, ela sentia uma outra rajada perpassar toda a história pela qual ela se pusera a caminho:

um estirar-se e um tiro, um dissipar-se e um disparo. E assim ela sentiu, não, vivenciou e viu o seu livro, apesar de todas as discussões e descrições que também faziam parte (um pouco como a serpentina enlaçada e digressiva pela qual o ônibus prosseguia morro acima), seu livro prestes a ser puramente narrado, ou melhor, mais belo ainda, seu livro a narrar-se a si próprio; aproximar-se da mais elevada das sensações narrativas, aquele "narrar-se", "eu, tu, ele, nós, nós sendo livremente narrados, de um país para o outro, pelo menos durante um tempo, volta e meia, de quando em quando, uma raridade e uma preciosidade dignas do livro da nossa vida".

Ela era aquele passageiro que estava olhando para fora do ônibus; o que retribuíra o cumprimento do lavrador do cercado apenas com um brilho no canto dos olhos e nada mais; o que olhara para trás, para os outros — que foram se levantando aos poucos de seus assentos esparsos e se sentando na frente, um colado ao outro, mais ao redor dela do que em torno do motorista, um monte de gente na dianteira do ônibus, como as crianças que haviam se aglomerado na traseira durante a etapa anterior.

Só haviam restado poucos viajantes, e, ao observá-los, um a um, pareceu-lhe que em Polvereda não tinham trocado apenas de ônibus, mas também de passageiros, todos com exceção dela, e que, por outro lado, cada uma daquelas caras lhe era conhecida. Eles já tinham tido alguma coisa juntos, algo decisivo, as linhas de suas vidas já haviam se cruzado alguma vez, mas de que maneira? em que circunstâncias?

E o ônibus se aproximou de mais um desfiladeiro à primeira luz da noite, que bem poderia ser a primeira da manhã. Logo após, o maciço de Gredos estaria definitivamente ali adiante, sem nenhuma cordilheira na frente, com o alto vale como que talhado no sopé norte pelo rio Tormes, cujas nascentes ficam na Sierra. E mesmo em meio à atmosfera profundamente azul, quase preta, dava para reconhecer essa travessia pelas nuvens que fervilhavam através de uma fenda no cume rochoso, alternado-se com nevoeiros e parcas nevascas e momentos de tempo claro.

E em meio a esse vapor de caldeira, delineava-se de quando em quando a silhueta de um dos homens voadores que se aproveitam do impulso do vento para se deixar carregar às alturas por suas asas artificiais de cores vivas. Na fase inicial, alguns deles foram impelidos tão para o alto, que ainda apareciam sob a última réstia de sol que já tinha se posto para quem estava lá embaixo, desaparecido desde o solo até os cimos dos contrafortes. E em serpenteados bem lentos, quase tão vagaroso quanto os homens alados traçando suas espirais no ar, o ônibus se aproximava, se distanciava, se aproximava do passo e dos que voavam de asa-delta ou quem quer que representassem. Ao lado se estendia um platô natural, estreito, utilizado pelos esportistas para pegar impulso e saltar. Ele era transpassado ininterruptamente por carreiras de nuvens e lá estava agora, imerso na névoa.

Pouco antes de o ônibus alcançar o passo — por uns instantes, a placa "Puerto de Peña Negra" (= Passo do Penhasco Negro) 1900 m" cada vez mais legível no limiar da caldeira de nuvens — um dos homens-pássaro, em vez de se lançar dali como seus companheiros, aterrissou naquela superfície correndo, não, em disparada; nem bem pousara, quase ricocheteando, logo já estava saindo da imagem, como que sugado junto com suas asas cruzadas ou reviradas nas costas, logo liquefeito no nevoeiro.

Onde estava mesmo o lugar, necessariamente bem mais alto, de onde ele saltara antes? E seu equipamento de voo não era um paraquedas, inflando-se por trás e por cima dele no momento da precipitação? Não qualquer paraquedas colorido de esportista, mas um cinza-rochedo e marrom-zimbro, por assim dizer, não, não só por assim dizer, em cores de camuflagem. Um paraquedas militar?

Ou será que o olhar dos passageiros do ônibus é que estava enfeitiçado pelas estranhas formas de nuvem em todos os passos da serra, ou pelo quê mais?, tanto que na paz, só viam guerra? num rochedo, apenas uma imitação de papel machê? e nos desenhos da rocha, a torre de um tanque de guerra que "na realidade" estava escondido ali atrás? sob a fachada de algo que aparentava lenha, um depósito de metralhadoras empilhadas? assim como o herói daquele livro que se passava na região confundia todo pastor de ovelhas com um cavaleiro salteador?

Ou já era uma época tão diferente daquela, que as pás dos moinhos de vento espadeirando o ar representavam mais que meras "pás de moinhos de vento", talvez não exatamente "gigantes desaforados", mas quem sabe alguma outra coisa? e talvez isso também se aplicasse a esta bola que aparentemente acabava de rolar do canto do rochedo de repente? a estes espantalhos plantados vale abaixo? a estes manequins nus todos empilhados, transportados atrás daquele caminhão que acabava de passar?

E quem podia saber se a pretendida do herói daquele livro imortal, "na realidade" feia de doer ou até inexistente, possivelmente não era nem é tão bela e nobre quanto seu pretendente a imaginou ou imagina, talvez até infinitamente mais nobre e bela e sobretudo mais existente? e que ela ficou e ainda está esperando por ele, exatamente naquela vila da Mancha onde ele acabou de imaginá-la, e que essa beleza e juventude e existência em pessoa continuará esperando por ele?

Seja como for: ao contrário do herói daquele livro, com certeza estes viajantes aqui não tinham partido sob o signo da aventura. Eles até a temiam, como dava para ver. Se dependesse deles, nem teriam ido viajar. Quando crianças, mal se interessavam por trens-fantasmas. Não eram só os velhos que estavam com a cabeça sacolejando para cá e para lá durante a viagem, feito frágeis recém-nascidos. A única aventureira entre eles era a mulher desconhecida e ao mesmo tempo conhecida, sentada ali na dianteira do ônibus.

Ela parecia estar à espreita ou pronta para lançar: pronta para se lançar à viagem, precisamente como uma lança. E que brilho nos olhos, como se tivesse voltado a cabeça para aquele soldado de paraquedas que passava afobado entre os que voavam por passatempo ou quem quer que fosse. E após a travessia de Puerto de Peña Negra, ou como quer que se chamasse este passo, quando de repente o ônibus foi raspando a lateral ao longo de um barranco rochoso, como se estivesse fora do controle do motorista, dando uns saltos e solavancos, até o motor morrer e o veículo ficar parado na estrada, foi ela que tomou o volante por um momento, pegou o motorista ali debruçado pelas axilas e o deitou cuidadosamente aos pés de seu imenso cachorro, que agora começava a choramingar feito criança pequena.

"Mas não foi nada do gênero de uma bala perdida, foi?", perguntou o autor: "A mera expressão 'bala perdida' seria algo que eu jamais conseguiria escrever, pelo menos não no seu livro, no nosso livro!" — "Você bem que podia ter sido um dos passageiros ao meu lado naquele ônibus", respondeu ela. "Mas não se preocupe: se for para ser uma aventura, é para limitar o máximo possível e encurtar radicalmente possíveis episódios de violência e de luta exteriores. Senão, por que eu haveria de tê-lo encarregado de escrever a história? Se é para haver qualquer ação, que se dê em geral menos peso às ações meramente exteriores do que às que ocorrem de tempos em tempos, ou seja, no ritmo de uma longa, longa história, ações irrompidas de dentro para fora."

"Desta forma, você pode escrever que, no último passo antes da Sierra, o motorista não foi atingido por bala nenhuma, nem perdida e nem de qualquer outra espécie. Simplesmente ficou enjoado. Provavelmente deve ter tido um infarto, ou foi um ataque de asma que o fez perder a direção. Uma outra passageira do ônibus me ajudou a arrastá-lo para fora, e ali ele voltou imediatamente a si." E ela o ajudou a se levantar. Ele não quis ficar sentado; só se encostou no barranco. Seu rosto vermelho feito fogo, parecendo um peru, foi se descolorindo aos poucos. Ela foi buscar água, aquela água que jorrava gelada de dentro do rochedo, e borrifou os pulsos dele. O cachorro corria para cima e para baixo em forma de oito, uivando para o dono, até se deitar por fim à sua frente, quieto, com a cabeça erguida.

Ninguém mais terá se movido. Todos imóveis, inclusive as duas mulheres, uma delas, corpo a corpo com o motorista, com a mão no ombro dele.

Ninguém dizia uma palavra; ao acudir, a ajudante tinha desligado imediatamente o rádio do ônibus. Nada além do chiado dos cardos altos, em pleno vento da Sierra. A cena perdurou. O doente tentou se levantar várias vezes e subir de novo no veículo, mas toda vez o joelho amolecia. As duas mulheres o seguraram por baixo dos braços e das pernas, carregaram-no e o deitaram — era óbvio que ninguém teria permissão para ajudá-las — em uma das fileiras vagas de trás. O cachorro o seguiu e se acomodou paralelo a ele, com as costas tão altas que impediriam que o dono caísse.

Já sentada há algum tempo no banco do motorista, a aventureira deu partida e o ônibus prosseguiu morro abaixo, exatamente no mesmo ritmo de antes. Embora fizesse um bom tempo que ela não estivesse mais viajando no papel de alta executiva de banco, o comportamento próprio dessa profissão continuava influindo nas situações deste outro mundo, interferindo de forma decisiva, fazendo e acontecendo, influenciando a sequência de ocorridos: a combinação de prontidão e soberania característica de seu trabalho; de espera paciente, quase sonâmbula, e intervenção brutal, ao mesmo tempo pausada, no momento oportuno; de forma "prestativa", no sentido da palavra; tanto salvar como incentivar-se.

Mas ao vê-la substituir o motorista, as poucas pessoas do ônibus que tinham uma certa sede de aventura reconheceram a consciência missionária dela entrando em ação: igualmente "característica", mas de um modo diferente, provinda de um sentimento de culpa e destinada a escamotear essa mesma culpa. Não havia exemplos e mais exemplos disso na história? Um tipo de pessoa que se lança como salvador e também como guia e até como líder, só por causa de um sentimento de culpa de deixar qualquer pessoa muda? E por outro lado, um terceiro a se intrometer, digamos, o nosso autor, com o olhar de todos os dias sobre a estepe da Mancha, querendo se manter à parte de tais opiniões e explicações, mas mesmo assim opinando e explicando que sua protagonista não tem jeito mesmo, é como é, e só faz, empreende e deixa de fazer o que quer fazer, empreender e deixar de fazer.

E ele perguntou — uma pergunta retórica que já antecipava a resposta — se ela, aquela mulher lá, não tinha se tornado rainha do banco por causa de uma disposição inata de servir e substituir os outros, ou — talvez um pressuposto dessa disponibilidade — por causa de uma presença de espírito básica que, na pessoa em questão, vinha acompanhada pelo dom ao do presságio — a capacidade de prever desenvolvimentos, estruturas em mudança, guerras abertas ou tácitas, paz inerte e corrompida ou acompanhada de ações e capaz de abrir caminhos em territórios novos: da mesma forma que, como já foi dito, não é mesmo, o principal dom, ou como se diz mesmo, o potencial histórico de seu precursor Jacob Fugger, da Augsburg do século XVI, fora "sabidamente" sua capacidade de prever, uma espécie de "variante do ouvido absoluto" (quanto a isso, o autor também fizera suas pesquisas, algo que não fazia parte de seus hábitos)?

Além disso, o que também se ajusta ao presságio e à presença de espírito é o fato de ela, assim como Jacob F., o maior de todos os "frutificadores de dinheiro" da história, também ter suas raízes, ou como denominar isso, num vilarejo. Segundo o autor-pesquisador, ele próprio afugentado da cidade há muito tempo, uma vida no interior reforçaria os dons já mencionados, e estes, por sua vez, seriam alicerçados e ao mesmo tempo aclarados, no sentido de "iluminados".

E por fim, ele ainda atribuiu os talentos de sua heroína ao fato de ela ter passado a infância interiorana sem os pais — o fato de ela, a mais velha, sempre ter tido obrigação de estar lá para o "irmão menor" — o fato de...: para a sorte dela e do livro, neste momento ele finalmente interrompeu o que dizia com um sorriso, como se todas essas explicações não tivessem passado de uma brincadeira. Mas a ela, ele continuava dando a impressão de querer defendê-la de alguém ou do diabo a quatro, "quase como um admirador"; e, em interesse da própria história, era para ele deixar disso de uma vez por todas, definitivamente, até o último parágrafo!

19

Era incrível como os passageiros conseguiam relaxar agora, com a aventureira no volante; inclusive o motorista doente, deitado com o cão gigante ao lado, há pouco ainda lutando para respirar. Após terem sobrevivido aos momentos de angústia e de pranto precoce e ruidoso, ambos tinham adormecido; dormiam como pedra, um sono profundo; roncavam e arquejavam. Isso, embora ela guiasse mais ligeiro que seu antecessor ao volante, não só por ser uma descida (aqui na face sul dos últimos contrafortes da Sierra, podia até ser que as curvas serpenteantes fossem mais abertas, porém no mais, descer a serra sempre significava: dirigir cada vez mais devagar).

Em todo aquele trecho através de pastagens montanhosas, pouco arborizadas, a não ser por uns parcos pinheiros alpestres, esparsos, a cumeada de Gredos continuava à vista, nítida, como que sempre à mesma distância lá no alto, no fundo do campo de vista, sem ser encoberta por nenhuma outra linha intermediária de montanhas.

Sem qualquer vestígio de baforadas de névoa ou nuvem, a não ser lá atrás, no Passo do Penhasco Negro. Puro céu noturno de inverno, embora não desse para saber se o toque sombrio daquele azulado — não mais se azulando, como pela manhã ou pela tarde — vinha do negro sideral que já dava para sentir naquelas altitudes ou da noite que se aproximava. O cheiro de fumaça, quase nenhum, escapara para fora do ônibus, onde o ar era mais fino e rarefeito; sem mais frio nem calafrios.

Em meio às pastagens alpestres, nas lombas, rebanhos bovinos por toda parte, ao contrário dos pastos vazios nas regiões intermediárias, famílias de cavalos lá no meio, algumas poucas, com pelo como que bovino (o de muitos touros), tão curto que mais parecia só pele esticada sobre o corpo, de um escuro acarvoado, em regra: isso queria dizer que, durante os meses de inverno, o gado não fora conduzido através da Sierra, portanto, da cordilheira para a região sul, bem mais quente e não muito acima do nível do mar, sempre sem neve, até o vale do rio Tiétar e do rio Tajo, mais para baixo?

"Sempre foi assim aqui?", perguntou-se a motorista versada em Sierra. "Sim, toda vez que passei por aqui no inverno havia animais pastando, mas só nestas pastagens das montanhas centrais — se bem que jamais tantos assim, como esses aglomerados aí, e além do mais, uma outra novidade, pastoreados com tanto cuidado e rigor — ao redor de cada rebanho ou manada, uma pequena equipe de pastores com *walkie-talkie* —, como que preparados para o pior."

Olhando lá de cima, do passo, ainda batia sol numa parte das pastagens na encosta sul lá embaixo, num campo radiante que foi se obscurecendo a olhos vistos, até o breu — e depois de escuro, mais um pulsar, num piscar de olhos —, com exceção de uma única rês, avulsa, salpicada numa depressão sob um dos cumes, com um reflexo amarelo no lombo, ou será que era uma mancha no pelo?

Um reflexo semelhante, amarelo, depois vermelho, depois amarelo-vermelho-azulado, sobre a cumeada da Sierra de Gredos, lá no fundo do céu, depois do poente. Até poderiam ser os Alpes da Europa Central com seu famoso, já banalizado, "fulgor alpino" ao fundo, aquele reflexo do sol sobre as superfícies nevadas; o que combinava com as badaladas dos aljorces pendurados no pescoço das vacas e dos carneiros que guiavam o rebanho e também com o véu de geada no alto vale talhado na montanha, já no escuro noturno, de onde fulguravam as luzes das parcas casas, jamais concentradas em cidades ou vilarejos, ao que parecia.

O que será que toda vez, inclusive na noite de hoje, a trazia de volta a esta Sierra de Gredos, que, sobretudo agora no inverno, mal se distinguia das serras suíças nas fronteiras com a Itália e a França, e cujo pico mais elevado, o Almanzor, mal passava da metade do Mont Blanc, Jungfrau ou Matterhorn?

O que ela poderia estar procurando ou esperando desta cordilheira sem pistas de esqui nem teleféricos, absolutamente desconhecida, fora das fronteiras da meseta, até no próprio país conhecida quase só de ouvir falar, um destino de viagem apenas para habitantes da região e quando muito de Madri? Até os principais tipos de rocha, granito, gnaisse e micaxisto, não eram os mesmos dos Alpes?, com a diferença de que estes eram bem mais imponentes, convidativos, apropriados para diferentes aventuras, bem mais profissionais que os cumes da Sierra, alguns milhões de anos mais velhos, por sua vez, velhos não exatamente no sentido de "fenomenais", "raros", "candidatos a recorde" ou "adoráveis", mas sim "desmantelados", "dilapidados", "descartados", "descontados", ou seja, "decrépitos" mesmo, ao contrário dos Alpes, ainda jovens, com o subsolo ainda ativo, elevando-se, emergindo e expandindo a cada ano, enquanto a Sierra de Gredos, se não a olho nu, pelo menos conforme medições, estava diminuindo, erodindo, encolhendo, e daqui a alguns milhões de dias não passaria de uma meseta elevada em meio à meseta?

Já que ela escolhera um caminho mais longo para encontrar o autor, por que não logo um mais emocionante, que conduzisse a centros de maior interesse público — fosse público leitor ou não —, mais contemporâneos, isto é, mais atuais e, se era para ser um caminho longo, por que não um muito, mas muito mais longo mesmo do que este através da Sierra, que não merecia a atenção de quase ninguém — por que não viajar até aquele fim de mundo da Mancha, por exemplo, fazendo uma volta pela África do Norte, através dos desertos mauritanos, atravessando o Alto Atlas, no Marrocos, cruzando o estreito de Gibraltar e prosseguindo continente adentro pela Sierra Nevada, Sierra Morena e, por fim, pela Sierra de Calatrava, a "Serra da Caveira" — todas elas, paisagens pelas quais ela já tinha viajado e caminhado pelo menos duas ou três vezes e onde, ao contrário do que acontecia aqui no maciço de Gredos, ela quase sempre só vivera coisas boas, benéficas, alegres, de expandir o fôlego?

"É verdade", disse ela para si mesma ao volante do ônibus, em silêncio, dirigindo-se em pensamento a seu autor distante: "Toda vez que penso nas minhas travessias da Sierra de Gredos, sempre me ocorre — a não ser que me venham à cabeça as imagens já mencionadas, sem que eu as evoque — uma situação-limite, não raro entre vida e morte, ou pelo menos algo absolutamente adverso ou negativo. E mesmo assim, desde aquela primeira vez, ainda grávida da minha filha, coloquei-me a caminho deste lugar quase todo ano, às vezes até mais de uma vez por ano, com muito mais frequência do que jamais viajei pelas demais regiões do planeta, onde geralmente me encontro num estado de contínua exaltação — não, não aquela exaltação enganosa, mas um estado de amor, sim, de amor, do qual só tenho lembranças agradáveis quando olho para trás. Numa das vezes em que estive viajando por aqui, entrei numa nevasca com flocos tão pesados e molhados, que de repente me faltou ar e até fiquei com medo de morrer asfixiada. Quase morri de esgotamento daquela vez. Foi num mês de janeiro, como agora —"

Ela se corrigiu de novo: "Não, em janeiro foi aquele dilúvio. Ou isso foi em outro janeiro? Não, os sapatos perdidos. A tempestade de neve foi em maio — como sempre, os tempos passados na Sierra se embaralharam e isso também se deve a ela, à Sierra de Gredos. — Eu tinha acabado de passear pelas montanhas em pleno sol de maio. Caminhava com passos leves, de mochila, *mihlatuz zahr* em árabe, como só mesmo alguém — ele ou ela — poderia caminhar. Como sempre acontece quando saio a pé, media o meu estado, o momento, a hora e minha relação com o mundo ou com a vida pelo fato de eu girar, ou não, pelo menos uma vez em torno de mim mesma enquanto caminhava."

"E esse giro ocorria a intervalos regulares, preestabelecidos. Do mesmo modo, entre o capim curto, em parte ainda cinza do inverno, de tempos em tempos parecia crescer na minha direção uma azeda-brava, sempre em touças, de um verde igualmente fresco, e toda vez eu arrancava uma folha e saía mascando, depois, nem sequer contra a sede, mas só por prazer, como que para intensificá-lo e deliciá-lo melhor com esse azedume."

"Eu já estava caminhando tão alto na Sierra, que não havia mais gargantas a ultrapassar. Até uma certa altitude, um pouco abaixo do limite onde cessam as árvores, a Sierra é cortada por gargantas estreitas e profundas, mesmo que pareça plana e acessível de longe, pelo menos na parte norte. Em vez de escalar até a cumeada em linha reta — escalar é exagero, algo raro nas encostas norte, ao contrário das escarpas sul —, eu seguia a passos lentos através de pastagens alpestres, sem árvores nem valas, sem cercas de poucos em poucos metros, subia durante um tempo e descia quando bem entendesse, só que então, em vez de ter que transpor um arame farpado a cada poucos passos, algo um tanto cansativo, imagine só, eu logo estava atravessando a vau ou simplesmente pulando um pequeno riacho que acabava de brotar, um fio de água que escoava pau a pau com as pedras e com o capim e só começava a sulcar a terra bem depois, e durante a minha lenta caminhada até Puerto del Pico, durante a travessia para o sul, itinerário que eu tinha escolhido para aquele dia, sabe, surgiam outras nascentes, uma depois da outra, o curso desses riachos sobre a superfície da terra parecendo o meu esporádico girar-em-torno-de-mim-mesma e continuar-seguindo-sem-cessar, numa sequência como que regrada e sistemática."

"Acho que não preciso mais contar para você o que significa transpor os passos e as passagens da Sierra de Gredos. E o Puerto del Pico, a travessia norte-sul, bem no meio, entre o maciço leste da Sierra e o central, foi erodido dos antigos rochedos de modo mais abrupto, sendo muito mais fundo que a maioria das outras passagens, parecendo já de longe uma garganta profunda em-meio à cadeia que se dispõe de leste a oeste e se escarpa íngreme para os dois lados. E se em algum lugar ainda existir uma fronteira clara e clássica entre norte e sul, com certeza é lá no alto de Puerto del Pico, um norte e um sul como figuram nos livros."

"O vento sul, como você deve saber, é muito mais quente aqui do que nos *puertos* já mencionados, pois chega direto da planície, sem barreiras, e por entre os paredões escarpados das gargantas sopra com uma velocidade e um ímpeto ainda maiores; nem sempre, só em determinados dias, nada raros, em certas horas, geralmente ao meio-dia — o vento sul sopra exatamente pela linha fronteiriça e se desloca por baixo do ar vindo do norte, que até então estava parado, se manteve frio ou já chegou a resfriar ainda mais no interior da cordilheira, mas agora se sobrepõe à corrente sul, e o resultado em Puerto del Pico, veja só, não são mais aquelas meras baforadas e tragadas de névoa e nuvem com flocos de neve esparsos, mas sim trovoadas e relâmpagos, além de um pé-d'água gelado, sem piedade, persistente até a noite, sendo que mais para o alto, ao redor das escarpas, só tempestades de neve e blizares, temporais repentinos ventando flocos, como o que me pegou naquele mês de maio, no meio do caminho dos cem riachos e das mil azedas-bravas rumo ao passo."

"Bastou um passo para eu sair do sol de maio, com uma vista para o vazio aberto e manifesto até o Escorial a leste e até a Plaza Mayor de Salamanca a oeste, se não até o breu polar, pelo menos até o último anoitecer pré-polar, sem contornos, no mar de Bering, em pleno inverno; sem redemoinhos, apenas um arrevesso de flocos esparsos no início, mas logo depois uma massa asfixiante, já regelada e condensada no ar, sem intervalos, centrifugando mais e mais próxima de mim, pegajosa, em breve nem sequer mais branca-neve como era, mas — à parte dos relâmpagos esporádicos, até bem-vindos — aprofundando ainda mais a escuridão."

"O esquisito nisso tudo, muito esquisito mesmo, é que só agora, ao contar isso para você, é que me ficou clara uma coisa: mesmo estando pouco antes cheia de vontade de viver, feliz da vida, feliz com a minha própria vida e com a existência, a universal, acreditando ter sentido ali no ermo o cheiro das tílias que florescem em junho, bastou eu colocar um pé na frente do outro e — com que rapidez estive prestes a desistir e morrer. O meu fim está próximo, pensei comigo. Mais alguns passos e eu não vou conseguir mais, vou cair. E se cair, vou ficar deitada no lugar e não me levantar nunca mais."

"Os retalhos de neve molhada caíam e estalavam no chão. Este, estava quente-primavera; nas superfícies rochosas, já quentes-verão. Mas logo a neve não derretia mais. Subia. Subia mais e mais, tão rápida como o leito de um riacho inundado pelo temporal. Logo chegaria até meus joelhos. Até a barriga, não demorou muito. Tropecei. Depois caí, mesmo que não de todo. Comecei a engatinhar. Você ainda pode me ver engatinhando ali um bom trecho, de quatro, quase cega, arfando, gemendo, salivando — até acabar a saliva."

Ela se interrompeu. "Já estou vendo que você nem está prestando atenção. Cada vez mais distraído. Conheço-o muito bem, caro ouvinte, digo, caro autor: é porque estou narrando em frases assim curtas, dramáticas. Este tipo de narrativa é o melhor jeito de espantá-lo. E o tipo de aventura que vem de braços dados — não, não de braços dados — com essa narração não tem a menor validade a seu ver. Para você, uma aventura exterior só conta, só se torna contável e digna de ser contada se ao mesmo tempo mobilizar uma interior: à medida que você, graças ao que vier a acometê-lo de fora, se surpreender consigo, assustar-se ou admirar-se de si mesmo, ou simplesmente achar em si algo esquisito, como eu já disse, e descobrir um problema e refletir sobre ele e narrá-lo como se fosse seu ou, não, como se fosse um problema da vida, sempre ligado à aventura exterior, é claro, desde que o exterior e o interior caminhem real e literalmente de mãos dadas."

"No decorrer da tempestade de neve, naquela ocasião em Puerto del Pico, retornei à área das pastagens cercadas, sendo que das cercas só dava para ver os arames de cima e a ponta dos mastros. Transpô-las parecia me custar a cada vez as últimas forças, mas ao mesmo tempo, esses obstáculos eram meus pontos de apoio e proporcionavam um ritmo que acabava gerando, sim, um pouquinho mais de força."

"O fim dos fins mesmo! foi na escuridão de meio-dia, quando me deparei com uma grade de aço da altura de uma casa, como que intransponível, como que ilimitada de ambos os lados, e a única passagem que encontrei estava trancada com correntes. Será que eu tinha entrado por uma brecha invisível no terreno de um quartel abandonado, mas intacto, que seja como fosse impedia qualquer passagem, ou quem sabe num presídio da Sierra, desativado há muito tempo (mas que no meu caso voltava a cumprir sua antiga função)? Eu poderia muito bem ter retornado, me arrastado e engatinhado de volta para o sol de maio?"

"Mas retornar, por incrível que pareça, estava fora de questão, assim como das outras vezes em que tive que lutar pela minha vida com unhas e dentes na Sierra — não só durante uma hora num blizar, mas certa vez, quase um dia todo, e outra vez, durante uma boa noite, sim, boa mesmo a noite então —, toda vez eu poderia ter retornado em qualquer ponto, antes da clareira de cobras, antes da floresta em chamas, mas não é que parecia uma coisa impossível eu, a gente dar meia-volta, nós darmos meia-volta, que estranho, estranho mesmo. Diante daquela grade de aço, eu sabia que chegara no meu limite. No entanto, ao ocorrer aquela metamorfose — estranho, muito estranho — de mim mesma no meu irmão, lá longe atrás dos muros da penitenciária em meio às dunas —"

Com o jeito de sempre, ela interrompeu a narração antes de terminar, dirigiu-se a seu ouvinte invisível: "Ah, você já estava imergindo à deriva na sua ausência de espírito. E só quando a palavrinha 'nós' e meu irmão entraram no jogo é que você começou a prestar atenção de novo, só então seus olhos já foscos voltaram a brilhar. Sei muito bem por que você não apreciou muito a minha história da tempestade de neve, além do fato de ela se ater predominantemente à aventura exterior: você é avesso, caro ouvinte e autor, a histórias que tratam apenas de uma pessoa, onde só uma pessoa age, sofre, experiencia, põe-se a caminho, uma única, sozinha, sem companhia, não a três ou a dois, mesmo que essa pessoa solitária seja eu, a mulher, algo que deveria lhe convir por princípio, uma vez que isso — uma heroína conhecida de imagens completamente diferentes, sozinha neste mundo de Deus, caída de bruços sob a neve — causaria surpresa a qualquer um, representando, portanto, um problema digno de ser narrado. Não, no meu e nosso livro, você prefere me ver narrada em companhia de outros, como sempre, não sozinha assim."

"Com exceção da minha última viagem pela Sierra de Gredos, todas as outras vezes estive aqui sozinha. Inclusive naquela viagem que também prossegui solitária, apenas em companhia de minha filha, ainda na barriga, sem o pai. Não é de hoje à noite que estou viajando a sós pela Sierra! A seu ver, este deveria ser, portanto, um bom começo."

E ela se interrompeu de novo: "E agora, meu caro ouvinte e autor, nem parece que o encarregado do livro é você. Na verdade, não fui eu que o contratei e sim você a mim. Sou sua empregada — estou a seu serviço!" E tirando a mão do volante por um instante, caiu na risada; gargalhava no ônibus escuro e silencioso. "Em que posso servi-lo?"

Do que será que ela estava rindo lá na frente, aquela desconhecida conhecida ao volante, naquele breu ainda mais intenso lá fora do que aqui dentro; quem estivesse aprisionado ali chegava a pensar que não estava mais sendo choferado por uma estrada, mas sim sobre quebra-molas e pedregulhos; por um lugar onde, tanto dentro como fora, com exceção do barulho do motor (mais uma espécie de arranhão do que um sonido tranquilizante, ao contrário do veículo envidraçado de antes, novinho em folha), com exceção dos guinchos, rangidos e chiados em todo, todo? o ônibus, reinava o mais absoluto silêncio?

A idiota ria ao volante, e não parava mais de rir, e se de repente parasse, é claro que imediatamente cairia na risada de novo, no mesmo tom de alegria infantil, vindo do coração, que com o tempo contagiou até o último dos passageiros teimosos, até o motorista titular, deitado com toda perseverança em seu assento, parecendo ter ressuscitado dos mortos, apesar de ainda não estar inteiramente restabelecido. Conta-se que todo mundo que estava no ônibus noturno riu de desopilar o fígado, no mesmo tom que a mulher ao volante, apesar de uma hora o ônibus realmente ter dado uma desviada da estrada — coberta de cascalhos e pedregulhos, em parte — e ter entrado sacolejando num pasto, fazendo aqueles bois com cara de búfalo surgidas do escuro saírem a galopar para todos os lados; até o cachorro gigante do motorista arreganhou os dentes brancos e parecia rir junto, mesmo quieto.

Se isso fosse um filme, teria dado para ver, primeiro de lado, difuso, esse veículo meandrando pela pastagem corcovada com passageiros de silhuetas igualmente difusas, e depois, na próxima tomada, visto de cima, não mais reconhecível como ônibus, um mero algo curvejando sobre a superfície terrestre, e o riso coletivo teria sido o único som dessa imagem a preencher toda a sala de cinema. "Com a idiota rindo na direção, nos sentíamos à prova de idiotas", mesmo após ela se calar de novo e aquela carroça ter entrado aos solavancos numa cascata que ficou pingando no teto por um instante: a ponte ali, não a única, como se constatou depois, em pedaços, como que dinamitada.

Ela retomou, muda, o monólogo dirigido ao autor distante: "Sabe, assim como minhas outras paisagens do mundo, toda vez que estou aqui, a Sierra de Gredos parece ser o exemplo de uma vida terrena que não se deixa abalar por nada, apesar da história e de Agora, prometendo meia eternidade, se não uma inteira. Assim como em diversas outras regiões do planeta, incluindo-se cidades, naturalmente, em muitos momentos da minha viagem, caro ouvinte e testemunha da minha contemplação, a Sierra de Gredos —" (aqui ela se deteve em meio ao monólogo) — "me pareceu abençoada. Mas mais uma vez, como sempre, essa Sierra de Gredos, um ambiente de vida possível não só para mim, mas para nós, para a nossa pessoa, transmutou-se numa esfera hostil, até mortal, e mais uma vez, como sempre, fiquei radiante de conseguir sair daqui com vida. Maldita Sierra!"

"E agora você já sabe quais são então os dois motivos que sempre me incitam a partir em direção à bendita-maldita Sierra de Gredos: primeiro, esse ambiente sujeito a mudanças tão repentinas, tão regulares e sistemáticas, como jamais experimentei em nenhuma outra região do planeta, nem de longe; e por outro lado, após escapar-e-voltar-à-segurança-do-lar, todo dia o mesmo *rendez-vous* matinal com as imagens da Sierra, com as pacíficas, é claro — imagem e paz são, para começo de conversa e para encerrar o assunto, exatamente a mesma coisa —: retrospectivamente eram imagens que, em comparação com outras regiões onde o mero estar-lá já nutria esperanças, apareciam com muito mais frequência, além de serem, acima de tudo, bem mais abrangentes — a parte pelo todo."

"Só para você saber, digo e repito o que significa e o que quer dizer 'tornar-se imagem': significa que o mundo ainda está em pé. Não acabou, ao contrário do que acreditava o meu irmão. E também saiba que antigamente, antes das minhas travessias pela Sierra, eu costumava viajar bastante com outras pessoas, com todo o prazer, e que em breve voltarei a viajar na companhia de outros, aqui na Sierra de Gredos ou onde quer que seja."

Antes de o ônibus chegar ao seu destino, a estrada ainda passou por outros regatos. As pontes que os transpunham também estavam destruídas. Mas uma hora a estrada deu uma guinada e, — como antigamente, antes de se construírem pontes — virou um baixio, emendando de novo com o asfalto na outra margem. E sempre que o ônibus atravessava esses baixios um tanto rasos, as águas mal chegavam a se represar, ao contrário do que acontecera há pouco naquela torrente, e nem enxurravam contra a lateral do ônibus: apenas faixas de gelo se estilhaçando ao longo das margens.

Também aconteceu de o veículo avelhantado, guinchando a cada desnível mínimo, ter se esfolado ao passar por um bloco de granito num dos baixios. Mas isso não inquietou nenhum dos viajantes. Com ela na direção, nada mais os preocupava. Justamente o fato de uma mulher estar guiando os embalava em segurança e a repetida travessia dos baixios contribuía para essa esplêndida despreocupação momentânea. Ninguém nem sequer erguia a cabeça quando os galhos de alno, pendentes até o riacho lá embaixo, chicoteavam as janelas à direita-esquerda; e mesmo se a lasca de um rochedo tivesse acertado o teto do ônibus ou se uma granada tivesse atingido a dianteira, eles não teriam se deixado espantar ou acordar de sonhos tão apaziguantes.

Mas ela, que segurava as rédeas na boleia do coche, também se deixou absorver, ainda desperta e lúcida, por seus cismares. A travessia dos baixios a remetia ao filme em que fizera o papel da jovem heroína. Naquela saga passada na Idade Média, ela se movera o tempo todo por baixios assim, nem tanto em córregos, como aqui, mas em rios mesmo, muitas vezes largos, de grande profundidade, onde a história ditava que ela imergisse com sua cota de malha, lutando pela própria vida, e assimpordiante. Inclusive o duelo de verdade, o último e decisivo — interrompido no meio, contudo —, entre ela e um homem, *o* homem, era num baixio desses, com direito a espadas tinindo e corcéis arquejando, e assimpordiante, apenas com a diferença de que, em vez de se atacarem mudos, deviam gritar um com o outro, com insultos não apenas medievais, com tiradas que enveredavam por fim numa fala absolutamente diversa no decorrer da cena, e assimpordiante: fim da tomada, fim do filme, homem e mulher no baixio, com água até a cintura, imóveis, um diante do outro.

E assim, pensativa, dirigindo com todo arrojo e elegância e ao mesmo tempo absorta em seus cismares, na reta final ela encerrou seu monólogo calado dirigido ao autor ausente: "Toda vez que revivo minhas desventuras e andanças solitárias aqui pela Sierra, isso tudo não é passado, mas presente pungente, lançando-se sobre mim e gravando-se de modo inigualavelmente mais cortante que nos momentos, horas ou noites e dias inteiros em que estive à beira do abismo. Se naquela ocasião, durante o blizar, eu estava a um passo de me entregar e cair na neve, o que me ameaça no exato momento em que volto a me dar conta disso é uma queda bem maior: ali, com a neve até o peito, basta um último passo e estou prestes a me lançar ao fundo, até nunca mais ver. E desde esse ponto tão remoto, sim, ponto, desde a minha primeira vez na Sierra, quando me encontrava, encontrava?, perdida com a criança sob o coração, prossegui pela encosta sul sob o sol escaldante e, na próxima lembrança, terei morrido naquela hora, junto com a minha filha inata, uma morte por insolação e abandono."

"Mas as imagens da Sierra que vêm faiscar e se precipitar sobre mim depois, vejo-as, por sua vez, no presente. Não só as imagens da Sierra de Gredos, mas todas as imagens do gênero — as únicas que competem à minha e nossa história — se passam no presente. Sim, ao contrário dos meus infortúnios e contratempos, as imagens se tornam presentes brincando; a própria imagem é um jogo, onde o único presente com alguma validade é o que não seja o meu. As imagens se passam num presente impessoal, um presente que é muito, muito mais que meu e seu; elas se passam no grão-tempo, e numa forma temporal exclusiva, que, pensando bem, também não corresponde ao 'presente' — não, as imagens também não se passam num grão-tempo ou tempo-mor, mas numa forma temporal e num tempo para os quais não existem atributos e muito menos um nome."

"E escute, veja: será que as imagens não são, 'a imagem' não é, portanto, um problema belo, genuinamente épico, um tema para mais e mais histórias homéricas? um tema para uma outra odisseia, que se passa tanto fora quanto dentro?"

20

Entre esses e outros monólogos, ela continuou choferando seus companheiros de viagem, inclusive o motorista impossibilitado de dirigir e seu cachorro, em direção ao destino do ônibus noturno, a localidade de Pedrada.

Pedrada (que, além de "arremesso de pedra", também poderia ser traduzida como "chuva de pedra" ou "granizo", mas também como "apedrejamento") se situa nos confins da região serrana, ou, segundo consta daquele livro passado ali há séculos, "nas entranhas da Sierra de Gredos". E essa tal de Pedrada, no alto curso do rio Tormes, é um dos poucos povoados ribeirinhos razoavelmente próximos da cabeceira ainda não canalizada e expostos às cheias, ao contrário de Navarredonda ("rebaixo redondo"), Hoyos del Espino ("cova do espinho"), Hoyos del Collado ("cova da colina"), Navacepeda ("rebaixo da cepa") e Navalperal ("rebaixo da pereira"). As casas de Pedrada estão disseminadas pelas nascentes do rio, largamente entremeadas e enredadas por vários riachos ou córregos; brotando das suaves encostas, lombas e planaltos desmatados e serpenteando-se por todos os lados, cada um deles e todos juntos levam o nome de rio Tormes.

O povoado se espalha, esparso, entre inúmeros cursos d'água que curvejam estreitos através de pastagens montanhosas e só vem a se tornar um pouco mais denso no lugar onde todos confluem, um após o outro, mil fios de água nascente correndo céleres, sem desvios, por cachoeiras e cascadas, em direção ao que finalmente merece o nome de rio.

A estrada que bifurcava em Navarredonda de Gredos em direção a Pedrada não tinha saída, morria no lugarejo. Por ali não seguia mais estrada nenhuma; só havia sendeiros de gado e, para lá da cadeia de montanhas, rumo ao sul, fazia tempo que já não existia mais nenhuma trilha de passagem; as únicas sendas estavam tomadas pela espessa brenha de genistas que já ocupara tudo, parecendo uma selva, ou quando próximas da crista, cobertas de cascalho e pedregulho; com exceção de uma que se conservara, ainda usada como trilha de gado transumante, ou *cordel*, para caravanas de reses que descem às planícies antes do inverno e retornam à serra na primavera.

Por não se entusiasmar muito com este tipo de coisa ou por pura preguiça mesmo, o autor encarregou outra pessoa de fazer pesquisas sobre o tal de *cordel* ou *transhumancia*, "assim como" — esta foi sua desculpa — "Flaubert, em sua Madame B., ou quem quer que fosse, não foi pessoalmente meter o nariz em exposições agrícolas ou sabe-se o quê, mas se contentou em pedir para um conhecido descrever-lhe todas aquelas coisas por carta" — aquela trilha, aquele *cordel*, ou o que fosse, passava ali por trás de Pedrada, mais ou menos no sentido leste-oeste, de El Barco de Ávila até o fundego de Puerto del Pico, para poupar as patas do gado do solo alpestre e suas rachas de navalha, e, com sua série de fendas minadas terra adentro, por todo aquele trecho, fundas como rombos de bombas, já não era percorrida há pelo menos algumas décadas por veículos nem carroças, nem com tração nas quatro rodas nem em quatro vezes quatro rodas. Mesmo um tanque de cem rodas teria capotado aqui ou ali, mais cedo ou mais tarde; sem falar num ônibus, e sobretudo esse agora, durante a noite, mesmo guiado pela forasteira, mais familiarizada com os arredores da minha Pedrada do que eu mesmo, eu que sou mais ou menos nativo; e quem me dera continuar rodando assim sob sua guarda — toda aprumada, os braços esticados feito remos, sentada o tempo todo diante no volante, quase sem girá-lo, será que ele gira por si só nas curvas? —, para lá do último estábulo de Pedrada e mais adiante, até lá em cima da cumeada da Sierra e além.

Quase todos os passageiros desembarcaram do ônibus antes da chegada definitiva. Eles vinham até a frente, ficavam em pé ao lado da motorista e, pouco antes da parada desejada, colocavam a mão no ombro dela. Todos estavam com bagagens pesadas, como se voltassem para casa de uma longa viagem.

Na porta aberta, ele ou ela se virava para trás mais uma vez, agradecia e se despedia sempre com as mesmas palavras, cada um com um sotaque diferente; e antes de abrir a boca, pigarreavam e então diziam seu "muito agradecido, boa noite, e adeus", sempre com a mesma voz, rouca, como se — ele ou ela — tivessem passado no mínimo este dia inteiro sem falar.

Todo passageiro que desembarcava ia embora sozinho, abandonando a estrada sem saída e seguindo morro abaixo, onde não havia nenhuma casa iluminada à vista, em parte alguma; todo passageiro desaparecia imediatamente no breu, onde se via no máximo uma fogueira, uma única ao longe, cuja fumaça resinosa perpassava o ônibus de vez em quando.

E ao se avistar a placa "Pedrada", os únicos que tinham restado no ônibus eram, além dela, o motorista com seu cachorro e a outra mulher que lhe dera uma mão para acudir os dois. O fato de PEDRADA aparecer escrito em diversas outras línguas e alfabetos era novidade para ela. E onde tinha ido parar o velho e conhecido hotel que ficava bem na entrada do lugarejo, no local onde os muitos veios do Tormes confluíam num único rio? Como, então a pousada El Milano Real (o milhano era uma das aves de rapina mais comuns da Sierra) não existia mais?

No lugar dele, entre os riachos à cabeceira do rio, uma barraca, não, um acampamento, uma espécie de vila-acampamento. E não havia mais iluminação. Ou será que aqui nunca existira mesmo nada do gênero? No entanto, apesar de ser uma noite sem luar — não tinha sido lua cheia ainda há pouco? ou ainda não chegara a hora de a lua nascer? —, dava para ver Pedrada inteira, ou o que restara dela.

Sob a luz vinda do céu, a região de nascentes se afundava de leve e se estendia ao largo: altiplano, rebaixo e terra alta em um só, a povoação mais alta da Sierra? Durante a noite, o céu parecia ainda maior do que de dia, faiscando e cintilando assim de estrelas nas mais diversas cores, amarelado, azulado, vermelho, branco, verde, e a luz coletada no solo era lançada de volta, espelhando-se nas superfícies de quartzo e mica, onipresentes ali na região das nascentes e com um brilho ainda mais intenso do que em outras partes da cordilheira, por refletirem a luz do firmamento mesmo do fundo cristalino dos riachos e córregos, mesmo que agora o reflexo não passasse, digamos, da linha da cintura dos moradores do lugarejo, aglomerados ao ar livre em número espantoso — os rostos e todo o espaço acima da linha divisória, imersos no escuro.

Havia tantas estrelas incomuns que dava para ver constelações absolutamente diferentes das conhecidas, despertando a vontade de dar nomes tão novos e inusitados quanto. E embora as partes nevadas da cumeada, aparentemente a menos de um pulo dali, contribuíssem para clarear a noite, essas estrelas quase nem formavam imagens de inverno. Será que era porque Pedrada, como outros lugares no norte da Sierra, era uma espécie de ilha climática, uma redoma onde o ar se mantinha relativa e temporariamente quente?

Ao desembarcar do ônibus, os dedos se espraiavam por si, de tão ameno que era o ar trazido pelo vento, para o espanto de todos. Ou será que era por causa das inúmeras fogueiras em torno das barracas aqui no centro do lugarejo, e sobretudo por causa daquele enorme fogaréu ali, branco-incandescente, do tamanho de diversas piras, ao lado da tenda central, aparentemente mais alta que o extinto Milano Real? Nos primeiros momentos passados em Pedrada, não dava para saber de mais nada. E ninguém se importava.

Na verdade, também havia luz artificial no lugarejo, mas só dentro das barracas, sendo que mal vazava para fora. Esta luz, produzida por geradores — cada nascente apinhada deles —, fazia as barracas fosforescerem, por assim dizer, e não só por assim dizer, moldando-as de dentro para fora com uma resplandecência pálida. Será que não era por causa das rachaduras e buracos nas paredes das barracas, tão mínimos que mal permitiam enxergar lá dentro? E por causa de seu material?

É que a vila-acampamento não consistia de nenhum material corriqueiro, nem de tela, nem de pano ou plástico. Toda barraca, inclusive a tenda central, era um cone arredondado feito de ripas de madeira trançadas com galhos e ramos, coberto de cima a baixo, ou será que era engano? com folha, capim, genista, e firmado com barro — *gredos* não queria dizer "barro"? —, fosforescendo com suas miríades de fragmentos brilhantes?

Não eram barracas leves, facilmente transportáveis, mas algo semelhante a uma iurta ou o que se entende por "iurta"? Cimos ocres e cor de barro emergindo do solo, uns rentes aos outros, como cupinzeiros (ou o que se entende por "cupinzeiro"), onde as pessoas só precisavam fender uma estreita brecha de entrada, a ser vedada então por uma pele?

Quanto a ela, a ex-executiva de banco e episódica mulher de boleia: ao desembarcar em Pedrada e "encerrar o expediente como motorista", não é que tinha tomado as barracas ou iurtas da localidade por raízes de árvores arrancadas da terra e viradas para o alto, como as raízes que ela inspecionara na floresta devastada pelo vendaval perto de casa, na cidade portuária do noroeste? E as coisas lá de casa, uma ou outra, não pareciam persegui-la de um jeito semelhante durante toda a viagem? ou viajado com ela? ou pareciam ter chegado antes dela, onde quer que fosse?

Não restara nenhuma moradia normal em Pedrada. Ou era só a impressão de quem chegava lá à noite? Casas, celeiros e estábulos, tudo em ruínas: uma outra miragem-noturna-pós-chegada? E se fossem ruínas: será que não existiam desde a primeira vez que ela estivera aqui?

De qualquer forma, era certeza de que não havia nenhum edifício aceso, a não ser as barracas. Por todo o planalto, o estrépito dos geradores, como se um ruído abafasse e engolisse o outro. Por acaso estaria tocando música nas barracas? Estariam cantando lá dentro? Ou será que era só o vozerio lá fora, misturado à atroada e tamborilada dos diversos regatos, lembrando uma harmonia de cantos e instrumentos?

Outras coisas surpreendentes e insuspeitas na tão remota localidade de Pedrada, numa rápida sequência: antenas parabólicas nas tendas? um vendedor de jornal, de barraca em barraca, com a edição do dia seguinte? um mensageiro com buquês de rosa, asiático ou não, voando para a tenda central, para o albergue reformado Milhano Real Número Dois? — Ouça bem: não era um menino vendendo jornal, mas sim um entregador de pizza, para lá de jovem, surgindo da escuridão ao fazer uma curva com a moto, de um canto para o outro, novamente sem saber direito o endereço da entrega, finalmente parando para perguntar para alguém, para quem? para quem, se não para ela, que tinha acabado de chegar ao lugar (toda vez que estava no estrangeiro, os habitantes locais vinham pedir-lhe alguma informação, justamente para ela), recebendo imediatamente as instruções, saindo a toda e parando após a próxima curva noturna, com a caixa de pizza na garupa, novamente perdido.

E logo após, em direção à tenda central, o caminhante diurno, o canteiro com as ferramentas balançando, o mesmo que se recusara a embarcar no ônibus naquela ocasião e preferira seguir a pé, devagar e sempre: então quer dizer que ele, o pedestre, chegara antes dela em Pedrada, antes do ônibus, e estava entrando na tenda agora, na sua frente?

E no acesso ao lugarejo, o chofer já restabelecido — firme ao lado dela lá na frente, vestido com um casaco de pele, longo e leve, como que surgido do nada, com seu inseparável labrador preso na coleira — indicou a ela o caminho do estacionamento, na verdade, um pomar — até pomar já existia, então, aqui no meio da Sierra —, e depois foi abrindo caminho para ela e para a outra mulher através das hordas de passantes noturnos, conduzindo-as na penumbra pela tenda-albergue e depois direto aos seus respectivos aposentos, metamorfoseado de chofer de ônibus, um papel que ele possivelmente só estava desempenhando hoje, em administrador da vila de iurtas, daquele lugarejo.

E ao desembarcarem do veículo, estacionado no pomar, ao lado de um ônibus de linha quase gêmeo, a outra viajante se deu a reconhecer como a pessoa que a tinha acompanhado uma vez, durante um bom tempo, dias a fio, isso mesmo — sua memória lhe confirmava agora —, semanas até, não durante uma viagem, mas de escritório a escritório, de compromisso a compromisso, da periferia para o centro e vice-versa, a fim de escrever uma matéria de capa sobre ela para uma revista italiana? brasileira? — a heroína da capa não se lembrava mais —, e agora a distância, às suas costas, tentando convencê-la: ela só estaria viajando pela Sierra a passeio, não como autora, muito menos como jornalista, profissão que só teria exercido por força das circunstâncias e para ganhar a vida, e por princípio não teria levado consigo nenhum instrumento de trabalho nesta viagem, nem computador (ela dizia *ordenador*) nem celular (*portable*) — além do mais, não haveria "nenhum sistema" de recepção na região de Pedrada, pelo menos por ora —, nem sequer bloco de anotação e lápis: ela teria partido para a Sierra sem qualquer bagagem, sem carga nenhuma, a fim de desaprender a fala e todas as línguas. Isso ativou na sua interlocutora uma imagem da outra como autora: uma mulher novíssima, sempre corada, zanzando de saltos altos e lacrimejando à toa no canto dos olhos, o foco da imagem, entretanto, nas malas sem rodas, pesadas como chumbo e nas bolsas com aparelhos tão pesados quanto, penduradas a tiracolo nos dois ombros, carregadas de tão longe, talvez até de países distantes, para encontros tão fugazes, e sempre sem ajuda nenhuma, sempre "totalmente sozinha" (na acepção em que uma mulher, acompanhada de um homem, costumava usar a expressão no seu país de origem, sempre que recebia uma visita ou um telefonema inesperados, avisando na defensiva: "*Não* estou totalmente sozinha").

E motivada por essa imagem, ela se voltou para a outra, que vinha seguindo suas pegadas de mãos abanando: apesar de ainda andar de salto alto, mesmo que fossem sapatos fechados hoje, aquela mulher ali, essa menina aí, como sempre ainda "novíssima" e "totalmente sozinha", parecia ter, como ela, uma estatura mínima naquele ambiente, tanto no pomar lá fora como dentro da tenda do hotel: "Nossa, como você é baixinha!" disse-lhe a ex-capa de revista, com voz rouca, pigarreando no meio, como se também fosse a primeira vez no dia em que estivesse falando em voz alta; e ao exclamar assim, tratando informalmente por "você" a autora com quem nunca tinha trocado nenhuma palavra pessoal, surpreendeu-se com a própria amabilidade e afeição momentânea — ao contrário do que teria acontecido, se tivesse exclamado "Nossa, que alta que ela é!" — e como que para se certificar de que sua companheira de viagem estava mesmo sem bagagem, de mãos e braços abanando, ela a tateou debaixo das axilas, ela, que nas metrópoles teria estendido à outra no máximo a ponta dos dedos.

Lá em Pedrada, nos confins da Sierra de Gredos, a maior surpresa que se tinha era consigo mesmo, sobretudo no que tocava à forma de tratar os outros, como o que acabava de ocorrer a esta mulher razoavelmente ou quase conhecida no mundo lá fora: que impensáveis teriam sido certas coisas "lá fora no mundo", gestos possíveis apenas num lugar assim afastado, palavras escapadas da boca com a maior naturalidade. Será que algo assim, até então fortuito, tinha a ver com o tal do afastamento do mundo, com este local aqui? E também com a sensação coletiva de abandono, quem sabe apenas imaginada? E o que significava "fora do mundo"?

Os únicos dormitórios do Milano Real II se resumiam a barracas, dispostas mais ou menos em meia-lua ao longo das paredes da tenda-mãe; não de pau-a-pique como esta, mas clássicas, de tecido, mesmo que não fosse um pano comum: cada uma — dava para contar nos dedos essas "barracas-de-dormir" — tinha uma tonalidade diferente, da qual também derivava seu nome; não em forma de cone ou pirâmide, mas sim de paralelepípedo, com ângulos retos, a não ser pelo fundo côncavo atrás, acompanhando a parede da construção principal.

Ela jamais tinha visto e tateado um tecido como o dessa sua barraca-de-dormir, "laranja" ou *burtuqal*. Intransparente de fora mesmo com o abajur aceso, o tecido deixava entrever de dentro, em um e outro ponto, as barracas vizinhas e sobretudo a parte da frente da tenda-albergue, sem barracas, muito mais ampla que a ala de dormitórios no fundo.

Por um instante, ela pensou estar de volta ao seu escritório da cidade do porto fluvial, situado no fundo do andar da diretoria, de onde ela sempre pudera acompanhar de modo parecido, sem se expor à vista, o que se passava na sala grande, por mais que tivesse sido através de um vidro e não de uma parede de tecido. ("Pudera", "tivesse sido": quer dizer que aquilo já era mesmo? para sempre?)

O tecido da barraca parecia ter sido remendado, embora não desse para sentir as emendas; uma parte parecia ser de brocado, a outra de juta, a terceira de seda, a próxima de alguma fibra artificial e, aqui e ali, até mesmo de plástico e de papel-manteiga, aproveitados na falta de outra coisa. Embora ela tivesse a possibilidade de olhar para fora através dos buracos, brechas e fendas que pareciam ter sido propositalmente abertos a esmo na parede de trás de sua barraca noturna, formando uma espécie de visor e ao mesmo tempo um fino ornamento cinzelado, ela optou por olhar para as barracas vizinhas e para o amplo interior sob a cúpula da tenda. Após um dia como este, o tempo todo na estrada e quase sempre com horizontes vastíssimos à sua frente, ela não queria ver mais nada do mundo lá fora; não queria ter que ver mais nada para fora das paredes do albergue; nem pôr o pé para fora da cortina da barraca a noite inteira.

Mas espiar através das paredes de pano, sim: para a barraca do lado direito, igualmente intransparente, com uma testa se amoldando no tecido e um punho fechado delineando-se logo abaixo, e à esquerda, "violeta" ou *banafsadzi*, o aposento da ex-autora de magazines, sempre corada, com o sangue do fundo do coração à flor da pele; aquela "cinza" ou *aswad*, do canteiro, pedestre e convicto inimigo das rodas; e em frente, o salão do tamanho de um celeiro ou o celeiro do tamanho de um salão — a área anterior à meia-lua dos quartos, na verdade, um misto de saguão de hospedaria e depósito de armazenar grãos —, vazio, com exceção de uma longa mesa de jantar que ia de um muro de pau-a-pique ao outro, coberta em algumas partes e sem pratos em outras, em parte lotada de tralhas disfuncionais.

Nada além de muitas mesas dispostas numa diagonal desalinhada ao longo do segmento anterior da tenda de alojamento. Este, por sua vez, sem nenhum compartimento: uma única extensão, larga e alta, iluminada por lâmpadas que oscilavam da cúpula e brilhavam irregularmente por causa da eletricidade dos geradores, ora tremeluzindo, ora esmorecendo, apagando por uma fração de segundo, e pareciam balançar o tempo todo na corrente de ar (mas será que não estavam balançando mesmo?).

O lugar não tinha cozinha, copa, calefação, recepção (se é que o Milano Real Número II realmente tivesse a pretensão de ser um hotel de verdade): nenhuma superfície abarrotada de logotipos de cartão de crédito na entrada ou na saída, ou será que sim: aquela única plaquinha ali, um sinal meio apagado, absolutamente desconhecido para ela — e isso já dizia muito —, como se tivesse perdido a validade há tempos, um tipo de cartão já fora de circulação, um exemplar da pré-história dos cartões, por assim dizer, um signo que não dava para reconhecer a distância, apesar de ela ter olhos de águia ou de milhano real.

O único lugar decorado do salão de jantar eram as paredes, que correspondiam ao mesmo tempo aos muros da construção. Nos pregos de todos os tamanhos, cravejados a esmo no barro e nas escoras de madeira, nos ganchos em parte entortados para baixo, mas também em alguns nós, viam-se, uns rentes aos outros, — não caldeirões ou frigideiras — mas sim extintores de incêndio (soltos, não parafusados na parede), inúmeros, ao que parecia; espingardas (elas também, como as plaquinhas de cartões de crédito, ultrapassadas, porém mais que meras relíquias, peças de decoração prontas para disparar); bolsas e caixas de primeiros socorros (em número no mínimo igual aos extintores): máscaras de gás (o objeto mais comum na decoração da parede, em diversos tamanhos, de recém-nascido até hidrocéfalos, a rodo — "ainda se diz isso?", pergunta de um autor da Mancha que já vive há muito tempo longe de sua língua materna); e lá pelo meio, ali, e lá também! um instrumento musical, um de cordas que ela desconhecia, pendurado pelo cavalete, mas sobretudo de sopro, trompetes e clarinetes, além de uma sanfona.

E o chão da tenda-albergue — só agora ela atinou — estava coberto de tapetes meio esfarrapados, em parte por um *kilim* vermelho-morango-silvestre ou um *ispahan* azul-pavão. E o homem imóvel sentado num canto especialmente escuro do salão ou celeiro ou tenda, com uma camisa branca sem colarinho, desfiada em algumas partes, e um colete em compensação impecável, bordado com fios prateados, sob o armelino, era o mesmo homem de idade que durante o dia fora carregado numa liteira através do velho Puerto de Menga, que a remetera ao *emperador* transportado de maneira semelhante até seu derradeiro retiro no sopé sul da Sierra de Gredos, centenas de anos atrás.

E o cão atarracado que está deitado no limiar da tenda, sobre um tapete um tanto espesso, ainda continuava pertencendo ao seu dono, o ex-motorista de ônibus que acabava de entrar, mas — pensando bem — o cão não era atarracado coisa nenhuma e sim — só agora ela viria a perceber isso, através da parede de seu quarto — estava grávida ("não é 'grávida' que se diz", disse o autor, corrigindo-a, "o certo é 'prenhe'").

21

O motorista de ônibus ou hoteleiro da tenda tamborilou para chamar os hóspedes para o jantar serrano. Ou seja, ele não tamborilou de verdade, também não tocou nenhum dos trompetes; apenas passou o arco num dos instrumentos de corda, em sua única e espessa corda, trançada com pelos de rabo de corcel ou o que fosse, alisou-a de lá para cá, de cá para lá, sem interromper em momento nenhum: um bramido no qual uma mulher, corando e empalidecendo em alternância, escutou um "soluço", uma outra, "gritos aluados" e um terceiro, um "prelúdio para uma longa narrativa cantada que nos acompanhará durante o jantar e depois, sono adentro" — um canto narrado que, no entanto, não se cumpriu.

Não eram só esses três; mais de dez, um após o outro, foram chegando à mesa debaixo da grande cúpula da tenda ou do celeiro, a maioria vinda dos aposentos de pano, alguns de lá de fora também.

Também foi lá de fora que o senhor do albergue trouxe a comida. Eram vários pratos e travessas, no sentido exato da palavra. Do que consistiam em especial — segundo ela deu a entender ao autor depois — não viria ao caso aqui nesta história. "Contribuí somente com um punhado de castanhas trazidas da cidade do porto fluvial, uma raridade aqui na Sierra, aqui no norte —; algo muito estranho, a propósito, era que algumas já estavam começando a germinar."

Mas o que contava: que os pratos eram trazidos de fora. Dava para sentir, cheirar e saborear que tinham sido preparados ao ar livre, em fogueiras a céu aberto, influenciados pela água das diversas nascentes, uma delas logo atrás do Milhano Real, confluindo todas num único rio, e que acabavam de atingir o ponto justo ao serem postos à mesa. Será que uma das linhas de barracas da vila-acampamento, ali no rio Tormes, não era constituída de tendas de pescadores que davam para a água, abertas?

"Postos à mesa"? Não, empurrados pelo chofer, mais conhecido como hospedeiro, que se movia tão lépido como só alguém que dormira como uma pedra ainda há pouco, num carrinho de servir, parecido com aqueles antigos — esta história aqui se dava sabidamente numa época bem distinta —, aqueles antigos carrinhos de quatro rodas típicos das empresas estatais de hotelaria e restauração dos países ou Estados mais ou menos comunistas: com o devido guincho soando das rodas, extinto há tanto tempo, mais penetrante nos interiores da tenda, onde insistia em enroscar nos tapetes, do que lá fora nas vielas da vila-acampamento, de onde o som se aproximava, primeiro a uma distância quase infinita, até chegar bem perto dos comensais, arranhando-se por noves-fora-nove esquinas, até nisso uma reedição das conquistas do bloco do Leste ou de qualquer outro bloco desaparecido aos trancos e barrancos nas profundezas do tempo.

Ao contrário dos condutores de antigamente, o-que-empurrava-o-carrinho-hoje vinha saltitando de uma perna para a outra, todo atrevido, dançando de conviva para conviva e servindo cada um deles com uma alegria de acalentar o coração.

E isso vinha a calhar. É que, assim como no ônibus envidraçado durante o dia, dava para notar nesta e naquela barraca, em Pedrada inteira, uma contínua ameaça, que se acirrava com o passar de cada segundo.

O fato de ser noite — tanto que não se ouviam mais os caças-bombardeiros e helicópteros bojudos, a não ser um zunido esporádico, quase estratosférico, quase pacífico, decerto ("decerto", ainda em uso?) de uma aeronave intercontinental — não alterava em nada a sensação um tanto coletiva de desproteção, desamparo, à-beira-do-precipício.

Só o fato de a luz das lâmpadas, com geradores tão titubeantes, se apagar de súbito e só reacender com muito esforço (some-se a isso a rápida alternância de olhos fechados e piscadas entre os comensais) já gerava uma certa insegurança; os filamentos das lâmpadas, para os quais as cabeças se voltavam instintivamente em meio à mais saborosa das comidas e das conversas apesar de tudo tão animadas, manifestavam-se de olhar para olhar como filamentos finos, finos mesmo, finos feito teia de aranha, ou seja, exatamente o que eram de fato: o que já indica que a sensação de estar em perigo não era dominante, portanto, fazendo-se perceber apenas à margem do grupo de comensais.

Logo de início, antes mesmo de cada um ocupar seu lugar à mesa, iniciou-se no centro do grupo uma conversa e uma troca de confissões, apesar da insegurança externa.

O *emperador* ou ator de algum filme histórico que devia estar sendo rodado na Sierra ou quem quer que fosse, em seu casaco de armelino, no qual visivelmente estava passando frio, sentou-se à cabeceira da mesa, como um entre muitos convivas, cercado de seus carregadores ou de atores coadjuvantes, acomodando-se em seu assento, uma caixa de frutas virada para baixo, estofada com um pneu velho. Seu prato era de uma porcelana branca-alabastro ou branca-flor-de-marmeleiro, mas os talheres, de plástico.

Aos pés da mesa, ou seja, do lado de lá, à verdadeira cabeceira, estava sentada uma pequena família, o pai bem jovem, a mãe mais jovem ainda, quase adolescente, e o recém-nascido, de olhos azuis gigantescos: seus garfos, colheres e facas eram de prata pesada, como que saídos de um velho baú, mas como prato usavam cacos de cerâmica juntados por arames, e quanto às bebidas — que também vinham de fora —, o menino e a menina, quer dizer, os pais, bebiam juntos de um único copo de papelão, e então, ele acomodado num assento de ônibus ainda preso ao eixo, ela ao seu lado, entronada numa espécie de cadeirado de coro de igreja, como se estivesse sentada numa poltrona com apoio lateral para a cabeça, brindavam com os que acabavam de erguer ao jovem casal suas xícaras de café (com outra coisa dentro, não café), taças de cristal, copos de latão (como o aparelho de beber dos faroestes), copas esportivas, além de garrafas ou coisas do gênero.

Da mesma forma, a mesa que ocupava todo o salão não era de uma peça só. Compunha-se de diversas mesas encostadas, em geral de diferentes alturas e larguras; ali pelo meio, uma porta removida dos pinos, uma simples tábua, um teto desmontado de algum carro, tudo devidamente sustentado por cavaletes, um barril, um escadote de biblioteca da altura do peito, uma jangada caindo aos pedaços. Em compensação, a mesa fora coberta com uma certa uniformidade, com sacos de batata e de fruta, de tecido rústico, uma tradição de Pedrada, segundo o hospedeiro: para que a colheita do ano seguinte fosse boa.

O quê, colheita numa altitude dessas? Como não, então eles não tinham visto as plantações de maçã? E os restolhos perto do passo de Peña Negra? E Navalperal de Tormes, a vila da pereira? E crescendo até entre rochas e cascalhos: aveia, centeio, trigo e até pêssegos nas áreas protegidas do vento, isso sem falar do que crescia ali na certa, as *patatas*, *krompire*, ou em árabe, que sobrevivera em tantas palavras, *batatas*?

Pelo que se conta, os convivas não ficaram todos falando ao mesmo tempo ou se interrompendo reciprocamente durante aquele jantar. Apenas uma pessoa teria falado de cada vez, e os demais, até os que estavam na outra extremidade da mesa, teriam prestado toda atenção; não teria sido necessário levantar a voz em momento nenhum, sendo que o estrépito dos motores elétricos lá fora não haveria passado de uma espécie de suporte sonoro.

Quem começou a falar primeiro, segundo a história, foi a ex-autora friulana ou argentina. E também era certo que, ao longo do tempo que passariam juntos, todos teriam oportunidade de se dirigir aos outros. Sem corar em momento algum, a jovem que estava com a palavra não dirigiu tanto o olhar para a roda inteira, mas mais para a mulher que havia sido tema da sua matéria de magazine anos atrás.

O que ela dizia não era dirigido à magnata do banco ou o que quer que essa fosse ou tivesse sido. Ou seja, ela só fixava os olhos naquela pessoa por ser a única cara conhecida na roda e principalmente porque acreditava, não, estava convencida de que ainda viria a conhecer de um jeito diferente aquela conhecida, reencontrada ali por acaso, ainda mais num lugar decisivo, sim, decisivamente isolado e afastado de onde elas moravam, e hoje seria o dia de conhecer a outra de um jeito decisivamente diferente, decisivo a partir de hoje, seria o dia em que ela, a que estava com a palavra agora, entre estranhos, também se daria a conhecer de um jeito decisivamente diferente, tanto diante da antiga "parceira de entrevista" e dos demais, quanto para si mesma.

Enquanto estava falando, girava de quando em quando a lata de conserva enferrujada à sua frente, cheia de ramos de roseira-brava carregados com tantos frutos vermelhos como só mesmo roseira-brava; sendo que os que vieram a falar depois dela ficaram girando vasos de cristal de rocha, copos de jade, jarros de mosto sem gargalo nem bocal, mamadeiras usadas, tinteiros, latinhas de chá, almofarizes de bronze e assimpordiante, cada "vaso" desses com a mesma guirlanda de roseira-brava vermelha-clara, segundo o depoimento do motorista de ônibus e hospedeiro de tenda, uma tradição secular na Sierra de Gredos para afastar maus agouros e proteger da cegueira causada pela neve, um perigo fatal durante a travessia da serra agora nos meses de inverno, destacado inclusive no guia de perigos sobre o lugar. Assim como os demais, a jovem pálida também não tinha trocado de roupa para jantar. E o penteado de todo mundo também era o mesmo.

E mesmo assim, ela passava às pessoas ao lado a impressão de não ser de agora, ou melhor: de não ser só de agora. Sem estarem minimamente fantasiados ou arrumados, talvez com exceção do "imperador" ou "rei" ou quem quer que fosse, — seria aquilo uma fantasia mesmo? —, eles se encontravam como que num limite temporal: por um lado, com certeza, no Agora, e por outro, no instante ou no respiro seguinte, talvez com mais certeza e nitidez ainda, encontravam-se numa segunda época, até então oculta atrás de uma cortina escancarada de súbito, não numa época passada ou histórica, mas também nenhuma que divergisse do presente ou que fosse meramente fantasiada: nada disso, apenas em um presente tão indeterminado como indeterminável, complementar ao de agora, um presente que eventualmente ainda ampliasse o de agora, e por isso mesmo mais real e tangível.

O que se tornou imagem da forma mais clara foi o casal de adolescentes com a criança pequena. Estavam sentados lá, como só poderiam estar sentados agora, neste instante, na noite de um dia de inverno, numa altitude quase alpestre, com faces coradas, cansados, mas ao mesmo tempo despertos de novo (a mandante vetou o "insopitados" sugerido pelo autor): como que de hoje, ambos de cabelo curto batido, ela com mechas amarelas e verdes, as dele, azuis e prateadas, ambos com brincos mínimos de alumínio ou o que fosse, idênticos — e no olhar seguinte, esse casal tão presente parecia, digamos ("é para riscar o 'digamos'!"), desaparecer ao longe e no fundo, perder-se de vista, para se reaproximar de súbito no mesmo momento — "algo que as imagens virtuais e artificiais só conseguem simular parca e ilusoriamente" —, adquirindo assim uma presença adicional, incomparavelmente mais forte e duradoura que os outros tempos presentes já mencionados, que por sua vez não deixavam de continuar se manifestando, ilesos, "e quanto à durabilidade, essa imagem estava para uma virtual, assim como o infinito para o zero!"

Então ela tentou explicar ao autor que, no caso da imagem do jovem casal, aquele tão grande presente, "sem dúvida o maior de todos", se devia entre outras coisas a distância entre as pessoas sentadas à mesa, nada incomum "hoje": "A distância entre ele e ela era agora, mais que imediatamente agora."

E também se ouvia dizer que tanto o menino quanto a menina estavam sentados eretos, o tronco, o pescoço, a cabeça, um à imagem e semelhança do outro, quase sem se entreolharem, virados continuamente para frente, seus olhos mirando o mais remoto horizonte da tenda, "não obstante" nada petrificados, e este sentar-ao-lado-do-outro, assim ereto e aprumado, tinha algo de singular, não no sentido de "estranho" ou "bizarro", mas sim de "notável" ou "admirável", ou melhor, "comovente": "tornando novamente presente agora" o que estava presente.

O jovem casal e o recém-nascido, que ficava mordendo alternadamente o dedo do pai e da mãe com seus primeiros dentes, algo que eles permitiam, sem nem torcer o nariz, pareciam estar num mundo adicional, invisível, incomensurável, e mesmo assim tão material quanto barro e madeira, quanto o tecido da tenda ou o que quer que fosse.

E isso lhe trouxe à memória a única foto que restara de seus pais acidentados: os dois também, quase crianças, antes, bem antes de ela nascer, na guerra ou logo após o final da guerra, um ao lado do outro, a distância, sentados retos feito tábua sobre o tronco de uma árvore tombada à borda de uma clareira próxima ao vilarejo, ambos com o mesmo olhar perdido ao longe, com roupas quase iguais, do mesmo tipo de tecido, estampa, corte, assim como o casal moderno de agora com a mesma forma e tintura de cabelo — "atemporais", nem cosmopolitas nem interioranos, muito menos em trajes folclóricos (fosse lusácio, sorábio ou qualquer outro) — nada além de preto-e-branco — o que não tinha nada a ver com o fato de o retrato ser preto-e-branco. E assim como ela sempre via seus (posteriores) progenitores sentados juntos numa época anterior à guerra, ao contrário das evidências, neste presente agora via-os ressuscitados naqueles dois ali ("não do reino dos mortos, é claro").

E neste presente pré-guerra, ainda mais apreensível na noite de hoje como presente de paz, também se incluíam aquele "canteiro itinerante", passando pela *carretera* e na entrada do albergue-tenda como um fantasma saído da Idade Média, bem como o "primeiro e último imperador local e europeu", transportado em sua legendária liteira através da Sierra até a localidade onde viria a morrer, coroando os quadros vivos do festival histórico anual, como se estivesse a caminho de um espetáculo de *son et lumière* no parque de Aranjuez, digamos, com toda a comparsaria: apesar de estarem fantasiados e de seus corpos — em tais fantasias — remeterem a um passado empoeirado e decrépito, do qual nenhum quadro vivo jamais os poderia resgatar (aqueles muito menos), eles emergiam com ombros, pescoços e cabeças daquela sua antiguidade — se é que vinham de lá mesmo — em meio a um presente como nunca houve, ao lado do qual o Agora de agora parecia mais remoto que qualquer outro tempo remoto.

"Às vezes também sinto isso", terá respondido o autor, "ao contemplar o retrato de pessoas de séculos passados, seja ele pintado, gravado a entalhe ou xilografado: em geral são rostos não apenas distantes no tempo, mas também estranhos, alheios, incompreeensíveis, uma espécie humana oposta à de hoje, mas quanto mais os observo, mais eles ressurgem à minha frente por um instante como seres próximos, coloridos e vivos, raramente avistados aqui nas redondezas de uns tempos para cá, quando muito em épocas santas, ou melhor, bem-aventuradas. Doce susto!" — Ao que ela respondeu: "Naquela noite, só uma das pessoas à mesa era inteiramente de Agora, de hoje apenas e nada mais. Mas é para você introduzi-la na história só depois." — O autor: "Um fotógrafo?" — Ela: "É, um fotógrafo, entre outras coisas. Mas como é que você sabe?"

Dirigindo-se continuamente à sua ex-heroína, a ex-narradora de matérias de capa começou a falar, abrindo-se para os outros da seguinte forma: "*Fui una vez amiga de historias ajenas.* Pelo menos fingia ser amiga de histórias alheias, ou queria fingir, ou tinha que fingir. Agora não sei mais nada dos outros, e nem quero saber, e também parei de fingir que quero saber qualquer coisa dele ou dela ou de você. *No sé nada.*"

"*No soy amiga de saber vidas ajenas.* Que estranho, frio e abruptamente estranho cada ser humano me parecia à primeira vista, a bem da verdade, desde o início e por todos os tempos, homens e mulheres, crianças também, parentes próximos tanto quanto distantes, tias e tios, sobrinhos e sobrinhas, de primeiro até terceiro grau. Sobretudo tios e tias, sobrinhas e sobrinhos. Que incompreensíveis as pessoas me pareciam; e eu mal desconfiava que era possível descrever os outros pinçando certas características, qualidades e singularidades, para tecê-las num personagem aparentemente conhecido. Em vez disso, eu as sentia como se fossem bonecas de pano. Mesmo que fosse estritamente confidencial, mesmo quando eu acreditava conhecer ou reconhecer a pessoa em questão, tudo me parecia um grande engodo, como se a descrição da pessoa, por mais — como se diz mesmo — pertinente que fosse, não passasse de algo improcedente e impróprio, em suma, um atrevimento."

"Assim como havia a consciência e o instinto interiorizados de se proibir uma imagem, sobretudo no que toca ao rosto humano, parecia-me vigorar, justamente para o rosto de seres humanos, uma proibição de descrever."

"Mais ainda quando uma descrição dessas não era particularizada, mas vazava para um grupo maior de gente! Mais ainda quando se tornava pública! Mais ainda quando era escrita para um artigo ou até um livro! E justo para mim, para quem esses estranhos se tornavam ainda mais alheios na descrição, se é que não deixavam de existir de vez! — o que tinha o efeito mais arrasador eram as representações ou descrições mimetizadas, principalmente as bem-sucedidas —, e justo eu fui tropeçar numa profissão ou num negócio que consistia apenas em descrições públicas de indivíduos, gente, *people*, tudo preto no branco."

"Se ao menos se tratasse de um povo ou de pessoas no plural, na pluralidade. Massas humanas e multidões também me eram alheias, mas alheias por outros motivos, pelo menos às vezes não tão indescritivelmente alheias como os novecentos e noventa e nove indivíduos com todas as suas individualidades, externas e internas, a serem pinçadas e registradas por mim, da cor dos olhos até a gengiva, passando pelo número do sapato, seu jeito de andar, de dar a mão, de tirar o cabelo da testa, suas vozes, as formas de seus queixos e orelhas, seus ombros, seus móveis, seus bichos de estimação, seus jardins, seus automóveis, suas preferências, seus sonhos mais frequentes, seu perfume, seu suicídio fracassado, sua culpa secreta, seu amor proibido, sua sigilosa meta final."

"E mesmo se todos os detalhes estivessem corretos, e geralmente estavam, mesmo assim eu sabia que as minhas descrições, minhas descrições de pessoas e de gente, não passavam de falsidades e falsificações. Era eu que sabia disso? O meu asco sabia, meu asco de descrever você, seus lábios, sua pele, suas narinas, seu jeito de guiar, seu jeito de cruzar as pernas ou de não cruzá-las, de abrir a porta para os outros, de manter os olhos fechados durante um bom tempo, sua constante atenção, seu saber-ler-nos-lábios-e-na-testa, seu punho fechado de surpresa, seu jeito de bater com o punho na própria cabeça. Meu asco de descrever, asco de você e de mim."

"Desde que não preciso mais ressaltar nada nos objetos, desde que não tenho que publicar mais nada disso, eles me são bem menos alheios e sobretudo alheios de outra maneira. Desde que parei de fingir que sou simpatizante da vida alheia, interessada em entendê-la, em escrever histórias autênticas sobre elas e colocá-las para circular, comecei a descobrir um mundo novo. Desde que não tenho mais que saber de você — desde que não tenho em vista mais nenhum sujeito ou objeto de uma história a ser escrita, sinto-me mais aberta, diante de você, diante dele —" (voltando-se para o canteiro) — "diante dele" — (dirigindo-se a Carlos *Primero*, mais conhecido como Carlos V) — "diante de vocês" — (olhando de uma vez só para todos os outros à mesa, num abrir de olhos) — "mais aberta em geral." (A cada olhar agora, e agora, e agora, ficando mais e mais corada, como nunca, como que à beira de uma ira fulminante ou de qualquer outro grande sentimento.)

"Só agora, com o meu não saber básico, sem aquele saber ácido — como ainda me podem escapar esses paradoxos e trocadilhos levianos dos meus velhos tempos de magazine! —, é que posso deixar de escrever *sobre* você e passar a escrever *de* você, *junto a* você, simplesmente circunscrevê-la."

"E jamais fui tão franca como hoje à noite aqui em Pedrada, nos confins da Sierra. Sinto, sei que hoje eu seria capaz de descobrir você e mais você, vocês e vocês todos, em vez de desmascarar isso e aquilo de cada um, em vez de investigar e relacionar as coisas de forma errônea. Já durante a viagem de ônibus, após o primeiro metro rodado, tudo o que eu sabia a seu respeito foi cortado do *script* — sem precedentes, sem papéis, sem posição, apenas a vontade de descobri-la, de relatar sua história como uma descoberta, exatamente o contrário do grande furo de reportagem que já chegou a ser o meu Primeiro Mandamento."

"Atualmente não escrevo mais, não por nojo de escrever, nojo de todo o aparato, do papel e do computador. O meu não-escrever-mais vem de uma espécie de descontração; ter parado de escrever me tornou mais descontraída e amável. E desde que não encosto mais nenhum dedo em tudo o que tem a ver com escrita e escritura, passei a me ver, com efeito, sim, efeito!, como amiga da vida alheia. Quanto mais alheia for a vida, a vida de vocês, mais me abro para ela."

"E que alheia nossa história me parece agora, até a minha própria; *¡Soy amiga de vidas ajenas!*; *¡Soy amiga de historias ajeníssimas! Mi emperador*, revele-se a nós com alguns momentos de sua história desconhecida. E você não é aquela imperadora dos bancos que uma vez tive que entrevistar por três continentes? Ou já deixou de ser? Ai, ai, ai, eu e minhas perguntas. Mas pelo menos agora é só por dizer, não para publicar."

Agora a resposta da principal interlocutora: "Mas hoje você está fazendo as perguntas de um outro jeito. Pois me lembro de antes, quando você não parava de falar, sem interrupção, com sua voz infantil, sempre suave. Mas ao mesmo tempo, olhando-me nos olhos com olhos enormes, você espreitava. Seu negócio era pegar a pessoa no pulo, surpreendê-la, comprometê-la, não necessariamente a minha pessoa, mas sim apreender um cenário preconcebido que correspondesse ao padrão e pudesse ser divulgado, partindo de mim para chegar a uma situação, a um estado de coisas, a um problema atual. Você também não parava de contar histórias, talvez nem sequer inventadas, suas preocupações, seus sonhos e aventuras, inclusive aventuras de amor, mas tudo isso apenas para levar o outro a fazer o mesmo."

"Nem sequer por um átimo você deixou de ter segundas intenções. A segunda intenção com que você fazia as perguntas constituía o fundamento, a base de sua classe profissional e foi com estas e aquelas segundas intenções que você conseguiu arrancar de mim e de todas as outras pessoas pequenos segredos meus e delas, talvez nem tão pequenos, deixando-nos para trás como um batedor de carteiras, ou melhor, como um ladrão de ninho a suas vítimas, mesmo que a palavra 'vítima' não seja a mais apropriada? Ou talvez até seja. E do que você vive agora? Como é que ganha a vida desde que parou de descrever gente?"

A outra viajante: "Durante um certo tempo, até interessava à história se a pessoa tinha dinheiro ou não, de onde ela o tirava e assimpordiante. Mas para esta história agora, a de hoje à noite, isso já se tornou supérfluo." Será que ela estava por dentro do empreendimento?

E agora a mulher do banco, respondendo a pergunta inicial e se abrindo: "É verdade. Ou pelo menos é provável que eu tenha encerrado a minha atividade no banco, e não apenas a partir de hoje à noite. O sistema bancário me parece gravemente doentio, e não é de hoje à noite. Por mais que eu tenha a convicção de que a essência da minha profissão continue sendo uma coisa saudável. Ela corporifica uma ideia não só prolífica, mas necessária. E essa ideia, como talvez nenhuma outra, está totalmente relacionada aos outros, aos meus contemporâneos, e significa: gestação. Gestão e gestação. A profissão do banqueiro como profissão de gestão, tudo em boas mãos. Pensar junto. Prognosticar. Prever. Antecipar. Adiantar-se. Viabilizar. Administrar. E sobretudo assegurar que vocês, meus contemporâneos, tenham tempo; que não precisem perder tempo tendo que pensar em dinheiro, com a expectativa de ganhar e medo de perder."

"De uns tempos para cá, no entanto, os meus iguais mais jogam que administram. Nós todos jogamos. Querendo ou não. Somos obrigados a jogar com o dinheiro, com os números, com os produtos, com os mercados. Se antigamente nosso fazer talvez tivesse um elemento lúdico, ou seja, um elemento de aventura — não, não de aventura, mas de passatempo —, agora o nosso trabalho não passa de uma sobrecarga de jogo, uma loteria, uma obsessão de apostar no lucro."

"Mas repudio esse jogo. É um desmando, um faz-e-desfaz. Deviam mandar proibir. Só que: quem é que poderia mandar proibi-lo, se são exatamente os Estados e os poderosos que estão metidos nisso até o pescoço? Virou um jogo não apenas incapaz de viabilizar ou promover qualquer avanço, mas também destrutivo. Não gosto nem um pouco de jogar, nunca aprendi a jogar direito. Além disso, o jogo que exigem que eu jogue atualmente é ainda mais feroz, frio e mortal do que o xadrez: mesmo que os principais lances continuem sendo pensar junto, prognosticar, prever, antecipar e se adiantar, tudo isso adquiriu um significado totalmente diferente. O sistema bancário e as bolsas de valores praticamente não passam de uma loteria, algo de uma frieza maligna, totalmente alheia à ideia do meu trabalho."

"De tanto ter que jogar, perdi até o jogo de cintura. E os que estão ingressando agora na nossa profissão, por se considerarem jogadores de talento, ou algo do gênero, por imaginarem com toda razão que a vida seja um jogo, vivem num medo constante, por mais que jurem o contrário ao seu público pagante. Afinal, nem jogadores de talento dão as cartas num jogo desses. Eles são inteiramente devorados, não só em sonhos, mas talvez em breve. Na verdade, não queriam entrar no jogo. Mas já que entraram..."

"Quem começa esse jogo tem que jogá-lo até o fim, e isso é o que ele tem de mais nocivo. Para minha sorte, pelo menos neste caso específico, não sei jogar e nunca cheguei a entrar no jogo..."

A ex-autora: "Você não me confessou nada disso naquela entrevista. Assim como não quis responder nada sobre seu irmão preso e sua filha desaparecida e o respectivo pai desconhecido e/ou seu amante de então e/ou de agora. Naquela ocasião, só deu mesmo para conversar com você sobre sapatos, árvores frutíferas — você chegou a me fazer um discurso sobre o branco singular da flor do marmeleiro —, cozinheiros, temperos (oh, açafrão, oh, coentro), técnicas de alpinismo, uma ilha do Atlântico, brinquedos medievais, distribuição do peso da bagagem quando se sobe ou desce montanhas, o aroma das flores de tília em junho — 'o aroma que parece chegar mais longe', *A paixão dos fortes* e os faroestes em geral, ouriços, as belezas de caminhar à noite, os melhores lápis, dias e noites a fio."

"E agora essa franqueza — que a propósito também não teria valor nenhum para um magazine, ou será que teria? E o que você vai fazer sem a sua profissão, sem o seu gerar-e-gerir? Fundar um outro tipo de banco? Uma espécie de banco antijogo? Fazer um segundo filme? Escrever uma história sobre os tipos de lápis?"

Ela: "O que eu pretendo fazer? Continuar pensando junto. Prevendo e prognosticando ainda mais. Antecipando e me adiantando de forma ainda mais profícua e indispensável. Assegurar que, comigo, que costumo ter tempo, muito tempo, as pessoas em geral passem a ter tempo também, que ele ou ela tenham mais tempo, muito mais tempo. E talvez finalmente aprender a jogar. Não jogos de aposto-e-ganho, mas sim jogos de procura-e-acha. Simplesmente me tornar lúdica. E reencontrar a minha filha aqui na Sierra de Gredos. E meu amante desconhecido em algum outro lugar. Pois — só para você saber, para vocês saberem — ele existe mesmo e está vivo. E falar com meu irmão, não como nos últimos anos, no nicho de visitantes da penitenciária atrás das dunas, onde tínhamos que ficar gritando no ouvido do outro em presença de dezenas de pessoas e nem sequer entendíamos o que estávamos dizendo, quanto mais o que o visitado dizia. E talvez reencontrar umas coisinhas que perdi aqui na Sierra ao longo dos anos, um lenço, uma presilha de cabelo, uma moeda, outra vez um xale — sobretudo o xale.

Toda vez tenho certeza de que uma das coisas perdidas no ano anterior ou retrasado vai me chamar a atenção, refletindo repentinamente contra a luz à margem deste e daquele caminho, certeza de que vou achá-la intacta, apesar das tempestades, da chuva e da neve, e não é que toda vez acabo perdendo outra coisa. Mas desta vez, vocês não perdem por esperar!"

"E em cada um de vocês aqui vejo um dos meus. Em você, entrevistadora, reconheço minha filha, que muitas e muitas vezes não reconheci como minha própria filha na realidade, mesmo quando ela entrava pela porta e se postava bem na minha frente. Ah, já no dia do nascimento, quando a trouxeram no quarto, eu disse a mim mesma no primeiro instante: ué, quem é esta linda criança recém-nascida, com este rostinho tão frágil, mas ao mesmo tempo tão seguro de si e atrevido, todo a postos para brincar? E depois, ao fazer uma visita à casa de alguém, de repente vi uma criança desconhecida vir do jardim ou de onde fosse, silenciosa e muito pálida, pelo que me lembre — a mesma palidez que vem de você agora —, e fiquei pensando cá comigo: quem é este ser tão quieto e sério, em toda a minha vida nunca vi ninguém tão sério, pálido e silencioso — até atinar que estava diante da minha própria filha, da qual até então eu nunca havia me separado, nem por um dia. E bem depois, após seu primeiro sumiço — agora que você já não é mais aquela indagadora indiscreta, posso contar —, ao reencontrá-la na última ilha do Atlântico, perto da localidade de Los Llanos de Aridane, após uma busca que tinha durado todo o verão, o outono e o inverno, sempre com a imagem dela na cabeça, saibam que a gente foi comemorar o reencontro a duas num restaurante — foi no restaurante San Petronio, para ser mais precisa, caso você ainda precise de precisão —, onde contei para ela quem era o seu pai e que ele estava vivo: lá pela meia-noite, então, como hoje aqui no 'Milano Real Dos' de Pedrada, enquanto ela deu uma saída rápida, talvez para ir até a rua falar com algum amigo ou quem fosse, de repente apareceu uma moça do meu lado, como você agora, de perfil, e eu fiquei pensando, por mais que um breve instante, o que aquela bela desconhecida teria perdido na minha mesa; de qual país ela teria vindo parar nesta última das ilhas; e de onde vinha a sensação de que ela estava sem pai nem mãe, ou será que não necessitava dos pais coisa nenhuma? E por que, apesar de nem estar fazendo frio no restaurante, ela estava sentindo passar pelo braço um arrepio que eriçava todos os pelinhos?"

"E vem cá, deixe-me ver o seu rosto: é ela mesma. Sim, é você. E naquele ali com o capote de armelino, representando o rei ou imperador abdicado a caminho do lugar onde morrerá na encosta sul de Gredos, saúdo o meu avô do vilarejo. Ele era cantor, mas — só para vocês saberem — não era de cantigas populares. Assim como o velho cantor de então, você mantém a cabeça erguida e levemente desviada do público e em breve vai começar a cantar alguma coisa para a gente, com sua voz clara, sem esforço nem ênfase, como só mesmo um velho cantor, nada além da pura voz, no máximo um quarto dos olhos voltado para nós. E seu casaco de armelino e seu colete de fios dourados exalam um cheiro forte, quase um fedor, assim como os do cantor em seus últimos dias de vida."

"Você é sonâmbula?" (Breve pergunta da ex-autora de matérias de capa.) Ela: "Sempre fui. E o canteiro itinerante ali, ou o que quer que represente, é meu irmão libertado da cadeia, a um passo de matar sua primeira vítima. Por enquanto, isso não passa de um fantasma dentro dele. Mas assim que pronunciá-lo, como o fará em breve, assim que pronunciar diante dos outros, como agora diante de nós, será obrigado a manter a palavra, queira ou não, e executar o crime. Com os crimes contra o patrimônio que o levaram à prisão da última vez, foi a mesma coisa: durante um bom tempo, destruir era apenas um de seus muitos pensamentos — contudo, mal você o expressou na frente de um e de outro e, por fim, diante de todo mundo que conhecia, um dia isso ia ter que acontecer, você não tinha mais escolha, dito-e-feito, dizer significava: ter que fazer."

O canteiro, se abrindo: "Não tenha medo, minha irmã. Não vou dizer nada; hoje à noite não. Mas é verdade: toda vez estou por um triz de pronunciá-lo, sobretudo nos últimos tempos. Um pequeno deslize e eu teria dado com a língua nos dentes em frente de todo o pessoal da guarda. Mas você, minha irmã, contribuiu em muito para a minha fúria destruidora. Bem, para falar a verdade, antigamente no vilarejo, você bem que pensou junto comigo, prognosticou para mim, adiantou-se solícita, antecipou com todo cuidado o próximo dia e o próximo ano."

"E sem dúvida: você nunca quis nada para si, pelo menos não só para si mesma. Tudo o que fez foi para os outros, para outras pessoas, uma maioria, mas sobretudo para mim, o menino sem pai nem mãe, o órfão. E embora você também fosse órfã, nunca se considerou como tal, nem uma única vez; já era autônoma desde criança, independente, filha de ninguém, descendente de antepassado nenhum, desde o início uma pessoa sem qualquer sistema de referência: nem do vilarejo, nem de uma minoria eslava, nem da nação alemã, nem da faculdade de administração; seus trejeitos também nunca deixaram transparecer nada de sua soberania no ramo financeiro; e como irmã, você também nunca se mostrou propriamente fraternal, muito menos como amante — se bem que isso seja uma coisa que eu não posso avaliar, nem eu, nem ninguém, talvez nem mesmo seu próprio amante, se é que ele existe mesmo. Você era indefinível, estava lá, ia e vinha, atuava por si e solitária, por aí afora, em algum lugar."

"Na sua imaginação, tudo o que você fazia tinha que ser em benefício de outra pessoa, e naquela época essa pessoa era eu, o órfão. Impossível fazer algo à toa, procurar ou colecionar alguma coisa sem pensar que seria para mim. Mas isso não era nem por bondade, nem para se fazer útil, nem para ajudar — você simplesmente era e é assim, essa é a sua índole, e muitas vezes cheguei a pensar que esse seu ter-que-fazer algo pelos outros, essa sua incapacidade de mover uma palha diante da perda da imagem de um outro ou de uma porção de outros era até um tipo de defeito — uma doença propriamente sua. Já naquela época, se tinha que comprar alguma coisa, não podia ser para si mesma, mesmo que estivesse precisando daquilo; e só quando atinava para alguma coisa para mim é que conseguia ir comprar."

"Pegar uma maçã que estivesse pendurada do lado da sua janela e se apropriar dela estava fora de questão, impossível: mas trepar até as franças mais arriscadas para colher esta e aquela fruta para mim — imediatamente! E você também jamais colocou na boca um morango silvestre ou qualquer outra coisa: não importa o quanto gostasse de comer essas ninharias campestres, não importa a vontade que uma fruta ou certas frutas silvestres despertassem em você — só era mesmo capaz de apanhá-las, colhê-las e coletá-las para outra pessoa. E como perdia a vontade e ficava apática quando era obrigada a colher só para si! Irmã doente."

"E assim como se diz que certas pessoas 'não sabem dividir', no seu caso, minha irmã doente, havia uma espécie de obsessão de ter que dividir sempre. Assim que alguma coisa caía na sua mão, isso ou aquilo, você vinha oferecer na mesma hora, para mim ou qualquer outra pessoa — para qualquer um que estivesse por perto —, a fim de dividir com ele. Este gesto ocorria por si, não havia como evitar, você tinha que dividir. Então aconteceu de eu começar a sentir seus gestos de partilha como vias de fato — de tanto que você vinha me enfiar no nariz a coisa a ser dividida, de tão bruscamente que você esticava o braço na minha direção. Com o tempo, primeiro para mim e depois para um ou outro, era como se você nos estivesse colocando contra a parede —"

"Uma vez, você me contou como imaginava sua morte: justamente enquanto estivesse salvando alguém. Ah, irmã doente. E mesmo que tenha sido de um jeito completamente diferente, você me colocou contra a parede, sim: por tomar o lugar do pai, não do nosso, mas de um do Antigo Testamento. Assim como cabe àqueles pais bater nos filhos de antemão, sempre que possível, a fim de que o mal nem chegue a se manifestar ou seja espancado para fora deles antes de sair da casca, você sempre batia em mim, preventivamente, antes que eu cometesse qualquer contravenção."

"E eu, e eu, e eu? Quão pouco sei falar de mim, quando muito, só sobre o que não sou. Não sou como você — já pelo simples fato de ter tomado os outros como referência desde o início, me medido por eles, me comparado a eles, me definido por eles. Eu era um menino de vilarejo sem igual. Era eslavo ou justamente aquilo que se considerava eslavo. Tornei-me um servo de Deus como só mesmo um menino órfão, eslavo, aldeão. Sempre fui um filho da minha época, de uma época que não era nem sequer 'minha', quase sempre me compreendi em função de meus contemporâneos e em reação aos acontecimentos da época, e foi assim que me tornei um destruidor."

O canteiro ou andarilho se calou por um instante, respirou fundo e continuou a falar: "Durante uma longa fase da minha vida, praticamente não vivi por conta própria. Tudo o que eu fazia ou deixava de fazer, todo lugar onde estava ou para onde ia: era sempre na dependência de alguma coisa ou de alguém. Isso incluía algumas dependências que me fecundavam e ajudavam a me manter à tona. Antes de mais nada eram tábuas de salvação, itinerários, diretrizes, pontos fixos. Contudo, a maioria dessas dependências não me levou a lugar nenhum, apenas me amesquinhou. Isso se deve sobretudo à minha dependência das pessoas."

"Não sei por quê, mas sempre que me encontrava em companhia de outras pessoas, sentia-me de imediato como se fosse seu servo ou pelo menos um subalterno. Eu me transformava zás-trás numa espécie de mero apêndice ou acessório; não existia por mim mesmo; ficava apenas me debatendo na rede mais ou menos imaginária do outro, via-me sob um encanto que só me paralisava, fixando-me nos outros de uma forma nociva."

"E toda vez, essa debatidura ou paralisia se faziam perceber com toda nitidez. Até em companhia de desconhecidos, na rua, nos metrôs, nos estádios, eu deixava de agir e, magnetizado pelos outros, reagia como um escravo, cativo. Até meu jeito de andar, olhar, ficar parado, sentar, dependia exclusivamente de como os outros passantes, espectadores, viajantes, andavam, olhavam, paravam e assimpordiante. Ou eu os imitava como um escravo ou fazia justamente o contrário, escravizando-me de outra maneira: enquanto eles corriam, eu andava com uma lentidão exagerada; quando todos estavam olhando para a arena, eu desviava ostensivamente o olhar para o céu ou para a cara deles, e assimpordiante."

"Até em companhia de bichos, sobretudo de animais domésticos, gatos, cachorros, vacas, galinhas, coelhos, eu incorria na dependência e era vencido pelo cativeiro, sob o encanto dos olhos dos bichos, sob o encanto dos movimentos animais. Só mesmo em contato com coisas inanimadas conseguia me livrar daquela debatidura e paralisia que eu sentia sob o jugo dos outros. Até que a minha falta de referencial finalmente me proporcionou a liberdade a partir da qual pude criar. Criar um friso a partir de todos os olhares que amorteciam o meu contato com as formas do presente! Existir sem qualquer relação, magnificamente, significaria amadurecer para o real, pensei comigo!"

"Pelo menos enquanto o meu trabalho como canteiro durasse, eu sabia que estava livre do fardo da comunidade, sem estar absolutamente sozinho, contudo. Mas logo eu também comecei a recair em dependência, numa dependência que me endireitou por um certo tempo pelo menos, em vez de me entortar: perdendo, aos tropeços, meu lugar no presente, na presença dos outros e no presente em si, enveredei — como canteiro, desta vez nada servil, mas com lúcida determinação, de livre e espontânea vontade — na relação com uma época que me parecia adequada, a Idade Média."

O canteiro se detém. Tomou fôlego de novo, fundo. Ninguém para interrompê-lo. Continuou contando, com uma voz que parecia sair imperceptível de dentro dele, sem que os lábios se movessem, mesmo que não fosse com a mesma fantasmagoria de um ventríloquo.

"Decidi que eu não seria mais de agora, seria alguém que não fosse de Agora. Queria estar em contato com as construções de pedra, mais especificamente com as esculturas europeias dos séculos XI, XII e XIII, e assim o fiz. Esses rostos, geralmente com orelhas em pé, narizes achatados, testas enrugadas, lábios inchados, olhos abaulados saltando para fora, essa era a minha gente. Eles me tornaram mestre, e eu, atravessando toda a Europa durante anos, peregrinando de um desses clãs cinzelados em pedra para o outro, também conquistei minha mestria em sua companhia, face a face, passei a ser um deles, deixei-me contagiar por eles, adotando aquele seu sorriso de lábios inchados, seu jeito de espreitar e ao mesmo tempo auscultar dentro de si, seu olhar impassível e ao mesmo tempo tão serenamente participante, envolvendo a mim e tudo ao fundo, tão lúdico, de uma bondade tão cordial."

"Dias inteiros e anos a fio, a minha única companhia, os únicos com quem eu tinha a tratar eram aqueles sonhadores de pedra lunáticos, esculpidos sobretudo em granito ou material mais quebradiço, raramente em mármore. E, veja bem, isso não me fez ficar mais esquisito; no trato diário com eles, fui até perdendo aquela eventual esquisitice de antes. Diante deles, ou seja, na tranquila conversação face a face, eu sentia meu rosto vago e frouxo se expandir, retesar e ordenar-se num verdadeiro semblante — arejei meu crânio até as mais remotas sinuosidades do cérebro e então me pus a caminho, mas com uma clareza e animação tais, como praticamente, ou melhor, jamais tinha sentido antes em conversa com gente de carne e osso."

"Em companhia dos personagens da Idade Média, a época em que escolhi viver, coisas como tocar, farejar, seguir o exemplo e imitar faziam parte do colóquio que eu mantinha dia e noite com meu povo eleito, que há muito já não se resumia mais a obras e figuras de pedra, mas se concatenava e se sortia das epopeias que ainda lucubravam dentro de mim, das letras iniciais iluminadas nos antigos manuscritos; eu já me via a passar a vida inteira nesse período, ganhando a vida de forma pacífica e profícua, mesmo sem qualquer contato ou confronto com companheiros de Agora, nem um único sequer."

Neste momento, o canteiro ou andarilho abriu sem mais nem menos os braços para a jovem pálida sentada ao lado dele, argentina ou sardônia ou o que quer que fosse, e ela, corando com jato vermelho por todo o rosto, se jogou para cima dele. Ela o abraçou. Ela o enlaçou. Ela, assim conta a história, cingiu seu pescoço. Ele, prossegue a narrativa, envolveu-a tão firme nos braços que a fez dar um grito, mais parecido com um lamento num primeiro instante. Eles se acariciaram.

Ou será que o lamento partira dele mesmo, ou dos dois? Ou partiu do narrador, ou da narradora? Conta-se que os dois ficaram assim, olhos nos olhos, até o andarilho e/ou canteiro retomar a fala.

"Mas agora chega de contar de mim e da Idade Média. E não é de hoje que a minha história com os rostos de pedra já se encerrou — muito embora só nesta noite ela tenha sido definitivamente contada até o fim. O final da minha relação com eles e, consequentemente, daquela minha singular relação com o mundo, não aconteceu de imediato. Os modelos de serenidade esculpidos, pintados ou escritos, a anuência do fundo do coração, a entrega, a razão lúcida e bem disposta como nunca — para mim, uma razão tipicamente medieval, tão típica como a curva de seus quadris —, foram esmorecendo bem devagar, quase imperceptivelmente, não foi de um golpe que se distanciaram de mim, não foi de um dia para o outro que passaram a não me dizer respeito."

"Todavia, comecei a me sentir cada vez mais ameaçado pela crescente solidão, dificilmente mensurável, mas constante. E por fim me vi sem as esculturas. Elas não me diziam mais nada. Eu não tinha mais nada a lhes dizer. Não tinha mais com quem falar, para quem dar, de quem receber, e da mesma forma não havia mais ninguém que tivesse alguma coisa a me dizer, me dar ou a receber de mim. Eu não reagia a mais nada, nem na alegria e nem na tristeza. Estava sozinho. Sem qualquer relação. Estou sozinho. Estou perdido."

A mulher ao lado, mais o acompanhando que interrompendo: "Também estou perdida."

O canteiro deve ter continuado a falar com voz ainda mais grave e vacilante: "Mas não desisto. É bem verdade que a minha época eleita, a Idade Média, já acabou de uma vez por todas. Agora preciso passar para uma outra época. Preciso ir ao encontro de outras pessoas, pelas quais eu possa me medir, sem ter que me encolher diante delas, nem me deixar restringir e limitar por elas, nem permitir que elas me podem todas as antenas. Vou me abrir para pessoas de agora e de hoje, para quem eu possa me medir e diante de quem possa respirar tranquilo, portanto: gente, viva, cuja presença reforce a minha, assim como eu a sua. Deve existir gente assim, inclusive no presente. Existe sim. Não é possível que eu esteja inteiramente perdido na atualidade. Não pode ser que nos dias de hoje só tenhamos a opção de perecer."

A que estava do lado dele: "Não, não estamos perdidos."

O canteiro itinerante inspirou o ar bem fundo, bateu com o martelo na mesa e retomou o fio, dirigindo-se sobretudo à mandante da história: "Durante um entretempo, eu só queria mesmo destruir, como seu irmão. Estas minhas ferramentas aqui não eram mais para construir, cinzelar, montar, restaurar, somente para demolir, derrubar, tombar e arruinar. Com o cinzel, nunca mais esculpi nenhuma forma em blocos de pedra. Esculpir, até que sim, mas formas mesmo, não, e não apenas blocos de pedra à minha frente como antigamente. Com minha marreta, rachei e destrocei tudo o que encontrei pela frente, onde quer que tenha ido ou estado, só material de construção que não, muito menos pedra angular ou fundamento. Com minha serra de pedra já não serro mais lajes ou soleiras. Com minha broca de pedra furo de tudo, só orlas e ornamentos que não, nem aberturas de ventilação ou de esgoto. Com meu nível de bolha, medi de tudo, só superfícies planas que não. Com meu maçarico já cortei de tudo, só vigas de ferro que não. Entre os montes de entulho que você cruzou a caminho da Sierra, não são poucos os que são de minha responsabilidade."

O canteiro, segundo se conta, começou a gesticular cada vez mais enquanto falava, perdendo aos poucos o controle sobre seus movimentos, até estar com dedos, braços e pernas tão enroscados — os dedos de uma mão presos entre os joelhos, as pernas cruzadas e uma como que parafusada na outra, a segunda mão presa na axila, sem poder ir para frente nem para trás — até ficar totalmente imobilizado, ali atado em sua própria camisa-de-força, todo retorcido, e a cada tentativa de se libertar dessa posição, se embaraçava em seu próprio enrosco, de um jeito cada vez mais desesperador e doloroso.

E a seguir, conta-se que a outra, a jovem pálida ao lado dele, a ex-garota-reportagem, se encarregou dessa figura toda entrelaçada, quase grotesca, igual a um demônio da Idade Média, procedendo da seguinte maneira: desembaraçou, afastou, afrouxou e liberou respectivamente os membros daquele homem ao seu lado, isso tudo com uma tremenda facilidade, apenas beliscando esta mão aqui, encostando naquela ali, dando um soquinho no joelho, esfregando um calcanhar.

E para desenredar de vez o homem já desenroscado, soprou-o de longe, sem usar a mínima força de novo, um sopro delicado que não alcançou apenas o rosto, mas todo o canteiro e andarilho solitário, dilatou olhos e narinas, contrabalançou os ombros, inflou o tórax, abaulou os quadris, arrebitou o traseiro, retesou as coxas.

E de acordo com a história narrada, homem e mulher deram seu primeiro beijo à meia-noite, na frente de todo mundo, naquele albergue-tenda de pau-a-pique em Pedrada, nos confins da Sierra de Gredos, um beijo boca-a-boca, algo que já tinha se tornado a raridade das raridades na época em que se passou esta história, sobretudo assim às claras, à vista de todos e decididamente festivo, como era o caso aqui. Numa época dessas era preciso se fazer merecer uma coisa assim! E os dois mereciam.

E ainda por cima: os dois se beijavam sem se tocar de nenhuma outra maneira. Continuavam sentados a distância. E as mãos também estavam fora de jogo. Cada um as tinha deixado onde e como estavam, imóveis. Antes disso, a outra tinha tomado um gole de seu copo de papelão. E até isso já ocorrera sem a ajuda das mãos, só com os lábios, que ela teria mergulhado na bebida ao inclinar a cabeça. E nenhum dos dois teria fechado os olhos. Muito pelo contrário, conta-se que eles teriam ficado assim, olho no olho, sem piscar uma única vez.

No fundo do celeiro ou saguão do Milano Real, um bicho de pernas compridas passou correndo de súbito ao longo das barracas, um veado? uma gazela? um avestruz? (animais que já vinham sendo criados de uns tempos para cá e existiam até na serra)? um dogue? E após o longo beijo, *qubla* em árabe, que passou da meia-noite, sem que se desse para reconhecer se era de língua ou não — algo supérfluo, pelo visto —, o novo casal recuou até o encosto da cadeira com um sorriso, um sorriso sem som, que deve ter durado tanto quanto o que acabara de se consumar. Quem riu foi o canteiro ou o que quer que fosse, riu a risada mais longa de sua vida, pelo que constava, uma risada como nunca rira até então. ("*Rir, djahika* em árabe", ditou a contratante ao autor.)

Assim como os demais, ele não pronunciou mais nenhuma palavra naquela noite. Caso tivesse dito alguma coisa, teria sido algo assim: "Já cheguei a falar vinte e quatro línguas, mas agora não falo mais nenhuma. Aquela réstia de sol ali no meio da brenha, na ruína daquele muro que eu mesmo destruí: minha falecida mãe!" Ou talvez ele tivesse dito: "Quanto às pessoas de hoje, que não são nem meus iguais, nem dos nossos, nada meu nem seu — isso é algo que percebo de imediato, percebo mesmo? —, ou seja, quanto à maioria esmagadora — sei direitinho, mas de onde é que tirei isso? —, hei de passar ao largo deles no futuro, ao largo mais largo possível, desviando-me para além do limite da esfera visual, auditiva e real, e jamais me deixarei limitar de novo como um escravo; seu tipo de existência e realidade fará com que eu me afaste de gente da sua laia, de livre e espontânea vontade e com todo ímpeto; com auxílio de sua onipresença tirânica, hei de me retirar para outra esfera da realidade, pelo menos tão potencializada quanto, para uma realidade tão real quanto; e, com toda essa distância, com todo prazer e disposição possíveis, assim à margem, mantendo-me o mais afastado possível deles, mas justamente graças a eles! hei de esboçar e retocar o mundo, e isso é que será o mundo, passará a ser um mundo; e aqueles que não forem meus iguais, nem dos nossos, nada meu nem seu, esses imundos de quem me enojo profundamente pelo menos nos terão servido de alguma coisa; para além das fronteiras de seu mundo vai começar o mundo de meu mundo, vai se delinear o tornar-se-mundo, há de se emundar o nosso mundo — mas o que significa 'meu'? o que quer dizer 'nosso'?"

E a outra teria dito: "Então me enfeitei toda para um homem? Se não fosse para um homem, para quem haveria de ser? Ser apenas corpo, nada mais que corpo, toda corpo, tudo corpo, um único corpo. Para não ficar fora de questão. E para quem, se não para um homem?"

E então, algum tempo depois da meia-noite, o rei, imperador, mascarado, ator profissional ou leigo ou quem fosse, se levantou de seu barril de latão na ponta da mesa, ou o que fosse, ou melhor, foi erguido por seus carregadores ou assistentes, com muito esforço, diga-se de passagem, e já em pé, sem ser escorado por mais ninguém, começou a cantar com uma voz de idade indeterminável, clara, clara demais até: "Sem mais viagens. Sem moscas na boca. E sem mais batalhas, nem em Túnis, nem em Mühldorf, nem em Pavia, nem na água e nem em terra. E sem mais negócios, sem caixas de dinheiro, sem rotas do ouro ou da prata. Sem papas e sem aquela comunidade religiosa que se diz coletiva, mas já se tornou há muito tempo a maior e mais brutal das seitas. Sem pintores nem quadros nem galerias de pintura."

"E sem mais residências de verão. E sem rios, nem o rio Gualdaquivir em Sevilha, nem o rio Guadiana na Sierra Morena, nem o rio Tormes na Sierra de Gredos. E sem mais casos amorosos, nem em Regensburg, nem em Lodi, nem em Pedrada. Sem mais reis nem imperadores. E sem música e nem transição de música para o silêncio. E sem mais oliveiras com raízes feito rochedos. E sem mais cheiro de carniça."

"Nem Flandres e nem Brabante. E sem mãe abandonada se fingindo de louca. E sem mais leite azedo. Sem mulheres e sem lágrimas. Nem turcos, nem franceses, ninguém de Ausgsburg ou de Würzburg ou Innsbruck, nem marco, nem táler, nem dólar, nem escudo, nem maravedi, nem florim para as minhas canções. E sem mais blocos de pedra. Sem Sierra e sem Almanzor e sem Mira e sem Galana. E sem mais macieiras. E sem escadas de madeira encostadas em macieiras. E sem mais barras de vestidos azuis em topo de escadas encostadas em macieiras. Sem mais remendos em barras de vestidos azuis no topo de escadas encostadas em macieiras."

"E sem mais valha-me-Deus nem elevai-os-corações, sem mais transubstanciação nem deus-os-acompanhe. Sem mais vozes de criança. Sem mais nascentes, sem mais fozes. Sem incas, astecas, maias, tsistsistas, sorábios, lusácios, sufis e atapascas. Sem mais salinas. E meu solitário coração caçador também não. E sem mais anjos brancos. E sem meias-luas nas minhas unhas, e sem unhas nos meus dedos, e sem dedos nas minhas mãos. E sobre o meu reino, nada de sol que nunca se põe. E sem reino nenhum. E nem cães de caça. E nem sujeira no pente. Sem passos de montanha e sem mais hospedarias na montanha. E sem morangos silvestres."

Ao terminar de entoar sua música, o cantor foi imediatamente transportado para sua barraca, conforme conta a história, como que para morrer. E quem teve a última palavra naquela noite foi um conviva de quem mal se falou até agora (a não ser que ele era o único "totalmente de agora", que dava a impressão de ser "de hoje, sem dúvida nenhuma"). Ele colocou seus talheres de lado — como se tivesse sido o primeiro a começar e agora fosse o último a terminar de comer — e disse, com uma voz como que escolada durante anos em microfones, estúdios de rádio ou onde quer que fosse: "Para quem observa de fora, como eu, dá para ver claramente que as expressões que vocês mais usam são 'não', 'sem', 'nem isso nem aquilo', 'ele não, ela não, isso não, mas sim'. Vocês se expressam principalmente em negações, definem-se e evocam aquilo que são e possuem quase sempre *ex negativo*, a partir daquilo que não são ou já deixaram de ser, ou justamente a partir do oposto e do contrário do que são. Conforme a linguagem empregada, suas vivências consistem quase só daquilo que vocês não vivenciaram, pelo menos pelo que se entende por vivência em outros lugares. Para vocês, vivência muitas vezes significa exatamente o contrário da acepção corrente de 'vivência'. Consequentemente, as tais histórias de vocês consistem em princípio quase todas de negações. São histórias do que não aconteceu. Vocês não foram para a guerra. Não atravessaram os trilhos do trem. Ninguém leu o jornal de hoje. Ninguém atirou em vocês. Não viram ninguém jogando pedras. Nenhuma fumaça preta saiu da janela. Ninguém que tenha matado outra pessoa com uma corda."

"Que ocorrências são essas. Que histórias são essas, sem observações e sem imagens — pelo menos sem imagens programadas, reversas ou bem observadas; sem acesso àquilo que teria algum significado para o público de hoje; sem relação com a realidade, nem individual e muito menos social — das quais vocês vivem desviando o assunto ou sobre as quais silenciam por pura arrogância —, como se nós, outros, *nosotros*, pudéssemos adivinhá-las ou completá-las por conta própria."

"Histórias como as suas, que narram sobretudo aquilo que alguém deixou de fazer, e ainda por cima sem qualquer ilustração, sem *closes*, sem objetiva de câmera: para nós, outros, isso não é narrativa, coisa nenhuma. É antes de mais nada uma espécie de mesquinharia. Vocês mesquinham consigo mesmos e com suas histórias. Em vez de se agarrarem à vida plena diante de nós, outros, preferem se isolar na vida vazia."

"Isso condiz com seu jeito de comer e beber. Fiquei observando o jantar inteiro — afinal estou aqui para observar, com um determinado propósito, e não para ficar fantasiando a esmo: vocês não deixam nenhuma migalha e nenhuma fibra, e não só no prato. O menor pedacinho que cai no chão, vocês pegam e enfiam na boca. Nenhuma lambuzada na mesa ou na roupa que não seja cuidadosamente raspada ou lambida por vocês, outros. Toda tigela e copo, vocês, outros, *vosotros*, lambem e sugam tudo, até o último pingo e até a última gota. Isso foi o que pude observar."

"Sem dúvida nenhuma: vocês todos vivem numa carência indizível. Falta-lhes a maioria das coisas básicas que socializam os seres humanos de hoje e os torna contemporâneos juntos com nós, outros. Vocês nos passam a imagem não só de trapaceiros, mas também de possíveis criminosos, capazes de fazer barbaridades, quem sabe já cometidas há muito tempo, apenas ocultadas aqui: essa é sem dúvida nenhuma a razão dessas suas desestórias cheias de evasivas, dispersões, digressões e saídas pela tangente."

Naquela pós-meia-noite, o orador tinha proclamado tudo isso sem mudar minimamente de expressão, com aquele sorriso invariável propagado em todo o mundo civilizado na época desta narrativa, mais em jornais que na televisão, sorrisos que os espectadores de então achavam "simpáticos" — para usar uma das palavras prediletas da época: segundo os observadores contemporâneos, sorrisos com lábios cordialmente esticados, fazendo "covinhas", e um constante "brilho morno" no olho "castanho-veado" ou, segundo outros, "amarelo-palha".

Além do mais, ele havia colocado os pés na mesa, "não para provocar, só para mostrar que apesar de tudo se sentia absolutamente em casa entre eles, até aqui na famigerada região de Pedrada, e também para acabar com o acanhamento dos outros". Era por isso que ele também introduzia de vez em quando em sua fala as duas palavrinhas mencionadas anteriormente, embora *nosotros* e *vosotros* fosse realmente a única coisa que ele soubesse dizer em espanhol ou ibérico ou seja lá o que fosse.

Agora ele se levantou para ir embora, mantendo seu eterno-sorriso. E é óbvio que não pagou: quem se encarregaria disso, é claro, seria a organização que há muitos anos já o enviava como observador ou repórter para missões aqui e ali, desta vez na Sierra? Ao contrário dos demais convivas, ele não pernoitou no Milano Real, pois estava hospedado num "modesto" quarto na casa de uma família local, numa barraca incomparavelmente menor e menos confortável, onde sempre costumava ficar "para estar cara a cara com os acontecimentos locais, sem poeira nos olhos, vibrando no mesmo ritmo". E segundo seus coobservadores, enquanto ele foi se afastando através do saguão, sob a luz oscilante das lâmpadas, deu para ver direitinho suas "bochechas infantis cheias de sardas" e "um redemoinho se levantando na cabeleira vermelho-irlandesa, eternamente rebelde".

Outras testemunhas oculares não o viram ir embora a pé, mas sim afastar-se sobre um suporte baixo com rodas, como que puxado por algo invisível, enquanto continuava olhando para frente, com o rosto voltado para a câmera que transmitia ao vivo sua estadia naqueles confins meio bárbaros da serra, simultaneamente para todos os canais civilizados. Ao se locomover, assim a poucos centímetros acima do chão, será que — em vez de mover joelhos, braços e ombros, como um pedestre normal — ele não estava sendo guiado, empurrado ou puxado?

E agora, enquanto ele estava plantado diante da porta, como que esperando que ela se abrisse automaticamente em plena tenda de pau-a-pique, uma mulher se levantou do meio da horda de testemunhas oculares, aproximou-se dele com passos gigantes e, esquecendo por um momento sua imagem pública, seu cargo e sua honra de mulher, deu-lhe um chute, um único, mas certeiro, suficiente para transportar o repórter através da porta que, por sua vez, se fechou logo depois e ainda oscilou algumas vezes, como se fosse a porta de um *saloon*.

A reportagem sobre sua estadia entre a gente de Pedrada, divulgada depois em todo o mundo, não foi minimamente influenciada por esse incidente. Algumas das observações registradas em tal reportagem ainda deverão ser citadas pela heroína do livro da perda da imagem e da travessia da Sierra de Gredos; mas ainda não chegou o momento oportuno.

22

Ela ficou acordada a noite inteira.

Os outros dormiam em suas barracas no fundo da grande tenda ou pelo menos estavam deitados em suas camas. Ela tirou a mesa, como de costume, lavou, arrumou, empilhou. Depois ficou um tempo sentada à mesa vazia, finalmente com as lâmpadas apagadas — sem o rumor dos geradores —, numa réstia de luz vinda dos rochedos lucilantes lá fora.

Ficou até mais tarde sentada em sua barraca, quase sem luz, e depois foi dar uma volta pelas demais, passando de uma para a outra. Ela velava. Também é possível que tenha dado uma cochilada de quando em quando, sentada, de olhos abertos.

E a noite toda, não importa se ela velasse ou dormitasse, bateu-lhe uma dor ("um pesar", contou ao autor), que — se perdurasse — ameaçava-lhe cortar o coração. Não eram só seus acompanhantes mais ou menos casuais que dormiam ou estavam na cama — era Pedrada inteira, todo o povo dos confins da Sierra.

Uma hora ela sentiu frio, um frio que só alguém abandonado por Deus e pelo mundo poderia sentir. Foi gelando por dentro, miseravelmente. Será que tinha sido abandonada por Deus e pelo mundo? "Não." Pouco a pouco, foi se lembrando dos moradores do lugarejo. Embora só os tivesse visto por alguns instantes durante sua chegada noturna de ônibus, no caminho do estacionamento sob o pomar até o Milano Real, restara-lhe uma imagem. E, enquanto pensava nas imagens, se aquecia de novo.

Ela já tinha estado algumas vezes em Pedrada. Toda vez havia uma coisinha diferente aqui e ali. Mas desta vez, quase tudo lhe parecia novo, não apenas o acampamento na confluência das diversas nascentes do Tormes. Entre a multidão de entusiastas noturnos lá fora, os nativos estavam nitidamente em minoria. Em primeiro lugar, esses montanheses, nada acostumados a cortejos, já estavam em casa em grande parte, nas poucas casas originárias de alvenaria. E depois, desde sua última estadia aqui, neste ponto de partida para a travessia da Sierra, a população tinha se multiplicado a olhos vistos. Ocorrera um tremendo afluxo de migrantes.

E apesar da noite avançada, os migrantes pareciam continuar se diluindo na massa lá fora, ao ar livre, fora das barracas que há muito já tinham deixado de ser apenas uma morada provisória. E uma particularidade desta ronda noturna: em meio ao movimento de pessoas, cotovelos e peles se esbarrando, cada um se movia por si só. Esse desfile não tinha nada de corso. Não que os passantes-lado-a-lado e os vindos da direção oposta não se notassem: é que, para todas as pessoas avulsas, os outros não existiam, ou melhor, ele ou ela, homem ou mulher, até existiam, mas não eram levados em consideração por ninguém, a não ser por si próprios (e mesmo isso já era duvidável).

Cada um fazia seu próprio trajeto em meio à multidão? — e ao mesmo tempo seguia atenciosamente os rastros de quem andava à frente; prestava atenção no espaço de quem passava ao lado ou vinha de trás. Cada um deles devia ter migrado para Pedrada de algum outro lugar, de um lugar totalmente diferente. E cada um se acanhava diante de quem também tivesse vindo de outros lugares, tão migrante quanto ele próprio. Ele era muito mais estranho aos demais do que os demais a ele. Não podia, pelo menos por enquanto, se dar ao luxo de tratá-los de igual para igual, nenhum deles.

E assim, se alguém deixasse escapar um olho-no-olho, algo que sempre acontecia de súbito, desviava como um raio do outro, como se tivesse acabado de cometer uma inconveniência, algo que ele, justamente ele, estava proibido de fazer. Se alguém encostasse no outro, algo inevitável em meio ao empurra-empurra, recuava imediatamente, como se ele, o intocável, tivesse cometido um delito, muito embora os migrantes, chegados em Pedrada aos montes desde a última estadia dela aqui, não tivessem nada de párias, fugitivos ou desterrados. Cada um viera para esta região voluntariamente e se juntara a estes novos agrupamentos humanos mais que voluntariamente; de livre e espontânea vontade; tinha feito essa opção quase por arrogância ou orgulho.

As tendas não eram um acampamento de refugiados. (De onde então aquele acanhamento recíproco?) O traje de cada recém-chegado era apropriado, nem novo demais nem puído, sem qualquer mácula, particularmente adequado a cada um, próprio dele, de modo que a veste sempre parecia menos elegante que a pessoa. E cada um se vestia à sua moda, longe das convenções vigentes no momento, esbelto, nada chamativo, em sintonia com as diferentes regiões do mundo de onde viera, América, África, Arábia, Israel, China, Índia, Rússia, mas igualmente longe de seus trajes típicos e folclóricos.

E embora cada um que cruzasse o lugarejo nas montanhas ou saísse tropeçando ou passasse encabulado pelos outros estivesse completamente só, embora cada um tivesse uma aparência tão distinta, com roupa e tez próprias, a mesma forma de olhos e de crânio, embora cada um se julgasse incomensuravelmente solitário e inacessivelmente distinto dos demais, todos expressavam a mesma coisa em meio à multidão, fosse quanto aos gestos ou quanto à mímica com que cada um se dirigia o tempo todo a si mesmo ou a terceiros ausentes e invisíveis, fosse nos constantes monólogos corporais à meia-voz, que coincidiam literalmente — fazia tempo que todos já falavam a língua adotada na Sierra — com o murmúrio de quem andava à frente ou atrás: "Jamais se isole, nunca mais tranque as portas", e assimpordiante. E os que eram novos no lugarejo formavam uma imagem única, como só os nativos a haviam formado antes. (E como é que conseguiam se enquadrar na imagem por si próprios?)

Mas mesmo fora dessa imagem, eles também se encontravam de quando em quando: sempre que eventualmente se estabelecesse algum tipo de transação entre duas pessoas em meio ao aperto geral, uma oferta, um pedido, uma troca, uma compra: ficavam lá parados por um instante, e apesar de mal precisarem abrir a boca para chegar a um consenso, o que se sucedia instantaneamente entre vendedor e comprador era pura exaltação e vivacidade. E só depois disso, passo a passo, é que ocorria a troca de mercadoria e dinheiro (qualquer coisa que não fosse dinheiro vivo estava fora de questão): um sorriso liberto, sem reservas nem artimanhas, de coração aberto e ao mesmo tempo festivo-dissimulado, quase com mais satisfação em dar do que em receber o dinheiro, uma unidade e um vínculo recíprocos por meio do dinheiro, cédulas e moedas, tudo isso a remetia à razão pela qual justo ela, que passara a infância num vilarejo, tinha se disposto a estudar as manifestações — nem tanto as chamadas regularidades — comerciais e econômicas.

E ela também queria providenciar dinheiro vivo para o dia seguinte e para a continuação da viagem. Será que o jeito como os novos moradores de Pedrada tinham se revelado aquela noite era um fato ou eram apenas os olhos dela? Apenas? Apenas os olhos? O olhar era capaz de criar (e destruir e anular). O olhar, o dela — e era isso que ela queria para o livro — criava.

Velou até o nascer do dia. Ou simplesmente ficou assim acordada? Não, ela estava velando. Velava pela região; pelos que dormiam. Embora estivesse sozinha, era como se houvesse alguém velando com ela, fazendo-lhe companhia a noite toda, alguém invisível, mas nem por isso menos corpóreo.

Também ficou lendo um pouco, à luz da lanterna, o livro de árabe de sua filha desaparecida. "Posso ler", disse para si, "posso continuar lendo." E então, no meio da leitura: "Ela está viva. Minha filha está viva! E amanhã vou perguntar por ela aqui. E vou obter informação."

Velava por si mesma. Se fosse para a cama — pensou consigo — morreria de imediato.

Em sua ronda pelo albergue entrou primeiro na barraca do jovem casal. A criança de peito dormia tranquila entre os dois. Ambos estavam virados para a criança, cada um com uma mão em cima dela, uma mão em cima da outra. E ao mesmo tempo falavam com o adormecido, de olhos fechados, murmurando e balbuciando com língua pesada coisas quase incompreensíveis, que aos poucos iam virando um gaguejo em dueto, sem uma única palavra inteligível, e por fim um lamento duplo, como naqueles sonhos em que a gente deve dizer uma senha, mas não consegue porque não consegue pronunciá-la.

Quem dormia profundamente, por sua vez, era o recém-nascido. Seu sono penetrava o lamento onírico de seus pais adolescentes, até apaziguá-lo por fim. Toda a barraca se enchia agora com a respiração tranquila dos três adormecidos, e então se espalhou um aroma, exalado pela criança mínima, *niño*, *tifl* (de novo a palavra em árabe, sem querer): seu aroma de sono, peculiar, intensificado. Jamais se produzira e se comercializara um perfume assim. Por que não? Seria um negócio da China. Um perfume desses intensificaria os sentidos — disse para si mesma —, aguçaria e afinaria todos os sentidos em um único; na mais sensual das sensualidades.

Ela velava por amor ou por impulso e sede de amor, e era essa a razão pela qual com certeza se desvaneceria no mesmo instante, caso fosse se deitar? Que grande, que gigante este seu desejo quase contínuo — não, de novo esse "quase", não. "Desejo demais para o meu tempo? Desejo demais para todos os tempos?" Onde estava quem ela amava? Por que esse canalha não descobria por si só onde ela estava e ia procurá-la? Por que esse patife insistia em prosseguir anônimo pela beira da estrada, com as pernas da calça crepitando eternamente ao vento, não exatamente se afastando dela, mas também não ao seu "encontro"? "Ignorante! Burro! Falso aventureiro! Vagabundo!" E os ruídos das nascentes do rio Tormes adentravam a barraca, consonantes, todavia audíveis um a um: som concomitante, harmônico, paralelo, de fundo, sendo que faltava o som principal; faltava?

No próximo quarto-barraca — "adivinhe a cor!" disse ao autor no fim de sua viagem — estava seu irmão, o canteiro ou depredador-de-edifícios ou quem quer que fosse, junto com a mexicana ou armênia ou seja lá quem fosse, aquela que não queria mais coletar nenhuma história alheia. Estavam deitados abraçados e completamente imóveis, tão imóveis quanto seus olhos igualmente entreabertos de cada lado. Ruído nenhum, nem um único, partindo dos dois, ambos com a respiração suspensa, perfeitamente, imóvel e perfeitamente unidos, por muito tempo ainda, muito tempo mesmo.

Em compensação, os sons de fora, vindos sobretudo das torrentes, mas chegando aqui à tenda do amor como se viessem de cima; como se despencassem diretamente numa corda-d'água, tamborilando no topo, o ruído se distanciando em todos os sentidos, a corrente circundando a tenda com estalos; assim como também martelavam sons de fora, lá de longe, do alto da serra, da cumeada, do "circo" do cimo — "expressão dos nativos" —, de cima da serra, de Mira, de Galana, de Galayos, do Almanzor; uma pedra estalando ali; atravessando uma fenda na cumeeira, uma cabra montesa encorpada, esse capricórnio fabuloso da Sierra de Gredos, extinto coisa nenhuma, nada raro, vivo como nunca — nos vilarejos só se via sua estátua em vez de figuras humanas —, um som surdo, trazido de longe; o impacto da cornadura, como cervos colidindo em sonho; a capa de gelo se dilatando e retraindo sobre a lagoa, soando ora como uma chicotada, ora como o dedilhar de uma gigantesca corda de baixo, descendo de lá na arena do circo do cimo, digamos, da chamada Laguna Grande de Gredos; cada um desses sons, até os que vinham do fundo do fundo, penetrando o sono do casal aqui na tenda, as paredes como uma membrana, amplificando e aprofundando o mais distante dos ruídos, agravando-o e fazendo retumbar e vibrar aqui mesmo — aqui onde estão deitados os dois corpos, mais silenciosamente colados e acasalados do que nunca, como se à espreita —; e com cada som, por mais fraco que fosse, vindo de lá de fora da Sierra, na calada da noite, retumbando penetrante como um gongo — um crescente calafrio, não solitário, mas solidário ("ainda seria possível dizer isso?"), "ou melhor, um 'calar-se-em-calafrio'", ao fim e ao cabo (ainda se usava essa expressão?), sem limite. E será que os dois já perdidos, solidários, virão a chorar lágrimas assim silenciosas?

Sua próxima visita foi aos carregadores da liteira do imperador abdicado ou quem quer que fossem, os quatro dormindo na mesma barraca, um deles numa cama de criança, outro, no chão. Estavam todos deitados de barriga para cima, provavelmente por causa do tremendo cansaço por terem arrastado aquele peso o dia inteiro. E dormiam todos de roupa. Por mais que parecessem fantasiados, como se viessem de um século passado há muito: seus rostos igualmente voltados para cima eram de agora, parte desta noite agora; como só poderiam mesmo ser rostos humanos, assim imersos num sono firme e fundo, de agora, do presente, do presente corporificado e tangível.

Laila, a noite; *bil-lail*, à noite; hoje à noite, *hadjihil-laila*; presente, *hadjir*; agora, *al-aana*; rosto, *wadj*. Cada palavra dessas, pronunciada, era um sopro que se achegava aos quatro adormecidos e reforçava sua presença. Já! — ela se debruçou sobre cada um deles, um após o outro, e tocou seus rostos inchados de esgotamento — inchados não apenas os lábios, os narizes e os olhos sob pálpebras perceptivelmente pesadas, mas também têmporas e orelhas, até os lóbulos das orelhas. Ela massageou os inchaços sem acordar nenhum dos quatro. Um dos carregadores tinha uma pele quadriculada, quase feito um tabuleiro de xadrez. O segundo tinha sangrado no nariz antes de adormecer — as narinas com crostas escuras —, e ao lado dele havia um lenço branco com manchas de sangue, delineadas em pequenos círculos vermelho-negros, afundando-se e espalhando-se levemente por todo o tecido (onde tinha sido enfiado no nariz, ponto a ponto), formando no branco um padrão semelhante ao de um dado.

E ela ficou parada ali, ficou ali, ficou ali em pé parada, absorta na contemplação do padrão de dado. Isso a remetia a tudo quanto é coisa e a coisa nenhuma. Diante dele, ela sentia sua culpa, mas agora livre de sentimento de culpa, como uma carga, sobretudo como algo inevitável, ao mesmo tempo era como se o estado de culpa significasse estar-com-a-razão. Tinha que existir culpa! "Tinha que" — ela riu, ou teve a impressão de. Também teve a impressão de que o sangue naquele lenço era seu. E até cogitou roubá-lo de quem dormia.

Quando criança e ainda quando adolescente, ela fora uma ladra crônica em seu vilarejo lusácio e oriental, mas só de fruta — no mais, era contra roubos —, e só de maçãs e peras. Costumava frequentar os jardins da vizinhança desde que as primeiras frutas amadureciam. E depois, onde quer que tenha estado no mundo, não podia passar por uma árvore sem afanar uma, pelo menos uma fruta. Seria assim a vida inteira!, e até um dos possíveis títulos que ela sugeriu ao autor para seu livro conjunto foi, a sério, *"A ladra de frutas"*.

Roubo de lenço: ficou na vontade. Sua mão estendida, já a meio caminho, paralisou um palmo antes. ("Palmo" não era uma palavra que já tinha caído em desuso há muito tempo?) Ela ficou olhando e olhando para os olhos de dado vermelho-negros, bem mais que seis, mais que o dobro até. Em compensação, agora aquela mão que tinha acabado de hesitar se aproximou de uma outra, a do adormecido, que talvez só estivesse fingindo dormir?

Mas desta vez a mão também parou a meio caminho: duas mãos paradas no ar, sem qualquer sombra de tremor, sob a luz de uma lanterna. Ela, a ladra de frutas, era intocável. Ela também, uma intocável? Sim. Só que isso partia dela, ninguém podia tocá-la, mais ninguém, ninguém por enquanto. Sua intocabilidade era um fazer. Fazia-se assim. Era como no filme onde representara a heroína: não precisava lutar; assim que alguém viesse atacá-la, bastava segurar uma lança, uma espada ou um bastão de madeira, e só isso já detinha ou derrubava o outro, mantinha a distância todo homem que fosse o certo.

E será que o homem certo chegaria, o homem desaparecido há muito (fazendo jus a qualquer filme que se apresente)? É óbvio. Mas sua aparição, seu mero revelar-se e aquele face-a-face com ela já eram a imagem final do filme: "Todo o meu desejo" — esta foi a última frase que ela tivera que dizer em seu papel — "foi tê-lo de novo à minha frente e poder revê-lo enfim."

Conta-se que naquela noite, em Pedrada, ela ainda chegou a adentrar a tenda do soberano abdicado, "em cujo reino (graças aos reinos dos índios americanos anexados por ele) o sol nunca se põe", e assimpordiante. O imperador ou rei ou parceiro de negócios ou cúmplice ou o-que-reconstruía-a-história, estava deitado ali, com seu armelino, esticado na cama como que numa maca, aparentemente morto, como nenhum ser vivo, como só um morto pode parecer.

A cama dessa tenda era a mais larga de todas, e ela se deitou ao lado dele; esticou-se como ele. Só que ela, por mais que estivesse deitada ali toda quieta, absolutamente quieta, não parecia nada morta. Não havia maior contraste do que entre esses dois corpos esticados lado a lado, alongando-se imóveis pele a pele, sem se tocarem porém em ponto algum.

Na mesma medida em que o homem estava ali desmantelado, em crescente decomposição, a mulher florescia a seu lado. Enquanto a face dele era só osso despontando por trás da última camada de pele, chupada como a de uma múmia, as bochechas dela inflavam e pareciam adquirir o brilho de uma maçã que acabara de ser colhida e lustrada. Todas as suas formas se alargavam, estiravam e esticavam. Ela todinha ganhava volume, se ampliava e retesava, e ao mesmo tempo ia ficando mais e mais pesada —, de um peso quente, um belo peso. Enquanto a testa dele encolhia, se engelhava e rachava como "o verniz de um quadro antigo", os olhos se deixavam chupar pelas órbitas, os lábios pela dentadura (que jamais morderia de novo), as pernas se transformavam em hastes calcificadas, enquanto logo ao lado ela ia se intumescendo aos poucos, um inchaço que, "ao contrário dos quatro vassalos adormecidos, contudo, já não tinha nada de esgotamento".

As coxas, ao lado do parco semi-esqueleto masculino, bem como os peitos, se alçavam, acorcundavam e encurvavam; a boca, imagem reversa à do homem cadavérico, aberta de leve, deixando aparecer a ponta da língua, "o sorriso da carne e da vitória"; e os olhos da mulher, abertos ao máximo agora, emitindo — apesar de seu negror — um raio "que representava o triunfo da vida e da sobrevivência, e esse triunfo era reforçado pelo homem deitado ao lado, céreo-apático, falecido na cama da tenda, com pele e pelo, corpo e alma, em seu casaco de armelino. E como os cabelos dela estavam brilhando neste momento, de madrugada, hoje de madrugada, soltos, escorrendo pela cabeceira da cama, espalhando-se pelo travesseiro, pela almofada e serpenteando em direção ao crânio de seu vizinho, calvo, mais morto que morto; a testemunha deste seu estar-viva, mais doce do que nunca, nesta madrugada, agora!" No filme daria para ver os dois de cima, da cúpula da barraca-de-dormir, primeiro num plano geral, depois em *close*.

Por bem ou por mal, ela tinha se tornado uma espécie de soberana ao longo de sua vida. "E essa espécie de soberania", contou ela depois ao autor, "é o que eu quero deixar de ter, se possível." Mas o reino do qual ela sempre quis ser soberana, junto com seus amigos, era o reino dos adormecidos, ela como única pessoa em vigília, como naquela noite em Pedrada. Desde pequena, ela imaginava que quem estivesse dormindo não poderia ser má pessoa. E os malfeitores e infames, pensava ela quando criança e ainda continuava achando, eram inofensivos e pacíficos não apenas no momento, durante o período de sono — mais do que isso, em face e ao alcance de seu sono, era possível redescobri-los como pessoas plácidas e benévolas, como crianças mesmo.

Os adormecidos, imaginava ela, incorporavam sua verdadeira essência. E a verdadeira essência de cada um, pensava ela desde sempre e até hoje, é boa! Isso se manifestaria e se deixaria examinar bem nos adormecidos. Seria um campo que ainda não teria sido devidamente "explorado", algo como "um capital dormente". Para ela, a ideia de que todo mundo, sim, todos deveriam ser bons como crianças durante o sono talvez fosse uma das chaves de seu poder sobre os outros: nos conflitos, sim, lutas contra adversários pretensamente mais selvagens, ela sempre os imaginava dormindo, e isso pelo menos acabava contribuindo para transformar um ou outro antagonista em parceiro e cúmplice.

O autor perguntou então como foi que ela conseguira fazer tantos inimigos, acrescentando que, a seu ver, tornar-se "como as crianças" durante o sono e de uma forma geral não significava em absoluto ser bonzinho, ou ingênuo, ou puro, pelo menos no que diz respeito às "crianças contemporâneas", e ele falava por experiência própria; e depois se referiu a si mesmo, contando que, há muitíssimo tempo, também fora mais ou menos da mesma opinião que ela a respeito dos adormecidos. Mas no decorrer dos anos teria percebido, inclusive em sua própria pessoa: a animosidade, a fúria esporádica, bem como o ódio que se manifestava por um momento durante a vigília não se calavam durante o sono, ao contrário do que costumava lhe acontecer na juventude, mas irrompiam com uma intensidade ainda maior.

E de uns tempos para cá, o mal costumaria se exasperar dentro dele durante a noite, durante o sono ainda mais desenfreado que durante o dia, pois de dia ele o conseguiria afugentar com técnicas já testadas, assim que esse se manifestasse: porém, adormecido e sem técnicas — por mais que ele as treinasse antes de pegar no sono —, às vezes chegava a passar a noite inteira, como viria a se lembrar depois, urrando e mostrando os dentes para alguém, para um absoluto desconhecido, ou então acontecia de sair correndo com uma faca na mão contra uma multidão de estranhos, incorporando a pior coisa do mundo e suspirando de alívio toda vez que acordasse. "A mim, parece que nós, os adormecidos de hoje, somos antes de mais nada temíveis. Tudo, menos se aproximar de pessoas dormindo, nem daqueles aparentemente pacíficos e tranquilos! Mal a gente se debruça sobre eles, pulam no nosso pescoço e nos atravessam com a faca."

Ela velava. Velava? Sentou-se na cama. Levantou-se. Ficou andando de cima para baixo na grande tenda. Ruído nenhum vindo da Sierra. Até as nascentes do rio Tormes silenciadas, como que desligadas, ou como se não penetrassem mais em seu ouvido.

Em casa, na cidade do porto fluvial, no começo ela ouvia os trens passando distantes toda noite, além de cada buzinada dos barcos a vapor — e após alguns meses, após alguns meses, mais nada.

Será que ela já estava há tanto tempo assim nos confins da Sierra? De olhos abertos, para sonhar de verdade! ("Evite a palavra 'verdade'", ditou ela ao autor, "substitua-a por 'abrangente'") De olhos abertos para sonhar de modo abrangente. Era a última hora da noite, e como sempre ela tinha a impressão de que, por bem ou por mal, seria tomada uma decisão, uma que afetaria não só ela, mas também o planeta inteiro. Também era a hora em que ela sentia de forma mais penetrante a Terra como um planeta recém-nascido — independente de seu sistema solar e ao mesmo tempo tão sozinho no universo como nunca, abandonado, perigosamente abandonado: poderia desandar justo nesta hora, agora, não de dia, como de costume, mas sim na chamada noite eterna. Decisão? Virada? De olhos abertos. Entre as constelações do Hemisfério Norte, Órion, as Plêiades, a Ursa Maior, intercalava-se, tenuemente entretecida, uma que não deveria dar para ver daqui, o Cruzeiro do Sul.

Aquela cobra — do comprimento de seu antebraço, da espessura de um dedo, estampada em preto-e-amarelo, como salamandra, como as cobras de suas outras travessias da Sierra de Gredos, trasteando uma última vez e escorregando no sem-caminho, sem conseguir brecar direito — voltava a se mexer lentamente neste instante, sem esticar a cabeça nem estirar-lhe o dardo, deixando-a passar por meio dos pedregulhos, abrindo alas para ela, que rebolava morro abaixo, andando ("dá para se dizer isso de uma cobra? dá.") lenta e graciosamente.

Quando ela caiu em cima da cobra, esta não a assustara, por mais venenosa que fosse: o momento com a víbora fora até uma grande ajuda durante sua marcha desvairada pela Sierra: com ajuda da cobra, ela readquirira a harmonia que lhe estava faltando, por ter sido até então temerária, precipitada e nem sempre concentrada enquanto caminhava, ou melhor, embrenhava-se pela trilha, mas, a partir do momento da víbora, passou a manter o sangue-frio, passo a passo, por mais que depois tenha perdido o chão, mais uma e outra vez. De sua cobra ela tinha derivado o ritmo necessário para se desenredar com todo sangue-frio daquele pandemônio de pedras que, uma vez que se estivesse lá dentro, podia parecer inescapável por um momento. E por muito tempo depois da travessia, ainda empregava ou usava a imagem da cobra para se manter à tona em certas situações, simplesmente antenada, a fim de dar cabo delas sem dispersão, acompanhá-las com empenho e sossego, para não se deixar desviar de sua direção, totalmente concentrada no momento, em agora, e agora, e agora...

E novamente lhe veio à tona de longe, de muito longe, lá do vilarejo do leste, o carrinho de bebê empurrado por ela, pela irmã mais velha, com o irmão dentro, pelado em pleno verão, ainda criança-de-peito (de que peito mamar agora, após o acidente que vitimara a mãe?), o carrinho saindo do caminho e despencando de novo ribanceira abaixo, para dentro do matagal fechado de urtigas feito selva, e de novo ela a se precipitar atrás do irmão enrolado no cueiro, desaparecido naquela fogueira verde e sombria de pelos e pontas.

E novamente ela beliscou o desconhecido, o homem da sua vida, deitado de bruços na relva úmida da estepe, com o rosto para baixo, e subiu em cima de seu corpo, uma vez e outra, daqui para lá e de lá para cá, perguntando por que ele tinha tanto medo de que ela bebesse todo o seu sangue?

E em sua propriedade, a antiga posta de muda de cavalos, na periferia da cidade do porto fluvial, abandonada por ela há muito, faiscaram no escuro fagulhas de ferradura, na cozinha se desacomodaram pilhas de panelas, rolaram marmelos, *kwite, dunje, dafardzali* entre pilhas de roupa, nenhuma carta sobre a mesa vazia, ninguém brincando com o brinquedo armado no quarto de sua filha desaparecida.

E aqui fora, abaulando-se entre dezenas de nascentes e zilhares de colônias de musgo, ao que parece, ilhas, *turbari*, mais que macias, torneando-se e imergindo lentamente com o peso de quem pisasse, imergindo agora e agora, no fundo, no lodoso, no lodo.

E o autor em sua vila na Mancha, no quarto com a cama tão estreita, na parede sem janela, ele também de bruços, com a mão sobre os olhos enquanto dorme, como se a noite não fosse negra o suficiente para ele, justo para quem.

"Não tenho mais nada que ver com o sistema bancário", disse ela ao autor depois, "pelo menos não com o de hoje. E mesmo assim não me sai da cabeça a ideia de fundar uma nova espécie de banco — um banco de imagens que englobe o mundo todo, para trocar, para aproveitar, para frutificar todas as nossas imagens —" No entanto, quando o autor solicitou que ela explicasse melhor o seu projeto, ela interrompeu de novo, como muitas outras vezes, o raciocínio que mal tinha iniciado.

23

O dia seguinte, então, apesar de tudo. As nascentes audíveis, frescas. O pessoal da tenda lá fora, ao ar livre, para um breve encontro de despedida, no ar matinal das montanhas, em frente ao Milano Real de Pedrada.

Cada um tomou seu café ou o que fosse ao ar livre, em xícaras de porcelana, copinhos de iogurte usados, copos de escova de dente. Ela, heroína, aventureira e errante, tinha trazido seu café de Monte Azul, Jamaica, como sempre, e o dividia com um e outro: brilho oleoso preto retinto, espelhando a cumeada da Sierra. Com os mais excelentes grãos, não compensava ser sovina: caso se usassem somente poucos, o café ficava amargo e insosso como só.

Ninguém estava comendo. Embora teoricamente fosse inverno e o termômetro indicasse uma manhã fria, parecia que a neve e a paisagem de inverno eram mero cenário, como em certos filmes, sem vapor nenhum saindo da boca: só as bebidas soltando fumaça.

Cada um partiria a sós, ou ficaria ali mesmo, ou voltaria para as planícies e metrópoles com o primeiro ônibus, já a postos ali atrás no pomar.

Apesar de já ser o mais pleno dia, ainda não se via nem um único morador de Pedrada; as tendas estavam fechadas, bem como as janelas de madeira cinza das antigas casas de granito: ao mesmo tempo, um silêncio vivo e pulsante (o enviado do Conselho Mundial, ou seja lá o que fosse, prestes a sair da barraca de observador para fazer sua caminhada matinal, de cinco a dez voltas em torno do povoado, qualificou esse silêncio depois, em seu relatório, de "desesperançado", "desanimado", "apático" e "anormal").

Ninguém falava nada por ora. Quanto ao *emperador* ou rei ou viajante de reconstituições históricas — talvez algum historiador amador daqui da província, na realidade funcionário de uma caixa econômica, crente que encontraria um acesso ao passado através desse tipo de encenação —, a profusa agonia noturna e consequente morte pareciam lhe ter feito bem: a partir de agora, ele dispensava continuar viajando de liteira; pretendia percorrer a pé, através das montanhas, o trecho final até o local de morte de Carlos V ou I, o mosteiro de Yuste, sem casaco de armelino, original ou imitação, na companhia de seus quatro colegas da Caja de Ahorros (= Caixa Econômica) de Piedrahita ou onde quer que fosse, dispensados de carregá-lo.

O canteiro medieval e a moça, que não estava mais interessada em nenhuma história que não fosse a sua — ela jamais enrubesceria de novo —, estavam abraçados, como se não tivessem se afastado um do outro nem uma polegada, nem sequer uma fresta mínima desde seu primeiro toque noturno, nem enquanto estiveram sentados, nem depois, caindo na cama e já deitados, nem posteriormente, levantando-se e, por último, indo-até-a-porta agora: nem sequer uma brecha entre ambos os corpos siameses. Onde será que daria isso? Bem, para um homem-de-pedra, aqui em Pedrada (o nome já dizia) não faltaria o que fazer, e a colaboração dela, simultânea e paralela, no mínimo não faria mal.

E o casal juveníssimo? Tinha se tornado adulto durante a noite, ele, com ombros largos, o chapéu que não poderia faltar, ela visivelmente mais alta, com cara de mulher orgulhosa e bacias largas, de onde o segundo filho já começava a se arredondar na barriga, enquanto o primogênito parecia ter saído das fraldas agora à luz da manhã, pelo menos um ano mais velho que nas horas noturnas, capaz de se sustentar sobre as próprias pernas, andar e saltitar numa das nascentes do rio Tormes; e mesmo que sua boca talvez ainda não pronunciasse nenhuma palavra compreensível, os olhos já falavam por si, percebiam tudo o que acontecia e sabiam dizer aos outros coisas que eles nem suspeitavam ou sabiam de si mesmos. Logo a seguir, embarcou no ônibus com seus pais e ficou sentado entre eles durante toda a viagem, cercado pelos dois até o fim, não importava como.

Só no momento de se separarem é que finalmente começaram a falar. Uma despedida particularmente entusiástica: sobretudo em se tratando de uma combinação casual de pessoas, tão passageira além do mais. Que entusiasmo era aquele que as pessoas mostravam em relação a si e a seu próprio caminho, aos outros e seus caminhos distintos. E será que já não tinham sentido juntos um entusiasmo assim alguma outra vez, quando?, vindo do fundo, da raiz dos cabelos à sola dos pés, por nenhum motivo especial, sem meta nem aventura, só assim, vindo do nada e servindo para nada, do nada e para nada? Quando? Quando recém-nascidos? Isso mesmo, quando recém-nascidos, a seu tempo, tempo dele, tempo dela. Sim, naquele tempo, dele, dela — mas quando? — nós todos, novos no mundo, não tínhamos nos apresentado como entusiastas? Não havia um tempo ou uma história em que cada pessoa nascia entusiástica, com um entusiasmo predestinado à duração? Mas de onde vinha a sensação de que esses entusiastas vindos ao mundo, recém-nascidos entusiásticos, tinham se tornado a raridade das raridades nesse meio-tempo? E o que fora feito dos nossos entusiastas de antigamente, ainda predestinados a ser jovens em idade avançada, mais ainda até, mais do que ninguém merecedores do atributo "jovem"?

Mas pelo menos isso: já que não havia mais nem sombra e nem espírito de duração em lugar algum, pelo menos que houvesse agora entusiastas esporádicos e episódicos da despedida. Cada um agradecia aos demais, só por agradecer, por nada e coisa nenhuma. E cada um também mandava saudações ao lugar para onde os outros estavam indo, mesmo que o desconhecesse.

Ela, que conhecia o refúgio de Yuste, a alguns dias de viagem dali, para o lado sul, no sopé da Sierra, abaixo do passo mais baixo e mais suave entre os parcos desfiladeiros da Sierra, o Puerto de Tornavacas, transmitiu seus votos pelo *emperador*: "Recomende-me ao azinheiro de lá, ao tanque no jardim, às palmeiras-gigantes e sobretudo aos pardais, que fazem tanta falta no norte da Sierra, no lado norte do *dschebel*." — Ele: "À tumba e ao sarcófago também?" — Ela: "Não." E colocando a mão no ombro dele, roubou-lhe, sem que ele percebesse, a pena de falcão macia e mosqueada do seu casaco de armelino. E cada um desejava ao outro — desejos como que enérgicos — justo aquilo que o outro já tinha desejado secretamente para si mesmo. Apesar de as histórias que eles tinham começado a contar entre si terem parado por ali — e daí? pelo menos estavam iniciadas.

Quase mais nada indicava que aquele cone de pau-a-pique tinha-lhes servido de albergue durante a noite: letreiro nenhum, nem "El Milano Real", nem qualquer outra coisa. À luz do dia, aquela tenda era igual às outras de Pedrada, só que um pouco maior. E de dia, as tendas construídas aqui desde a última estadia dela se distinguiam das propriedades quadrangulares tradicionais pela forma: o material, o barro, os blocos de madeira, os paralelepípedos de granito eram os mesmos em todo o povoado; tanto aqui como ali, os telhados das moradias eram feitos de camadas de genista e casca de sobreiro, dispostas de maneira justa, tão impermeáveis à chuva e — com seus pesos de pedra — tão seguras contra tempestades quanto jamais chegara a ser uma telha — absolutamente inexistentes aqui, tanto as planas do norte como as abauladas do sul, como se Pedrada, como se toda a Sierra fosse independente de pontos cardeais.

O dono do albergue, novamente transformado em chofer de ônibus, acabava de sair do pomar agora e já aguardava os passageiros em frente à tenda maior, na companhia de seu cão ciclópico. E esses também já vinham chegando de todos os lados do lugarejo aparentemente imerso em sono profundo, prontos para prosseguir a viagem há muito, alguns vindos de trás das tendas e casas, lá em cima, dos planaltos inabitados, desmatados e como que vazios, todos carregados com bolsas pesadas penduradas de todos os lados, arrastando malas ou então chegando de bicicleta, uma estranha visão em meio às encostas sem veredas com a crista das montanhas ao fundo.

E entre os que partiam agora para uma longa viagem à cidade, quase ninguém estava desacompanhado. É bem verdade que cada um estivesse abandonando a Sierra sozinho, mas em geral, até embarcar, estava cercado de todo um séquito de parentes (que talvez nem fossem familiares; somente "parentes" de escolta).

Ainda era bem cedo. Ninguém na rua, a não ser os que estavam se despedindo, todos aglomerados debaixo das janelas do ônibus, que — diante da multidão de gente por todos os lados — parecia estar parado numa praça desproporcionalmente grande para o vilarejo serrano. Apesar do aperto geral, tudo transcorria tranquilo, sem barulho. Só de vez em quando uma palavra um pouco mais alta; em geral os lábios movendo-se apenas para emitir mensagens mudas, fosse de dentro, de trás do vidro, ou de fora, da praça.

Nesse meio-tempo, o motorista tinha desembarcado e desaparecido sabe-se-onde; seu assento era o único vago. Atrás do ônibus, a cumeada envolta num banco de nuvens vindas do sul, congestionadas ali como "nuvens de barreira" — conforme explicava um acompanhante a seu acompanhado, este parado no estribo, indeciso, o outro tentando distraí-lo, distrair-se a si mesmo da despedida.

Eram despedidas singulares, incomparáveis à animação daquele grupo casual de pessoas há pouco. Após uma estreita convivência que, aqui na sua Sierra, estivera o tempo todo por um fio, algo agora ameaçava separá-los para sempre ou por tempo indeterminado. Os que estavam se despedindo ali fora e lá dentro, por fim apenas com os olhos, arregalados, sem piscar nem pestanejar, tinham sobrevivido juntos a alguma coisa que — quanto ao grau de horror e de incompreensibilidade — ia além de quaisquer epidemias locais, fome ou catástrofes naturais, algo que de instante em instante permaneceria inextinguível na lembrança coletiva; lembrança? presença, lembrança como presente que continuaria a grassar. E após terem sobrevivido a uma coisa dessas juntos, o ter-que-se-separar era ainda mais doloroso: de agora em diante, tanto este aqui como aquele ali teriam que sobreviver sozinhos, com seu lembrar-se e ainda-ter-diante-dos-olhos, amargamente sós.

Embarque do motorista. Porta fechada. Partida. Rápido sumiço da parentela de acompanhantes. Praça vazia. Esta, em meio à fumaça, repleta de uma intensa intimidade que ainda se estendeu longamente, ou talvez de uma cordialidade, mas uma de cortar o coração, algo que ela, a ladra de frutas e de penas, sendo a última a restar na praça, sentia e saboreava na língua e no céu da boca. "Como assim? Sentir e saborear?" — Ela: "Sim, sentimento como alimento! E que alimento. Só depende do sentimento." Na praça, lá no fundo, sobre a cumeada, a densa parede de nuvens de barreira, ainda. E aquilo no teto do ônibus tinha sido uma maçã.

Ela veio com mais uma sugestão de título para o livro dos dois, feita ao autor em sua posterior visita à Mancha: "A liturgia da apreensão." Desde muito cedo na vida, sempre tinha sofrido ao ir embora de um lugar que significara algo para ela. Nem tanto o vilarejo ou algum dos lugares onde tivera uma estadia mais longa, mas antes uma ou outra estação transitória, onde entretanto "a vida aparecera" brevemente (não era isso que dizia um dos Evangelhos?), ou onde algo lhe fora soprado por um instante, mesmo que apenas uma árvore balançando ao vento em frente à janela.

Isso não doía só a ela, à pessoa que deveria abandonar o lugar agora: doía ao lugar, "em pessoa". O lugar, isso era o que ela sentia, precisava da atenção dela, da sua contemplação, de seu assimilá-lo-em-si e dignificá-lo em inúmeros detalhes, tanto quanto possível — algo que ia além de registrar, dispor e somar. Era assim que se fazia para reconhecer o lugar, inclusive em reconhecimento a ele; enfim, era o que cumpria fazer ("ainda se diz isso?": o autor).

E assim, na hora de partir, ela tinha que — vide de novo o seu sorriso a cada "ter que" — incorporar esta "estação de coches" passo a passo, vista a vista. Aonde quer que ela fosse ou onde quer que estivesse parada, como agora, conscientizava-se de cada lugar e cada coisa (bem como de cada pessoa), um atrás do outro; decorava aqui o número de degraus do portão da casa, ali o rangido de uma escada de madeira; gravava a cor de um rochedo, a forma de uma maçaneta, o cheiro de um bueiro, e assim por diante: mesmo diante da diversidade de objetos assim entregues "em boas mãos", era um processo uniforme que conferia um contexto e um ritmo à estação temporária a ser abandonada por ela — um procedimento que ela denominava "liturgia da apreensão", algo a ser traduzido pelo autor em imagens e frases, em contextos e ritmos de linguagem, a fim de se conservar pelo maior tempo possível. "Sim, sou pela eternidade que cabe aos humanos", disse ela ao autor, que por sua vez respondeu: "E eu gostaria de ser efêmero", o que a fez retrucar com um "Não faz diferença, uma coisa não exclui a outra."

Foi assim que ela contemplou Pedrada naquela manhã, o povoado da pedra arremessada. Tudo, menos fazer barulho; para não acordar ninguém. No Tormes, rio abaixo, as rodas de moinho giravam, novas, alheias aos moinhos de séculos passados, em ruínas, encobertos pelo mato. Postes de eletricidade se erguiam desde o começo do vale, bem a oeste, onde ficava a cidadezinha de El Barco de Ávila, até aqui em cima, igualmente novos, como se tivessem surgido da noite para o dia.

No topo onde terminava a localidade, já em meio ao ermo rochoso manchado de neve, havia uma cabine telefônica, vazia, e no reflexo do sol nascente se enxergavam impressões digitais, marcas de cabelos e dedos nos vidros. As nascentes todas ainda sem peixe, bem como a cabeceira do rio após a confluência — a partir de um dado momento, no entanto, logo após a primeira ponte, centimúltiplas trutas corredias cortando a água de viés, microcorpos de barbatanas, sem conta, cor-d'água, como que transparentes, e truta alguma nesse denso cardume a transpassar uma certa linha invisível em seu percurso rio acima, mesmo que ultrapassasse as outras a nado, como se aquela linha transversal dentro do rio Tormes demarcasse sua região de nascentes e essa estivesse reservada para sapos e libélulas, tabu para qualquer peixe: a hesitação repentina das trutas, bem ali, paradas por um tempo no fundo do rio e depois voltando a menear-se lentamente rio abaixo.

Finalmente ela arredou pé e passou a ziguezaguear pelo lugarejo dos ainda adormecidos, pé ante pé. Imagine-se: que o que se apreende nesta "liturgia" constitua ao mesmo tempo uma espécie de carta, dirigida a este ou àquele que já está à espera ao longe, e que essa carta chegue ao destinatário no mesmo instante em que se sucederam o visto e o ouvido; supérfluo escrevê-la de fato.

Mas será que dava para chamar de "liturgia" toda essa coisa de articular, ligar, equiparar, ritmizar, dar-impulso e realçar os acontecimentos com a força de cisalhamento dirigida a um ponto de fuga distante? Será que não era mais uma estratégia do que qualquer outra coisa? Uma estratégia que correspondia à essência daquele seu fazer profissional pretensamente abandonado? Não era mais provável que, após ter anunciado que se afastaria voluntariamente do mundo bancário contemporâneo, ela, aqui no alto da Sierra, no fundo continuava incapaz de desistir da busca de um "objeto de valor" entre os objetos, aquele que — como valor — não podia ficar ali sozinho às traças, mas tinha que ser associado ao máximo possível de coisas de valor e colocado em circulação, a fim de continuar frutificando?

Liturgia da apreensão? Liturgia da multiplicação, e dos objetos como capital? "Neste ponto", respondeu ela, "devo admitir que, naquela manhã em Pedrada, não me agradou nada ver a única pequena filial de banco, fundada há tempos em sociedade com a minha central, transformada agora num estábulo de ovelhas, sobretudo porque aquele edifício de banco talvez fosse um dos mais esquisitos do mundo: a última casinha da localidade, a mais alta de todas, atrás dela apenas barrancos e um matagal de genista, e quase nenhuma construção extra em torno do rochedo maciço usado para transações de dinheiro, o único cômodo do banco dentro da cavidade natural: um bloco de granito equipado com guichê e cofre, a cabeça ou cérebro de pedra no alto da Pedrada petrosa, a mais longínqua das filiais da central-de-vinte-andares-com-fachada-de-vidro na confluência dos dois rios no noroeste."

"Também devo admitir que sempre procuro um possível capital nos acontecimentos. E não gostaria de abandonar essa busca jamais. Naquela manhã em Pedrada, procurei uma gota de orvalho brônzea em meio às cristalinas. Mas não havia sereno. Encontrei aqui e ali, em compensação, uma plaqueta cintilante sedimentada dentro do corcovado de granito, que, dependendo do sol, ficava bronze escuro em certos momentos, em meio às demais apenas tremeluzentes. E havia panos de luto pendurados em diversas casas-tenda, descorados e desfiados, ali há anos. E um ou outro viajante e seus respectivos acompanhantes também estavam usando tarjas de luto um tanto desbotadas."

Seu ver e ouvir matinais, sua liturgia da apreensão foram interrompidos então por um som que jamais se ouvira antes na Sierra, em nenhum vilarejo, nem sequer no dela: uma sirene. Soava mais como apito de fábrica do que como alarme. Alguns piscares de olhos depois, ressoou no horizonte da Sierra um avião pesado e escuro, lento demais para ser um objeto voador, tão próximo ao solo que quase chegou a esbarrar no topo arredondado do rochedo com sua enorme barriga, apesar do torvelinho regular das quatro turbinas — desde sempre ela tivera este olhar numérico, vendo a coisa sempre junto com seu número —, oscilando seus planos de sustentação pelo espaço aéreo, daqui para lá e de lá para cá, a menos de uma escada de corda de distância dos telhados do povoado, e esses como que oscilando junto.

Este avião — um invólucro de metal pesado impermeável à vista, fosse para quem estivesse olhando do solo ou do mesmo nível, assim anegralhado, mais maciço e imponente que a maior das construções seculares de granito em terra — não era o único. Um atrás do outro, aviões de combate (não necessariamente bombardeiros) cruzavam o horizonte, um dorso soalheiro da Sierra voltado para o nascente, adquirindo algo de barricada, e cada um deles passava solavancando sobre a vila, quase ao alcance da mão de tão rasantes, parecendo fazer Pedrada se desconjuntar junto.

Mas nenhum dos doze seguia a trajetória de voo de seu precursor. Cada um fazia, rente à terra, um voo espetacular — era justamente essa a ideia —, mas descrevia sua própria rota sobre casas e tendas, surgindo repentinamente de um único ponto do horizonte. Isso tudo era planejado; nenhum canto, nenhum telhado coberto de casca de sobreiro, nenhuma chaminé, nenhuma antena parabólica, nenhuma banca de frutas — um marco em toda esquina de Pedrada —, nenhuma gruta, nada que fosse habitado de algum jeito poderia deixar de ser tocado e escurecido por "nós, outros" e pelas sombras da força aérea de nossa alteza (que, conforme o relato do repórter estrangeiro, faziam os antigos e novos habitantes se sentirem sobretudo protegidos).

O desfile matinal já tinha passado, antes mesmo de alguém chegar a assisti-lo. O décimo-segundo avião tinha acabado de fazer sua curva sobre a vila, disparando então para o ponto de fuga comum a todos, no mais próximo dos horizontes que se intercalavam na Sierra, um atrás do outro, e foi engolido num ínterim simultâneo ao fim do ressoo, deixando para trás uma espécie de surdez; apenas um eco, como o de algumas cachoeiras distantes: ou será que eram cascadas mesmo?

Com a sirene e a patrulha aérea, a vila de Pedrada, nos confins da Sierra, finalmente emergiu daquele sono que com o tempo parecia ter algo de hibernação (como se as pessoas tivessem se transformado em marmotas durante a noite). Vila? As grandes gelosias de ferro que acabavam de se abrir não faziam jus a uma vila. Um caminhão de lixo — não só um — retroava, e nos passeios pavimentados apareciam aqui e ali garis metropolitanos. O morador que acabava de sair daquela tenda tinha uma gravata no pescoço, e não era o único. Colunas de carros de entrega atravessavam toda a vasta região serrana, sendo praticamente os únicos veículos da localidade, além dos usados pelos caçadores, bem parecidos com estes. As caminhonetes destes, além de serem menores, só se distinguiam dos carros de abastecimento pelo fato de que a carga — quando existente — se mantinha invisível (a não ser por uma mancha de sangue vista uma vez, na porta de trás). O abastecimento local e o transporte de mercadorias para outros lugares se mantinham em equilíbrio; do que era exportado, por assim dizer, o que predominava não eram nem tanto as frutas e os produtos da região — carne de caça, mel, frutas —, do mesmo modo que, entre o que era importado, os produtos típicos das cidades e zonas industriais eram geralmente uma minoria.

Embora nos arredores de Pedrada corressem à solta manadas e manadas de porcos monteses, em geral pequenos e brancos, os caminhões traziam cargas extras de outros porcos, aqueles robustos, com pelos pretos e ásperos e patas negras, criados nas engordas das planícies de Extremadura para dar aquela famosa carne aromática destinada ao aproveitamento industrial — inverno, época de abate suíno — na fábrica da Sierra aqui no alto.

E assim a praça em frente ao moinho de óleo local, onde não havia sinal de nada extraordinário até então, ficou escura de súbito, um escuro diferente da sombra da esquadrilha há pouco, agora por causa das frotas de caminhões que rodavam sem interrupção por ali, todos carregados até o topo com azeitonas pretas azuladas dos "soalheiros" da Sierra: inverno, época da colheita de azeitonas. E entre as mercadorias — ervas, queijos, bagas de zimbro, aguardente de sorva-brava e assimpordiante — que tomavam a direção contrária, interior adentro, também havia geladeiras, máquinas de lavar, lanternas, facas.

Nesse ponto, o lugarejo também tinha se transformado desde a última estadia dela. E agora havia de novo uma escola local (que estivera fechada todas as outras vezes, como se fosse para sempre). O estranho era que parecia haver professores sobrando — até ela reconhecer: esses adultos, mesmo sem mochilas nas costas, também estavam indo para a escola, assim como as crianças, estudantes entre estudantes. No mais, isso só acontecia em pesadelo. Mas não era pesadelo nenhum.

Será que Pedrada estivera mesmo imersa num sono profundo até aquela hora? A fumaça que saía das chaminés de pedra, nada raras, e sobretudo o silêncio, mais pulsante que sonolento, provavam o contrário. E quando se abriram as grades, cortinas, portas das lojas — a cada três casas-tenda havia uma loja, uma venda, uma firma — e dos bares e cafés — uma a cada dez tendas era um restaurante —, ofereceu-se uma imagem que ela nunca vira ou vivenciara, nem na Sierra de Gredos e em nenhuma outra parte do mundo: o dia já estava em andamento ou funcionamento há muito, em todas as partes da localidade.

Os afazeres nos interiores das lojas não estavam meramente se iniciando ou sendo preparados. Nenhuma atividade dentro dos estabelecimentos se exercia à espera do primeiro freguês da manhã: o cabeleireiro, por exemplo, não estava ajeitando a pilha de revistas (estava no meio do corte de cabelo fazia tempo); o joalheiro não estava tirando nenhuma joia do cofre e ordenando-a na vitrine (ela já estava lá); os donos dos restaurantes e os garçons não viraram nenhuma cadeira de cima das mesas (elas já estavam ali dispostas); os açougueiros não estavam polvilhando serragem por toda parte (ela já estava espalhada, com diversas pegadas frescas).

Não importava para onde se olhasse, o movimento cotidiano não se introduzia gradativamente, muito pelo contrário, parecia prosseguir; recomeço não, mas sim continuidade. Mas antes disso houvera um momento — após se puxar a cortina, abrir a porta, apagarem-se as luzes, empurrarem-se as trancas — em que as vendas de Pedrada não estavam exatamente desertas, mas se encontravam numa estagnação facilmente confundível com paralisia, como a dos manequins, caso as imagens do momento não tivessem começado a oscilar e a tremer de forma quase imperceptível. Cabeleireiro e freguesa, esta sentada sob o secador, formavam um grupo quase estático, o cabeleireiro com pente e tesoura em punho, emperrados no ar a meio caminho. Inúmeras pessoas nos estabelecimentos menores, como se tivessem num primeiro intervalo de trabalho, envolviam copos e xícaras com os dedos, mas não se via ninguém bebendo. Os vendedores de bicicletas, ajoelhados frente a um modelo infantil, pareciam estar enchendo o pneu com toda concentração, e ao lado, o freguês, a criança, com a mão parada no selim.

Imagine-se que este claro momento de estagnação dos acontecimentos tenha precedido diversas luas e anos inteiros. E agora, digamos, "dez anos depois", a cena interrompida fosse retomada assim de golpe, digamos, com o soar de um gongo ou de um apito, como se nada tivesse acontecido, sem qualquer interrupção, nem longa nem momentânea.

Em todos os cantos da vila-cidade, tudo funcionando continuamente a todo vapor, como se jamais tivesse sido interrompido, apenas bem mais audível agora, com uma ressonância múltipla (que remetia àquela da viela dos caldeireiros no Cairo ou onde quer que fosse). As máquinas de café tempesteando, zunindo e bufando. Os açougueiros partindo ossos. Um enorme barulho agora, até mesmo as cortadelas das tesouras de cabeleireiro, as revistas folheadas pelo monte de fregueses à espera, o retrós-cortado-entre-os-dentes na oficina do alfaiate.

E embora naquela manhã, no alto da Sierra, esses contínuos afazeres e atividades não resultassem em nenhuma história extra, dava para ver que todo mundo que exercia tais atividades narrava-se a si próprio. O fato de isso se narrar dessa forma, sem que fosse preciso fazer mais nada, era sinal de que desta vez aqui, mais uma vez, as coisas estavam nos eixos, o que não era obviedade nenhuma, muito pelo contrário, parecia antes beirar um prodígio, sobretudo nos dias de hoje ou quem sabe desde sempre.

24

Conta-se que, naquela manhã, ela até esqueceu sua cólera contra a filial de banco transformada em estábulo de ovelhas. Esqueceu mesmo? O fato de ela poder muito bem encolerizar, como raramente se esperaria de uma mulher ou quem quer que fosse, era para constar do seu livro: disso ela fazia questão.

Lá embaixo no rio Tormes, mais para o oeste, o rei Carlos V ou o imperador Carlos I caminhava sem séquito, solitário como só, a pé mesmo, sem capengar. E com que gana bocejava após a noite de sua morte — com tudo a que tinha direito e de todo o coração, como só mesmo um ressuscitado o faria.

E muita gente aqui em Pedrada bocejava de um jeito parecido. E assim como o imperador — e como ela, a ladra de frutas, ex-estrela meteórica de cinema e atual aventureira — quase todos tinham cicatrizes de sobrevivente e se gabavam delas abertamente e com todo orgulho. Ela se misturou ao seu povo. Ao contrário do que acontecia em outros lugares, ninguém a reconhecia aqui, apesar de ela até ter desejado isso uma vez ou outra. ("Desejar", será que uma palavra dessas combinava com ela: sim.) Mas nem sequer o canteiro e sua amante, que da noite para o dia tinham aberto uma venda de *ultramarinos* ou *ultramontañeros*, produtos do além-mar e de fora da serra, onde ela comprou queijo, linguiça, sal, presunto e sobretudo azeite de oliva para a iminente travessia da Sierra — a maçã era roubada mesmo — pareciam não mais reconhecê-la.

Ela, por sua vez, enxergava em todos os moradores, dos quais a maioria dos imigrantes era de outros continentes, o duplo de alguém que já lhe fora familiar e próximo ao longo da vida. O que também chamava a atenção era o fato de que, em função dos tumultos de teor bélico ocorridos aqui? alguns anos atrás, mas jamais registrados como guerra na consciência do resto do mundo, os poucos remanescentes, os habitantes ancestrais tinham adotado os modos acanhados e arredios dos migrantes, mais até que os recém-chegados.

Quando um homem cruzou seu caminho, "meu parceiro longínquo", e ainda teve a audácia de não se dar a reconhecer, ela simplesmente lhe estirou a língua (vide "cólera"). E em quase todos os jovens, inclusive em alguns moços, revelava-se sua filha desaparecida, se bem que essas correspondências e essa contínua semelhança — cuspida-e-escarrada — não lhe significassem consolo algum. E uma hora ela até se surpreendeu dirigindo-se em pensamento — isso nunca lhe acontecera antes — aos seus pais mortos: "Pai, mãe — me digam: quem sou eu?"

A gente de Pedrada, por sua vez, não a reconheceu, mas isso não era tudo: tratou-a de início como inimiga. Ou será que era só imaginação aquela suspeita de que ela não era bem-vinda ali? Que de dentro das lojas e das tendas comerciais se lhe lançavam olhares como quem lança facas? Que as pernas se estirando à frente eram para fazer a gente cair?

Não era imaginação. De uma das vielas entre as tendas, uma mulher se precipitou sobre ela — essa também lhe pareceu conhecida; será que não era aquela antiga vizinha do vilarejo lusácio, que deu parte dela na polícia por causa de uma maçã roubada? —, arreganhou-lhe os dentes, bateu bem no crânio dela com uma bolsa pesada, como que cheia de pedras, e se escafedeu algumas ruelas depois. E algumas crianças chegaram a esborrifá-la com água gelada de uma das nascentes canalizadas em meio às moradias, não de brincadeira, mas de má fé mesmo, encarando-a com feições pouco infantis.

E por fim ela foi apedrejada numa das divisas de Pedrada, onde já começava o ermo da serra e só havia cabanas em ruína e cortiços de abelha despovoados, pedras de todos os lados e distantes apedrejadores invisíveis. A chuva de pedras à sua volta não queria porque não queria parar, como se fosse para ela ser banida para dentro da arena. Pedrada, o lugar do arremesso de pedra — será que o costumeiro apedrejamento de intrusos continuava sendo tradição local? E nenhum dos apedrejadores mostrava a cara, nem soltava um pio. Se eles tivessem se mostrado — ela teria sabido muito bem o que fazer. Sendo assim, só lhe restava atravessar aquela esfera, voltar para o centro do lugarejo, onde acabaria chegando por fim, com sangue na testa.

Novamente acudiu-a aquela imagem do oriente. Uma vez ela foi parar numa área onde não havia mais nenhuma mulher (ou as mulheres estavam escondidas dentro das casas). Nada além de homens pela rua, uma aglomeração masculina a cada passo. Era mais viela do que rua, tão estreita que mal havia espaço para andar e avançar entre quem estava lá fora, sentado ou em pé. Com sua aparição, cada um daqueles grupos e ajuntamentos até então pacíficos se transformou numa caterva só. Assobiavam, passavam a mão, mexiam, agarravam e cuspiam, não de brincadeira, mas ameaçando mesmo, hostis e prestes a partir para a violência, e assim por diante, passo a passo, sem perspectiva de escape. Por mais estreita que fosse, a ruela parecia infinita, as travessas ainda mais repletas de corpos, e, além de tudo, somente becos, sem exceção.

Então ela empreendeu algo que sempre surtira efeito desde que saíra dos cueiros. Antigamente, acostumada a andar sozinha, sempre tinha sido alvo de ataques por parte das hordas de meninos vindos de outros vilarejos. Toda vez que vinham para cima dela, a menina começava a correr, assim como a adolescente o faria depois, mas não batendo em retirada: ela virava e ia em direção aos seus perseguidores; misturava-se a eles, como se nada tivesse acontecido, e de fato não acontecera nada mesmo; a turma se dissolvia, um a um, às vezes os meninos até ficavam bonzinhos — mas no mínimo era como se ela, a menina, por fim nem existisse para eles.

Uma vez, cercada de homens possessos numa *kasbah* árabe, ela também conseguiu passar por inexistente, à medida que saiu abruptamente da esfera de seus fustigadores e, numa guinada, voltou a se enfiar bem no meio deles, sentando-se no banquinho de uma das mesas daquele terraço apertado que restringia ao máximo a passagem através do café; à medida que tomou chá, menta ou qualquer outra coisa, como se fosse uma igual (igualar-se tanto a eles, a ponto de dar uma tragada em seu narguilé, já teria sido demais); à medida que, como uma igual, nada fez além de ficar sentada ali, olhando para a viela com os olhos mais arregalados possível: e assim, estava fora de questão que algum deles ousasse voltar a cabeça para ela, ou lhe levantasse a mão, ou puxasse seus cabelos; nunca ninguém a deixara tão em paz como esses árabes; e entre eles, justo entre eles, que tinham feito o diabo ainda há pouco, ela sentiu então uma paz que raramente sentira antes — uma paz básica, a paz como o mais abrangente dos sentimentos.

Da mesma maneira, naquela manhã em Pedrada, ela decidiu não se esquivar mais das hostilidades. O que fez foi se dirigir direto aos adversários. E não é que os esfaqueadores acabaram lhe dando as facas de presente? Isso mesmo. Pelo menos um deles — e, diga-se de passagem, era uma faca mínima, com uma lâmina do tamanho da unha do polegar. E os apedrejadores também pararam? Sim, à medida que ela mesma começou a jogar pedras e uma delas acertou no ar a de um dos supostos inimigos. Que som aquele, e depois que silêncio de paz.

No centro da vila de apedrejadores, numa loja que também era bar, ela se postou no balcão em meio àquele aperto, em meio a pessoas dispostas a partir imediatamente para a pancada e, após um momento crítico (para o qual existia uma palavra especial na região, *trance*), em que as caras se tornaram um tanto mais assassinas — os olhos, ninhos de cobras —, eles começaram a agarrá-la de todos os lados, puxá-la, beliscá-la, escarpelá-la, alisar-lhe os cabelos, o rosto, os ombros.

Mas a gente de Pedrada a agarrava assim de puro contentamento. O que parecera ódio e fúria nos olhos de todos, não passava de desconfiança e decepção com o mundo, na verdade, uma decepção que não vinha de agora e parecia vigorar para sempre. Quem só estava dando umas voltas pelo lugarejo, sem nada de mal em mente, era ela, a viajante, a forasteira. De todos os viajantes que passaram por lá, os colonos de Pedrada só podiam esperar o pior. E mal ela se misturara a eles, mal olhara à sua volta, em vez de ser espancada, foi beliscada, arranhada, apertada, e se eles gritaram no seu ouvido e cuspiram em chuveiradas, também foi de pura excitação, tagarelice, afeto e hospitalidade. Desarmar apenas por olhar-à-volta? Sim. Não encarou ninguém em especial. Ninguém se sentiu especialmente encarado por ela. Seu olhar apenas esbarrou em cada um deles.

No mais, era bem raro que ela encarasse os outros de frente! Mais raro ainda encarar um homem. Mas então! Algo inédito! Ai de mim. Felizardo. Ser sacudido daquela única vez por seu olhar de ira, do fundo de um ferimento que se cindia nele como se fosse sua própria ferida. Não, não um olhar de ira — apenas um piscar de olhos, nada mais, nem tanto dirigido ao homem, mas destinado e dedicado a ele; o mais negro dos piscares de olhos, com o qual ela se revela inteira e ao mesmo tempo me revela, a mim? sim, a mim, ao homem, para pedir socorro, muda, e ao mesmo tempo, no mesmo piscar de olhos, despertando uma confiança em mim, isso mesmo, em mim, como jamais sentiu antes, ou será que estou enganado?, uma confiança que eu não apenas hei de retribuir até o fim dos meus dias — mas que hei de sustentar como uma rocha. Mas será que foi comigo?

E agora, se não fosse pedir muito, de volta ao episódio com o pessoal da Sierra no balcão de bar. Ao olhar à sua volta, a forasteira os apaziguara e legitimara todos os que se julgavam desmerecidos e menosprezados; com ela no centro, eles se viam livres do estado de proscrição. Muito embora ela, a hóspede bela e bem-intencionada — finalmente uma hóspede assim —, supostamente nos deixasse de fato cismados de vez em quando e com o tempo, embora ela apenas desse uma olhada de leve ou olhasse de soslaio para esses nativos ou migrantes primitivos — uma particularidade sua, voltar o perfil para cada um de nós enquanto nos examinava —, ou de baixo para cima, algo que significava desprezo e insolência desde os dois duelistas de Homero a defrontar-se antes do ataque, embora apenas ela passasse aquela roda de gente em revista, assim de passagem, os olhos invisíveis, atrás de um véu (retrospectivamente, cada um de nós terá fantasiado uma cor diferente de olhos), nós nos sabíamos valorizados por seu olhar. Não, não éramos como os observadores nos pintavam e também não precisávamos mais fingir obsessivamente que éramos assim sob os olhares de nossa querida hóspede. Bem que podíamos nos atrever, pelo menos uma vez. E nesse atrevimento que, para nosso desgosto sempre durava muito pouco, reconhecíamos que esse estado não era nenhuma exceção, mas sim uma parte de nós, a parte mais legítima e exemplar dos nossos valores, parte da nossa tradição. Encarados por essa pessoa aí, tínhamos deixado de ser existências retraídas, mas passáramos a nos movimentar cada um em seu próprio espaço, e respirávamos no tempo que nos era inato e natural.

A história conta que o povo de Pedrada nem queria mais deixar sua hóspede ir embora. E conta-se que, de despedida, alguém lhe colocou no pescoço um medalhão com um anjo branco (não era o seu próprio?). E além disso, conta-se que alguns até se atreveram a brigar entre si, para ver quem teria a permissão de lhe fazer companhia até a cumeada da Sierra lá em cima (embora os que quisessem acompanhá-la até lá fossem mais forasteiros na região serrana do que a própria hóspede e jamais tivessem ousado subir até os cimos, e ao partir dali, finalmente, a novata foi abordada por este e aquele nativo, ainda no centro da localidade, a fim de que lhes indicasse o caminho, até mesmo até a próxima esquina). E também se conta que a meninada do lugarejo, ao contrário das crianças contemporâneas que se veem nas ruas ou ruelas, não se desviaram da mulher que finalmente partia sozinha, mas, contemplando-a com toda expectativa, acabaram saindo de mãos dadas com ela (crianças da turma que tinha acabado de lhe jogar pedras?). E ela, segundo a história, continuou a reconhecer em cada um de seus anfitriões alguém que já havia encontrado em outras regiões do mundo, principalmente na cidade portuária do noroeste, aí o idiota do subúrbio, ali aquela tentativa de amante (e cá para nós, ela achou que a mudança de ares e de luz, nos confins da Sierra de Gredos, até lhes tinha feito bem).

E agora é hora de reproduzir o relato do repórter sobre sua estadia na região de Pedrada. Abaixo a glorificação — diz ele em seu introito — que no fundo não passaria de ignorância. Em vez de glorificar e deixar reinar uma conciliabilidade precipitada, que possivelmente daria um rumo ainda pior às coisas, sua missão teria sido simplesmente observar.

Em sua reportagem, ele teria se deixado conduzir apenas pelas regras do bom senso, regras reconhecidas e prevalecidas. É bem verdade que alguns sentimentos tenham se infiltrado entre considerações objetivas aqui e ali — é verdade, sim, às vezes ele mal "conseguiu resistir" aos sentimentos —, mas não teria havido espaço, nem mesmo um "lugar subsidiário e emergencial", para esse tipo de coisa num relatório de prestação de contas, condizente e comprometido única e exclusivamente com a razão. Sem sentimentos. Ou pelo menos sem se deixar (en)levar pelos sentimentos. Afinal, eles só fariam deformar, desfigurar e desestruturar os acontecimentos.

Da mesma forma, ele também evitou qualquer tipo de atmosfera em seu relatório. Dar ênfase especial à atmosfera de uma região a ser investigada apenas falsificaria os fatos e velaria aqui e ali as causas dos infortúnios locais. Atmosfera seria coisa de estádio de futebol e circo, "por mim, até de faroestes ou histórias de aventura, mas não de uma pesquisa embasada que visa à verdade e à informação". Sentimento e atmosfera seriam incompatíveis com informação, algo urgente em se tratando da região de Pedrada, da qual praticamente só se propagariam boatos pelo mundo. Da mesma forma que quaisquer imagens momentâneas ou fragmentos de palavras pescados ao longo do dia também não seriam informação de forma alguma.

Sobretudo coisas secundárias e pormenores que não acrescentariam nada ao assunto: muitas e muitas coisas do gênero lhe teriam cruzado a vista durante sua estadia em Pedrada. Volta e meia ele teria estado a perigo de se deixar distrair de sua incumbência, que consistiria em registrar o essencial, e de atribuir significado a esse tipo de ninharias e imagenzinhas casuais, algo que, no que diria respeito ao problema-de-Pedrada-e-da-Sierra-de-Gredos, não "deveria ter" absolutamente o menor significado!

Mesmo agora, ao redigir o relatório, diz o repórter, tais imagens insistiriam em se imiscuir e se infiltrar entre as frases racionais, "como girinos, francamente", "fervilhando assim negrejantes", não só impertinentes, insólitas e confusas, mas também contrárias a toda e qualquer lógica ou pelo menos dispostas a dissuadi-lo da via-direta, "como fogos-fátuos ou como demônios"! Aquelas imagens a entreluzir e tremeluzir também não seriam informação, muito menos o tipo de informação requerida. Os fatos e "os mundos interiores das imagens, desprovidos de qualquer coesão", seriam seus "inimigos mortais".

O mesmo se aplicaria ao sabível e às intuições. Em seu relato, ele teria apenas que reproduzir aquilo que se poderia provar, evidenciar, testemunhar e atestar sobre a população de Pedrada. Todas as intuições "infelizmente" teriam que ser deixadas de lado. Sim, "infelizmente": pois enquanto ele teria compartilhado sua vida com aquela gente da Sierra, certas intuições o teriam penetrado com a mesma força de todo o saber coletado; em alguns casos, essas "intuições que o acometiam de súbito" teriam sido até mais convincentes que o conhecimento estrito, mesmo que isso fosse contra as leis básicas de qualquer pensamento compromissado com a razão. Intuições: "como sombras de águia ou pelo menos sombra de aves de rapina, ameaçando obscurecer a minha razão." Dizer não a tudo aquilo que surge do nada: manter os pés no chão e ater-se aos fatos.

E evidentemente — assim terminava o introito ao relatório — nesta coletânea de dados e números destinada a fins utilitários e voltada para a aplicação e compreensão geral, não haveria espaço para sonhos — "muito embora, diga-se de passagem, eu nunca tenha sonhado tanto como no período de minha missão no interior da Sierra, provavelmente por causa da altitude (e olhem que a minha existência de repórter já me levou aos cantos mais longínquos e lunáticos do nosso planeta): sonhos que me perseguiam em minhas pesquisas de campo e prosseguiam, muitas vezes embaralhando-as radicalmente, junto com dados e fatos. Mas o que também se aplica àqueles sonhos — que estranha taquicardia isso me dava e continua me dando — é que eles estão fora de questão enquanto informação linear e direta".

De acordo com o relatório do repórter, a vida dos colonos de Pedrada seria caracterizada sobretudo por um retrocesso a formas de civilização que já se consideravam ultrapassadas há muito. "O que dá para observar naquela povoação é um atavismo incomparável, não só dentro da Europa, mas em todo o mundo de hoje, neste avançado século vinte e um."

Isso já se manifestava no fato de nenhum dos moradores da localidade se importar com o que estivesse acontecendo lá fora, para lá das fronteiras de sua região. A emissora regional, fosse de rádio ou TV, só dava notícias locais. As antenas parabólicas, tão numerosas quanto em qualquer outro lugar, serviam exclusivamente para a recepção de filmes antigos. Ninguém era informado sobre acidentes de navio no Oceano Índico, nem sobre enchentes no Alasca, nem tampouco sobre o bombardeio da Torre Eiffel. Não havia jornais e mesmo quando um exemplar vinha parar ali por acaso, talvez trazido de recordação por algum passageiro de ônibus, acabava não sendo lido. Os poucos comunicados eram divulgados oralmente entre as pessoas, como há muito tempo, aos domingos após a missa, após a celebração do sabá, após a reza de sexta-feira na mesquita.

O retrocesso também significava uma recusa a qualquer outra forma de pagamento que não fosse em dinheiro. Se ninguém guardava suas economias em meias ou em baús, era só porque não havia o que economizar em lugar nenhum, muito menos tesouro a se acumular: todo o dinheiro da região estava em contínua circulação, não se parava de comprar e vender, os objetos e o dinheiro passavam direto de uma mão para a outra, sem que ninguém pensasse em criar um fundo de capital com o qual pudesse empreender algo mais arrojado ou fazer um avanço razoável, deixando os outros para trás.

O atavismo também se manifestava numa economia de troca antiquada, que assumia formas doentias em todo o norte da Sierra, uma região já desfavorecida pelo sol, diga-se de passagem. Com uma infantilidade maior que as próprias crianças, a população de Pedrada passava diariamente horas a fio com esse tipo de transação, sendo que as trocas eram tão disparatadas e absurdas que teria sido uma brincadeira para comerciantes de fora — embora não viesse ninguém mesmo — negociar com aqueles crianções, algo ainda mais fácil que as transações de Colombo com os índios ocidentais, Pizarro com os incas, e Cortez com os maias ou astecas. Um trocava um relógio de bolso de ouro por uma peça de xadrez, nem sequer de marfim ou de cristal de rocha, mas de madeira mesmo. O que tinha ficado com o relógio de ouro o trocava sem mais nem menos por uma bola de gude colorida, com a qual ele adquiria na próxima troca um banco de sentar, uma edição original de *Dom Quixote* ou uma caixa de maçãs supostamente benzidas por um eremita de lá da crista da Sierra, e assimpordiante e assimpordiante, no pleno delírio das trocas locais.

O que mais dava o que pensar era o fato de os moradores de Pedrada e arredores viverem numa época em que os seres humanos ainda não haviam descoberto o jogo. Embora demonstrassem algo de propriamente lúdico em seus negócios diários e passatempos noturnos — lúdicos ao balançarem a cabeça, apoiarem os pés, pestanejarem, trocarem coisas, até palavras que eles literalmente lançavam uns para os outros —, não jogavam nenhum jogo extra ou adicional em parte alguma, e pareciam não conhecer mesmo, nem saber de nenhum (a peça de xadrez, assim como uma bola ou um baralho ou uma raquete de tênis eram exclusivamente objetos de troca).

E "uma vez que nunca jogavam nenhum jogo em especial — e caso jogassem por acaso, com certeza seria sem regras —, aquela gente de Pedrada parecia prisioneira de sua própria terra, sem se distrair em momento algum daquela existência esparsa e isolada, sem ter chance — assim na falta de jogos de salão — de se libertar de si mesma nem por um instante ou de se juntar às outras pessoas livre e despreocupadamente por meio dos indispensáveis jogos regrados, de modo que — grave retrocesso — todos tinham mutado numa espécie de 'desnorteados', o que se poderia traduzir literalmente como 'os que seguem a própria bússola', 'ensimesmados', jamais teriam tido lugar dentro do sistema da primeira sociedade avançada, a pólis grega" — com o que o repórter pretendia insinuar que toda a população de P., do ponto de vista de qualquer sociedade contemporânea avançada, que "naturalmente devia ter a pólis como modelo", não passava de um bando de idiotas desnorteados e dispersos por aí, retrógrados e burros demais para entrar no jogo, ou seja, absolutamente fora de questão.

E outra coisa que daria o que pensar, prossegue o repórter estrangeiro, seria o fato de os fundamentos do direito e da jurisdição da comarca de Pedrada não terem sido constituídos pelo reino mundial ou universal, finalmente recém-introduzido em toda parte, mas sim — mesmo determinados justamente por migrantes vindos das regiões mais civilizadas do mundo! — terem resgatado um direito de vizinhança que supostamente vigorara e se firmara aqui na cordilheira em tempos remotos, um direito que não fora escrito nem codificado, mas transmitido por vias obscuras, como fonte da ordem e do trato de "coexistência local".

Na Sierra de Gredos, dizia o relatório, o respeito à vizinhança, à esfera alheia, à pessoa ao lado tornara-se ponto de partida para o que a coletividade devia fazer e deixar de fazer — e isso justo entre esses idiotas acanhados e ensimesmados! — e, ao lado da lei da hospitalidade e da "lei do panegírico"(!), esse respeito seria considerado "sagrado" pelas pessoas (como se essas estivessem querendo se afastar do presente, por maldade e teimosia, e regredir para um passado obscuro e pardacento).

Nesse sertão vigoraria, a sério, uma lei que não estaria escrita em lugar nenhum: quanto ao vizinho, cumpriria enaltecê-lo — ou pelo menos não difamá-lo — ou silenciar a seu respeito; mas sobretudo: nenhuma palavra sobre um forasteiro, por mais indesejado que ele fosse. Onde quer que se reunissem os *pedradeños* (eles próprios se denominavam de outro jeito, mas, ciumentos do nome, o mantinham em segredo), sem se encararem diretamente, como sempre, com o olhar passando por cima do ombro do outro, fixado no vazio, seu assunto era em regra a vida de terceiros ausentes, vizinhos da nascente de cima, do meio ou de baixo do rio Tormes, e esse murmúrio, sussurro ou resmungo, enfatizado pelos fonemas sibilantes, guturais, fricativos e explosivos típicos da Sierra, quando não tratava de sagas heroicas e outras fabulações, falava das qualidades e amabilidades, inclusive das mais amáveis — ao que parecia, eram só essas que podiam ser mencionadas — faltas e falhas deste e daquele outro conterrâneo.

E como se saíam bem nisso, como eram humanos e inofensivos — qualquer um que os observasse sem preconceito e sem as bitolas de uma lei consuetudinária antiquada, constritiva e artificialmente revigorada com certeza teria sérias dúvidas a esse respeito —: o repórter, pelo menos, sempre tinha vontade de rir, quando era testemunha de um panegírico desses. Desde o ano passado, o Seu XY vinha ficando grisalho de dar gosto. Como ele e sua esposa ainda se amavam após vinte e cinco anos de casados, andando de mãos dadas e segurando a porta um para o outro. Como os filhos do Fulano de Tal estavam ficando cada vez mais bonitos, mais até do que a mãe, que já era tão bonita. E como ela parecia jovem, de uma juventude eterna, como as mulheres das epopeias medievais. Que o Sicrano tinha podado de novo as árvores do pomar, com toda pontualidade. Que ontem ele colocou uma garrafa de mosto na janela deste aqui que estava contando a história. Que a nova cor das janelas dele eram um verdadeiro colírio para os olhos. E que tranquilidade dava só de ouvi-lo bater a porta da garagem toda noite, ou de vê-lo passar ao longo do varal, onde todos os dias se penduravam as roupas de sua numerosa família, inclusive com rasgos e furos nos vestidos e meias — hoje de manhã, só meias avulsas, faltando o par! Que felicidade ouvir a voz de um recém-nascido atrás da cerca, ver os sapatos limpos, piscando, *vis-à-vis* à janela do sótão, sentir o perfume da filha mais velha por entre as genistas selvagens, encontrar novamente, ao chegar em casa, uma bola no jardim ou no pátio da própria tenda e poder jogá-la de volta para o terreno vizinho.

Uma verdadeira felicidade saber que os vizinhos, após terem viajado, uma exceção na região, ou saído de férias, algo ainda mais raro, finalmente tinham voltado para casa, que felicidade ver estacionados ali de novo aqueles carros cujas cores combinavam com o cinza do granito, o prateado do micaxisto e o amarelo da gesta, e mais à noite as luzes se acendendo nas casas-tenda da frente, brilhando através das frestas, dando para ouvir, por fim, vozes familiares, após todos aqueles dias e semanas de escuridão e mudez. Que apenas uma hora atrás o vizinho, que já fora dado por desaparecido, ressurgiu e caiu nos braços do que contava a história, um erguendo o outro do chão, e que o desaparecido não só estava muito bem, mas também tinha trazido um presente para este aqui, além dos que trouxera para a mulher e os filhos, e não era pouca porcaria, não, era o mais precioso e belo dos presentes, só para ele, o vizinho contador desta história.

Não seria de se admirar, prosseguia o repórter, que diante de uma ordem social como a de Pedrada, assim reduzida ao endeusamento da vizinhança e ao panegírico, os colonos locais — e isso era o mais grave de tudo — começassem a se sentir autossuficientes, algo que — tirando os vizinhos e contadores de histórias alheias — foi se tornando uma ameaça cada vez maior para além das estritas fronteiras regionais, um perigo no sentido de risco para a coletividade.

E em seu relatório, ele expunha com toda clareza que justo a ominosa regra de hospitalidade da Sierra, a pretensa terceira coluna de seu sistema jurídico, seu contraforte, por assim dizer, aquilo que assegurava um aparente equilíbrio, aparentemente também concebido para os forasteiros, não passava de fachada e de amizade fingida, por trás das quais se ocultava um perigo para a coletividade.

Sim, era verdade: ele, o relator, que tivera que encarar distâncias de avião e enfrentar estradas para chegar ali, foi tratado dentro de seu campo de observação como hóspede, com uma hospitalidade que seria o sonho de qualquer um, "conhecida por esse mundo afora só em lendas de tribos primitivas e clãs ancestrais já riscados há muito tempo do livro sobre o progresso da história humana".

Mas também parava por aí. Nada além dessa hospitalidade. Nenhuma palavra. Olhar nenhum. Aonde quer que ele tenha ido, onde quer tenha estado, foi bem recebido, hospedado no lugar mais bonito, abrigado na cama mais quente. Mas ao mesmo tempo, aquela gente de Pedrada se manteve absolutamente indiferente a ele do primeiro ao último dia. Ninguém se interessou por aquele homem vindo do centro do planeta e nem por aquilo que ele poderia ter transmitido sobre tal lugar ou sobre o exterior de uma forma geral. Ninguém ligava para ele, de onde vinha, o que pretendia aqui, para onde queria ir.

Uma indiferença dessas para com ele, um representante do vasto mundo lá fora, pareceu-lhe uma barbaridade. Teve o efeito de uma agressão especialmente brutal e transformou a comarca sob observação numa mácula no atlas terrestre, onde todas as regiões finalmente já correspondiam aos critérios contemporâneos.

Em seu relatório, ele comparou essa indiferença ao panegírico prescrito na localidade, cujo pior reverso seria a proibição de se falar sobre as doenças dos vizinhos, seu estado moribundo, sobre a morte de sua esposa e de seus filhos. Nenhuma palavra sobre a miséria, a infelicidade, a mágoa dos outros, de terceiros.

Esta era a verdade, nenhum homem, nenhuma criança, mulher muito menos, ninguém dava a mínima para ele em Pedrada. Até os bichos estavam pouco ligando para ele, para aquele forasteiro, até cães e gatos. Os touros o ignoravam. Os milhanos e as gralhas da montanha emudeciam diante dele.

As libélulas das fontes cabriolavam e ziguezagueavam para longe dele. Toda vez que ele saía com suas galochas-de-pesquisador-de-campo, medindo o rio Tormes com seus passos, as trutas fingiam que ele nem existia, e assim que ele tentava agarrá-las, escorregavam-lhe por entre os dedos.

Da mesma indiferença mal-intencionada que definia a região também eram os liquens amarelos-mesmo sobre os blocos de granito, fazendo-o escorregar e cair a cada passo. Reservadas e hostis como todo o povo da Sierra eram até as duras hastes de capim que lhe lanhavam a pele. Malditos cardos. Malditos espinhos de amoras pretas, *malditas zarzamoras* (ele não estivera disposto a aprender a língua local para suas investigações — e não é que depois ninguém queria entender?!). Maldita bosta de vaca, malditos buracos de raposa, malditas trilhas de javali. E que se amaldiçoassem também as crianças-de-peito dali, que — onde existia uma coisa dessas na face da Terra? então os pequenos não viviam buscando os olhos dos adultos, onde quer que estivessem? — o atravessavam com o olhar, como se ele nem existisse.

Será que os habitantes mais atrasados da Terra se achavam superiores, é? Quem sabe tivessem a ilusão de que a merda deles valia mais? Do que é que tinham tanto orgulho? O que lhes dava o direito de serem tão inacessíveis? Toda vez que ele os incitava a falar de si e contar algo sobre este lugar, sobre o quê? sobre os sofrimentos, as atrocidades, os assassinatos, os temporais, os invernos e verões de catástrofes, não é que todos o deixavam lá plantado, falando sozinho, e não queriam porque não queriam que ele divulgasse a história deles? O máximo que acontecia era alguém desengasgar de vez em quando, provavelmente no sentido de: "Contar, sim — mas não para você. Deixar alguém contar a minha história, claro, mas pelo amor de Deus e por tudo que é sagrado, você não"?

Será que os moradores deste enclave nas montanhas, tanto os habitantes antigos como os novos migrantes, não sabiam então que sua obstinada resistência — tanto a de agora, contra a observação e a chance de serem observados "objetivamente", quanto a de antigamente, contra a intervenção militar estrangeira infelizmente necessária — era absolutamente em vão? Por que não compreendiam de uma vez por todas que tinham perdido e, além disso, estavam perdidos, em postos perdidos há muito tempo, aqui neste território, seu apenas na aparência, que — em vez de claro topo de montanha — não passava de uma fenda escabrosa e obscura? Por que será que todo mundo, limitado ao cantinho irrisório que lhe tinha sido deixado por condescendência, se recusava encarar os fatos de frente e insistia em se comportar sem a mínima flexibilidade, como se estivesse se movendo em algum reinado, em seu próprio reino?

E não era que ele, o repórter, quase, quase começara a chorar uma vez, ao observar aquela gente da região-de-Pedrada-e-Hondareda (esse era seu nome completo e oficial) dançando na tenda central certa noite, no Milano Real, durante um dos bailes realizados todas as noites, pelo menos naquela época? E não é que saltitavam, batiam pés, saracoteavam e volteavam, trajados festiva e até luxuosamente, até os primeiros raios da manhã, através do salão do estábulo. Como se agarravam, se não uns aos outros, pelo menos à sua dança, que no mais não passava de um redemoinho bastante desregrado, onde misturavam caoticamente a quadrilha do antigo Ocidente norte-americano, *rock-and-roll*, *flamenco* e uma ciranda arcaica, levemente rançosa, muitas vezes com um passo abruptamente desconectado do outro, a sós ou em pares; e o mais característico de tudo, aqueles constantes passos para trás! Como eram ignorantes esses dançarinos, na realidade desprezados e excluídos por toda a civilização moderna-esclarecida, mas agindo como se ainda fossem levados em conta e tivessem o direito de se divertir como nós, gente de hoje (alguns chegavam a soltar aquele grito mais ou menos atávico no idioma dos novos colonos, *tahallul*, uma variante de "aleluia"?), agindo como se não fossem os amaldiçoados e malditos da Terra, mas sim uma vanguarda, uma elite, os eleitos, o novo e único sal da Terra!

Esses idiotas dançantes nem sequer intuíam (não, "intuíam" não), não faziam nenhuma, a mínima, nem uma sombra de ideia que já tinham batido as botas, que a festa tinha acabado e que agora tinham mais é que dançar conforme a música — que já tinham dançado para todo o sempre —, que a sua dança e, por conseguinte, todo o seu fazer, sua vida inteira, sua teimosa sobrevida e até a sua morte haviam se tornado nulos e vazios, que gritos de júbilo, bate-pé e ciranda-cirandinha não iam dar em nada.

E então o observador recém-chegado quase ficou com lágrimas nos olhos, por um triz. Como homem de formação científica — área de especialização: pesquisa sobre medo e susto — ele conhecia o fenômeno de que um indivíduo, quando assustado por alguma coisa, começa a realizar "movimentos mastigatórios no vazio", isto é, sem nada na boca, a não ser a respiração suspensa de susto: e da mesma forma, concluíra ele, as danças, bem como todas as manifestações de vida da população da região, não passavam de movimentos mastigatórios no vazio. Movimentos ruminantes vazios, provocados por nada além de um susto violento, de onde também provinham a retomada, ou melhor, a recaída, os passos para trás, ou seja, o retrocesso a lendas, sagas e mitos regionais já desvanecidos e esmaecidos.

Movimentos ruminantes no vazio também era o soar atávico do violino, possivelmente um instrumento com uma única corda, além do toque do berimbau-de-boca. Movimentos mastigatórios no vazio, também o jeito de virar a cara, malcriado, despachado, como que dispensando, típico dos sexos daqui, homens e mulheres uns contra os outros — em seu relatório, ele mencionou a "falta de uma cultura erótica", a "mais desleixada arte da sedução", a "completa falta de carícias mútuas" (pelo menos em público) — e então ele quase, quase disparou contra aqueles que estavam dançando, ou para esbravejar com eles ou para pegar em suas mãos ou envolvê-los nos braços — como antigamente, durante a infância, toda vez que saía correndo para tocar, abraçar os outros, sempre era repelido ou ignorado, como intruso, como quem estava sobrando, como terceiro risível —, mas por sorte e em interesse de seu relatório, conseguiu se controlar no último minuto.

Maldita Pedrada. Amaldiçoada Sierra de Gredos y de Caponica.

25

Ela já atravessara a Sierra de Gredos muitas vezes, em todas as estações do ano, por todos os passos, mesmo por aqueles que de passo só tinham o nome, pois já não eram mais usados havia gerações, nem para a migração de rebanhos do norte para o sul, para transumância, nem para qualquer outro tipo de transporte e, inclusive a pé, mal podiam ser percorridos.

E agora estava previsto que ela partiria para mais uma travessia, a que ela desejava ou queria que fosse sua última — será que desejava mesmo? —, pelo chamado "Puerto de Candeleda", uma passagem de antes da guerra, nos mapas de hoje um mero nome — mas isso, um nome, já não era alguma coisa? —, a se reconhecer por resquícios de caminhos ou apenas de sendas que nem constavam do mapa, na íngreme vertente sul, logo após o "passo", na verdade um ponto arbitrário lá em cima na crista.

E ao mesmo tempo ela estava confiante de que chegaria à noite lá embaixo em Candeleda, no sopé da lomba sul, mais de mil e quinhentos metros abaixo do passo abandonado que dava nome à cidadezinha, o passo que não pertencia a nenhuma meseta ou altiplano, mas se situava à beira de uma planície baixa, cercado de palmares, laranjais, olivedos e sabe-se lá o que mais. (Ela incumbiu o autor de utilizar palavras como "confiança" e "confiante" em sua história, a cada estação e a cada trecho, mas evitar a palavra "esperança", inclusive a versão espanhola *esperanza* e a árabe *hamal* — "não quero saber dessa palavra, não vou aprendê-la; isso também se aplica à palavra 'culpa', *hithm*!" — e não é que ela tinha aprendido essas palavras?)

Apesar de ser um dia de inverno tão curto, quer dizer então que ela estava confiante? Sim. De quando em quando, sobretudo de manhã, como agora, na serra, a gente (gente?) era todinha tomada, digamos (digamos?), por uma espécie de confiança, que quanto mais descabida e absurda fosse, mais forte era, levando a gente às nuvens. E embora ela não tivesse tempo a perder, ainda tinha muito tempo, ao que lhe parecia, muito tempo. Ao que lhe parecia? Ela simplesmente decidiu ter tempo, e basta. "Muito tempo!" essa também era uma saudação de despedida em Pedrada — uma forma de cumprimento de todos os emigrantes da região. E ela ainda ouvira uma outra saudação, que entrara em uso desde sua última passagem por aqui, uma bastante espantosa, pensando bem, sobretudo após o que ocorrera na região nesse meio-tempo: "Não se preocupe!"

Entre as casas de granito e as tendas de pau-a-pique, delineava-se por toda a parte a crista da cumeada, e era por ali, em algum lugar, que devia ser o passo ou a passagem. Não, qualquer ponto era uma passagem possível. E parecia não estar longe. Era um dia claro. Ou não? (Aqui na Sierra de Gredos, não acontecera só uma vez de um dia claro e promissor terminar num temporal funesto ou então, mesmo enquanto ainda estava claro, de acabar fazendo a pessoa perder o rumo, algo não menos perigoso, ou passar rente ao último limite, mesmo que fosse só por causa de um mínimo passo em falso.)

Apesar dos trechos nevados e lustrosos, ainda era um dia — assim sem vento e sob o sol morno das montanhas — para além de qualquer estação do ano. E era como se fosse ficar assim para sempre. E quando se colocava a mão num topo de granito, sobre os líquens amarelos, ou em algum tufo de capim das nascentes ou de genista, um calor tranquilo, um calor de calefação subia por todo o corpo, fundo até os ossos, e fazia um bem como jamais se sentira, nem mesmo quando o calendário dizia que era verão — em pleno inverno da Sierra, uma quente plenitude de verão, como só mesmo em sonho. "É verão!": ao se dizer isso, fazia-se verão, mesmo que talvez ainda fosse fim de inverno.

Naturalmente, a aventureira não deixava de ter plena consciência — não deste e daquele perigos específicos, mas daquele perigo inominável, que não era de se ignorar, em absoluto. Só que: tinha que haver esse perigo, como já se disse, mesmo que ela não quisesse buscá-lo. Pelo menos de tempos em tempos, não dava para passar sem ele. Não importa se tivesse a ver com a Sierra ou com qualquer outra coisa, esse perigo era o princípio e o fim. Sem ele, não haveria história. Perigo e história eram — e nisso ela não se sentia nada sozinha — imprescindíveis.

Naquele dia, será que alguém, além dela, também pretendia atravessar a pé a Sierra de Gredos de norte a sul? Ela não fez essa pergunta a ninguém de Pedrada, pois as pessoas ficaram visivelmente aliviadas de permanecer lá embaixo no povoado, juntas, e compreensivelmente não tinham em mente longos caminhos rumo ao desconhecido, de preferência apenas alguma tela-de-internet — era evidente que o lugarejo tinha estabelecimentos para isso, como para quase todos os tipos de coisa. Nenhuma resposta, ou será que sim, uma, de alguém que pretendia caminhar pelo Cáucaso naquele mesmo dia, pela *Sierra de Armenia*. Mais ninguém, portanto, rumo a Puerto de Candeleda? Colossal. Apetite: de andar, escalar, rastrear, pré-rastrear.

E só então lhe ocorreu que ainda faltava algo importante para a expedição: pão. Em Pedrada inteira, ela não se deparara com nenhuma padaria. Como podia ser uma coisa dessas, apesar dos novos moinhos no Tormes, rio abaixo? Mas tinha de haver uma *panadería*, e andando de cima para baixo, pelas vielas e quebradas em meio às iurtas, ela ia falando essa palavra, primeiro à meia-voz, por fim mais alto, como exclamação, simplesmente: "Pão!", "¡*pán!*", e por fim em árabe, sem querer, *chubs*: e quase neste mesmo segundo, virando a esquina, bateu um cheiro de pão saído do forno e ela o foi seguindo — era um bom pedaço até a padaria, ela teria que atravessar meia vila até lá. Perímetro e geografia do cheiro de pão. Aroma de forno, como que de ninho, no alto da serra rochosa, vasta, como que desértica.

A padaria era o menor dos cem estabelecimentos de Pedrada, embutida num casebre rupestre, que antigamente devia ter sido uma coelheira. E agora era um dos poucos edifícios (as tendas também eram "edifícios") com uma porta de vidro com fios de metal na frente. E ao entrar, ela viu espelhada na porta de vidro sua filha desaparecida. Ao olhar sobre o ombro: ninguém.

Na ocasião de seu primeiro desaparecimento, quando elas se reencontraram na ilha do Atlântico, nas imediações de Los Llanos del Aridane, após meses de busca, ela, a mãe, foi recebida no refúgio, não, na casa da filha, "com tudo a que tinha direito", inclusive "pão feito em casa". E agora, ao comprar pão na padaria da Sierra, ela se perguntou pela menina que se perdera de vista pela segunda vez. Só que não conseguiu descrevê-la, sangue de seu sangue, em nenhum detalhe, nenhunzinho. Mas pelo menos ela tinha uma foto, e que foto. Nome? Como se chamava mesmo a filha?

E então percebeu que não sabia mais o nome dela; após tanto tempo de separação, simplesmente o esquecera! Como se chamava mesmo sua desaparecida? Ainda há pouco ela se sentira forte o suficiente para erguer com o dedo uma roda de moinho, e um instante depois —

Continuando a liturgia da apreensão, ao se distanciar do povoado e começar a subir a cumeada da Sierra. Ela ia embora com a impressão de que estava vendo Pedrada pela última vez. Talvez porque ela, a visitante, fosse deixar de existir? Talvez porque nunca mais fosse passar por ali, nunca mais fosse partir para lugar nenhum? Não. Mais porque ela tinha a impressão de que toda a cidade de tendas e iurtas desapareceria da face da terra num futuro bem próximo, junto com todas as construções de pedra da vila, talvez logo após o degelo, talvez quando voassem as primeiras nuvens de mosquitos de verão.

Em casa, na cidade do porto fluvial, ela se proveria de imagens da paisagem limpa e devastada das montanhas e nascentes, veiculadas por todos os canais possíveis, fotos aéreas com solo aplanado, onde até mesmo as plataformas de granito estariam niveladas; os antigos acampamentos, bem como o traçado das casas, reconhecíveis apenas pelas linhas mais escuras, fragmentárias, aqui e ali em meio ao terreno revirado, fragmentos de círculos e quadrados, assim como, para quem avista do avião uma área inculta, por exemplo, os traços formais escuros em meio a leivas uniformemente claras permitem reconstruir a localização de antigas construções, removidas ou afundadas há décadas, séculos, milênios, e os meandros de riachos e rios desaparecidos ou quem sabe escoados ou bifurcados em regiões totalmente diferentes há um milhão de anos: foi assim — e não preocupada com a própria pessoa, "não se preocupe!" — que ela se despediu de Pedrada.

Uma pequena cadela prenhe ("cão", árabe *kalb*), com pelo feito cerda de porco, arrastando a barriga e as tetas pela areia e pelas pedras, acompanhou-a até lá em cima, bem depois da divisa do lugarejo, e para além ainda, até o fundo da estepe no alto da serra; de quando em quando ficava para trás, parada, a distância, como se fosse retornar, mas depois já estava de novo ao seu lado, com olhos esperançosos.

E quem foi que tinha afirmado que na região de Pedrada até as crianças tinham desaprendido a brincar? Apesar de ela não ter visto nenhum jogo — ainda era horário de aula — e nenhum brinquedo de fato, reconhecia sinais de jogo a cada passo, até lá em cima no agreste. Ainda no lugarejo, lá onde a base do rochedo se erodira em terreiros de areia, havia uma série de funis, como fossos de areia e poeira para pequenos pássaros se banharem, pardais? (Então ainda existiam pardais aqui nestas alturas? Sim. E como já foi dito: para a história dela, não era preciso evitar toda e qualquer contradição.) E dava para reconhecer direitinho pelos rastros que esses fossos de banho também eram alternadamente usados pelas crianças ou por quem mais? para jogar bolinha de gude. E ela também topou com indícios de boliche, pedaços de madeira usados como pinos, em pé e depois revirados e, em vez de bolas, cascalhos mais ou menos redondos achados pelo caminho.

"Ou será que esses jogos de criança eram só imaginação? Seria o vilarejo lusácio-arábico se infiltrando de novo? Ou, mais provável ainda, o tal do meu filme sobre a Idade Média, onde as crianças coadjuvantes tinham que jogar jogos tipicamente medievais, como bola de gude e boliche?"

O único que ela realmente viu jogando, num lugar que lembrava só de longe uma quadra, demarcado sobre um deserto de pedras, fora o observador estrangeiro (ela passou por ele sem ser observada): estava jogando basquete sozinho, e ao pé dele, um bando de criancinhas que mal estavam em idade de ir para a escola. O cesto, parafusado no alto de um rochedo, e o encarregado de escrever relatórios, saltando de súbito com a bola até lá em cima e "embocando". Jogava com todo suor, torcendo aos gritos para si mesmo e ao mesmo tempo para as crianças. Era para elas participarem e tentarem tirar a bola dele. Elas deveriam colaborar. Deveriam entrar no jogo, vamos aí, embora lá. Ele tentava atraí-las para o jogo, quase implorando. No entanto, então era verdade mesmo, elas não jogavam. Tudo o que essas crianças de Pedrada faziam era assistir.

Não dava para saber direito se elas realmente o estavam assistindo jogar ou se estavam prestando atenção numa coisa completamente diferente, numa carreira de formigas sobre o rochedo ou num duelo invisível de lanças e espadas, travado às costas dele entre dois cavaleiros com o rosto escondido atrás da viseira; quem disse que aquela quadra afastada não podia ser muito bem um estádio de torneios? Não era hora e lugar de ela ir ter com o jogador solitário, para que ele a acompanhasse pelo menos um trecho? "Ainda não, agora não."

Lá em cima, bem além do perímetro de Pedrada, na cabine telefônica envolta em ramagens de amoras-pretas e arbustos de madressilva enramados em parreiras, ela discou o seu próprio número, o de seu casarão na periferia da cidade do porto fluvial. Sem intenção, sem querer e sem ter se proposto a tal, ela entrou na cabine e tirou o telefone do gancho. Naquela região, definitivamente (ou ainda) não havia rede para o seu celular.

Em todas as suas travessias a pé pela Sierra de Gredos, contou ela depois ao autor, era daquela cabine ali, longe de tudo, que ela costumava ligar para sua filha, que em regra ficava sozinha em casa (desde cedo a menina já era bastante independente, ou pelo menos queria ser). "Tudo em ordem?" —

"Tudo." — "Sozinha demais?" — "Não, não." E assimpordiante. E agora? Alguém atendeu o telefone já no primeiro toque, e ela tinha no ouvido a voz de sua filha.

Então lhe ocorreu o nome dela, veio à tona por si só, uma única palavra. E depois a voz que dizia: "Não sou sua filha. Sou o da casa ao lado, o filho dos vizinhos da casa do caseiro. Estou guardando a propriedade até você voltar."

Mas agora era exatamente a voz de sua filha desaparecida, e prosseguia: "O que eu desejo é que você não fique tão sozinha durante a viagem. Aqui está tudo em ordem. Liguei o alarme e aumentei o aquecimento. A casa está quentinha. O sol entra aqui toda manhã. Ah, acabei de ver o idiota do subúrbio passar ali atrás do marmeleiro. Ele está assobiando e remando com os braços no ar. Agora passou um trem apitando. E soaram alguns apitos de navio lá embaixo, nos dois rios, algumas, muitas! Quando você volta? Faz tanto tempo que você foi embora daqui, um tempo imenso. À noite, seu admirador fica rondando a casa. E toda vez joga uma carta para você na caixa de correio. Já queimei todas elas, mas antes li e decorei uma por uma — caso você queira escutar. Não leio mais jornal — não preciso mais. Ah, começou a nevar, embora esteja fazendo sol, um sol tão claro. Uma das cartas não tinha remetente, não li, no carimbo dava para ver uns topos de montanha, a Sierra de Gredos. Ninguém perguntou por você. Um ouriço está passando pelo seu pomar, no *slalom* entre as árvores; não era para ele estar hibernando? Uma escada caiu. Quebrou uma mesa do jardim. Uma estátua, aquela atrás do buxo, está sem cabeça. Sua cama parece que foi usada. Os brinquedos no quarto da Salma ou Lubna estão todos bagunçados. No mais, está tudo em ordem. Ah, agora está batendo o latão da chaminé. Acendi a lareira. E as raízes de carvalho arrancadas da terra pelo vendaval na floresta estão cada vez mais desgrenhadas e duras feito pedra."

Ela desligara sem dizer uma palavra e prosseguira montanha acima, com a voz da filha no ouvido, por mais que por um instante a voz tenha dado uma desafinada, como se fosse a de um adolescente — nada além daquela voz no ouvido, sem pensar no que ela comunicara. Continuava sendo a voz de uma criança, que, apesar de articular cada palavra cuidadosamente, parecia falar apenas em vogais. As vogais definiam cada palavra e toda a frase.

Sendo assim, aquela voz não tinha nada de árabe em si, uma língua que as crianças falavam quase só em fonemas sibilantes, fricativos, guturais, arfantes e sufocantes? ou não? As vogais carregavam as palavras, as transportavam, animavam, alavam. Vinham de muito longe e ao mesmo tempo a toda, provocando vibrações não apenas no ouvido. Essas vogais vinham oscilando suaves, em forma de uma guirlanda acústica, despertando no ouvinte um espaço de ressonância que o levava a responder no mesmo tom manso e franco, e assim por diante, de lá para cá, de cá para lá.

Ela não chegara a replicar na cabine telefônica da montanha. Mas a voz continuou ressoando dentro dela bem depois e agora ela recuperava o atraso. Subia girando em torno de si mesma e respondia: "Aqui também está fazendo calor. Ou é só impressão minha? Ah, um lagarto, olhe aí. Mostre a cara. Não se esconda. Você não consegue se esconder mesmo, minha filha. Nunca conseguiu. Ao brincar de esconde-esconde com os outros, sempre era descoberta à primeira vista, de longe, até um pouco mais nítida no foco da imagem que antes de começar o jogo. No mais, você sabe brincar de qualquer coisa e transformar o que seja em brincadeira, só se esconder é que não. Ah, olhe ali, a primeira águia. Ai, e aqui os javalis patearam todo o mato. Ahoi!"

Nos velhos e eternos livros anteriores à sua história, este teria sido mais um daqueles percursos do qual se teria dito: "Ele (o herói, será que 'ela' estava mesmo fora de questão?) caminhou, cavalgou, velejou (tantas-e-tantas) milhas e horas, sem que tivesse acontecido nada que valesse a pena narrar (ou melhor: nada digno de ser narrado)."

Mas a sua história deveria se passar num tempo em que o que contava não eram tanto surpresas, coisas espantosas e insólitas — já que os meros enredos pareciam ter se desgastado há muito tempo como enredo —, mas sim o enredamento espantoso e insólito entre exterior e interior, sua inter-relação e ressonância, condizendo portanto com o tempo ou a época de sua história, ou "preluzindo" esse tempo (como a rosa no antigo poema)? Ou luzindo-a, lá em casa ou logo ali?

E assim, em conversa com o autor, ela determinou que este era um episódio digno de ser narrado, sim, apesar de não ocorrer nada além da subida da montanha, do sopro do vento e do céu a azular.

E novamente sua ira, quase um acesso de fúria, justamente partindo dela, a administradora entendida de dinheiro e números, só porque o autor ousou perguntar se não condiria com sua história mencionar como ela pagara o hotel e suas provisões de viagem etc. naquela manhã em Pedrada, já que estava andando sem dinheiro: não, isso não teria a mínima importância e realidade para o livro dos dois, pelo menos por ora. "Isso não vem ao caso. Não é assim que as coisas funcionam." A pergunta não passaria de uma "grande bobagem", e portanto era de se recear que ele, o autor, ainda não tivesse entendido do que tratava o livro. "Ou você só está querendo me provocar?" De bancos e dinheiros, os mil artigos sobre ela já estariam cheios. "Não me venha narrar *tudo*, nem a mim, nem a nós."

E no final das contas, ela cavalgou um trecho, de fato, com um cavalo pernalteiro sem sela, de um preto-marrom brilhante, que parecia estar à sua espera sob uma lapa, assim como a pedra arredondada no chão, de onde ela tomou impulso para montar: ambos a postos para a repetição de uma cena do antigo filme.

Ela poderia ter cavalgado até a cumeada lá em cima (os declives sul da Sierra já seriam demais, mesmo para um cavalo nativo); o animal a carregava como se não fosse nada, como se ela não fosse ninguém. Mas ela

logo apeou daquele lombo um tanto estreito e prosseguiu o caminho a pé.
E depois, ao olhar de novo à sua volta de lá de cima, o cavalo estava parado
sob uma lapa, no entanto, com outros agora, da mesma cor, numa fileira,
como se fosse uma estação de coches; e sobre o lombo de cada um, uma
gralha sentada, debicando alguma coisa de seu pelo e de sua crina e de seus
dentes e de suas ventas.

E como já vinha acontecendo o tempo todo desde que ela partira do povoado, chifres de boi encaravam-na de repente, em pares, aqui e ali, de
dentro de arbustos de genista ou *escoba* (no mais, quase não havia plantas altas, apenas alguns poucos pinheiros monteses, sem cortiça, em geral
mortos há muito), bastante alongados, curvos, terminando quase numa
reta com ponta afiada, e de vez em quando também assomava de dentro
do emaranhado de varas de vassoura, em meio ao matagal que batia no
peito, um corpo imponente, sempre do mesmo preto-carvão-antracito; os
olhares-átimo dos bois ou vacas, como que orientados e direcionados de
ambos os lados pelo punhal dos chifres; desta vez eram mais reses de Ávila
que estavam invernando no alto da Sierra.

Ela caminhava sem se deter, sem alterar o passo; sem sair de seu compasso
de jeito nenhum. Também não se deteve ao passar pelo cadáver do canteiro
e da friulana ou leucádia, ambos estendidos lado a lado sobre a tundra,
com buracos de bala na abóbada craniana, na moleira, com olhos que acabavam de se fechar, pelos quais ela se sentiu reconhecida, embora de um
jeito diferente do que se sentira na venda de *ultramarinos*, e novamente esse
casal morto representava seus pais acidentados.

Antigamente, em suas travessias da Sierra de Gredos, toda vez que se
deparava com um bicho, sobretudo nos descampados, ia direto ao seu
encontro, numa reta só e sem muita pressa, apenas apertando levemente
o passo, e lá estava então, corpo a corpo, como que grudada nele por um
momento, *el trance* — da mesma forma que costumava desarmar possíveis agressores humanos, simplesmente tirando-lhes o espaço de ação

— e depois se antecipava na direção que eles tomariam, mesmo que essa talvez parecesse errada de início.

Com a caminhada, com este seu jeito de caminhar, ela se protegia; tornava-se inatacável. Na verdade, aquilo era só vagar. Mas à medida que ganhava um ritmo, tinha valor. Além do mais, ela imaginava ou talvez tivesse a certeza de que, ao caminhar como caminhava agora, também estava protegendo os outros. Com a caminhada e o jeito de caminhar agora, protegia seu irmão ausente, distante. E acima de tudo, protegia-o de si mesmo.

À medida que a irmã caminhava assim pela Sierra, contribuía para impedir que ele, que no máximo só cometera crimes contra o patrimônio até então, tivesse seu primeiro surto de violência contra um ser humano. Caso ultrapassasse este limite, algo que o atraía e magnetizava "desde que se conscientizara (segundo ele) de que era órfão de pai e mãe", não haveria mais volta. O irmão se voltaria contra mais e mais gente, contra toda a humanidade, contra a vida. Conforme fantasiara desde sempre, para si mesmo e para ela, chacinaria de forma minuciosamente calculada, planejada e passível de continuação, com aquele brilho enganoso no canto dos olhos e da boca, interpretado sobretudo pelas mulheres como uma espécie de sorriso mágico. E justamente neste dia, nesta hora, após mais uma de suas caminhadas noturnas em torno de um acampamento de soldados que ocupavam seu país eleito, ele ameaçava ultrapassar o limite *in perpetuum* (ela para o autor: "uma pequena expressão latina aqui e ali") — seu primeiro homicídio.

Durante a subida, a atmosfera à sua volta dava pontadas, ah, incomparavelmente mais agudas e penetrantes que os chifres daquele touro, só por causa do "Vai ser desta vez. Agora! Agora! Agora!" de seu irmão. E a única coisa que ajudava era caminhar. Ela caminhava. Caminhava com tudo o que tinha, com as solas, os jarretes, as coxas, o sexo (sim), a barriga, os ombros, com boca, nariz e olhos, e com tudo de uma só vez; tudo isso junto tinha que caminhar e tinha que caminhar tudo junto.

Ela caminhava com tudo o que era, com pensamentos, memória, desejo, determinação, intenção. Caminhava exatamente do jeito que costumava trabalhar ou havia trabalhado em sua "grande empresa". Seu jeito de andar, um jeito de se defender, colocar-se em segurança, acalmar-se, esclarecer, criar perspectivas, preparar o terreno e fazer sulcos, ia além do mero caminhar. Era um caminhar com rumo, como jamais existira, um caminhar de quem tinha muito tempo, mas ao mesmo tempo, um agir; uma espécie de ação abrangente que — justamente por incluir toda atividade especificamente política, moral e estética, segundo Adam Smith, John Maynard Keynes, Schumpeter ou Marx, Lenin e Kardelj — era capaz de tornar supérfluos todos os tipos de ação que corrompem por serem especializadas (sem exemplos aqui): caminhar como ação abrangente — como o (tema) administrar ("só na utopia, é claro"); como uma outra mão, invisível.

Ela caminhava com tudo o que descobria, com tudo aquilo com que se deparava, com o que via, saboreava, ouvia e cheirava.

E acima de tudo, caminhava com as imagens que voavam contra ela em seu percurso regular morro acima, vindas dos mais remotos tempos e espaços, imagens que asseguravam zonas de proteção e segurança, bem como perspectivas futuras bem diferentes de quaisquer lembranças, pensamentos, sentimentos e sensações.

Imagens desse tipo asseguravam a existência e mais do que isso. Elas encantavam. Ao caminhar assim — imaginava ela, tendo no fundo quase certeza —, preservava não só seu irmão, não apenas aquele seu parente carnal. E não era uma das razões de ela caminhar assim? Ah, manter o passo constante — senão estamos perdidos. Fazia tanto tempo que ela não se perdia, mas da próxima vez estaria perdida para sempre. Um passo em falso, e ficaria evidente o quão isolado cada um era, isolado de todos e de qualquer um.

Caminhar, salvar, arrumar, administrar: um caminhar mágico? Até aquela forasteira ali, já contaminada pelo atavismo dos nativos? E toda vez aquele seu suspiro profundo, mesmo que aparentasse caminhar com passos tão leves? *Tahallul*, a joia, *tanassul*, o suspiro.

Caro observador, para começo de conversa, uma coisa não exclui a outra; além do mais, esse jeito suspirante talvez não passe de um mero hábito familiar ou étnico, "tipicamente lusácio-oriental", transmitido dos ante-antepassados até os de hoje. E depois, quando ela perguntou ao autor se ele não sentia a mesma coisa durante caminhadas longas, percorridas a passos regulares, sobretudo ao atravessar alguma serra — afinal, suas experiências deveriam valer para todo mundo —, ele respondeu que não, que sua noção de assegurar a existência, dar-uma-mãozinha, em suma, "administrar" a situação — em vez de dizer que estava indo escrever, sempre dizia para si mesmo que "ia administrar" — provinha absoluta e exclusivamente de suas "momices", de sua ocupação, anotar, registrar e escrever, mas isso não era certeza nenhuma, nem mesmo "de longe" — "ou será que sim?"

A gente estava subindo a montanha. ("A gente?" — A gente.) Subia-se a montanha. Ter-se-á subido a montanha. Assim como o falcão: gritava de lá, lá estava, mas bastava procurá-lo, não estava mais, e ainda estava lá. "Falcão, milhano, deixe cair uma pena para mim." E ele deixou cair uma.

Ela tinha dividido bem todo o peso a ser carregado, a fim de não dificultar nem bloquear seus passos, mas lhe conferir um certo ritmo, como uma vela içada. Sua mochila, *michlatuz-zahr*, como a das mulheres viajantes de antigamente, mais lembrava uma almofada, *michado*; abarrotada com o imprescindível e outras coisas mais, a almofada-mochila era para ser carregada de frente, no peito, enquanto o cinto se enchia de outras coisas, uma e outra balançando dos dois lados em torno dos quadris. Era assim que ela velejava pela Sierra, velejadora solitária.

Em travessias anteriores, às vezes ela chegara a partir sem peso, sem nada nas mãos, sem nada a carregar, acreditando que assim poderia viajar com mais liberdade e menos incômodo. Mas logo percebeu que não era menos penoso andar, subir e escalar desse jeito — muito pelo contrário. A gente precisa, necessita de pesos distribuídos pelo corpo, para contrabalançar, sobretudo pesos que contrabalancem o carregador. Assim como as cobras, mesmo que de outro modo, os pesos mantêm a gente desperta, do dedão do pé até o último fio de cabelo, na busca de trilhas em meio ao sem-caminho e sem-veredas; sobretudo para quem caminha sozinho, eles impedem precipitações fatais, formam uma espécie de armadura de prudência, guiam e abrem caminho, levando a gente ao único meio-termo viável, pelo menos na Sierra, ou seja, algum ponto entre gravidade e leveza.

"Nunca mais", prometera ela certa vez, "caminharei pela Sierra de Gredos sem o devido peso na frente e no lombo" — como ela podia chamar de "lombo" aqueles ombros tão macios!, por mais que fossem um tanto largos, retos e musculosos.

Ela, velejadora solitária, a única, até onde a vista alcançava. Espantoso, quase incompreensível o fato de ninguém, homem ou mulher, se propor a atravessar estas alturas celestes ao mesmo tempo que ela, nem que fossem uns poucos dispersos na lomba norte, levemente vergada céu acima. O que as pessoas estavam fazendo? Como podiam ficar sentadas em casa, lá embaixo nas planícies, nas cidades abafadas, restritivas (sem falar dos "vilarejos" contemporâneos)? Como podia uma coisa dessas: até agora ela não se deparara com nenhum de seus mil e três inimigos aqui fora, nestes confins, nesta solitude, neste recolhimento, nesta vastidão e neste silêncio tão harmonizador — só lá mesmo onde a única coisa que lhes restava era virarem inimigos, por maior que fosse a boa vontade?

Por que seu inimigo mortal (ela devia ter algum, ou então imaginar que tinha, a propósito como quase todo mundo na época em que se passava esta história) não aparecia de repente ali de trás do rochedo de granito, a três mil e seiscentas milhas de distância de Wall Street e Ginza, por que os dois não se defrontavam com olhos arregalados, não trocavam sorrisos e passavam uma borracha em tudo, não esqueciam inteiramente que tinham sido inimigos mortais, por um momento que fosse, por que não se atinham a esse momento e não faziam nada com isso?!

Mas não era verdade que ela estava andando sozinha pela Sierra neste dia. Não tardou a ver pegadas humanas à sua frente, tanto por entre a brenha de genista e zimbro, nas faixas de areia granítica que muitas vezes davam a ilusão de ser um caminho ou trilha, como nas superfícies nevadas: pegadas frescas, como se fossem de hoje cedo, e não apenas algumas poucas isoladas, mas muitas, depois inúmeras, uma colada ao lado e atrás da outra, e por fim uma por cima da outra. Só que os respectivos passantes, perceptivelmente próximos a ponto de ela poder sentir seu cheiro e gosto, não lhe cruzaram a vista em nenhum momento, até ela finalmente esquecê-los.

A gente caminhava. Caminhava-se. O ruído da areia granítica sob as solas, incomparável, nem tanto um rangido, antes o barulho de algo sendo moído, uma massa de grãos que ao mesmo tempo massageava os pés: o ruído penetrante de uma caminhada na Península Ibérica — mesmo que ele pudesse soar a certos ouvidos como o de uma travessia dos Alpes, ou dos Andes, ou até do Himalaia ("picos altos não são o meu forte", algo como: "não temos nada o que buscar acima das nuvens").

Mais e mais, imensas extensões sem vegetação, sem arbusto, sem hastes de capim, até sem liquens, aquele ornamento de múltiplos sulcos amarelos, verdes, vermelhos, representando um mapa geográfico, daí o nome "liquens geográficos": mas não desertos de cascalho ou pedra, antes altos platôs levemente abaulados, lisos feito vidro, já polidíssimos pelas geleiras da Sierra, escorregadios não apenas onde havia neve, mas também nos trechos secos.

O céu luzente, reluzindo nessas naves de terra emersas da terra quase em bloco, palpitando nos veios de quartzo de um branco-alabastro. Caminhando sobre essas suaves cúpulas rochosas, do tamanho de estádios, caminhando como que enfeitada, mesmo que a gente não tivesse se enfeitado propriamente para o caminho (ou será que sim?).

E mesmo assim o azul do céu sobre o risco da crista, dependendo do momento ora azul-relâmpago ora preto sideral, e quando não era percebido por-si-só e sim filtrado por um arbusto ou uma árvore — de vez em quando ainda se viam umas esparsas, mesmo que anãs —, só um azul de fundo. Só?

Toda história longa, disse ela depois ao autor, corresponderia a uma determinada cor, uma cor principal. Assim como ela desejava que o ruído do livro dos dois fosse o dos passos de um caminhante solitário na areia granítica em meio à Sierra silente e sem som, a cor era para ser aquele azul-celeste que aparecia esporadicamente por entre a brenha do alto da serra. Era o azul de fundo dos vitrais medievais, com varas, ramos, folhas verdejantes, pinhas, bagas (como as do zimbro e as da sorveira-brava), cápsulas (como as da roseira-brava) e favas (como as da genista) como figuras sobre esse fundo. Um azul celeste esfumaçado. Pois o esfumaçado confere às coisas contornos mais tênues.

Não, aquele azul, refletindo e luzindo assim através das brechas, escapes e buracos da vegetação da Sierra, preenchendo os menores intervalos, aquele azul assim tranquilo, tinha algo do azul dos uniformes de trabalho pendurados para secar ao longo do horizonte. Ela conhecia esse azul do antigo vilarejo, mas não só de lá: o azul das calças e jaquetas do uniforme do vizinho, vistos através das folhas dos arbustos e das árvores do pomar. Um azul assim remetia ao mesmo tempo a "trabalho" e "festa". O azul por trás das folhas dava a imagem de um uniforme de trabalho que também servia de traje de gala, mesmo mantendo-se exatamente como era, sem precisar ser alterado. Era o azul dos remendos, das caudas de vestido, das faixas e flâmulas — flâmulas que tinham esse azul de fundo como cor única. Como nenhum outro azul, tinha textura; parecia tecido, como nenhuma outra cor; não tinha nada de celeste ou etéreo, ficava ali pendurado, parado, armazenado, à espera, como matéria e material.

Apesar de ser inverno, ao nos desembrenharmos de certos matagais de genista, batia de novo um aroma de baunilha, como se fosse verão. As mãos, enfiadas depois de muito esforço entre dois blocos de rocha, cheiravam como que chamuscadas, como se tivessem acabado de esfregar pedras-de-fogo. Ao mordermos as sorvas murchas e enegrecidas dos cachos pendentes de arvorezinhas desfolhadas que mal ultrapassavam nossa altura, como se tivessem congelado e ressequido há muito, o interior das nossas bocas, ressecado durante a escalada, saboreava com tudo a carne e o suco, ambos amargos de doer, mas que refrescantes! ampliando por um momento a medida de nossos passos — e o gosto de sorva: tão alto verão, que parecíamos ter diante dos olhos aquele raro vermelho pálido, o vermelho-sorva do cacho que acabara de amadurecer, não um avermelhado de devaneio, mas um que jamais se vira em nenhum verão de fato.

Sem querer enchemos os bolsos com aqueles torrões de bagas, não exatamente "pesados", mas de uma carga surpreendente. Precisaríamos deles mais tarde, sobretudo na descida até a planície, durante a qual — que inverno, coisa nenhuma — ainda passaríamos um calor e tanto; como se fosse para uma longa expedição, nunca se sabe, complementamos assim nossas provisões, bem em frente àquela ilhota de árvores em meio ao mar de rochedos e faixas de neve (o autor sugeriu usar de novo a palavra "farnel", apesar de provavelmente não ser mais corrente no distante país onde se falava sua língua materna).

E enquanto depenávamos mais um e outro cacho de bagas, com os virtuosos trejeitos de uma ladra de frutas, arraigados desde que saíra dos cueiros, e ficamos na ponta dos pés para colher as bagas (sim, "bagas" e não "frutos"), só então entendemos por que esta planta também se chama sorveira-dos-passarinhos: pois os passarinhos ficavam ali escondidos, absolutamente fora do alcance da vista, até os mais raros no alto da Sierra, os chapins-da-montanha, as carriças, os piscos-de-peito-ruivo, acocorados atrás das bagas, e lá dentro, no interior dos cachos, ciscando silenciosos, sem dar na vista — e assim que você ficou na ponta dos pés e começou a colher, eles se dispersaram, não de uma vez só, mas um de cada vez, e só quando ia chegando respectivamente a vez do seu torrão naquela pequena sorveira-dos-passarinhos, um por um, cada um com o chiado e o alarido de quem fora podado em seus direitos de autêntico dono-do-cacho-de-bagas-de-sorveira-dos-passarinhos.

Segundo constava, houve uma época em que os caçadores da Sierra, não os caçadores que ainda hão de figurar nesta história, mas outros, chegaram a plantar eles mesmos algumas sorveiras aqui e ali, a fim de atrair como presa pássaros especialmente cobiçados, tanto que aquelas árvores plantadas ali, como que artificiais, além de se chamarem "sorveira-dos-passarinhos", receberam um segundo nome: "sorveira-dos-caçadores". Bagos, ou frutos?, amargos de amargar? Sim, amargos de amargar. Não, "amargos como fel".

Ao contrário de outras frutas, que eram doces de início e só depois deixavam um amargo íntimo e profundo, fazendo o comedor cuspir na hora, um amargor não só de revirar o estômago, mas de dar "ânsia" de vômito (expressão de vilarejo?), as sorvas, por sua vez, passada aquela amaridão inicial, revelavam ao paladar um gosto maior que a pura "doçura": uma intimidade (existiria algo assim, um "gosto íntimo"? sim) que se tornava cada vez mais íntima, conforme o amargo inicial ia se desdobrando. Ah, oh, hum — só "ih!" que não — as sorvas das fendas rochosas da Sierra de Gredos. (Será que combinava com a heroína ficar na ponta dos pés? Combinava, sim.)

26

Numa época que tanto faz para a história de agora, ela encarava posse e propriedade como uma espécie de "conquista", no sentido da palavra (embora diferente da conquista de "ter um filho", na qual ela continuava acreditando, agora de forma ainda mais irrefutável). E no fim dessa época? Ela já não sabia direito.

E agora, ao atravessar a Sierra? Estava feliz de estar o mais longe possível do chamado patrimônio; viver seus dias sem pensar nisso e, mais animador ainda, sem o olhar de proprietária — sem nada, portanto, que estivesse fadado no decorrer das décadas a diminuir e encolher, em vez de acalmar ou libertar; algo que incomodava e dissaboreava (sem que isso nada tivesse a ver com "sabor" nem "saber").

O quê: ela, envolvida como era com banco e economia, como que de nascença, agora uma opositora da propriedade?

Isso mesmo; pelo menos no que tocava à sua existência pessoal. E além do mais, ela também via nisso um problema belo (= digno de ser narrado), sem que fosse uma contradição. Recentemente, até algumas pessoas da cúpula do banco mundial e universal, da qual ela fazia parte — algo que teria dado para ler na sua testa antes da viagem —, tinham se manifestado contra a concepção de propriedade de sua instituição ou potentado, que só faria fingir a intenção de ajudar os sem-posse do mundo, deixando-se obstinar na verdade apenas por poder e ostentação, e haviam abandonado seus cargos, a fim de fazer algo completamente diferente, algo contra isso. E talvez agora essas pessoas estivessem aliviadas, caminhando cada uma por si num deserto assim lunar, redimidas neste ínterim de seu eterno senso de poder e propriedade, quem sabe até tramando algo novo?

Não, posse até poderia ser uma conquista episódica, mas não dava para ser a finalidade, por mais que já tivesse se tornado isso na época de Agora. Dinheiro e propriedade haviam se transformado na única e exclusiva finalidade. Os mercadores no templo? Não, o templo dos mercadores — e esse era o único dos templos que ainda tinha validade. Diante do silêncio, da claridade e da soberana consagração do templo do dinheiro, todo o resto só poderia mesmo degenerar e recair num retrocesso fundamental, alvoroçado e sombrio. Mas a ideia da propriedade, considerada profícua e libertadora até então, parecia-lhe, justo a ela, ter se desgastado, sim, fracassado. A propriedade não constituía mais ideia nenhuma.

E uma vez que nada semelhante a uma "propriedade" se interpôs em seu caminho pela Sierra e nem a tirou de seu ritmo, ela finalmente se tornou livre, libertou-se para fazer até as mínimas coisas em benefício dos outros, de uma maioria; livre para "empreendê-las". Esta ideia pelo menos a acompanhava agora, e num trecho da caminhada, "eu" ou "a gente" viraram "nós" e "você". Nós amarramos o sapato. Nós levaríamos este cristal de rocha para você, e para você esta placa de mica, e para você esta pele de cobra.

É, ela estava a caminho tanto por si como para os outros, e no ritmo do seu passo sempre se sentia com os outros. Tínhamos que ficar longe da propriedade, o mais longe possível. Já fôramos proprietários o suficiente. Com o tempo, havia poucas coisas que nos impedissem tanto de contemplar e observar — nosso grande olhar — como a proprietariedade. E à medida que nos tornamos incapazes de contemplar o tempo, deixamos de ser contemplados — e por fim, acabamos ficando fora de questão.

E ao mesmo tempo, ela se manteve ciente de que um passo em falso, um tropeço, um pé nem sequer quebrado, somente torcido, bastaria para acabar com todo esse otimismo de "nós" para cá e "nós" para lá. O véu do genérico e do épico seria arrancado, num instante cadente, de todas as coisas do mundo que víamos com nosso grande olhar, inclusive palavras como "nós", "você" e "a gente", tudo lançado para o alto, restando apenas o pequeno "eu", bitolado de um jeito completamente diferente do "eu" proprietário, ainda por cima lamentável, ridículo e, a seu ver, "nada digno de ser narrado".

E além daquele senso de perigo exterior, o perigo de perder o equilíbrio, um perigo mecânico que só ameaçava o corpo, previsível e controlável até certo ponto, havia algo ainda mais forte dentro dela, algo que a perseguia desde a sua primeira travessia da Sierra de Gredos, desde a ocasião em que se vira sozinha de repente, numa altitude média, sem seu acompanhante, sem o pai de sua filha, e esta, dentro de sua barriga arredondada, debaixo de seu coração, pronta para nascer.

E como daquela vez em que se vira sozinha com o embrião, torrando no abrasante sol de granito, um transtorno estaria para irromper de seu íntimo, incontrolável: dores, dores que nada tinham a ver com dores de parto, no entanto, com dar-à-luz, e, em vez de doerem mesmo, vinham acompanhadas de um pavor nu, sórdido — transtornando não apenas ela, mas todo o mundo lá fora, a ponto de não se saber mais, agora e agora, o que era exatamente pé e o que era cabeça, bem como norte e sul, céu e terra, horizontal e vertical, serra e planície, em cima e embaixo, grande e pequeno, corpo e plano, águia e lagarto, formiga e cabra montesa, escarpa e casa, aclive com cascalhos e metrópoles de milhões, vendo tudo irremediavelmente embaralhado diante de seus olhos. Irremediável? Irremediável.

Sim, incomparavelmente mais temível que um passo em falso seria de novo aquela queda e colapso de seu íntimo, que novamente faria com que ela se sentisse e, ao sentir a si própria, sentisse o mundo e seus fenômenos lançados num caos, sentisse o cosmos (que significava "adorno" e "ordem", não é mesmo?) endoidecendo e a criação saindo fora dos eixos, um caos que superava em pânico e confusão qualquer caos original.

"Para encontrar apoio", contou ela, "enterrei os dentes no braço e senti como meu braço criou dentes e me mordeu o rosto... Os topos dos rochedos, embora parados, se inclinavam para todos os lados. O milhano que voava em círculo ao longe, esbarrou em mim com o bico. O sapato que eu descalçara se transformou num moribundo de boca aberta. Um círculo de troncos de madeira se acorcundou, virando uma manada de elefantes, e agora mesmo me atropelariam, pisoteando a criança na minha barriga. Recuei por causa de uma nuvem que passou diante de mim. Agachei para colher algumas amoras-pretas que pendiam de cima. Desviei a cabeça de uma borboleta, como se estivesse me esquivando de um abutre. Como alguém que corta os próprios cabelos diante de um espelho — não, assim não —, eu estendia a mão para a esquerda querendo a direita, para frente querendo atrás, para cima e querendo abaixo, e vice-versa-e-reversa. E por fim fiquei procurando, em pânico, a maçaneta da porta num paredão rochoso..." (Desta vez, ela não interrompeu no meio o que estava contando: era como se não visse a hora — o autor: "Ainda se usa essa expressão?" — de poder contar para alguém mais e mais um episódio.)

Sendo assim, por mais limitado que fosse, será que o olhar de proprietário, firme-e-fixo, não era preferível a uma mixórdia tão ameaçadora como essa? A relativa segurança daquele "é meu e ninguém tasca"?

"É verdade", disse ela ao autor depois, em sua vila na Mancha: "Mesmo longe dos meus bens, enquanto vinha encontrá-lo aqui, acabei me deixando determinar — e nem foi a contragosto — por uma coisa que me pertenceu, como se assim eu pudesse evitar de sair dos eixos, como já disse. Pois então, algo que me guiou durante esta travessia da Sierra também foi a ideia de me deparar com alguma coisa específica que eu perdera antes durante uma travessia, no meio do mato ou sabe-se lá onde, nada de especial, nada valioso, uma ninharia, insignificante em si, apenas ligada a uma lembrança. Estou me repetindo? Não faz mal. Repita-se também, meu autor." — O autor: "Um xale? Uma luva? Um canivete?" — Ela: "Um xale. Volta e meia eu estava de espreita, de olho em tudo e em toda parte, para ver se achava meu xale preto perdido, mais ou menos dez anos atrás, num verão na Sierra."

O autor: "Um sim parcial, portanto, a uma propriedade móvel? Que não fosse terra, casa e imóvel? Quanto a esses bens, você quer que valha justamente o contrário do que diz aquele livro, eterno precursor do seu, onde casa e paciência são mencionadas de um só fôlego: 'ele deixou a casa e a paciência'. Mas o inverso: 'Ela deixou a casa e a impaciência'; 'deixou a casa e a intransigência'; 'pôs-se a caminho de um lugar distante, rumo à paciência', 'partiu para o desconhecido e para a tolerância'?" — Ela: "É, mais ou menos isso."

Apesar de todas as medidas e providências, chegou o momento fatídico em que tudo ficou de pernas para o alto, as casas viraram rochedos, os rochedos abrigos, e o caos se cumpriu.

Mas logo o caos perdeu o que tinha de assustador. Pois, em princípio, tudo poderia entrar nos eixos. Tudo começou, segundo consta, quando ela se concentrou num contraforte da cumeada central da Sierra escalonado no horizonte, e olhou de volta para o alto vale do rio Tormes e para a região de nascentes, de onde iniciara sua escalada pela manhã.

Ela viu Pedrada, a localidade dos apedrejadores, estendida lá embaixo. Mas será que ainda era a sua Pedrada? Será que o acampamento que ela gravara na memória não era uma concentração daquelas medas de feno em forma de cone e de pirâmide, típicas da Sierra de Gredos, distantes de qualquer povoado, separadas do agreste montês por muros de pedra cingindo-as em círculo? E esses cones de feno, bem no meio das barreiras rochosas completamente desertas — nem bois nem ovelhas —, pareciam devolutos há muito, pretos de tão velhos, empilhados ali há anos ou talvez décadas, o feno inaproveitável, os toldos de proteção reduzidos a farrapos.

A sua e nossa Pedrada não existia mais; as construções de pedra não passavam de blocos de granito emersos da superfície da Terra; "Pedrada", nada além de um nome sem correspondência geográfica, semelhante a "Puerto de Candeleda", o lugar à sua frente, em seu caminho, que já deixara de ser "passo" ou passagem havia muito tempo, mantendo apenas o nome, nem sequer sombra de um rebaixo lá no arco da crista.

E não era lá embaixo que ela divisava aquela simulação de Pedrada; as medas em forma de tenda e os fragmentos de rochedo como que alastrados por uma explosão pareciam estar no alto, acima dela, apareciam acima do seu campo de vista, apesar de ela ter subido horas a fio — como as crianças que jogam amarelinha sobre um terreno ondulado, cheio de sulcos, um sulco e uma vala para baixo, para cima, para baixo de novo e novamente para cima, até por fim o Debaixo virar De-Cima, o céu lá em cima virar inferno lá embaixo e vice-versa-e-reversa.

Ao contrário do que ocorrera na primeira estadia na Sierra, a gente sentia tais inversões como parte de um jogo de relevo e terreno que se dava automaticamente, em função do decurso e do ritmo específico que esta região serrana assumia enquanto a gente andava, subia, descia de novo, continuava subindo e, em vez de sentir aquele antigo pavor (sim, pavor, pânico) da constante reversão entre profundezas terrestres e alturas celestes, a gente passou a sentir um prazer não muito diferente do que sente esta e aquela criança ao se embolar e sair rolando pela paisagem corcovada — uma leveza e um deleite de ver que o "céu" era "inferno", e agora o "inferno" é "céu".

Do mesmo modo, ao nos voltarmos para a direção em que seguíamos, avistamos a cumeada junto ao passo imaginário de Candeleda, mas não à altura da testa ou da moleira e sim mais abaixo, mal chegando à cintura ou nem isso, como se a lomba do contraforte onde nos detínhamos fosse mais alta que a crista principal.

E entre nossos pés aqui e a cumeada da Sierra acolá (a somente alguns passos de distância, mais próxima que o curvejado das aves e dos fios de eletricidade), lá onde a cordilheira deveria representar uma paisagem de picos aspirando à estratosfera: uma baixada gigantesca, cingida no leste e no oeste, do nascente ao poente, pelas encostas escarpadas da "encumeada", dispostas em forma de uma meia-lua fragmentária em torno dessa tal baixada; baixada? antes um afundamento e uma depressão, e isso, em plenas alturas celestes, sendo que o terreno dessa depressão lembrava uma arena titânica.

E embora esta não fosse a primeira vez que ela estivesse aqui, não estava reconhecendo esta arena agora. Aquela mancha escura no fundo do precipício era um bosque que, por menor que fosse, nunca tinha existido. Mas o charco no fundo da depressão montanhosa — ou será que era um lago, por menor que fosse? — não era novo para ela, era a Laguna Grande de Gredos, um lago!; só que a água nem estava congelada e sobre ela passavam nuvens, geada? fumaça? vapor?

Ela também conhecia de antes esta miscelânea de rochas espalhadas tanto pelo terreno da arena quanto — e neste caso ainda mais embaralhadas, esmigalhadas e desparceiradas — pelos barrancões ou pelos "balcões" do anfiteatro da natureza, onde talvez coubesse dez vezes ao quadrado o de Epidauro, que já era colossal. Ela sabia que toda aquela depressão, funda feito o inferno, já estivera coberta de gelo até a borda, e que o sem-pé-nem-cabeça dos blocos, torres e lombadas, encostados entre si ou rebentados uns sobre os outros, em parte de ponta-cabeça (ou plantando bananeira ou quem sabe se equilibrando numa mão só?) era tudo o que tinha sobrado das geleiras. Sim, durante milênios, tempos atrás, dia a dia, hora a hora, reinara por toda a arena da Sierra um caos ininterrupto, tudo a tombar, se espatifar, estilhaçar, rebar e faiscar. Mas então, derretido o gelo não mais eterno, o caos se acalmara. E agora, segundo indicavam os mapas, os livros sobre montanhas e o guia sobre os perigos da Sierra de Gredos: "El cáos de Hondoneda" (ou "Hondareda"), *hondo*, fundo; "caos", esse era o nome dado às extintas geleiras liássicas — nada mais silencioso que um "caos" desses; e mesmo aqueles vultos rochosos se equilibrando numa mão só ainda se manteriam estáveis por muito tempo (longa duração?).

Mas não: a fumaça ou o vapor do fundo de Hondoneda ou Hondareda, lá no alto da Sierra, não provinha ou não vinha apenas da *laguna* — onde a geleira se gravara mais a fundo —, mas sim de um, não, de diversos, de todos os rochedos daquele caos.

Eram rochedos habitados; eram moradias. Era fumaça de fogo — fumaça de lenha, de madeira de raiz — dava para sentir até aqui de cima. Pelas travessias anteriores, sabíamos que ali embaixo, em Hondareda, no extremo mais extremo da Sierra, vivia um eremita. Mas aquilo ali não pareciam ermidas, tão próximas umas das outras, todas amontoadas. O que também nos chamava a atenção, além das inúmeras pegadas, eram, isso mesmo, as conchas de mexilhão entre o granito, no meio da areia e nos sulcos.

Até chegamos a nos deparar com conchas de ostras, brilhando feito madrepérola. Não poderiam ser fósseis? Não teria havido um oceano aqui? E que eremita comia mexilhões e ostras? Encomendava-as até aqui no alto da serra? E aquela legião de cartuchos vazios durante a subida — a cada dez brenhas um invólucro azul (que dentro em breve dificilmente daria para confundir com um pedaço do céu lá atrás)? Eremitas que viraram caçadores? Caçadores mutantes? E agora estes tiros de espingarda de caça, mais e mais; no bosque lá embaixo?

Quanto mais tempo ela se detinha aí, olhando para esse extenso precipício próximo à cumeada (ao "circo", como se dizia na região), mais contraditória se tornava a imagem, menos no sentido de assustadora do que de atraente: contraditória? salteada, sobressaltada. E aqui, no sem-veredas — para chegar lá embaixo na colônia, ela teria que ir trilhando a esmo, escalando, pulando, escorregando por aclives de areia — e na encosta oposta, rumo ao antigo passo no alto, uma pista de automóveis de verdade, em serpentina, que também não estivera ali em sua última estadia na Sierra, ou fora ignorada? O Puerto de Candeleda novamente em uso, portanto? até alargado, como nunca? transitável inclusive pela escarpa sul, pelo menos de jipe? Esta pista, por outro lado, uma reta só até o horizonte desmatado, levando qualquer um a pensar: "contraindicada como rota de fuga."

E em meio a esse caos, um heliporto, não propriamente construído, apenas um quadrado preexistente de granito e quartzo, já polido pelas geleiras, com um helicóptero pronto para levantar voo? não, apenas um desenho estilizado, gravado bem no meio da superfície de pouso com traços largos, num vermelho berrante, em escala real, provavelmente uma marcação para os pilotos que tomavam o rumo da baixada. Espingardas de caça estalando sem cessar, e ao mesmo tempo acenos dirigidos a ela durante a descida, passo a passo, tanto de lá de baixo, como das encostas à esquerda e à direita. De todas as direções dispararam contra ela cães pastores, cada um guardando seu rebanho de ovelhas, cabras e vitelas; pularam em cima dela e começaram a lambê-la.

Os respectivos pastores, ou o que quer que fossem, eram todos jovens, sem exceção, falavam por *walkie-talkies*, pertenciam às mais variadas raças, um com olhos asiáticos e rosto de índio, outro ruivo e de pele escura, um terceiro com lábios e testa de um nativo australiano, mas espichado e de bacia estreita, o próximo com um lenço sob o chapéu masculino, uma menina de pele tão clara e olhos tão pretos que — ao se defrontarem — as duas mulheres chegaram a se sobressaltar por um momento, uma recuando diante da outra, e todos os jovens pastores — que não estavam vestidos a caráter, mas com trajes elegantes aparentemente práticos, combinando com o *circo* dos paredões rochosos vítreos, verdes, cor-de-cinza e com algo de azul — faziam aquilo com uma seriedade provavelmente decorrente do fato de ainda não terem exercitado durante muito tempo, terem iniciado apenas ontem ou hoje de manhã. E enquanto se ocupavam de seu "pastoreio", treinavam ao mesmo tempo outras atividades, tocando instrumentos musicais, sobretudo alaúdes, *ud* em árabe, e tintinábulos de aço, cujo tinido combinava com o granito, e também fazendo malabarismos, andando sobre as mãos, dando cambalhotas na beira do abismo, como se realmente fossem se apresentar num circo, mas também seguindo com o dedo as linhas de um livro, batendo pedras-de-fogo, experimentando frutas da montanha, e outras coisas do gênero.

Tais rostos, com os quais qualquer um poderia muito bem se deparar num bulevar de Madri ou de Roma, pareciam mudados sob a luz da alta Sierra, sob o brilho múltiplo que clareava e aprofundava especialmente as cores e o traçado dos detalhes, um brilho refletido pela galeria granítica que circundava toda Hondareda e também pelo subsolo da plataforma rochosa, incidindo agora sobre as pessoas; uma luz e um brilho que não revelavam os traços do rosto como detalhes, boca, nariz, orelhas, mas sim como um todo.

"Como semblante?" perguntou o autor, interrompendo: — "se é que a palavra ainda pode ser empregada..." — Ela, de volta: "Pelo menos no nosso livro aqui, não é para você narrar tanto as montanhas e os fenômenos naturais da Sierra, mas antes a aparição dos rostos das pessoas na luminescência do alto da Sierra!"

27

Não que a grande depressão, baixada ou bacia anterior à cumeada máxima fosse densamente povoada. Mas durante esta travessia, que pelo menos provisoriamente deveria ser a última a ser feita por ela, por Ablaha, a baixada parecia estar cheia de gente. E isso não se devia somente ao fato de que, das últimas vezes, ela não vira ninguém lá em-cima-embaixo, no máximo um ou dois ou três eremitas que lhe cruzaram a vista.

É que aqui vigoravam relações numéricas absolutamente diferentes, ou melhor, outras percepções de quantidade. Não chegava a uma dúzia de vultos se movendo, ou apenas soltando vapores visíveis pela boca, finalmente visíveis em meio à imóvel imensidão de pedra a seus pés — isso já dava a impressão de "inúmeros".

Algo semelhante já tinha lhe ocorrido antes, enquanto ela observava as cabras montesas: mesmo que só se tratasse de um único par, duas pastando relativamente distantes uma da outra, parecia-lhe — nesta localidade singular — que era um rebanho de diversas cabeças. Ou: toda vez que um casal de borboletas se espiralava esvoaçante, parecia-lhe uma população inteira. Ao se olhar para o torrão deste estádio descomunal, ou então à volta, para as encostas ou os balcões, a percepção do espaço já era diferente da normal. A água ao fundo parecia ora um mero charco, ora um lago notável. A única construção antes de Puerto de Candeleda oscilava, em suas proporções, entre um imponente hotel nas montanhas, um refúgio minúsculo e meio arruinado, e um mero galpão de guardar ferramentas à beira de uma via de acesso ao sul (ou não passava de um antigo escoadouro de gelo, repleto de cascalhos claros?). E aquilo ali eram trilhas nevadas ou rastros de farinha entornada?

Ela descera e descera, durante uma hora? duas? meio dia? e mesmo assim ainda estava longe da primeira construção rupestre, da qual no começo já estivera a mais de um pulo de distância ou a alguns saltos de cabra montesa. Além de um sistema numérico meio confuso — confuso? não —, também vigoravam em Hondareda medidas de distância incomuns à primeira vista, até confusas a princípio, mas depois animadoras e por fim tão familiares como se sempre tivessem existido, sendo que, no decorrer da caminhada, quanto mais se andasse, tais medidas iam ficando tão claras e evidentes como os costumeiros metros, quilômetros, milhas e até *leguas* ou verstas. Seguindo, e como, sempre morro abaixo, após um bom trecho sem árvores, ela viu à sua frente um pinheiro alpestre "a poucos lanços dali", depois somente "à mão de semear" (em correspondência às palavras e imagens de antigas narrativas), e por fim, uma pessoa da trupe de observadores forasteiros "à queima-roupa".

Um tempo depois, o rei Carlos ou imperador Carlos I ou o seu imitador ou imaginador, novamente à vista lá embaixo, sem liteira nem carregadores, caminhando sozinho, sem qualquer sintoma de gota, saltitando "por montes e vales" apesar de seus quase sessenta anos, nenhum indício de reinado ou império, "rei morto, rei posto", ali postado, de boca aberta, boquiaberto? "papando moscas", a que distância dela? ao alcance de um aviãozinho de papel. E a liteira deixada de lado, ali tombada entre arbustos de genista, a que distância? Logo ali, mais ou menos "à mão tenente", não, só "era um tiro". Uma narrativa de outra época, portanto? Não, de agora (e agora, e agora).

Em contrapartida, o observador de fora enviado à região recém-povoada de Hondareda, acabando de saltar do helicóptero pousado há pouco, em companhia de muitos da sua espécie, constatou em seu posterior relatório que aquela localidade dava a impressão de ter revogado definitivamente o presente, num grau bem maior e mais obscuro que Pedrada, também situada em altitude média; que tivera uma recaída, não apenas um retrocesso de anos, mas de séculos ou milênios, a um passado superado há muito, ou seja, o "atavismo dos atavismos".

E seu relatório se intitulava *Os escanteados* ou (assim como os formuladores de manchetes de jornal e de reclames da época, ele tinha uma predileção por paradoxos e jogos de palavras): *Os náufragos do alto da serra.*

Mesmo com um "sub"-título (jogo de palavra!) desses, suas observações eram certeiras num ponto — o que não significa que correspondessem à "verdade": as pessoas lá na depressão, quanto mais perto do bolsão morassem ou "acampassem", mais "decaídas" pareciam à primeira vista. A gente, e não apenas a tropa de observadores enviada de helicóptero para lá, não conseguia evitar de sentir que, entre todas as raças humanas cruzadas e miscigenadas em todo o globo terrestre, os espécimes mais feios e profundamente desvalidos, irremediável e incuravelmente quebrantados tinham se arrastado até o alto da Sierra e se enfiado de cabeça, aos trombolhões, nesta gigantesca cova pedregosa da era glacial.

Nisso ele tinha acertado: as figuras que habitavam aquele solo aparentemente repetiam a imagem que, apesar de tudo, a gente insistia em fazer dos homens arcaicos. Será que eram seres humanos como os nossos, de hoje, de agora? Será que tinham uma consciência, uma presença de espírito tão aguçada e desperta como a nossa, a mesma rica vida moderna e desenvolvida? Ou será que aquilo que cruzava os nossos olhos lá no fundo da baixada não passava de um mero "detrito", definitivamente desgastado e sedimentado *in loco*, a borra depositada no fundo? — até o observador teria estremecido diante de uma associação dessas.

Todavia, as pessoas de Hondareda só chegavam a aparecer na soleira de seus domicílios lá no fundo do vale. (Isso mesmo, era um vale, com prados à beira do desaguadouro da lagoa e um bosque à margem de um segmento do lago, com árvores que não ultrapassavam a estatura humana.)

Mas uma vez que se chegasse lá embaixo e se adentrasse o povoado, eles pareciam ser parentes próximos dos jovens vistos há pouco por toda parte, nas escarpas íngremes: seus pais? Antes seus avós, em regra nem tão velhos, talvez tios e tias, todos com um quê de pais adotivos.

Apesar de aquilo o que eles pintavam e bordavam, faziam e deixavam de fazer naqueles quarteirões realmente esquisitos para os dias de hoje não estar à altura da época — nisso o observador também acertara em suas observações —, isso não era exatamente uma "revogação do presente".

Além e em função da relação entre os espaços e os estratos, o que contava em Hondareda era um outro tempo, ou algo assim. Mas esse tempo não valia nem vigorava por si mesmo, apenas guarnecia e acompanhava o tempo normal como uma melodia, um ritmo — de forma que se este aqui não soubesse que horas eram, o próximo com certeza o saberia.

Este segundo tempo que acabava de entrar em jogo se devia ao simples fato de que, a cada poucos passos morro abaixo, rumo à bacia de granito, já dava para sentir uma diferente zona climática e um outro vento de inverno soprando, mais frio, mais quente, morno-primavera, cálido-verão, de repente frio de gelar, até que no ponto mais baixo, todas as zonas e ventos se confundiam, concorriam e competiam.

E de certa forma, ela também deu razão ao repórter, quando os dois se cruzaram a sós e começaram a conversar, após um tempo indeterminado, na ermida atrás do posto de observação, perto do passo de Candeleda: não era inteiramente descabido chamar a população de Hondareda de "Os Escanteados".

A ambiguidade dessa palavra já falava por si. Cada um daqueles novos colonos não lembrava, de fato, um jogador sem chance, alguém colocado de escanteio pelo adversário — que, por sua vez, há muito tempo invisível e portanto impossível de ser escanteado, prosseguia seu jogo num outro lugar? Como se do escanteado não restasse nem sequer uma última imagem de despedida, apenas um gesticulado no vazio?

Mas escanteados mesmo, ainda mais e por muito mais tempo, ponderou ela ao repórter estrangeiro no final de sua estadia em Hondareda, pareciam-lhe aqueles habitantes por uma outra razão: como se eles próprios tivessem decidido, de livre e espontânea vontade, tirar o time de campo (independentemente do time em que jogassem) ou pelo menos tivessem parado de jogar aqueles jogos disputados sobretudo contra uma outra pessoa ou várias outras — como se tivessem definitivamente desistido de jogar todos os "jogos de adulto".

"Portanto, uma recusa voluntária a todos os jogos de sorte e de azar, a todo jogo de extermínio? De uma vez por todas? Esse tal esquema de jogo também escanteado para sempre lá embaixo na cova?" (pergunta do parceiro do jogo de pergunta e resposta.)

A resposta dela: "Fim de jogo, a princípio, ou pelo menos escanteio como trégua, até se introduzir uma nova forma de jogo, quem sabe, completamente diferente. Agora, neste Entretempo, os escanteados pelo menos tinham optado pela máxima seriedade possível, seja consigo mesmos ou no trato com os demais colonos — o que, no caso deles, não se expressava apenas como gravidade, mas sim como singular graciosidade ("latinismo"). Onde o senhor pensa ou *alega* ter observado um meter-os-pés-pelas-mãos, é bem possível que outra pessoa tivesse percebido dribles jamais vistos em nenhum outro lugar, quem sabe com um certo desjeito, sim, típico de quem está decidido a manter a compostura — mas que compostura, que nada — e que linda falta de jeito, esta, prestes a pairar."

Pergunta do adversário: "E é nessa desajeitada compostura dos escanteados e náufragos que se deixam observar indícios de um novo jogo?"

Ela: "Isso mesmo. Sim. Deixam-se observar e farejar. E isso leva a uma terceira leitura do "escanteio": pelo visto, eles já perderam todas as ideias e ideais, rituais e sonhos, todas as leis e, todas as imagens, por fim, as primeiras e últimas que lhes possibilitavam, revelavam, prescreviam, ritmavam, ou somente fingiam e simulavam a ideia de um outro mundo, de uma vida solidária no planeta. E ninguém dá uma bola fora dessas de livre e espontânea vontade. A gente de Hondareda foi acometida pela perda da imagem. Imagens, regras e ritmos mundialmente significativos foram-lhe aniquilados, justamente onde cada um deles acreditava estar em seu lugar de origem, em decorrência de diferentes acontecimentos externos, guerra, morte de entes queridos, traição, crime e assimpordiante, inclusive cometidos por eles próprios, em regra tudo aniquilado de um único golpe."

"De um instante para o outro, todos tiveram que entender que a imagem ou a ideia, por exemplo, do fogo olímpico sendo transportado através do continente até a próxima sede dos jogos a cada quatro ou sabe-se-lá quantos anos, ou uma outra imagem regular e rítmica que até então surtira efeito, isto é, a de que a gente pertencia a um país, a uma cultura ou até mesmo a um povo, ou as imagens de Marte transmitidas à Terra, tudo isso reduzido a zero — e essas ainda eram as perdas da imagem mais inofensivas e suportáveis. Todas as outras — e olhe que aquela perda da imagem ocorrida antes de essas pessoas se encontrarem ou apenas virem parar em Hondareda fora uma perda total — tinham um peso maior, infinitamente maior. E quem sofre uma perda dessas só pensa numa única coisa: fui escanteado! Este é o meu fim e o fim do mundo. Só que quem foi atingido por isso — em vez de se afogar, se enforcar ou cometer uma chacina contra o resto do mundo — pôs-se a caminho daqui."

"Em busca de uma nova imagem? No monte de náufragos no alto da serra? Ao qual a senhora também pertence? E ao falar da perda da imagem, a senhora está falando de si?"

E assim envolvidos na conversa, ela, a aventureira, e ele, o observador transcontinental, ultrapassaram a legendária "Grande baixa de Hondareda", encontrando-se agora num corcovado de granito liso feito vidro, em meio ao agreste alpestre, longe da colônia lá embaixo e igualmente distantes da nova estrada traçada pelo passo de Candeleda.

Em se tratando dela, não era nada incomum atravessar a Sierra desviando dos caminhos estipulados e tentando a sorte. Mas para ele, uma guinada dessas representava algo inaudito. Durante toda a sua estadia aqui, esta era a primeira vez que ele se metia no mais absoluto ermo. De início, deu apenas uns passos para o lado, e depois mais outros, e finalmente, mesmo sem ter optado conscientemente por isso, estava tão longe de seus co-observadores, de modo que esses e seus respectivos aparelhos de falar, sempre no último volume, ficaram totalmente para fora de seu campo de audição, e do campo de vista já muito antes.

Algo cada vez mais forte o atraía para aqueles confins, até que ele não resistiu mais a essa tração ou atração. Até chegou a acelerar o passo para se afastar dos outros; talvez já não fosse mais atração e sim impulso próprio. E o que significava "confim"? Aquele lugar onde estava caminhando livre, de livre e espontânea vontade, por conta própria, como podia ser um confim?

Foi nesta "solidão de águia" — era assim que ele, sozinho sob o céu azul, quase preto, sentia este seu passeio — que ele se deparou de súbito com aquela outra pessoa ali. Mesmo antes de atinar que se tratava de uma mulher, daquela mulher, veio-lhe à mente: ele e ela, a outra, se conheciam, e não era por bem. No lugar onde haviam se encontrado antes, certamente havia fechado o tempo, apesar de não serem inimigos declarados.

Mas como? E onde? E quando? O repórter não conseguia porque não conseguia se lembrar — repórter não, ele já não era mais ele àquela altura e naqueles confins do mundo, já deixara de ser "observador" —, e logo após avistar o outro ou a outra atrás da comarca de Hondareda, isso também já não lhe importava mais. E ao se aperceber de uma segunda pessoa que, para sua surpresa, parecia caminhar com a mesma liberdade que ele, o homem teve um sobressalto, deu um salto de alegria na direção do outro caminhante com o qual já estivera em pé de guerra, seja como fosse, e isso já não tinha a menor importância!

O que importava, então? Por exemplo, o fato de que acabava de se realizar um desejo do qual nunca tivera consciência até então: o desejo de encontrar, naqueles confins, longe do cotidiano e dos afazeres diários habituais, este e aquele conhecido que ele nunca suportara, maligno ou até inimigo mortal; e agora, nada além de um par de olhos e de um segundo par de olhos, assim a sós, a olho desarmado, conversando com o outro sem armas, como jamais viria a ocorrer a mais ninguém; sentindo na própria pele, por exemplo, que as inimizades e aversões cotidianas talvez não passassem de fantasias malignas, apesar de eficazes, "externas, não eternas" (trocadilho dele).

Mero desejo? Sim. Mas o que depõe contra o desejo? perguntou-se o observador em silêncio, continuando a representar, por enquanto, o repórter e pesquisador de campo enquanto conversava com a bela errante, sua ex-inimiga ou quem quer que fosse, sobre os rochedos vítreos, cercados de mato, gelo e cascalho: será que meu desejo inconsciente não acabou de se tornar consciência e possibilidade, ou seja, posso, devo, tenho direito de realizá-lo, algo que dificilmente se aplicaria a outras maneiras de pensar? Tenho direito de? Tenho que? Está nas minhas mãos.

Porém, não dava para negar que o primeiro instante em que avistara sua adversária aqui neste fim-de-mundo tinha sido uma faca de dois gumes: por um lado, sentira por dentro aquele pulo de alegria até então disfarçado, um salto inextinguível em direção aos outros — mas em compensação, não, simultaneamente ao salto ou sobressalto conciliatório, o observador foi perpassado por um impulso diametralmente oposto, ali no meio daquela desconhecida paisagem da Sierra — o impulso de apagar essa figura, esse ser adverso — tirá-la de circulação — chaciná-la — exterminá-la — e esta era a oportunidade!

E a outra com certeza sentira a mesma coisa num primeiro momento, vira-se no mesmo dilema que ele: pular de alegria ou (jogo de palavras) dar o pulo do gato numa luta de vida ou morte?

E durante aquela conversa no topo da pedra, na qual ambos apenas fingiam animosidade, que pasmo ele não ficou no momento mencionado acima ("Ao falar de perda da imagem, a senhora está falando de si?"), quando ela, a errante da serra, agarrou o observador oficial estrangeiro pelo rabo de cavalo — outros de sua trupe também usavam esse penteado —, ceifou-o de um só golpe com seu canivete e o arremessou para longe no deserto cascalhoso.

E agora sim ele reconhecia a mulher: fora ela que lhe dera aquele chute na véspera, algumas semanas atrás ou quando fora mesmo? Mas essa cortada de cabelo não era um ato de inimizade. Era o quê, então? "Um novo ritual? Uma nova imagem?" E os dois ainda continuariam por um tempo a debater sobre as imagens e a perda da imagem.

Mas isso não é tudo. Uma coisa por vez — este episódio ou estação foi apenas uma antecipação: ainda há mais coisas a se contar sobre a Dona Caminhante e seu encontro com a gente da baixa da encumeada.

28

Ela passou mais tempo que o previsto em Hondareda, fazendo jus a uma forma de cumprimento comum na colônia: "Estamos aí para o que der e vier!"

Quanto tempo? Horas? Dias? No decorrer de tudo aquilo, o tempo não importava mais, pelo menos não como de costume. Assim como as medidas usuais de tempo e de espaço continuavam existindo, mas não significavam praticamente nada para os acontecimentos, podia-se dizer que as horas, os minutos, os segundos e outras marcações do gênero — caso ainda não tivessem sido suspensos — eram unidades a serem desconsideradas por esse período de tempo, e ao se infiltrarem na história, de vez em quando era só para importunar e provocar um desencanto desnecessário.

É claro que o tempo continuava vigorando lá no mais alto vale da Sierra, mas suas unidades não podiam mais ser medidas ou determinadas de fora, por quaisquer cadências de relógio.

Durante o episódio de Hondareda predominavam outras unidades de tempo, digamos, sem cadência, fortemente condensadas, conglobadas e ao mesmo tempo rarefeitas, oscilando a vante e a ré, mantendo a harmonia mesmo sem a cadência do tiquetaque, mais e mais.

Quando os horários normais se furtavam ("furtavam"? sim) entre aqueles intervalos atravessados, tão distintos de outros quandos — "por um segundo?", "dois minutos depois", etc. —, enfraqueciam o encanto do tempo, o que na opinião do repórter era "bastante suspeito", mas aos olhos da contratante reforçava o real e o Agora da história, içando-lhe velas. Ao contrário das medidas de distância reintroduzidas na baixada ou recém-cunhadas sem qualquer artificialidade ou arbitrariedade — "a duas pedradas dali", "a um salto de cabra montesa", "em distância de binóculo", etc. — não surgiram denominações especiais para a medida de tempo que vigorava agora, nem sequer algo como "num instante de meio-sono" ou "após uma segunda noite de sonhos"; pois não se tratava de sonho nenhum.

No máximo, quem sabe, "uma lufada de vento depois" ou "após mais uma martelada" ou "antes de virar a próxima página" ou expressões já desgastadas, mas bastante significativas para a temporalidade de Hondareda, como "num piscar de olhos" ou "após um longo instante".

Uma mostra de que o tempo da travessia do vale se distinguia claramente do tempo normal cronometrado (não que aquele fosse menos normal ou natural?) era, quem sabe, o fato de ela — detendo-se durante o percurso e andando por vezes em círculo, como se tivesse se perdido de propósito — ao contar tudo isso ao autor posteriormente dizer "e ainda... e ainda... e ainda...", em vez de "então... e então... e então".

Aos olhos dela, havia uma relação entre as medidas de tempo daquele lugarejo, avessas a qualquer determinabilidade, e o fato, "sim, o fato" de que o dinheiro, uma vez que ainda circulava entre os colonos de Hondareda, de preferência só existia nas formas ou personificações mais arcaicas possíveis (mais um retrocesso?) e sobretudo em aparições como que impossíveis, como cristais de rocha ou, antes, pedaços de mica ou, melhor ainda, bolas de esterco de camurça ou, o auge de tudo, avelãs e castanhas secas (falsificador, quem pagasse com vazias!), além do fato de que, na colônia, as medidas de peso e de quantidade mundialmente reconhecidas, o grama, o quintal, a onça, o pud, as toneladas, não tinham sido somente abolidas, mas estavam proibidas, e isso, apesar de os novos colonos só terem chegado ali recentemente e, em meio a toda aquela desordem, ainda estarem para organizar o estrito necessário.

Quem deixasse escapar, por exemplo, que coletara "dez litros de mirtilos em duas horas", ou "vinte libras de cogumelos em trinta minutos", ou caçara "meia tonelada de javalis", ou colhera em sua estufa "um quintal de batatas, quatro alqueires de cevada, uma onça de tabaco e oito gramas de açafrão" era punido com desdém.

Na baixada, as únicas medidas de quantidade válidas — lei não escrita, como todas as leis locais, vide "atavismo" — eram "um punhado", "duas palmas cheias", "uma braçada", "todos os bolsos", "uma corcova" e coisas do gênero; embora mal tivesse sido fundada, a colônia já estava rigorosamente enredada em costumes e numa espécie de direito consuetudinário.

E o observador qualificou isso — vide circulação monetária, vide designações de medida — como "pura criancice". Além do mais, Hondareda nem chegaria a ser uma "colônia", mas — por culpa própria — não passaria de um "depósito", voluntário; presunçoso. Ela até entendia o que o homem queria dizer com isso (sem lhe dar necessariamente razão — coisa que ele nem esperava mesmo, pois já achava estar com a razão de antemão).

Os habitantes daquela depressão alpestre podiam parecer muito estranhos, pelo menos de um determinado ângulo ou ponto de vista. Será que não eram, na verdade, prisioneiros, de si próprios e de quem fosse, refugiados que até agora não tinham se acostumado à sua existência de fugitivos; que mesmo aqui, onde evidentemente estavam em segurança, ou não?, continuavam urgentemente em fuga? E ao contrário de seus descendentes, jovens que talvez nem tivessem vivido a fuga: eles haviam cruzado o caminho da forasteira nas claras lombas rochosas sem qualquer ar de desconfiança e em absoluta impassibilidade, enquanto os das gerações anteriores, visivelmente aquartelados ali, recuaram em sobressalto, unânimes, quando ela virou lá embaixo em meio ao caos de rochedos e adentrou o povoado.

O que ela vira de longe, no limiar do vale lá embaixo, e tomara por um aceno: será que não havia sido antes um sinal coletivo para enxotar a intrusa, em coro, por assim dizer? As pessoas de Hondareda, cada qual em seu lugar, recuaram de susto ao verem aquele ser desconhecido aparecer por entre as habitações rupestres, como se fosse um inimigo que as tivesse perseguindo e quisesse lhes tirar a vida desde o lugar de onde fugiram; por mais que não fosse tanto na mente ou no íntimo, mas mais na superfície do corpo, nos nervos, na pele e nos cabelos, a gente de Hondareda estava em permanente estado de guerra; e o inimigo, mesmo sendo uma única pessoa, como esta mulher agora, continuava exercendo, como sempre, um poder opressor sobre elas — mesmo que tivessem armadas, só faziam se espavorir e fechar os olhos — fazer-se de cegas como antes, como se isso significasse se tornar invisível.

Era assim que a população do rebaixo reagia a quem chegava, mas somente num primeiro e breve momento. Depois de algum tempo, de uns giros de águia, uns gritos de gralha montesa, uns acordes de gelo no lago semicongelado, ela foi percebendo que naquele lugar tudo recuava de susto, sobressaltava-se e saltava-fora-do-caminho; não só diante dela, não só diante dos forasteiros (num piscar de olhos ela deixou de ser vista como tal), mas por nada e coisa nenhuma — caso a sombra repentina de uma ave ou de uma nuvem e outro som tão imediato quanto não fossem nada-e-coisa-nenhuma.

Sobretudo os ruídos, por mínimos e mais longínquos que fossem, com uma presença fantasmagórica e descomunal no gigantesco anfiteatro de pedra, saltando de rochedo em rochedo, explodindo ora à direita, ora à esquerda, ora diante, ora atrás de mim, contribuindo para que eu — assim como o homem ao lado, meu co-eremita, meu vizinho — me abaixasse involuntariamente na viela seguinte, em meio ao caos rochoso, ou me jogasse com tudo no chão ou desviasse para o lado.

O repórter era da opinião de que no caso desses fenômenos, tratava-se de típicas lesões auditivas que afetariam não apenas aquela gente do enclave de Hondareda, mas nesse meio-tempo quase toda a população da Terra: algo a ser observado, nos dias de hoje, sobretudo onde as esferas de ruído da civilização não se manifestariam *in loco*, no local exato de sua emissão, mas como ruídos fantasmáticos, para além dos sons, tons e sinais cotidianos da civilização, saltando às nossas costas em forma de fantasma, sobretudo em lugares teoricamente recônditos, em meio à natureza, longe de máquinas e aparelhos, no ermo, atacando nosso organismo exatamente como a barulheira original nos centros deste civilizado planeta.

"Tomemos como exemplo o solitário caminhante contemporâneo, crente de ter se livrado de todas as maldições da civilização, em marcha, digamos, através do semideserto do Arizona ou de um deserto todo na Mongólia: basta o vento lhe sibilar às costas, e ele, numa ilusão auditiva, ricocheteia atônito para o lado, desviando de um suposto tropel-de-monociclos-campina-adentro — sendo que, em casa, na periferia da cidade, com certeza o teria deixado passar serenamente. Uma guizalhada de grilo mal se eleva de viés pela estepe silenciosa, e ele toma o ruído por quatro mil tiquetaques-de-relógio-de-escritório, tão penetrantemente torturantes como jamais teria ouvido em seu próprio escritório. O mais discreto atito de pássaro no espinheiro — e ele ouve um toque de telefone, tão estridente, tão hostil e destruidor-de-devaneios, como nenhum outro jamais soou a seus ouvidos."

"E pelos sectários de Hondareda — admito, pacíficos —, podemos ver que nossa civilização não tem escapatória — e por que haveria de ter? Que quem tenta fugir dela é alcançado por ela — e, ao alcançá-lo, como fantasma, aí sim, ela se torna o mal que até então era só imaginário!"

Ela, por sua vez, não considerava os *hondarederos* nem fugitivos do mundo, nem lesados da civilização. Tanto no que tocava à pessoa deles, como em nome da história a ser narrada aqui: eram sobreviventes. Com exceção dos jovens, cada um deles tinha atravessado sozinho e à sua maneira o vale da morte. Todos igualmente assustadiços e trêmulos, inclusive os que haviam feito a travessia há muito tempo.

Quanto a suas confrontações com forasteiros ou pessoas que não faziam parte, não há como negar que eles eram pura reação e puro reflexo. Em tais reações e reflexos exteriorizava-se, todavia, apenas a primeira e mais superficial camada da existência e do corpo desses sobreviventes. Por baixo disso — por trás? ao lado? no meio? onde fosse, no corpo e na alma — ela, vinda de fora, sentia em determinados sobreviventes um entusiasmo, uma alegria de existir e uma gratidão que se mantinham ocultos, sem terem sido liberados ou colocados para fora (ainda?).

Como ela podia sentir uma coisa dessas? É que ela própria era uma sobrevivente. E numa breve troca de olhares, após ter lhe virado a cara de início, aquele "punhado" de gente no fundo do vale, o núcleo dos novos colonos, sabia que ela também era uma sobrevivente. E assim se abriram para ela, sem cerimônia; porém, jamais em conjunto — em Hondareda não havia, de mais a mais, nenhuma praça ou qualquer local coletivo —, mas individualmente; cada um em seu esconderijo, como que virado de costas para o vizinho do qual se distinguia em princípio.

E também esperavam que ela se abrisse? Até a partida daquela forasteira, "um espaço de tempo", "uma lua", algumas luas depois, nenhum dos moradores do vale-na-cumeada-da-Sierra ficou sabendo quem era ela. Mas também, do jeito que ela se deslocava pelo país e pelo continente há tanto tempo, sem profissão, sem *status*, nem papel, não havia mais como reconhecê-la, nem como rainha da economia, nem como estrela de cinema.

Ninguém queria saber nada dela, nem nome, nem família, nem precedentes, nem amores, nem língua materna ou paterna, nem país de origem, nem lugar de destino — ela era tratada sem envolvimento nenhum — tanto melhor — tanto melhor? "A única coisa que os diversos indivíduos dessa estranha linhagem sem órgão de representação étnica" (expressão do repórter), dessa "linhagem de eremitas" (o próprio) cobiçavam saber da bela desconhecida, "uma beleza para a qual essa horda atávica não dava a mínima", ou seja, a primeira pergunta que cada um deles lhe fez após adquirir confiança nela, uma igual, sobrevivente como eles, uma pergunta que cada um formulou em seu próprio idioma, diferente da língua do vizinho ao lado: que caminho ela teria tomado até aqui através da Sierra de Gredos, quais subidas e descidas até Hondareda — que entre eles não podia ser chamada de "Hondareda", mas — em diferentes pronúncias — apenas de "Manso Remanso".

Ela não podia omitir nenhum detalhe de sua narrativa de itinerário; sobretudo desvios e rodeios geravam entusiasmo de ouvinte para ouvinte, ou talvez, em outras palavras, animasse cada um deles a segui-la, e assim, de estação em estação, ela ia inventando cada vez mais detalhes. Como eram crédulos esses "lavradores do solo pedregoso" (o observador), quando se tratava de narração — bastava a tomada de fôlego inicial, a construção das frases, a intonação e o ritmo, que seus ouvidos iam se aguçando e seus lábios se abrindo de espanto — mesmo que o conteúdo não tivesse nada de se admirar. ("O que é humano para você?", perguntou ela ao autor, e a resposta dele: "Fazer a você as perguntas certas e fazê-la narrar dessa forma." Desta forma? Sim. E tratá-la informalmente por "você" aqui era mais do que pertinente.)

E foi assim que ela, a que narra, ficou sabendo que seus ouvintes também eram sobreviventes de certa forma, como ela. O quê?, ela, que antigamente ajudara a determinar o que se passava no sistema bancário e no mercado financeiro, decididamente sem qualquer sentimento, uma crédula? Sim, desde sempre, desde a infância no vilarejo. "Para ela se podia contar qualquer coisa!" ("Para mim também!" — exclamação do autor.)

Para além da narração, contudo, em outras declarações e contextos: mesmo não se tratando de uma desconfiança interiorana, ela era tomada de imediato por um ceticismo fundamental, assim como aquela gente; sempre perguntando para se certificar de novo, com uma descrença difícil de desconvencer, nem mesmo com o mais lógico argumento.

E outra coisa que eles tinham em comum com ela, a mulher trazida pela neve, era aquela falta de jeito; um desajeitamento que, tanto no caso dela como no de cada um deles, só se manifestava após uma série de ações e movimentos jeitosos, não, notavelmente graciosos (destrezas manuais, harmonias corporais, deslocamentos do ponto de equilíbrio que pareciam suspender a gravidade), como interrupção brusca dessa sequência de cirandas executadas com toda desenvoltura.

E após um longo domínio de si próprios e sobre as coisas, mais nítido ainda o desjeito que os acometia. Mais assustador ainda. Mais "constrangedor" (o observador). Mais "decepcionante e desencantador" (o próprio). "Tropeços e tropicões, gafes, mãos-furadas, enrolos-de-língua, inversões de cima e de baixo, passos em falso, tombos, cabeçadas em rochedos e árvores — todas essas coisas insuspeitas são a prova cabal de que o equilíbrio e a superioridade dos quais cada indivíduo da trupe de Hondareda vivia se gabando eram apenas fingidos. Seu desajeitamento generalizado, bem como seu jeito de executar uma sequência de ações admiravelmente delicadas, para depois explodir pouco antes de completá-la, destruindo tudo, trabalho e obra, justo no penúltimo ou último segundo, no último átimo de segundo — isso só desmascara o engodo com que os *hondarederos* pretendem iludir a nós e cada vez mais a si próprios, o engodo que representa esse seu plano — até hoje nem sequer esboçado, quanto mais escrito e fixado, nem sombra do plano de um plano — de uma Vida Nova."

E neste ponto ela também estava de acordo com o repórter. Até sentia uma espécie de admiração pela observação que ele fizera de um fenômeno tão particular como a falta de jeito. Só que ela, irmã e co-sobrevivente no desjeito, enxergava de novo algo para além disso. Para o repórter, com sua perspectiva estritamente externa, aqueles encontrões e topadas, enfim, aquela verdadeira calamidade pública não era nem para rir, nem para chorar, não passava de mais uma prova do engano-e-engodo daquelas existências; ela, porém, testemunha ocular e aparentada, mal tinha começado a rir e "na sequência" já ameaçava cair no choro.

Ela jamais teria ficado com lágrimas nos olhos por causa de seus próprios desengonços — mas pelos da sua gente, sim; era simplesmente de cortar o coração a constante inversão daquilo que, nos filmes antigos, se conhecia como a sorte de "ser salvo pelo gongo": tombos um segundo antes do final feliz ou do encerramento de uma série primorosa de acrobacias. Será que era porque ela enxergava sua própria existência no que ocorria a essas pessoas? "Não." Porque essa era sua visão de mundo? "Não" — confessou ela depois ao autor, na vila da Mancha —, "a verdade é que aqueles contínuos infortúnios (em geral apenas pequenos maus jeitos que, no entanto, justamente por enviesarem os momentos de êxito, adquiriam a dimensão de um desastre), como que sistemáticos, sempre a espelhar a minha pessoa, me fizeram atinar que eles lá e eu aqui, nós, sobreviventes, na verdade não tínhamos sobrevivido direito."

"Sempre havia um pedaço de nós, de mim e dessas pessoas estatelado no chão, no limite da morte, um embrulho abandonado. E a outra parte, que dançava sua dança de sobrevivência quase levitando, estava sob constante perigo de ser magnetizada pela gravidade descomunal daquele embrulho, sob o risco sair da órbita de sua dança e despencar como ele."

"Por um lado, eu e a minha gente éramos sobreviventes como só: prestíssimos, prestes a, em suspenso — por outro, sobreviventes apenas na aparência, no fundo na lona desde aquele momento da grande queda, morrendo, morrendo."

A seu ver, no entanto, essa sobrevivência quebradiça tinha um lado bom: de todos os sentidos, o que mais havia se aprimorado era o paladar. Não que as outras percepções sensoriais não fossem refinadas. Mas no final das contas, não passavam de argúcias e extrapolações, talvez até desvios e equívocos.

Os equívocos e o pânico auditivo já foram mencionados. Quanto aos objetos do campo visual externo aos seguros limiares da nova colônia, a visão se dava em grande medida pelo canto dos olhos, e assim as coisas na verdade inanimadas se animavam e o que era imóvel entrava em movimento e assimpordiante. E toda vez esses movimentos aparentes significavam mau agouro ou azar para os novos colonos. Alguém, uma pessoa de confiança, um jovem cairia de uma escarpa. Ou um inimigo de morte atacaria a pessoa (embora só fosse uma das frequentes lufadas de vento súbitas castigando um arbusto avulso de genista).

Igualmente passível de equívocos era o olfato dos sobreviventes. Por mais aprazível que fosse, não havia aroma — e que aromas dava para sentir na Sierra, até o ar puro um verdadeiro perfume — onde não tivesse se imiscuído de imediato um certo fedor de putrefação.

O tato, por sua vez, praticamente inexistente, mais parecia ter se atrofiado entre a população de Hondareda, pelo menos entre a "tropilha" (ela) ou a "leva" (ele) dos primeiros colonos lá embaixo; e isso — neste ponto, os dois forasteiros concordavam — praticamente não tinha relação nenhuma com sua idade já avançada.

Todavia, o repórter questionou de imediato a observação de sua interlocutora, a aventureira estranha-conhecida, segundo a qual as pontas dos dedos das pessoas em questão tinham ficado dormentes e amortecidas desde sua quase-morte. "Como a senhora sabe disso?" — Ela: "Sei por experiência." — Ele: "Saber por experiência não vale neste caso." — Ela: "'Ele (ou ela) sabia por experiência própria', isso consta dos livros antigos, dos documentos de todas as línguas oficiais originárias, e essa fórmula sempre foi legítima, desde o princípio."

Para ele, por sua vez, esse saber não provava nada, longe disso. Mas um fato comprovado por dados congruentes, constatado numa quantidade representativa de "sobreviventes contemporâneos" era que seu paladar "conquistava pouco a pouco a absoluta soberania". Nenhuma pessoa normal conseguia degustar como tais sobreviventes, deliciar comes e bebes, saborear o gosto antes e depois, salivar, deixar derreter na língua e circular entre lábios e palato, sem engolir nem um pouquinho, sem que aquilo que acabava de se transformar em átomos de vida passasse pela digestão e circulação, mas apenas pelo paladar mais minucioso e sem-fim, deixando tudo fulgurar pelos olhos, faiscar pelos ouvidos, dissipar-se pelas narinas, transpirar por todos os poros do corpo, sobretudo pela face, pela testa e especialmente pelas têmporas.

E qual seria a vantagem disso? Não era segredo nenhum o fato de os *hondarederos*, por mais esfarrapados e torpedeados que parecessem, não serem nada miseráveis. Mesmo que não tivessem acumulado tesouros em sua vida anterior, também não eram mendigos — viviam "abafando a banca e o banco" (trocadilho), outra coisa que ela tinha em comum com eles, talvez mais que a sobrevivência até.

E apesar de andarem sem dinheiro aqui na depressão da Sierra, sem o querido dinheiro, isso não significava que tivessem renegado patrimônio e propriedade: nos vales atrás das cumeadas, até o Atlântico e o Mediterrâneo, e mesmo além dos oceanos, esses autonomeados resgatadores de uma *vita nuova* tinham crédito ilimitado, cada um deles. Eram campeões mundiais em paladar, não dava para negar — graças à trindade de sobrevivência, ar da montanha e, sobretudo, existência de luxo. Será que essas senhoras e esses senhores, após terem sido escanteados de tudo, não teriam vindo até aqui apenas para se embebedar e encher a pança, vide as conchas de ostra a cada passo, por exemplo?

Quando os dois tiveram essa conversa, logo abaixo de Puerto de Candeleda, sobre rochedos de granito lisos feito porcelana, ela já tinha sido convidada várias vezes para comer na casa dos novos colonos da Sierra — toda vez, apenas o convidador e ela à mesa, cada refeição vinculada a um monólogo do anfitrião e cozinheiro — de modo que pôde dar ao observador mais ou menos a seguinte resposta, naquela ocasião:

Em primeiro lugar, as conchas de ostra não seriam restos de comida dos moradores — ela exigiu, a partir de agora, que o autor reproduzisse em discurso indireto os comentários feitos por ela no diálogo com o observador —, mas deveriam ter ido parar ali, naquela bacia glacial convertida em vale verdejante, amarelo-cereal e azul-água e transformada em ponto de atração, pelas mãos dos vagabundos transcontinentais, ou seja, por aqueles autonomeados "novos-nômades" (uma manifestação de época já esmorecida há muito): além de um piquenique de ostras no alto da serra, também já estivera em voga entre eles devorar um lanche de carne de camurça num bivaque no deserto ou um patê de pinguim num vagão panorâmico transantártico.

E sua gente continuaria se dando a certos luxos de vez em quando, não necessariamente ingredientes extras ou importados. Um verdadeiro luxo seriam os extratos tirados das fendas e estratificações mais recônditas e magicamente férteis — uma magia natural, a mesma magia das leis da natureza. Eram coisas que normalmente davam e cresciam numa altitude daquelas, tão escassas e raras como em outros lugares, digamos, bagas de zimbro e de arando, sorvas, roseira-brava, carapulos comestíveis, azeitonas da Sierra e coisas do gênero. A única diferença seria que, em decorrência do aquecimento climático, o sol que aquecia os rochedos fazia com que se concentrasse em cada um desses pequenos frutos da montanha a mais pura essência.

Não haveria, portanto, maçãs e uvas do porte do Éden ou de Canaã; porém, as poucas coisas a serem descobertas a olhos nus — só por essa razão já representariam um luxo, ou melhor, um tesouro — já seriam por si sós uma refeição inteira, verdadeiras iguarias, tanto servidas como guarnição de pratos cotidianos ou sozinhas, fazendo jus à palavra *délicatesse*.

Na realidade, a depressão de Hondareda não seria tão carente e adversa como o nome e as primeiras impressões (não só as primeiras) poderiam dar a entender. Todas os milhares e zilhares de alcantis de granito expostos após o degelo das geleiras, espalhados a esmo pelo vale até a cumeada lá em cima, polidos liso-luzentes, penetrados por veios de quartzo de um branco ofuscante, representariam — ao refletirem assim contra este sol sempre oblíquo, sobretudo agora nesta estação do ano, ainda fria — um sistema de fornos solares naturais, nada fracos, capazes de continuar aquecendo inclusive à noite, discretamente usados pelos colonos — até pelos mais desajeitados e desengonçados, que num piscar de olhos se transformavam em técnicos e engenheiros — para suas moradias rupestres, para os fragmentos de plantação facilmente confundíveis com montes de entulhos e para as estufas esporádicas (reduzidas aos olhos do observador a montes de detrito, cacos de vidro, chapas onduladas, papelões, caixilhos de janela estilhaçados, entre os quais se proliferavam ervas daninhas verde-bexiga, amarelo-enxofre e cinza-bolor).

Sendo assim, a sua gente, aqueles gatos pingados do Manso Remanso seriam, no fundo, criaturas de luxo, mesmo sob a fachada de terem ido parar casualmente na região, subjugados a essa parca subsistência; inclusive aquele lado de sua existência designado pelo repórter, com toda razão, como "retrocesso à economia de caça e coleta" também faria parte desse luxo, pelo menos quanto à raridade e — não só por isso — preciosidade, quanto ao petisco da presa.

E com isso ela retornava ao paladar dos *hondarederos*, o sentido que sobrepujaria os demais. Nenhuma das refeições para as quais ela foi convidada teria se reduzido a encher a pança ou se empanturrar. Muito pelo contrário, aquelas refeições raras (em todos os sentidos) teriam sido para saborear, experimentar, bebericar; saciando, porém, a fome e a sede, como nenhum outro prato ou bebida. Assim como os novos colonos teriam se tornado técnicos, montadores e inventores por conta própria, por força das circunstâncias, sem qualquer estudo, também teriam se lançado, sem aprendizado nem intenção, como artistas culinários somente por meio do que ali frutificava e se deixava beneficiar.

E esses cozinheiros comeriam o que haviam preparado com um entusiasmo raramente visto em outros lugares. Em companhia de seu conviva, eles inalariam os pratos. Se não chegavam a devorá-los, nem por gula, não seria em respeito às "boas maneiras": tragar com voracidade aquelas unidades, sim, "unidades", seria algo impossível.

Era no paladar que estaria concentrado aquele sentimento de vida e sobrevivência. E nesse tipo de paladar também estariam concentrados ("não, reunidos", ela para o autor) todos os outros sentidos prejudicados pelas pré-mortes. Esse iguariar-se seria ao mesmo tempo ver, ouvir, cheirar e tocar; e todos esses sentidos, unidos com todo o tato, por assim dizer, teriam reencontrado dessa maneira seu próprio ritmo e, no tocante ao tocar, sua verdadeira função.

Seria uma forma de comer que teria contribuído para curar e unir os sentidos, sem jamais se tornar hábito. — "Sentidos unidos, sensualidade?" — Isso também; mas entre os imigrantes de Hondareda — cujo segundo nome, propagado entre eles, era La Mojada Honda, Pastagem Funda, Barreira Funda — esses sentidos unidos teriam um efeito ainda maior sobre os pensamentos; nem tanto sobre um pensar sem objeto, mas mais sobre a ponderação e a reflexão contemplativas, que contemplam-uma-coisa-ou-um-problema.

Naquele lugarejo, cada refeição representaria ao mesmo tempo um momento de reflexão — não aguçada, mas potencializada e elevada, um momento em que a contemplação exterior e a interior seguiriam de braços dados, acompanhadas de um ânimo raro por ali; e como resultado, uma eloquência igualmente incomum, distante de qualquer bate-papo de mesa, próxima do desembaraço que se libertou da mudez e dos monólogos silentes que erram em torno de si mesmos; próxima do excesso e do mais puro e cordial absurdo — como seria o caso de tanta gente que, após a estadia na zona da morte, reencontraria o ar para respirar e, consequentemente, a língua para falar.

Comer e beber seriam coisas que influenciavam aqueles perdidos e seus confusos sentidos, pensamentos e palavras, assim como a leitura influiria em outros sobreviventes comparáveis a eles, não a leitura que se resume a dar uma lida, folhear as páginas a esmo ou devorar o livro, mas a que consiste em seguir compassadamente, soletrar e decifrar certas passagens, e se for o caso, incorporar algo apenas ao se inalar, ins-(e ex-)pirar. Um iguariar-se desses significaria, na mesma medida que o ler e o passear rítmicos, um ganho de tempo em dois sentidos.

Como no caso de tais leitores e de sua visão do livro, o paladar daqueles sobreviventes comedores os teria levado a elevar os olhos e erguer a cabeça, e isso por sua vez os teria levado à contemplação, e esta ao desprendimento de si, e este ao desapego, e este por sua vez à excitação, e esta finalmente à vontade de comunicar e partilhar — assim como, no caso dos leitores já mencionados, teria despertado o desejo de ler em voz alta para alguém ou até ativado um desígnio antigo, uma ação adiada por muito tempo, tempo demais, e que só agora, ao ler, ao degustar, é que teria se tornado possível e acessível —, mesmo que uma ação dessas, seja diante das comidas ou diante dos livros, só viesse a se exteriorizar no ato um tanto absurdo de abraçar um desconhecido x-qualquer.

29

O repórter terá replicado o seguinte: "Barreira Funda? Manso Remanso? Entre nós, observadores estrangeiros, a bacia de Hondareda tem outro nome: Clareira Obscura. E agora não se trata mais de paradoxo nem trocadilho: a senhora não deverá ter ceifado em vão meu rabo-de-cavalo! A denominação Clareira Obscura remete, na verdade, a uma observação comum a todos os que foram mobilizados até aqui: graças ao cinturão verde recém-reflorestado que circunda o solo da bacia ou arena, a área circunscrita tem o caráter de uma clareira clássica, uma *clairière*, uma *tschistina*, um *claro* — em todas as línguas, o termo tem a ver com 'claridade'. Mas em Hondareda, quanto mais se olha, mais claro fica que essa claridade, ainda mais densa nas rochas e casas rupestres luminosas e lisas, mistura-se à escuridão específica deste lugar, sim, a uma obscuridade. Apesar da pretensão de se viver numa clareira, o obscuro é que mantém a supremacia. O interior das florestas de coníferas densamente intrincadas ao redor é de um negro impermeável a qualquer luz. E esse negro não se limita à floresta. Abarca todas as áreas desmatadas. É verdade: o sol da serra, junto com seu reflexo no lago glacial, mais colorido, variado e quente por causa das cúpulas de granito arqueadas, de uma lisura realmente admirável — a senhora está vendo, não sou apenas observador! —, proporciona uma luz mais intensa no perímetro do povoado, algo que jamais encontrei em nenhuma outra clareira do mundo."

"É verdade: Quando a gente pisa aqui pela primeira vez, diz para si mesmo sem querer: Que lindo. Que beleza. Onde estou? A gente não quer mais ir embora. A gente? Eu. Algo começou. Está começando. Vai começar. Vou começar alguma coisa. Vou repensar — maior, mais vasto — mais claro, por conseguinte. Cordial. Movido pelo amor, voltado para o amor."

"E de todas as últimas vezes que vi a clareira diante de mim, após uma longa subida desde o vale de Tormes lá embaixo ou após a descida até o nível da bacia, senti dentro de mim uma ebulição por um átimo de segundo — algo como um momento de voo (que desde que deixamos de andar a pé e passamos a vir de helicóptero até aqui *não* acontece mais — que sossego, enfim, graças à objetividade)."

"Mas já naquela época, ao adentrar a clareira, após cinco ou oito passos em direção ao centro, evidenciava-se com toda nitidez: aquela luz singular era uma ilusão. Apenas um sentimento. Não contava. O que conta e predomina é o negror-carvão-e-corvo investindo contra a gente a partir daquele centro irradiado pelo sol e todas as cores de meio-dia, de dentro da área arborizada que o envolve, com o caráter de uma selva de tempos remotos, embora recém-plantada. Em vez de atenuar, relativizar a claridade ou, se a senhora preferir, conduzi-la à terra, o negro neutraliza imediatamente a promessa ou o prenúncio emitidos pela luz local e aniquila meu sentimento, e é bom mesmo que isso aconteça. Clareira obscura."

"E os imigrados, na amostragem que me propus a observar, existem e se comportam em consonância com essa clareira obscura, rendidos à sua obscuridade e congruentes com sua escala. Ao terem se estabelecido aí, não se abriram para a luz e para o ar de uma outra era, mas continuaram imitando o que os caçadores e coletores faziam em tempos obscuros, de um jeito sombrio, além do mais — tão sombrio e tosco como aquela gente de outrora — senão mal poderiam ter se desenvolvido — jamais poderiam ter sido, nunquinha."

"Estou falando em paradoxos? Esta estirpe de simplórios, sim, é que vive de paradoxos. Esses tipos não produzem nada, nem sequer contradições, algo que já seria uma espécie de produtividade: apenas remoem o sonho improdutivo de um mundo às avessas. Mesmo em sua sombria existência de caçadores e coletores, os signos se invertem: não só na versão oficial dos meus caros idiotas de Hondareda, a coleta — ouça bem! — é considerada uma atividade que brutaliza tanto o indivíduo como o grupo e os coloca em perigo de negligência psíquica, enquanto a caça, por sua vez, representaria uma chance de humanização progressiva."

"Esta, sim, a caça, aguçaria a atenção em princípio, mas de uma maneira totalmente diferente da coleta: ao contrário desta, aquela não reduziria o campo de vista, mas o ampliaria até o infinito literalmente. A caça, sua respectiva espreita e coisas afins envolveriam o corpo inteiro, incentivariam a ponderar, fariam de qualquer pessoa um conhecedor da região — em oposição aos coletores, que só dispõem de um mero saber de amostragem — e transpassariam quem a pratica com um fio de paciência irrompível."

"A coleta, contudo, seria uma ameaça de atrofia do corpo e da alma. Impediria e deformaria a boa postura de quem caminha. Além de tudo, a coleta seria o âmbito das segundas intenções impuras e da hipertrofia cerebral, o âmbito da inveja, da cobiça, da avareza e de outros pecados mortais. Mais do que a caça, a coleta poderia se degenerar em inimizade, nem tanto a atividade em si, mas as intenções e o olhar torto advindos dela. A coleta amesquinharia, sobretudo por apequenar tudo à volta e junto do coletor, por restringir seu olhar ao chão, às frestas e ao mato rasteiro, em vez de deixá-lo vaguear livremente até o céu ou à altura dos olhos, e por fim a coleta faria desaparecer e/ou empavonaria os coletores, tornando-os adversários ou concorrentes de busca."

"E assim, os vultos da clareira obscura vivem presos em seus paradoxos e mundos em contramarcha. Ouça. Eles vivem acampados em barracos, cavernas e covas, como os primeiros e os últimos homens, mas isso não é tudo. Conversam com o gado, com os animais e os mais lastimáveis objetos, mais do que entre si. E lidam com coisas e bichos com mais atenção e carinho do que jamais os pude observar tratando vizinho algum."

"Neste ano que passei aqui, volta e meia testemunhei um e outro acenando para uma águia que rodeava o Pico de Almanzor, ou então para um corvo da montanha, um abutre, uma marmota — revidando seus assobios —, um coelho alpestre. Assim como certas pessoas mentalmente defasadas são capazes de apreciar literalmente tudo, a mais insignificante das plantas, a mais amorfa e inútil das pedras. E a mostra mais nítida da eversão que lhes circula nas veias talvez seja um costume comum a todos — apesar de cada um seguir seu caminho, eles desenvolveram costumes coletivos, sim, para quem vê de fora —: sua principal ocupação, aparentemente, é se dirigir o dia inteiro aos seres vivos, e também às coisas inanimadas, e ao abordarem-nas, reproduzir suas formas no ar, com as mãos e os dedos."

"Ao passarem pelo topo de um rochedo, por uma carlina, por um formigueiro, acompanham a forma dessas coisas, tanto faz de qual, seguindo suas silhuetas com a ponta dos dedos, inclusive para readquirir o tato perdido. Seja um peixe que acabou de saltar da *laguna* ou um pássaro da Sierra esvoaçando dali para longe, eles os desenham durante tanto tempo no vazio, até memorizá-los com toda fidelidade; só depois — conforme dita o costume tornado compulsório por lei, eles têm permissão de se ocupar de outra coisa."

"O mais espantoso nisso tudo, entretanto, é o que acontece com certos animais assim retratados no ar: eles são levados a aparecer mais uma vez, o salmão ou a truta salta da água de novo, o milhano desembestado de trás de uma torre rochosa retorna e voa mais uma volta, e assimpordiante. É como se as criaturas da terra, da água e do ar saudassem aqueles seres vivos que acabaram de reproduzi-los em sua estrutura e em seus movimentos específicos, em seu salto ou voo, através daquelas ternas e carinhosas garatujas no ar."

"Há que se admitir que essa saudação desenhada ou modelada no vento até poderia ter algo de bom e útil por um tempo. Pude observar mais de uma vez como um animal perigoso foi apaziguado dessa forma ou levado a um estado de perplexidade e, mesmo que fosse por apenas dois ou cinco segundos, foram segundos de salvação. Um furioso touro montês, um javali disparando contra um *hondaredero* que mal passara entre o animal e a cria: bastava desenhar a forma do touro ou do javali com traços grandes — sim, sempre com traços grandes, bem arrematados, harmônicos! — e de súbito javali e touro, submetidos a esse encanto, se detinham por mais ou por menos tempo e deixavam a pessoa passar. Em vez de desenhos rupestres, garatujas no ar. Clareira obscura."

"A propósito, que caçadores são esses! É bem verdade que circulam pelo cinturão de florestas com suas modernas espingardas no ombro, do nascer ao pôr do sol, e até apontam a arma e atiram de vez em quando. No entanto, até hoje não consegui descobrir qual a presa que caçam. Acho que — não, acho não, tenho certeza: eles não pretendem nada de especial ao apanhar e abater animais. O que fazem é basicamente se exercitar. Só fazem exercitar a caça e a existência de caçador, e isso, nem sequer para caso de necessidade, para a prática futura, mas mais como um fim em si mesmo. Para eles, o exercício já é tudo."

"Mas ficam exercitando o quê? Quando tentei investigar isso junto aos que praticam a caça, recebi de cada um a mesma resposta, embora eles não costumem combinar entre si o que dizem: estou exercitando, a fim de estar a postos para tudo. — A postos para quê? Ao que cada um respondeu, com as mesmas palavras, embora em línguas diferentes: A postos, sem paras nem porquês. Simplesmente postados ali, para não perder a pose. A postos para nada de especial, para tudo e nada. Estar a postos para tudo, isso é tudo."

"Não é só que esta última frase, dita em uníssono, soe tão mal assim, não é por nada, não: mas esse falatório também faz parte da síndrome de retrocesso dos meus novos colonos, como se — ao contar uma versão vaga, indeterminada, impossível de ser definida ou comprovada racionalmente — pretendessem contrabandear, assim por debaixo dos panos, alguma coisa de volta para o nosso mundo, algo que já não quer dizer, não significa, nem apita mais nada há séculos: o mito — o mito daquele que saiu pelo mundo afora para assumir uma postura e propagar uma nova cavalaria, na verdade já prescrita há muito tempo."

"Os cavaleiros da clareira obscura! O mundo jamais avistou cavaleiros tão pouco vistosos, e juro que este foi meu último jogo de palavras (ao conversar com a senhora, compreendi que na minha vida anterior trabalhei tempo demais como formulador de títulos e manchetes). Uma cruzada de tentativas de cavaleiros, habitantes-de-buracos-de-pau-a-pique e vagabundos é o que eles são, e cruzada mais feia que essa não existe."

"São todos mestiços de nascença. A senhora sabia que os antepassados deles provêm exclusivamente daqui da Sierra de Gredos, dos altos vales e das valeiras às margens do rio Tormes, ao norte, dos vilarejos e cidades pequenas lá embaixo, no sopé sul, entre a vertente escarpada e a planície do rio Tiétar, de San Martín de la Vega del Alberque, de Aliseda, de San Esteban del Valle, de Santa Cruz del Valle, de Mombeltrán, de Arenas de San Pedro, de Jarandilla de la Vera, de Jaraíz de la Vera e daqui de Candeleda? Que seus antepassados abandonaram a região da Sierra há séculos e emigraram para fora da Europa, nas mais diversas direções, até as fronteiras do mundo de então, que acabaram sendo ampliadas com sua ajuda?"

"Um antepassado desses, provindo, por exemplo, da cidadezinha de El Barco de Ávila, no oeste, situada onde o rio Tormes transborda do maciço central, era timoneiro, *el tripulate*, do navio com que Cristóvão Colombo descobriu a América, não, no plural, as Américas, assim como naquela época ainda não se dizia 'Espanha', singular, '*la España*', mas sim *las Españas*, nem *la Italia*, mas sim *las Italias*."

"Um outro antepassado viajou um século depois para a China como missionário, largou a batina, casou com uma nativa e fez uma família de mestiços. Um terceiro, muito antes disso, na época das cruzadas, encontrou uma árabe pelo caminho, teve um filho e acabou ficando com ela. Cada ancestral se estabeleceu no ponto de fuga de uma das antigas rotas, a do ouro, da prata, da platina, da seda e das especiarias, e lá se miscigenou com mongóis, índios, judeus, eslavos e negros."

"E nos dias de hoje, seus descendentes chegam dos mais distantes continentes e ilhas, como se tivessem combinado de se reencontrar nesta região, que — não à toa — consideram sua terra de origem — mas para quê? para assumir uma nova postura? e será que se reencontraram mesmo, apesar de cada um viver rigorosamente para si?"

"Isso pretensamente também faz parte de sua tentativa de mito: um retorno à região de proveniência; por mais que cada um e todos, unânimes de novo, sempre respondam a essa pergunta dizendo que não consideram a baixada de Hondareda como país de seus pais e nem como sua terra natal; o Manso Remanso — pelo menos por ora, uma expressão quase feliz, para dizer a verdade — continuaria sendo o estrangeiro para eles, um estrangeiro como jamais se poderia desdobrar diante de um ser humano, um estrangeiro de pedra e cal, sob um céu vazio — mas não aquele tipo de estrangeiro ao qual se refere um ditado comum na região, chegado até eles através de seus antepassados — não aquele estrangeiro, de jeito nenhum aquele estrangeiro 'no qual as portas dos estranhos fechavam no calcanhar da gente'."

"Este lugar onde moram, ou melhor, acampam — pelo menos isso é o que diz cada um deles, sem ser influenciado pelo vizinho e pelo campista ao lado — é o território estrangeiro que planejaram ocupar a longo prazo, definitivamente — mas não aquele estrangeiro ao qual se referem as palavras de um certo poeta, transmitidas a eles por seus antepassados: quando — nestas terras estranhas — uma música longínqua chega aos ouvidos de alguém, corta o coração de quem ouve, por fazê-lo reconhecer: nunca mais vou voltar para casa. Mas se aqui no Manso Remanso viesse a soar alguma música longínqua, ela os 'encorajaria' e incentivaria a perseverar no estrangeiro e jamais reinterpretá-lo e revertê-lo em algo diferente daquilo que ele fundamentalmente era e — mais uma lei não escrita — deveria continuar sendo: o estrangeiro, o estrangeiro, o estrangeiro."

"'O estrangeiro': mais um *topos* desses novos caçadores de mitos. Eles se consideram, cada um por si de novo, uma gente sem terra, sem Estado, e ainda têm orgulho da sua falta de terra e de Estado."

"A nossa pessoa até poderia deixar passar esse tipo de coisa, se não fosse o fato de isso estar ligado àquela feiura já mencionada. Ao contrário deles lá embaixo, nós consideramos a beleza como uma lei superior a todas as outras, no sentido de: o que é feio não pode ser bom; feio significa mau e ruim, e não deveria existir."

"Basta olhar para suas armaduras e seus bivaques forasteiros: meus cavaleiros errantes da clareira obscura são de uma feiura sem-fim, uma feiura de ofender a dignidade humana e zombar da existência. A lei estética mundial, a lei do belo: será que ela também não compreende a ética, a lei do bem e do mal, da justiça e da injustiça? Como a feiura de doer desses mestiços, seus trajes, seus esconderijos, seus jardins, campos e estábulos rupestres, suas estufas, suas ferramentas, seu material, como isso tudo me fere no íntimo, me impede de respirar e viver livremente, desde que cheguei aqui até agora."

"Não que eles andem descalços. Mas por que será que usam — de pura teimosia, uma teimosia feia e maligna — meias desparceiradas e se possível sapatos também, no pé esquerdo um preto, baixo e no direito um alto, amarelo-couro-de-porco? Nada que eles sejam, tenham ou façam que não seja feio de morrer. Basta ver o jeito de esses obscurantistas da clareira se movimentarem: enquanto os outros sempre se aglomeram na dianteira, eles — cada um por si, mas no final das contas formando uma massa — parecem combinar de ficar apertados lá no fundo."

"O feio e o iníquo de quem se acotovela para tomar a dianteira, um gesto que pelo menos permite intuir os intervalos e o horizonte, é quase tolerável em comparação: mas aquela massa de gente se apertando no fundo, onde quer que seja, obstrui a vastidão, a luz e o sol, impedindo a nossa pessoa de continuar pensando, e uma vez que esse pensamento esteja bloqueado, a feia aglomeração ali, e ali, e lá adiante, parece o dobro de feia, feia ao quadrado, de uma feiura elevada à infinita potência."

"Toda vez que os procuro e me dirijo a eles — afinal, essa é a minha missão aqui —, é lá no fundo que eles estão enfiados, escondidos, aglomerados. Caso eu vá procurá-los em seus buracos-de-morar ou currais-de-ovelha ou fornos-de-sol ou barracões-de-radiotelegrafia: eles sempre estão no fundo. E nunca consigo chegar até o fundo. Eles criam um limiar após o outro, uma série de obstáculos para mim, e muitas vezes nem sequer limiares propositais, mas gerados automaticamente pelas infinitas feiuras expostas à vista, aos ouvidos e ao olfato —, e o que me parece mais condenável nessa sua feiura já condenável por natureza: o fato de isso tudo tornar esses meus feiosos mais inacessíveis ainda. Sua feiura significa inacessibilidade. Feiura e insuficiência, ou inatingibilidade, tristes de amargar — mas será que não é tudo a mesma coisa?"

"Até o dia de hoje não consegui transpassar todos esses insuperáveis limiares de feiura e avançar até meus *hondarederos* lá no fundo. Como são feias suas vozes, mesmo de longe. Grasnos de corvo, grasnidos de gaio e rebusnos de gato montês são as mais amenas melodias em comparação. Para todo inimigo natural da feiura, deve ser de cortar o coração e de ferver o sangue ser atingido por essas vozes, amplificadas pelas encostas rochosas locais e por aquele anfiteatro serrano de impacto absolutamente brutal."

"E cada palavrinha dita, como que cuspida, tossida, vomitada do fundo mais fundo e escabroso acerta nossas orelhas aqui como se fosse o soco de um punho gigante. E eu ainda sou obrigado a entender claramente sua mais longínqua fala, em sua feiura literal, sílaba por sílaba. Embora cada um deles quase só fale consigo mesmo, ele se expressa exclusivamente num jargão feio (outra feiura), usado espontaneamente por qualquer um, muito embora em línguas diferentes — e será que jargão, exclusivismo e inacessibilidade não são a mesma coisa, no começo e no final das contas?"

"Ouça: aquilo que ressoa das mais distantes fendas rochosas é um jargão proveniente do linguajar dos marinheiros, em regra antiquado, como se esses retrocessores quisessem restituir e adotar *in loco* as fórmulas linguísticas de seus ancestrais que abandonaram a comarca há séculos, embarcados em navios pelos mares do mundo."

"Só a presunção de denominarem seu ficar-sem-fazer-nada-em-qualquer-canto-da-serra de 'estar ancorado' e seu zanzar-de-um-canto-para-o-outro de 'velejar' já diz tudo; basta verem uma truta menor que um palmo saltando do charco glacial para soltarem por extenso um grito ecoante: 'golfinhos à vista!'; ao mastigarem uma baga de zimbro ou molharem as pontas dos pés na água gelada ou umedecerem-os-olhos-de-sereno, daquele orvalho, admito, absolutamente singular do Manso Remanso, já saem imediatamente pelo deserto de granito grasnando, ganindo, ladrando, bramindo e se esganiçando: '*Je suis embarqué*! Alto-mar! Estou em alto-mar! Terra nenhuma à vista! Nada de terra à vista, nada! Ai que sorte: nada, nada, nada de terra à vista!'"

Neste ponto, o repórter se deteve por meio segundo ou apenas um oitavo de segundo naquele penedo insular em meio ao agreste de genistas e logo prosseguiu com uma voz quem sabe ainda mais estridente: "Enfim, a nossa missão aqui vai além da mera observação. Temos que investigar causas e motivos. Por que razão esses náufragos não têm mais língua? Por que a lei e as regras da beleza ficaram a ver navios? O que estão fazendo aqui, bordejando no mar Morto da inacessibilidade?"

"Ouça: a origem da feiura de morrer dessa corja robinsoniana é a perda da imagem. E a missão desta nossa equipe enviada até aqui é a seguinte: curar ou pelo menos conter a nova doença da perda da imagem, perigosa por ser epidêmica ou até pandêmica. Quarentena associada à terapia. Cura dessa ameaçadora feiura, mas como e com que meios? Através de ininterrupto fornecimento, importação e injeção de imagens. Produza, forneça e traga uma imagem até o homem, e sua alma será curada, sua fala reanimada, sua voz se tornará resoluta, e seus olhos claros, acessíveis e belos."

"Há um ano ou mais, estamos nos esforçando para levar esses obscuretas a navegar novamente no claro mundo das imagens. A fim de consertar o vazamento no canal de imagens. Mas como? a senhora dever estar se perguntando. Afinal, por que a senhora não faz perguntas? — Em primeiro lugar, eletrificamos o enclave de Hondareda, puxamos fios subterrâneos, instalamos refletores e, passo a passo, fomos equipando-o com todo o aparato de transmissão de imagem, de dez a catorze vezes mais aparelhos que os semáforos de Frankfurt, Paris, Nova York ou Hong Kong: um aparato que não apenas veicula imagens do exterior, de fora, da civilização, mas sobretudo imagens dos próprios *hondarederos*, de quem atravessar o campo de gravação e emissão, imagens de suas entranhas: no canto deste rochedo aqui se projeta a região cardíaca daquele passante ali; no próximo, o interior da cabeça; no terceiro, a genitália e o ventre."

"Esses aparelhos de veicular imagem funcionam como espelho, mas não refletem o rosto da pessoa em questão e sim o que está por trás. Só que nenhum dos imigrados tem olhos para ver essas imagens, sejam externas ou internas. Desde o início eles desviam o olhar, e nem é de propósito — simplesmente passam sem enxergá-las. E então introduzimos um método que possibilita que até as sombras, em vez de aparecerem apenas em silhuetas, adquiram forma e cor: sombras com boca, nariz, olhos, tudo delineado na sombra do rosto com a maior clareza, inclusive a cor dos olhos, só que ainda mais multicolor que na face da pessoa, mais reluzente, mais bonito — espetacular."

"Nossa aparelhagem também oferecia a essa gente da perda da imagem sombras de árvores, rochedos, nuvens, aviões: folhas, pinhas, galhos, liquens, placas de mica, veios de quartzo, veeiros de alabastro, orlas solares, buracos azuis, alumínio — imagens sombra de coisas do ar e da terra refletindo todos esses detalhes, a cores ou em branco-neve, fazendo-os reluzir como em nenhum outro lugar. E será que os pacientes reagiram a essas maravilhas? Adivinhe só. Por que a senhora não arrisca um palpite?"

"Não preciso nem relatar que as imagens dos filmes não surtiram efeito nenhum entre essa gente privada de qualquer senso de imagem. Nem a sequência clássica de vinte e quatro quadros por segundo, nem o bombardeio de imagens aceleradas, mais condizentes com o olhar contemporâneo, conseguiram pôr as coisas nos eixos. Não há núcleo a ser atingido quando os centros de recepção de imagem foram desnucleados, a senhora entende. Por que a senhora não entende?"

"Então montamos para eles um cinema ao ar livre, lindo como jamais houve — projetamos filmes sem tela de projeção extra, direto sobre os lisos rochedos da Sierra. Mas mesmo a meninada que chegou com os primeiros colonos já nasceu completamente resistente às imagens, ou então ficou assim aqui, de imediato."

"Nem os meninos, que em geral se deixam distrair por qualquer mancha de nascença no rosto dos outros, por menor que seja, ou pelas mínimas nuances de cor numa gota de orvalho, nem sequer eles permitem que as imagens sejam imagens — não, não deixam porque não deixam porque não deixam as imagens existirem, isto é, não e não e não e não permitem que as imagens, não importa quais, lhes deem acesso ao mundo de agora e, em vez de se manterem reféns de seus pais e avós, vão se juntar aos seus, sabe-se-lá-onde, para lá das montanhas, tanto faz — por toda parte."

"Devo admitir, no entanto, que essa minha gente da clareira obscura não chega a representar um novo caso de iconoclastia. Nossos aparelhos de lançar imagens, que praticamente não lhes deixavam a opção de olhar para nenhuma outra direção onde não estivessem passando nossas projeções, jamais foram atacados ou danificados. Só que, ao passarem, sempre desviavam os olhos das superfícies de imagens para o vazio, mirando através das estreitas vaus até o horizonte, como os israelitas, digamos, libertados da escravidão no Egito, atravessando o mar Morto, não, Vermelho (vivo, nada morto!), e as águas, à direita e à esquerda, abrindo alas para eles passarem."

"Cada um negava ter sofrido qualquer perda de imagem; a verdade, diziam, era que: eles teriam renegado as imagens. Não só para si, mas em geral; pelo menos neste Entretempo não haveria, não valeria mais imagem nenhuma. A única coisa que não estaria fora de questão para eles, sobretudo agora, neste Entretempo, seria a contemplação. Com a vida que deixaram para trás ao imigrarem para cá, o que perderam ou estariam para perder não seriam as imagens, como sempre criadas, naturais ou produzidas, sonhadas ou vividas, exteriores ou interiores, mas sim a capacidade de contemplar."

"E a coisa de que eles mais sentiriam falta no mundo, nesse mundo, uma falta dolorosa, seria a contemplação. E justamente para reconquistar a contemplação é que teriam vindo para cá, para este — a palavra assentava como uma luva — "Istmo do Entretempo", Manso Remanso ou Barreira Funda, *Mojada Honda*, não por causa desta ou daquela imagem, mas somente para contemplar, pela contemplação que aparava arestas, justificava a existência, 'mundeava', dignificava, renovava e unia. 'Nascido para mirar, para olhar bem lá no fundo... é assim que eu quero o mundo', é assim que surge o mundo, é assim que ele se torna mundo para mim, ou algo assim."

"E assim, a principal ocupação de cada uma dessas pessoas isoladas aqui, independentemente do vizinho e de quem fosse fronteiriço, era a contemplação nos vaus e istmos onde, a seu ver, existia algo para contemplar, não importa o quê. Início do dia e contemplação. Alta noite e contemplação ainda, talvez das sombras das árvores nos paredões rochosos (nas vaus ou passagens sem imagem). 'Contemplar e deixar aparecer' — um dos slogans de campanha eleitoral na colônia, assim como 'sonho e trabalho'. Seria trabalho? Ou ócio? Indistinguível."

"O que a senhora acha? A senhora não tem opinião? Na opinião dos caminhantes retrocessivos — uma opinião unânime de novo, mesmo sem acerto prévio: as imagens seriam necessárias; sem elas, não haveria comunicação com o mundo e nenhuma sensação de vida. Mas sobretudo no século passado, o que teria ocorrido seria uma exploração predatória das imagens, como jamais acontecera antes. E assim o mundo das imagens teria se consumido — tornando-se cego, surdo e insosso — impossível de ser refrescado, por nenhuma ciência que fosse. E agora neste Entretempo, a única coisa que não estaria fora de questão seria a contemplação — que incluiria toda ciência, de dentro da qual a ciência teria se desenvolvido passo a passo. Os idiotas de Hondareda se consideram cientistas!"

"E as criancices com que passam o tempo são consideradas — por mais que eles usem outras palavras, em regra antiquadas e obsoletas, como sempre — 'medidas de apoio à contemplação'. Isso inclui não só sua pose de caçador, fingindo estar à espreita, apontando a arma e assimpordiante: volta e meia dá para vê-los andando para trás, mais do que para frente; isso também serviria à contemplação, bem como o constante agachar-se e andar-próximo-ao-chão (sendo que andar na ponta dos pés é proibido — frase-padrão: 'Quem fica na ponta do pés não para em pé')."

"Quando começam a girar em círculo como fazem os dervis, de repente, como aquele ali agora, ao fundo, no leste, e outro ali no oeste, independente do primeiro, naturalmente não é nenhuma dança — a gente de Pedrada-Hondareda não conhece nem jogos, nem danças, os jovens também não — mas sim, bom, a senhora já sabe, ou não sabe?: exercício de contemplação!"

"Esse povo da depressão não cansa de jogar as coisas, em vez de colocá-las ou depositá-las diretamente no devido lugar, como o faria qualquer pessoa adulta, e além do mais, nunca as jogam direto ali e pronto, em linha reta, sem rodeios nem preâmbulos — até eu já estou começando a usar essas expressões obsoletas —, mas sempre em arcos, e ainda por cima altos, e para que uma coisa dessas? A senhora já sabe. Para fins de contemplação, contemplação e nada mais que contemplação."

"Pelo menos se tais exercícios, medidas e tiradas servissem para alguma coisa: para se afigurar (mais uma dessas palavras afonsinas); para se mobilizar; para prestar atenção nos outros — não digo necessariamente à minha pessoa —, para uma boa vizinhança ou para um mínimo de convivência cotidiana. Mas pelo que pude observar em um ano, três dias e cinco ou nove horas, nenhum dos *desperados* de Hondareda se move de seu trono, como se tivesse engolido um cabo de guarda-chuva, cada um dentro de seu buraco, barraco e desmonte, impassível e impassável, definitivamente ao largo do nosso presente."

"Embora nesse meio-tempo já tenhamos iluminado o Polo Norte e o Polo Sul, até o Monte Everest e o Aconcágua, a região de Hondareda insiste em sua escuridão voluntária. O único caso em que pude constatar uma espécie de espírito comunitário na minha amostragem de observados foi o seguinte: se um deles achar que acabou de avistar algo que estava procurando, uma preciosidade ou simplesmente uma coisa bonita — dada sua feiura, eles são obcecados pelo belo, ou, como costumam expressar: pela 'beleza fora de série' —, mas se reconhecer que se enganou, como sempre, se reconhecer que aquilo não passou de ilusão —, ou seja, se alguém se precipitar sobre um tesouro ou uma beleza fora de série e descobrir que não era nada de valioso, de incomum ou simplesmente nada mesmo: no momento em que abre os olhos e atina para sua ilusão, e isso é o mais espantoso aqui, o iludido não fica amargamente, mas sim alegremente desiludido. A desilusão enche a pessoa de alegria, seja quem for nesta bacia glacial."

"E nessa alegre desilusão, e só nela, cada um aprende a se dirigir a outras pessoas dentro dos limites do povoado. No momento em que avistar o seu objeto de decepção imerso numa fenda rochosa, numa ramificação, num sulco da terra, no fundo da lagoa, chama todo o núcleo de habitantes da clareira obscura, assobiando e tamborilando. E então os outros se aglomeram à sua volta. E ele conta para todo mundo que preciosidade, raridade e beleza fora de série ele imaginara que fosse aquela coisa ou treco ou tralha ou ninharia."

"E ao observarem junto com ele aquela mancha ou porcaria ou coisa nenhuma, de todos os lados, compartilham sua desilusão, mas também sua alegria, graças à imaginação em constante atividade. É incrível como eles se refazem assim em conjunto. Inclusive, essas foram as únicas oportunidades em que os ouvi rir até agora. No mais, não sabem rir, nem de terceiros, nem de si mesmos, nem de coisa nenhuma. Por outro lado, a coisa mais corriqueira do mundo são essas decepções já mencionadas e a diversão coletiva que elas proporcionam."

"E a observação de equívocos e desilusões, de tesouros ou quaisquer objetos de desejo ausentes e falhos representa para eles o cúmulo da contemplação, seu jeito de festejar ou sua forma de festa. Mas que tristonhos e taciturnos são esses *hondarederitos* — a senhora está vendo que eu até inventei um apelido para essa tribo de novos selvagens! Esse seu perigoso enredamento consigo mesmos: em nome de quê travam essa guerra inédita e inaudita? — afinal, não há dúvida de que estão em pé de guerra com a nossa pessoa. Por que é que nenhum deles olha para mim? E por que ninguém me dirige a palavra?"

"A senhora também, cara forasteira, não olhou para mim nem uma única vez todo este tempo. Por que não? Durante o ano ou a década que já passei aqui no alto da Sierra observando e registrando, jamais fui mirado por olhos humanos, nem sequer por um milimicrossegundo. E os outros observadores? a senhora deve estar se perguntando? (Por que a senhora não faz pergunta nenhuma?) Nada a declarar sobre eles. Só que: eles não são maus de propósito, nem se comportam como tal — seu mero estar-aqui e estar-no-lugar já basta como desgraça. Se sou eu que estou dizendo isso? Sou eu sim. Com o tempo, passei até a procurar os olhos dos animais daqui, das cabras montesas, da *cabras hispanicas*, das cobras, dos touros, dos abutres, das libélulas da *laguna*, das lavandiscas da montanha — a única olhadela amável, de dentro de um arbusto de genista, de um bloco de pedra no riacho glacial, partiu desta última, diga-se de passagem."

"Jamais olhos humanos se dirigiram a mim no Manso Remanso. Nem castanhos, nem azuis, nem verdes, nem acinzentados — nenhuma cor de olho jamais me refletiu aqui no Manso Remanso. Nenhum ser humano me viu. Mas, por outro lado, também não fui piedosamente ignorado por ninguém, a não ser por meus co-observadores."

"Nenhum passo meu passa despercebido. Mas a questão é como sou percebido. Não que eu seja alvo de olhares de punição. No entanto, não resta dúvida de que esses olhares são para me punir, quais outros se não esses. Não que eles me fuzilem com esses olhares. Mas, em compensação, me declaram morto. Aos olhos deles, eu, seu observador e relator, já morri há muito tempo. Do jeito que passam a vista por mim, sem dúvida alguma parecem ter diante de si, dentro de seu campo de vista, uma carcaça ou um cadáver vivo — que no entanto não faz diferença dentro desse campo —, mas o que é que conta lá dentro? a senhora poderia perguntar; o que conta dentro de seu campo visual: a luz, o vento, os intervalos, a areia, sem falar nas moscas, aranhas e besouros da Sierra. Em comparação com o embotamento e a apatia para comigo, daria para se chamar de brilho o que surge em seus olhos quando lhes cruza a vista qualquer floco de neve ou bosta de javali."

"No mundo de hoje, as fronteiras já foram abolidas há muito tempo, por toda parte. Essa corja de retrógrados, em contrapartida, reintroduziu nesta região em crise todas as demarcações de fronteira suprimidas. Não apenas contra nós, gente de fora, mas também entre si — mais uma consequência da perda de imagem —, eles traçaram a malha mais estreita possível de linhas de fronteira, antigas e antiquíssimas, até então impensáveis e inimagináveis, tanto reais, em forma de limiares, cancelas e traves, como imaginárias, muitas vezes ainda mais eficazes."

"Mulheres e até homens andam por aí fantasiados e disfarçados, ou a senhora acha que é só impressão minha? Mas será que o fato de eu ter essa impressão não quer dizer alguma coisa pelo menos? Não apenas seus domicílios são tabu, impenetráveis tanto para a nossa pessoa como para o vizinho mais próximo, hermeticamente vedados à vista, mas os jardins também — não há caverna ou tapera, por menor que seja, sem um extenso jardim —; caso ainda não haja gigantescos blocos de pedra, emergidos por erosão ou rolados até ali, protegendo de olhares externos os canteiros e árvores frutíferas, cada um desses colonos regressados ergue um muro fronteiriço de barro, papelão alcatroado, latão, estrume, tudo empilhado, tão alto como jamais observei em nenhum outro jardim, como se fosse o muro do pátio de um presídio."

"Rigorosamente separados uns dos outros são até mesmo os túmulos — durante a minha permanência aqui, cerca de nove ou treze túmulos já foram cavados na terra ou abertos no granito: aqui não se conhece cemitério coletivo, cada unidade ou mônada de colono tem seu respectivo túmulo, um categoricamente isolado do outro, a milhas de distância, em algum lugar lá fora no agreste alpestre."

"Os vivos também se mantêm a uma distância igualmente rigorosa: nas raras vezes em que vi dois ou três reunidos, jamais foi a menos de uma braçada de distância do outro; e o que também é mal visto, mais ainda, é andar na cola dos outros, grudado no calcanhar do próximo; e enquanto nós, contemporâneos, costumamos nos mover lado a lado, livremente em meio à multidão, onde podemos nos libertar das últimas fronteiras, aqui nesta ermida, basta aparecer uma segunda pessoa ali no ermo, para não restar mais espaço nenhum para mim!"

"Fronteiras e mais fronteiras aqui, uma mais grotesca que a outra. E a coisa mais grotesca de todas talvez seja o fato de eles se comunicarem sobretudo por escrito, ou seja, por cartas — oralmente ou por telefone, só em caso de extrema necessidade —, senão pega mal: se um passante abordar o outro sem mais nem menos, pode ter certeza de que o outro desviará dele e o deixará plantado lá, às moscas. Aqui neste lugar, tudo que se faça ou aconteça é para delimitar, demarcar e discriminar."

"O ser humano é alheio ao ser humano, e lhe permanecerá alheio: isso é o que consta de um dos decretos fundamentais dessa taba de individualistas. E nesse seu mundo avesso-inverso, há uma coisa pela qual as pessoas se guiam: como apátridas, cada um age por si, como se isso fizesse parte de sua consciência de anacoreta, mas ao mesmo tempo, seus postos de *outsiders* foram minados por uma batelada de aproximadamente mil a três mil regras unitárias, normas e regulamentos de autoridade suprema."

"Recentemente notei até uma bandeira coletiva balançando ao vento naquele penedo em meio ao lago glacial, que, apesar de inacessível, corresponde exatamente ao centro da colônia de Hondareda: bordado nessa bandeira, o Pico de Almanzor com dois animais, à direita e à esquerda, a salamandra quase negra do Almanzor, bem pouco mosqueada, e não, nem o milhano real, nem a cabra hispânica, mas um ouriço da Sierra, tão pequeno que poderia ser confundido com uma flor de carlina. Carlina ou ouriço? O que a senhora enxerga daqui? Seus olhos são melhores que os meus, pois tenho miopia, hipermetropia e astigmatismo."

"E embora todos eles sejam pessoalmente obcecados por uma anonimidade mítica e uma existência de joão-ninguém, pouco a pouco foram se estabelecendo nomes oficiais e obrigatórios para os locais mais insignificantes e para os mais miseráveis confins de seus lamentáveis postos. E embora eles tenham dito sem dúvida alguma adeus-boa-noite-deus-me-livre para a história, para o presente e para a luz da lógica, tais nomes se referem em grande parte ao tempo, à luz, à razão e à presença."

"Um prado, com nada além de algumas corcovas de granito e roseirasbravas em forma de arco, por exemplo, se chama, por motivos inexplicáveis, 'El Prado de la Razón'; uma carreira em ziguezague, por entre umas moradias em forma de cubo, espalhadas a esmo, — nem sequer uma trilha ou um sendeiro espezinhado, somente um sistema meio labiríntico de fendas no qual a pessoa tem que passar se espremendo —, se chama 'Passage de l'Avenir'; e o penedo na *laguna*? — 'Corso di Terzo Tempo', *corso* pelo fato de ser uma área mais ou menos redonda e plana, imagine só — um *corso* no qual a nossa pessoa, contudo, nunca viu nenhum dos *hondarederos* perambular? nem à noite, nem em nenhum outro horário? quanto mais toda a população, como num *corso* de fato?"

"Apesar de essas pessoas comprovadamente terem se afastado das metrópoles, seus espaços atópicos e sem cara de nada continuam sendo denominados 'Plaza...', 'Avenida...', 'Boulevard...', 'Rambla...', 'Neuer Platz', inclusive 'Esplanade...', 'Promenade...', 'Quai...' e coisas do gênero."

"E a meu ver, o jeito mais grotesco de virar o mundo de ponta-cabeça é o culto que os hondaredianos praticam ao orvalho — sim, a senhora ouviu muito bem: orvalho, *nadan, rosée, rocío* — que aqui na Península Ibérica, além de designar a umidade do céu claro, também é o nome de mulher mais bonito que existe, sem dúvida alguma..."

"Só que, na sua visão reversa, não se trata de um culto, mas sim de uma ciência: a ciência do orvalho, e — assim como outros cientistas nucleares, de microchip ou macrohard no Silicon ou Micomicon ou Peppermint-Valley — eles se consideram cientistas do orvalho no Manso Remanso do Maciço Central da Sierra de Gredos!"

"O que beneficia esse seu desvario, todavia, é o fato de cair tanto sereno na bacia do alto vale, como em nenhum outro lugar, e o fato de o sol não deixá-lo secar de dia, mas fazer com que as gotas de orvalho se juntem e formem em todas as lisas vertentes rochosas verdadeiros córregos, riachos e cataratas, despenhando-se com suavidade, quase em silêncio — tremendas quantidades de água vindas a cada dia da confluência de gotas de orvalho, represadas nos fossos naturais cavados pelo gelo, lá embaixo na base de granito do vale, e armazenadas em recipientes construídos para tal, dos quais os colonos vão tirar água diretamente ou a desviam até suas residências através de canaletas e tubulações, como um *pipeline*!"

"Aproveitar a água para beber, lavar e cozinhar não é nada mal — sobretudo porque no alto da serra, o resto da água, poluída pelos animais de criação, pelos aviões e tudo mais, está contaminada —; com o tempo, até eu acabei me acostumando a beber esse singular líquido de gotas de orvalho, a apreciar o gosto, e a me lavar toda manhã com essa água, até os cabelos, sem qualquer preparado extra, como eles ficam macios!: mas tudo o que eles aprontam com o seu orvalho, no mais, já passa do limite da sanidade e do seu reino de sandice — seu reino da mania de orvalho, um reino perigoso, além do mais."

"Agora ouça o seguinte: de uns tempos para cá, toda a região está salpicada de chafarizes de orvalho, cobertos, interditados, rigorosamente vigiados, como as torres de perfuração dos mais ricos poços de petróleo. Com exceção de uns parcos cristaizinhos de rocha, toda a Sierra de Gredos quase não tem riquezas minerais; é por isso que aqui eles falam de 'riquezas aéreas', entre as quais as reservas de orvalho são as mais importantes. Eles tratam o orvalho como seu principal capital e também pretendem comercializá-lo e ingressar no mercado com isso, segundo pude observar."

"Eu já sei: os meus hondaredianos vão engarrafar a água de orvalho, encher garrafões, *sprays*, tubos, botijões, barris, para negociar com isso e conquistar poder através da inauguração do setor de orvalho. Aposto que vocês aí estão prestes a vender orvalho não só como água potável, mas também como remédio, para todas as deficiências e enfermidades, para uso externo e interno: produtos de orvalho contra acne, picada de inseto, picada de cobra, distúrbios oftalmológicos, rugas, bem como contra taquicardia, cólica, cansaço crônico, pesadelo, anorexia, adiposidade, e por fim até contra melancolia, solidão, angústia aguda, fantasias homicidas, esquizofrenia, desesperança, náusea de viver, incapacidade de amar em todas as manifestações possíveis, ou melhor, em todas suas camuflagens e dissimulações. 'Água de orvalho abre o apetite de amor!' — diz um dos *slogans*. E outro: 'realce seu rosto com o frescor do orvalho da Sierra de Gredos!'"

"Os produtos de orvalho que visam a esse segmento do mercado — a ser expandido gradativamente, com toda razão, com a meta de conquistar o mercado mundial — também deverão ser fabricados em estado sólido, como pó, pastilha, comprimido, e enriquecidos com doses atomizadas de frutas do alto da serra, como zimbro, sorva, arando e assimpordiante. Talvez um ou outro entre vocês seja de fato um cientista do orvalho, mas a meu ver, orvalho para lá, orvalho para cá, essa sua ciência não é ciência pura: enquanto vocês pesquisam, microscopiam, misturam e deixam reagir as gotas de orvalho, aparentemente com a maior inocência, seu verdadeiro interesse é o lucro e o monopólio."

"Já providenciei todos os seus tratados, em regra com inúmeras páginas de extensão e desinteressantes para quem não é do ramo, a saber 'Sobre a forma das gotas de orvalho na relva em comparação com a forma do orvalho sobre pedras, areia, cascalho e vidro', 'Sobre a múltipla formação de orvalho em superfícies lisas de granito em função da maior reflexão de calor solar nas noites do alto da serra', 'O glóbulo de orvalho como lente convergente de cores espectrais', 'Os voos fracassados da borboleta da Sierra sobre os prados de orvalho ou: Simulação de acenos do parceiro através da cintilação do orvalho', 'Miscelânea de certos fenômenos de orvalho sobre folhas de carvalho e de lárix, penas de pássaro — em especial gralhas, galos silvestres, falcões peregrinos —, além de cerdas de javali, cabelos humanos e peles de animais, com destaque especial para os chamados redemoinhos e espirais de orvalho sobre o pelo de vacas, cabras e cães de caça', 'O enigma do orvalho negro — Tentativa de elucidação': mas entre parvoíces tão serenas, não há nenhuma que não ecoe, no fundo, essa sua obsessão de ganhar dinheiro e de se projetar com reservas de orvalho."

"Está mais do que provado que vocês pensam e cogitam fundar uma máfia do orvalho e então, lançando mão dos respectivos métodos, entrar em cena como uma potência divergente do direito que vigora em nossos Estados mundiais de direito finalmente purificados no último século! E vão passar de economia para nova potência, e de potência para nova religião, algo que pretendem — isso eu nem preciso provar, pois dá para deduzir muito bem — impor aos outros, ao mundo."

"Hoje vocês já veneram o orvalho como um ídolo. Não me enganei, não, ao ouvir vocês cantarem, cada um por si, mas sempre o mesmo texto, aquelas verdadeiras litanias litúrgicas em louvor ao orvalho: 'Ó orvalho da lua nova! Ó orvalho do equinócio! Ó orvalho da maçã da serra! Ó orvalho nos meus sapatos! Ó orvalho sobre a lápide da minha mãe! Ó orvalho que bebi dos lábios da minha amada! Ó orvalho na noite em que eu estava para morrer! Ó orvalho sobre o celofane de um maço de cigarro amassado! Ó orvalho, meu delineador de sobrancelhas e minha água de têmporas! Ó orvalho, nos falares de todos os países da Terra, só você mesmo para amolecer e amaciar a carne, os legumes, os grãos de trigo e as frutas! Ó orvalho, já por definição fruto do que a nossa Terra reflete de volta! Ó orvalho, átomo da verdade e da beleza! Ó orvalho da noite da paixão! Ó orvalho da hora da ressurreição! Ó orvalho nos cílios do anjo branco! Ó orvalho no redemoinho da moleira da criança! Ó orvalho na ponta do lápis! Ó orvalho na mancha de sangue! Ó poça de orvalho refletindo o céu com faixas de fumaça de avião! Ó orvalho, que esborrifa em cores de arco-íris e dá cambalhotas quando a bola rola pela grama úmida! Ó trilhas escuras no orvalho da savana, por toda parte onde a veação passa a esmo! Ó glóbulo de orvalho, medida das medidas! Ó gota de orvalho, não apenas de manhã, toda a plenitude do ser e deste nosso Entretempo!'"

"E testemunharei que entre vocês já se delineia toda uma história da criação ou da cosmogonia originária do orvalho: não o *big bang* ou o que for, num dado ponto ou onde for — mas a multiplicação silenciosa de uma gota de orvalho, *ad infinitum*! Agora, até antes de lerem um livro vocês já deixam a página a ser lida exposta ao sereno. Agora já posso observar o orvalho sendo literalmente usado como medida das medidas, como norma básica. Em vez do metro-padrão: orvalho-padrão."

"De duas palavras que vocês falam, uma é 'orvalho'! Em vez de 'dinheiro', 'dólar', 'marco', 'peseta', 'real', 'maravedi': orvalho. Em vez de 'um quilômetro de distância', só ouço dizer: 'três prados de orvalho adiante', e o tempo também é calculado de acordo com o orvalho: em vez de 'uma noite depois', 'uma orvalhada depois'. Enquanto outras pessoas escrevem ou fazem cálculos no ar, vocês escrevem no orvalho — na mesa, ao ar livre, num toco de árvore, no paralama. Enquanto os outros cheiram benzina ou outras drogas, vocês, doidos por orvalho, preferem aspirar sereno. Se em outras partes se medem tempestades de oito a onze, terremotos em escala de sete a dez, vocês os medem com um aparelho de orvalho, escala cem. E quanto exponho todos esses perigos, vocês, sandios, ficam me olhando, como se o insano fosse eu."

"Sendo assim, caros *hondarederos* e *hondarederitos* e hondaredianos, não há dúvida alguma de que aquele símile divino assenta em vocês como uma luva, acerta em cheio, não só na trave: a trave nos olhos do próximo vocês enxergam muito bem, mas a tora nos próprios olhos, não, não e não!"

E assim, sobre aquela plataforma rochosa em pleno agreste, o repórter ainda continuou falando por muito tempo. Era como se o orvalho, ou a palavra, ou o falar de orvalho na região de Hondareda tivesse soltado sua língua — ou diversas línguas ao mesmo tempo. Independentemente do que dizia, sua fala soava entusiástica. Será que antigamente, em tempos imemoráveis, ele não tinha sido um daqueles entusiastas, não teria sentido aquele entusiasmo de que — segundo o livro — a nossa história deveria tratar?

E agora, nestes confins, longe de seu cotidiano de observador, diante de uma estranha da qual ele não fazia a mínima questão de saber quem era, de onde vinha, para onde viajava — estar diante dela lhe bastava —, aquele antigo entusiasmo o acometera de novo, finalmente. Ele estava com as bochechas vermelhas, como um adolescente, e de vez em quando dava uma gaguejada, como se esta fosse a primeira vez que tivesse a chance de se expressar assim, como sempre sonhara calado.

Só que ele falava de um jeito um tanto confuso. Será que entusiasmo não tinha que vir acompanhado de lucidez, de discernimento e, caso houvesse algum embasamento crítico, sobretudo de autocrítica? Por outro lado: e ao falar assim, seja como fosse, para as paredes, pela porta dianteira, mundos e fundos, não criava uma realidade diferente da meramente observada e registrada, e o próprio ritmo da fala já não sugeria — narrava — propunha um possível mundo extra?

E o repórter, falando tanto a ponto de seus óculos de astigmático se embaçarem apesar do frio da Sierra, admirava-se, espantava-se com tudo o que esse entusiasmo tornava possível, com as palavras e frases que se podia deixar acontecer paralelamente aos fatos e evidências. E ela, a desconhecida, a aventureira, ou o que quer que fosse? Silenciava.

A história conta que ela continuou em silêncio por muito tempo depois de ele já ter parado de falar e estar esperando, em expectativa muda, a versão dela. Um bando de camurças, não, um verdadeiro rebanho passou por entre os dois — feito gazelas, os filhotes dando saltos — e desceu pela parte mais escarpada do rochedo, uma espécie de plano virado na vertical.

Mais tarde até passou um outro da equipe de observadores, correndo como sempre, apressando-se em passos pesados pelo meio do mato baixo, entre gravetos de madeira morta que se amontoavam no sentido da cumeada, mas não chegavam a perturbá-lo em sua corrida: antes mesmo de ele se tornar visível, um chiado e um guincho, no fundo um ofego. Ele notou os dois, o casal episódico, no topo, mas parecia não ter reconhecido seu companheiro de observação. E essa mulher aí, uma estroina da montanha, a se deduzir pelos rasgos da farda e pelos cabelos esvoaçando em todos os ventos, foi alvo de um único olhar do apressado atravessador de prados, um olhar brevíssimo, não apenas maldoso e sem mesuras — facínora mesmo, sobretudo por ter sido lançado sobre o ombro. E ao mesmo tempo enviesou a língua na boca — e que língua grossa — e atirou contra ela com os dois dedos indicadores no ar.

Pois é, também havia esse tipo de gente que, ao encontrar os outros aqui, mesmo longe do mundo inimigo, não se deixavam afetar por essa coincidência legendária e fantástica, não esqueciam de imediato o que se impusera de adverso entre eles num passado longínquo só pelo fato de serem tipos e sexos opostos, mas sim, sobretudo neste terceiro lugar, confirmavam por si mesmos as imagens inimigas que personificavam diante dos outros, imagens assombradas que grassavam dentro de si, pelo menos mil delas, até três mil: e mesmo que tivessem se avistado no planeta Júpiter ou Vênus, no último recanto do espaço sideral, como únicos e últimos seres humanos: pelo menos no que tocava a ele, isso só teria selado ainda mais seu ódio e sua inconciliabilidade.

E no mais, a história narra que a atravessadora da serra continuou em silêncio, mesmo que com uma mímica contínua e cada vez mais viva, algo que o observador acompanhava com todo interesse, como se lesse nos lábios dela palavras almejadas. Ela também estava admirada. Estava admirada com o que o outro dissera.

Todavia, ela não se admirava em absoluto da mesma coisa que ele. O que a admirava era que, caso fosse falar agora, o muito que teria a narrar sobre a baixada do alto da serra, mesmo que não se opusesse necessariamente às observações e considerações dele, com certeza as invalidaria. Isso, embora o homem já tivesse permanecido aqui no Alto da Sierra um ano inteiro ou mais, enquanto ela só chegara há —

E ela se admirou de novo: pois, apesar de ter chegado há pouco na região, tinha a impressão de ter vivido em Hondareda bem mais tempo que o repórter. "Sim", daria a entender ao autor depois, tanto, tanto tempo depois, "olhando para trás, o tempo lá me parece uma peça, uma coisa, um objeto, uma massa, matéria; algo extenso; espacial; espaçoso."

30

Não apenas um e outro fenômeno: o que ela percebera, de forma oposta ao homem ruivo de cara vermelha, fora antes de mais nada o ritmo da alta baixada de Hondareda, um ritmo que sustentava, estabelecia vínculos, permitia que as coisas surgissem e viessem à tona. No momento em que, vinda de Pedrada, se vira de súbito postada diante da bacia serrana espantosamente profunda e notara naquele solo o novo povoado sobre as encostas, já à primeira vista se acionara um ritmo, um ritmo que determinou o compasso do resto de sua expedição-a-sós.

Com a profundidade da fenda a seus pés e a imponência, a extensão da depressão granítica invalidando discretamente todas as dimensões conhecidas, dava para ver todos os detalhes, próximos e distantes, como se uma lente os enfocasse e desenhasse seus contornos com uma nitidez ainda maior; e esses contornos reforçados se manifestavam em harmonia com todo o resto: ou seja como teor e *tenor* do ritmo específico que predominava naquele átimo.

Por um momento, as esparsas cúpulas rochosas, as moradias, as medas de feno, o lago (a *laguna*), toda a alta planície, tinham um quê de escrita, com junções de detalhes e letras isoladas, bem como distâncias, espaçamentos ou sinais de pontuação, assim ou assado, mas numa regularidade clara (vide ritmo) e bela, pelo menos na visão dela.

Digno de nota ainda, o fato de que essa escrita, com roscas de arbustos-anões por toda parte, feito redemoinhos de cabelo, com reiterados sulcos lineares, muitas vezes paralelos, fendas, gretas na rocha fazendo curvas similares de rochedo para rochedo, pintas, pontos, ondas, acentos, sinais de aspiração em liquens e musgos, era a escrita árabe — que sem querer ela já "lia" da direita para a esquerda.

E o ritmo dos fenômenos na extensão de Hondareda era mais ou menos o seguinte. Um bando de pombos silvestres crepitava. Uma família de perdizes corria, deslizava, precipitava-se às pressas. Um floco de neve caía. O céu estava azul. O rochedo era um ovo de dinossauro. Uma rajada de vento bufava. Uma nuvem de poeira era amarela. Um velho tinha sardas. A figura na lama seca era um pentaedro ou hexaedro. Meu avô cantava ao longe. Uma pedra-de-fogo cheirava a chamusco. Da floresta de pinheiros luziam pinhas claras em forma de cone, e o corvo que passou voando era de um preto-corvo.

E prosseguindo no ritmo de Hondareda: sob o resguardo do vento, atrás do espinheiro entre granitos, quase se torrava naquele sol tórrido, e na sorveira-dos-passarinhos, desfolhada, não estava pousado passarinho algum, e os arbustos de frutas silvestres se encarquilhavam, e os grilos se puseram a grilar em pleno inverno ou outono ou maio, e eu deixei meu coração se consolar de novo por eles, e o capim tremulava, e um bastão de madeira era cinza feito pele de cobra.

E no lago glacial, a água esfumaçava onde não havia gelo, e espelhava, e nesse espelho o escuro, era a ponta escarpada do Pico de Almanzor, tão escarpada que o pico mais alto da cumeada da Sierra era o único sem neve, e *al-man-sûr*, sim, ensolarado e claro agora, em árabe "o lugar", e *kathib*, isso significa duna, e atrás de uma barricada de pedras despontava, como que evocada pela palavra, uma duna mesmo, a areia erodida e varrida até ali, amarela feito perna de abelha, e de novo o homem ruivo, e numa acácia da montanha os espinhos se afiavam que nem barbatana de tubarão, e todas as alegrias e todas as dores da Terra estavam reunidas nas redondezas, e ali estava um castanhedo e tinha a medida de um jardinzinho, dividido em dois terraços, e uma única folha guizalhava, e ali estavam penduradas algumas cápsulas rompidas, vazias, com espinhos eriçados, e eu pulei o muro de pedra e surripiei as castanhas esquecidas no chão, e da protuberância do rochedo pingavam estalactites de gelo.

E a fumaça do povoado cheirava como em Tbilissi, em Stavanger, em Montana, e nas águas da montanha se espelhava agora, ao lado do Almanzor, a fachada do edifício do meu escritório na confluência dos dois rios na cidade do porto fluvial, e mais para a esquerda matraqueava uma noz-de-galha, e dentro das vagens pretas da genista tilintavam, sim, tilintavam sementeiras, e bem à esquerda, lá embaixo no fim da linha, estava escrito *bint*, "menina" em árabe, e um outro termo para filha era *ibna*, e lá estava alguém em carne e osso, e tudo daria certo, e nada daria certo, e tudo e nada voltaria a ser como era, e numa claraboia havia uma vela acesa, e meu irmão lançou uma granada, e a gente era só bem-aventurança, desejo de amparar, desamparo, só perdição e penúria, como nunca e como sempre, e o bando de pombos silvestres zunia, e o pássaro fênix flamejava de suas cinzas, e carregava a gente através do melhor limiar da melhor moradia no fundo da baixa.

E naquela ocasião, da primeira vez que ela estivera na Sierra de Gredos, com a filha sob o coração, e o pai da criança, seu único amado, desaparecido enquanto caminhava pela serra (um desaparecimento próprio da estirpe?), o mundo diante dela, a seus pés, repentinamente de ponta-cabeça, de cabeça para baixo, ensandecido — fora ela mesma que ensandecera diante daquele espetáculo, não só de leve, mas de corpo e alma.

Só que ela — conforme disse ao autor, enfim, no limite da audibilidade — tinha negado isso durante anos, enérgica e decididamente, e essa energia também fora cúmplice de seu "sucesso mundial" — uma energia por assim dizer (não, não por assim dizer) criminosa.

"Cada um carrega uma loucura dentro de si", ditou ela ao autor, após ter reencontrado sua voz: "E a loucura já irrompeu uma vez, inúmeras vezes. Cada um já teve seu surto de loucura. Só que nós todos, ou a maioria de nós, fazemos de conta que não foi nada."

Agora, contudo, diante da depressão de Hondareda, com aquele novo povoado insuspeito, parecendo urbano de perto, sim, cosmopolita até, de ponta-cabeça naquele vale fundo de uma claridade glacial, a cidade sob uma vítrea redoma de ar, como que num outro elemento, ainda inexplorado e quem sabe nem sequer descoberto, repetia-se para ela uma cena, uma das últimas antes do final ainda relativamente feliz daquele filme em que ela fizera o papel da heroína: lá estava ela, fugindo de seus inimigos mortais, adentrando uma paisagem completamente extinta, sem nada, a não ser cinzas negras de vulcão, ainda efervescentes, num fim de mundo — assim como sempre podia haver tais fins de mundo, bordas e precipícios, justo no limite de aparentes centros e meios —, e vagava errante, enjeitada, meio cega, de mãos vazias, implorando ao céu invisível, invocando os pais, os irmãos e a terra natal, amaldiçoando o próprio destino e além disso a existência humana, até tropeçar no cascalho, cair, levantar-se, cair e ficar deitada de bruços no chão.

A câmera a mostrava de perto, grande, com o rosto caído. Faíscas como que de lava fulguravam noite adentro, ao largo do vulto estatelado em coma ou já morto. Salto temporal. O mesmo *close* com mudança de luz. As tochas dos perseguidores? Não, o dia. Fim da noite. O salto temporal indicava que amanhecera. Ainda com a cabeça em meio a escombros vulcânicos e basalto. Acabou? Fim?

Aos poucos, entretanto, um certo movimento, ou seria apenas o vento nos cabelos do cadáver? A cabeça se levanta lentamente e emerge na luz, na luz da manhã. Sua pele, inclusive a testa, e sobretudo as têmporas parecem feitas para essa luz. (É claro que o iluminador fez a sua parte, com focos laterais, holofotes e refletores.)

Olhos abertos: um negro que no início da tomada parece tão fosco e turvo como a paisagem de crateras, mas então reluz como agora, a câmera retornando direto, a passagem de *close* para plano geral quase imperceptível, aqui e ali arcadas vítreas de blocos de basalto, cataratas de fogo de erupções vulcânicas ocorridas há muito, resfriadas, petrificadas cristalinas, empilhadas num deserto de pedregulho e cinza.

Em vez dos absurdos movimentos de fuga da véspera, pernas para que te quero, ela se arrebatando e tateando nas direções mais impossíveis, agora era mais o luzir obscuro, quase torpe, ou então a desesperança enfeixada num único olhar, um olhar de uma fúria serena. Depois — apesar de continuar sendo um plano geral, ao assistir ao filme no cinema naquela época, era como se eu tivesse visto apenas a imagem de uma boca por um momento —, lábios se abrindo. Espanto. Sim, espanto. Não esquecer que: o filme dela se passava na Idade Média, e o espanto enfático dos personagens era não só verossímil, mas fazia parte da história desde o início. Esse seu espanto, no entanto, ia além do corriqueiro espanto medieval: era um espanto de nada e coisa nenhuma, era decisivo.

Pois foi isso que lhe salvou a vida. E mais: deu-lhe forças para uma vida nova. Com aquele espanto decisivo no instante de despertar daquela noite de desespero, sua história até ali se concluiu de uma vez por todas, e assim se abriu espaço para uma nova história de filme, não apenas mil vezes, mas infinitamente mais bonita e verdadeira, e ela estava para começar agora. (Só que o filme não mostrava como ela continuaria.)

Na época, houvera diversas interpretações do que ocasionara aquele "espanto decisivo" da heroína: um sonho, um sonho da antemanhã em cores e sons paradisíacos, como se sonha às vezes? a luz da manhã, pouco antes de o sol nascer, e o céu, novamente medieval de todo, como uma cúpula, e a terra de lava onde a mulher estava estirada, como o respectivo disco? O sonho paradisíaco da antemanhã e a luz e a aragem do mundo real ou da vigília se engrenando?

Quanto a mim, acredito que o novo-espanto da perseguida e desesperada não tinha razão de ser, ou não se devia a quase-nada — desde sempre e até hoje, mesmo que mais e mais raramente, em toda a minha maldita vida de viés, tantas vezes sem valia, com novo espanto e espanto novo, vislumbro luzir de súbito um mundo descomunal, colossal e irrefutavelmente pacífico, um mundo que não vou desistir de considerar o mundo de fato — quanto à renegada expressão "de fato", vide mais adiante —, mas um mundo desses nunca me aparece em forma de sol ou de pura luz e sim num relampejo um tanto turvo, mortiço, cinza-crepúsculo, como a singeleza das singelezas: por exemplo, como um prego enferrujado, descoberto há décadas na poeira do caminho do lugarejo natal; como uma guia de calçada, outrora, no Peloponeso; como a sombra de uma criança em Oklahoma; como as pranchas de um barco na Capadócia. E eu — eu com o meu "mundo de fato" — também estou ameaçada pela perda da imagem, ou será que isso já está ocorrendo, irreversível? Mas como é a minha vida que está em jogo e não a história de um filme, meu espanto jamais pôde passar por decisão.

O jeito de ela vivenciar aquela depressão serrana, povoada para sua surpresa, refletia como um espelho aquele abrir-os-olhos para o mundo que ela tinha representado no fim do filme. O mundo que a gente vivenciava em Hondareda e que se fazia notar à primeira vista no acampamento da baixada era virgem e nubente, um mundo em território não mapeado, ou não? (Foi ela que insistiu em usar "a gente" nesta frase, e quando o autor, levado há muito tempo para aquela vila da Mancha distante de sua pátria ou mátria, perguntou-lhe se "nubente" e "virgem" ainda eram usuais em sua língua e se encaixavam nesse contexto, ela lhe informou que dependia do substantivo e que nesse caso: sim!)

No mais, era para sua história retornar logo mais à hora-de-ponta-cabeça, ao surto de loucura durante sua primeira travessia da Sierra de Gredos; pois essa teria se tornado ao mesmo tempo a hora da culpa, e o fato de agora, em sua última travessia, última mesmo?, ela finalmente ter se proposto a contar, ter imaginado instantemente, até nos piores momentos, que viria a contar tudo, a impediu de desistir e de se render de vez, ou não?

Em suas viagens de aventura até então — e ela voltou a interromper o autor e o mandou usar pelo menos uma vez a palavra "andança" em vez de "aventura" e "viagem" —, não era nada raro ela se deparar com aquele mundo virgem. Ele quase sempre vinha à luz quando a andarilha, *la andariega* ou *andarina*, outros derivados de "andar", se deitara no meio do caminho ao ar livre e acabara pegando no sono, exatamente como acontecera à heroína representada por ela naquela cena de filme.

Ao contrário do filme, ela sempre dormia às margens de um riacho, no capim da estepe, sob uma lapa, por um tempo brevíssimo, talvez apenas pelo intervalo de alguns respiros. E o adormecer ocorria em plena luz do dia. E nunca era precedido de mágoa ou desespero, no máximo um certo cansaço de andar, uma certa fraqueza.

E com o ruído da água no ouvido, o murmúrio do vento e algumas vezes até um gemido de carro mais ou menos distante, ao acordar de tal cochilo: não um despertar leve: na verdade, como se desse com a testa de um animal em sentinela ou levasse um empurrão de uma criatura amiga. E mesmo assim, de súbito, sempre um cenário completamente desconhecido, mesmo que inalterado, sobretudo incompreensível, sem norte nem sul, sem meridiano nem pós-meridiano — se fosse uma hora: aurora; se fosse rota: oriente.

Que frescor essa indecifrabilidade sopra até aqui. Só que ela sempre cede espaço cedo demais ao já-conhecido, e o que havia de renascido e nubente desalenta e murcha. Mas o tempo que ela passara em Hondareda não fora assim. Nunca tinha lhe acontecido algo comparável.

Enfim ocorreu-lhe uma correspondência. Antigamente, quando era pequena, costumava viajar de trem da cidade onde estudava até a casa dos avós e do irmão ainda pequeno no vilarejo lusácio-arábico. Antes da chegada à estação ferroviária situada fora do vilarejo, os trilhos atravessavam um verdadeiro túnel, apesar de a paisagem ser quase plana. Só isso já deixava qualquer um admirado, não só uma vez, mas sempre, sem falar no comprimento do túnel. Toda vez era como se ele não fosse terminar nunca mais. Que longa travessia, escuro à esquerda e à direita, e isso através de um túnel em terreno quase plano!

Sempre que ela voltava para casa assim, já era noitinha, se não fosse noite. E muitas vezes ela estava cansada, da cidade grande ou do que fosse. E com o tempo, ela passou a adormecer no túnel com uma frequência cada vez maior, até por fim adormecer sempre, sem exceção. Mal o trem passava o limiar do túnel, duplicando a velocidade no mínimo, seus trépidos e batidas se transformando num zunido e guizo só, os olhos dela se fechavam e, enquanto o ritmo das rodas nos trilhos se intensificava brusco, ela, seu corpo, sua consciência, tudo e todos com ela dentro do vagão enveredavam para dentro do ventre, do largo oco da canoa do tempo-mor. E: no túnel, alguém vinha para cima dela. Um? Um, todos.

Na saída do túnel, com o barulho se distanciando e se atenuando e o trem desacelerando perto da parada, ela despertava. E toda vez, a cada repetição da viagem, ela tinha a mesma sensação fabulosa de mundo-metamorfoseado. E ao contrário do que sentia ao acordar ao ar livre, como andarilha, aquele despertar dentro e depois do túnel era duradouro, efetivo e sobretudo válido. Através do túnel, o que havia de momentâneo, cotidiano, o mero Agora se enaltecia, tornando-se épico. Se os olhos se fechavam no túnel, era para depois se abrirem olhos ainda maiores.

E assim como em Hondareda, agora, onde o de-cima-para-baixo e debaixo-para-cima se deixavam reverter pela cumeada da muralha serrana, antigamente, diante daquele vilarejo tão despojado, que depois do sono no túnel parecia festivamente ornamentado, entretanto, ela sempre pensara: "Que supérfluos nós somos. Como fomos escanteados, liquidados. Que taverneiros de quimeras e malabaristas de nadas nós somos. Que solitários e perdidos."

E assim como sua terra natal após o sono no túnel, para ela o mundo de Hondareda se manteve incompreensível do começo ao fim; o que não significava que ela estivesse interessada em compreender. Afinal, ao despertar, tanto ao ar livre como depois do túnel, aquele não-entender-mais-nada era francamente refrescante e, apesar de toda a sensação de ser um ser perdido entre seres perdidos, aquilo gerava uma confiança, uma confiança absolutamente insólita. O quê, ela, senhora de si e de tudo, uma perdida? A história ainda há de narrar isso. E senhora mesmo ela já não era há muito tempo. Ou era? Mais ainda até?

Quase nada se encaixava como deveria na "pradaria de Hondareda" — entre os nomes dados à baixada glacial, tão numerosos quanto pétalas de flores, este era um dos que tinham pegado. E ali estava, está, terá estado ela, um belo dia, postada diante de um relógio de sol pintado na plataforma de granito. Não era só que ele não tivesse números e atrás do ponteiro de sombra não apontasse para nada além de uma paisagem circular, miniatura da região: o relógio de sol ficava num lugar do povoado onde batia sol, quando muito por alguns instantes e, além disso, havia um outro rochedo de granito, parecido, interpondo-se à breve radiação solar: de modo que o ponteiro do relógio de sol marcava o tempo com sua sombra no máximo durante esses poucos instantes.

Assim como fora apedrejada antes em Pedrada, o mesmo lhe acontecera aqui após sua chegada, sob um céu azul-alpino, já trovejando negro-sideral no zênite da cúpula: só que agora fora de uma brenha de genista, não com pedras, mas com bolinhas de zimbro quase sem peso, e durante um bom trecho com cápsulas vermelhas vivas de roseira-brava, menores que um ovo de codorna, e depois de contornar alguns topos pedregosos, com nozes da Sierra, bagos de sabugueiro, pinhões de todos os lados. E nada disso era lançado contra ela, mas sim para ela, do invisível, em longos arcos, como se fosse para ela pegar (e assim o fez).

E uma hora havia uma escavadeira nova em folha parada no meio de penhascos de quartzo e alabastro, intangíveis de tão lisos. E longe do povoado, num lugar completamente diferente, num outro dia, arqueavam-se entre o alto capim espigoso da estepe — no qual também se encontravam ramos de trigo de verdade — cones de areia do tamanho de uma casa, recém-peneirados, e em cada um deles estava enfiada uma pá enferrujada, como que exposta às intempéries há tempos. E um homem visivelmente avançado em anos, ou seja, o primeiro, ou terceiro, ou último dos habitantes fundadores de Hondareda, neste ponto o observador observara direito, passava dia e noite transportando tábuas sobre um carro de xelma, daqui para lá e de lá para cá, de quando em quando inclusive em círculo, sem jamais depositá-las em lugar nenhum.

E uma outra pessoa de Hondareda trepou no único guindaste que havia, em compensação maior que todas as torres rupestres do território da bacia, e ficou imóvel lá em cima em sua cabine, sentado sob o braço parado do guindaste, lendo? olhando? finalmente manejando alguma coisa, mas com gestos que não tinham nenhuma relação com o aparelho de guindar, como se estivesse sacudindo uma panela, enfiando uma linha na agulha, talvez anotando ou registrando qualquer coisa, escrevendo com o nariz rente ao papel, como um escolar no primário — se é que estava escrevendo — com a mão inteira, o punho, os ombros volteando, depois jogando a cabeça para trás, balançando o dorso, usando o corpo inteiro, ou quem sabe estivesse fazendo amor e a "parceira" se mantivesse invisível atrás do anteparo da cabine, e olhe lá, agora ele ficou quieto de novo, mirando da janela do guindaste, sem nem piscar os olhos, e veja como ele está longe, e como — a um dedo de distância daqui — sua íris se irisa e suas pupilas pulsam.

E certo dia ou certa noite ou de quando em quando, nesta capital episódica da Sierra, a andarilha se deparou com um barracão de madeira, terá se deparado com o barracão e terá visto um casal de namorados, mais real e corpóreo impossível: pois ali estavam deitados os dois, jovens mesmo, e se davam a ver, sobretudo a menina, a mulher.

Não deram a mínima para a intrusa, que, por sua vez, recuou um passo de imediato, mas depois, por sugestão e a convite da própria amante, tornou-se espectadora. Tão nua como estava deitada ali, luzente (onde estava o foco de luz naquela penumbra?), o orgulho e a entrega em carne e osso, com unhas e dentes — sobretudo unhas —, mostrando-se algumas nuances e tanto mais orgulhosa por estar sendo observada, e sua entrega, por ser indefinível e superar o outro, o menino ou homem, parecia — terá parecido — parece não apenas um tanto, mas muitos tantos, infinitamente maior e mais segura de si. Sem esta de mitos, diziam este olhar, esta pele e estes cabelos: abaixo os mitos em que os deuses homens descem até a mulher em forma de nuvem, cisne, touro, dragão, bode e coisas do gênero: olhe para mim, não é de hoje e não é apenas aqui que já vigoram outros mitos, mitos que conciliam o desejo na ausência com a consumação na presença, e não é mentira coisa nenhuma, nem lavada nem deslavada! O buraco no nó da madeira se abriu numa espiral, e a cumeada da Sierra, de pico em pico, La Mira, Los Hermanitos, Los Cuchilleros, Los Tres Galayos, El Almanzor, La Galana, galopavam um atrás do outro, porta escancarada adentro. O que aqueles dois estavam fazendo ali? O que significava amar então? E a espectadora não entendeu nada, nada: bom, tanto melhor. Como quer que fosse: aqueles acasalados ali no barracão, tão criaturas, tão soberanos, soberanos do mundo, mostrando aquilo ao mundo; mostrando-o ao globo terrestre.

31

Nas bordas da cidade do porto fluvial, em sua propriedade — a antiga posta e fazenda — ela tivera uma experiência que antecipara, digamos, o Entretempo em Hondareda, uma experiência com o marmeleiro, não só chamado de *kwita*, mas também de *dunja*, uma das poucas palavras eslavas que haviam sobrevivido, assim como *bint*, ao lado de *ibna*.

Naquele ano, o *marmelo*, vulgo *dunja*, dera como sempre flores incomparavelmente brancas, em forma de pequenas taças, luzindo de dentro da folhagem cerrada, verde-fosco, mas depois não dera nenhum, nem um único fruto. Mesmo assim, toda manhã de verão e de outono, ela tinha ido até a árvore e inspecionado se não daria para ver pelo menos um marmelo, não, *dunja*. Nos jardins vizinhos, por menores e mais sombrios que fossem, com o tempo aparecia aqui e ali aquele incomparável verde e depois amarelo-*dunja*, cada fruto abaulando-se como o de nenhuma outra árvore frutífera, com sua penugem reluzente. Só no pomar dela, não importava quantas vezes ela tivesse subido na escada e apalpado através do invólucro de folhagem, é que não havia nada de novo hoje.

Mesmo assim, ela não desistiu de espreitar e procurar. Será que uma *dunja* não poderia ter se mantido fora do alcance da vista, numa ramificação ou onde quer que fosse? Com certeza algum dia ela apareceria diante de seus olhos, um corpo, uma rotundidade, um corpo de fruto — um peso, um volume e um perfume entre a folhagem de lanças sem peso nem cheiro, abaulando-se enganosa aqui e ali, simulando uma fruta. E seu olhar contribuiria para a frutificação e enfim para a aparição; ajudaria a engendrar o marmelo, aquele ali na árvore. Caso contrário, ela, a escolada ladra de frutas, não se acanharia em afanar um do jardim ao lado e pendurá-lo com um barbante ou qualquer outra coisa na sua árvore — ponto de exclamação!

E então, numa manhã de fim de outono, por entre a folhagem já escassa, toda retorcida, preta com manchas amarelas, como a salamandra típica do Almanzor, não é que seu olhar se deparou de longe — desta vez sem qualquer expectativa, de súbito, "inopinadamente" (sugestão do autor), por atrás? entre? não, diante, ao lado e sobretudo por cima do sarapintado salamândrico — com uma forma; e por mais que não passasse de uma bola do tamanho de uma maçã-albarrã, criou naquela árvore tão vazia e erma uma esfera na qual toda a planta parecia girar de imediato, sobretudo agora, com o cessar do vento, diante da imobilidade das lancetas estranhamente enrijecidas de tão murchas, agora, no exato momento em que foi avistada ("viu só!"). E logo se fizeram notar uma segunda e mais uma terceira fruta, mais parcas e módicas que a outra, e ela deixou todas engelharem no pé e enegrecerem de inverno.

E aquele olhar — intervenção, colaboração e impulso — se repetiu durante sua permanência em Hondareda, se bem que numa medida mais ampla, abrangendo não apenas uma planta. O observador observara direito e tinha toda razão de se referir a uma deformidade ou feiura ou hediondeza caótica em todo o complexo do povoado e em cada um dos refúgios isolados, "caixas de pernoite", "buracos pré-prometeicos", "cupinzeiros sem a arquitetura termitídea". Afinal, ele não tinha olhado o suficiente, tantas vezes quanto necessário?

Será que ele chegara a transpassar realmente o limiar, sentar-se junto ou coabitar com os moradores e assimpordiante, num sentido completamente diferente daquela missão corporativa dos relatores de viagem, sempre dispostos a "compartilhar a vida dos nativos"? Nem sequer uma única vez — apesar de seus relatórios mencionarem que não havia nenhum limiar de obstrução nitidamente demarcado ou configurado diante daqueles buracos de morar, quanto mais alguma proibição de entrar; e assim, onde quer que tivesse estado em Hondareda, em companhia de seus co-observadores, em vez de transpassar o limiar como hóspede educado e prudente, ele só adentrara os lugares às cegas, mantendo-se cego para todas as espacialidades e figurações, ou não? será que não?

Ela, por sua vez, forasteira convicta — o que não queria dizer alheia —, em meio ao novo povoado do alto da serra, um ponto de passagem não apenas por causa da proximidade do passo de Candeleda, deparou-se com um elaborado sistema de limiares, ou então, seguindo as referências aquáticas do linguajar dos moradores, um sistema de comportas?, engenhado com rigor e aprimorado em minúcias. E assim que se abrissem os olhos e os sentidos para tal sistema, tanto o perímetro do povoado, uma aparente imitação do caos pós-glacial de seixos embaralhados sem qualquer plano ou ritmo, quanto as moradias afins ganhavam forma (e formas) e referência.

Também fazia sentido a observação de que qualquer caminho dentro da colônia era complicado demais, conduzindo despropositadamente a mais e mais quebradas, descrevendo sobretudo curvas digressivas que viviam se afastando da meta; que até uma trilha ou uma viela entre rochedos fazia uma volta até o vizinho da frente, em aparente disparate. Mas essas voltas existiam desde o início, bem antes do sedentarismo e da construção de moradias, já eram de praxe entre os primeiros campistas e acampados: sinal e indício da distância que se mantinha em relação aos outros por educação, sobretudo diante do apertamento local, e mais do que isso talvez, indício do recuo que se dava diante do território dos co-imigrados em sinal de saudação: "Tenho uma queda por você!"

E foi a partir desses desvios originários, adotados pelos novos colonos sem mais nem mais (daí a mais-valia), quem sabe já traçados em sua circulação sanguínea —, foi a partir desse abrir-alas-e-caminhos, tanto exterior como interior, que se desenvolveu, com toda espontaneidade e sem serventia alguma, toda aquela rede de ruas, vielas e passagens digressivas e excessivas.

Algo semelhante também valia para construções isoladas ou habitação, armazenagem em depósitos e porões e assimpordiante, sem que tivesse sido necessário remodelar para tal as condições naturais existentes, as cavernas, os meros recuos e nichos, as covas de areia e barro; isso também se aplicava às cabanas abandonadas e aparentemente arruinadas dos eremitas que se sucederam na baixada através dos séculos, aparentemente bastante mudadas após uma observação mais cuidadosa; e o mesmo valia para o antigo "refúgio do rei", a ruína de uma fortaleza serrana que cominava (ainda se dizia isso?) no máximo a quem a visse de fora, um ponto assinalado em todos os mapas recentes da Sierra como ruína (triângulo preto), uma cidadela abandonada em cujo interior os *hondarederos* já haviam posto uma nova pedra de alicerce nesse meio-tempo, fora do alcance da vista dos observadores, e estavam construindo passo a passo algo completamente diferente: a sede de governo do enclave — autodeclarado? nada era declarado aqui e este era justamente um aspecto do problema internacional de Hondareda —, sede de governo escondida no asilo real já esmorecido, por trás da fachada de um amontoado de rochas e vigas, dificilmente acessível de lá de baixo da bacia habitada: longe, bem longe de sua sede de governo ou centro, da ermida nas alturas celestes, pelo menos a sessenta vezes sessenta martelos arremessados de distância ou dez a treze segundos de eco.

Não importa quais limiares ou comportas você atravesse na região de Hondareda e quantas vezes se deixe conduzir até o centro, não só geométrico, das moradias: de todos os lados você se sente envolvido por aquela esfera que não se deixa porque não se deixa reconhecer de fora. Seja num mero barraco, num refúgio semelhante a uma tubulação ou a um fragmento de *pipeline* (que, ao adentrar, você descobre ser aquecido e provido de escotilhas, como um cruzador), você se depara com o marmelo, com a *dunja*, singular e plural, com o fruto; emanando sua cor e seu perfume por todo o interior da habitação, pelos demais espaços e por fim até o exterior.

Dá para compreender por que o observador, em seus relatórios, atribuiu à gente de Hondareda, sem quaisquer más intenções, um retrocesso a um passado longínquo. Afinal, em sua primeira fase ali, até ela se sentira transportada para a floresta devastada pela ventania na periferia de sua cidade portuária. É que para saudá-la, por exemplo, este e aquele *hondaredero* haviam saído de covas que não se distinguiam muito das deixadas pelas árvores colossais desenraizadas na floresta. (E de fato, conforme lhe dissera ao telefone o filho do caseiro vizinho, nesse meio-tempo não eram poucos os buracos de raízes que estavam sendo usados como abrigo noturno pelo crescente contingente de sem-teto da região, cobertos com papelão, cobertores e peles, mas também com valiosos tapetes, sendo que a entrada e a saída eram através das brechas existentes entre o terreno e o torrão desenraizado e tombado na vertical; posteriormente, ele também viria a pernoitar num buraco desses, quem sabe até mais de uma vez.)

O que havia em comum entre os buracos de lá e daqui era o fato de eles terem surgido de uma espécie de revolvimento da superfície do solo: assim como, ao se desenraizarem, os carvalhos, castanheiras e cedros seculares haviam deixado crateras mais fundas que a profundeza de trincheiras, mais largas que a largura de rombos de bombas, aqui havia ocorrido o mesmo com esses blocos de granito emergidos dos escombros e seixais da antiga geleira, blocos da altura de uma árvore e da largura de dez troncos, monólitos que perderam a escora sem ajuda de qualquer ventania, apenas por causa do solo que fora cedendo aos poucos e devido ao seu próprio peso de proa.

Mas não, meu caro observador, muito pelo contrário, essas covas aí, essas fôrmas ocas dos esteios que antigamente escoravam as árvores de pedra tombadas a esmo na caótica floresta glacial, não eram de jeito nenhum testemunho de uma tentativa de se esquivar do presente, seja ele quando fosse.

Não eram nem sequer covas, pelo menos não covas a serem habitadas. Esses inúmeros rebaixos adicionais, quase à prova de vento e de intempéries, em meio à grande e profunda baixada de Hondareda, serviam mais de fosso para o depósito de lenha, de barris de óleo de calefação e coisas do gênero, mas acima de tudo como demarcação — não empecilho ou obstáculo, conforme afirmara o observador — do acesso às verdadeiras residências, a princípio fora do alcance da vista: como passagens, ou vestíbulos, ou, se você preferir a palavra, "entremeios".

E era de tais passagens ou vestíbulos — por que será que isso não se desvelara até agora ao observador míope, hipermetrope e ainda por cima astigmático? — que se derivavam as casas, ao mesmo tempo preexistentes e construídas (com utilização de materiais antigos e modernos), tão modestas e exigentes, tão decaídas e elegantes quanto seus respectivos moradores, vindos de Hong Kong, Cidade do México, Haifa, Serra Leoa, Adelaide ou Santa Fé. — Isso significava que ela estava toda entusiasmada com Hondareda e seus imigrantes? — "Sim." — Parcial, portanto? — "Entusiasmo não significa parcialidade." — Mas não haveria o risco de se deixar levar pelo entusiasmo? — "Se for entusiasmo mesmo, jamais." — Mas será que ele não acrescentaria algo a mais ao objeto, algo alheio? — "Se for entusiasmo, sempre." — E o que ele acrescentaria? O que ele faria? — "Ele faz. Realiza. Cria." — Como seria possível reencontrar o próprio entusiasmo perdido? Como ele recomeçaria? — "A mim, parece-me que ele começa como geralmente começa uma grande dor, mas no fim das contas acaba tendo o efeito contrário. Você já sentiu isso? Após um longo tempo indolente, de repente você pensa na dor ausente, de cabeça, na alma, no coração, de barriga, nos intestinos. Sem sentir a mínima dor, você pensa na dor, aqui e ali, ou pensa simplesmente na palavra dor e num possível lugar dolorido — e na noite seguinte, ou uma hora mais tarde, ou logo depois de pensar na mera palavra, aquela dor irrompe dentro de si, exatamente ali onde você a tinha imaginado, com toda fúria, e você pensa que vai morrer de dor já-já, agora mesmo."

"E é assim que o entusiasmo entra em ação, não é mesmo, retornando em regra com o pensar e a conscientização — só que não de uma dor e sim de um objeto que deveria estar aí, mas — estranho, muito estranho — não está. Antigamente, no vilarejo, e não só antigamente — digamos, na minha fase de ladra de frutas, que perdura até agora —, muitas e muitas vezes me vinha à mente o mero nome de uma fruta, "maçã", "abrunho", "cereja" ou "marmelo", todavia, nada do gênero em parte alguma, por que será que não?, até que, uns passos ou estradas ou sendas depois: lá estava a coisa, o negócio, a macieira temporã, Louise Bonne de Avranches, evocada pelo mero nome, digamos; não, sem digamos, fora mesmo o contínuo pensar nos nomes, nos nomes e de novo nos nomes, que me colocara no caminho das maçãs, das peras, dos marmelos e das ameixas."

"E certo dia em Hondareda, foi na palavra 'crianças' que eu pensei: pois então, onde é que estão as crianças? não há crianças aqui? — e logo depois, ao me conscientizar, perguntar, espreitar e erguer a cabeça, tudo de uma vez só, elas apareceram, mesmo que de início apenas em forma de um breve pisoteio sobre o liso chão de pedras naturais de solo glacial, ecoando com mais intensidade que qualquer piso artificial — um pisoteio que já chegara aos ouvidos antes, mas fora confundido com alguém batendo palmas. E depois os gritos dos recém-nascidos de tantos e tantos casebres rupestres. E logo depois, quando a palavra foi repetida mais uma e outra vez, um berreiro multíssono, sem-querer-cessar-jamais, como só mesmo num pátio de escola..."

"E pelo menos para os objetos, localidades e seres da depressão de Hondareda, entusiasmo queria dizer que, em cada palavra e nome que acrescentasse alguma coisa ao que já estava lá mesmo, havia um tanto de dor, de uma dor que superava a minha própria e se juntava de maneira insolúvel às coisas de lá, vide a expressão local corrente para "estar morto", propagada rapidamente, sem que fosse necessária nenhuma convenção: "desaparecer da face da Terra". E de quanto em quando, é para você deixar se infiltrar na minha história esse entusiasmo que faz com que as coisas apareçam e as incita a vir à tona, com ou sem a dor de acompanhamento! É ele que deverá dar ênfase, ênfase ao que é pleno e também ao que está faltando — a propósito, a mesma ênfase com que todos os moradores da região de Pedrada-Hondareda falam." Ao que o autor respondeu: "Bem como você aqui."

32

Quando o autor se pôs a trabalhar no livro dela e dele, naquela vila da Mancha afastada do mundo, mas não no fim do mundo (se bem que faltava pouco para se reduzir de fato a uma mancha no mapa, o que faria jus ao nome), pois então, quando ele se pôs a trabalhar, já lhe tinham chegado aos ouvidos algumas versões dessa travessia da Sierra de Gredos, e todas elas se referiam à estadia da andarilha, *andariega*, na comarca de Hondareda.

Embora ele fosse uma pessoa crédula por natureza ou por qualquer outro motivo, pareceu-lhe que tudo o que era "testemunhado" e "narrado" — algo em que os preâmbulos insistiam expressamente — era não apenas falso, mas também falsificado. Afinal, esses autores, que nunca se davam a reconhecer e afirmavam precisar da "proteção da anonimidade diante da ameaça de possíveis atos de vingança", só estavam mesmo interessados em vender sua história e rebaixar seu objeto, sendo que para eles a última era condição necessária da primeira — algo que já ficava evidente na primeira frase, na escolha de palavras e mais ainda em sua gramática e ritmo.

Mas na verdade, tanto no conteúdo quanto na forma, eles ansiavam por algo ainda muito pior do que um simples rebaixamento, pois para o mercado que eles tinham em mente, isso poderia até surtir o efeito contrário: aquela gentinha de Hondareda tinha que ser descrita de cabo a rabo, do primeiro adjetivo até o último verbo, como os novos parvos, os que se matavam para acumular a luz do sol aos montes, a fim de trazê la para dentro de suas casas e porões sem janelas e coisas do gênero. Em se contando esse tipo de lendas e fábulas, a vida dos colonos imigrados do mundo todo para a baixada do alto da serra devia ser trivializada e privada de realidade.

E com a meta de invalidar, ridicularizar e aniquilar, os narradores anônimos e apócrifos achavam um tanto perspicaz de sua parte atribuir uma credulidade utópica aos *hondarederos* e a quem mostrasse entusiasmo para com seu projeto de existência, pois em todas as outras partes do planeta, eles só poderiam ser motivo de riso e, portanto, mercadoria para rir.

O ponto básico de todas as histórias apócrifas: que o primeiro mandamento de H. era "ser bom e nada mais que bom". Portanto: jamais fazer o bem — ser bom já bastava, de onde se conclui o que há de se concluir. E uma variante desse primeiro mandamento lá naquele sertão seria: "Não fazer o bem, mas sim fazer bem."

O que se concluía de cada uma dessas fábulas falsas, do tom exagerado dessas lendas era, por exemplo, que um colono novo, interessado somente em ser bom e fazer bem, encontrava um outro cidadão por acaso e dava-lhe uma na cara, sem mais nem menos, isso mesmo, quase o matava a pancada, sob a alegação de que os responsáveis pela miséria e pela desgraça de Agora, tanto a dele mesmo como a da coletividade — e os responsáveis por tudo isso existiam mesmo, em carne, mesmo que dificilmente em osso! — seriam um tanto inacessíveis, estariam fora do alcance de seu golpe, de modo que ele, "bonzinho como era" (ironia apócrifa), não podia fazer nada, a não ser descontar a fúria desvalida que sentia em relação a todos os ausentes numa das pessoas presentes mais próximas... (Uma outra coisa típica dos narradores apócrifos era insinuar com três pontos desses o que o leitor projetado deveria pensar do assunto.)

Por trás da máscara de seriedade, os narradores baniam a população para o reino nada sério da fábula, à medida que contavam que "os cidadãos de Hondareda" teriam resgatado uma tradição regional desaparecida há muito, segundo a qual tudo deveria ser determinado por uma única pessoa — "nada de soberanos ou mestres, é claro" —, alguém que assumisse essa função como um "irmão" (fórmula da tradição recém-atualizada) e não de acordo com o modelo de um patriarca, quem sabe até canibal, do

Antigo Testamento — e assim se fabulavam sucessivos despotismos deste e daquele "presidente-irmão", mais desastrados que brutais, porém — justamente por se mostrarem tão "fraternais" — especialmente brutais no final das contas.

E o autor até achou verossímil que, segundo as lendas apócrifas, muitos dos imigrantes de Hondareda tivessem usado em suas novas moradias elementos das arquiteturas tradicionais de seus países de origem, dos cantos mais distantes do mundo, e não apenas elementos: o mestiço-mais-que-amestiçado do Colorado, de volta às montanhas de seus ancestrais, anexou uma construção à cavidade preexistente no paredão de granito, seguindo na íntegra e com ângulos precisos as casas de arenito típicas dos índios Navajo do Colorado (dos quais ele mesmo descendia...); sobre o dique de pedregulhos que avançava no lago alpestre, um outro teria erigido uma casa típica das regiões de salina, feita com blocos de calcário originais do distante país onde nascera, idêntica à que ele habitara antigamente em sua terra, nas proximidades de Dubrovnik, antiga Iugoslávia, com montes de sal grosso armazenados no térreo sem janelas; um terceiro carpintejou ele mesmo um abrigo subterrâneo de tábuas, paus e varas de genista, representando — mesmo que numa cópia mal feita — uma cabana campesina de sua "mátria Estíria, Nova Áustria"...

O que tornava a coisa tão verossímil, aos olhos do autor: este e aquele detalhe eram verdadeiros, ao que tudo indicava, bem como uma e outra data, uma descrição de lugar aqui, até mesmo um certo ritmo ali — algo que ele denominava "verdade oscilante" —: em detalhe, muita coisa conferia mesmo, dando a impressão — a impressão de que o todo, toda a história fosse verdadeira. No entanto, o que era falso, enfim, o que falsificava, o que representava uma falsificação era a forma como os apócrifos relacionavam os elementos verdadeiros — a farsa eram as ligações; ao se perderem de vista no legendário e serem depreciados por causa de seu suposto saudosismo e outros melindres infantis, os *hondarederos* não só eram privados de sua existência presente, como também — e isso não era despótico? —

do direito ao presente. "Será que ninguém enxerga isso?", gritou o autor (trancado em seu barracão de escrever, batendo alternadamente na mesa e na cabeça).

E ao mesmo tempo foi justo a circunstância de que ele já ouvira reiteradamente a história ser contada assim ou assado — ele já a conhecia de tanto ouvir falar e ela não parava de chegar aos seus ouvidos — que o estimulou a colocá-la finalmente no papel do jeito que bem entendesse.

Mais que o trágico, o cômico, um acontecimento inaudito ou qualquer outra coisa, o que o instigara desde sempre a se tornar autor, mais que qualquer outra coisa, era o fato de uma história já ter sido multiplamente narrada; e isso não contradizia em nada o significado original de "autor" como "fiador", afinal, entre tantas coisas narradas em tantas versões, pelo menos em alguma delas deveria dar para se "fiar".

E a cada dia, um novo episódio da história de Hondareda — para o autor, esse era o sinal mais certo de que aquilo que acontecia ou acontecera lá, fazendo-o arregaçar as mangas, ou melhor, colocando-o a caminho, representava um problema, um assunto que o excitava. A única coisa que o incomodava de vez em quando era o fato de a história ter sido encomendada. Mas será que a incumbência ainda valia? Ao chegar na casa dele nas bordas da estepe, naquela vila da Mancha, após sua travessia da Sierra de Gredos, será que a mulher da cidade portuária do noroeste, aquela mulher que já fora tão importante, não estaria somente fingindo encomendar-lhe uma história, mas e depois? parou de fingir?

Sim, era verdade — confirmou ela ao repórter estrangeiro, lá em cima no topo de granito, dando numa longa resposta que consistia apenas de uma mímica muda —: de uma forma geral, cada novo colono de Hondareda vivia para si, no máximo compartilhava seu tempo de manhã e à noite com o jovem com quem morava, em regra seu neto, muitas vezes ainda criança.

Isso mesmo, com exceção de ocasiões excepcionais, as pessoas pareciam evitar de cruzar o caminho das outras, de preferência. E que retraimento, com que exagero se retraíam ao se encontrarem nas vielas rupestres. Com que olhos fixos, quase congelados de susto se entreolhavam, somente entre si? não, caminhando assim a sós também; e quão profundo parecia aquele susto, embora não tivesse muita relação com o presente e sim um efeito duradouro, levemente atenuado pelo encontro de agora com o vizinho.

Sim, que enormes as voltas que eles davam para desviar dos outros — mesmo lá fora na deserta tundra alpestre, mesmo ao nadar no lago tão quente como um pântano em certos pontos —, como um recuava diante do outro e chegava ao ponto de retornar, e caso realmente se voltasse para o outro, ia se afastando de costas, de trás para frente, como que paralisado de susto.

E era digno de ser visto como os vizinhos se espionavam, como já observara seu adversário lá na abóbada rochosa. É verdade: as extraordinárias habilidades técnicas dos novos imigrantes eram aplicadas sobretudo para investigar o que as pessoas do lado faziam e deixavam de fazer. Sim, com requinte superior ao de um submarino, em cada uma das moradias sempre protegidas do exterior, como que blindadas, havia algo como um periperiscópio, com o qual um podia observar o outro a mil e uma esquinas dali, dar uma espiada nas panelas, nos livros, debaixo dos lustres, nos rechegos e até debaixo das pálpebras, no redemoinho de cabelo, nas mãos, na boca.

Mas não, com isso eles não pretendiam espionar os vizinhos, surpreendê-los fazendo alguma coisa ou ficar na sua cola. O que eles queriam com isso era estar junto com os outros — sentir-se com eles — ser com eles. Ah, agora o vizinho está preparando o banho para o neto. E agora o outro vizinho está varrendo a oficina. E agora finalmente o terceiro vizinho está voltando para casa, girando o interruptor da luz da varanda envidraçada — por toda parte no enclave de Hondareda-Pedrada foram introduzidos interruptores de girar, assim como telefones de disco —, agora ele está andando de cima para baixo e de baixo para cima — será que não está se sentindo bem? —, apaga a luz de novo, senta, abaixa a cabeça, apoia-a entre as mãos, balança-a, mexe os lábios, canta, sim, o vovô ali está cantando, e embora eu não esteja ouvindo a canção, reconheço-a, conheço-a e começo a cantá-la aqui.

E também é verdade que os *hondarederos*, sempre que têm tempo — e eles quase sempre têm tempo —, se postam em suas divisas, cada um no limite de seu terreno um tanto estreito, e ficam se espreitando. E o que ficamos espreitando, com ouvidos aguçados, mãos prestes a agarrar, joelhos e músculos do pé prestes a saltar e correr, é, por exemplo, uma camisa, um vestido, um lenço soprado pelo vento para aquém do muro de divisa; a fim de que possamos, escada a escada contra o muro, devolvê-lo imediatamente ao vizinho, ou então à espera de uma bola: de que ela finalmente descreva uma trajetória errônea de lá até o meu terreno aqui, e eu, com uma bela de uma naturalidade, sem qualquer palavra, como se tivesse recebido o passe da criança vizinha, possa chutá-la de volta com um mero giro de pé.

Ou então nós mesmos chutamos de propósito a própria bola para além da divisa e ficamos espreitando o que acontece. Ou ficamos à espreita, com todo o corpo colado no muro, na cerca intransparente, na barragem de divisa feita de sorvas e raízes comprimidas, à espera de um grito de socorro, espreitando um choro ali, um soluço, um gemido, não por bisbilhotice ou maldade de vizinho, mas do mesmo modo que também ficamos à espreita de uma risada gostosa, um grito de júbilo, ou simplesmente um cantar ou um sussurrar — não uma cantarola ou um sussurro —, ou então apenas uma voz amável e suave logo ao lado.

Espreitamos nossos vizinhos de todos os lados, porque só queremos o seu bem e porque nos sentimos protegidos e apaziguados por aquilo que espiamos, do mesmo modo que, de tempos em tempos, jogamos ou deixamos voar de propósito alguma coisa nossa para o lado deles, na esperança de que nos venham trazer ou a joguem de volta.

Ou então cometemos pequenas e toleráveis invasões de terreno ou violações de propriedade, a fim de mostrar que nos sentimos atraídos e nos interessamos do fundo do coração pelo território do vizinho, por tudo o que ali cresce e, por conseguinte, pelo vizinho em pessoa. Não há maior prova de apreço por ele do que nos deixarmos surpreender (a palavra "deixar" é um dos verbos mais frequentes em Hondareda) ou nos mostrarmos de propósito adentrando sua estufa (não costumamos trancar à chave nem moradias, nem outros edifícios), nos dirigindo até a macieira, pereira ou laranjeira com todo sossego, ao contrário do desassossego típico daqui, afanando uma fruta, apenas uma, como que reservada para nós, e levando-a à boca ali mesmo. E eu, por minha vez, também me sinto lisonjeado e aliviado quando a pessoa do lado adentra o meu jardim.

E assim acabou se cunhando entre nós mais uma expressão fixa: mesmo que costumemos fazer uma volta para desviar de quem encontramos, etc. — o que não quer dizer o que quer dizer em outros lugares —, volta e meia acontece do outro me chamar e dizer: "Estou de olho em você!", o que contudo não expressa nenhuma advertência ou ameaça, mas representa — muito pelo contrário — uma saudação corriqueira na região de Hondareda, ao lado de "Não se preocupe!" e "Sem número!".

E no mais, é só impressão mesmo que os imigrantes mal se comunicam entre si, deixando escapar no máximo alguns clichês: pois é justo através destes clichês e senhas, estranhos aos ouvidos de terceiros, que eles dão a entender coisas que vão além da mera comunicação; embora sempre seja sobretudo a voz, sim, a voz do coabitante que determina esse extra.

Em nenhum lugar do mundo a aventurcira, a estroina tinha escutado vozes como as daqui. Não eram vozes escoladas, vozes de locutores ou atores, como a de uns e de outras da trupe de observadores. As vozes dos imigrantes surpreendiam. Ela entendia muito bem por que o observador ficava repugnado com a aparência deles, mais andarilha que a dela pelos x rasgos a mais nos trajes e y cabelos embaraçados e z crostas no rosto. Isso mesmo, seres híbridos entre cavaleiros e mendigos era o que eles eram.

Mas: antigamente, em tempos remotos, numa rua de Paris ou de Palermo, ela passara por uma desfigura parecida, como que eternamente desalinhada, e do meio daquela pilha de miséria aparentemente enjeitada, desprovida de qualquer semelhança humana, ouvira vacilar uma voz, meu Deus, que voz! E em pensamento, ela, a gente caíra então de joelhos diante daquela voz vacilante e compassiva e todavia tão viva — a voz de um ser vivo como nunca — e na realidade? a gente ficara parado ali, escutando e escutando a voz, de costas para ela, com a certeza de que aquele vulto se sabia penetrando onde quer que fosse com sua voz. E de onde vinha esta certeza? Ela, a gente sentia o gosto disso.

E essa voz surpreendente também soava, sim, soava — mesmo na absoluta falta de som e na ausência de qualquer sonoridade — de dentro de cada uma das pessoas aqui em Hondareda.

Eram vozes absolutamente aquebrantadas, ásperas e roucas, inclusive entre jovens e crianças. Quem tinha uma voz dessas, por vezes, eram os moribundos, quando estavam inteiramente presentes no momento, como nenhuma pessoa sadia ou desimpedida jamais poderia estar, quando viam a vida diante de si, sentindo-se tão entusiasmados diante dela quanto de acordo com a morte; ou justamente os sobreviventes; ou as pessoas esgotadas de bom grado por qualquer esforço físico ou trabalho pesado.

Essas vozes condoíam como, não, sem "como": essas vozes condoíam, e isso bastava. (Convinha ao autor deixar passar a palavra "condoer", antiquada ou não).

Hoje ninguém mais tinha uma voz assim. E no mais, as pessoas de Hondareda não eram absolutamente esfarrapadas ou desalinhadas — por pouco ela não teria elevado o tom de voz e partido para cima do repórter —: até os idosos usavam os mais finos tecidos e os feitios mais elegantes, e neles, aqui sob o céu da montanha, no meio do mato, esses trajes lhes caíam muito bem, infinitas-vezes-ao-quadrado mais do que naquelas figuras de passarela ou em quem as imitava, vagueando daqui para lá nas metrópoles, requebrando com os ombros e jogando as pernas para frente — só que esses trajes, usados em toda parte, inclusive nas savanas espinhosas e nas florestas de coníferas, acabaram sofrendo alguns rasgos e sulcos com o tempo, mas disso a gente até tinha orgulho, veja só o estado em que estou!, e, quanto aos remendos, etc., a gente seguia o exemplo do herói daquela história secular, que preferia não remendar os rasgos em seus trajes, a fim de preservá-los como sinal das aventuras que tinha vivido.

E, como assim, entre a minha gente lá embaixo na bacia glacial, só desempregados, ninguém com profissão fixa?

Outra coisa que havia sido observada pertinentemente: nenhum deles jamais se deixava ver durante qualquer trabalho regrado. E também nada do que os *hondarederos* faziam assim e sobretudo deixavam de fazer se assemelhava a trabalho. E não adiantava ficar de olho neles dia e noite. E de mais a mais: nem pensar em perguntar para eles como assim. Era preciso incitá-los de outra maneira à fala. Deixá-los falar!

Desta forma, você poderia ficar sabendo, por exemplo, que eles fazem — criam — adiantam —, todos os dias, mesmo sem dar a impressão de estarem trabalhando e muito menos labutando. É, eles não têm profissões específicas e até as recusam, uma por uma, cada uma delas, inclusive suas respectivas designações. E mesmo assim, apesar de não dar na vista, cada um é muita coisa em um: criador, produtor, artesão, engenheiro, empresário, comerciante, processador, distribuidor, e também experiente freguês (dos outros). Toda vez que eles me deixavam assistir ao que faziam ou deixavam de fazer, eu pensava: esta é a minha gente, ou: estes são meus familiares — e toda vez (ao que parece continuo vivendo no ritmo interno da profissão que abandonei), eu me traía em pensamento, dizendo: Esses são os meus clientes!

E toda vez que eu adentrava seus domicílios, bastava ver os sapatos na entrada, um livro todo despedaçado ali, avelãs, plaquinhas de mica, pedaços de alabastro, ramos de zimbro espalhados diante do limiar, um presunto de porco preto pendurado na ombreira da porta para secar, toda a propriedade me parecia administrada.

Acabei de dizer "propriedade" ou algo assim, em vez de barracão, gruta, bunker ou cova? Disse, sim. Enquanto, de fora, você registra pocilgas sem janelas, ao me deixar conduzir aos interiores pela proverbial "hospitalidade discreta", eu vejo, se não "palácios transparentes", pelo menos esferas com ricas perspectivas, abrindo-se em múltiplos horizontes lá fora, e não se trata de transfiguração ou de uma inversão do meu jeito de encarar todos os castelos, geralmente uma pilha de ferro-velho sem nenhum valor, mas sim do olhar da administradora formada: de alguém que fareja os valores e já os vê dando frutos.

Como eu já disse: desde sempre me senti impelida a dar algo para os outros, para "meus familiares", ou ajudá-los em alguma coisa, ou melhor, contribuir para algo específico, sugerir-lhes perspectivas — despachá-los no caminho certo. Tudo o que eu não dei para o meu irmão e depois para a minha filha, e para onde foi que os despachei? Eu? Sim, eu mesma.

Para Hondareda, entretanto, vim de mãos abanando, sem nada além do meu olhar. E só assim pude ver e deixar as pessoas verem, como elas se deixaram ver a princípio — a mesma visão de quem faz negócios, ponto por ponto, porém absolutamente distinta —, pude ver que o que faziam ou deixavam de fazer superava a impressão de trabalho, esforço, cansaço, muque e rugas na testa, traçando ou esboçando uma forma até então desconhecida de administrar, empreender, gerar valores, explorar tesouros.

Uma novidade aqui era o fato de eles encararem seu múltiplo fazer e deixar de fazer (o que incluía a leitura, o olhar, etc., também um fazer? um deixar de fazer?) sem qualquer plano, sem nenhum planejamento diário nem anual: mais uma daquelas diretrizes tácitas dos *hondarederos*, espontaneamente coletiva, herdada de um amante do ócio do século passado, um suíço ocioso!, segundo o qual "fazer preparativos" contrariaria a dignidade do ser humano.

Muitas vezes, ao adentrar suas casas até o fundo, até o jardim mais recôndito, como hóspede — como sempre muito bem-vinda — e ficar assistindo como eles passavam o dia, acontecia de o outro ou a outra simplesmente ficarem sentados ali, ou agachados no calcanhar, olhando e lendo, alternadamente, lendo e olhando, ou então lendo e petiscando, ou bebericando em alternância, volta e meia lançando um olhar ausente para o livro, para o ar, o canteiro, as árvores, as panelas, talvez desde o início assim, como ela lembrava ter visto fazerem muitos moradores de seu extinto vilarejo eslavo-arábico (o que correspondia à expressão corrente "lá está ele (ela) de novo fitando o armário de doidos" ou então a uma outra, derivada do xadrez, "a defesa eslava").

De súbito, no entanto, com uma ligeireza avessa à morosidade e ao queixume daqueles conterrâneos do vilarejo, já afatigados desde cedo, o anfitrião se desprendia de seu lugar, tão calado quanto lépido, ia dar um toque numa obra ainda por terminar lá longe no canto da sala ou da plantação, rubricar alguma coisa na escrivaninha no outro canto, mais distante ainda, empurrar até a luz uma tina com alguma planta frutífera num terceiro canto, a uma braça de distância dali, pendurar uma peça de roupa para secar ao vento sobre o muro de divisa, e logo estava de volta ao seu lugar, lendo, petiscando, sem fazer nada, como se nem houvesse saído dali ou movido uma palha.

E diante de uma forma tão descontraída de administrar — nada além de contemplação associada à sutileza —, ela até ficou tentada a cunhar um daqueles jogos de palavras tão apreciados pelo observador: em todo desatino, tino era o que não faltava aos *hondarederos*.

Como quer que fosse, esse já não era mais o jeito de administrar de Agora, uma época em que aquela capacidade de prever e deixar frutificar que ela gostaria de ver cultivada em sua profissão fora reprimida pela especulação ladina e canina. Nesse novo modo de administrar, contudo, — e aqui sua fala muda quase ganhou voz, por fim — obrava-se, manobrava-se, metiam-se mãos à obra; em vez dessas perigosas fantasmagorias, vigorava aquela fantasia incomparavelmente mais produtiva e estimulante, representativa de valores e merecedora desse nome, uma fantasia que — de acordo com o suíço ocioso — "aquecia", iluminava, aclarava "o já existente".

Sim, em Pedrada-Hondareda, administrar significava imaginar e fazer-brilhar e colocar-a-claro o que existia, o que estava ali. E em princípio, fazia sentido que o fazer-e-deixar-de-fazer fosse mais profícuo que o fazer; e que, nesta nova economia, a palavra "inspiração" praticamente só se aplicasse a coisas de que seria tão necessário quanto bom se abster. Abster-se de fazer dava energia para coisas muito melhores. O quanto eu poderia ter coadministrado com eles, se não tivesse chegado tarde demais; ou se eles não tivessem estado desde o princípio aqui neste solo perdido da antiga bacia glacial — perdido não por causa da bacia glacial.

Sim, com certeza, se ela não tivesse chegado tarde demais e já não integrasse com seus imigrantes um bando de perdidos e um povo perdido desde o início (e neste ponto, embora seu pronunciamento continuasse mudo, o observador lhe lançou um olhar, como se estivesse prestes a entender), ela poderia ter fundado junto com eles uma forma de economia jamais experimentada até então. Afinal, isso já se fazia necessário há muito, no mundo inteiro.

Associada aos fundadores de Hondareda, ela teria desenvolvido um novo sistema de uso e consumo, poupança e dispêndio, armazenagem e circulação, simplesmente a partir dos elementos tão ricos e promissores que já existiam ali.

Nada utilizável, por menor que fosse, nem que fosse do tamanho de um ponto, seria jogado fora: aproveitar, gastar, comprar, utilizar, sim, sem parar, numa sequência contínua e animadora e em viva alternância — mas por tudo o que há de mais sagrado no céu e na Terra, nem uma única vírgula, um floco, um pingo, uma pitada, uma colher de chá ou de sopa, um grãozinho (de sabão em pó, adubo de árvore frutífera, pimenta, sal), nem sequer um pozinho (de comprimido, açúcar, farinha), uma migalha, um parafuso, um prego, uma lasca, um fósforo, uma bolha de sabão, um dedinho, uma dúzia, nem sequer três, dois, nem mesmo um único objeto de uso e consumo que fosse além do estrito necessário — sendo que, neste novo sistema econômico, o estrito teria tido um efeito libertador, e que libertação não teria sido.

Nesse mundo econômico, em vez do mecanismo de frentes entre sombrios vencedores e lastimáveis perdedores, finalmente teriam prevalecido o equilíbrio e uma animação generalizada, daquela que se vê de vez em quando entre vendedores e fregueses nas feiras públicas; citando livremente as palavras daquele que é amado por Deus por doar de bom grado, gastar, poupar, armazenar, pagar, receber, produzir, comercializar, consumir, tudo de braços dados, como a mais pura alegria.

Até o jeito de as pessoas se deixarem ver em seu cotidiano em Hondareda, nisso já teria se esboçado uma possível forma econômica: uma vez que cada cômodo de seus domicílios funcionava ao mesmo tempo como ateliê e oficina e armazém e galpão e laboratório e biblioteca e assimpordiante.

Afinal, se eu não tivesse chegado tarde demais, e se a gente de Hondareda tivesse sido um pouquinho mais aberta a pessoas de fora, essa estrutura de fazer-e-deixar-de-fazer poderia ter ajudado a criar uma nova forma de vida, algo que deveria fazer parte de qualquer administração. Eu bem que precisaria de uma nova forma de vida assim. E você também, caro observador. Mas agora chega de falar de uma outra ordem mundial. Deixemos em aberto. Isso é uma história e deverá ficar em aberto.

Só uma última coisa sobre a economia financeira: em nenhum outro âmbito me parece tão comum o hábito de acender uma vela a Deus e outra ao Diabo. E: em se tratando de dinheiro, só daria para fazer serviço porco mesmo. E: atualmente o dinheiro mais inquieta que aquieta. E ainda: a administração como uma espécie de redenção, "creio, logo administro". E: "Tanto dinheiro assim!", como quem exclama de fastio: "Quanta gente!" E então: por não se esconder por trás de profissões de fé, talvez o poder do dinheiro ainda seja o menos assassino? administrar seria deixar-congraçar?

Como é que você conseguiu se manter o-repórter-que-só-observa-de-fora depois de todo o tempo que passou aqui? Sua diretriz: "não, recuso-me a entrar, afinal não há ninguém aí dentro!" talvez seja pertinente de uma maneira geral, mas não no caso deste alto rebaixo aqui, que amanhã talvez já tenha sido privado de seu futuro.

E ainda é verdade: nenhum vídeo e nenhuma fita poderia reproduzir o que vivi em Hondareda. Nenhum filme poderia contar a história dos *hondarederos*. Eles não são tema de reportagem e sua história não rende filme nenhum, nem mesmo um que se passasse na Idade Média ou onde fosse. Pois sua história só se conta em imagens interiores: ela se passa sobretudo em interiores, entre muros de jardim e quatro paredes, enfim, do lado de dentro. Se você tivesse entrado, uma única vez que fosse, meu caro observador sardento, se tivesse entrado no jogo, com certeza teria reconhecido lá dentro, nas imagens interiores, que as pessoas daqui, ao contrário do que fazem parecer suas observações, não são absolutamente incapazes de jogar, não, e nem foram escanteadas. Ali dentro, às vezes se joga e se dança tanto que é pura excitação e alegria.

O mesmo acontece quando eles estão para perder a cabeça de tanto cansaço, algo que acontece com frequência: enquanto hoje se costuma negar o cansaço, como se fosse um vexame, aqui eles tentam resistir, uma vez que o transformam num jogo, um jogo reconhecível como tal apenas por eles próprios.

Um dos jogos mais frequentes aqui: em meio à aglomeração e ao aperto, desviar e se retrair, retrair-se ao máximo, o máximo possível. Trata-se de jogos e danças que se passam no menor espaço possível e não duram mais que um piscar de olhos — é por isso que, de fora, se mantêm imperceptíveis e até invisíveis. E como eles se recompõem nessa dança de um único instante.

Os movimentos de todos os seus jogos e bailados internos são de desvio, de evasiva e contrafluxo, como que contrabalanceando as adversidades: e além de os recomporem, eles lhes dão força e perspectivas, contribuem para certas reversões: de cansaço em vigília, de sobressaltos assustadiços em dar-mais-e-mais-uma-olhada-com-toda-calma, de desviar-do-caminho em descobrir-novos-caminhos, de ter-se-perdido em encontrar-se-em-outro-lugar. São jogos e danças de transformação, capazes de produzir a reviravolta justamente a partir do que deu errado e não encaixa. Bem mais que no caso de cientistas, engenheiros, plantadores, criadores de gado, padeiros, sapateiros, pastores, caçadores, colhedores (sim, também), leitores, escritores, técnicos, carpinteiros, nutricionistas, jardineiros, comerciantes, daria para chamar os dançarinos solistas de Hondareda de "transformadores".

Todo o tumulto nas ruas e praças — algo que também vigora aqui, afinal Hondareda fica na serra e não fora do mundo — também se transforma numa dança da pressa: ao diminuírem a marcha por dentro, não por fora, eles transformam a pressa escrava em agilidade contínua. E todas as ações e gesticulações geralmente acompanhadas de barulho e ruídos incômodos, eles as executam serializando-os numa suave música para dança, ou, quando alguém ao lado, o neto, o vizinho, uma pessoa de confiança, está dormindo ou doente, eles conseguem fazer cada vez menos barulho enquanto manejam e montam, uma arte especial que, ao contrário do inquietante silêncio absoluto, parece insuflar com alento quem está dormindo ou doente no quarto ou no edifício ao lado, e continuar o embalando em seu sono. Um balé e um bailado como essa dança do sossego, meu caro observador, você nunca viu igual, e jamais verá em parte alguma, nem sequer aqui, pois, assim que eu for embora, não dará mais para vê-los.

E nestes jogadores e dançarinos do interior do mundo, você pressupõe, meu caro Sr. Cox ou Jakob Lebel, vocês, repórteres enviados, pressupõem inimigos malignos, inimigos mortais de seus contratantes e de si próprios. E a principal razão dessa sua suspeita: tudo o que os novos colonos têm de contrariante, culminando em sua percepção dos números e sobretudo — algo decisivo para o furor manipulado a distância contra os novos colonos — sua noção de tempo.

E a bem da verdade: a maneira de vocês, forasteiros, perceberem e medirem o tempo é considerada pelos *hondarederos* uma depravação da realidade. Não que eles se atrevam a vir com seus mitos e censurá-los por vocês estarem repetindo agora o assassinato do primeiro dos deuses, o deus-tempo, o criador de todos os outros deuses. Mas eles, que por sua vez também os veem como inimigos, os acusam de privar de realidade e desonrar e profanar o tempo com seu modo de medi-lo, dividi-lo e manuseá-lo, em vez de deixá-lo atuar em suas vidas, sem necessariamente enxergar algo de sobrenatural ou divino nisso, apenas para torná-las mais vivas ou avivando-as só agora, fazendo do tempo o viver dos viveres.

Naturalmente, eles são cientes de que não têm nenhuma chance contra vocês e seu respectivo senso temporal, e justamente por isso, ao contrário do que andam dizendo, jamais fomentarão guerra nenhuma contra vocês. Em compensação, eles se combatem entre si às vezes — muito que raramente —, a ponto de se xingarem e se espancarem, mas isso só acontece quando um deles vem para cima do vizinho com um senso temporal desses. "Já faz três anos e três dias que eu mudei para cá e comecei uma vida nova": assim não! "Aqueles belos minutos passados a dois no Pico de Almanzor há quatro meses e meio": cale a boca, seu blasfemo, não vê que está violando o tempo!

Não que a gente de Hondareda seja desprovida de calendário e relógio. Aqui as pessoas dispõem dos mais modernos relógios — e se servem desses contadores de tempo e aparelhos de medição na oficina, no laboratório, no ateliê, na adega de vinho, mosto ou azeite, ou seja, onde quer que lhes sejam de serventia. Coisas do gênero só foram proibidas mesmo — no sentido de repudiadas e banidas do território do povoado — fora do tempo normal, ou mecânico, aritmético, prático. As maldições contra o tempo dominante aqui, muitas: mais no sentido de "soltar um suspiro".

O tempo a vigorar aqui não é o de cada um, subjetivo, emocional, interior. No entanto, os tempos sentidos em conjunto por mim, por você, pelo meu vizinho, por todos nós, vizinhos, deverão colaborar para o projeto de um outro sistema de tempo, que não teria mais nada a ver com qualquer cálculo ou conta — no qual o tempo, em vez de tiquetaquear como mero contador e prestador de contas, dançaria como um amante da vida — uma dança como todas as da região de Hondareda, interior, momentânea e ao mesmo tempo duradoura.

Projeto? Sim, uma tal forma de tempo teria sido o Grande Projeto invisivelmente delineado nos horizontes, no qual — uma nova forma de tempo já, para você, para mim, para ele, para nós, para eles — todos os impulsos básicos dos novos colonos, tão fragmentários, se integrariam. Novas formas de tempo, gramáticas do tempo, modos de pensar e falar sobre o tempo: acompanhando a existência, sim, escoltando-a, alumiando-a, anunciando-a com uma luz.

Até hoje, porém, isso mal principiou, e cada *hondaredero* guardou para si mesmo seus princípios de um tempo-mor-junto-com-os-outros, e todos esses princípios juntos são danças *ex negativo*, verbalizadas assim: "Assim não! Isso não e isso também não são modos de pensar-e-falar sobre o tempo, isso não!"

E não é que, ao refletir sobre sua vida — passado, presente e futuro — cada um na depressão de Hondareda acabava se humilhando e degredando a si mesmo, arranhando o rosto e mordendo as mãos, toda vez que os números e as normas temporais dos relógios e calendários afugentavam o vivido, o de Agora, aquilo a ser vivido através de um cálculo prévio, paralelo e *a posteriori*; quando, através de um único pensamento numérico, tornavam insípida até a mais picante das imagens de vida; desproviam de realidade e de valor a lembrança rica e efetiva; cobriam de ferrugem o tesouro do Agora!; descorporificavam e desalmavam metronomicamente o desejo de dia e de noite.

"Não quero destruir de novo o vivido, acrescentando em pensamento que encontrei meu primeiro amor há dezenove anos; que a minha despedida vai ser às onze horas do dia dois de fevereiro."

Mas será que a minha, a sua e a nossa história não exige e requer que se acrescente um tempo em pensamento, a fim de que o vivido se consume de vez? Sim, com esse acréscimo de tempo, os "três minutos" ontem à noite e os "microssegundos" hoje de manhã se transformam naquela longa duração que os historiadores geralmente só atribuem a séculos e milênios. Qual o tipo de tempo, portanto, a ser acrescentado em pensamento à nossa vida, à nossa história — afinal, aqui em Hondareda cada um pode falar por si: "Minha vida! Minha história! Eu existo!", mas além deles, quem mais poderia se dar ao luxo de —?

Quais formas de tempo, portanto? Quais imagens de tempo? Quais modos e ritmos temporais, signos, palavras e termos para o tempo, ou meros arabescos temporais para complementar o nosso existir, fazê-lo luzir para além dos limites na nossa vida e existência? — E esse teria sido, em linhas gerais, o projeto de reformulação temporal para o qual, desde o princípio, ainda não chegara a hora ou já era tarde demais.

Sei muito bem, caro observador, que você concordaria comigo, se agora, neste corcovado de granito sob o céu de nuances negras do alto da Sierra, eu lhe dissesse que a região de Hondareda é especialmente apropriada para se esboçarem e se mesclarem formas de tempo e sequências temporais menos numéricas.

Até o céu sideral daqui, e não apenas naquelas noites em que parece não haver mais nenhum vão sem estrelas e os planetas mais distantes e mais próximos cruzam suas órbitas, com seus cintilos, arredios a qualquer contagem, refletindo-se na mica, no quartzo e no alabastro abaixo: um tempo universal, diferente daquele que costuma ser indicado nos aeroportos e bancos e já atingiu um ponto e outro das restantes terras de ninguém.

E justamente por causa do "caos" deixado e criado pela gigantesca geleira, pela desordem de blocos, torres, arcos e abaulamentos de granito no amplo território da bacia onde os colonos residem, a região beneficia um senso temporal edificante, sim, edificante por ser isento de qualquer restrição numérica. É verdade: em toda a Terra já não existem mais estações definidas, estações do ano, de florescimento, de frutescência e de pousio. Mas no rebaixo da cumeada, essa contínua alternância de estações é especialmente bem marcada. Outra verdade: os imigrantes reforçaram isso com recursos técnicos. Mas mesmo assim, a tendência natural é que verão e inverno, outono e primavera se misturem pouco a pouco, com a brusca alternância de vento e calmaria no caos de rochedos, de sol e sombra, de frio gélido agora na viela do desfiladeiro e (basta dar um passo adiante, mesmo sem a presença do sol, só com a reflexão dos blocos de granito postados, encostados e deitados ali em ângulos propícios, aquecidos há pouco pelo sol) um calor material, como às vezes o calor de um campo de cereais, um que sopra ou impele para longe, ainda no fim do outono, enquanto se descascam espigas de milho — um calor de silo, não, um calor de forno, um calor de chocadeira. Assim como o lago no caos, com suas águas paradas e frias feito osso, seguidas por insuspeitas correntes de um calor adulante e afagante, seguidas por sua vez de turbilhões quase ferventes.

Mais uma verdade: atualmente dá para se observar em todo o mundo como as plantas frutíferas, sobretudo elas, florescem mais de uma vez ao ano e dão frutos o ano todo, inclusive no inverno. Sejam sabugueiros, roseiras-bravas ou morangos: ao lado dos penachos de bagos de sabugo, de um preto profundo, pendendo pesados, maduros e doces, você com certeza deve ter registrado umbelas florescendo ou quase para florescer branco-amarelo-abril, na parede daquele celeiro, naquela encruzilhada, naquele poste de eletricidade, no meio do outono ou do verão.

E as regiões montanhosas ainda favorecem essas aparições que encantam as estações, revelando-as uma-de-dentro-da-outra. E com esse caos, que não apenas dificulta e bloqueia caminhos, mas também dinamiza e impulsiona, a localidade de Hondareda catalisa o fenômeno em certos cantos e recantos, independente das estações do ano, funcionando como uma redoma de vidro. A umbela de sabugo brota, floresce, forma frutos, verdeja, enegrece e amadurece, murcha e míngua, e tudo isso pode ser visto ao mesmo tempo nos arbustos.

Desta forma, a comarca de Hondareda não é apenas o caos natural das geleiras, mas também uma vedação utilizada e discretamente ampliada pelos colonos, protegida das desertificações alpestres das cercanias, e caso esteja exposta, somente ao céu sideral lá em cima: mais do que se expor, remete-se a ele.

Tudo isso poderia ser profícuo para o projeto da administração do tempo. Algumas tentativas nesse sentido já se deixavam sentir pelo menos nos modos de falar e nas maneiras de dizer de Hondareda, embora parecessem estranhas à primeira ouvida.

Assim, uma forma temporal que praticamente caíra em desuso em toda parte, mas tinha entrado novamente em voga aqui era o pré ou pós-futuro ou *futurum exactum*. "Teremos nos encontrado. Teremos trocado de roupa." Ou então a predileção que temos pelo termo menos corrente "ora", sem agá, não apenas na expressão "por ora", em vez de "por enquanto", mas no sentido de "agora", "Agora": "ora no jantar", "ora em sua ausência", e preferimos esse "ora" a "agora", "já" ou "neste momento", usando-o inclusive em combinações inusitadas, formando expressões temporais como "ora as amoras", "ora o livro", "ora meu irmão", "ora um grão de arroz", "ora seus lábios", "ora (durante) o vento noturno", "ora o nosso consenso comercial", "ora a maçã", "ora o balançar do capim".

Na maioria dos casos, no entanto, o projeto se limitava à nossa renúncia aos destempos aniquiladores da existência, em pensamento e palavras, na maneira de agir, muitas vezes com uma lúcida ira contra nós mesmos.

E sempre que nos vem à mente um tempo correspondente à existência, algo raro o suficiente, é uma beleza e uma realidade ainda mais intensa poder usar a palavra "hora", com agá, na hora agá: "hora-da-areia-nos-trilhos-de-bonde"; "hora-do-céu-sobre-as-copas-das-árvores"; "hora-da-cegueira-noturna"; "hora-de-Órion-e-das-Plêiades"; "hora-da-cor-dos-olhos"; "hora-de-atravessar-as-estepes-a-pé"; "hora-de-empurrar-o-carrinho-de-bebê"; "hora-da-morte-e-da-donzela"; "hora-de-a-carta-se-ondular-no-fogo".

Hora para além das contas e da medida? Isso mesmo, fazendo jus a uma expressão lida em meu livro de acompanhamento de viagem, a antologia árabe da minha filha desaparecida: hora "para lá do pesar". Abaixo os destempos, os tempos padronizados que nos deformam e tornam tudo feio e pesado — ora mesmo, queremos já-já a hora "para lá do pesar", sem peso nem gravidade, a hora que eleva e ala.

Isso queria dizer, então, que os imigrantes do alto da serra desprezavam os números e os algarismos? Muito pelo contrário: eles veneravam o número como algo superior a todas as artimanhas e subterfúgios.

E era natural — no sentido de condizente com as leis da natureza — que o grupo de novos colonos de Hondareda tivesse que causar um choque mundial com esse plano de administração temporal, plano?, não, impulso, como se fosse uma seita perigosa?, não, causar um impacto mais forte ainda como seita suspeita de raptar crianças, zerar contas bancárias e fazer sacrifícios humanos. E mesmo assim, meu caro observador, não é de propósito, não, que seus mandantes hão de iniciar o ataque iminente, a intervenção ou o que quer que seja aqui na Sierra de Gredos. Não há maldade nenhuma por trás disso, não é mesmo? Eles não têm nada contra as pessoas daqui, e ao darem a entender isso, com certeza estão falando de coração.

Eles não têm nada em mente, pois a intervenção lhes "foi imposta", conforme dizem, sem mentir. O que está para acontecer aqui é completamente independente do seu modo de pensar, de suas decisões, de sua vontade, de sua pessoa ser assim ou assado. Os *hondarederos* não são seus inimigos, sério mesmo. O fato de o enclave de Hondareda ter que desaparecer da face da Terra não tem nada a ver com a diferença entre imagens de mundo, sistemas econômicos, concepções morais e visões estéticas, mas sim com as leis da natureza. Hondareda terá que desaparecer do mapa somente por causa das leis da física. Movimento desencadeia contramovimento. Ação gera reação.

Vazio — e na região de Hondareda surgiu um espaço vazio sabidamente temido pela natureza, a começar pelo pensamento negativo daqui e essa mania generalizada de dizer "isso não!", "assim não" e "aquele não", etc. —, o vazio desafia, atrai e gera plenitude, e neste caso aqui trata-se de um vazio violento, gerado como ímpeto, avanço, tombo e precipitação conformes com a natureza, e responsável por essa violência física, visto que mantém esse espaço livre.

E se houver massa aqui na baixada, ela está quase para desaparecer, além de mal se mover e não ser nada unitária, enquanto a massa em volta, até as fronteiras da ecúmena, até o Ártico e a Antártida, já se unificou completamente nesse meio-tempo, por força de seus sinais exclusivamente positivos, como "isso mesmo!", "exato!", "você, você e você!", etc., uma massa que se move e se expande de forma contínua, com um efeito inigualavelmente grande, onipotente, sobretudo em comparação com a massa daqui.

Como você poderá observar em breve, dinâmica e ímpeto são consequências naturais de força e matéria. No entanto, diante de processos puramente físicos como esses, falar de agressões, ações inimigas, ataques, transgressões, guerra ou até de um extermínio planejado, ou seja, tudo isso que espera por esta gente aqui, representaria um antropomorfismo tão improcedente como inadmissível. Varrer Hondareda da face da Terra não será nem um ato de represália, nem uma expedição punitiva. Está previsto como consequência natural; é inevitável.

Todavia, em seus relatórios, caro observador, talvez você não tenha associado os imigrantes de Hondareda a uma seita, mas especialmente no que toca à sua tentativa de lidar com o tempo de um jeito diferente, você os descreveu como "algo a caminho de uma nova religião mundial". Segundo você, os *hondarederos* teriam um consenso tácito, segundo o qual o que havia para ser revelado, do princípio ao fim, já teria sido revelado de uma vez por todas, registrado nos escritos dos mais diversos povos, das maneiras mais diferentes e ao mesmo tempo igualmente representativas, algo que poderia ser lido e imitado. De acordo com seu relatório, os colonos não esperavam mais nenhuma revelação nova, por mais que isso se fizesse necessário — essa é a razão pela qual eles não constituiriam uma seita, conforme suas observações.

Quanto à contemplação contrária do tempo, absolutamente vital e fomentadora do juízo, o que havia para ser revelado, de Isaías a Buda, de Jesus a Maomé, já teria sido revelado. Só que, segundo o que você diz, os "fundadores involuntários de religiões" distinguem entre revelações inquestionáveis, em que eles creem sem ressalvas, e promessas. De tudo o que foi prometido nas religiões reveladas, a única promessa não realizada seria aquela de um novo tempo — sim, ela vigorava agora, na época presente, em cada pessoa isolada, possivelmente tão promissora como jamais o fora nos séculos e milênios anteriores, sobretudo por não pretender mais virar do avesso, para o exterior, aquilo que surge do pensamento, da intimidade e do estar-consigo, por não visar mais a fazer nenhuma conquista ou exercer poder sobre os outros. "O que para os judeus continua sendo o redentor prometido", diz o seu relatório, "essa promessa, por mais distinta que seja e direcionada em outro sentido, é o tempo."

E você prossegue: "Tornar-se *filhos do tempo*, do deus Cronos, antes de a história ser História, e comportar-se diferente dos filhos assassinos do deus-tempo, comportar-se como filhos do tempo, essa é a promessa que cada *hondaredero* tenta viver como uma religião generalizada e espontânea, 'com slogans sombrios, como: *devolver o véu ao tempo, volver ao tempo velado*, e coisas do gênero.'" Sim, examinei seu relatório com todo cuidado, com o meu próprio peri-periscópio.

E ali você deixou transparecer que, no decorrer de sua missão, foi se sentindo cada vez mais atraído pela região e pelos imigrantes, entusiasmado até, embora de uma forma diferente da minha. Você, meu caro Jakob Lebel — o nome dessa antiga espécie da maçã, emprestado de um camponês, combina com você —, com certeza é ou pelo menos já foi um entusiasta; só que, devido à sua profissão de observador, seu entusiasmo original acaba se manifestando em formas remodeladas e muitas vezes enviesadas.

Em suas reportagens, você compara os *hondarederos* — cada um por si, em suas cavernas ou refúgios, falando de boca cheia sobre o tempo e o repensando, dia e noite, em monólogos silentes — com aquelas pessoas que falam durante o sono, não adultos, mas crianças que falam enquanto dormem.

Essa era a impressão que dava a voz das pessoas que ficavam falando sozinhas em seus domicílios, sobretudo para quem passava lá fora (isso era o que você achava, apesar de não poder ter ouvido tão bem quanto eu, que estava lá dentro, como hóspede): esses sons e sílabas soltados com esforço, raramente formando uma palavra inteligível aos seus ouvidos, quanto mais uma frase inteira e clara, na verdade, escreve você, seriam capazes de "fazer um ouvinte desprevenido se apartar do tempo habitual e sugerir-lhe um outro, subliminar, violentamente antagônico — um tempo subterrâneo" (mais tarde, em seu relatório, você virá a utilizar pejorativamente o verbo "cochichar", para provar-se imune contra tudo aquilo que chegou assim a seus ouvidos, mas por outro lado também fez a seguinte anotação para si:

"de uns tempos para cá, comecei a prestar mais atenção quando me cochicham alguma coisa do que quando falam em alto e bom tom, explicam e esclarecem, sonorizam e ressoam").

E assim como quem fala durante o sono, prossegue você, os-que-falam-sozinhos em Hondareda emanariam algo de sinistro. E mesmo que seus contratantes, por razões óbvias, talvez tivessem apreciado ler a palavra "ameaçador", seu relatório menciona de súbito o termo "ameaçado". Com o que você retorna à sua comparação com as crianças que falam durante o sono: assim como estas, sobretudo quando estão dormindo sozinhas em outro lugar, distantes ou separadas para sempre de quaisquer parentes, "sozinhas neste mundo de Deus", balbuciando e gaguejando noite adentro, sem formar nenhuma frase coerente, as pessoas daqui, "com toda sua existência, não só durante a noite, mas também no mais claro e ensolarado dos dias, dão a impressão de estarem inigualavelmente ameaçadas e enjeitadas".

E assim você conclui que eles não representariam nenhum perigo ao mundo — simplesmente por jamais pretenderem proclamar seu vale cultivado um enclave ou reivindicarem para si quaisquer propriedades, móveis ou imóveis — eles é que seriam, na verdade, os ameaçados, sim, "os perdidos e abandonados".

33

E neste instante, conta-se que ela, senhora de sua história, ali na plataforma de granito em pleno ermo, perto do Passo de Candeleda, passou repentinamente desse seu pensar para o discurso direto e expresso, e continuou dizendo ao outro, numa voz claramente audível: "E é justo no que há de perdido, em tudo que dá a impressão de abandono e perdição, que o meu entusiasmo por esta gente daqui coincide com o seu."

E o observador ruivo e sardento respondeu imediatamente: "Sim. É isso mesmo. Já fui enviado a mil lugares e frentes. Mas a minha vinda aqui para Hondareda, a esmo através da Sierra de Gredos, foi minha primeira viagem de fato, e se eu partir para outros lugares, há de ser como aqui, tão doloroso e tão vivo."

E ela repetiu em voz alta, só que com outras palavras, o que pensara em silêncio até então: "Um povo de dias contados é o que eles são, categoricamente. Em sua contagem de tempo, não existem séculos, nem sequer meses e semanas: cortados. Sem falar em metades e quartos: logo após a minha chegada, provoquei altos risos ao deixar escapar o seguinte: 'Já estou aqui há meio mês'. Nada mais risível em Hondareda que 'um trimestre' ou 'um semestre'. Se houver alguma unidade de tempo, nada além do dia, o dia todo. Um povo de dias contados é o que eles são, um povo em seu crepúsculo, e o solo glacial lá no fundo é a arena ou a pista de sua dança crepuscular, que não vai salvar seus dias e seu tempo, no máximo adiará o apagar das luzes por mais um instante, tão pequeno como uma sorva ou um grão de arroz."

E ele: "E o velho que, desde que chegou aqui, só faz andar dia e noite à procura de seu filho desaparecido num lugar completamente diferente, se pelo menos ele se deparasse com seus ossos, e se pelo menos pudesse enterrar um único osso de seu filho!"

E ela: "E aquele que acabou de morrer ali ainda continuou por um tempo tentando moldar uma palavra com os lábios."

E ele: "E aquele choro de criança tão singular ou talvez nem tanto, talvez singular apenas aqui na bacia rochosa por ser transmitido para toda parte, um choro sem a ou i ou u, sem vogais, apenas em consoantes, b, d, g; k, l, m; r, s, t. Sim, este chorar daqui."

E ela: "E como seus livros estão todos caindo aos pedaços, e como eles os preparam para a leitura, jogando-os pelos cantos, dobrando-os até quase arrebentarem, deixando lá fora, expostos à chuva, ao vento, ao sereno e à neve, metralhados pelo granizo."

E ele: "E o jeito de celebrarem, junto com seus filhos e netos, aquela cerimônia diária de cheirar venenos mortais, seja nas flores ou nos cogumelos daqui, muitos dos quais contêm substâncias tóxicas, como em toda parte, mas aqui mais concentradas."

E ela: "E o jeito de usarem uma de suas mais frequentes expressões, 'de fato', uma expressão justa ou injustamente proscrita, sobretudo para expressar um alegre espanto em relação a uma característica, um estado ou um fenômeno considerado desaparecido, abolido ou impossível há muito — seu constante 'isso é bonito de fato!', em vez de 'isso é bonito', como se achassem bonita uma coisa que jamais se teria pensado, com a qual jamais se teria sonhado — daí a admiração simultânea."

E ele: "E o jeito excepcional e involuntariamente espontâneo com que se dirigem por vezes à nossa pessoa, aos nossos observadores enviados para cá, toda vez exclamando apenas: 'Não é uma beleza aqui com a gente em Hondareda?!', sem o 'de fato!'"

E ela: "E a biblioteca pública ali, com os livros ainda mais esculhambados do que nas casas: uma construção de vidro transparente, exatamente na quina de um rochedo, com vista da sala de leitura e das escadinhas de estante para dentro da fenda à borda da antiga geleira derretida, até hoje ainda aberta."

E ele: "E seu desprezo pela coleta não é sério coisa nenhuma: eles próprios coletam o que der, de cócoras, de bruços, de quatro. Mas não dão a mínima impressão de estarem coletando e muito menos metendo ou passando a mão, pois em vez de se afundarem na coleta e se deixarem absorver por ela, ampliam ainda mais seu campo de vista justamente por meio de sua busca e recolhimento e 'embolso', gestos que têm algo de colheita, com o senso-de-trezentos-e-sessenta-graus de quem não mira nada em especial, mas se mantém aberto em todas as direções, e em princípio, ao contrário dos colhedores contemporâneos, sempre furtivos, envergonhados e com peso na consciência, praticam sua coleta com toda autoconfiança, mostram-se aos outros com todo orgulho e até nos tiram a vergonha de coletar — e os jovens, vestidos conforme a última moda das metrópoles e familiarizados com as mais recentes técnicas, também coletam desse jeito animado e contagiante!"

E ela: "E você ouviu como até as crianças daqui desembestam a contar histórias de uma hora para a outra e depois não param mais de falar, enquanto em outros lugares — pelo menos é o que se diz — os contadores de histórias estão entrando em extinção e uma criança raramente surpreende os outros com uma história — e que maravilha e redenção é ver e ouvir uma criança chegar contando histórias inadvertidamente!"

E ele, recorrendo a uma expressão que jamais tinha usado em seus relatórios: "É verdade: vi com os meus próprios olhos, por exemplo, que suas borboletas, ao circunvoarem, como dizem os hondarederos, representam mais que um casal e, ao se embolarem pelos ares, escapam a qualquer contagem, fazendo jus ao princípio local de que 'o tempo escapa a qualquer medição'." Uma expressão sua, jamais usada? "Com seus próprios olhos?"

E ela: "E olhe, a água no lago lá embaixo está correndo em círculo."

E ele, voltando a cabeça para avistar a baixada: "E olhe ali os montes de lenha fresca da colônia, intocados, como se, simultaneamente ao fim do inverno e ao começo da primavera, já fosse verão ou outono em Hondareda. E olhe os galhos carregados de frutas, envergando-se ali no jardim do moribundo. E eu também senti na própria pele" — outra nova expressão do observador — "que dá para andar pelas praças e ruas de Hondareda, naturalmente asfaltadas pelo liso granito polido, de um jeito incomparavelmente mais lépido e livre do que em qualquer metrópole, onde mesmo os *squares* e as *avenues* mais centrais já estão tão acidentados por causa de constantes escavaduras e recapeamentos, tão traiçoeiramente acidentados de perto, ao contrário da aparência do todo, que primeiro a gente pisa numa corcova, no próximo passo tateia o vazio com o pé, se precipita, para escorregar logo depois, e assimpordiante. E olhe ali o sapo na copa da árvore. E lá, de novo, um entregador de pizza perdido!"

E ela, gritando com ele: "Não é uma beleza aqui em Hondareda? Não poderia ter sido uma beleza?"

34

Enquanto ela, *la señora de la historia*, e o repórter prosseguiam assim sua conversa e avistavam o povoado da baixada de seu púlpito rupestre acima da brenha do alto da serra, a noite caía e o momento da partida se aproximava: para sua última travessia da Sierra de Gredos, ela optara pela noite, uma noite clara, mas sem luar, uma noite de lua nova.

O arqueado de granito, de um morno azul-escarlate-amarelo, ao alcance da vista — na dimensão normal na Sierra — luzia — quase reluzia —, como se fosse de manhã cedo, pouco antes de o sol nascer.

Nenhuma luz estava acesa em Hondareda. Do gigantesco oco onde se situava a localidade, cujas moradias mal se dintinguiam dos blocos do caos glacial agora, soou um tiro ou uma detonação — o que na verdade não passava de uma lenha pesada que, num impulso, batera com toda força no chão de pedra, a batida ecoando amplificada na bacia da montanha.

Ainda há pouco, a fumaça dos fogões e oficinas saía das incontáveis chaminés e subia uniforme e ereta feito coluna por toda parte, mas agora, num abrir e fechar de olhos, a fumaça aqui e ali parecia ter cessado de súbito.

Como a capital da Sierra parecia encolhida. E que traçado indecifrável e excêntrico ela ainda delineava. Ao fundo do céu, no alto, ainda brilhava o sol, seus raios visíveis nas faixas de fumaça de um avião que já escapara do campo de vista, a faixa dobrando repentinamente como se o avião tivesse caído ou sido abatido. À sombra da cumeada, os círculos de um milhano, mais acima os círculos de uma águia montesa, ainda no sol. Que enfeitados estavam os colonos que apareceram para se despedir dela, como se fosse pelos últimos dias de vida.

Com o mesmo barulho de folhas secas caindo do céu, caiu sobre toda a região uma chuva de panfletos, um dos quais pairou até os pés dos dois. Eles nem precisaram se agachar para lê-lo. Em todas as línguas do mundo, não estava escrito nada menos que a seguinte frase em negrito: "Gente de Hondareda! Não esquecemos de vocês!" E isso não era consolo nenhum, era ameaça mesmo.

Com o canto dos olhos, ela percebeu algo que ainda não lhe chamara a atenção até agora: que o observador, Jacob Lebel, estava com as pálpebras inchadas e avermelhadas e torcia as mãos como uma mulher ou um homem muito velho.

O matraqueado de correntes de um carro blindado soando de lá da depressão provinha, na verdade, das rodas da mala: algumas pessoas estavam abandonando o povoado e subindo a estrada de mala e cuia, a caminho de Puerto de Candeleda. E o que também matraqueava eram as persianas baixando-se em algumas janelas, o que até agora raramente acontecera nos fins de tarde em Hondareda (elas serviam somente para proteger do sol).

No único edifício residencial que estivera fechado durante todo o tempo que ela passara ali, como que abandonado para sempre, ela notou pela primeira vez as janelas abertas: um recorte como que através de um binóculo mais próximo, e os pinos de ferro, normalmente pendurados em fios e balançando no vazio, agora fincados nos ganchos do muro de pedra, para fixar as folhas das janelas escancaradas ao longo de toda a fachada da casa, e essa casa de pedra finalmente habitada — talvez pelo simples fato de haver gente dentro? — fazia com que os dois ouvissem agora o compasso de uma música (que jamais chegara a soar em Hondareda, nunca, uma coisa como que extinta e desconhecida).

E nesse "casebre", primeiro se acenderam as luzes e então começaram a cantar, não, não foi ali — foi em algum outro lugar. E não, não era um canto, somente um zunido. "Se for para cantar, cante com tudo!" Quem foi que disse isso? Ela e o homem ao lado exclamaram juntos. E alguém, quem?, começou a cantar, do fundo da garganta e do peito, a única linha de uma música a ser engolida logo depois pelo burburinho que inchava à noitinha e pelo barulho do caminhão de lixo (o narrador apócrifo, fazendo a história definhar em lenda e intrometendo-se mais uma vez, queria que a canção "se transformasse em hino da comarca desaparecida"). E o único verso da cantiga a atravessar o ruído: "Sei muito bem quem você é!", expressando confiança e alta estima, ao contrário do panfleto.

No mais, o barulho também vinha dos membros restantes do grupo de observadores, o mesmo número de homens e mulheres dando sua última volta diária em torno do povoado, a oitava ou décima-primeira, gritando e ao mesmo tempo palavreando de maneira incompreensível, enquanto o helicóptero com o qual retornariam às suas hospedagens atrás da cumeada da Sierra já estava com os rotores em redemoinho (e um outro verso da cantiga, a chegar ali depois, teria sido cunhado para esses que corriam em círculo, conforme o apócrifo: "Não sei quem são vocês!").

Muito embora os corredores estrangeiros fossem os únicos com rostos visíveis — sobretudo nariz e queixo. Uma luz como que artificial os iluminava, como se eles estivessem correndo durante alguma filmagem. Sua corrida levantava poeira sobre a região, apesar de não haver muito pó a se levantar naquelas rochas nuas. E contra seu incessante palavreado colérico, gritado em uníssono, a cólera de qualquer animal mais parecia um colar de pérolas. A população de Hondareda, ou o que havia restado dela, passava em seu corso antecrepuscular, mais um vaivém de pessoas ensimesmadas do que qualquer outra coisa, revelando-se em meras silhuetas.

Embora cada um deles tivesse acabado de sair de suas respectivas cavernas nos arredores, aquelas silhuetas pareciam vir de longe. E diante da trupe de corredores, eles passaram a caminhar ainda mais devagar ("provocantemente lentos", conforme o relatório de um outro observador). Como de costume, passeavam com cachorros que, segundo o falso autor, latiriam em

H. "como jamais teria latido cão de lugar nenhum, esforçando-se para emitir sons fracos e suaves, como a voz das pessoas de lá". E perambulando com os *hondarederos* também se viam cabras montesas locais, burros de carga, alguns porcos e, "assim rezava a saga", até mesmo silhuetas de ouriços da Sierra.

Nada inventado, em contrapartida, era o fato de que as crianças que haviam sido postas para dormir estavam saindo das casas agora, vindo se juntar aos passantes, conforme conta o legítimo autor, e perguntando aos pais adotivos ou aos avós: "Vocês me chamaram?" E não eram poucas as crianças que tinham cabelos grisalhos, conforme ela pôde observar só agora, por ocasião de sua despedida de Hondareda. E todos os casais de avós e país adotivos vagantes mais pareciam gêmeos envelhecidos. E os casais de jovens mudos, abraçados ali do começo ao fim das ruelas e praças, de um rochedo do caos para o próximo rochedo do caos, eram sempre o mesmo, o primeiro casal. Sim, ela estivera entre pessoas que podiam compreendê-la.

E um dos colonos, não era o mais velho do lugarejo?, estava abandonando o lugar, mas não a pé e sim com o teleférico de transportar materiais, sem bagagem, flutuando sozinho em seu caixote aberto, do qual só a cabeça saía para fora. E um dos vizinhos adubava secretamente a estufa do outro, ausente. E o sinal de fim de expediente vindo da bacia glacial pouco antes era como o gongo de um templo, o repicar de sinos, o ressoo de um minarete, o sopro de um berrante, uma sirene de navio, um apito de trem, o sinal da escola, tudo ao mesmo tempo. Por fim um silêncio subindo de lá de baixo, imponente, aos ouvidos de ambos, um silêncio precioso e delicioso. Como os *hondarederos* se chamavam mesmo entre si? *Indios?* — denominação para pessoas emigradas ou enriquecidas de um jeito ou de outro.

Agora foi o observador que olhou de canto para a mulher ao seu lado no topo do rochedo. E ela se deixou ver por ele. Jamais uma mulher se deixara ver assim por ele. (Foi o autor, na vila da Mancha, que depois sugeriu usar nesta passagem da história dela a expressão espanhola *se dejó ver*.)

Ele jamais havia se deparado com uma aventureira assim. Esta e aquela mulher de sua trupe de observadores também se denominava oficialmente — fosse como profissão designada no passaporte ou quando apareciam na televisão, algo que acontecia com certa frequência — aventureira, *aventurera*, *aventurière*, *adventurer*, *Abenteuerin*: de fato, todas elas já haviam cruzado sozinhas o deserto de Gobi, atravessado a nado o canal da Mancha, velejado por todo o Oceano Pacífico, escalado a escarpa norte do Eiger e um ano depois a escarpa sul do Karakorum, e, conforme seus diários já publicados, sempre com o pensamento nos filhos lá em casa, um ou três, e no marido, orgulhoso de sua mulher aventureira.

Mas essa aventureira, embora quem sabe ainda tivesse uma filha ausente também, como as outras, pertencia a uma outra espécie, observada em lugar nenhum até então, quanto mais nos meios de comunicação. Jakob Lebel, ou como quer que se chamasse (Cox é que não era, não combinava com ele), sentiu seu coração disparar. Ao se deixar ver assim por ele, ao mesmo tempo a mulher também o olhava.

Ele jamais se defrontara com olhos assim. O olhar dela foi atravessando-o, atravessou-o. Era um olhar amável, aberto e desconcertante. (O topo deste rochedo em meio ao matagal de genistas era um lugar e tanto.) Mas no olhar daquela estranha havia algo a mais: uma carência quase sem limites e uma ternura igualmente ilimitada, e o mais estranho de tudo era que ele certamente não era o alvo de seu olhar, embora já se desse por satisfeito por ela se deixar contemplar assim.

Neste caso, aventureira significava que, na presença dela, diante daquela estranha ali, ele, o observador, era tomado por um espírito de aventura, sim, espírito, sim, tomado. Jamais teria pensado que essa criatura tão aberta e orgulhosa, tão amável e carente, pudesse ter sido uma antiga estrela de cinema ou uma atual ou ex-rainha das finanças — apesar de uma informação dessas não acrescentar nada àquele momento, nem privá-lo de coisa nenhuma: hoje já se tornara quase óbvio se desfazer do papel profissional de um momento para o outro e, sem fingir outros papéis ou personagens de folga, preferir parar de fingir, tornando-se irreconhecível de dar gosto, irreconhecível e permeável, simplesmente deixando-se ver assim, sem dar a impressão de ser "médico", "arquiteto", "empresário", "artista" — não exatamente como ela agora, pois além disso tudo, esta pessoa e mulher, e que mulher, se desvelava e revelava com franqueza e, entre outras coisas, não era fria de forma alguma, até seu cabelo exalava calor.

Jakob Lebel retribuiu o olhar. Era para abraçá-la de imediato. Mas será que isso já não tinha acontecido, pelo simples fato de ela se deixar ver assim e de ele vê-la desse jeito? E a mão que ela mantinha diante do corpo, com a palma para cima, nada tensa, solta, curva como uma taça, até ali a carência. Pegar esta mão. Mas será que isso já não tinha acontecido? O fato de a mão se deixar ver assim já lhe bastava.

E a luz agora, a última do dia, contribuía para tudo isso, um fulgor, um "fulgor alpino"? não, o fulgor da Sierra, o fulgor da Sierra de Gredos, dos picos de granito já ao longe, no sul — que fulgor é esse? vá até lá e confira você mesmo.

"Tenho que ir!" disse a aventureira com um sorriso, como toda vez que dizia "tenho que". Por um instante ele pensou em lhe dar de presente de despedida o *Guia dos perigos da Sierra de Gredos*, mas era evidente que ela não queria nenhuma recomendação para o caminho.

Ele também tinha que ir (sem nenhum sorriso, nem sequer por dentro). nesta noite, pelo menos uma vez na vida, ele não subiria no helicóptero, mas ficaria em Hondareda, decidido a transpassar o limiar da casa de alguém, de passadouro a passadouro, até adentrar a verdadeira casa. Um vento se elevou, um vento-sul, morno, e Jakob Lebel sentiu vir com o vento — enquanto os dois se separavam e ele olhava para trás, para ela, que caminhava montanha acima — a expressão "noiva do vento", sem mais nem menos. Como ele gostaria de tê-la acompanhado como seu *escudero*.

O orvalho já caía e se empoçava num bolsão rochoso, e ele umedeceu as têmporas. Por todo lugar onde estivera, sempre fora o primeiro, na escola primária, nas escolas superiores e supremas, em seu grupo agora, mas mesmo assim nunca tinha encontrado seu lugar, e será que jamais encontraria?

E o que ela, a mulher, haveria de estar fazendo e pensando agora? Já perto da crista da Sierra, à distância de uma bodocada, ela tilintava com alguma coisa no bolso, não eram moedas, mas sim avelãs, castanhas, bagos de zimbro e sabe-se-lá-o-quê. E se ela estivesse pensando em alguma coisa, talvez fosse mais ou menos no que devia estar escrito no livro de fruticultura de seu irmão, da época da escola profissionalizante, sobre o tipo de maçã denominado "Jakob Lebel": "Jakob Lebel é mosqueada e sarapintada no lado em que pega sol... engordura a casca no porão... gosto ácido, sem aroma... também frutifica em regiões bastante altas e frias... não tem tronco reto e por isso requer diversos enxertos... — A maçã denominada Jakob Lebel era a que eu mais gostava de afanar naquela época, como ladra de frutas. Jakob Lebel, você ainda não está perdido o suficiente..."

Os últimos grilos monteses ressoavam nas alturas e das profundezas. E então ocorreu a Jakob Lebel que sempre havia uma espécie de programa diário em Hondareda, e se chamava: "Ir ouvir os grilos!" E ele desejava que essas vozes de grilo imensamente ternas fossem tocadas aqui durante seu enterro. Então ele queria morrer aqui em Hondareda? Queria. Mas primeiro gostaria de viver aqui.

"Jakob Lebel"? Definitivamente esse *não* poderia ser o nome de um inimigo.

35

Ela também terá mirado ao seu redor, à procura da corcova onde estivera até há pouco, em busca de Hondareda, Hondareda no rebaixo. Às vezes, quando alguém saía de alguma casa ou de algum estabelecimento e olhava da rua pela janela para dentro do lugar onde se encontrara até há pouco, não é que a pessoa era acometida pelo espanto de não estar mais sentada à mesa lá dentro ou onde ainda estivera alguns instantes atrás, de não se ver mais sentada, lendo, escrevendo, conversando com alguém, sendo que isso podia muito bem levar a uma alucinação — de si mesma?

E foi isso que aconteceu à mulher que se distanciava agora, lançando o olhar por cima do ombro para a superfície rochosa arqueada, vazia, segundo viria a contar posteriormente ao autor. A alucinação, a imagem de si que permanecera ali era tão forte que seu espanto chegou a ser um susto. Assustou-se diante da silhueta que continuava ali reluzindo, como se aquele "eu!" tivesse algo de sinistro, não, como se fosse de arrepiar, como se ela estivesse diante de um fantasma mesmo, ou de qualquer disformidade afim, uma verdadeira ameaça: será que este sobressalto, seguido de concentração e perplexidade, não era fortalecedor? (Assim como seu irmão, ela também era tão corajosa quanto assustadiça, e sobre isso existia até uma história de família que reportava a esse caráter assustadiço àquela noite em que os dois, ainda crianças, ouviram alguém se precipitar ruidosamente casa adentro com a notícia da morte de seus pais e do segundo irmão.)

E Hondareda na cova glacial? Quando ela olhou lá para baixo assim de soslaio, nada mais parecia existir ali a princípio — e para esse "parecer", a palavra espanhola *translucir* teria sido a tradução errada, conforme observou depois o autor da Mancha: pois o que a Clareira Obscura mostrava neste momento era somente a escuridão, um buraco negro em meio à alta Sierra ainda clara-crepuscular.

Em compensação, o labirinto do povoado ficara até mais nítido, a mica cintilando ainda mais insistente no breu, os veios luzentes de quartzo, o reflexo dos liquens: estes se estendendo cinza-verde-amarelos por toda a baixada, cobrindo rochedos e tetos rupestres, fazendo a localidade parecer uma cidade de milhões de habitantes, como Xangai ou São Paulo, fotografada de um satélite a meio caminho entre a Terra e a Lua.

Mas enquanto ela ainda olhava para trás, andando de costas, que mínima parecia a nossa Hondareda, como que encarquilhada com o tempo. E ao mesmo tempo se elevou um bramido da antiga bacia glacial, como o bramido de uma região normalmente quieta, inundada até os mais distantes horizontes por um rio que continuava correndo em seu curso, em seu leito de águas, transbordando de suas margens, o "bramido do Mississipi". E o bramido tinha algo de zunido, remetendo-a aos apiários redistribuídos nas encostas ensolaradas — ali batia sol a quase todas as horas do dia, e não havia sol mais tranquilo e quente que o de Hondareda —, apiários que também serviam de moradia a muitos colonos, razão pela qual um de seus anfitriões rebatizara Hondareda de "El Nuevo Colmenar", Novo Colmeal (invertendo uma designação de lugar tão comum no planalto ibérico: "El Viejo Colmenar"). E no calor da noite, esse zunido uníssono de colmeia acabou se tornando uma voz única, a voz de uma criança, não choro, mas chamado, claramente audível, destoando de todos os ruídos de fundo: "Espere por mim! *Esperame! Attends-moi! Wait for me! Warte auf mich!*" Agora à noite, o nítido sibilo do enxame de abelhas, e os tantos tons claros, penetrantes.

A um tiro de distância da cumeada da Sierra e da passagem para o sul — à parte do passo de Candeleda — no íngreme declive do maciço, e o povoado lá embaixo, fora do alcance de canhões, morteiros e até mísseis, e por fim ela distinguiu silhuetas lá embaixo: vagavam solitárias ao longo da única mancha clara, o lago, a *laguna* espelhando o céu, agachavam-se à toa e, antes de cruzarem de um topo de granito para o outro, lançavam seus perfis crepusculares sobre a estepe da montanha sem veredas, como se estivessem para atravessar um temido bulevar com veículos velozes zunindo.

E por fim, já não dava mais para perceber nada de imagético de Hondareda ou Hondoneda (os mapas mais recentes mencionavam o lugar no máximo entre parênteses), e assim, em harmonia com os passos dela através de rochas e cascalhos, areia quartzítica e por vezes neve, o que se instaurou foi uma melodia de meros nomes: *Nuevo Colmenar*, Barreira Funda, Clareira Obscura, *El Barco de la Sierra*, *Fondamente Nuove*, Buraco do Novo Espinheiro, Duna do Caminhante, Alto Rebaixo — assim como as montanhas da cumeada, já à altura dos olhos, transformavam-se em meros nomes ou adquiriam outros e outros mais, além de *Galana* (a Galante), *Hermanitos* (Irmãozinhos), *Mira* (= mire!), *Morezón* (de *moro*: mouro, árabe?), *Almanzor*. Liturgia da apreensão! Fazia muito tempo que ela não presenciava uma missa. "Presenciava?" Sim, presenciava. Apesar de não haver nada que tornasse a pessoa mais plena do que a sagrada liturgia. Liturgia: ah, meu caro tempo.

Será que ela não tinha deixado nada de despedida para o episódico povo de Hondareda, que ela até chegara a chamar de "os meus"? Nada — absolutamente nada. Ela até lhe privou de uma coisa — afanou-lhe algo, vide "ladra de frutas". Ao contar às pessoas que a hospedaram na roça como fora o início de sua trajetória como ladra de frutas, um deles, quase velho, respondeu que, apesar da idade, trepar numa árvore ainda significava uma espécie de inauguração ou êxito do dia. Ela, "amiga de ladrões e gentes perdidas"? Ela própria ladra e gente perdida?

Com o tempo, cada imigrante de Hondareda deixou-a ouvir sua história. Contavam as razões de estarem aqui e, além de tudo, mais e mais ocorrências que não tinham nada a ver com isso. Quanto mais a pessoa se empolgava, mais os acontecimentos iam se confundindo numa bela desordem, o que não significava que sua história fosse confusa. Parecia ter acontecido há tanto tempo, que bem que podia ser verdade.

O que ficava claro, mesmo sem razão de ser: que ele ou ela havia abandonado a região de costume, a cidade natal, o Estado, a comunidade de Estados, etc., e que ele ou ela ficaria por enquanto aqui, onde se não aqui?, mesmo que não necessariamente para sempre.

Muitos inventavam suas razões, em regra nada convincentes — "Fugi das mulheres de hoje!" — "Queria me livrar do mundo dos homens!" — "Não queria morrer rico!" —, a fim de insinuar que, na realidade, eles tinham razões bem diferentes, ou não tinham razão nenhuma ou as razões não importavam muito em sua história.

O que impulsionava o falar e o prestar atenção era, novamente, a refeição a dois (dias e meses depois, já há muito tempo em outro lugar, ela ainda sentiria, com maior frescor até, o sabor que a comida de Hondareda deixara em sua boca) e também o fato de os abrigos individuais dos novos colonos, apesar de sua ênfase na privacidade, emanarem algo de público ou acessível a todos — não no sentido de sedes de assembleias, repartições públicas, auditórios municipais ou igrejas, mas sim de botequins ou espeluncas sem má reputação; feito espeluncas simplesmente pelo fato de a mesa no interior das cavernas de morar estar sempre posta e, além de haver espaço para os dois e quem sabe mais uma criança fazendo lição de casa na outra ponta, sempre havia lugar para mais um e outro ilustre desconhecido que parecia estar sendo aguardado. Ficar sentado lá dentro, bem no fundo dessas cavernas com um quê de espelunca, aguçava a atenção e incentivava o recolhimento (esta palavra ainda estava em uso?).

E foi assim que, certo dia ou certa noite, ela ficou sabendo por um dos colonos que a solicitara à mesa de jantar — no mais também usada como banca de oficina e muitas outras coisas — que ele tinha partido de seu país de origem "por puro tédio". "Não era o país em especial que me entediava. O clima também não. Meu trabalho também não. Era o mais absoluto tédio, total e universal. Antigamente, quando criança, e depois também, quando jovem, se bem que de outro jeito, eu já tinha sentido um tédio esporádico. Mas só esporadicamente mesmo, em certos lugares, durante determinadas ocupações, e sobretudo quando não havia ninguém e nada para jogar, e então, já adolescente, nas piores solidões. Só que com a idade, esse tipo de tédio foi se tornando cada vez mais tolerável, pois eu imaginava que depois, na minha profissão, quando eu não estivesse mais apenas em companhia dos meus, e também no amor, ou naquilo que eu entendia por isso, tudo haveria de ser diferente."

"E a imaginação não me iludiu. A partir de um tempo não mais mensurável, a partir do advento do amor? a partir da intervenção do ódio? a partir da alegria de fazer, deixar de fazer, ser solícito, colaborar e pensar junto com este e aquele, mas também apenas assistir aos acontecimentos, parei de sentir tédio. Finalmente senti que estava vivendo, fosse como fosse, com mágoa e fúria, e continuamente, e no centro de tudo — nem um único instante sem o que respirar."

"E então imaginei ser, a partir de então e para sempre, um daqueles que eu invejava até então, daqueles que viviam se banhando em sol, num âmbito que me era inacessível, daqueles que podiam perfeitamente dizer de si: Tédio? Nem sei o que significa uma coisa dessas!"

"Mas entre tudo o que passou pela minha imaginação, essa foi uma das coisas que me iludiram. Num outro período — a ser chamado de virada? —, impossível de ser medido ou datado, o tédio retornou, não de um momento para o outro, nem de um dia ou ano para o outro. Não que tenha irrompido sobre mim, foi se infiltrando aos poucos — há certos modos de dizer, bem poucos, que, se variados corretamente, podem acertar em cheio — entre, entre mim e os acontecimentos, pessoas, coisas, lugares."

"Só que, não-sei-quando, algo começou a me entediar, depois mais outros algos, depois tudo. E mesmo então eu não sabia que era o tédio — de início só tinha sentido um pequeno incômodo, que por fim foi aumentando. Pois, na verdade, não se tratava do retorno daquele tédio conhecido da minha infância e juventude, pertinente, saudável ou pelo menos nada insalubre, mas sim de uma doença, inominável, a ser denominada depois de 'tédio', 'inominável' somente como expressão do meu mais absoluto desnorteio e desamparo. Doença e loucura. E foi se tornando um tédio tão desesperado quanto mortal: por um lado, desesperadamente doente, eu, ensandecido de tédio, me senti, por outro lado, compelido a aniquilar e destruir. 'Você me entedia' significava a mesma coisa que: *meu filho* me entedia, que: *minha casa* me entedia, que: *as florestas* me entediam, bem como, isso mesmo: *eu* me entedio a mim mesmo — significava a obsessão de querer dar sumiço em você, no meu filho, nas florestas e em mim mesmo."

"E foi assim que tive de partir, para cá. E pelo menos consegui me livrar daquela espécie de tédio. Nos últimos tempos, até imagino estar a caminho de um terceiro tipo de tédio: um que também faz o tempo me parecer longo, mas de um jeito diferente de até então. Hoje de manhã, fui andar por um campo de neve, sempre com a perna direita, sem afundar nenhuma vez a esquerda. À minha frente, na neve — que isso seja dito e escrito — rastejou uma cobra, e depois uma libélula gigantesca, de cabeça amarela, curvejou sobre os blocos de gelo no lago."

Um outro, de que ela foi hóspede por um certo tempo, disse que originariamente viera à região como pesquisador glacial — área de especialidade: formas espaciais, microclima, vegetação, etc., criados pelo derretimento das massas glaciais — e então, sem pensar duas vezes, decidiu ficar por aqui, para continuar pesquisando ou mesmo sem qualquer motivo especial.

O próximo a hospedá-la apresentou-se como alguém que, enquanto vivia no lugar de onde viera, era obcecado em procurar — procurar tesouros, mas também apenas uma e outra ninharia —, procurar e ponto, e em Hondareda, onde não havia nada a se procurar e todos os tesouros a serem descobertos já haviam sido escavados, ele finalmente se sentiu livre de sua procura, sobretudo de seu olhar de busca restrito e restritivo a si próprio, e livre para quê? A princípio, apenas livre.

Outros habitantes fundadores, por sua vez, contaram-lhe provir de uma estirpe de missionários, uma que há séculos missiona no mundo inteiro tudo o que lhe aparece pela frente, tendo renunciado à estirpe e à missão ao partir ou retornar para cá; outro dizia ter sido tão mesquinho quanto seus vizinhos em seu longínquo país de origem, talvez até um tanto mais bestial, bitolado e ávido pelo mal alheio — maldoso e maligno: espreitando o que se passava ao lado, na expectativa de um desjeito, de uma desgraça, de uma separação, da morte — e, pernas-para-que-te-quero, para fora daquele ambiente, para um lugar onde daria para se tornar alguém com o tempo!; ou contavam: ter ouvido dos ancestrais algo transmitido de geração para geração, no Peru, Arizona, Equador, Honduras (!), a mera menção da Sierra de Gredos e de Hondareda, como a contrassenha no instante certo, "como o termo de ignição"; ou terem se colocado a caminho daqui apenas por causa dos nomes, ou apenas pelo som deste e daquele nome, pela sonoridade das palavras "El Almanzor", "El Puerto de Candeleda", "río Tormes", "río Barbellido", "La Galana", "La Angostura", "Ramacastañas".

Um explicou a ela, sério mesmo: teria vindo de Tóquio, ou teria sido de Honolulu? ou do Cairo? até Hondareda e se estabelecido ali, pela simples razão de que finalmente queria se sentir de novo "em um centro", num lugar e numa região "onde estivesse acontecendo algo de fato", "onde se revelasse" — se revelasse o quê? — sem resposta — mas ela nem chegara a perguntar mesmo.

E um outro, durante seu monólogo à mesa (embora sempre lhe parecesse que a povoação inteira estava sentada com eles dois à mesa): aqui na cova do alto da Sierra, ele teria começado a sonhar de novo; o confinamento e quem sabe o afastamento da região produziria (sim) sonhos especialmente abertos ao mundo — sonhos vastos dos quais ele só participaria como público — "Mas participo mesmo, e como! Mais participativo que do que jamais fui em minha época de protagonista!" —, sonhos épicos que perdurariam pela vigília e pelo dia adentro, o estar desperto e agir desperto representando um valor, "um capital" (não é muito difícil de adivinhar que este falante aqui fora um antigo co-regente do Banco Mundial ou Central ou seja lá como se chamasse ou tivesse se chamado aquilo — que, ao que parecia, se esquecera de sua parceira, ou pelo menos fingia tê-la esquecido).

E durante um certo tempo ela foi convidada por um antigo juiz — ela se incumbia discretamente dos afazeres domésticos, como já fizera com outros anfitriões, e o servia como uma espécie de taverneira — que certa vez circunstanciou o seguinte: "Nos milênios da história da humanidade registrada até então, houve um tempo dos juízes. Deve ter sido um tempo heroico, um tempo pioneiro e preliminar, o tempo anterior ao dos reis e imperadores. Os juízes do povo eram ao mesmo tempo seus regentes ou líderes, seus comandantes, administradores e sumo-sacerdotes. Seu principal título, no entanto, era o de juiz." Neste mesmo instante, aconteceu, por acaso ou não, de o sobrinho-neto ou filho adotivo do ex-juiz enfiar a cabeça dentro da caverna, uma dessas cujos interiores se tornavam cada vez mais luxuosos em H., e perguntar: "Você me chamou?" — O anfitrião negou e prosseguiu: "E o meu tempo lá-fora-lá-embaixo também foi um tempo dos juízes, um outro tempo, de outros juízes. Eu mesmo sou descendente da linhagem dos juízes. Todos os homens e depois todas as mulheres dessa linhagem exerceram a profissão de juiz, sem terem que fazer nada de especial para tal, seguindo apenas uma tradição por força de lei. Entretanto, eu gostaria de ser o último na tradição da nossa linhagem! Comigo e através de mim deveremos nos extinguir como juízes. E para isso, dei uma guinada na minha vida e me afastei da minha linhagem, pelo menos por enquanto, e abandonei o meu cargo. Jamais sentenciar de novo, pronunciar qualquer sentença, condenar. Nunca mais fundar toda minha vida na existência de juiz e ao mesmo tempo aniquilar ou pelo menos abalar a existência dos outros com isso. Afinal, esse segundo tempo dos juízes que imperou até recentemente ou ainda continua imperando, sim, lá-embaixo-lá-fora, não era e não é — sei muito bem, pois compactuei com isso — nenhum retorno daquela época pioneira, mas sim um tempo de terror, novo e renovado."

"O segundo tempo dos juízes foi ou é de um despotismo ilimitado, arbitrário e descontrolado, e se mascara de dever para permitir intromissões em toda e qualquer coisa — um despotismo que não se reduz mais a alguns indivíduos, mas já se tornou coletivo. Afinal, qualquer um chega a usurpar o parentesco com a linhagem dos juízes — homens e mulheres, cada um deles, se lançam soberanamente como juízes de tudo e todos, como jamais se viu, como juízes do mundo. E esses juízes do mundo querem ser algo que por sorte ninguém mais quer ser, ou será que sim?: querem ser soberanos do mundo à sua maneira. E consequentemente, nenhum dos inúmeros juízes permitia mais ou permite ser julgado pelo mundo."

O jovem apareceu de novo à porta, deu uma olhada para dentro e disse: "Derrubei o barril de leite" — ao que o pai adotivo respondeu, como que num jogo: "Uma hora de obscuro no porão, para compeluzir, sob duro depósito mensal, seu come-dorme e dorme-no-ponto!" e prosseguiu: "Tudo, menos ser juiz de novo! *O meu tempo* é o tempo de agora, posterior à minha judicatura!" (E não fora ele mesmo que proclamara que o roubo de uma maçã de uma árvore alheia era como um amanhecer em plena luz do dia?)

Durante um tempo, a abdicada rainha da economia também foi recebida pelo "rei" ou "*emperador*" abdicado. Era um desses que vivia em Hondareda completamente sozinho, sem neto ou qualquer descendente. Pelo fato de ela tomar conta das finanças de seu *Palacio Real* enquanto fora sua hóspede, mas não só por isso, o velho a tinha em consideração, como se fosse ela que o estivesse recebendo, e ele, o enjeitado da alta estepe.

Seu palácio ficava num beco, parte do caos de pedras, como a maioria das outras construções, talvez até mais baixo, torto e abscôndito, e como os outros imigrantes, esse Carlos V ou I emanava o sereno luto dos viúvos e, por vezes, a terna solidão de um órfão.

A isso somava-se que ele estava gravemente doente e sabia que morreria amanhã ou depois, morreria aqui mesmo, na Alta Sierra, não como rei da História no mosteiro de Yuste ao piemonte sul. Ele tinha se arrastado sozinho até ali, sem carregadores nem liteira, morro acima e abaixo até o buraco de Hondareda, a fim de terminar sua existência neste exato lugar, e aqui isso se daria de forma bem distinta do que ocorreria lá embaixo, perto da planície — exatamente como ele imaginava, desejava, queria sua morte, já que era para agora.

Ele já estava farto de seu reinado e império, de si mesmo e de tudo. Findo, para sempre. O que é que se dizia mesmo dos reis? Que deviam estar à disposição dos outros todos os dias, de manhã ao pôr do sol, sem cessar. E o que foi que o pobre rei Luís XVI transmitiu ao filho na véspera de sua decapitação? Um severo e amargo: "Resguarde-se de se tornar rei!"

E mesmo assim, esse Carlos continuou dividido até a hora da morte ou quem sabe fosse mesmo "absolutamente esquizofrênico", conforme narrou o autor apócrifo: sua abdicação e, de um modo geral, o desaparecimento ou a impotência de seu reinado vinham-lhe a calhar e em boa hora, num segundo tempo dos reis, assim como "o segundo tempo dos juízes": de jeito nenhum! — e por outro lado, ao recordar a vida na sociedade da qual ele, rei imaginário com dupla personalidade ou não, se despedira ao partir para a Sierra de Gredos — como num pesadelo de olhos abertos, cada membro dessa sociedade já se tornara rei ou imperador de si mesmo e não tinha mais ouvido para nada nem ninguém —, sua renúncia parecia-lhe pelo menos um pouquinho precipitada; e se por um momento ele se mostrasse a descontração em pessoa e seus contemporâneos, por mais alheios que tivessem se tornado, viessem lhe benzer como curandeiros reais, o que ele mais gostaria mesmo seria de amaldiçoá-los real e imperialmente, como nos idos tempos. Não ansiava readquirir seu reinado? Sim, mas no sentido de um antirrei. Ele queria ser o antirrei e anti-imperador do mundo de hoje.

Só no dia de sua morte é que ele se conformou com aquilo de que abdicara. Ser rei ou fingir-se de rei não contava mais. O sonho acabara e, com isso, a dissociação. Ele só era aquilo que fora durante o tempo que passara em Hondareda: o arquivista, não de Simancas ou de qualquer outro lugar neste mundo histórico, mas sim desta nova colônia aqui — sua espelunca-de-cozinhar-e-morar, com seus depósitos, baús e armários repletos de amostras e exemplares, pedras e plantas documentais, era ao mesmo tempo um verdadeiro espaço da recordação do que teria sido Hondareda.

E por fim, o rei e imperador abdicado já não era mais arquivista nenhum, apenas aquele moribundo de-boca-aberta-para-entrar-mosquitos, estes, mais numerosos do que nunca, um moribundo balbuciando que "esperava não ter estragado a festa de todos" — que festa?; movimentando os lábios após a morte, como que prosseguindo um discurso colossalmente silencioso, e no final apenas o lábio inferior saliente, típico de sua estirpe real, por muito, muito tempo. E só depois da morte é que lhe escaparam os sons de dor retidos a vida toda. E antes disso, antes de soltar o último suspiro, disse a ela: "Só lamento não poder ler a sua e a minha história até o fim." Enquanto se deixava morrer, interrompeu algumas tentativas, para logo depois voltar a agonizar. E quando finalmente conseguiu, uma criança ao lado começou a bater palmas. Depois foram alguns adultos à volta. E por fim, todos o aplaudiram, e como.

E ela? olhou pela janelinha da casa rupestre do homem que acabara de morrer naquele dia, olhou para fora, onde não reinava nenhum silêncio mortal, e estendeu o olhar para a janela do prédio vizinho, levemente deslocada, alinhando-se com a janela da terceira casa, e mais adiante, através da próxima janelinha de pedra lavrada, e assim por diante, desde o domicílio do cadáver aqui, atravessando mais e mais casas até o fim da sequência e avistando pela última das janelinhas um recorte mínimo, mas bem enfocado, do fundo de granito amarelo-cinza-morno da cumeada da Sierra, com os moradores aqui e ali, obrando, desocupados, lendo, olhando de refúgio em refúgio — como quem está dentro de um trem em movimento, no vagão da frente perto da locomotiva, capaz de enxergar — através de todos os vagões acoplados a outros vagões repletos de viajantes, de compartimento em compartimento em compartimento, até o fundo, para além do trem, a paisagem que se distancia.

Um dos viajantes em trânsito, após tê-la chamado para seu compartimento com um aceno, terá lhe contado que a razão de ele estar aqui, se é que haveria alguma, teria sido a luz. Um outro: finalmente estaria num lugar onde não entendia mais nenhuma palavra, onde não teria que continuar ouvindo sua gente, seus sons e sotaques. E um disse que teria ido embora de seu país, não porque esse tivesse se tornado restrito demais ou insignificante ou nulo, como se costumava dizer — mas sim, muito pelo contrário, pelo fato de esse país, pelo menos nas aparências, ter deixado de ser nulo e de se restringir ao território e ao peso econômico que tivera, pois o que começou a pesar foram outras coisas, fazendo-o adquirir por fim um peso que jamais tivera em seu tempo áureo e esplendoroso. E um outro tinha se posto a caminho da região como leitor, como leitor da longa, longa história ambientada aqui na Sierra, acerca de uma mulher e de seu amante desaparecido.

E um dia ela encontrou em Hondareda aquela sua tentativa de amante da cidade portuária: conforme ela queria em sua história, ele a tinha esquecido, ou será que não? e estava passando muito bem sem. E no decorrer do tempo, ela viu mais uma pessoa lá de casa: o idiota da periferia — e os ares da Alta Sierra também pareciam estar lhe fazendo bem. Sua doidice, exercitada no subúrbio dia a dia e, por fim, esgotada naquelas mesmas sarjetas, em frente aos mesmos gramados bem aparados, reflorescera aqui perto do céu sideral, entre rochedos cobertos de liquens, e ganhou — ainda se dizia isso? — vento e maré, ajustando-se ao fazer e deixar de fazer dos outros.

E até que enfim sua história também quis que a *andariega* reconhecesse em um dos novos colonos seu irmão, o recém-liberto que ela acreditava num país completamente diferente, prestes a cometer seu primeiro ato de violência, não contra o patrimônio, mas contra seres humanos, sem se deixar deter por mais nada.

E aquele que se apresentou a ela como o irmão sobrevivente — apesar de haver pouca semelhança quando à aparência —, ou de dentro do qual falou o irmão dado por perdido, lhe disse mais ou menos o seguinte, enquanto estavam à mesa de seu galpão, armazém ou depósito, cedo demais para um jantar na Península Ibérica:

"Matar era algo que já me chegara aos braços, até a ponta dos dedos. Agora! disse para mim mesmo numa certa manhã, ao acordar de novo ao lado de uma desconhecida que me abordara na rua de alguma estação ferroviária na véspera e gritara: Espere por mim! Aquela mulher alegara me conhecer há muito. E minha ausência — isso foi o que ela disse, literalmente — teria 'durado séculos'. Que tosco e ao mesmo tempo terno era seu sexo. Eu nunca tinha visto algo tão tosco e terno assim. E nunca mais revi essa desconhecida, todas as outras mulheres também não. Mas com o tempo me tornei seu admirador. Se você a vir, mande lembranças, por favor. Eu a adoro. Tenho certeza de que ela sabe disso, mesmo que jamais venha a saber de fato. E talvez ela ainda venha a ler em sua história que nós não nos encontráramos em qualquer lugar, mas num terceiro país, um país em guerra."

"E eu estava no país por causa da guerra. Queria estar nessa guerra, para matar. Para que no fim houvesse no mínimo um a menos desses insensatos e insensíveis bípedes de hoje, espalhados por toda parte e em lugar nenhum, ocupando espaço e ainda sendo pagos em ouro para isso! E naquela manhã, finalmente tinha chegado a hora! Avante, hora de eliminar. E embora eu estivesse armado, gostaria de fazê-lo com as próprias mãos, ou a pau — todo o país em guerra estava salpicado de cacetes e paus. Mas não mataria nenhum adversário ou inimigo — eu não considerava inimigas as duas frentes guerreiras, apenas tristes companheiras de destino ou o que quer que fosse —, mas sim uma daquelas pessoas que tinham se tornado comuns nas guerras ocorridas num terceiro país e até combinavam, aqueles espectadores neutros que nem impediam a guerra, nem a esquentavam ou acirravam, mas a privavam de realidade e a transformavam numa mercadoria, não exatamente espectadores, mas sim penetras e mirões, dos quais o mundo está formigando."

"Numa guerra mundial foi meu avô e na outra foi meu pai que me contaram que jamais lhes passara pela cabeça atirar contra alguém do povo inimigo, e até o fim se esforçaram para errar o alvo. Em contrapartida, no entanto: morte e destruição aos que instigavam estes contra aqueles e faziam desse matar e morrer seu espetáculo — só que meu avô e meu pai nunca tinham conseguido pôr os olhos e as mãos nesses 'demônios' ou 'satãs', como eram unanimemente chamados pelos responsáveis."

"Durante aquela guerra, que era minha, certo dia fui convocado a integrar uma tropa que deveria assegurar o acesso a uma zona de proteção, mantê-la aberta e garantir a segurança da escolta. Eu estava a postos com alguns outros num rio serrano, num baixio onde a estrada, larga como um rio, atravessava as águas rasas. Uma hora, em pleno dia, vi uma pessoa vindo lá longe, a sós, a pé pela estrada, para lá do rio, entre arbustos que já tinham crescido tanto desde o início da guerra, a ponto de invadirem a pista — não era nenhum nativo, ao que tudo indicava, apesar de os nativos civis na zona de guerra já terem perdido de qualquer forma tudo que tinham de nativo, isto é, seu típico senso espacial e temporal, e já confundirem o dia de ontem com o de hoje ou com uma data do ano anterior, perdendo-se a torto e a direito no próprio vilarejo e dentro de seu próprio quintal. Não, esse ainda não é o elemento a ser suprimido, pensei comigo, ainda não. O próximo, contudo, um da Terceira Coluna, a dos que não têm olhos para ver, em carros blindados com dezenove vezes dezenove estandartes balançando ao vento!"

"O passante solitário chegou ao baixio. E no mesmo instante apareceu atrás dele um veículo, não blindado, mas de qualquer forma camuflado, e o carro parou, e então desceram umas pessoas mascaradas que lutavam em ambos os lados combatentes e travavam sua própria guerra-dentro-da-guerra, de uma maneira particular, por trás das máscaras, de forma incontrolável e absolutamente desenfreada. E entre esses mascarados, que já vestiam casacos longos de cor de poeira como que prontos para a filmagem, um deles atirou na pessoa que estava vadeando o baixio de calças arregaçadas. Em meio ao ruído das águas, quase não se ouviu nada de início. Mas depois, a única coisa que eu ouvia era o tiro."

"E os tiros — sempre ouço de novo esse disparo nos gritos dos pais aqui de Hondareda — prosseguiram, mesmo após o cadáver já estar à deriva rio abaixo. O mascarado continuou atirando no morto à margem do baixio, enquanto os outros mascarados nos mantinham aqui em xeque. Arregalei os olhos. Dava para dizer isso de si mesmo? Sim, eu, eu! arregalei os olhos. E fiquei de olho. E sobre o assassinado vi o céu aberto. E eu, eu, era inocente. Sou inocente, pensei. E jamais, jamais matarei alguém. E de uma vez por todas: vingança nunca mais!"

"E quase, quase me senti grato àquele matador, grato por ele ter me redimido, me redimido da minha ideia fixa, da ideia de assassinar uma pessoa. Terno era o sexo da mulher que tinha me chamado à noite na rua da estação. Envolventemente terno. E como que nobre. Nobre e escuro e amplo, sobretudo peculiar. E não éramos só nós que estávamos juntos naquela noite. Em frente à janela de seu apartamento havia uma bétula. Logo abaixo corria um tipo de rio de moinho. E logo ao lado, o filho dela estava dormindo."

A noite em que ela ouviu seu irmão falar pela boca daquele homem era clara, uma noite de início de primavera, enquanto lá fora, na estepe das montanhas, alguns repórteres corriam para seu helicóptero. E diante disso, o anfitrião deixou escapar um gesto, como se apontasse uma metralhadora para a fileira de corredores, apertasse o gatilho e saísse atirando à sua volta.

Ele se levantou num salto e escancarou a janelinha. Um último sol amarelo-fundo brilhou na lomba do liso granito polido, e uma única vespa da Sierra, tão amarela quanto, menor que as dos vales, mas com uma vibração de asas que penetrava o ouvido com muito mais força, se precipitou contra o atirador e numa curva desviou dele por um triz, e ele recuou num sobressalto, como só mesmo o irmão assustadiço se sobressaltaria, sobretudo diante de ninharias, e para ela era quase, quase um alívio que Hondareda também não estivesse fora deste mundo labiríntico.

36

Ela subiu a mansa encosta norte e alcançou a cumeada da Sierra na última luz do dia. Nos livros antigos, em vez de "cumeada" ou "crista", constava a palavra "grimpa".

Aqui já tinha existido uma trilha de travessia, sobretudo para a passagem de gado, pisoteada pelas próprias reses, e o único toque humano, no máximo, eram demarcações de itinerário erigidas sobre blocos de rocha, em forma de pequenas e estreitas colunas de pedras empilhadas. Ainda haviam restado algumas aqui e ali. No entanto, ou haviam desmoronado, ou sido encobertas pelos bosques de arbustos de genista montesa, sobrepujantes há tempos. O melhor mesmo era nem tentar espreitar e não se deixar ludibriar por esses marcos de pedra pouco confiáveis, casuais, que bem poderiam estar ali só para confundir. Antes abrir caminho por conta própria, passo a passo.

E isso devia ser possível naquele íngreme declive coberto de cascalhos, quase nu, rumo ao sul. Em pé sobre a crista, ela se via lá embaixo, no fundo, no baixo mais profundo de Candeleda, onde já era noite, na cidadezinha que agora parecia grande daquela altura celestial, as luzes acesas, uma ilha de luz em meio ao cinza-negro e negro-negro que ia até o fim de todos os horizontes. Só o oeste ainda tinha uma faixa azul, uma faixa sobre a outra, e a última de um azul assim luzente. Para ela, aquele era o azul da borda superior da asa do anjo branco do medalhão perdido ou roubado. "Se o anjo não tivesse se extraviado", disse para si, "agora eu não estaria vendo a cor de suas asas neste azul."

Apesar de não haver caminho nenhum morro abaixo, dava para arriscar a passagem e a descida em quase todo aquele segmento da crista. O ar estava claro até as planícies. No fundo do fundo, as linhas dos montes de Toledo. O vento vindo da planície lá embaixo era morno. Cantos e campos de neve, ao que parecia, apenas às suas costas. As pontas e escarpas da cumeeira do Almanzor, das Faquinhas, dos Galayos, da Galana, desaparecidas atrás do dorso cada vez mais próximo e redondo. Desaparecida também a baixada de Hondareda. Ao olhar ao redor, apenas a parca luz de algumas vilas das encostas como que inatingíveis do alto vale do rio Tormes; Pedrada também, o lugar de jogar pedras em meio à região de nascentes — desaparecida.

Então chegou o momento em que ela desejou voltar para casa, para a propriedade na periferia da cidade portuária, ou para seu pomar. Uma vacilação dessas justo no ponto em que sua meta estava — não apenas por assim dizer — a seus pés, era algo que ela jamais sentira dessa forma. Mas em vez de admirá-la, isso a animou. Um passo para frente, um passo para trás, um para a esquerda, um para a direita. E dessa vacilação inicialmente brusca, como que de marionete — brusco também o jeito de olhar adiante, por cima do ombro, para o zênite, para o chão — surgiu uma certa harmonia, como se a vacilação e a hesitação fossem se transformando com o tempo em passos de dança (foi exatamente assim que ela contou depois ao autor sobre sua "dança da vacilação" lá na cimeira da Sierra de Gredos).

E como se — sem "como se", de fato —, por força de tal dança, aquele vai-não-vai deu impulso a uma decisão, transformando vacilação em determinação: pôr-se a caminho, agora!, avante, descer pelo negro da noite, que, uma vez que se imergisse lá dentro, tinha suas próprias nitidezes. E então lhe veio à mente aquele caminho de raízes de árvores lá em casa no subúrbio, não porque ela se desejasse lá onde as raízes entremeadas e sobrepostas lhe tinham parecido uma miniatura pacífica e inofensiva das montanhas e cadeias e sopés daqui: não, esse formato de brinquedo da Sierra de Gredos se manifestava aqui e agora; num jogo mental, a Sierra descomunal agora tão leve, a ser atravessada num átimo, a ser saltada como se saltava um amálgama de raízes em frente de casa.

E ela desceu em carreiras e saltos, em serpentinas imaginárias, uma *asendereada*, o que no mais significava "a que se desenveredou", mas não valia para esta primeira vereda (sim, vereda), onde, assim à deriva — numa deriva que vinha de si e a sustentava —, não lhe poderia acontecer nada e foi assim que ela voltou a se tornar, por ora, senhora da história.

Saltar agora de dorso em dorso, como saltara de raiz em raiz lá em casa. O que também contribuía para essa sensação provisória de segurança era o fenômeno que um dos imigrantes de Hondareda, um especialista em geologia, denominara "o ritmo da Sierra de Gredos". A Sierra seria uma cordilheira rítmica, no sentido de que — fosse na suave face norte ou no sul escarpado — a multiplicidade de fendas, incisões, gargantas, sulcos, corredeiras se diversificava numa sequência regular, como se água e granito, mineral originário, agissem em reciprocidade, gerando um relevo de regularidades rítmicas, mas sem as deformações, os alcantis, os deslocamentos e as "surpresas geralmente desagradáveis" das serras de arenito ou calcário, meras massas impelidas pelo vento e por fim sedimentadas e não rochas originárias.

E segundo o perito em solos, a Sierra conferiria este ritmo a quem quer que a atravessasse — o ritmo do solo sob seus pés garantiria simetria, continuidade e supremacia na sequência de movimentos, "pelo menos temporariamente" ("temporariamente" também era uma palavra bastante usada pelos novos colonos).

E ao relembrar Hondareda, a *asendereada* disse para si mesma, em meio à nítida escuridão da descida: "Terra perdida. Terra de fato. Avante, desta terra de fato para a fatídica perdição! Que ritmo é esse. Que energia. Sei muito bem quem são vocês. Mestiços, como eu. Que sorte essa, a de viver na época da perdição do último povo. Tempo rico. Plenitude do tempo." Ela quase teria cantado isso tudo, como se fosse uma antiga cantiga popular. Porém ainda não chegara a hora de seu cantar. Mas pelo menos valia como uma saudação ao povoado da bacia glacial, saudação *após* a despedida, como que imaginada num poema árabe.

Ela estava trajada para a travessia noturna da Sierra como no início de sua viagem. Apenas algumas coisinhas a mais, uma fita para prender o chapéu no queixo, joelheiras, um pau de zimbreiro que cortava o ar com um sibilo. Enfiadas no cinto — e não no chapéu —, penas de diversas aves, únicas, espalhadas durante o voo, a branca-azul-cinza do pombo selvagem, a tigrada do falcão, a preta-brilhante da gralha, a marrom-fosca do gavião, a transparente com borda azul-marinho do gaio, a de nuances douradas do milhano. Por todo o traje havia plaquinhas de mica costuradas, que — segundo as pessoas de Hondareda, volta e meia supersticiosas — protegiam contra raios e contra o fogo: assim como o chão salpicado de mica, suas roupas refletiam o céu noturno, um reflexo nada fosco; e nas franjas das mangas da jaqueta havia pequenos cascalhos de granito pendurados, que durante a caminhada batiam uns nos outros, contínua e harmonicamente.

Se "Gredos" derivava da palavra *greda*, barro, argila, entulho, resíduo, a íngreme encosta sul da Sierra merecia mais esse nome que a vertente norte, quase unitária e solidamente rochosa: pois descê-la significava atravessar mais e mais bancos de terra fofa, quase lodosa, cascalhos de ardósia e pistas de pedregulho, onde ela mais escorregava que andava; escorregões para os quais ela estava preparada e que, em vez de ameaçarem-na de sair patinando e cair, a ajudavam a prosseguir mais ligeira, uma espécie de descida acelerada.

O que também garantia seu equilíbrio era a mochila. Estava "um tanto pesada" — essa a expressão que ela usou depois, em conversa com o autor — primeiro por causa da fruta que afanara antes da partida, por mera superstição?, e além disso, menos por causa do pão, leve como uma pena, do que das coisas de praxe em suas travessias, o azeite de oliva e o grande pacote de sal: aquele ar salgado que lhe inflara diretamente as narinas junto com o brando vento sul, lá em cima no rego da passagem — será que viera do sal que seu corpo já quente da escalada fizera evaporar? Ou será que a nuvem salgada vinha mesmo do próprio corpo? No mais, seu único farnel — sim, assegurou ela ao autor, ele poderia arriscar usar essa palavra, sim — eram nozes da montanha, avelãs, castanhas, sorvas secas e bagos de zimbro que ela ficava chacoalhando e sacolejando com os dedos, sem parar, nos bolsos da calça e da jaqueta.

"Tempo é dinheiro?" disse ela em voz alta, em meio à escuridão que se tornava cada vez mais densa à medida que ela subia: "Sim, mas num sentido diferente do vigente. Ainda não se investigou devidamente quais os valores que se pode adquirir por meio do tempo. Agora estou com tempo, e não há nada que tenha feito me sentir mais livre e mais rica. Sim, ter tempo é de fato uma sensação e não tem nada a ver com passatempo ou com a sensação de o tempo passar. Vem de dentro, vem juntar-se ao que estou fazendo ou deixando de fazer agora, completando-o e tornando-o pertinente e pertinaz. Ouça: ter tempo é uma sensação abrangente? não, básica, e só ela mesmo é capaz de possibilitar outras sensações, maiores, mais explícitas, ou seja, mais cordiais, e viabilizar a grande vida."

Falar consigo mesma no escuro: será que ela tinha medo de seguir seu caminho assim sozinha? Esqueça a pergunta — algo como medo estava fora de questão para a *asendereada* e sua história; de mais a mais, lá para cima da divisa de árvores, onde ela se movia agora, não reinava escuridão, mas sim o claro-escuro espacial-plástico, no qual ela chegava até a descer de costas de quando em quando, com vista para o topo da Sierra que se distanciava a olhos vistos — da mesma forma que as baixadas e planícies lá embaixo, das quais ela se aproximava passo a passo, também se afastavam, por mais estranho que parecesse, se afastavam porque as únicas luzes, as da Candeleda, tinham acabado de ser engolidas pelas montanhas da frente e pelos sopés, sem deixar mais nenhum reflexo no céu, por menor que fosse.

Mas se não era medo: o que seria então aquele caráter assustadiço típico de sua estirpe ou vilarejo ou "grupo étnico"? "Nesta travessia noturna, isso também estava fora de questão", contou ela ao autor. "A propósito, isso nunca me ocorreu em nenhuma das minhas travessias anteriores da Sierra a sós. Seria por causa da harmonia, do ritmo, ou da contínua tensão? De qualquer forma, na hora em que todo aquele matagal, há pouco ainda quieto no seu canto, começou a vacilar e se voltou contra mim como uma gigantesca onda cada vez mais escura, eu simplesmente desviei, como se nada tivesse acontecido, e de fato tudo aquilo não passara de uma boiada daquela raça preta retinta de Ávila, que estivera dormindo até então ali no mato e acabara de se levantar de súbito.

"E as cobras pelas quais passei escorregando mais de uma vez, a menos de um dedo, por um triz — esses deslizes me aconteciam com mais frequência em plena luz do dia do que ao anoitecer —, simplesmente fiquei contemplando-as de olhos bem abertos, assim como o chifre pontudo dos touros saindo da folhagem, pensando apenas: ah, então é assim, é, pois bem."

"Algo completamente diferente é aquele susto quando a gente, por exemplo, tropeça e quase cai ou desmorona. Isso sempre me aconteceu em todas as minhas travessias do maciço de Gredos: a não ser na última, embora com o tempo isso até tivesse sido bem-vindo: pois um sobressalto desses, exatamente no momento em que a gente acha que perdeu o chão, afeta apenas o corpo, colocando-o num estado especialmente desperto: em seguida, a gente enxerga com mais nitidez, ouve com mais clareza e deixa imediatamente de ficar ensimesmada ou, como se dizia no meu vilarejo, encafifada."

No mencionado *Guia dos perigos da Sierra de Gredos* — que ela conhecia quase de cor, como se tivesse escrito com as próprias mãos, literalmente — a descida da crista dos picos até Candeleda, lá embaixo, nas encostas do vale do rio Tiétar, era qualificada de "bastante dificultosa". Recomendava-se jamais empreendê-la a sós, quanto mais à noite. Por outro lado, não durava mais que "aproximadamente seis horas", e a distância direta, "ponto a ponto", não passaria de "meros quinze quilômetros".

Mas para ela, a descida não era nada dificultosa, ou pelo menos essa palavra não condizia com a sua viagem a pé. E mesmo assim, a descida da *asendereada* até Candeleda não levaria apenas seis horas, mas sim a noite inteira, e todo o dia seguinte, e mais uma noite?, e então, ao chegar nas figueiras e oliveiras na divisa do lugarejo, no profundo crepúsculo, no primeiro ou no último?, ela tinha perdido mais do que apenas um dia e uma noite. Perdido? O quê?

Durante a juventude, o autor ainda costumava ler de vez em quando seus esboços épicos para um amigo ou uma amiga em voz alta — desde sempre ele se interessara pelo épico, mesmo sem saber literalmente o que era isso —: e ele mesmo era sempre o primeiro a querer saber se havia algum "suspense" naquilo (mas, mesmo que a resposta fosse positiva, ele ficava estranhamente decepcionado naquelas ocasiões, como se esperasse que suas coisas tivessem algo mais que "suspense").

Um mecanismo desses continuava valendo agora, no episódio da travessia da serra, e ele ficava tentado a enfatizar toda espécie de dramaticidade, algo que sempre fora avesso à sua vida, como um sistema magnético que repelia qualquer acontecimento real. (O autor de certa forma apócrifo, o deturpador-de-palavras-e-fatos, o difamador-ou-exaltador — ele poderia muito bem ter sido um pouco disso tudo de quando em quando.)

Na primeira noite, pouco após alcançar a divisa da vegetação lá embaixo e imergir no obscuro, sim no obscuro cinturão de árvores, era para a heroína encontrar um eremita e ser violentada por ele. Durante todo o dia seguinte, era para ela ficar estatelada numa brenha de fentos, nem viva nem morta, com gigantescos sapos se arrastando por cima dela e lhe espirrando veneno no rosto. E na noite seguinte, ao sair tropeçando meio cega, errante, era para ser atacada por uma fera selvagem, que deveria violentá-la de um jeito bem diferente que o monge eremita na véspera, caso ela não tivesse agarrado seus chifres e então, com seus chifres de touro! nas mãos, sussurrado para seu crânio de touro e seus olhos de touro toda história de sua vida.

E como a heroína de um romance inglês do século XIX, por exemplo, na segunda noite ela teria encontrado refúgio numa cova, bem no meio do assim chamado círculo das bruxas, aquele círculo de cogumelos imensos, de lamelas pretas, fosforescentes no escuro, os seres vivos mais sinistros que ela conhecia, exalando no meio do círculo seu nojento fedor de mofo, com chapéus gigantes em forma de buracos negros. E chovia e trovoava. E uma avalanche — apesar de ainda ser início de primavera ali, sobretudo por causa dos mornos ventos sul, havia constante perigo de avalanche nos sulcos do declive sul da Sierra — passou retumbando tão perto, que ela chegou a sentir a lufada em seu rosto febril, perdurando um bom tempo como uma ducha de água gelada. E aquela zona incendiada da mata, onde ela só teria tropeçado em aves mortas, cadáveres rentes uns aos outros como que amontoados ali pelo vento, o açor com o chapim da serra, o pardal com a águia, a carriça com o gavião ou açor, e de todos apenas a pele nua, onde será que tinham ido parar as penas? E naquele cenário, em pleno temporal, sob uma lapa, um nicho de proteção no qual ela estava acocorada, teriam vindo lhe fazer companhia, um após o outro, uma raposa, uma víbora, um escorpião, uma salamandra, uma família de javalis, uma furão branco feito neve, animais que por natureza eram inimigos mortais entre si, e, como ela, estariam esperando tranquila e pacificamente o temporal passar. E ao adormecer sentada ali, a pancada na nuca.

Nada disso aconteceu durante sua descida da Sierra de Gredos; talvez uma coisa aqui e outra ali, mas sob outro signo, sob outra luz e, sobretudo, num ritmo diferente. Caso ela tenha se deparado com algo dramático durante a descida, passo a passo, andando, parada e deitada, não foi desse jeito leviano, não.

Na primeira noite, no primeiro trecho daquele mato embrenhado feito selva, ela viu uma fogueira chamejando alto no breu, bem acomodada num círculo de pedras dispostas com as pontas para cima, e ali se deparou com uma única pessoa, a única durante todo o tempo em que estivera a caminho, um tocador noturno de berimbau-de-boca. E ela lhe perguntou se ele não tinha medo, de quê? de outras pessoas, numa região dessas, em tempos tão instáveis, ao que ele reagiu com um olhar fumegante — fora assim que ele a violentara? — e respondeu que não sabia o que era medo, pois "amo os seres humanos" (sendo que o autor, ao anotar isso literalmente a pedido dela, olhou para a frase com certa estranheza; como se algo do gênero, o fato em si ou a própria frase, tivesse lhe parecido há muito tempo impossível e impensável; com estranheza? ou apenas desarmado?). O eremita exalava um cheiro forte, um cheiro de perdição.

E na segunda noite, a *asendereada*, agachada em algum lugar, quase perdeu a cabeça de fato, literalmente. Mas o efeito da pancada viera da própria cabeça que, durante um cochilo, lhe batera contra o peito com uma fúria assassina; "a gente até poderia morrer de uma coisa dessas, como que executada pelo peso da própria cabeça". E também era verdade que, após "os sapos venenosos" que "se haviam arrastado por cima dela" terem se arrancado, ela ficou estatelada no terreno de fentos, "nem viva nem morta": mas o que significava isso? como é que podia estar viva pela metade?

O mero fato de ela estar para morrer, por assim dizer — não, sem "por assim dizer" —, sem ter feito nada para tal, já era ou pelo menos parecia ser suspense suficiente para o autor e o leitor envolvidos na história; um suspense que o enfastiava menos que tantas reportagens e historietas escritas ou provavelmente filmadas como se o "suspense" já tivesse se tornado uma obrigação — como se hoje só pudessem existir exclusivamente livros e filmes de suspense.

A vertente sul da Sierra, tão íngreme, se dividia em costelas de granito, narizes rochosos e cabeças de pedra que se salientavam em meio aos seixos e cascalhos. Durante um certo tempo, a mulher que caminhava montanha abaixo, ao longo e pelo meio disso tudo, ainda estava com a cabeça no povoado de Hondareda, tanto que às vezes queria bater na suposta porta de uma corcova, como se estivesse diante de uma daquelas moradias rupestres da antiga baixada glacial. Só que agora já não se tratava mais de um delicado caos de rochedos semelhantes a casas ou torres habitadas. Pois aqui, na lomba sul, jamais houvera geleira alguma. Era escarpada demais para acumular gelo. E ali, logo após a crista, no lugar onde a mandante da história inicialmente queria abrir uma suposta porta, os escombros rochosos — bem menos arredondados, polidos e vítreos que os de Hondareda — se originavam do cimo de uma montanha que havia desmoronado aos poucos, em tempos remotos: seus fragmentos, fendidos um após o outro e precipitados nas profundezas, no decorrer de dez mil ou cem mil anos solares — até a antiga montanha, talvez originariamente tão pontiaguda e quase tão alta como o Almanzor, reduzir-se por fim a um dorso plano, levemente recortado, à atual linha da cumeada, à passagem. Os maiores e mais pesados pedaços da antiga montanha tinham percorrido, durante a queda, quase meio caminho até as planícies lá embaixo, formando em meio às encostas íngremes elevações em forma de púlpitos protuberantes, a serem adentrados por quem descia a Sierra como um patamar intermediário, quase horizontal, fácil de ser percorrido, como que um descanso — que, no entanto, terminava bruscamente num paredão vertical, num verdadeiro precipício, nada recomendável de se escalar, pelo menos não agora, durante a noite.

Este era o ponto onde ela sempre tinha que retornar — ainda com aquele sorriso ao retornar? luzindo no escuro? — e subir de volta uma leve inclinação, evitando assim os púlpitos e os trechos aparentemente confortáveis de se percorrerem e todos os pretensos atalhos, por princípio. Mantinha aquelas serpentinas harmônicas, passo a passo, ao longo das vertentes de seixos sem veredas. Nada lhe faltava. Ela até se sentia cada vez mais rica, "no sentido de presenteada", contou depois. Ao contrário das travessias anteriores da Sierra nas quais os momentos de totalidade — a sensação de preencher todo o espectro possível da existência, de corpo e alma — haviam sido entrecortados quase que imediatamente por aquela dor como que repleta de culpa, ao contrário das travessias anteriores nas quais ela estivera tão distante como nunca, infinitamente distante do amor e das pessoas amadas, desta vez ela não se via sozinha, e agora dizia em voz alta, noite adentro: "A melhor coisa que eu posso fazer por você é me ater àquilo que estou fazendo. Ao fazer de forma rítmica aquilo que estou fazendo, de forma conscienciosa, sem descuidos, sempre preenchendo o ritmo que condiz comigo e fazendo-o vibrar, oscilar e abrir caminhos, faço para mim e para você o melhor, o melhor que posso fazer para mim e para você." — "O que significa ritmo para você?" (o autor, depois). Ela: "Um reforço ao já existente."

E enquanto ela seguia assim, subindo e escalando, apareceu-lhe por um instante, tão breve como um floco de neve precipitado antes da verdadeira tempestade, aquele quarto de criança em sua residência na periferia da cidade-dos-dois-rios ao noroeste, quieto, sob uma luz crepuscular na qual relampejavam os brinquedos alinhados no chão para o jogo — e sumiu logo em seguida.

Isso aconteceu mais ou menos lá onde a *asendereada* terá abandonado a lomba serrana do maciço de Gredos, quase sem árvores e arbustos, e terá enveredado por entre os primeiros pinheiros da Sierra às margens da mata, todos decapitados pelos raios, sem folhas nem córtex. Aquela estrela ali sobre uma das copas estilhaçadas: um acessório, essencial. Ao contrário do que ela supunha, não era a estrela da testa de Órion, a constelação central de inverno. Por todo aquele gigantesco céu já não se via mais Órion nenhum. As Plêiades também não. Sem mais Castor nem Pólux. Sem mais nenhuma constelação de inverno. Sem mais inverno? Então já fazia tanto tempo assim que estávamos caminhando juntos. Um verdadeiro espaço de tempo. Um impulso de tempo. Uma onda de tempo. Uma ponta-de-nariz-de-ouriço de tempo. Uma folha-recortada-de-plátano de tempo. Uma cratera-de-bomba de tempo. E além disso, uma expressão do livro árabe, chamuscando breve como um floco de neve ou uma estrela cadente: "E o hálito do misericordioso vindo do Iêmen soprou até aqui."

E agora, então, algo cedendo sob as solas da andarilha, afundando em algo macio: uma peça de roupa? todo um traje? uma mortalha envolvendo um cadáver putrefato, estendido lá no chão da floresta, meio mesclado ao cadáver, já gelatinoso?

Não, aquele macio era do tecido e do musgo denso que o cobria. E o tecido? Era, e é, aquele xale ou capa que havíamos perdido durante a última travessia da Sierra de Gredos, há um ano ou há um quinquênio, e planejáramos reencontrar desta vez. Onde já se viu uma coisa dessas? Sim, viu-se agora. "E uma segunda vez, meu xale, não haveremos de perdê-lo!" disse ela, escrevendo no ar da noite, sem querer, a palavra "xale" em árabe (era a mesma palavra).

37

Ela caminhava. Nós jogávamos. E o espaço em que brincávamos ia bem além das quatro paredes do quarto onde você dormia na infância, para além, para lá de além. Passo a passo, um tabuleiro, uma quadra, um campo, um em seguida do outro; seguiam ao seu encalço; seguiam de mãos dadas.

E essa sequência de jogos era ao mesmo tempo um jogo de cena — onde se ver o quê? onde atuar? ocorrer o quê?: onde os cenários, os próprios lugares criavam a ocorrência, a ação, a vista. E os lugares que ela percorria sozinha agora formavam trilhas e baixios e passagens e corredores e túneis até os lugares de era-uma-vez, os mesmos ou outros: onde nós duas — existia em árabe, como no eslavo, o dual, algo entre singular e plural? — já estivéramos ou atravessáramos; a cada poucos passos, os lugares aqui na Sierra se ampliavam em cenários ali e acolá, no vilarejo da infância, nas cidades onde ela frequentara a escola e a faculdade, em metrópoles e megalópoles, e com mais frequência ainda se ampliavam em cenários distantes dos centros, nos confins de algum lugar, onde ela estivera com quem lhe era próximo, a dois ou em muitos, e ao mesmo tempo terá estado — era exatamente assim que se revelavam os lugares, pontos e cantos do passado que apareciam diante dela.

E cada um desses cenários de agora e de antes, daqui e dali, (ela exigiu que o autor evitasse a expressão "imagens locais" e até a palavra "imagem" nesta estação da história de ambos e as empregasse apenas no final, se fosse o caso) indicava um ponto de rotação e uma dobradiça, um elo que introduzia o próximo cenário e continuava girando e folheando até o próximo.

Será que um tal circuito de cenários de vida, próprios e alheios, atuais e seculares, já não estava programado em seu trajeto e em seu livro? Talvez;

mas caso estivesse, não seria um circuito nada ligeiro: com o tempo, não giraria tanto em círculo, mas se embaralharia meteoricamente em redemoinho. E o estranho era que isso tudo ocorria durante a descida, e não na subida, ao contrário da experiência, não de manhã, mas à noite.

Um cenário que se precipitou sobre ela foi a cozinha onde a filha adolescente, após o reencontro de ambas (antes de seu segundo desaparecimento), a acolheu e lhe serviu daquela vez (isso jamais acontecera entre mãe e filha e jamais aconteceria de novo?), na casa próxima ao penedo do Atlântico, perto da cidadezinha insular denominada Los Llanos de Aridane: sim, todo cenário e cada coisa da sequência apareciam diante dela acompanhados da designação, como coisa-e-nome.

E quase no mesmo passo, ela foi acometida pela praça de uma outra cidadezinha ("onde, quando e nomes não acrescentam nada à nossa história a partir de agora, em meio a esta ciranda das localidades", disse ela ao autor), em cuja borda as duas, mulher e filha, haviam sentado no fim de um dia de feira, e tudo o que ocorrera era que elas ficaram sentadas as duas na praça deserta, e que bateu um vento forte, e que as caixas de frutas e legumes restantes da feira terão deslizado pela praça, e que papéis e retalhos de plástico estão remoinhando agora sobre suas cabeças, e que o céu sobre a praça era, é e terá sido de um cinza claro.

E no próximo passo, elas já estão indo de carro para casa, no dual *mi dva* ou algo que o valha, através da noite chuvosa, e a única coisa a acontecer durante o trajeto era que as ferramentas, martelos, machados, alicates no chão do carro ficavam rolando junto com as maçãs e batendo de lá para cá, e que as sombras das gotas de chuva no parabrisa corriam pelo rosto e pelo vestido das duas, como se fossem manchas escuras e redondas, toda vez que passava o farol de um outro carro, e que estava fazendo calor no interior do veículo.

E o edifício de uma antiga escola tinha um relevo no meio do frontão representando um círculo vazio. E o granizo da debulha de um milharal recém-colhido, distante do vilarejo lusácio-arábico, poeirava num rebojo (palavra antiquada?) até a altura dos olhos e se deslocava como uma coluna sobre o campo deserto. E o carro da funerária se distanciava de nós na aleia de um cemitério, e as folhas de outono caíam ao longo de sua passagem. E na ribanceira da estrada de ferro apareceu, e logo a seguir desapareceu, o capim alto, soprado na nossa direção, no sentido do trem. E enroscado na cerca de arame, aparece o ouriço que teremos libertado logo mais. E em meio a um certo parquinho, aparece à luz do crepúsculo aquele balanço que continua balançando mesmo após quem se balançava ter desaparecido e depois terá continuado a se mover só pelo vento.

E com mais um passo, se lhe exibia agora aquele rio da cidade portuária desembocando no outro, com os bancos de areia e o céu do norte espelhando-se branco, um dos rios preto como o rio Negro, o outro azul e cinza como o Amazonas, e as aves aquáticas de todas as torrentes da Terra volteando juntas ali na desembocadura. E no próximo passo, precipitou-se sobre ela aquela cebola engelhada, já brotando verde, de dentro do porão de uma casa bombardeada. E no próximo já era a mesa posta no sopé da encosta do rochedo que a acometia. E no próximo era o fogo do forno que se deixava entrever pela janelinha de mica. E no próximo, o soluço vindo do telefone (até isso era um cenário).

Por fim, ela se embrenhou num trecho da floresta que não era apenas sombrio, mas escuro mesmo. Não, "escuro" não era a palavra certa; nem sequer "breu", pois ela não conseguia avançar nem mesmo com uma vara de zimbro, tateando o solo como uma cega. Apesar do céu de estrelas sem lua, inalteradamente claro. Eram as árvores que intercalavam um teto cerrado entre ela e o céu, pelo qual até transparecia um parco cintilo, sem lhe iluminar todavia nem uma polegada adiante. Como era mesmo aquele ditado do vilarejo lusácio-arábico?: "tão escuro que dava para fincar um machado".

Não dava para ver um palmo diante dos olhos? Isso mesmo. Todavia, isso não a teria detido. Por que foi que ela ficou ali parada, então? Porque a cada passo que dava, não sabia direito se ainda tinha chão sob os pés; porque não era possível dar nem sequer um passo a mais. Ir tateando adiante com as mãos, isso ainda dava: impossível, no entanto, fazê-lo com a sola e os dedos do pé. Uma outra expressão corrente no vilarejo veio-lhe à mente: "curto como um passo de galinha".

Ela tentou arrastar os pés durante um tempo, sem levantá-los do chão. Dava para avançar assim? Nem meio palmo a cada passo, e por fim nem sequer o cumprimento da unha do pé. Numa noite destas, não haveria como sair desta floresta. E onde ela se detinha agora, reinava a mais absoluta escuridão, sem brilho nem contorno, como só mesmo debaixo da terra ou dentro de um túnel. Já que as coisas eram assim, e não havia nada a fazer, ela se sentou e ficou esperando a manhã chegar.

Ela não tinha lanterna, só fósforos. No lugar onde estava agachada, sentiu uns gravetos sob as pontas dos dedos e poderia ter feito uma fogueira, como o filantropo tocador de berimbau-de-boca lá em cima na Sierra. (Em cima? Ela tinha subido e descido tanto, que era capaz que os dois se encontrassem de novo na mesma altitude, separados apenas por mais uma e outra lomba transversal?) Mas numa escuridão assim inaudita, ela preferiu se manter sob um céu aberto e sem nuvens. Também não queria que ninguém a visse lá da planície ou de qualquer outro lugar e achasse que ela estivesse precisando de ajuda.

Estava precisando de ajuda? Não. Ela se deitou de costas e se esticou. Mesmo após os olhos se acostumarem à escuridão, a terra e o entorno continuaram invisíveis; nada a se delinear diante desta estrela aqui ou daquela ali, nenhuma folha, nenhum ramo de pinheiro; a única coisa que se delineava era a escuridão — pelo menos alguma coisa começava a se esboçar nesse meio-tempo —, configurando-se, adquirindo forma e gerando um objeto. Pouco antes, ela tinha entrado numa garganta, sem encontrar saída, nem ao longo e nem dentro da torrente, e por um tempo voltara a subir a esmo: e agora, mais nenhum ruído de águas lá do fundo, nem de longe. No mais, o mais absoluto silêncio à sua volta.

Não soprava o menor vento. A noite inteira sem brisa. Nem frio nem calor, sem sombra de friagem ou mornura. O ar daquele absoluto escuro estava parado e não se fazia sentir como elemento. Volta e meia o espanto pelo fato de isso não dar falta de ar. Erguer-se para sentar e se encostar involuntariamente em — era uma árvore? sim, um carvalho, pelo que indicava o traçado do tronco. Já estava, portanto, na metade do caminho, após ter percorrido o alto desmatado e o cinturão de pinheiros. Raramente vi essa mulher se encostar em alguma coisa, quanto mais em alguém. E agora, sentada assim direto no chão, não é que se encostou mesmo, e como.

Também havia ruídos, esporádicos, em intervalos, e sempre os mesmos: o estampido de algo mínimo, mas em compensação duro e pesado, sobre o solo da floresta, após uma longuíssima queda. E eram boletas de carvalho, caindo a noite inteira, ora bem longe, ora logo ao lado, ora à direita, ora à esquerda, ora na direção da montanha, ora no sentido do vale. Será que o outono estava chegando? Não: é que, certa vez, ela também vira boletas de carvalho caindo, numa outra noite ao ar livre, em outra região do mundo. E naquela madrugada na Sierra, ela voltava a ouvir isso em seu íntimo, e em sua história deveria haver um momento reservado para isso.

As boletas de carvalho — caindo com toda nitidez, com um som, um sonido e depois um "cimbalido" — faziam ruídos secretos, como uma única folha ou um galho em meio a uma brisa quase imperceptível. Juntando-se a isso, faziam-se perceber de início os últimos aviões, voando em altitudes elevadas, no limiar da inaudibilidade, decolados por volta de meia-noite para voos de longa distância, rumo ao além-mar. Então a pós-meia-noite, e nada além do tilinto das boletas e do xilofone, cada vez mais um vibrafone de carvalho: sim, o escuro vibrava com o som da queda das boletas.

Durante um tempo ela se saciou em seu farnel: "tatear o que havia de comestível reforçava ainda mais o gosto, e como — o amargo-fel das sorvas multiplicado na escuridão!" Durante um tempo, ficar somente ali deitada, descansando. Ficar sentada ali durante um tempo, fazendo anotações, para mim. Como escrever numa escuridão de túnel, moldar letras e palavras? Como não, justamente assim, ligada-na-coisa.

E durante todo aquele tempo, mesmo sem a harmonia e o ritmo dos passos, o carrossel dos lugares e cenários prosseguiu — só que nesse meio-tempo quase em alta velocidade —, atravessando-a e imiscuindo-se em seu fazer ou deixar de fazer; aos poucos, mais como uma montanha russa.

E nesse meio-tempo também começaram a lhe aparecer, na sequência, lugares e objetos que não se referiam especificamente à sua pessoa e nem provinham de sua própria vida. Sim, este lugar à beira do riacho, debaixo do freixo aqui perto da pastagem, sob uma chuva de outono que soava diferente da de verão, assim sobre as folhas secas, caídas e endurecidas no chão — esse também devia ter sido um lugar seu alguma vez.

Mas a mão que aparecera no meio, uma mão escrevendo sob a luz de lamparina, escrevendo e escrevendo e escrevendo — num ritmo que ela nunca tinha visto —, com pena de aço e tinta nanquim preta, não era a mão dela, e nem era uma mão de seu século; os ombros e o perfil de quem escrevia, entrando agora em cena, a transportaram por uma fração de segundo para perto daquele que teria sido o autor-de-seus-sonhos, ideal para sua história, se não pertencesse a uma época remota demais? E eu, o autor do presente, na vila da Mancha? O que seria eu então, comparado a ele? Nada além de uma solução de emergência?

E na noite daquela travessia da serra, como foi que lhe pôde aparecer seu encarregado de escrever, seu Miguel de Cervantes? "À medida que Miguel escreveu assim e está escrevendo e terá escrito, dava para sentir na própria pele, nos próprios ombros, no próprio perfil, nos braços, nos quadris, nas pernas, como a pessoa e a sua história eram retocadas e ressaltadas pela escrita progressiva, se intensificavam, intensificavam-se e se embelezavam, embelezavam-se e se tornavam realidade, poderiam ter se tornado, se tornaram."

Isso, a plataforma daquele trecho ferroviário abandonado que acaba de esbarrar nela como uma estrela-cadente, terminando num sendeiro, com todos os sinais de perigo enferrujando em meio ao capim, isso também fazia parte de sua vida, de sua época, e ela até poderia ter me dito o nome do lugar e o que eu deveria fazer com ele. Mas depois: uma mulher que lhe era tão estranha quanto familiar, que tinha ido parar nos confins de um novo continente, numa odisseia que não chegara a ser narrada: de onde será que este relâmpago teria vindo lhe revelar esta desconhecida? — Odisseu em forma de mulher, não inteiramente desacompanhado em sua odisseia, mas com uma criança, e uma odisseia dessas hoje, pelo que indicava a mensagem anexa ao relâmpago, corresponderia à do Odisseu homérico, a odisseia de mãe e filha! A aparição desses lugares e constelações era uma faca de dois gumes: por um lado, assegurava a existência, por outro — de dois gumes, como já se disse.

38

No primeiro alvorecer, fraco como a longínqua luz do dia no interior de uma caverna, ela se pôs a caminho do vale. Estava quase com pressa de sair da Sierra de Gredos. Embora continuasse dando a impressão de estar com tempo, ela já não sentia mais isso: será que o fato de ter tempo tinha que vir acompanhado da *sensação* necessária para se fazer algo com esse ter-tempo?

Será que ela estava sentindo falta de alguma coisa? Não, a não ser aquela sede que dera nela, e que sede. Pela primeira vez nesta viagem, sentia-se impelida. Afobava-se; caminhava como que afobada. Isso, apesar de já ter saído há muito daquele trecho de mata cerrada e estar atravessando agora um pedaço subitamente claro como o dia. Parecia ser uma área intermediária, fora do centro da Sierra, mas ainda sem sinais da região do sopé; a planície, bem como a cumeada, fora do alcance da vista por causa de um cinturão ou braço de floresta; além disso, sem qualquer barulho de civilização, sem buzinas nem carros em ultrapassagem, ruídos que, vindos das planícies, costumam penetrar os confins mais recônditos das montanhas. Era uma área sem árvores, embrenhada, quase sem rochas; o que chamava a atenção eram os fentos, que representavam a flora dominante daqui, rentes uns aos outros, com suas folhas típicas, uma encaixada dentro da outra, mais altas que uma pessoa, uma espécie de mata mesmo.

Pelo menos um sinal de povoamento: um caminho, ou melhor, uma trilha atravessando de viés a mata de fentos, com seus talos dobrados dos dois lados. Ela não era mais uma desenveredada, uma *asendereada*. E que nome adotaria então? "*La Aventurera*", respondeu. Este já não tinha sido seu nome antes? Mas agora, no último trecho, ela tinha um direito ainda maior de se denominar "aventureira". Ela, uma pessoa tão direita, aventureira? Sim, pois era direita e ao mesmo tempo ousada: isso é que era ser uma aventureira mesmo.

A trilha não transcorria em serpentinas, mas em linha reta e em declive suave, o que lhe vinha a calhar agora; os trechos íngremes da Sierra haviam ficado para trás. E entre os fentos, ela também encontrou algo para matar a sede: amoras-pretas, cujos estolhos rasteiros enfestavam o chão da floresta. Muitos bagos estavam murchos, ou ainda verdes, ou mal crescidos, ainda em flor — tudo isso misturado numa bela confusão —, e os poucos já maduros "dava para contar nos dedos". Que presente, contudo, cada uma dessas *zarzamoras*. Presente? "Sim, ao vê-las diante de mim, disse literalmente: 'Um presente!'", contou ela. Que dom um bago daqueles, do tamanho de excremento de coelho, dom de extinguir como que por mágica qualquer sede incandescente.

A sede era tão desenfreada que a gente já tinha dasativado, por assim dizer, a boca, a língua e a garganta, evitando qualquer movimento, a pressão da língua contra o palato, o ato de engolir, respirar fundo, o menor toque entre as partes da cavidade bucal — bastava que a língua encostasse na gengiva —, para que aquela ânsia de água, água e água não virasse a gente do avesso de novo. Agora só bastaria uma amora-preta, por menor que fosse, e o incêndio na garganta estaria extinto.

Sede inimaginável? Sim, inimaginável que a gente ainda estivesse com sede há pouco. Além do mais: com o alívio imediato, quase redenção e ao mesmo tempo prazer. Mesmo sendo um bago mínimo, o gosto era tão bom, penetrava tudo, tanto, que a gente não só abria a boca, mas também os olhos e ouvidos.

Depois, quando ela exigiu do autor uma apologia das amoras-pretas da Sierra, este seu encarregado alegou já ter elogiado coisas suficientes em sua vida de quem escreve, às vezes até esta ou aquela pessoa — em geral "aquela", mas no final das contas, ele acabou cedendo, como de costume: "Por mim, tanto faz — mas só um parágrafo pequeno."

O fato de ela sair correndo pela mata de fentos — ela, que em geral nunca corria, nunca correra em seu vilarejo —, e depois até correndo em disparada, não tinha a ver com as poucas amoras ou os impulsos liberados por elas. Ela continuava sendo atravessada pelos sucessivos cenários do mundo, mais rápidos que pulsações cardíacas, há muito sem o ritmo que acompanhava e reforçava, como há muito tempo a batida do coração. (Naquela época, em seu vilarejo lusácio-arábico, quem corria só podia ser um fugitivo ou perseguido.)

Não havia mais ritmo nenhum. Aquele cenário de seu próprio passado humano, cada vez mais coletivo, como se não tivesse sido vivido por ela, aparecia de súbito, enquanto o próximo, quase concomitante, passava em sobressalto, tão acelerado e atrapalhado que dava tontura na gente. Não dava mais para falar de sequência e equilíbrio; muito pelo contrário, uma bela confusão, cada vez mais irremediável.

Pela primeira vez, não, não era a primeira vez em sua existência que a *aventurera* se sentia perto da loucura. Da loucura? "Da demência mesmo — e eu até teria preferido aquela sede dos infernos." E até vinha a calhar que ela estivesse vendo agora, num dos lugares ou cenários que continuavam a acometê-la, a antiga rainha confinada na Torre de Tordesilhas, que se consagrara na história como *Juana la Loca* (e essa também não era exatamente demente, mas — melhor ou pior ainda — doida mesmo). Os olhos dela, da doida, espelhados para longe pelo rio claro que ela fitava com olhos fixos, o rio Duero — como se dos olhos só se visse o branco. E o monge do pintor Zurbarán amaldiçoando-a e desaparecendo no escuro, depois que aquela aparição — de dentro daquele pretenso brilho luminoso — estirou-lhe uma língua esbranquiçada, ressequida, rachada e salpicada de sangue pisado, como a língua de um bicho atropelado.

Este foi o último dos cenários, lugares, objetos, fragmentos daquela sequência entrecortada e embaralhada. Metendo os pés pelas mãos, a aventureira foi descendo aos tropeços a trilha que nem era tão íngreme, na tentativa de aproar rumo a um porto — ela ainda estava falando naquele linguajar de marinheiro, como as pessoas de Hondareda —, por entre precipícios ainda ameaçadores. Após a aparição e extinção do rio Duero, dos olhos da rainha, da batina do monge no escuro, mais nada, nenhum lugar, local algum, nenhuma forma, língua alguma.

E assim se deu a perda da imagem. (Só neste ponto do episódio o autor foi autorizado a usar a palavra.) Perda da imagem! Provisória? Não, definitiva. Perda pessoal da imagem? Perda só dela? Não, coletiva. Universal. Perda universal, coletiva da imagem. Quem foi que disse isso? Como se podia dizer uma coisa dessas? A história o dizia. A sua, a minha, a nossa história dizia. Ela, a história assim o quis. Isso foi pensado pela história.

E nela, nesta aventureira tão direita quanto ousada, ali na mata de fentos sob a encumeada da Sierra, é que deveria se consumar, segundo a história, a perda coletiva da imagem.

Era um problema de época, e a perda das imagens e da imagem fora ocorrendo em cada pessoa aos poucos, não zás-trás como no caso dela (o que talvez fosse meio invenção, mas nem por isso uma inverdade). Mas de acordo com a história, era para o problema ser ilustrado pelo caso dela, individual e específico. De acordo com a história, a perda de imagem já havia alcançado e afetado a coletividade, sendo que a aventureira fora a última a estar na imagem até o instante aqui narrado, a última que ainda vivia das imagens e com as imagens. Mas será que para a história da perda da imagem, eu, o autor de hoje, não sou excepcionalmente mais adequado que o seu Miguel (de Cervantes y Saavedra, ou como quer que se chamasse aquele escritor), que antigamente não teria tomado isso nem por tema, nem como problema? Ou será que teria?

Os tropeços foram virando atropelo. O atropelo, um tombo. O tombo, uma adernação. Até a aventureira cair de cabeça naquela mata de fentos repleta de cavas e covas, algo que não constava do *Guia dos perigos da Sierra de Gredos*: isso não seria razão para criticá-lo, os rebaixos no terreno eram todos rasos e um tanto macios, estofados pelos leques de fento que haviam caído e se decomposto, ou seja, não exatamente um perigo no sentido do *Guía de peligros*, muito menos em comparação com os *neveros* ou buracos de neve realmente perigosos, onde, de um passo para o outro, a pessoa corria o risco de se afundar no mínimo até o pescoço, caso tivesse o azar de pisar numa camada de neve mínima, como que plana, aparentemente inofensiva.

O perigo aqui na cova de fentos era de uma espécie bastante diversa. Sua queda, ocasionada pela brusca perda da imagem, foi um tombo mínimo por fora e enorme no íntimo. Sim, primeiro foi a perda da imagem, e só então seus passos se atrapalharam, fazendo-a tombar de lado, cair e se dobrar, apesar da altura mínima. O que as imagens, a imagem e a perda da imagem trouxeram consigo — disse ela, em conversa com o autor nos confins da Mancha — era para ser abordado no epílogo.

Por ora, ela estava estirada no terreno de fentos, invisível por fora e por cima, assim de bruços, imóvel. Em primeiro plano, ela estaria ofegando com força e ao mesmo tempo seu dorso estaria bombeando, quase inaudível, como o de uma ovelha dormindo. Pessoas gravemente feridas, mesmo em plena consciência e sem dores a princípio, costumavam ficar instintivamente deitadas no lugar, sem fazer qualquer movimento ou tentar se levantar, como se intuíssem que bastaria erguer a cabeça ou mexer o dedinho e —. Ela estava ferida então? Não, muito pior: derrubada pelo raio fulminante da perda de imagem, infligido a ela e ao mundo, precedido por relampejos de imagens que haviam faiscado antes num tumulto irreparável, ela teve que, por assim dizer (sem "por assim dizer"), transpassar a morte. A história o queria assim. Esta era a história (que não é nem fábula, nem lenda e nem conto de fadas).

E ela concordava em fenecer. Afinal, fazia tempo que ela, a gente já não fracassava mesmo, na existência, na vida, na convivência, e agora, com essa perda de imagem desencadeada deliberadamente, isso não ficara evidente? A doçura da anuência. Desaparecer da face da Terra: tanto melhor.

Por outro lado, anuência não significava querer morrer. Ela jamais sentira nada semelhante a anseio de morte, e agora muito menos. Quão incompreensível lhe soava a frase: "Não vejo a hora de morrer." Na verdade, antes mesmo da travessia da Sierra, ela já tinha contado com seu fim. Mas, quando o momento se aproximasse, não haveria dúvidas: ela lutaria por sua vida até o fim. Por sua vida? Pela vida.

E então ela começou a se preparar para resistir, a princípio apenas no íntimo; afinal, por onde começar a não ser por aí? E para ela, tornar-se ativa desse jeito, assim como todo e qualquer fazer, desde sempre, tinha a ver com o ato de administrar — e em vez de "tenho que achar uma saída", não se costumava dizer "tenho que administrar a situação"? Enquanto estava deitada assim, sem mexer um dedo, ela se reduzira novamente somente à sua administração em pensamento: dividir, medir, calcular, ordenar, vistoriar, prever, precaver, planejar. Só que não lhe ocorreu nenhum plano de como prosseguir, em outras palavras: nenhuma possibilidade de administrar. E para ela, em vez de "este é o fim!", a última coisa a ser dita era "nada mais a administrar!".

Foi de livre e espontânea vontade que ela decidiu ficar deitada assim no terreno de fentos, na zona da morte, *el día e una noche*.

Pelo menos uma coisa ela tinha em comum com o herói da história do seu Miguel: ela saíra em busca de aventura onde não havia nenhuma a ser vivida, pelo menos nenhuma externa, visível. E então quer dizer que aquele traste, esse mau soldado e escravo de galés, este maneta, filho de um charlatão, seria mais uma vez o homem certo para sua história, o único? Mas esse Cervantes sabidamente nunca chegara a narrar uma aventura predominantemente interior como a dela? Ou será que sim? Suas histórias de aventura, assim como a da perda-da-imagem-e-de-como-administrar-tal-situação, também se passavam sobretudo no mundo interior, sendo justamente por isso tão universais?

39

Primeiro, conta-se que a mulher caída na cova da perda da imagem se virou e ficou deitada de costas.

Nos intervalos da folhagem de fento, o céu diurno, azul e alto. Tempo de ficar deitada ali no coração da Sierra. O sol de primavera ou fim de outono transluzindo até o solo aqui embaixo. Sobre aquela pedra irradiada pelo sol, a sombra de uma pluma de fento, como um fóssil remoto. Ou será que não era sombra, mas de fato um remoto fento fossilizado? Agarrar com uma das mãos, de propósito, uma das urtigas que, segundo o guia de perigos, são "societárias" dos fentos e queimam "mordaz e longamente" na Sierra de Gredos. (Mesmo sem ser nenhum grande conhecedor da Sierra, o autor podia confirmar isso, por experiência própria.)

Mas essa dor também não foi nenhum socorro à falta de planejamento administrativo. Seus pensamentos, meros jogos de palavras e deturpações absurdas: vir à desora, vir à desforra; ou: quem semeia tempo, colhe tempestade; e assim por diante.

E por outro lado ainda: que reconfortante não ter que ser mais o senhor ou *la señora de la historia* a partir de agora. E era possível, sim, encontrar uma espécie de tranquilidade e até amparo nesse mundo caótico aí fora, faiscando em confusão e pânico, pelo menos por um certo tempo, assim como neste mundo interior em pânico, pelo menos durante uma inspiração e uma expiração. O céu azul vivo atrás dos fentos, e mais um contrassenso: céu-de-todos-os-santos. Absurdo? Um retroo de esquadrilha lá dentro, na direção da Alta Sierra. Os bombardeiros roncavam, o céu inteiro roncava por eles e por seu peso pesado. Hondareda! Será que ninguém, além de você aqui, estava vendo e ouvindo isso tudo? Ninguém a quem isso estivesse cortando o coração, como a você?

Panorâmica: a câmera do seu rosto para um gafanhoto ao lado, os olhos — são olhos isso? — negros como os seus, as antenas sondando no vazio. Gafanhoto, *dzarad* em árabe — mas pensar nessa palavra não a ajudou a se levantar. Panorâmica passando — para um sapo? — não, para uma perereca que mal se assemelhava a um sapo de tão magra e minúscula, menor que um lápis, como se fosse um girino ainda dentro da água que tivesse acabado de se metamorfosear naquele ser-de-terra-e-água e só estivesse executando agora seus primeiros saltos em terra, feito uma pulga (de tão pequena que era), e então sua tentativa de sair da cova, vista da maior proximidade possível: aquele ser minúsculo trepando com todos os membros em ação, alternadamente, à imagem e semelhança do primeiro e último ser humano.

Imagem? Sim, imagem, mas não imagem daquela espécie em questão. E como será que essa perereca humanoide teria vindo parar aqui entre os fentos, tão longe de seu elemento básico, a água? Câmera retornando para você, não apenas para o rosto, mas para todo o corpo. O seu filme, antigamente, estava cheio de panorâmicas assim.

Que magnífico, ache outra palavra, um corpo poderia parecer, não só em função do enquadramento específico e da iluminação adicional do filme, que corpo este, capaz de avivar os mais antigos sonhos jamais sonhados por uma mulher, por você. Que magnífico? Que nobre. Que pueril, ache outra palavra, que puro, ache outra palavra, que homem, mulher, criança de uma só vez, mas também que singela e tocante era a visão de suas mãos, mãos de ladra de frutas, com dedos nem sequer tão longos. Que coisa de disparar o coração, mas também, ache outra palavra, de ferver o sangue (nas histórias medievais, e também no seu filme, jamais apareciam palavras do gênero, mas ao mesmo tempo aquelas histórias de amor eram infinitamente mais corpóreas, carnais e quentes que todas as de hoje!), de fazer suar, de pegar fogo, de botar lenha na fogueira, de... — Só Deus sabe o quanto, e acima de tudo: que alegria que dava um corpo desses, uma carne dessas, que ânimo, que graça.

Na história com seu marido, você foi tão adorada quanto desejada. Adoração e desejo voltavam a aparecer juntos, novos. Quanto mais você era adorada por ele, mais impetuoso, ache outra palavra, mais incondicional era o desejo que ele sentia por você. "Meu corpo!", ele a chamava antigamente, "minha carne!", e tanto as suas secretas exclamações de espanto, de felicidade, de admiração, quanto os seus votos tão secretos quanto, mesmo que não tivessem absolutamente nada a ver com ela, sempre começavam com "Oh, corpo da minha mulher!" ou "Juro (prometo) pelo corpo da minha mulher que...". Que viagens de corpo foram aquelas, a dois, no ato: mesmo que já estivessem tão nus como só mesmo homem e mulher, vocês iam se despindo reciprocamente, peça a peça, mil e uma roupas, mais uma despida, e mais outra, até se defrontarem mesmo, realmente nus.

Só que já naquela época, desde o início, ele, seu único amado e pretendido, percebeu que não estava à sua altura, nem à altura de seu corpo, ou melhor, percebeu que o amor completo, ou melhor, a plenitude do amor só se consumava ou o consumia quando você estava ausente. "Não, jamais estive à altura dessa minha mulher."

E o sentimento dele, assim oscilante, estivera por um triz quando vocês atravessaram a Sierra de Gredos daquela vez, você com a filha no ventre, pouco antes do parto. Após vocês terem se perdido de vista por uma hora ou algo assim, em vez de ele disparar na sua direção, a distância de um tiro, simplesmente deu no pé, ou ficou lá onde estava mesmo e deixou-a prosseguir a escalada sozinha, mesmo sabendo que você, a partir do momento que se pusesse a caminho, não retornaria mais. Ele fugiu, se escondeu de você, deixou-a na mão achando que a tinha ludibriado lá na Sierra, não só da boca para fora, mas acima de tudo consigo mesmo, como homem e com o querer-ser-seu-marido.

E durante todos esses anos, ele deixou-a sem notícias. E nem sentiu que estivesse em falta com você. Pois sabia que a distância estava incorporada a você, talvez mais intensamente que você a ele. Noite a noite, ele sumia e se sentia e se extinguia em você. Isso lhe bastava.

Mas num determinado dia, isso não lhe bastou mais. Finalmente ele se sentiu em simultaneidade com você. Sem mais assincronias entre o tempo dele, do homem, e o seu, da mulher. Ou pelo menos foi assim que ele imaginou: agora, finalmente, em vez de "na sua época", na nossa época! Ou foi a história que assim o quis. A história decidiu que o homem e a mulher que haviam se perdido para sempre deveriam se reencontrar, e isso aqui não é mito, não. "Não é possível que não nos encontremos de novo aqui na Terra, no máximo em algum céu ou paraíso, quem sabe — nada disso. Não mesmo!"

Ela ficou deitada no terreno de fentos até a noite seguinte. Quase se sentia em paz. Se não fosse aquela sede retornar, desta vez uma sede que amora-preta nenhuma podia matar (de mais a mais, não havia mais amoras ao alcance). O céu de estrelas de novo, agora por trás dos tentáculos translúcidos dos fentos, em toda sua diversidade na Sierra, e com o estreito corte de foice da lua crescente, e com a via láctea, remetendo-a ao livro de árabe da desaparecida: a figura do "professor" tinha "a forma de leite". Ah, sua filha desaparecida: mortos podiam fortalecer e sustentar a gente — mas desaparecidos...

Nesta noite, o ar não estava mais parado, mas soprava quase imperceptível, passando pelas têmporas. Pássaros da noite chamavam, longínquos: não eram corujas, eram vozes de aves como jamais se ouvira, como de grilos em volume alto, e ela não cansava de ouvir. O que faiscava pelo céu assim de viés, de quando em quando, não eram estrelas cadentes, claras, eram cadências escuras, da folhagem soprada pelo vento, invadindo o campo de vista. Pelo menos aquela folhagem marcava um horizonte fugidio, e horizonte significava: alívio. (Perda da imagem significava: falta de horizonte. E ao mesmo tempo dava-lhe a estranha sensação de ser filha de seus pais.)

De quando em quando, como se estivesse percorrendo um breve trajeto num vagão-dormitório, ela cochilava e sonhava sempre o mesmo sonho, no qual estava atravessando um baixio, de sapatos, e a água ia ficando cada vez mais funda, e depois já não era mais baixio nenhum, e ela acabava perdendo os sapatos, tendo que aparecer assim descalça em público.

Isso não era como uma imagem? Ainda não reinava, portanto, um absoluto eclipse de imagem? Bobagem: a perda da imagem e das imagens não se referia absolutamente às imagens oníricas. Afinal, há muito tempo já não eram mais as imagens dos sonhos que refrescavam a existência e perfaziam o mundo; nesse meio-tempo, eram — ou tinham sido — quase só as imagens da mais clara vigília, as matinais.

Ela despertou. À sua volta, o negror da noite, ainda. Mas já soprava um vento matinal. Então veio-lhe a ideia de que a única saída para ela e para sua história seria contar sobre a sua "culpa". Era hora de confessar, de forma explícita, sonora, articulada. Mas para quem? Afinal, ela não poderia dirigir sua confissão ao ar ou a uma pedra ou à perereca humanoide. Ou será que poderia? Por que não contar tudo aquilo ao lado avesso da folha de fento, por exemplo? E naquela impaciência — algo raro, em se tratando dela, à qual caberia perfeitamente aquela expressão corrente na Sierra, *tener correa*, "ter fôlego de gato" — ela ficou esperando a luz da antemanhã.

Ali: o primeiro leque, denteado feito rabo de lagarto, verdejando logo após um instante-cinza, e no reverso das delicadas folhas-anãs de fento, o padrão pontilhado dos receptáculos de esporos, como pontos de dados, aqui dois olhos, aqui cinco, aqui apenas um, quantos seis!, e justo como os olhos de dados, nunca em número maior, em fento jamais sete, oito ou mais pontos redondos, no máximo ponto nenhum nos dedinhos. Então diga, conte.

E ao abrir a boca, ela viu que havia mais e mais gente deitada à sua volta sobre o terreno de fentos. Estavam de uniforme. Eram soldados. E dormiam todos, de tão esgotados que estavam. O que estava diretamente ao seu lado dormia até de olhos semi-abertos.

E sem demora ela se dirigiu a ele, que, assim como seus camaradas, não teria ouvido nada, mesmo que ela falasse aos gritos, e começou a contar que, daquela primeira vez que estivera na Sierra de Gredos e seu homem desaparecera, ela desejara a morte à criança sob o seu coração ou pelo menos teria estado de acordo, se isso acontecesse.

E daí? Quantos pais, e talvez mais mães ainda, não teriam enjeitado seus filhos em pensamento por um momento ou pelo menos "se conformado de bom grado" com seu desaparecimento? E não se ouvia falar diariamente de mães que teriam assassinado seus filhos de fato, nem sequer seguindo a tradição daquela antiga feiticeira — de vingança contra o genitor desaparecido —, mas por puro desespero mesmo?

"Sim, mas com o desejo de morte contra minha filha inata, tomei a decisão de fazer sucesso e ser uma pessoa poderosa", contou ela ao soldado que dormia um sono tão profundo que não acordaria nem com uma *katyusha*, mais conhecida como órgão de Stalin, nem com um tambor de Lincoln ou o que quer que pudesse lhe penetrar a concha do ouvido — a não ser um grito de desejo, pensou ela, sem querer.

E daí? O que havia de condenável no sucesso e no poder? "Depende do tipo de sucesso e de poder", disse ela. "Eu queria participar do jogo de relevância mundial. E durante algum tempo também acreditei, acima de tudo acreditei que hoje era possível uma única pessoa fazer e acontecer. E como foi fácil obter o sucesso e o poder que acabei tendo. Mas qual foi o meu êxito? Um modelo sem valor. E meu poder? Não existia e nem existe mais poder, apenas abuso. Além disso, sinto culpa de ter tentado vencer. De ter transformado em profissão minha capacidade de prever, vislumbrar e descobrir. De ter tentado mostrá-la ao mundo. De ter tentado conquistar o mundo."

E daí? Por que não? "Sim, por que não? Mas não assim."

Há diversas variantes narrativas sobre os motivos ou estímulos que acabaram levando a acidentada da perda da imagem a tirar o pé da cova naquele início de manhã e sair do buraco de fentos e se pôr novamente a caminho, em pleno coração da Sierra de Gredos. O leitor é que decida quais razões lhe parecem mais verossímeis — o que talvez nem conte muito —, ou esclarecedoras — o que talvez conte mais —, ou tão alucinadas que, sem ser uma coisa nem outra, talvez sejam as que mais contem.

Uma das variantes era a seguinte: a heroína, e por conseguinte sua história, conseguiu retomar o caminho a partir do momento em que confessou sua culpa e revelou seu segredo (ou seja, conforme o planejado).

A segunda: foi a voz. Não importava o que ela tivesse dito — o principal era que tinha aberto a boca e falado, mesmo que sozinha — "ao som da própria voz, levantou-se da cova".

Uma terceira variante: foi uma declaração de amor, ou o que quer que fosse, daquele narrador intromissivo, de "lá de cima", que a reaqueceu e lhe deu forças nas pernas e nos braços e assimpordiante.

Uma quarta ou sétima (a mais condizente com um leitor específico, o que contudo significaria que só depende dele, do leitor e de seu jeito?): a força para se levantar veio-lhe de um equívoco — ao confundir algo na cova de fentos, um animal, um pássaro por exemplo, com uma outra coisa inicialmente, e ao reconhecer depois seu equívoco e, diante da visão do objeto de seu engano, digamos, um pisco-de-peito-ruivo que estava balançando sobre ela de um lado para o outro numa folha de fento, de olho nela, em vez de uma carriça, em vez de um gavião ou uma ratazana-dos-fentos, ou seja, diante dessa visão, ela reconheceu a diferença entre os objetos, o que estava diante de seus olhos e aquilo com que ela o confundira de início: conforme essa variante, a aventureira da perda da imagem tirou a força para se levantar e continuar vagueando justamente da brisa da contemplação que lhe fora soprada do objeto contemplado, em analogia àquele ditado árabe sobre o "hálito da misericórdia que soprava do Iêmen até aqui".

E a última das variantes: nem vento da contemplação, nem confissão de culpa, nem a própria voz após uma longa mudez, nem... — mas sim: retesar todos os tendões do corpo e levantar num ímpeto só por causa do vento da manhã, "foi o vento da manhã".

Que desordem de novo, até ela finalmente alcançar o caminho lá em cima. Primeiro ela foi rastejando de quatro, engatinhando, se arrastando, como se não tivesse braço nem perna, de bruços, tombando de lado, desajeitada, desengonçada mesmo, o oposto dos soldados (os guerreiros adormecidos, entre os quais ela procurava a saída, não reagiam a nenhum empurrão casual; dormiam um sono tão extenuado, quase morto, nem ronco se ouvia).

Mesmo antes, em meio à barulheira que fizera ao tentar se levantar, ela soltara um grito, ou melhor, um estertor, balbuciando apenas consoantes. E agora a bela emitia um latido, rouco de cair para trás, seguido de um grunhido, como que do meio da lama, um uivo de lobo que não combinava com ela, vindo de trás do horizonte, uma tossida de velho, um misto de mugido, balido e berro, ao qual pareceram responder logo a seguir vozes de animais de verdade, aqui um cacarejo de galo, ali o flauteado de rouxinol, acolá o assobio do milhano real, mais estridente que o apito de qualquer juiz de jogo.

Ao retomar o caminho, primeiro ela foi saltitando de cócoras, com a boca torta e a língua pendurada, como só mesmo uma idiota. Ela fedia, lambuzada com as próprias fezes. Seus olhos, contudo: que orgulho, que lucidez e calma, como só mesmo uma heroína de filme durante cenas desfiguradoras.

Justo ela, mentora daquele sistema Taylor, concebido para otimizar a linha de montagem das fábricas, para que cada movimento fosse direcionado com harmonia e economia na fabricação do produto, um sistema considerado ideal inclusive para a vida fora da linha de produção, justo ela, agora neste desarranjo, mais deselegante impossível, indigna de qualquer ser humano? Não. Afinal, a desordem não era insana, mas quase santa. *Negra aventura*? Preto-e-branco?

Ela se levantou. Seus lábios tremelicavam, sobretudo o inferior; mas não no ímpeto de falar. Ela tilintou as últimas nozes e castanhas no bolso: nas histórias antigas, esses eram os alimentos básicos dos mais solitários aventureiros. Um estrondo de trovão diretamente à sua frente: sua própria respiração. Ela começou a se mover de costas, e não foram só os primeiros passos. Ela foi vacilando durante um tempo, de quando em quando chegava a cambalear. Só depois percebeu que estava realmente descalça.

Prosseguindo morro abaixo, foi parar em outra reentrância de floresta, onde grassava a mais inofensiva e ao mesmo tempo mais terrível das pragas da Sierra (no mais, não havia pragas, apenas perigos, como se sabia): os mosquitos.

Mesmo antes de o sol nascer, apenas com o calor subindo da planície, eles já estavam esvoaçando à volta, pequenos, quase ternos, silenciosos, pouco corpóreos, mas em compensação — como se costumava dizer nas histórias antigas — em miríades, e assim que a gente se detinha por um passo, miríades vezes miríades, mosquitos não exatamente agressivos, apenas esbarrando de leve na gente, entrando na boca (vide acima), ou, quando a gente fechava a boca, nos cantos, nas narinas, bem lá dentro, nos ouvidos, e especialmente nos olhos, e não havia óculos, por mais que se ajustassem bem ao rosto, nem lenço, através dos quais eles não encontrassem uma brecha, aos montes.

E essa reentrância de floresta — os mosquitos da Sierra se confinavam às florestas — não tinha fim. Os mosquitos grudavam na cara, nos olhos, no nariz — esvoaçando e remoinhando em torno das menores aberturas da cabeça, sem dar pausa para respirar, sem deixar a gente tomar fôlego. E a última coisa que dava para fazer agora, com a sede que a gente estava, era parar diante daquele córrego, enfim: as miríades já entrariam pelos olhos, remoinhando dentro do sínus frontal e de lá para dentro do crânio, uma escória dos diabos esses mosquitos, apesar de não fazerem nada, a não ser cócegas, esbarrando e batendo de leve na gente.

O estranho, no entanto: isso não a importunava naquela manhã. Qualquer caminhante — que visão grotesca não seria aquela, de longe, de onde não dava para ver mosquito nenhum, cada um deles menor que um ponto — teria se estapeado na cabeça a cada poucos passos, no rosto, sem conseguir acertá-los, por um triz, no nariz, fazendo os óculos voarem na confusão (vide "o autor, por experiência própria", como no caso das urtigas da Sierra): e ela — em primeiro plano — passava pelos mais negros redemoinhos de mosquitos, intocada.

Ela já estava, ou sempre estivera, para morrer, portanto? Só que: será que um moribundo estaria andando assim como ela, saltitando de quando em quando e desenrolando a sola dos pés? E uma hora ela passou pelo meio das folhas amontoadas pelo vento na curva do caminho, por uma espécie de duna de folhas que quase dava na cintura, e ao mesmo tempo ouviu seus passos se tornando lentos e pesados, como os passos de um velho ao lado do qual ela já caminhara alguma vez entre folhas, os passos de seu avô, do cantor. Isso não era uma imagem, uma "imagem sonora"? "Imagens sonoras não são as imagens da perda de imagem", disse ela. E será que ela cantaria agora, enfim? "Não, ainda não."

Foi nessa floresta de mosquitos que sua filha lhe veio à mente, numa ocasião em que a mãe esticara os braços para se "espreguiçar" e a filha reparara nessa pose com um olhar de despeito e vergonha por ela, pela mãe. Naquela ocasião, os braços heroicamente esticados, para o alto, em pose de vitória, foram derrubados de imediato pelo olhar da filha.

E no mesmo instante, ela se sentiu notada pela desaparecida naquela floresta deserta, naquele sobral cerrado, observada por trás daquela folhagem que lembrava folhas de carvalho estampadas no baralho. Sempre que as duas marcavam de se encontrar em algum lugar, ela ficava procurando a filha em vão. E toda vez era esta que a descobria, já de longe, mesmo no meio de uma imensa multidão, e toda vez — por mais que a mãe tivesse ficado espiando — era a criança que aparecia de súbito à sua frente, ao lado, atrás dela; ou ela, a mãe, ali esmagada entre mil cabeças, é que ouvia o chamado da filha, como que de trás dos montes e ao mesmo tempo dentro dos tímpanos. Odisseia-de-mãe-e-filha? Mas isso já não lhe bastava mais. Seus olhos à espreita, olhos à espreita de olhos que já não espreitavam somente a filha.

Já fora da floresta de mosquitos e, portanto, fora da Sierra de Gredos. A pequena grande cidade de Candeleda na planície diante dela, oliveiras, figueiras, palmeiras. O ar quente do sul, quase úmido, passando entremeado às brisas de lá da cumeada; no alto, uma nuvem vista ora como "nuvem de barreira", ora como pequena formação airosa, chamada na região de "nuvem-borboleta"; na boca, o gosto de betume cintilando no calor, mesclado ao da neve que acabava de cair.

Rumo à localidade ao sopé da serra pelo atalho que serpenteava por um rebaixamento estreito e vertical, comum nas faldas sul da Sierra, lembrando uma trincheira. Ela perguntou a uma criança a data e a hora, obtendo informações precisas. Ao nascer do sol, caminhar entre laranjeiras pela trincheira em campo aberto: olhar mais uma vez para trás, para o maciço já imerso num azul distante. E percorrer de costas o último trecho até Candeleda: a Sierra sob aquele véu, um relicário rarefeito, tomando todo o horizonte.

Uma daquelas corredeiras vindas de lá de cima, alargando-se ao longo do caminho num rio que, em certos pontos, dilatava-se numa poça funda e transparente, uma *piscina natural*. Abaixar-se à margem e imergir na água de corpo inteiro, primeiro não para nadar, só para beber. E logo ao lado também bebia e nadava aquele animal vindo da Sierra, aquela minúscula perereca humanoide.

E se isto aqui fosse um conto de fadas, ela teria bebido o riacho todo após poucos goles. Lá estava ela, deitada de bruços, a cabeça debaixo da água, sim, bebendo até dizer chega. Nossa aventureira, tão direita que era, bebendo, e bebendo, e bebendo. E sua sede era tal que não poderia ser saciada nem pelas águas da Garganta Santa Maria, formada pela confluência da Garganta Blanca com a Garganta Lobrega (de "lobo" ou "loba").

Após ter matado a sede, nadar. E continuar a beber, nadando. E depois lavar as roupas. Estranhos os flocos de cinza no tecido, como se fossem de lava. Colocar as roupas para secar rapidamente sobre um bloco de granito ao sol. Remendar, costurar e passar a ferro (com um cascalho liso, pesado e quente). Limpar os sapatos (com uma graxa produzida lá em cima, em Hondareda: não houvera uma época em que certos empresários, além de fabricarem seus principais produtos, ainda produziam quase todos os pequenos artigos de primeira necessidade para os funcionários?). Maquiagem (de Hondareda). Perfume (de onde, se não de Hondareda). Ao escapulir-dos-sapatos: que libertação aquela; sapatos podiam muito bem fazer a gente surtar, como uma prisão.

Só bem depois outras pessoas apareceram às margens das águas. Era uma região de gente que costumava acordar tarde, como em toda a Península Ibérica (com exceção de Hondareda, é claro). Um homem a abordou, enquanto ela dava uma grande volta pela cidade, perambulando até a estação — era recente o trajeto ferroviário através do vale do rio Tiétar; em suas travessias anteriores da Sierra, ainda não se falava nisso. E o que disse o desconhecido? Perguntou: "*¿Sois amorada?* Você está apaixonada?"

E quantos homens a abordavam agora, sem mais nem menos e não apenas a esta hora, como se fossem bons vizinhos, ou, uma palavra local, *compadres*.

Será que era pelo fato de essa *aventurera* não ser como aquelas mulheres que costumam mostrar aos passantes desconhecidos um rosto distraído e até retraído, um rosto que só vem a irradiar algum brilho quando elas se deparam com Ele, o Seu? Pelo fato de essa andarilha encarar qualquer desconhecido com olhos abertos e sorridentes, capazes de despertar confiança de imediato — talvez fosse justo o preto fundo que provocasse isso —, mais parecendo uma idiota mesmo, se não fosse a superioridade, sim, superioridade de sua beleza ao mesmo tempo alegre e caridosa?

Que estranha inversão, contudo, o fato de essa mulher, ao notar a presença d'Ele, do Seu, vir a lançar um olhar verdadeiramente sombrio e, com o escuro negro de seus olhos, quase — e não apenas "quase" — assustador?

40

Ela prosseguiu sua viagem de Candeleda até a vila da Mancha, quando exatamente, não se sabia, isso não acrescentaria nada à história deles, conforme ela instruiu o autor depois. Bastaria mencionar que foi bem depois da *Candelaria* e do Ramadã e da festa do pão ázimo, algum dia entre a festa dos caramanchões, a festa budista da canoa e a festa de Todos os Santos. "Os anjos da noite e do dia se revezam para observar vocês", disse ela durante a viagem de trem, citando o livro de árabe da sua filha desaparecida.

Ainda dava para ver a Sierra de Gredos a partir de Liubovia, e depois de Navamoral (= Baixada da Amora) de la Mata, e por último, durante a viagem de ônibus, de Talavera de la Reina, na direção de Toledo e Ciudad Real: bem depois de Talavera e da travessia do rio Tajo, toda vez que ela virava para trás, onde quer que estivesse sentada, dava para ver o azul da serra florescendo ao norte, com suas pontas brancas, numa lonjura extrema: lá na cumeada já caíra de novo a primeira neve.

Ela resolvera dar mais uma parada; e pernoitar em Talavera (= Ourela)-da-Rainha, no hotel junto à rodoviária; em Toledo, deixou-se levar à vara pelo rio Tajo, para fora da cidade até a estepe rochosa, até a várzea onde ficava a recôndita igreja da padroeira de Toledo, desconhecida pela maior parte dos nativos, apesar de eles continuarem batizando suas filhas com esse nome — além de Lubna, Salma, Ibna, etc.

A noite seguinte ela passou em Orgaz, já no meio da árida Mancha, um tanto acima do vale do Tajo. E um dia depois, ao cruzar a capital Ciudad Real, contemplou durante horas as descobertas antiquíssimas da cidade e à noite tomou o único ônibus até o lugarejo onde tinha marcado de encontrar o autor.

O retorno ao tempo normal não a contrariou tanto quanto era de se esperar. Ela ainda sentia por dentro a marcação de tempo de sua travessia da Sierra, como um ar adicional a se respirar, algo que não a abandonaria tão cedo. Sem ficar cismando sobre o que seria dela a partir de agora.

Após a perda da imagem, já não havia mais aquele querido "E", conferindo duração ao intervalo de seus passos. Mas, por outro lado, ela ainda tinha a sua história, dentro de si e para passar adiante. Absorvia as atualidades como atualidades, e essas esbarravam em sua história, sem importuná-la — algumas novidades, notícias do mundo ou acontecimentos históricos daquele Entretempo até reforçavam o vivido, justamente pelo contraste; conferiam-lhe contornos e fundos coloridos.

Enquanto ela atravessara a Sierra de Gredos, havia pousado em Marte a primeira nave espacial com tripulação. Os painéis das rodovias de toda a Europa e até do mundo passaram a indicar, além da direção, as horas, os minutos e segundos em algarismos luminosos. A declaração final do encontro de presidentes do mundo dizia: "Finalmente falamos todos a mesma língua." O presidente de um país pobre pediu dinheiro ao Banco Universal, prometendo que seu país "se mostraria digno da comunidade dos negociantes". Um novo papa desculpou-se novamente, em nome de sua Igreja, por aquilo para que não poderia haver desculpa, a não ser a própria dissolução da Igreja. A África foi declarada "o continente da alegria" pelo próximo decênio (e os rostos negros estampados quase faziam a coisa parecer verossímil e sobretudo possível). Belgrado, a outra cidade de porto fluvial e cidade-irmã da dela, ao noroeste, fora conquistada pelos turcos recentemente, pela segunda ou terceira vez em sua história, e o subcomandante vitorioso, autor de um livro intitulado *Fazendo* Cooper *pela Turquia* aparecia, vestido de *training*, balançando um pacote de dinheiro e mijando na confluência do Save com o Danúbio. Aquileia tinha se tornado a capital da Itália. O grego antigo voltara a ser matéria obrigatória nas escolas do Alasca até a Terra do Fogo. Os proprietários de cães proclamavam que quem não gostasse de animais só podia ser misantropo. E — sem

"E": Neste entretempo, seu time predileto — não, não o Valladolid —, o FC Numancia, tinha vencido o FC Barcelona e o Real Madrid e se tornado campeão ibérico de futebol, o jogo do Campeonato Europeu contra o Manchester United seria logo em breve. (Então nem todos os que ela apoiava estavam perigando ser derrotados?) E: a Espanha tinha abolido o ponto de interrogação de ponta-cabeça no início da frase. ¿É mesmo?

Quando o ônibus chegou à vila da Mancha, já tinha anoitecido. Para um vilarejo, era uma parada de proporções urbanas. A própria vila, se fosse para ser considerada um lugarejo, seria então um lugarejo bastante espalhado pela meseta adentro. Havia sido capital da Mancha ("a cidade real") há séculos, bem antes de Cuidad Real. Apesar disso, desde aquela época tinha mantido a fachada (sim, fachada) de um povoado, um *pueblo*. O autor hospedou-a, por aquela noite e pela narrativa, em sua própria casa, que — segundo ele lhe deu a entender logo de início, para ela se sentir à vontade — havia sido uma espécie de cofre e armazém de mercadorias na época em que a vila ainda era capital, havia pertencido a seu colega e precursor Jakob Fugger, uma filial no meio da Espanha do século XVI, cedida pelo imperador Carlos ao imperador dos bancos como amortização de suas dívidas imperiais.

O que demarcava a parada de ônibus no meio da praça esvaziada ("não confundi-la com a Plaza Mayor, a praça principal") era um barracão que funcionava ao mesmo tempo como guichê de venda de passagem e bar. Ela não reconheceu o autor de início; tomou-o por um *labrador*, um lavrador um tanto rebentado e remendado.

Mas ele, que também ficara de espreita enquanto ela descia do ônibus com os últimos passageiros, também perdeu-a de vista. Será que ela havia mudado tanto assim? É verdade: não tinha dado para encobrir de maquiagem os arranhões e crostas de sangue. Mas o rosto era o de sempre, o eterno!: o autor, na verdade, é que costumava estranhar de súbito as pessoas que estava aguardando, mesmo que as tivesse claramente em mente e justo quando apareciam bem à sua frente.

Então ela ainda o deixou procurá-la por um tempo, pedindo às suas costas algo para beber no balcão (a sede da Sierra ainda perdurava). Só quando ela o abordou pelas costas e pegou-o pelo braço é que ele a reconheceu. E agora ele lhe parecia familiar, como se eles se conhecessem de outro lugar e esta não fosse a primeira vez que se encontrassem.

No caminho até seu armazém na Mancha, já fazia um frio noturno. Em toda a última parte da viagem, dava para sentir como fora ficando cada vez mais frio, apesar de ela ter seguido sempre rumo ao sul. A areia que cobria a enorme praça da vila rangia debaixo dos pés, como só mesmo areia congelada pode ranger. Nem uma viva alma nas ruas da vila, apesar de mal ter anoitecido; sem corsos, sem nenhum passeio noturno da população, apesar de a *aldea* se situar bem no sul ibérico.

O *almacén* ou galpão de armazenagem do autor ficava nas bordas daquela vila da Mancha. Não tinha janelas para o lado da rua e das vielas. As únicas janelas davam para a estepe de capim e cascalho, a mesma que circundava os poucos povoados ao redor, a meio dia de viagem um do outro. No mais, parecia haver outras casas construídas à beira da savana, bem como um número surpreendente de igrejas; uma das igrejas ficava lá fora no capinzal, Santa Maria della Nieve, consagrada à Nossa Senhora da Neve: da janela do quarto que lhe cabia naquela noite, ela avistou a igreja da neve — sem neve — sob a luz do luar.

Passando por um amplo vestíbulo vazio, eles adentraram o pátio interno do antigo armazém, onde o edifício — com sua galeria vazada no primeiro e único andar, colunas de mármore e arcos abatidos moçárabes, encaixados com tijolos de barro claros e delicados — dava a impressão de ser um palácio em miniatura, não um palácio real, mas campestre-campesino. No pátio interno, as gigantescas vagens de uma adansônia sibilavam na brisa noturna.

Ela foi conduzida até lá em cima, onde permaneceu a sós, enquanto seu anfitrião dava os últimos toques no jantar, sem permitir que ela lhe fizesse companhia. "Hoje é o dia de folga dos meus criados": essas foram suas palavras.

Ela trocou de roupa em seu quarto, mais uma vez algo entre dormitório e depósito. A pretensa veste de cozinheiro que ela carregara consigo o tempo todo, em sua mochila estofada, na realidade era um vestido, e também não era branco, mas — pelo menos em algumas partes, segundo dava para ver, agora que ela o vestira — tinha cores completamente diferentes e mescladas, para as quais não existia nome — pelo menos não aos olhos do anfitrião, que sabia distinguir centenas de cores, mas para essas mal teria encontrado palavras.

Quando ela desceu a ampla escadaria de tijolos — larga assim para permitir o antigo transporte de mercadorias até o armazém —, ele notou que ela estava descalça. É, desde que perdera seus sapatos naquela manhã de despedida na Sierra, ela ficara descalça, e ele era o primeiro a perceber, ou melhor, o primeiro que ela deixara perceber; afinal, mesmo não podendo se tornar invisível, ela mantivera o poder de não ser notada por quem estivesse à volta.

Eles jantaram no salão contíguo ao *patio* — cheio de tralhas ou de coisas que pelo menos pareciam tralhas —, ou seja, no galpão principal do armazém, com uma porta de vidro (era um espaço sem janelas) que dava para a estepe da Mancha. Como não podia deixar de ser, tanto para ela, como para a história dos dois e sobretudo para o último capítulo, havia uma lareira ao lado da mesa, minúscula não só em relação ao salão, sendo que o fogo emitia uma luz mortiça, em vez de queimar, chamejar ou arder, e o autor acabou deixando-o apagar, de propósito, segundo disse: "pois desde sempre olhar para o fogo, ao contrário da água corrente, me distrai e adormece, hipnotiza e desvia-me de uma maneira estéril daquilo que é o caso ou deveria ser o caso." — "A mim também", respondeu ela. Mas ela nem ficou com frio, por estar narrando e ele prestando atenção, entre outras coisas.

Enquanto lhe contava a história da travessia da Sierra de Gredos e da perda da imagem, ela percebeu que o ouvinte foi se apoderando aos poucos da sua, da história. Apoderando-se dela? Incorporando-a? Incorporando-a, a bem da verdade, mesmo que fosse no sentido inverso, pois ela, a história é que foi penetrando nele, até tomá-lo literalmente por vezes, como um demônio? mas não um mau espírito e sim um que se fazia tão bem-vindo, a ponto de a gente quase desejar que ele ficasse sondando à volta e fazendo intrigas. O autor, já encurvado, se ajeitou e endireitou a postura. Mas mesmo assim, havia momentos em que vacilava.

E ela, a narradora? Ao contar suas aventuras, volta e meia batia um extremo pavor, retroativo, um pavor que estivera absolutamente fora de questão durante o momento vivido, nem de longe. Uma hora, bem no meio de um parágrafo, ela estava para interromper a história de súbito — um berço de criança à beira do abismo, para cair (mais uma imagem, portanto?) —, e seria uma interrupção definitiva: a história teria acabado, nem teria chegado a existir. Pois ela se via ali deitada na cova de fentos, desamparada e imobilizada, sozinha neste mundo de Deus.

E será que ela ainda não estava deitada de fato naquela escuridão? Na verdade não estava aqui, em segurança, em companhia de alguém? Aquele tremor conhecido de tantas histórias de aventura teve um efeito retroativo sobre ela. Mas essa não era a prova de que tinha sido uma aventura autêntica? Em meio a tremores e gaguejos, ela e o autor passaram para a frase seguinte. Nesse meio-tempo, deram uma cambaleada. E sem esse cambaleio, a viagem não teria merecido esse nome. Uma viagem só valia se fosse assim.

No final da história — meramente provisório, atenção! —, antes de eles, já calmos e ao mesmo tempo despertos, começarem a conversar sobre a perda da imagem, o autor fez uma observação, talvez não inteiramente a sério, contando que ele, alguém que fora obrigado a virar as costas para o mundo, pelo menos para o mundo social, gostaria de ficar sabendo mais sobre o dinheiro e o sistema bancário. A resposta dela: para começo de conversa, já haveria coisas suficientes para ler sobre ela, a toda-poderosa do banco comparada a Jacob Fugger, etc. ("foi-se o tempo"); de mais a mais, a história já estaria repleta de menções, algumas diretas e em grande parte indiretas; e por fim — ditou ela ao autor: "Sim, o dinheiro é um mistério. Mas os mistérios que nos importam aqui vão além do mistério financeiro ou bancário."

Subentende-se que o autor, assim como todos os habitantes da Terra na época em que se passa esta história, tinha sido afetado pela perda da imagem muito antes dela, da heroína. Mas, atenção! de novo: perda da imagem não queria dizer que não houvesse mais imagens relampejando e rondando pelo mundo afora, e que ninguém mais tomasse conhecimento e/ou registrasse, pelo menos de vez em quando, essas imagens relampejantes e rondantes, dentro de si e à sua volta. E foi aí que engatou o colóquio noturno da aventureira da perda da imagem com seu respectivo autor — ao mesmo tempo era uma espécie de monólogo de ambas as partes —, cada monólogo evocado pelo falar-sozinho do outro e assim por diante.

"As imagens-faísca, as imagens-fogo-fátuo — não, fogo-fátuo não — continuam acontecendo, relampejando e intervindo dentro da gente." — "Só que não têm mais efeito algum. Não: talvez até continuem surtindo efeito. Mas fui eu que me tornei incapaz de absorvê-las e de deixá-las atuar." — "O que me absorve, em vez disso, são as imagens feitas e dirigidas, dirigidas de fora e dirigíveis ao bel-prazer, porém com efeito contrário." — "Estas imagens destruíram aquelas imagens, a imagem, a fonte. O que aconteceu, sobretudo no século que acabou de terminar, foi um roubo dos fundos e camadas de imagem, um roubo assassino. O tesouro natural foi consumido, e agora a gente tem que ficar se debatendo como apêndice das imagens artificiais feitas e fabricadas em série, substitutas das realidades perdidas por ocasião da perda da imagem, simulações que até chegam a intensificar impressões errôneas, funcionando como drogas."

"Mas quem reconheceu esta perda em si pelo menos pode dizer o que a imagem ou as imagens significaram para ele." — "Sim. Assim que se ativavam, as imagens significavam vida, mesmo que eu estivesse para morrer, e paz, mesmo que ao redor só houvesse guerra; o que mostra que uma imagem de horror ou terror não faz parte da espécie de imagem da qual nossa história deve tratar." — "Apesar da efemeridade e da putrescência do corpo, aquelas imagens pareciam o que havia de mais imputrescível. Mesmo que acontecesse de me aparecer somente uma única por dia, um breve relâmpejo, eu a via como consequência e continuação, como parte de um todo: imagens como cauda da preservação do mundo, pairando rentes à Terra, reanimando-a nos mínimos cantos e confins."

"Uma única imagem-faísca de qualquer lugar que fosse — o estranho era que o nome sempre parecia faiscar junto com a imagem — possibilitava ver todo o globo terrestre, aquilo que antigamente se chamava de ecúmeno, o mundo habitado, e com isso dava a convicção de que a gente fazia parte de alguma coisa; uma única imagem garantia que a gente estivesse cara-a-cara com o mundo, inclusive com o mundo futuro e aparentemente eterno, a ponto de fazer qualquer um exclamar, a sério: minha nossa!" — "As imagens eram aparições. Eram aparições no sentido em que antigamente se diria: tive uma aparição. Se bem que fossem aparições brevíssimas. Mas quem disse que as outras aparições transmitidas pela tradição haveriam de ter durado mais? E antes da perda da imagem: quem foi que disse que não havia mais aparições? Talvez as nossas imagens-corisco, repentinas e já desaparecidas, tenham sido as únicas aparições desde sempre?" — "As imagens eram as últimas iluminações."

"Na imagem, os olhos e o íntimo se fusionavam numa terceira coisa, em algo maior e mais duradouro. As imagens representavam o valor dos valores. Eram o capital aparentemente mais seguro que tínhamos. O último tesouro da humanidade." (Adivinhe só qual dos dois disse isso: três chances!) — "Com as imagens, imergi no mundo materno." (Três chances de adivinhar quem...) — "Talvez não tenha sido o meu marido, mas somente — somente? — a imagem dentro de mim, uma insígnia que sempre vai me ligar a ele, e ele era meu marido, sim, meu pretendido, uma parte de mim!" (Isso também partiu dela!)

"Sempre que havia uma imagem para ver, para mim era uma prece inconsciente que acabava de ser ouvida, uma prece que eu ignorava estar a caminho. Eu me redimia dia-a-dia na imagem, e me abria, mas não para uma religião. Na imagem de cada dia, eu me tornava outra, mas não em favor de uma ideologia, de um movimento de massa." — "Nas imagens aparecia o que havia de belo e justo, mas diferente do que ocorria na filosofia, sociologia, teologia, economia — pois em vez de ser afirmada, pensada ou proclamada, a imagem simplesmente aparecia. E também se distinguia das lembranças, inclusive das chamadas lembranças coletivas." — "A imagem se desvelava para além da saga e do mito. A imagem, como era maravilhosamente livre de mitos — a pura imagem, como interposto e aposto." — "Caros físicos, em vez de cindir átomos, etc.: desenhem a física das imagens!"

"A perda das imagens é a mais dolorosa das perdas." — "Significa perda do mundo. Significa: não há mais contemplação. Significa: a percepção se resvala de qualquer constelação. Significa: não há mais constelações." — "Teremos que viver provisoriamente sem imagem." — "Provisoriamente. Mas por outro lado, será que uma perda dessas não vem acompanhada de energia, mesmo que seja uma energia provisoriamente cega?" — "*Cuerpo del mundo*. Nós, banidos, cheios de paixão."

O autor disse então, entre outras coisas: "Fico indignado comigo mesmo, ao lembrar que as imagens, que para mim eram tudo, foram aniquiladas assim. Bastava o movimento de uma folha, e eu brincava com o mais vasto dos mundos. O pedaço de céu azul da manhã no céu azul da noite. Um trem iluminado no escuro. Os olhos das pessoas na multidão, sobretudo os olhos! A barba por fazer de um condenado à morte. A montanha de sapatos dos mortos na câmara de gás. As rodas de cardo rolando pela savana ao vento. Na imagem, eu abraçava o mundo, a você, a nós. Imagens, abrigos subterrâneos, obscuros nichos de amparo. Nada me valia mais que a imagem. E agora — E você?"

Estas imagens pinceladas por ele: não eram exatamente as imagens a que ela se referia, eram? Será que ela tinha errado de autor? Ele era a pessoa errada? Mas depois ele começou a entoar a seguinte ladainha, confirmando-a em sua opção: "Imagens, pilares do mundo. Imagens, transformadores do mundo! Imagens, não me deixem assim tão órfão. Imagem, percepção fundamentada. *Imagen, mi norte* (= guia) *y mi luz*. Imagens, deixem a vida se revelar a nós. Imagem, vocábulo da língua universal. Imagem, tão leve como pele de cobra. Imagem, a mais duradoura das que ficam na retina. Imagens, realidades capitais. Imagem, dê-me o mundo *e* o esquecimento do mundo. Imagem, você que torna reconhecível o vivido *e* dá impulso ao vivente. Na imagem de um globo terrestre hospitaleiro e mais hospitaleiro. Imagem, você que me indica que continuo a caminho. Imagem, charada de silêncio e fenômeno. Imagens, o mais puro Outro. Oh, imagem, meu ânimo de viver: mostre-me o intervalo onde você se esconde."

E ela: "Talvez eu ainda venha a fundar um banco de imagens, um outro Banco Mundial, um banco novo, com base numa ciência da imagem que, na minha imaginação, deveria gerar doçura e dar frutos como quase nenhuma outra. Uma ciência que compreenderia todas as outras em si. Ou então vou atuar de novo em algum filme."

Durante um tempo, eles riram juntos, um riso quieto que se irradiava por todo o rosto. E por fim, o autor ainda fez um discurso sobre os lápis de hoje, que infelizmente não prestariam mais; sobretudo viveriam quebrando a ponta ao serem apontados, por serem feitos de metades desiguais de madeira; a madeira e o grafite — se é que ainda fossem mesmo madeira e grafite — não teriam mais "gosto-e-cheiro" nenhum, no sentido do almíscar, por exemplo, onde "se uniam cheiro e gosto" para os árabes antigos; nem o barulho do lápis sobre o papel seria o mesmo de antigamente: ao se aproximar o ouvido do apontador ou vice-versa, um verdadeiro acinte como esses lápis estalavam, rangiam e rilhavam; colocar o grafite apontado sobre o papel seria, enfim, uma verdadeira loteria; até os decentes lápis de Cumberland, tão apreciados, já estariam sendo feitos de madeira ruim e não colariam direito de uns tempos para cá; seu "lápis escolar" seria o único que ainda não o teria deixado inteiramente na mão em suas tarefas administrativas; abaixo os lápis de hoje! (Ele também considerava seu fazer uma "tarefa administrativa".) Seu lápis predileto teria a inscrição EAN, que em grego significaria "deixar". E ela viu as dobras da calça dele cheias de espirais de lápis apontados.

Naquela noite, eles conversaram alternadamente em línguas diferentes. Em cada uma delas, os dois tinham um sotaque semelhante: sotaque de interioranos, de *aldeanos*. Assim como ela, o autor provinha de uma vila, e ela e ele tinham se encontrado num terceiro vilarejo.

Por fim, eles não falaram mais nada. A luz no salão ou galpão, apenas a de algumas lâmpadas sem lustre, foi apagada. Através do portão de vidro, a estepe alumiada pelo luar; escuro no interior do *almacén*. O autor encheu a taça dela com vinho da estepe e se retirou. O marmelo, *safurdzul*, *dunja*, levemente cozido e servido de sobremesa por ele, parecia duplicar o outro que ela já tinha colhido da outra árvore do pátio antes, às encondidas. Talvez por pensar que, como autor, tinha a obrigação de administrar qualquer situação, ele também trouxe o telefone para perto, caso ela quisesse dar um telefonema noturno, ligar para sua casa na periferia da distante cidade do porto fluvial.

Enquanto discava, ela viu com o canto dos olhos uma única folha de hera, ou o que fosse, se mexer lá fora e assumir a forma de alguém longamente aguardado. Ao telefone: o adolescente da casa do caseiro, filho do vizinho.

Então lhe ocorreu um ditado espanhol: "Limpe o nariz do filho do vizinho e bote-o dentro da sua casa." E ela falou com ele, como se falasse com o vigia da sua residência. Ele contou que, na manhã daquele dia, o idiota do subúrbio viera em sua direção, com as duas mãos carregadas de coisas, transferindo já de longe todo o peso para a mão esquerda, para poder cumprimentá-lo com a direita. E agora o idiota estaria dando suas voltas lá fora, cantando e berrando pelas ruas desertas, tão pontual como o guarda noturno local.

Então ela o ouviu dizer: "Quero ir para o meu quarto." — "Qual é o seu quarto?" perguntou ela — A resposta dele: "O dos brinquedos."

E só então ela atinou em que não estava conversando ao telefone com o filho do vizinho, mas sim com sua filha desaparecida. Lubna. Salma. Ibna. Alexia. Após todas as novidades, essa era a maior de todas. "Bons ventos para o retorno" — quem foi que disse isso?

Ambas ficaram mudas. Tanto uma como a outra — sim, existia dual em árabe, sim! — ficaram só assim pensando, quietas, cada uma em sua lonjura: chega de separação! A partir de agora, juntas, seja como for. Era a história que queria. Então isso era só uma história? Só?

O tempo todo fora então sua filha desaparecida na proximidade de sua casa, dentro de seu lar. Será possível? E a palavra ainda existia, "meu lar"? Desaparecida ao alcance dos olhos. E num relâmpago de pensamento parecia-lhe possível que o adolescente da casa do caseiro fosse sua própria filha, com a aparência levemente mudada. Podia uma coisa dessas? Que coisa! E no final do diálogo sem palavras das duas, a *aventurera* se viu absolvida por sua filha: primeiro, pelo fato de ela estar viva, sã e salva; e depois pelo próprio fato "filha", pelo fato de ela ter uma filha. Jamais tentar de novo fazer alguma coisa por ela. Somente estar com ela. O fazer se daria por si próprio.

A culpa em jogo, de novo?! Pelo menos por parte de uma mulher, da história de uma mulher, eu teria esperado ser poupado, eu, o autor que a princípio e no final das contas se considera leitor, esperaria que eu e nós fôssemos poupados da nossa eterna culpa, do pecado original. Adão e Eva não tiveram culpa. Édipo, ou quem quer que fosse, não era culpado. Abaixo as histórias de culpa. Mistério, não culpa.

E no fim da conversa, a *aventurera* ou *asendereada*, "desenveredada, mas não desandada", ainda abriu a boca e contou para a filha, que tinha o nome da padroeira de Toledo ou de onde fosse, como um homem se apresentara para ela na Sierra: "Vivo com minha mulher, meus filhos e meus amigos."

E no próximo *parágrafo* do último capítulo da história da perda da imagem, a mulher abriu a grande porta de vidro do palácio-armazém que dava para a estepe da Mancha: "Porta" e "capítulo" eram a mesma palavra em árabe, *bab*. Ela tomou impulso para arremessar o livro que a tinha acompanhado a viagem inteira, para devolvê-lo à noite, *leila* em árabe.

Contudo, um instante antes de girar e soltar o livro no ar, ocorreu-lhe que toda vez que estava para lançar alguma coisa — tinha uma paixão por isso e quase sempre acertava —, bastava sua filha vê-la prestes a arremessar, por mais que fosse a visão da mãe como vencedora, para mostrar sua repulsa e ofensa. "Não é para jogar, mãe!" Sendo assim, ela simplesmente colocou o livro no chão, no capim da estepe onde brilhavam as gotas de orvalho ao luar, em parte já sólidas, congeladas. No exato momento em que ela interrompeu o arremesso, talvez por isso mesmo, voou pela estepe, na linha do horizonte, *ufuq* em árabe, bem à altura dos olhos, a lança emplumada, e ela jamais cairia no chão.

Apesar de muitos moradores terem mudado para a cidade, a vila da Mancha não parecia tão miseravelmente abandonada. De dentro da solitária igreja em meio à estepe saiu uma pequena procissão noturna, diante da qual se carregava um baldaquino com a estátua da "Senhora das Neves":

tendo passado o verão todo ali na ermida, todo ano ela era transferida para uma outra igreja no centro da vila, onde permanecia o inverno seguinte. Então a caminhada pela Sierra de Gredos tinha durado tanto tempo assim. Era outubro, e a nossa *Señora de las Nieves* já começava a sentir frio lá fora na savana.

Quem não estava passando frio nenhum era Ablaha, a bela idiota. Com os pés descalços, ela saiu comigo pela paisagem pedregosa da velha, velha Mancha. As partes escuras de seu vestido, regulares, rítmicas ao caminhar, correspondiam às partes escuras dos rebaixos e crateras da lua lá em cima. E então ela começou a correr; disparou; se lançou adiante no claro-escuro lunar.

Num filme, isso teria parecido uma fuga. Na realidade das histórias, ela corria em direção a uma banda de ciganos — ainda se podia dizer "ciganos"; ¿*gitanos?* —, que conduzia a madona até a igreja central, com tamborins, trompetes e tambores de flamenco e com o *cante hondo*, o canto do fundo. A Andalusia não era longe daqui da Mancha.

No parágrafo seguinte, um dos últimos deste último capítulo, vi a mulher — procissão e *combo* silenciados e dissipados — lá fora na estepe da Mancha, andando em círculo, pé ante pé.

Num filme, isso teria indicado "mal-aventura". (Desde que vivo no estrangeiro, longe de meu país e das pessoas, me escapam de vez em quando umas palavras meio antiquadas como essa.) Mas talvez ela simplesmente sentisse prazer em sair caminhando por uma terra tão peculiar como a Mancha, sobre um solo como nunca, sobre essa areia firme e granulosa, sobre cascalho, cinza e reboralho, pelos inúmeros trechos quicimados, com capim ainda ralo, onde as poças de chuva e de orvalho acabaram de congelar, em forma de seta, em forma de pés gigantescos, espelhando o céu noturno.

E de repente, ela começou a andar de costas em direção ao armazém com portão de vidro, antiga propriedade de Jakob Fugger. Num filme, isso teria indicado "medo", como se ela se encontrasse diante do lugar de sua execução. Mas agora, já no limiar da porta, ela saiu de novo em disparada. Será que não estava correndo ao encontro de alguém ou de alguma coisa? Num filme, a tomada teria mostrado apenas seus olhos noturnos. Ela correra desse jeito aqueles anos todos, e aquela corrida na Sierra de Gredos tinha sido a última. Saíra voando feito idiota, em sua história de idiota, ao encontro de um idiota que, por sua vez, também voava, podia voar ao seu encontro. Sua rede de cabelo, preta, mais longa que seus cabelos já longos: ela soltou-a, ao sair voando ao encontro.

Na verdade, já era para ter começado no parágrafo anterior a canção que ela entoou após o desaparecimento da procissão e da banda de ciganos, enquanto andava em círculo. Ela não cantava sonoramente, como o fazia seu avô-cantor antigamente, mas quase inaudível e, para os meus ouvidos supersensíveis, levemente desafinada umas horas, mas talvez fosse mesmo o caso. E no começo, o seu cantar parecia imitar um choro de criança. E aquela canção era mais ou menos assim:

> *Eu não sabia como você era*
> *Eu não sabia quem eram seus pais*
> *Eu não sabia se você tinha filho*
> *Eu não sabia onde ficava seu país*
> *Eu não sabia quantos reais, maravedis e dobrões você tinha*
> *Eu não sabia quando você veio ao mundo*
> *Eu não sabia o que você pretendia*
> *Mas eu sabia porque sabia porque sabia quem você era*
>
> *Eu conhecia as linhas da sua mão*
> *Eu conhecia o intervalo de seus passos*
> *Eu conhecia suas cicatrizes*
> *Eu conhecia suas preferências*

Eu conhecia suas doenças infantis
Eu conhecia sua voz
Eu conhecia seus hábitos
Eu conhecia seu círculo de amizades
Eu conhecia seu ritmo
Mas eu não conhecia porque não conhecia porque não conhecia você

Eu não sabia mais que cor de cabelo você tinha
Eu não sabia mais que número você calçava
Eu não sabia mais a largura de seu colarinho
Eu não sabia mais o seu grupo sanguíneo
Eu não sabia mais o número do seu passaporte
Eu não sabia mais quais as suas árvores preferidas
Eu não sabia mais quais os seus animais prediletos
Eu não sabia mais de que signo você era
Eu não sabia mais qual era o seu nome
Eu não sabia mais com que você sonhava dia e noite
Eu não sabia mais em que direção você ia
Eu não sabia mais qual o dia de sua morte
Eu já não tinha mais nenhuma imagem sua
Mas eu sabia porque sabia porque sabia o quanto você importava

Que voz jovem esta e que rosto de idade indefinível. Finalmente ela encontrara o tom certo no meio da música e até soltara aquele estridente assobio lusácio-levantino. E a música se chamava: A culpa foi curada. Curada e vingada. A música se chamava: A vingança é minha. E só isso já era vingança cumprida.

Este décimo ou décimo-segundo parágrafo antes do fim da nossa história da perda da imagem — a ser narrada para os séculos vindouros — senão para quê? —, e para quem mais? — para este e aquela, para todas as almas — foi atravessado pela estrada de terra, *tariq hamm* em árabe, onde a *aventurera*, a *asendereada* Ablaha, caminhava concentrada. Seus rastros eram apagados pela barra do vestido. Uma única árvore-anã estava plantada ali, digamos, um carvalhinho de cujas folhas o orvalho não só caía, como caía a cântaros, como um aguaceiro com suas estaladas, enquanto ao redor reinava o silêncio. No céu, a falsa via láctea no rastro de fumaça de um avião. Batia um vento, mas um vento sem força de mover folha alguma nas árvores. Ao lado desse vulto escuro, um brilho claro na forma exata de uma árvore: sua imagem noturna na retina. (Esta frase roubei de Miguel de Cervantes y Saavedra. E por falar em "estrada", me ocorre que antigamente os moradores das vilas da Mancha, sempre que uma pessoa querida ficava doente, costumavam sair correndo pela estrada e pedir a um dos muitos forasteiros que passavam por ali se ele não podia vir até a casa do doente curá-lo — mas tinha que ser mesmo um ilustre desconhecido!)

Então a mão nos quadris, sendo que agora me ocorre a história de dois amantes que, após anos de separação, tinham marcado um encontro, mas acabaram se cruzando na rua por acaso, antes da hora marcada, e fingiram ou tiveram que fingir que não tinham se visto, traindo assim seu encontro e o amor. Mas agora eles entraram em casa, e a história acabou? Ainda não.

Sentados lá dentro, no escuro. À vista, em cima de uma mesa lá atrás, os lápis do autor espalhados em desordem, lamacentos, barrentos, xistáceos, como se ele tivesse revolvido a terra com eles. Logo ao lado, sua coleção de berimbaus-de-boca, em grande parte enferrujados, cada um sobre um suporte, como um louva-deus; diziam que tocá-los, um após o outro, aprofundava o fôlego épico.

Será que esta era mesmo a sua casa, seu armazém ou *almacén*? Ou ele só a tinha alugado e guarnecido por esta noite?

Sentados ali, estavam ligados e unidos ao que se passava lá fora na Mancha deserta, já sem madona: sentados ali, junto com um camelo, que meneava pelo *tariq hamm*; junto com a criança a caminho de casa, carregando um ramo na poeira da estrada como uma varinha de condão; junto com o marulho das nuvens encobrindo o luar, espelhando-se no dorso da terra numa duna de areia branca, quase imperceptível.

Só faltavam mesmo os moinhos de vento? Não. Lá estavam eles, girando em todos os horizontes. O rangido dos velhos braços de madeira. E aquela sede ainda, incandescente. E outros obstáculos ainda, tanto melhor. E aquela narração recíproca, sobre o quê mesmo? "Os escudeiros narram sua vida, os cavaleiros seu amor" (de novo o seu Miguel). E apesar do frio desta noite de outubro na Mancha, sobretudo então, um calor como se as mãos estivessem metidas no feno quente de sol. *Saghir-aisinn* era a estranha palavra que queria dizer "jovem" em árabe. Ela, a jovem madura. Cobice o corpo do próximo, enquanto ele estiver tremendo.

Será que os corpos dos dois não tinham tanta pressa assim? Não — pois todo o tempo tinham estado como que literalmente inscritos um no outro. E *compás* era uma expressão que queria dizer "ritmo" em espanhol. Sim, só dela mesmo, desta mulher, da *aventurera*, da *asendereada*, da Ablaha, da *aldeana*, é que ele tinha esperado. O quê? Aquilo.

Duas estrelas cadentes, uma com traçado longo, outra com traço curto: quem era quem? O toque de castanhola no fundo do bolso de seu vestido, de onde vinha? Do último par de castanhas e avelãs, do último resto de seu farnel, de seus sobrevíveres. E até agora o último gole de vinho na boca, não engolido.

Esta noite deveria durar para sempre; não seria necessário mais nenhum dia, nenhum sol a mais.

Uma vez, ela tinha sonhado um sonho e nada além de um gosto na boca; no qual o sonho todo não passava de paladar e gosto. Hondareda! Ela rebatizaria o povoado *La Nueva Numancia*, como Numancia, aquela antiga povoação cercada e dizimada pelos romanos na meseta há mais de dois milênios. Jamais alguém vivera, fizera, trabalhara e deixara de fazer como a gente de Hondareda ou Nueva Numancia, e jamais alguém viria a viver, fazer, trabalhar e deixar de fazer como o povo de Hondareda ou Nueva Numancia, nos confins da Sierra de Gredos — por sorte? por azar? Só uma história? Fantasia: a coroa da razão. Havia uma busca, sim, mas o que se buscava mais parecia um achado, bem mais real e efetivo, como se tivesse sido encontrado de fato. E uma busca assim era uma busca em favor de alguém e dos outros.

E por fim então, a cama de linhos antigos, branca-neve, fulgurando em algum ponto de fuga do palácio-armazém do velho Fugger, como se fosse num outro país (o autor a deixara no porão, nas arcadas subterrâneas): finalmente! Enfim se iniciava a grande sangria até o outro. E o rio do retorno corria, como nenhum outro rio jamais correra. E os intervalos inflamavam: estavam prontos para o outro. Um tremor de lábios. Um tropeço pelo caminho, no escuro, como que sobre a corcova de uma caverna de estalactites e estalagmites. Tanto melhor. Ficar na ponta dos pés no escuro não era nada fácil. E quem se segurava em quem? E: isso não era tudo, isso ainda não era tudo. E chegou perto dele, como nada jamais se achegara assim.

E para a última sequência de frases da história da perda da imagem, o autor deixou valer então aquilo a que resistira desde sempre: que uma história — em vez de tratar de problemas, fazer perguntas e fazer rodeios — se contasse a si mesma, por assim dizer — não, sem "por assim dizer" — sem problemas, sem perguntas, sem rodeios. E ele sentiu que a história era verdadeira. E como foi que sentiu isso? (Sem perguntas!) Desde o começo ou princípio — não, antes até (sem rodeios!) —, sentiu isso em seu coração; e no fim, sentiu-o em seus cabelos — não na raiz dos cabelos, no couro cabeludo (sem criar problemas!) — e sobretudo nas pernas.

E com isso acabou-se o que era doce. Fim da história, hora de ir para casa. No local da narrativa, as luzes se apagaram. No caminho de casa, começou a nevar. Era como se fôssemos cobertos por um manto. Um pássaro voou pelo meio dos flocos, brincando com eles.

Um veículo chegou ao seu destino, no fim de uma longa longa viagem, e já parado, deu uma vacilada. E esse vacilo não cessou tão cedo; não terá cessado tão cedo.

Nota da tradutora

"Já estou vendo que você nem está prestando atenção. Cada vez mais distraído. Conheço-o muito bem, caro ouvinte, digo, caro autor: é porque estou narrando em frases assim curtas, dramáticas. Esse tipo de narrativa é o melhor jeito de espantá-lo. E o tipo de aventura que vem de braços dados — não, não de braços dados — com essa narração não tem a menor validade a seu ver. (...)"

Peter Handke gosta de frases longas. E o estender-se de suas frases é especialmente propiciado pela língua alemã, em suas complexas possibilidades de estratificação e encaixamento sintáticos. Já nas línguas românicas, a extensão frásica se traduz antes numa linearidade prolongada — um dilema inevitável na transposição do alemão para o português. Ao contrário da distensão discursiva altamente construída de um Thomas Mann, digamos, o fôlego épico de Handke é de outro gênero. Provém menos de uma pré-elaboração arquitetônica do que do próprio processo da escritura.

A perda da imagem é um livro manuscrito, como todos os anteriores publicados pelo autor nas últimas duas décadas. A caligrafia regular grava, a lápis, as folhas de sulfite A4, sulcando forte o papel, em relevo quase, ondulando as folhas, como se o manuscrito tivesse ficado exposto ao ar livre, talvez esquecido no sereno ou salvo por um triz de uma chuva repentina. Um enigma o fato de não haver correções *a posteriori*; um frasear instantâneo que se estende por linhas e linhas e linhas, em fluxo — e pronto para ser impresso.

A grafia a mão, predileção do autor, é indissociável de uma narração que se deixa permear por todas as oscilações do percurso da escrita. Incorporando o diálogo interior do autor com a linguagem, ela absorve como parte da narrativa todas as hesitações, autocensuras, emendas, adiamentos, afirmação e contrafuga, a palavra que acaba de se grafar e logo a réplica. Mais do que isso, esse escrever manual, comprometido com o "Agora", permite que tempo narrado e tempo da narração se mesclem com inimitável naturalidade.

Nos meandros dessa escrita fluida, o que se impõe como desafio à tradução é sobretudo o misto raro — ou único — de alta condensação poética e fluidez coloquial, rigoroso engenho reflexivo e uma graça prosódica por vezes inebriante. Tudo em Handke surge da complexa engrenagem da escrita, mas parece se enunciar com despretensiosa espontaneidade oral, quase fortuita. Se a língua portuguesa permite resgatar, com naturalidade, o fluxo de um discurso sinuoso e suas nuances rítmicas, geralmente faz soar construída demais — sobretudo em um texto em prosa — qualquer tentativa de síntese poética ou alta elaboração conceitual. Ou seja, o estranhamento gerado pela radical literariedade de Handke não deixa de soar "natural" na língua de origem; na tradução, por sua vez, essa "mais-valia" poética facilmente se artificializa: esse o grande risco.

"Quão estranha você acha que a linguagem deveria soar na tradução?" "Nada estranha", revidou Peter Handke, de início ainda lacônico, numa conversa que tivemos em janeiro de 2004. Sua resposta me surpreendeu. Afinal, até para os leitores escolados de língua alemã, ler Handke nunca deixa de ser uma desafiadora redescoberta de seu próprio idioma, dado o radicalismo incondicional de sua linguagem. Por outro lado, não é nenhum segredo que ele — mesmo com tantas obras consideradas marcos de ruptura no discurso literário de língua alemã — nunca gostou de se ver identificado com nenhuma espécie de vanguarda ou experimentalismo.

Justifiquei a minha indagação, contando o quanto *A perda da imagem* — por ocasião da minha primeira leitura — tinha me remetido a *Grande sertão: veredas*, e não só pela similaridade do ermo de Gredos com o sertão de Diadorim. Então ele — leitor de Guimarães Rosa e Euclides da Cunha — se entusiasmou. Na época dessa conversa, eu tinha acabado de iniciar o trabalho e estava ponderando como encontrar o registro certo para a inventividade — ferina e serena — do autor.

Por fim, decidi me manter fiel não apenas à escrita — mas também à voz do escritor: "nada estranha" deveria soar a tradução. Isso certamente tornou *A perda da imagem* mais transparente do que *Der Bildverlust*. Como tradutora, desembrenhar o labirinto agreste da Sierra implica, de algum modo, tornar inofensivos certos *peligros* da leitura. Por outro lado, abrir clareiras talvez seja uma chance de tornar mais visíveis as sutilezas — dos jogos etimológicos, das ambiguidades poéticas, das correspondências sonoras, das nuances prosódicas, "e assimpordiante". O leitor julgará.

Neste caso, a fidelidade — além de residir em um empenho constante pela literalidade — se manifesta sobretudo na tentativa de criar uma correspondência lexical precisa entre original e tradução. Múltiplos conceitos e imagens ao longo da narrativa ecoam aparições anteriores — não apenas neste romance, mas em todas as obras de Handke. A tradução de um livro que não seja, ao mesmo tempo, a tradução do autor jamais será de "longa duração".

No entanto, para salvar da perda as imagens, em casos decisivos "tive que" agir contra a letra. Um dos procedimentos centrais em Handke — especialmente neste livro — é a redescoberta da concretude das imagens já cristalizadas na língua. A rede de imagens que perpassa o livro se cria, em grande parte, a partir de frases feitas e expressões idiomáticas, cuja tradução jamais pode ser literal. Esse foi o ponto em que a tradução teve que "desenveredar". Por amor à imagem — e espero muito — pelo prazer da leitura.

Agora, ao ler a tradução quatro anos após tê-la terminado, senti falta do que me parece — paradoxalmente — o principal: a língua alemã. Mesmo que a tradução não deixe de guardar resíduos do idioma original, subjacentes, questionei o que resta de Handke sem a sua língua. Então tive que recordar como eu — acima de tudo leitora de Handke, mesmo após ter começado a traduzi-lo — senti o ímpeto de traduzir *Der Bildverlust* ao ler o romance recém-publicado, na primavera de 2002. Foi o desejo de recitar esse livro para tantas pessoas ("Ouça!"), na minha língua (algo que só foi possível graças ao ato de coragem editorial da Estação Liberdade).

Mas mesmo que a língua alemã esteja ausente, talvez tenha restado — em *A perda da imagem* — algo que prescinde da presença do idioma original: o ritmo. E a dicção de Peter Handke — um escritor avesso a ouvir música (vide João Cabral) e talvez por isso mesmo tão "sonoro" — se define pela cadência da narração. Talvez seja esse o ponto em que a tradução possa ser considerada mais fiel: no ritmo de quem percorre o relevo da Sierra de Gredos e as veredas de uma escrita não raro *asendereada*.

Resta o desejo de que a pulsação de quem escreveu o livro a mão, legível a cada linha do original, chegue ao leitor por meio do ritmo recriado e permeabilize a leitura ao Agora — essa para mim, a mais marcante das sensações de ler Handke. Afinal: *"O que significa ritmo para você?" (o autor, depois)*. Ela: "Um reforço ao já existente."

E na última conversa que tive com o autor sobre *A perda da imagem*, em dezembro passado, falei dos desvios que foram necessários para não deixar que nenhuma imagem se perdesse na tradução. E Handke disse: "O que importa mesmo é não romper o ritmo."

Simone Homem de Mello
Berlim, 13 de agosto de 2009

ESTE LIVRO FOI COMPOSTO EM ADOBE GARAMOND PRO CORPO 11,8 POR 16
E IMPRESSO SOBRE PAPEL OFF-SET 75 g/m² NAS OFICINAS DA MELTINGCOLOR
GRÁFICA E EDITORA, SÃO BERNARDO DO CAMPO – SP, EM OUTUBRO DE 2019